ecco

Alice Walker

BLÜTEN SAMMELN UNTER FEUER

—

Tagebücher 1965–2000

Herausgegeben von Valerie Boyd

Aus dem amerikanischen Englisch
von Cornelia Holfelder-von der Tann

Ecco

Die Originalausgabe erschien 2022 unter dem Titel
Gathering Blossoms Under Fire: The Journals of Alice Walker 1965–2000
bei Simon & Schuster, New York.

www.eccoverlag.de

1. Auflage 2024
Deutsche Erstausgabe
GATHERING BLOSSOMS UNDER FIRE:
The Journals of Alice Walker 1965–2000. By Alice Walker.
Edited by Valerie Boyd.

Einbandgestaltung von Anzinger und Rasp, München
Einbandabbildung: © Alice Walker
Autorinnenfoto von Scott Campbell
Gesetzt aus der Minion
von GGP Media GmbH, Pößneck
Druck und Bindung von CPI books GmbH, Leck
Printed in Germany
ISBN 978-3-7530-0098-5

Für Belvie, Joan und Sue,
meine menschlichen Engel,
und für meinen Bruder Curtis,
der ein Kind war.

Alice Walker

SOLANGE LIEBE AUSSER MODE IST

Solange Liebe außer Mode ist
lass uns unmodern
leben.
Die Welt als
einen vielschichtigen Ball
in kleinen Händen
betrachten;
unsere schwärzeste Kleidung lieben.
Lass uns arm sein
an allem außer Wahrheit, und Mut
empfangen von
den alten Geistern.
Lass uns vertraut sein mit
den Geistern der Ahnen
und der Musik
der Untoten.

Solange Liebe gefährlich ist
lass uns barhäuptig am
Großen Fluss entlanggehen.
Lass uns Blüten sammeln
unter Feuer.

– Alice Walker[1]

INHALT

VORWORT

von Valerie Boyd

»Ich staune über mich selbst. Ich bin wieder in der Aufwärmphase fürs Schreiben«, schrieb die Vierundzwanzigjährige in ihr Tagebuch. Das Datum war der 18. Juni 1968, der Ort Jackson, Mississippi. »In gewisser Weise ist es doch erstaunlich, dass man nach Stift und Papier dürsten kann, beides so nötig haben kann wie Wasser.«

Die junge Frau war Alice Walker. Und durch ihr außergewöhnliches Talent – im Schreiben von Romanen und Kurzgeschichten, Gedichten und Essays – sollte sie eine der berühmtesten Autorinnen der jüngeren Zeit werden.

Auf ihrem unglaublichen Weg von der armen Pachtfarmerstochter im ländlichen Georgia zur Kulturikone führte Alice Walker gewissenhaft Tagebuch und dokumentierte so ihr breit gefächertes, komplexes Leben in über fünfundsechzig Notizbüchern, die einen Zeitraum von mehr als fünfzig Jahren abdecken. Im Jahr 2007 übergab sie diese Tagebücher – sowie Hunderte anderer Dokumente und Unterlagen aus ihrem persönlichen Archiv – der Stuart A. Rose Manuscript, Archives, and Rare Book Library der Emory University in Atlanta. Die Tagebücher sowie bestimmte Geschäfts- und Finanzunterlagen sind bis 2040 für neugierige Wissenschaftlerinnen und Wissenschaftler, Journalistinnen und Journalisten und Fans gesperrt.

Jetzt jedoch hat Alice Walker beschlossen, einen Band mit ausgewählten Tagebucheinträgen zu veröffentlichen. In *Blüten sammeln unter Feuer* liefert sie eine leidenschaftliche, intime Chronik ihrer Entwicklung als Künstlerin, Menschenrechtsaktivistin und Intellektuelle. Und sie erkundet zugleich auf intime Weise – in Echtzeit – ihr Denken und Fühlen als Frau, Schriftstellerin, Afroamerikanerin, Ehefrau, Tochter, Mutter, Liebende, Schwester, Freundin und Weltbürgerin. Die Tagebucheinträge führen durch eine erstaunliche Reihe von Geschehnissen: Protestmärsche in Mississippi mit anderen Fußsoldatinnen und -soldaten der Bürgerrechtsbewegung, angeführt von Martin Luther King jr. oder, wie sie ihn nannte, »dem King«; ihre Eheschließung mit einem jüdischen Anwalt, auch um den Gesetzen zu trotzen, die in den Südstaaten der 1960er-Jahre »gemischtrassige« Ehen untersagten; eine frühe Fehlgeburt; die Geburt ihrer Tochter; das Schreiben ihres ersten Romans; die Kämpfe und Siege der Frauenbewegung; erotische Begegnungen und längere Beziehungen; die Besuche der Vorfahren, aus denen *Die Farbe Lila* hervorging, das Buch, für das sie den Pulitzer-Preis erhielt; die Bewunderung und die Schmähungen, die ihr, manchmal zu gleichen Teilen, für ihre schriftstellerische Arbeit und ihren Aktivismus zuteilwurden; den Tod ihrer Mutter und das schwierige Verhältnis zu ihrer eigenen Tochter. Das Persönliche, das Politische und das Spirituelle überlagern und verflechten sich in dem aufschlussreichen Narrativ, das sich aus Alice Walkers Tagebüchern ergibt.

Blüten sammeln unter Feuer ist nach Jahrzehnten unterteilt und reicht von den 1960er-Jahren bis in die Anfangszeit des

21. Jahrhunderts. Es zeigt den Weg einer Frau, sie selbst zu werden. Viele Leserinnen – und Lesende jeden Geschlechts – werden auf diesen Seiten etwas von sich wiederfinden, denn Walker hält so ziemlich alle wichtigen Lebensereignisse fest. In ihrem Fall: Heirat und Scheidung, Mutterschaft, die Entwicklung zur Romanschriftstellerin, den Weg zu finanzieller Sicherheit, die Entwicklung und das Ende von Freundschaften und Liebesbeziehungen und schließlich ihr Verhältnis zu Gott – oder dem »Großen Geist«, wie sie das Göttliche nennt, das sie in sich selbst und in der Natur findet.

Als Herausgeberin dieses Bands habe ich Alice Walkers Schreibung von Wörtern und Namen, ihre Interpunktion und ihre Datierungsmethode trotz gelegentlicher Inkonsistenz beibehalten, um die Tagebucheinträge originalgetreu wiederzugeben. Ich habe außerdem versucht, so unauffällig wie möglich zu bleiben, eine unsichtbare Freundin, die nur ab und zu flüsternd eine wichtige Information, Erklärung oder Erinnerung beisteuert: *Hey, diesen Herrn kennen Sie schon, der war Alice' Boyfriend auf der Highschool. Ah ja, dieser Film kam 1976 heraus und erhielt viel Kritikerlob. Oh, Sie wissen schon, Langston Hughes, der legendäre Poet der Harlem Renaissance. Und, ja, die Person, die hier um einen Gefallen bittet, ist eben jene, die sich vor fünfzig Seiten so schofel verhalten hat.* Diese kontextbezogenen Anmerkungen stehen im Dienst des Gesamtnarrativs, sie sollen es auf dezente Weise erleichtern, der Geschichte zu folgen.

Walker benutzte für ihre Tagebucheinträge oft mehrere Notizbücher gleichzeitig, und so entstanden parallele Versionen derselben Geschehnisse, eine Version etwa sehr detailliert, eine andere eine kursorische Zusammenfassung. Manchmal griff sie auch nach Jahren auf ein halb volles Notizbuch zurück, nahm einen Gedankenfaden wieder auf und führte ihn von da aus weiter. Aus Gründen der Klarheit und leichteren Lesbarkeit habe ich in diesem Band die Tagebucheinträge chronologisch zusammengestellt, ungeachtet des Notizbuchs, in dem sie sich jeweils befanden.

Blüten sammeln unter Feuer ist ein Arbeitsbuch für Künstlerinnen und Künstler, Aktivistinnen und Aktivisten und Intellektuelle. Es ist ein Lehrbuch für Menschen jeden Alters, die ein freies Leben führen wollen. Es ist eine zutiefst persönliche Reise und zugleich eine sehr persönliche Geschichte unserer Zeit. Und für uns alle, deren Leben Alice Walkers Werke im Lauf der letzten fünf Jahrzehnte berührt – und oft verändert – haben, ist dieses Buch ein Geschenk.

Tatsächlich war der Ausgangspunkt der hier vorliegenden, so viel Leben umspannenden Seiten ein Geschenk. Den Deckel des braunen Kunstledertagebuchs zierte eine goldene Bordüre, und die Aufschrift in Goldfolienprägung verkündete seinen Zweck: MEINE REISE, lautete sie.

Alice Walker war dankbar für das Reisetagebuch, das ihr ihre Freundin Cecile Ganpatsingh, eine Mitstudentin aus Britisch-Guyana, überreichte. Alice hatte gerade ihr erstes Studienjahr am Spelman College in Atlanta beendet, wohin sie 1961 aus ihrer kleinen, segregierten Heimatstadt Eatonton, Georgia, gekommen war. Mitgebracht hatte sie »drei magische Gaben« ihrer Mutter: einen Koffer, eine Nähmaschine und eine Schreibmaschine. Am Spelman waren Alice und Cecile Aktivistinnen geworden, hatten mit einigen Mitstudentinnen – und den Geschichtsprofessoren Howard Zinn und Staughton Lynd – an Demonstrationen und Mahnwachen für Frieden und Bürgerrechte teilgenommen. Jetzt war Alice auf dem Weg zu den Weltfestspielen der Jugend und Studenten in Finnland.

Mit ihren achtzehn Jahren hatte Alice den Bundesstaat Georgia erst einmal verlassen – für einen Weihnachtsbesuch bei einer Tante und einem Onkel in Cleveland, Ohio. Für jene Reise hatte sie einen Greyhoundbus genommen. Diesmal – mit Stationen in Helsinki, Glasgow, Amsterdam und Hamburg – würde sie zum ersten Mal ein Flugzeug besteigen. Zur Feier dieses Anlasses wollte Cecile ihrer Freundin etwas schenken. Auf den Innendeckel des Tagebuchs schrieb sie das Datum – Juli 1962 – und die Worte:

Für dich, liebe Alice,
mit dem Wunsch, dass deine Reise unvergesslich sein möge.

Herzlich,
Cecile Ganpatsingh

Als Alice Walker Ende August von ihrer Reise zurückkehrte, war das Tagebuch ziemlich zerfleddert. Sie schrieb fast täglich hinein, kommentierte alles, was ihr begegnete, mit Begeisterung und Staunen – die hübschen, charmanten Kellner, die freundlich neugierigen Blicke von Fremden, die Idee des Kommunismus. In einem Eintrag hielt sie fest, wie ihr üblicher Tagesablauf auf dieser lebensverändernden Reise aussah:

EIN TYPISCHER TAG:

Um 7 Uhr continental breakfast
Um 7:30 mit dem Bus in die Stadt
Besuch von Vormittagscolloquien und Seminaren (hauptsächlich über Abrüstung, den US-Imperialismus und den russischen Kommunismus)

Mittagessen mit einer der 120 Delegationen
Ich habe meistens mit den Bulgaren, Kubanern oder Finnen gegessen
Nach dem Mittagessen Besuch einer Outdoor-Sportveranstaltung oder eines kulturellen Events. (Ich habe zum Beispiel das Russische Ballett und die Pekingoper gesehen.)
Um 15 Uhr Teilnahme an tollen delegationsübergreifenden Treffen.
Um 17 Uhr entweder Essen mit einer anderen Delegation oder Streifzüge durch die Stadt und Umgebung. Ich habe Moped fahren gelernt (auf einem Jauwa-Moped [sic][2]), weil das in Finnland sehr populär ist.
Um 18 Uhr mit dem Bus zurück in unser Quartier und umziehen für eine delegationsübergreifende oder eine Inselparty. (Finnl. hat viele kleine Inseln, und auf jeder gibt es einen Park mit einer Freilufttanzfläche – wir konnten Feuerwerk gucken oder einfach nur relaxen und finnische Musik hören.)
Um 23 Uhr wieder im Quartier. ES WAR DRAUSSEN IMMER NOCH SEHR HELL, deshalb fiel es schwer, schlafen zu gehen. Also redeten wir noch mindestens eine Stunde. (Einige aus der amerikanischen Delegation waren sehr links, andere etwas weniger links, und der Rest war einfach nur neugierig.)
Um diesen großartigen Tagesablauf perfekt zu machen, bekam ich praktisch rund um die Uhr Blumensträuße. Hauptsächlich, weil die Finnen dachten, ich sei Kubanerin oder zumindest Freedom Rider. (Ich schämte mich, dass ich nicht im Gefängnis gewesen war.)
TANZT DU, SINGST DU? HEY, DU BIST DOCH SICHER FREEDOM RIDER?

WE SHALL OVERCOME. Für die Freiheitskämpfer der Südstaaten. (Hörte es in vielen Sprachen gesungen.) Immer wieder der Liedwunsch an uns.

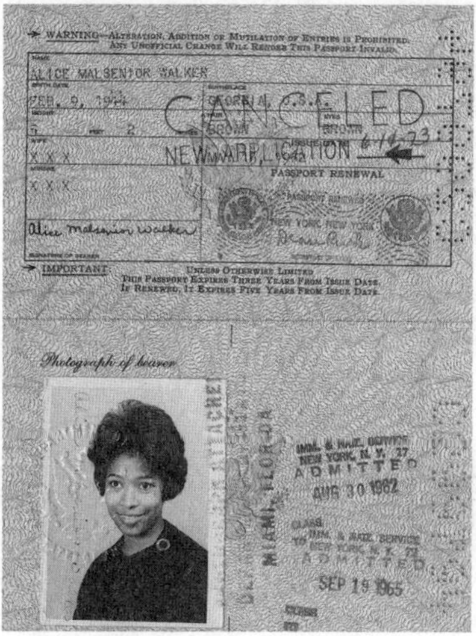

Gegen Ende ihres Reiseberichts, in einem Eintrag vom späten August 1962, schrieb die angehende Schriftstellerin und Aktivistin: »Obwohl ich nur etwa einen Monat in Europa war, weiß ich, dass mein Leben dadurch anders sein wird.«

Später setzte sie hinzu: »Nie wieder werden irgendwelche Russen oder Kubaner oder Menschen irgendeiner anderen Nationalität meine Feinde sein, nur weil sie sind, was sie sind. Seltsamerweise hatte ich in dieser Krise [der Kubakrise im Oktober 1962] mehr Angst um die Kubaner und die Russen als um mich selbst. Als Allerwichtigstes habe ich gelernt, dass zwischen den Menschen und ihren Regierungen ein so großer Unterschied besteht, dass man nicht länger pauschal hassen kann.«

Nach ihrer Europareise kehrte Alice Walker ans Spelman zurück, hatte aber, wie sie in einem Tagebucheintrag vermerkte, bald schon genug von »schlechten Lehrveranstaltungen, bourgeoisen Dozentinnen und Dozenten und Mitstudentinnen«. Sie wechselte ans Sarah Lawrence College in Bronxville, New York. Das Tagebuchschreiben nahm sie ernsthaft wieder auf, als sie im Sommer 1965, vor ihrem letzten Semester am Sarah Lawrence, in den Südstaaten und dann in Kenia war.

Walker fürchtete sich vor dieser Rückkehr in die Südstaaten 1965, aber sie war auch fest entschlossen, sich am Freiheitskampf der Schwarzen zu beteiligen. Nach einem kurzen Aufenthalt verließ sie die USA, um eine mehrmonatige, ereignisreiche Afrikareise zu unternehmen. Im Herbst nahm sie ihr Studium am Sarah Lawrence wieder auf. Dort verspürte sie, inzwischen einundzwanzig, immer stärker den Drang, es mit den Herausforderungen der realen Welt aufzunehmen. »Manchmal fühle ich mich zu alt, um unter den Studentinnen hier am Sarah Lawrence zu sein«, vertraute sie ihrem Tagebuch an. »Ich kann nicht länger Vietnam-Diskussionen mit ›gescheiten‹ Mädchen führen, die ihre Haltung zum Krieg mit ihrem Geigenspiel unter einen Hut bringen wollen. Dazu lastet der Tod der vietnamesischen Kinder zu schwer auf mir.«

Im Juni 1966 war sie dann so weit, sich in der Bürgerrechtsbewegung zu engagieren, obwohl es ihr schwerfiel, ihre Arbeit als werdende Schriftstellerin hintanzustellen. »Ich bin noch nicht nach Mississippi aufgebrochen, und der Gedanke, meine Arbeit zurückzulassen, ist so beunruhigend, dass es mir schon fast absurd erscheint, überhaupt hinzugehen«, klagte sie im Juni 1966. »Aber etwas zieht mich dorthin, obwohl ich mir keine Illusionen mache, was ich bewirken kann.«

Inmitten der Bürgerrechtsproteste im Süden fand Alice etwas, wonach sie gar nicht gesucht hatte: die Liebe. Und sie fand sie an einem sehr unwahrscheinlichen Ort – in Stevens Kitchen, einem Soulfood-Restaurant in der Farish Street in Jackson, Mississippi.

Sie war gerade in Jackson angekommen, erinnert sie sich fünfzig Jahre später, und wurde »am Flughafen abgeholt von einem jungen Mann in einem blauen Cabriolet« – Henry Aronson, einem Mitarbeiter des Rechtshilfefonds der NAACP, damals geleitet von Marian Wright, der ersten Schwarzen Rechtsanwältin des Bundesstaats. Das Restaurant lag neben dem Büro des Rechtshilfefonds, und viele von dessen Mitarbeitern – darunter auch ein junger jüdischer Jurastudent namens Melvyn Leventhal – nahmen dort regelmäßig ihre Mahlzeiten ein. »Ich blickte finster auf die Weißen, die da in ›unserem‹ Restaurant aßen«, erinnert sich Walker, »und mein Blick begegnete dem eines sehr nett aussehenden jungen Mannes. Oy vey.«

Obwohl sich die Tagebücher darüber ausschweigen, wie genau sie zusammenkamen, waren Alice und Mel bald unzertrennlich. »Unsere Beziehung begann nach ein paar Fahrten ins Delta, wo wir Hotels und Restaurants zu Orten der ›Rassenintegration‹ machten, was oft hieß, die ganze Nacht wach zu bleiben, weil wir damit rechnen mussten, vom Ku-Klux-Klan terrorisiert zu werden«, erinnert sich Walker ein halbes Jahrhundert später. »Wir lasen uns aus der Bibel vor, und ich mochte sein Hohelied Salomos.«

Die Beziehung dauerte über jenen heißen Mississippisommer hinaus. »Wir hatten Dates, während wir unsere Arbeit machten, aber viel ›Dating‹ war da nicht (zu gefährlich), bis wir nach NYC zurückkehrten und Mel sein letztes Studienjahr an der NYU absolvierte. Ich hatte ein Zimmer am St. Marks

Place, wohnte aber die meiste Zeit bei ihm in seinem Wohnheimzimmer, das wir als Erstes mit einem Schreibtisch für mich ausstatteten.«

Ein paar Monate bevor Mel sein Juraexamen machte, erklärte er Alice, er wolle zurück nach Mississippi, um die Arbeit für soziale Gerechtigkeit fortzusetzen, derentwegen sie sich überhaupt in ihn verliebt hatte. »Ich liebte Mel wegen seiner Leidenschaft für die Gerechtigkeit und wegen seiner aufrichtigen Leidenschaft für mich«, resümiert sie.

»Wenn wir nach Mississippi zurückgehen würden, dann als Ehemann und Ehefrau«, beschloss Alice. »Es gab in den Südstaaten eine lange Tradition von weißen Männern, die sich eine Schwarze Geliebte hielten. Darauf würde ich mich nicht einlassen. Also machte ich Mel einen Antrag, und er nahm ihn nur allzu gern an. Von unserer Liebe mal abgesehen, war es politisch wichtig, dass wir offiziell verheiratet waren.«

Für den 17. März 1967 gewann das Paar zwei Verbündete als Trauzeugen – Carole Darden, Alice' beste Freundin vom Sarah Lawrence, und Mike Rudell, Mels besten Freund aus dem Jurastudium. Sie wurden von der Richterin am Familiengericht von New York City, Justine Polier, getraut. »Sie hat eine ganze Reihe von Leuten aus der Bewegung verheiratet«, erinnerte sich Walker. »Wir bezahlten sie mit einem Strauß rosa Tulpen.«

Nicht alle unterstützten diese Heirat. Entsetzt über die Verbindung ihres Sohns mit einer »Schvartze« (so die abfällige jiddische Bezeichnung), vollzog Miriam Leventhal das Schiwa-Sitzen – das jüdische Trauerritual, da Mel für sie gestorben war. Doch davon unbeeindruckt unternahm das junge Ehepaar in jenem Sommer noch einen weiteren kühnen Schritt. Alice erklärt: »Wir zogen nach Mississippi, wo ›gemischtrassige‹ Ehen verboten waren.«

In ihren Tagebüchern aus den 1960er-Jahren – zumeist spiralgebundene Kladden in Primärfarben – hielt Alice Walker ihre Gedanken und Gefühle in jener stürmischen Dekade fest. In den ausgewählten Einträgen in Teil Eins dieses Buchs: Ehe, Bürgerrechtsbewegung und Mississippi, legt die junge Studentin, Aktivistin und Schriftstellerin geografisch weite Wege zurück, vom Campus des Sarah Lawrence in New York nach Atlanta und in andere Teile ihres Herkunftsstaats Georgia, wo sie mit einer Studentenorganisation der Southern Christian Leadership Conference (SCLC) Schwarze Wähler registriert; nach Kenia und Uganda im Rahmen eines Auslandsstudienprogramms; dann nach Mississippi, wo sie sich weiter in der Bürgerrechtsbewegung engagiert und Mel kennenlernt. Wo auch immer sie ist, blüht die junge Schriftstellerin auf: Sie beginnt ihre lebenslange Praxis, erste Entwürfe von Gedichten, Kurzgeschichten und schließlich ganzen Romanen in ihren Tagebüchern niederzuschreiben. Und genau hier beginnt unsere Geschichte.

ERSTER TEIL

EHE, BÜRGERRECHTSBEWEGUNG UND MISSISSIPPI

Die 1960er

1. Juni 1965[1]

Heute haben meine Eltern Hochzeitstag. Sie sind jetzt zweiunddreißig Jahre verheiratet. Das scheint eine so lange Zeit, um mit jemandem unter einem Dach zu leben und das Zusammensein gelegentlich immer noch zu genießen. …

… Charles[2] ist immer wie ein Gefangener, den man gerade aus seiner Zelle gelassen hat, immer in Bewegung, immer im Laufschritt – auf der Flucht vor Charles, glaube ich manchmal. Ich liebe ihn, wie ich meine Brüder geliebt hätte, wären sie liebevoller gewesen. Und doch mehr, denn wir lieben unsere Freunde grundsätzlich mehr als unsere Familie; Freundschaft ist etwas, wofür man sich entscheidet, die Bereitschaft, jemanden zu lieben, der nicht so ist wie man selbst, in keiner Weise mit einem verwandt.

Ein Brief von Marian Wright[3], die wie Charles findet, dass es gut wäre, wenn ich nach Mississippi ginge. Ich frage mich, ob ich die Übelkeit, die mich beim Gedanken an den Süden (die Morde, die Angst) packt, wohl überwinden kann, wenn ich eine unerschütterliche Person wie sie habe, zu der ich aufblicken und an die ich mich halten kann. Ich bin so oft von Leuten mutig genannt worden, dass ich es schon fast glaube – wenn Angst und Mut eins sind, dann bin ich mutig.

Habe die tausend Dollar von Charles auf mein Konto getan, zusammen mit meinen mickrigen dreihundert. Ich bin neugierig, wie lange das reichen wird; im Moment scheint mir, es könnte ewig reichen, da ich nicht das Gefühl habe, irgendetwas zu brauchen. Die meisten meiner Kleidungsstücke will ich verschenken. Es scheint doch absurd, Kleider zu behalten, die man nicht mal mag.

Ich muss aufhören, mir einzureden, bestimmte Leute könnten mir mehr bedeuten, als sie es tun. Es ist nicht fair, ihnen etwas vorzumachen, und das Zusammensein mit sich selbst ist zu kostbar, um sich dabei durch Außenstehende stören zu lassen, die einem keine geistige Nahrung bieten. Warum wir unser Leben mit Bekanntschaften ohne wirklichen Wert verplempern, ist mir schleierhaft, ich weiß nur, dass es eine Verschwendung ist, die viele schwache Seelen begehen.

Ich habe gestern und heute ein bisschen geschrieben und das Gefühl, aus weißem Papier und luftigen Gedanken etwas erschaffen zu können, ist schön. Ich will jetzt ein Maß an Geduld und Genauigkeit erreichen, das ich bei meinen anderen Geschichten nicht hatte. Ich muss auch noch weitere Schriftsteller lesen und schauen, wie sie das mit den Dialogen machen, denn bei mir sind Dialoge sehr wie bei Tom Wolfe, sprich hölzern.

13. Juni 1965[4]

Die Einführungswoche (Projekt SCOPE der SCLC/Southern Christian Leadership Conference) war ein einziges langes Gespräch. Manchmal mit einer Person, oft mit fünf, zehn oder dreihundert Leuten. Ich flog (spät) nach Atlanta, da ich Bus und Zug verpasst hatte und unbedingt alles von den Diskussionen dieser Woche mitbekommen wollte. Zum ersten Mal in meinem Leben bewirkten Stimmen mit Südstaatenakzent (die der Flugbegleiterinnen) nicht, dass mein Herz vor Angst oder Abscheu raste. Die langsame nasale Sprechweise, begleitet von freundlichem, wenn auch nicht ganz spontanem Lächeln, überraschte mich lediglich. Ich verstand sogar, warum Nordstaatler ihr so oft einen besonderen Charme zusprechen. Zwei Stunden Flug von Newark, und ich bin in Atlanta … »Wo Fortschritt immer Vorrang hat.« Sehe altvertraute Wörter, höre sie weich über die Zunge, durch die Nase, über die Lippen kommen, nehme wieder das eigentümlich grelle Licht und die penetrante Hitze wahr – und kämpfe, vor allem der Hitze wegen, gegen den Drang an, in einen anderen Flieger zu steigen und nach New York zurückzukehren, wo es am Vortag kühl war und die Akzente gewöhnlich klar und präzise sind – bis auf die aus der Bronx, Brooklyn, Queens.

Die Skyline von Atlanta war wie ein fremd Gewordener, den man nach Tagen wieder zu Gesicht bekommt. Ich nahm die neuesten Hochhäuser mit einer gewissen Neugier, aber ohne Gefühlsbeteiligung zur Kenntnis. Das Atlanta, das ich kannte, begann an der Hunter Street – der südliche Abschnitt des Negro-Teils.

Vom Bus aus sah ich den historischen Spitzturm des Morris Brown, des ältesten Negro-Colleges in Atlanta, auf seinem Hügel aufragen, von vielen Punkten der Stadt aus erkennbar. Der Turm für alle sichtbar, der Körper verborgen wie eine Baumwurzel tief im Boden der Negro-Community. Aus dem Bus gestiegen, empfingen mich Umarmungen und Küsschen von alten Freundinnen und Freunden, die ich alle irgendwann in den letzten fünf Jahren kennengelernt hatte, bei Walks, Protestmärschen, Mahnwachen etc. Überall im Norden und im Süden. »Brother!«, »Sister!«, jede Menge Schwingungen in der Luft, dazu ein Freedom-Song im Hintergrund – ich glaube, »This Little Light of Mine« –, das alles sagte mir, dass ich endlich in »der Bewegung« war und dass das, was diese hier im Delta hatte und was die im Norden nicht hatte, »Soul« war.

Wenn auch gebremst durch den »Stimmungskiller« Wählerregistrierung, fühlte ich mich heimisch und wohl unter diesen »Soldaten«, zu denen ich mich freiwillig gemeldet hatte. Das war der erste Tag.

Der Montag begann mit Maisgrütze –

Dienstagabend, 29. Juni 1965, Liberty County, Georgia

Heute Abend nahmen zweihundert Mitglieder der Community von Liberty County an einer Großveranstaltung in der Dorchester-Kooperative in Midway teil. Sie hörten Berichte über das Liberty-County-Headstart-Programm, das jüngste Aufflammen von Rassenunruhen und Demonstrationen nach der Verhaftung einer örtlichen Lehrkraft aufgrund von – wie es die Protestierenden nannten – »erfundenen Anschuldigungen«. Teil einer langen Kette von Schikanen an Negroes. Die Community erfuhr von den schweren Verletzungen, die einem jungen Mitbürger, gerade mal 14 Jahre alt, von lokalen Weißen aus Gainesville zugefügt worden waren. Johnny Lee Jones droht der Verlust eines Auges oder vielleicht auch beider Augen, nachdem er in einem Billardsalon, wo sein Vater arbeitete, von einer Gruppe Weißer angegriffen wurde. Negroes von dort sagen, sie kennen die beteiligten Weißen, und es seien keine »Jugendlichen um die 14«, wie Lokalblätter und der zuständige Sheriff behaupten. Sie sagen, die beiden Hauptangreifer seien vermutlich in den Dreißigern. Festnahmen gab es keine.

Hauptredner auf der Versammlung war Reverend B. J. Johnson aus Atlanta, Georgia. Er erklärte den Leuten aus Liberty County, dass sie die Macht ihrer Wählerstimmen beschämend falsch genutzt hätten, wenn es zu einem solchen Fall rassistischer Gewalt wie nach der Demonstration habe kommen können. Er forderte die Leute auf, bei der nächsten Wahl an den mangelnden Schutz zu denken, den die lokale Polizei und die Amtsträger ihnen und ihren Kindern böten. Liberty County, sagte er, sei insofern einzigartig, als es hier mehr registrierte Negroes als Weiße gebe, und doch hätten die Negroes keinen einzigen Vertreter im gewählten Verwaltungsgremium des County. Die Menge war bestürzt und empört. Mehrere junge Leute äußerten sich beunruhigt und zornig angesichts der Bestechungsmethoden, die kommunale Amtsträger anwenden, um sich in der Negro-Community Wählerstimmen zu kaufen.

—

Undatiert[5]

Hier geht es hin und her zwischen extremer Langeweile und hochgradiger, oft mit Gefahr verbundener Spannung. Immerhin sind schon zwei Freunde von mir über Nacht im Polizeigewahrsam von Chatham County gelandet, und ich habe absurd hohe Geldbußen wegen »Verkehrsvergehen« aufgebrummt bekommen, also kann ich wohl sagen, dass mir die Zeit nicht allzu lang geworden ist. Wir haben nächtliche Protestaktionen – »Sit-ins« – auf den Eingangsstufen der Georgia State Patrol gemacht. Eine Flasche hat mich leicht getroffen, und es gab etliche Schlachtrufe, die auf »Nigger« endeten – dazu die üblichen Zuschauer, darunter viele »Pride of the South«-Püppchen, die Schimpfwörter riefen und obszöne Gesten machten. Irgendwie bin ich immer etwas überrascht, wenn Frauen sich so aufführen.

Eine meiner lohnendsten Bekanntschaften ist ein Achtzehnjähriger – so ziemlich der mutigste Mensch (phrasenhaftes Wort, »mutig«, aber trotzdem passend), den ich hier unten je erlebt habe. Kürzlich wollten ihm Weiße Angst einjagen, indem sie neben seiner alten Klapperkiste herfuhren und mit einem .38er auf ihn zielten. Er starrte sie nieder. Er hat alle Demonstrationen in diesem County angeführt, und das Verblüffende an ihm ist, dass er so ist, wie er ist – bereit zu diskutieren, zu marschieren, sich zu wehren natürlich –, und dabei keinen einzigen echten Kraftausdruck kennt! Du kannst dir ja wohl vorstellen, wie schwer es ist, im Süden ein Mann zu sein, wenn man Negro ist, aber ich hoffe, er ist ein Indiz dafür, dass sich das alles ändern wird und der Süden aufersteht – als eine Nation von Männern (wie ihm) und nicht als ein Haufen mieser kleiner Konföderiertenfahnenschwenker, die Sherman nicht von Grant unterscheiden können.

Eine weitere spannende Erfahrung ist meine Zimmergenossin, die aus Philadelphia kommt und deren Mutter eine grimmige Antiintegrationistin ist. Ich habe einen ihrer Briefe an C. gelesen und halte diese Frau für ernsthaft verrückt, für sehr, sehr krank und ohne realistischen Bezug zur Welt – einschließlich ihrer eigenen Tochter. C. erklärt mir jedoch, die Überzeugungen ihrer Mutter (dass Negroes allesamt nur Sex im Kopf haben, dass sie allesamt obszöne Ausdrücke benutzen, dass sie allesamt weiße Frauen heiraten wollen, dass sie allesamt Läuse und Schlimmeres haben) seien mehr oder minder typisch für einen Großteil der (weißen) Bevölkerung. …

… Die übrigen Leute hier mag ich. Es fällt mir nicht leicht wegzugehen (ich fahre morgen). Es sind so offene, bewusste Menschen. Manche sind noch sehr jung und wissen doch Dinge, für die alte Männer und Hitzköpfe komplett vernagelt sind.

Undatiert[6]

Haiku … Schön
und unerwartet
wie der Freund
den man alle
Jahre nur sieht

—

Wer kann sagen
ich bin
African
American
Indian
wenn er gleich
vielleicht
ein Falter ist?

—

28. Juli, Busbahnhof Nairobi

»Vorsicht Taschendiebe« besagt ein Schild in schwarzen Blockbuchstaben über dem Hintereingang des Busbahnhofs, der, wie es aussieht, in einer Slumgegend von Nairobi liegt. Vorn geht er auf eine Straße hinaus, die im Vergleich zu den anderen Straßen Nairobis schäbig ist. Es gibt keine Blumen an der ___ Street, nur ein paar struppige Sträucher, die flach in ausgewaschenem rotem Boden wurzeln. Im Gegensatz zum Flughafen von Nairobi, der modern, stylisch und auf lebendige Art chic ist, ist der Busbahnhof definitiv heruntergekommen.

Die Kälte ist überraschend – Juli und August sind die Wintermonate, und draußen dürfte es jetzt nicht viel über zehn Grad haben. Interessant aber ist, dass trotz des kalten Wetters Blumen in fröhlicher, verschwenderischer Fülle blühen.

Undatiert[7]

Ich habe Tolstoi gelesen und mich gefragt, wie man dahin kommt, wirklich ehrlich mit sich selbst zu sein, und an welchem Punkt Ehrlichkeit zur Übertreibung wird. Seit einem guten Monat weiß ich jetzt, dass ich jenem Zehntel der Frauen auf der Welt zugerechnet werden kann, das zu vollständiger Sinnlichkeit fähig ist. Ich habe keine Ahnung, was sich daraus entwickeln wird, aber ich verspüre sehr wenig Angst und sehr viel Neugier.

Mir scheint, Sex ist mit einer Schranke versehen und tabuisiert, obwohl ich wirklich nicht sehe, was am vollständigen Akt moralisch schlimmer sein soll als an einem bedeutsamen Kuss. In beiden Fällen setzen wir die Nähe, die wir abstrakt fühlen, praktisch um. Das ist naiv – weil Sex ernstere Folgen haben kann als ein Kuss.[8]

Ich bin mir jetzt endlich einer Sache sicher, die zu klären mir sehr wichtig war. Ich will ___ nicht als Ehemann. Als Sexualpartner ist er immer noch der Einzige, der mich befriedigt, aber zwei Minuten nach dem Höhepunkt nerven mich an ihm solche Kleinigkeiten, dass ich weiß, meine »Liebe« ist reine Augenwischerei – ich sollte wohl sagen, wir nerven uns gegenseitig, denn ich ziehe eine Art irrwitziges Vergnügen daraus, ihn zu piesacken.

Er kann an dem, was er ist (ein weißer Mittelschichtsamerikaner), genauso wenig ändern wie ich an dem, was ich jetzt bin (eine Schwarze Mittelschichtsamerikanerin). Es ist interessant, dass ich immer schon das Gefühl hatte, ihn deshalb zu lieben, weil er wollte, dass ich ihn liebe, und weil er mir gegenüber so zärtlich und gutmütig war, trotz meiner »Ambitionen«.

Wer bin ich wirklich? Und was will ich mit mir anfangen? Irgendwie weiß ich, ich werde mich nie mit mir und dem Leben im Reinen fühlen, solange ich nicht einen Beruf habe, den ich lieben kann – properen Elitestudenten Dickinson und Donne nahezubringen, wäre schon mal gar nicht so schlecht. Die Ehe kommt für mich momentan gar nicht infrage – obwohl es, David mal ausgenommen, drei Verehrer gibt, die mir einen Antrag gemacht haben. »Princeton« würde als Ehemann niemals taugen. Er ist in der ganzen Welt herumgereist, hat aber seine Persönlichkeit dabei eher verwässert als erweitert. Eines Tages wird er in einem Haus mit japanischen Teppichen und vielleicht einem Swimmingpool wohnen, wahrscheinlich in Atlanta. Ich kann nicht lange mit ihm reden – er findet alles, was ich sage, wahnsinnig faszinierend, und ich finde das meiste, was er sagt, belanglos. Ich war einmal mit ihm im Bett, nachdem ich zu viel getrunken hatte, um mich seinen ewigen Wiederholungen zu entziehen, aber ich habe es so sehr bereut, dass ich mich selbst zum Kotzen fand. Es gibt (das hat mich diese Erfahrung gelehrt) für Sex eine Grenze, wenn er es noch wert sein soll, ihn zu haben. Man sollte sich nie aus Trunkenheit, Mitleid, Verachtung, bloßer Neugier oder bloßer Leidenschaft hingeben. Irgendwo muss da in einer sexuellen Beziehung etwas Reines sein, etwas, was mit Freude und Überschwang zu tun hat. Es gibt nichts Faderes und Unverzeihlicheres, als den eigenen Körper hinzugeben und gleichzeitig den eigenen Geist abzuschotten.

—

Es besteht die Frage, ob ich schwanger bin oder nicht – es kann sehr gut sein, und doch verbringe ich meine Tage damit, über andere Dinge nachzudenken oder es jedenfalls zu versuchen. Falls ich schwanger bin, habe ich einen höchst rationalen Plan entwickelt, den es umzusetzen gilt, wenn ich in New York bin. Er lautet kurz gefasst: Abtreibung oder Adoption – in dieser Reihenfolge.

Es gab eine Zeit, da ich weder das eine noch das andere in Betracht gezogen hätte. Und ich frage mich, welchen Preis die Zivilisation für die geistige Differenziertheit zahlt. Ich war nie wirklich aus moralischen Gründen gegen Abtreibung – ich glaube nicht an ein Leben nach dem Tod und auch nicht, dass Abtreibung Mord ist, und ich glaube sehr wohl, dass ein Mensch das Recht hat, selbst zu bestimmen, was er in seinem eigenen Körper haben will und was nicht[9] – aber es erschien mir immer so dumm, so etwas nötig zu haben, wenn man alt und »geistig differenziert« genug ist, um zu wissen, was man tut.

Eine Skizze des Mädchens

In ihr waren Sinnlichkeit und Neugier gleichgewichtig – wenn es auch ein labiles Gleichgewicht war. Es war nur natürlich, dass sie immer, wenn sie mit einem Mann bekannt gemacht wurde oder einen sah, der ihr gefiel, im Kopf gleich ein Rendezvous plante. Sie hatte keine religiösen Hemmungen, was Sex generell anging, und keine moralischen Skrupel, ihn zu praktizieren, wenn ihr wirklich danach war. Folglich hatte sie die einheimischen Varianten von Sex in allerlei Weltgegenden probiert, darunter Afrika und Russland, hatte sich den Angeboten und Verführungskünsten von Männern gegenübergesehen, die so feurig waren wie die jungen Israelis oder so hartnäckig wie die Araber. Und doch war Sex für sie nichts

Oberflächliches. Sie investierte dabei viel von sich selbst. Was heißt, dass sie nur ein einziges Mal, als sie zu viel getrunken hatte, mit jemandem schlief, der ihr auf keiner anderen, subtileren Ebene gefiel. Was ihre Beziehungen trug, lässt sich anhand ihres sexuellen und sonstigen Verhältnisses zu ihrem Kunstdozenten beschreiben, einem Mann um die fünfzig, der sie auf der intellektuellen Ebene begeisterte und mit dem sie das Sexuelle nur insofern interessierte, als es eine Fortsetzung der speziellen Art von Stimulation war, die er für sie bedeutete. Es hatte etwas logisch Richtiges, das sie wohltuend, stabilisierend und unendlich ermutigend fand. Mit ihm hatte sie das Gefühl, dass das Leben ewig weitergehen würde – in seinem ruhigen, toleranten Rhythmus.

Die Wahl ihrer Sexualpartner hatte nicht viel System. So war unter ihren Liebhabern ein sehr junger Student im ersten Collegejahr, dessen Attraktivität darin bestand, dass er unverdorben und weitgehend impotent war. Sie schlief gern mit ihm, weil er so etwas Kindliches hatte und immer sofort einschlief, die Hand um eine ihrer Brüste gelegt, das lockige Haar in die Augen hängend. Leider war er jüdisch und hatte eine entsprechende Vorliebe für Knoblauch und Zwiebeln, und sie musste ihre Besuche bei ihm sorgsam so planen, dass sie auf seinen Fischtag fielen. Je lieber sie ihn gewann, desto mehr fürchtete sie zur Mutterfigur zu werden – wo er doch zu allem anderen nie bei Licht Liebe machen wollte –, darum machte sie nach nicht einmal einem Monat Schluss.

Was wird passieren?
Warum war mir so übel?
Wer würde es verstehen?

—

Ich frage mich, ob meine Freundin in Boston mir 600 $ für eine unerwartete und unerklärbare »Zahlungsverpflichtung« leihen würde.

In Afrika scheint Schwangerschaft ein Fluch zu sein – die schwangeren Frauen sehen alle so unglücklich aus. Zum Teufel mit den Missionaren und ihren Regeln!

—

Es erstaunt mich immer wieder, dass ich, soweit ich weiß, keine konventionelle Moral habe – aber ich bin mir sicher, dass ich wahrhaft liebe – die, die ich überhaupt liebe.

In letzter Zeit spiele ich mit dem Gedanken, meine eigene Philosophie zu formulieren – keine Philosophie des Absurden etc., sondern eine Philosophie, die auf der Neugier basiert –, aber welches Alles würde eine solche Philosophie beinhalten, außer einem gewissen Maß an Schmerzunempfindlichkeit und Unerschrockenheit?

—

Undatiert[10]

Warum ist uns das, was wir schreiben, immer peinlich? Kommt es daher, dass Schreiben so ein handfester Beweis für die Verrücktheiten ist, die wir im Geist begehen? Worte hinterlassen ja sonst gewöhnlich keine Spur; die meisten Leute hören nicht ernsthaft genug zu.

Die Leute sagen, hoffnungslose Liebe – d. h. jemanden zu lieben, der einem nie offiziell gehören kann – sei Dummheit. Ich glaube das nicht. Überhaupt lieben zu können, erscheint mir ein Wunder – außerdem denke ich nicht an Besitz, wenn ich an Liebe denke. Ist dieser letzte Satz nicht ein bisschen banal?[11]

Manchmal fühle ich mich zu alt, um unter den Studentinnen hier am Sarah Lawrence zu sein. Ich kann nicht länger Vietnam-Diskussionen mit »gescheiten« Mädchen führen, die ihre Haltung zum Krieg mit ihrem Geigenspiel unter einen Hut bringen wollen. Dazu lastet der Tod der vietnamesischen Kinder zu schwer auf mir.

—

Einundzwanzig ist ein besonderes Alter. Es bedeutet Volljährigkeit und Freiheit, ja – und das Gefühl, von der Mutter sanft verstoßen zu werden.

Ich kann verstehen, dass Leute über Selbstmord witzeln. Er ist etwas so Persönliches, dass ihn jeder, der ihn nicht in gleicher Weise versteht wie das Opfer, komisch findet.

Wenn ich heute Nacht sterben würde, würden viele Leute eine Antwort auf die Frage haben wollen: Warum? Niemand käme auf die Idee, dass ich es wahrscheinlich wollte. Das ist das Problem mit den Leuten – sie sind nicht stoisch genug, um den Tod als eine Möglichkeit zu betrachten.

—

Es scheint mir essenziell, dass der Künstler die Liebe liebt. Ich könnte einen rein kontemplativen Künstler nicht ertragen, denn er wüsste nicht die Bohne über die Haut, in der er steckt, oder die Seele, die er umhüllt. Liebe quält uns und bringt uns zum Schreien, aber letztlich tastet sie die schummrigen Falten unserer Seele aus und findet eine neue Dimension. Mir scheint, »Der Tod in Venedig« sagt genau das – oder versucht es zu sagen.

Ich neige dazu, der Aussage zuzustimmen, dass Sokrates eine alte Nervensäge war! Man liebt ihn entweder, oder man hasst ihn – & ich liebe ihn nicht.

Nietzsche sagt, Philosophen sollten nicht heiraten & tun es gewöhnlich auch nicht.

Manche Leute würden Neugier nicht für die legitime Grundlage einer Handlungsphilosophie halten – aber ich frage mich, ob sie nicht vielleicht die Grundlage jeder Philosophie ist.

—

Ich möchte eine Geschichte über eine bourgeoise Schwarze Frau schreiben, die die Inkarnation all der imitierten bourgeoisen weißen Werte ist – und darüber, wie gefangen sie in den rigiden, überkommenen gesellschaftlichen Normen ist, die sie erlernt hat und die ihr wichtig sind. Sie ist einsam, hält aber immer noch an moralischen Prinzipien und Verhaltensweisen fest, die die westliche Welt schon vor Jahren aufgegeben hat – nur dass man ihr das nicht beigebracht hat und sie es nicht weiß. Für sie gilt:

1. Sex nur in der Ehe – ergo entgehen ihr Sex und Ehe.
2. Auf dem College war sie der Meinung, Studierende hätten kein Recht auf irgendetwas anderes, als zu studieren – selbst zu denken, kam ihr nicht in den Sinn.
3. Man hat sie gelehrt, ihr Land zu ehren – Revolution war für sie etwas Abstoßendes, deshalb hat sie eben die Leute gewählt, die sie hassten.
4. Sie glaubte an den »Wert« materieller Errungenschaften und umgab sich mit angesammeltem Zeug, das bewirkt hat, dass sie »gesettelt«, sprich unbeweglich ist.

Wie Mitgefühl mit dieser »Kreatur« vermitteln & Verachtung für ihre Werte …

Schopenhauer [sic!] – »Ich weiß keinen Unterschied zwischen Tränen und Musik zu machen.«

—

10.11.65

Heute habe ich eine Geschichte beendet, auf die ich stolz bin. »The Suicide of an American Girl«. Alle, die sie lesen, sind geschockt von Anas Selbstmord. Offenbar war niemand von ihnen je dem Tod so nahe, dass ihm oder ihr bewusst geworden wäre, wie dicht beieinander Tod und Leben liegen.

Ich habe zu erklären versucht, wie ich den Suizid im Leben eines Menschen sehe – mir scheint er eine der <u>Entscheidungsmöglichkeiten</u> im Leben.

Wenn man die Freiheit haben soll zu leben, dann muss einem auch die Freiheit zu sterben gewährt werden – dazu braucht es nur die Überwindung der christlichen Moral, die die Menschen zum Eigentum Gottes macht, nicht zu ihrem eigenen. Wenn es überhaupt einen freien Willen geben soll, muss Suizid akzeptiert sein. Solange ein Mensch einen freien Willen hat, ist Suizid eine seiner Möglichkeiten.

Ich war ein paarmal dem Tod nahe, und ich habe versucht mich zu erinnern, wie ich mit dem Wissen umgegangen bin, dass morgen die Sonne ohne mich scheinen wird – habe ich gebetet, habe ich an die Menschen gedacht, die ich liebe, hatte ich große Angst?

Wenn meine Mutter nicht mehr am Leben wäre, hätte ich keine Angst vor dem Tod. Oder nur mäßige Angst. Doch wie die Dinge liegen, ertrage ich es nicht, dass sie mich, ihr Baby, tot sähe. Sie als Christin könnte nur denken, was sie falsch gemacht hat. Ihre eigenen »Sünden« würden in ihren Augen viel größer und schwerwiegender, und sie würde in Verzweiflung verfallen. Dabei wäre sie natürlich völlig unschuldig. Ich mag keine Weltanschauung, die allen Schuldgefühle macht.

12. Nov.

Letzte Nacht hatte ich einen sehr bizarren Traum – es ging um Bürgerrechte und Studierende & Hausfrauen hier aus Westchester, & ich sollte ein Pistolenduell austragen – Indigene kamen durch den Fluss, aneinandergekettet und alle genau gleich aussehend. Ich heulte wie ein Hund, als ich sie sah, niemand sonst schenkte ihnen auch nur die geringste Beachtung. Es tat mir in der Seele weh, und ich wachte mit Tränen in den Augen auf.

Ob es mir wohl möglich wäre, eine Geschichte zu schreiben, die im Grunde eine gut ausgehende Liebesgeschichte ist?

Bin sehr versucht, einen Roman über zwei Menschen zu schreiben, die große Ähnlichkeit mit David[12] und mir haben. Das Thema wäre wohl die Unfähigkeit der jungen (Negro-) Frau, irgendetwas anderes zu tun, als ständig zu versuchen, »(es) zu überwinden«. Er (weiß) hält ihre Ziele für spießig und hat sie selbst längst verworfen, ihr aber sind sie wichtig: das, worauf ihr ganzes Sein ausgerichtet ist. Der Mann findet Bildung über das College hinaus unwichtig (aber liegt das daran, dass er nicht gern studiert & Probleme hat, an der Uni angenommen zu werden?). Sie hat keine Probleme mit dem Studieren oder der Uni und genießt beides total – es fällt ihr schwer, ihr Wissen und ihren Wunsch nach mehr Wissen als spießig zu betrachten. Sie trennen sich, weil sie, wie sie sagt, außer dem Ehefrauendasein ihre eigene Arbeit (Kunst) will. Er fühlt sich durch ihr Talent etc. bedroht & weiß, dass er mit einer »supergescheiten« Frau sein Ansehen nicht wahren kann.

Ich denke oft an die Geschichte meiner Mom, wie sie Daddy geheiratet hat – ich frage mich, ob da genug dran ist, um damit zu arbeiten. Letztlich ist es ja »die immer gleiche Geschichte.«

Wirklich gern schreibe ich nur über die Dinge, die ich tue, ohne eine Erklärung dafür zu finden und ohne sie zu verstehen.

Ist es möglich, aus dem Zustand des Glücklichseins heraus kreativ zu sein?

—

2. Juni 1966

Billy [sic!] Holidays Autobiografie[13] hat mich sehr bewegt, vielleicht, weil Holiday so echt war und so viel Schneid hatte. Ich bin nicht sicher, ob ich ihre Art zu singen genauso mag wie ihre Person, aber sie ist so besonders, dass man sich nicht vorstellen kann, jemand anders könnte genauso klingen. Ist das Genie?

—

3. Juni 1966

Wem liegt schon daran, Geschichten mit »Punch« zu schreiben? Mir nicht. Ich frage mich, ob ich mich zu einer existenzialistischen Schriftstellerin entwickeln könnte – wobei ich nicht sicher bin, was das heißt. Ein Existenzialist geht davon aus, dass die Welt wahrscheinlich ein böses Ende nimmt, beschließt aber, trotzdem ein moralisches Leben zu führen.

Ich nehme an, ich bin Existenzialistin, soweit ich die Definition verstehe. Da habe ich all die Monate am Sarah Lawrence Camus und Sartre studiert, und immer noch ist das für mich ziemlich vage – man könnte doch meinen, was auch immer ich schriebe, wäre wahrscheinlich existenzial, oder? Ist es aber nicht. Ich sollte mich wahrscheinlich gründlicher mit dem Potenzial der Short Story befassen. Jetzt gerade würde ich gern eine Story à la Ambrose Bierce schreiben. Er ist für mich ganz ähnlich wie Poe, noch gruseliger vielleicht. Auf jeden Fall unheimlicher als Ray Bradbury, über dessen Geschichten ich mir auch noch mal Gedanken machen muss.

8. Juni 1966

Wieder ein Marsch, in der Tradition von Selma, durch ganz Mississippi,[14] diese und nächste Woche. Dr. King, interviewt von einem Reporter aus Philadelphia, klingt extrem müde von den fünfzehn Meilen, die er gestern gelaufen ist. Ich sollte mir wohl bequeme Schuhe kaufen …

10. Juni 1966

Anna Karenina, Seite 154

»Ich denke, wie viel Köpfe, so viel Sinne, und ebenfalls, wie viel Herzen, so viel Arten von Liebe …«[15]

11. Juni 1966

Heute werde ich (wenn ich den Termin nicht vergesse) mit den Leuten von Fact über meine Erfahrungen am Spelman reden.[16] In letzter Zeit frage ich mich, was ich wirklich weiß … Denn meine Kritik wurde ohne Liebe geübt – mit Zorn und einer gewissen Verachtung. Schlechte Lehrveranstaltungen, bourgeoise Dozentinnen und Dozenten und Mitstudentinnen mal dahingestellt – immerhin habe ich dort ja Howie, Staughton und Charles getroffen – und die wunderbare Connie.[17]

Es stimmt wirklich, dass wir aufpassen müssen, was wir uns wünschen – es könnte in Erfüllung gehen. Obwohl mein Leben bisher so langsam und krumm verlaufen ist, bewegt es sich doch aus eigenem (meinem) Willen in Richtung meiner Wünsche. In gewisser Weise ist das beängstigend – aber da ich mir nie wünschen werde, die Frau des Präsidenten zu sein, besteht keine große Gefahr.

27. Juni 1966, New York City

Ich bin noch nicht nach Mississippi aufgebrochen, und der Gedanke, meine Arbeit zurückzulassen, ist so beunruhigend, dass es mir schon fast absurd erscheint, überhaupt hinzugehen. Aber etwas zieht mich dorthin, obwohl ich mir keine Illusionen mache, was ich bewirken kann. Ich würde gern mit Marian und Henry[18] losziehen, durch die Wälder und über diese Ebenen, die so nahtlos in den Horizont übergehen.

Die Upper East Side nach der Lower East Side: ein Zuviel an Glas, neuen Autos, dünnen jungen Frauen und Geld. Man muss sich wohl daran gewöhnen, an Sauberkeit und Geld und daran, dass man davon wahrscheinlich so steril und wohlriechend wird wie ein Stück Seife.

3. Juli 1966, unterwegs nach Jackson, Mississippi

Eine dicke Wolke, geformt wie ein Flugzeug, versucht mit unserem Jet zu konkurrieren – ein Windstoß, ein bisschen Sonne –, puff, das Heck ist weg, die Tragflächen sind nur noch hauchfeine Strähnen, fallen weißlich hinab wie Arme. Der blaue Atlantik, der sich ins Endlose erstreckt, mit Inseln von Ufern und Hügeln und Bergen und flachen Ebenen aus Wolken – und vielleicht bevölkert von blau-weißen Wesen, die zwischen Meer und Himmel emporschnellen und abtauchen und, wenn sie lachen und springen, glitzern wie Juwelenknöpfe.

Von hier aus sehe ich den König einer Wolkeninsel, weißer inmitten seiner Untertanen und mit Schweineohren und Rüssel. Sein Bauch reicht über sein ganzes Königreich.

Ein Wolkenband wirft seltsame Schatten auf die Berge, auseinandergezogene Perlen mit Sonne dazwischen, wie eine Halskette.

Jackson, Musterbeispiel einer Überraschung. Ich sage ja so ungern, dass es mir gefällt. Spottet nur, Laura, Marian – Melvyn.[19] Aber es gefällt mir, weil die Leute hier in erster Linie tun, was sie tun wollen oder was ihrer Meinung nach getan werden muss – für die, die sich einsetzen – und für die, die es nicht tun.

August 1966

Heute Nachmittag hatte ich einen schrecklichen Traum. Ich war zu Hause (in Georgia) und erzählte meiner Familie von Mississippi – dem bewundernswerten Mut der Negroes in Mississippi, den bewundernswerten Leuten, die von ihrem Land verjagt wurden und Kooperativen gegründet haben, wo die Leute nähen lernen, damit sie einer anderen nützlichen Tätigkeit nachgehen können als dem Schuften auf Pachtfeldern. Meine Mutter war den Tränen nahe. Ich selbst weinte die ganze Zeit. Ich weiß noch, ich wollte, dass sie wirklich verstünden, was andere Negroes an Leid und Not ertragen mussten, während wir an einem reich gedeckten Tisch saßen, in einer

Runde von gesund aussehenden Kindern und wohlgenährten Erwachsenen. Meine Brüder guckten zweifelnd in ihrer eigenen Zufriedenheit. Nichts, was ich sagte, schienen sie mir zu glauben. Also weinte ich, und meine Mutter guckte hilflos. Meine Familie sagte nichts, nicht mal, als ich (was gelogen war) sagte, ich hätte in der Kooperative Anziehsachen für ihre Kinder gekauft.

Dann bat ich meinen Bruder, mich zu einer lokalen Negro-Kneipe zu fahren, ich glaube, weil ich mit Freunden über mögliche Bürgerrechtsaktivitäten in unserem Ort sprechen wollte. Er weigerte sich, sagte, er habe kein Benzin mehr und wolle außerdem in die entgegengesetzte Richtung. Ich sagte, kein Problem, schon okay, ich sei es gewohnt, zu Fuß zu gehen, seit ich in Mississippi sei, und er könne mich an der Tankstelle absetzen, wozu er sich bereit erklärte. An der Tankstelle stand ein Wagen voller Polizisten, und irgendwie kam es zu einer Auseinandersetzung, die sehr hitzig wurde, als die Beamten merkten, wer ich war. Dass ich in Mississippi gewesen war und vielleicht vorhatte, mit hiesigen Negroes zu sprechen – woher sie das wussten, war mir nicht klar. Meine Familie, bis auf einen meiner Brüder und meine Mutter, ließ mich im Stich, und in der Szene, an die ich mich erinnere, stehen meine Mutter und mein Bruder mit mir in dem Kreis umgeben von Polizisten. Bei dem Streit hatten sie mir den Knöchel mit einer Art Schlagstock kaputt geschlagen, und ich wunderte mich die ganze Zeit, dass es nicht wehtat und mein Bein nicht wegknickte, als ich dastand und mit ihnen redete.

Sie transportierten uns drei in ihrem Polizeiwagen ab, beschimpften dabei hauptsächlich mich. Wir hielten an einer Kirche, wo der Sheriff seine Pistole zog, damit herumfuchtelte und sagte, er werde mich töten. Nach einem Anfall von Angst, in dem ich mit ihm um die Pistole rang, sagte ich: Nur zu, und kniete mich hin, den Blick auf meine Mutter gerichtet, die wie eine abstrakte Figur in Pink aussah, ein Inbild von Schmerz, Tränen, Händeringen. Der Sheriff und ich zählten unisono auf drei und sprangen dann gleichzeitig hoch. Der Mann, der bei ihm war, sagte lachend, wir hätten ja beide Angst, und nahm dann die Pistole. Ich versuchte sie wieder an mich zu bringen, während er sie mir zwischen die Beine zwängte und abzudrücken versuchte, als die Mündung genau auf meinen Schritt zeigte. Ich entwand mich ihm so weit, dass ich die Pistole bewegen konnte, richtete sie auf seinen Rücken und drückte ab, nur um zu merken, dass sie nicht geladen war – worauf er lachte, sich wieder die Pistole griff und eine Patrone hineinschob, die aussah wie eine halb gerauchte Zigarette mit grauer Asche am vorderen Ende.

An dem Punkt ging meine Mutter dazwischen, wenn ich auch nicht mehr genau sagen kann, wie, und rief mir zu: Lauf! Lauf! – was ich tat, während sie mit dem Mann mit der Pistole rang. Weil sie glaubten, ich hätte mich unter der Kirche versteckt, steckten sie diese in Brand, aber ich rannte über Felder und kam schließlich zum Haus einer alten Negro-Frau mit hellbrauner Haut, weißem Haar und einem blauen Kleid (das ich bei einem Bankett gesehen hatte); sie behielt mich bei sich und kümmerte sich um mich, bis mein verletzter Knöchel geheilt war, und schickte mich dann los, dem Polarstern entgegen, und ich entfloh von Eisscholle zu Eisscholle über den Fluss, ein winziges dunkelhaariges Baby in den Armen. Eine moderne Eliza.[20]

—

August 1966

Eine bemerkenswerte Erinnerung: Als ich heute mit Eric[21] spazieren war, sahen wir eine Blumengrube voller blühender Sommerblumen. Ich nannte sie »Blumengrube«, und eine lang verschüttete Erinnerung daran, woher ich das Wort habe, kam wieder hoch. In meiner Kindheit – als wir auf dem Land lebten – überwinterte meine Mutter ihre Blumen in einer Blumengrube. Diese Grube war so ähnlich wie ein Außenkeller, nicht sehr tief – irgendwas zwischen 1 Meter 20 und 1 Meter 80 – und direkt am Haus, um windgeschützter zu sein. Manchmal lief eine Menge Wasser in die Grube, und aus Angst, die Pflanzenwurzeln könnten erfrieren oder faulen, öffnete meine Mutter dann die Klappen oder nahm das Blech oder was auch immer weg, um Sonne hineinzulassen.

Von den Blumen erinnere ich mich am besten an die Geranien. Mama hatte sie in vielen verschiedenen Farben, aber vor allem in Rot und Lachsrosa. Ich sehe so genau vor mir, wie sie sich nach strengen Januarfrostnächten morgens über die Grube beugte. »Ich will nur schauen, wie es meinen Blumen geht«, sagte sie dann mit einem leichten Stirnrunzeln und stieg in die Grube hinab. Es ist seltsam, wie Erinnerungen wiederkommen. Jetzt steht wieder lebhaft vor mir, wie Mama Obst und Gemüse einmachte und es besser konnte als irgendjemand sonst in der Nachbarschaft. In der Erntezeit kochte sie unzählige Gläser Pfirsiche, Brombeeren, Erbsen, Mais und Bohnen ein. Unsere Wände sahen wunderschön aus von den leuchtenden Farben ihrer Erzeugnisse in den klaren Gläsern. Essbare Juwelen umgaben uns.

18. Mai 1967[22]

Ich bin ängstlich, besorgt, zerstreut, und es ist ein alt-neues Gefühl und hält sich eisern, obwohl ich es um Mels Willen überwinden muss. Es gab Zeiten, da hätte mich das Geschimpfe einer Schwiegermutter – wie in einer Geschichte – amüsiert; jetzt tut es das natürlich nicht. Es macht mir Angst, denn das Wissen, dass dieses Geschimpfe unveränderlich ist, nimmt mir jeden Optimismus, dass sich die Beziehung verbessern könnte.

Ich glaube nicht, alles zu wissen, was es zu wissen gibt, aber ich weiß, dass ich meinen Mann liebe. Dieses Leiden, sobald er leidet – mir geht es sogar körperlich schlecht, wenn es ihm schlecht geht. Mein Leben ist doppelt, und unsere Leben sind eins.

Wir sind beide nervös, überdreht, weil uns der andere so viel bedeutet.

Undatiert

Lieber Langston,[23]

du bist jetzt etwa einen Monat tot, und ich habe noch keine Trauer alter Schule verspürt! Mel und ich lesen jetzt deine Autobiografie und lernen dich dadurch kennen. Ich wollte, wir hätten all deine wunderbaren Geschichten aus deinem Mund hören können.

Komisch, von deiner einstigen Liebe Mary aus einem Buch zu erfahren. Ich bedaure es schon fast, dass du sie hast gehen lassen. Vielleicht hättet ihr fröhlich zusammen verhungern können. Was glaubst du, wo sie jetzt ist? Verheiratet, mit erwachsenen Kindern? Auch tot?

Ich habe dir in der Nacht geschrieben, in der du gestorben bist. Was für ein kurioser Gedanke – weil du nicht toter bist als ich. Du hast den Brief nie bekommen, und das tut mir leid. Denn ich bot dir darin unsere Hilfe an und erzählte dir auf humorvolle Weise von meinem Kreuz mit meiner Schwiegermutter. Sie kann uns Colored People einfach nicht leiden!

Und ehrlich gesagt, ich kann sie auch nicht leiden.

Du hast ja keine Ahnung, wie krank ich war. Und ich habe Angst, dass ich Mel auf die Nerven gehe. Vor allem, weil ich so viel und aus so vielerlei Gründen weine. Ich bin wohl einfach »so emotional«.

Ich wünschte, du wärst noch in der 127th Street. Du warst so ein geschätzter Freund. Wir hätten uns so gewünscht, dass du unsere Kinder kennenlernst und sie dich. Es ist schwer zu glauben, dass du fünfundsechzig warst; du hattest fast keine grauen Haare und sahst bei deiner Trauerfeier (die Mel und ich sehr schön fanden) nicht aus, als hättest du gelitten. Leider sahst du überhaupt kaum aus wie du. Du bist viel dunkler geworden zwischen deiner Jugend und jenem Abend im Lincoln Center, als wir dich das erste Mal sahen.

Ich habe nie einen großen alten Mann so gerngehabt wie dich, nach so kurzer Bekanntschaft; wärst du immer noch mein Freund –? Wäre es nicht zu komisch, wenn es einen Himmel (oder eine Hölle) gäbe und du jetzt dort mit denjenigen deiner alten Kumpels herumhingst, die es geschafft haben?

Vielleicht treffen wir uns ja, aber wenn nicht, bist du hier bei uns, in jedem Wort, das du geschrieben hast.

In Liebe, immer und allezeit,
<u>Moi</u>

—

Sprüche 10:15. … Die Habe des Reichen ist seine feste Stadt, aber das Verderben der Geringen ist ihre Armut.

Mein alter Mann (Grange)[24] glaubt, als er die Liebe der Bürgerrechtler mitbekommt, dass das tausendjährige Friedensreich, auf das er (wegen seiner Enkelin Ruth) gewartet hat, da ist – doch dann geht er eines Tages als Zuschauer zu einer Demonstration und sieht, wie die Polizei auf die jungen Männer einprügelt. Die Demonstration geht weiter und wird von allen als »Erfolg« gefeiert, aber er wird nachdenklich, verliert die Hoffnung auf die Zukunft. Er weiß zu genau um den Kreislauf von Gewalt und Gegengewalt. Das war es noch nicht mit dieser Weigerung zu lieben, sagt er zu Ruth.

4. Dezember 1967

Es ist viel passiert seit meinen letzten Einträgen, die sechs, sieben Monate her sind. Mein Leben ist erfüllter, als ich es je für möglich gehalten hätte. Und das liegt an meiner Liebe, nicht so sehr an meiner Arbeit. Die Kunst wird immer das Leben kopieren.

Mein Mann ist gekommen und hat mein Herz für immer in Beschlag genommen. Er ist derjenige, welcher; es ist wie ein Märchen in seiner Endgültigkeit – kann es irgendeinen Zweifel geben, dass wir, was auch immer passiert, glücklich und zufrieden sein werden bis an unser Lebensende? Ich hätte nie geglaubt, dass ich je mit jemandem eins werden könnte – aber jetzt bin ich eins. Mit M.

Es scheint zu stimmen, dass die Träume, die man hat, wahr werden, wenn man nur lange genug wartet und im Herzen eine hoffende Jungfrau bleibt.

Der Roman wird ebenfalls Wirklichkeit, wenn auch langsam. Vielleicht hätte ich Hemingways Beispiel folgen sollen – Kurzgeschichten, bis der Roman unvermeidlich ist. Ich weiß es nicht. Vielleicht schreibe ich ja einfach komisch. Aber auf jeden Fall glaube ich bei vielen Themen, Storys, »Ideen« Fortschritte zu sehen.

Mel und ich sind unabhängig. Keine Schulden so weit. Das gefällt mir. Es gibt uns Freiheit von Leuten, die sich nur einmischen wollen. Manchmal frage ich mich, ob es (unser Leben) komplizierter oder unkomplizierter ist als vorher, als wir Singles waren. Es ist so ein seltsamer und manchmal Angst erzeugender Trost: jemanden zu haben, an den man sich anlehnen kann.

19. Dezember

Nächste Woche um diese Zeit bin ich hoffentlich zu Hause bei meinem geliebten Mann und unserem Myshkin.[25]

Fiktion ist nicht wie Lyrik, denn die ist echt und wahr und niemals fiktional.

—

CANE: von Jean Toomer, Boni & Liveright, 239 S.

So was von unterschätzt, dieses Werk, ganz sicher. Ich muss herausfinden, wie es bei seinem Erscheinen aufgenommen wurde. So offensichtlich sein Einfluss auf R. Wright![26] So frei seine Darstellung der Schönheit des Südens! Es hat eine Frische, die einem Großteil der Schwarzen Literatur von heute leider fehlt.

Frische, Kürze, Allgemeingültigkeit.

Wirklich bereit fühle ich mich jetzt für meinen Kurzgeschichtenband. Der Roman bringt mich durcheinander. Wenn ich ehrlich bin.

So weit wie möglich (ganz!) müssen meine Charaktere Menschen mit ihrer eigenen menschlichen Natur sein. Unabhängig von den Zwängen, die ihnen die weiße Welt auferlegt. Man könnte etwa eine Schar von Rektoren, Collegepräsidenten und sogar Dozenten haben, deren Grausamkeit und Engstirnigkeit ihnen zumindest die Überzeugung gibt, frei zu sein. Frei genug, dass man sie beim Schreiben (das Gute in ihnen natürlich ebenfalls vorausgesetzt) als in sich vollständige Entitäten behandeln kann, ohne sie als bösartige Auswüchse des Systems des weißen Mannes darzustellen.

Und Schönheit muss auch da sein. Die volle, uneingeschränkte Schönheit, die darin liegt, dass Individuen ihr Leben leben. Eine Schönheit, die man selten erblickt, weil Unterdrückung sie für die meisten von uns verdunkelt. Und doch macht sie unsere Stärke aus. Diese Schönheit ist der Quell dessen, was wir an Mut und Liebe zum Guten haben. Nicht das Hässliche, aus dem nur die Angst kommt.

Was ich sagen muss: dass wir einander immer schon Leid zufügt haben, die Eltern mehr als die Großeltern – weil sie so direkt damit befasst sind, ein neues Geschöpf dafür zu schaffen, die gleichen Probleme zu ertragen. Dass die Alten die Jungen führen müssen, nicht nur indem sie sie die manchmal gewaltsame Kunst der Selbstbehauptung lehren, sondern auch indem sie eine Haltung der Fürsorglichkeit weitergeben, einen bewussten Sinn für Zusammenhalt. Wir müssen volle Verantwortung füreinander übernehmen, wie es unsere besten Vorbilder taten. Selbst angesichts von Waffengewalt müssen wir einander befreien, so wie es Harriet Tubman tat, indem sie ihre ängstlichen Schützlinge durch die Sümpfe führte.

8. Juli 1968

Habe heute Exemplare meines Gedichtbands [*Once*] erhalten.[27] Ein paar unmittelbare Reaktionen – das Cover gefällt mir nicht, zu sehr wie eine Borax-Packung. Das Foto von mir auf der Rückseite mochte ich auch nicht. Ich sehe alt und müde aus. Fand, dass das Ganze billig wirkt. Später ging es mir schon besser damit. Aber die Gedichte sind vor so langer Zeit geschrieben, und ich bin jetzt so anders. Ich bin nicht mal mehr derselbe Mensch.

Exemplare des Buchs zu verteilen ist schön, weil Schenken eine der großen Freuden ist, die uns noch bleiben.

Es ist gut, dass wir Andrew[28] haben, er hält mich davon ab, Myshkin nachzutrauern. Wie können Menschen jemandem einen Hund stehlen? Das ist fast, wie ein Kind zu stehlen. Mel ist glücklicher jetzt, wo wieder ein Hund im Haus ist.

11. Juli 1968

Nachdem ich mich viele Monate lang gefragt habe, wie ich als verheiratete Frau weiter ein persönliches Tagebuch führen kann, habe ich (glaube ich) die Antwort gestern Abend durch Zufall gefunden. Und zwar, als eine dritte Person, eine junge Frau, die wir beide gernhaben, die Gefühle meines Mannes verletzte. Da, als ich seinen Schmerz fühlte, wurde mir klar, dass er mein persönliches Leben ist und dass wir wahrhaft eins geworden sind.

Er war verletzt, weil Barbara[29], unsere engste Freundin, ihn letztlich immer noch als Weißen betrachtet. Ich bin wohl der einzige Schwarze Mensch, der es nicht tut. Tatsächlich sind wir Schiffbrüchige auf der Insel Amerika, nur wir beide gegen die Schwarze und die weiße Welt, aber wie das unsere Liebe befeuert! Es erinnert mich an Wosnessenskis Gedicht über die sorgenbedrängten Liebenden, die wie die Schalen einer Muschel ihren Schmerz umschließen, aber auch ihre intensive Freude darüber, dass ihnen die Götter eine so grandiose, fast schon heroische Emotion gewähren.

Wie hätte ich mich als Frau eines Predigers gelangweilt!

Jetzt, wo ich festgestellt habe, dass meine Stimme manchmal stark genug für zwei ist, gibt es so vieles zu schreiben, worüber ich vorher nicht schreiben konnte. Da ist die zunehmende Feindseligkeit von Schwarzen hier in Jackson gegenüber Weißen – aber nicht gegenüber den reaktionären »Crackern«, die es verdient hätten, sondern gegenüber den weißen Bürgerrechtlern, die es meiner Meinung nach nicht verdienen.

Ich muss daran denken, wie Ronnie droben in Bolivar von einem Schwarzen Jungen schwer am Kopf verletzt wurde. Ronnie![30] Der sich jeden Sommer in Mississippi den Arsch aufgerissen hat, um Schwarze Menschen zum Wahllokal zu transportieren. Weil er weiß ist und das Schwarze Bürschchen wusste, er würde sich nicht wehren und nicht die Polizei rufen! Es ist so unfair. Und der arme Ted Seaver, der zusammengeschlagen wurde, weil er erfolgreicher im Mobilisieren von Wählern war als sein Schwarzer »Freund«. Und dann ist da der Schwarze Mann aus Boston, der seine Familie verließ, um sich in Mississippi zu engagieren (Frau, Kinder; warum engagierte er sich nicht in Roxbury, das es genauso nötig hat wie Mound Bayou?), und der meinem Mann androhte, ihn zu verprügeln. Wenn er es je versuchen würde, würde ich ihn umbringen wollen, und ich würde ganz bestimmt wollen, dass Mel ihn anzeigt.

Genug ist genug! Für mich ist Mel, solange er dafür arbeitet, diese Welt zum Besseren zu verändern, ohne jede Schuld. Und natürlich gibt es für mich keine weißen Menschen, nur eine weiße Gesinnung. Malcolm hat das gelernt, Baldwin wusste es wohl schon die ganze Zeit. Wie könnte mein Mann weiß sein, wenn wir gemeinsam versuchen, die Welt tauglich für unsere Braunen Kinder zu machen? Für unsere Freunde, die andere Hautfarben haben, aber Wahlschwarze sind?

Barbara kritisierte Mel dafür, dass er diesem Land zutraute, jede Erhebung von Schwarzen zu unterdrücken. Aber sie und ich haben das auch schon gesagt, dieselbe düstere Feststellung gemacht. Doch nach all der Zeit ärgert es sie, dass er es <u>als Weißer</u> sagt. Und obwohl ihr Ärger verständlich ist, sind wir tief verletzt – kommt es daher, dass wir geglaubt hatten, in unserem kleinen Freundeskreis das Konzept von Color als allein durch die Hautfarbe bestimmt abgeschafft zu haben?

15. Juli

Andrew zu erziehen, ist viel schwerer, als es bei Myshkin war. Andrew ist auch nervöser, erregbarer. Er beißt viel mehr, und seine Zähne sind eindeutig spitzer. Aber er entwickelt sich zu einem strammen, gesunden Burschen, und wir sind froh, dass er in vier Tagen zwei Pfund zunehmen kann. Heute haben wir ihn zwei Wochen.

Wie seltsam – ich habe Schwierigkeiten, ehrlich und gut zu schreiben. Kann es daher kommen, dass ich so kühn war, zu Mel zu sagen, ich würde dieses Tagebuch vielleicht eines Tages veröffentlichen? Und dann die Dinge, die mich wirklich erschüttert haben – Dr. Kings Tod, Bobby Kennedys Tod[31] –, ich kann das offenbar nicht in eine literarische Form bringen. Ich könnte über den King so wenig ein Gedicht schreiben, wie ich auf seinem Grab tanzen könnte. Und das sagt zweifellos etwas über meine Poesie aus. Ich glaube, sie ist ironisch, weitgehend satirisch, in vielem nicht das, was Dr. King ausmachte. Er brauchte – wie seltsamerweise auch Kennedy – Gedichte von Tennyson, Matthew Arnold, tief, getragen, allegorisch. Und vielleicht, am anderen Ende des Spektrums, Robert Browning.

Ich frage mich, ob wirklich diese letzten Meilen Trauerzug mit dem King der Grund dafür waren, dass ich unser Kind verloren habe – oder war das mein Tribut an den Mann, der mein eigenes Leben erträglich gemacht hatte? Komisch, wie ich mir damals nicht vorstellen konnte, ein Kind in eine Welt zu setzen, in der Dr. King nicht mehr leben würde. Wie oft habe ich zu Mel gesagt: »Ich werde hier – gemeint: in diesem Land – bleiben, solange er hierbleiben kann.« Danach – scheiß drauf. Und jetzt empfinde ich stärker denn je die Vergeblichkeit des Hierbleibens, und doch – wohin denn? Es ist so dringend nötig, dass jemand von unseren »Anführern« eine Antwort auf genau diese Frage findet. Integration, die zur Assimilation führt – wir alle sind dann von einem faden, wenn auch appetitlichen Braun –, das ist abstoßend! Aber Separatismus wird es auch nicht bringen – und außerdem, ist man wirklich bereit, mit allem, was man hat, in eine mögliche Sackgasse zu steuern? Eindeutig nicht! …

… Widrigkeiten machen uns oft klar, woran wir glauben. Sprich woran wir beide glauben und <u>festhalten</u> <u>werden</u>.

Habe über James Baldwin nachgedacht und muss ihm einen Brief schreiben. Ihn liebt man, Ellison bewundert man für sein eines Buch.[32] Eine Nacht mit Baldwin zu verbringen, wäre faszinierend, ihm vielleicht einfach nur beim Schlafen zuzuschauen oder beim Zähneputzen oder wenn er sich die großen Augen reibt. Eine Nacht mit Ellison wäre wahrscheinlich wie ein Tag mit irgendeinem Mann und seiner Frau, die durch ihr Fenster einen Blick auf den Hudson haben.

Habe gerade ein wunderbares Wort nachgeschlagen – adamanten. Bedeutet hart, unzerstörbar, wie ein Diamant.

Wie hart Mels Berufs- und Sozialleben ist! Jemand anders setzt seinen Namen unter das, was Mel erarbeitet hat, ein boshafter alter Mann sorgt dafür, dass er vom Pokern und Golfen ausgeschlossen wird! Sie begegnen ihm als einem Weißen mit Misstrauen und Ablehnung, so wie Barbara, und ich kann es ihnen im Grunde nicht verdenken. Wie könnte ich, wenn ich selbst dieses schwere Misstrauen gegenüber allen Weißen habe, ausgenommen die, die ich mir ausgesucht habe, und auch die erst, wenn sie viele Bedingungen erfüllt haben.

Die »Rassenfrage« (kann man etwas, was so viel Leid und Blutvergießen verursacht hat, als »Frage« bezeichnen?) – jedenfalls hat sie unser aller Seelen hier in Amerika verdorben. Unsere Seelen sind nicht mehr voll Sanftmut, wenn sie es denn je waren.

In mir ist so ein schrecklicher Zorn auf jeden, der meinem Mann auch nur im Entferntesten etwas zuleide tut. Wie seltsam und wunderbar, wie eine Mutter für ihr Kind zu empfinden. Es bricht mir das Herz, wenn er verletzt oder traurig ist. Es ist, als ob mir ein unerträgliches Gewicht aufgelastet wird, bis ich ihn lächeln sehe und glauben kann, dass er okay ist. …

… Und jetzt haben wir quasi ein eigenes Haus. Für sehr kurze Zeit sicherlich. Und wenn die Einberufung kommt, bevor ich bescheinigtermaßen schwanger bin, was werden wir dann tun? Nach Kanada gehen? Mel hasst es wegzulaufen, deshalb sind wir ja wohl hier in Mississippi. Ich hasse dieses Land, aber das schließt auch den Zwang ein, es zu verlassen. Lieber Gott – und ich weiß, das hier ist scheinheilig –, ich weiß, für meine Mutter hast du funktioniert – mach, dass wir zusammenbleiben. Es ist mir egal, wohin wir gehen, solange wir nur zusammen hingehen.

Wenn wir nicht in den Südstaaten wären – oder auch nur in Atlanta –, würde ich studieren. Ein fauler Mensch muss mehrere Hochschulabschlüsse haben, um andere faule, aber bürokratisch effiziente Leute zu beeindrucken. Selbst die Jackson State, diese Einrichtung, die kaum Bildungsaufsteiger hervorbringt, hat die Stirn, Studienvoraussetzungen aufzustellen, die in ihrem Katalog gut aussehen. Und ich kann es ihnen nicht mal verübeln, sie versuchen, ihre Hochschule, das Studium dort auf ein höheres Niveau zu heben, und wissen noch nicht, dass sie damit nicht beim College anfangen müssten, sondern da, wo das Spermium auf die Eizelle trifft.

—

Nichts macht mich so verzweifelt wie der Gedanke an einen Job. Was soll ich denn sein im praktischen Leben?

Ich bin besessen von der Idee, meinen nächsten Roman über acht Frauen nach dem Spelman (kein schlechter Titel!) zu schreiben. Ihn so aufzubauen, dass er sich um »The Suicide of an American Girl« dreht. Acht Frauen, acht ganz verschiedene Charaktere, ihr jeweiliger Hintergrund, ihr Liebesleben etc. Alles enthüllt, während sie auf dem Weg zu Annas Beisetzung sind.

Es könnte eine Studie schwarzer Frauentypen sein.

1. Die frustrierte, frigide alte Jungfer
2. Die revolutionäre Weißenhasserin/Weißenloverin
3. Der Back-to-Africa-Typ – Anna
4. Die reiche Schöne/Reizlose
5. Die, die im Austausch in Finnland ist
6. Die gutbürgerliche Südstaatlerin
7. Das Hippiegirl aus dem Norden, das entsetzt ist über die Ungebildetheit der Spelman-Studentinnen
8. Die Schauspielerin, die sich für Paris entscheidet

18. Juli

Ich staune über mich selbst. Ich bin wieder in der Aufwärmphase fürs Schreiben. In gewisser Weise ist es doch unglaublich, dass man nach Stift und Papier dürsten kann, beides so nötig haben kann wie Wasser. …

… Mache gerade einen Quilt auf die althergebrachte Art, »pieced«. Frage mich, ob Mama erstaunt wäre. Ich hatte es nie mit Hausarbeit. Aber quilten ist keine Hausarbeit. Es ist Kunst, kreativ, erfinderisch. Und es spart Geld und hält gleichzeitig Sears, Roebuck aus unserem Bett fern.

Die Nachbarsfrau von nebenan findet mich smart. Mich! Und ich sehe, wie es in ihrem Kopf arbeitet, wenn sie zu verstehen versucht, warum ich Andrew wie ein Kind behandle. Sie sind ganz offensichtlich der Meinung, man sollte seinen Hund wie einen Nigger behandeln. Armes Schwarzes Amerika, so geben wir die Brutalität weiter. Aber Andrews Job wird es sein, mich zu beschützen, und in Mississippi werden das nur Andrew und mein lieber Mann tun.

Ein Eilbrief von der Library of Congress. Wahnsinn. Sie wollen dies und jenes über ONCE wissen, damit sie es in den Katalog aufnehmen können. Ich werde in der Bibliothek stehen! Wie aufregend. Viel aufregender als alles, was bisher in Zusammenhang mit dem Buch passiert ist.

Ich fühle mich so seltsam, die Leute gehen mir auf die Nerven. Fast alle. Langsam verstehe ich, warum Muriel (Rukeyser)[33] mal gesagt hat, sie hasse es, am Sarah Lawrence zu lehren. Man braucht die größtmögliche Freiheit von dem Gefühl, dass anderer Leute Denken sich ins eigene hineindrängt und darin herumstochert. Mein Bedürfnis nach Ungestörtheit ist fast schon paranoid. Aber manchmal bin ich auch gern mit Leuten zusammen. …

… Ich mag es, Leute überwältigend toll zu finden, so wie Baldwin. Und Baldwin, der einfach nur zu leben versucht, könnte das in einer Burg tun, mit Wall und Graben und einem Dutzend Wachsoldaten. Ich wäre entzückt, wenn es ihn glücklich machen würde. Denn er identifiziert sich mit den Armen im Geiste, und das heißt, mit allen, die der Begrenztheit des Menschen unterliegen. …

… Ich habe es, glaube ich, satt, die Wörter Schwarz, weiß, Negro, Colored zu sehen. Und ist es nicht traurig, dass mein Auge das Wort »Negro« auf einer Zeitungsseite als einziges sofort ausmacht?

2. September 1968

Die Rollen in Mann-Frau-Beziehungen kehren sich um. Zuerst will die Frau die simplen Freuden von Heim und Familie (oder sie will sie nicht), während der Mann die Welt für unter 3 $ am Tag erkunden will. Dann will die Frau eine ähnliche Art von Freiheit, und der Mann will Sicherheit. In jungen Beziehungen zerstört dieses Systole-Diastole noch den letzten Rest an Vertrauen und Nähe.

Eine Geschichte, in der es um das Zerbrechen einer jungen »gemischtrassigen« Liebesbeziehung geht und darum, dass es kein Kampf zwischen Schwarz und Weiß ist, sondern zwischen einer bürgerlichen und einer radikalen Einstellung. Der eine Teil hat gehabt, der andere nicht und will haben.

Jackson – Okt. 68

An den Abenden, an denen ich allein zu Hause sitze und auf Mel warte, wird mir klar, dass er das Wichtigste in meinem Leben ist. Und ich fürchte ihn nicht, wie ich MÄNNER immer gefürchtet habe – meine einzige Angst ist, ihm wehzutun. Er ist so verständnisvoll. Oder bemüht sich jedenfalls und ist sanft, liebevoll. Manchmal fühle ich mich wie eine Xanthippe.

Es erstaunt mich immer, dass ich weiß, ich kann ohne Schreiben nicht leben. Das ist doch merkwürdig. Wie meine Finger sich wünschen, einen Füller zu halten, wie meine Hand die Haptik von Papier und Notizbüchern liebt. Manchmal glaube ich, mein Notizbuch hat Mel dazu gebracht, mich ernst zu nehmen. »Alle ›schreiben‹«, sagte er. Erst als er mein Notizbuch sah, wusste er, dass ich mit dem Schreiben verheiratet bin.

—

Wie seltsam, nachdem man so viel herumgekommen ist, in Mississippi zu landen. Definitiv nicht der Weg, den Wright und Baldwin gegangen sind. Mel würde gern lange hierbleiben. Ich ja auch, wenn wir nur zwei-, dreimal im Jahr wegkämen. Bald sind wir eineinhalb Jahre hier. Ich fühle mich langsam wie eine Kolonisatorin.

Unser Haus ist toll. Alles ist so sehr nach unserem Geschmack, wie wir es nur hinkriegen können. Ich weiß, wir werden es schrecklich finden, hier wegzuziehen. Der Ziergrasbusch vor meinem Fenster ist im Herbst so wunderschön!

2. Dezember 1968

Ich interessiere mich sehr für mich selbst. Das ist eine Wahrheit. Was noch? Dass ich lebe, dass ich das Leben mehr liebe als den Tod. Dass ich Schönheit liebe, dass mein Mann mein kostbarstes Juwel ist. Dass ich Haar liebe, viel Haar. Dass die gesamte Bibel nicht für mich oder für Schwarze Menschen gedacht ist. Dass ich eitel bin. Dass ich von Spiegeln abhängig bin. Dass ich stärker bin, als ich mich je gezeigt habe. Dass ich schreiben muss. Es ist ein innerer Trieb, so stark wie jeder andere. Dass ich vieles fürchte. Ideologien. Dass ich Zeit brauche, um zu wachsen. Dass heute der Geburtstag meiner Mutter ist und ich nicht weiß, wie alt sie wird.

2. Januar 1969

Der Beginn eines neuen Jahrs. Nixon an der Macht. Die Südstaatler wittern Frühlingsluft. Wie hassen sie doch die Kennedys und den armen alten Johnson, der nie richtig in die Kamera blicken konnte. Wer hat denn je seine Augen durch die Brillengläser gesehen, und wenn man sie sah, waren sie wie graue Murmeln und voll von gefrorenem Leid. Zu meiner Überraschung mag ich Johnson trotzdem, der Mann hat Leidenschaft in sich. Johnson hat seine Töchter auf die übliche Art gezeugt – und Spaß daran gehabt. Nixon hat seine durch Schwitzen gezeugt – wahrscheinlich kalt und klebrig. Gott! Wie sollen wir damit leben, in Nixons Gesicht zu blicken. Es ist wie eine Kabukimaske. Wenn er lächelt, ist es, als ob man zusieht, wie eine Motte sich einer Flamme nähert. Ich hoffe, wir sind die Flamme. Er setzt viel auf Intelligenz. Er weiß nicht, dass ihn Computer ersetzen können und werden. Was wir brauchen, ist ein irrationaler guter Kerl. Für Herz gibt es keinen Ersatz.

Nur noch zweieinhalb Monate, dann ist Mel 26. Wenn wir es bis dahin schaffen, ohne außer Landes »fliehen« zu müssen, werden wir dankbar sein. Ich glaube immer noch, dass seine Einberufungsstelle die Stirn haben wird, ihn zur Armee [beordern] zu wollen. Er ist doch schon in der Armee. …

… Ich habe noch nie so oft »Ich weiß nicht« gesagt wie jetzt. Es ist alles so schlimm, schon ohne Nixon und seine Bonwit-Teller-Familie. Die Bewegung, wie wir sie kannten, ist tot. Die Revolution der Liebe ist verraten worden. Jetzt blaffen einen die Leute an. Schwarze und Juden bekämpfen sich gegenseitig, während die WASPs kontrollieren und manipulieren. Selbst dazu gibt es verzerrte Ansichten. Das Einzige, was Schlammattacken übersteht, ist Freundschaft.

Die Leute fragen sich wohl, was uns hier noch hält. Außer den offensichtlichen Dingen: Mels Job[34], der große Garten, der mich schreiben lässt. Die ruhige Nachbarschaft, die paar hilfsbereiten und wirklich netten Leute, die wir kennen. Es sind nicht viele, das stimmt. Aber die »Südstaatenart« der Schwarzen untereinander ist großartig: Gutherzigkeit zu Leuten, die ein Unglück getroffen hat, Hilfe, Unterstützung, frittiertes Huhn, das alles ist hier ein Lebensstil. Wenn uns irgendetwas passieren sollte, wäre die Anteilnahme natürlich, ungezwungen. Das mag ich.

Undatiert 1969
Wir müssen irgendwohin gehen, wo wir nicht zerstört werden, nicht nach dem Bilde derer zugerichtet, die uns hassen. Zu Hause ist, wo immer wir human leben können. Merke: Der Boden, auf dem man geboren ist, kann einen auch vergiften.

—

Es fällt mir schwer, das einzugestehen: Zum ersten Mal in unserer Ehe habe ich das Gefühl, dass Mel etwas nicht nachfühlen kann. Er versteht es, aber er kann nicht fühlen, was ich fühle, wenn ich einen so demütigenden Tag wie diesen erlebe. Hierherzukommen und mich hier niederzulassen, war ein Fehler. Es führt kein Weg drum herum: Außerhalb der Südstaaten, am Sarah Lawrence und in New York, war ich ein anderer Mensch. Kühner, freier, ohne dieses Gefühl zu ersticken. Mel will, dass ich etwas bin, was ich nicht sein kann. Ich weiß, wenn ich ihm nicht begegnet wäre, wäre ich jetzt nicht hier. Heute habe ich mich selbst überrascht, indem ich zum ersten Mal dachte, wenn ich einen Schwarzen geheiratet hätte, wäre uns klar gewesen, dass wir nicht in Mississippi leben können. Für andere ist es schwer zu verstehen, dass das Analysieren der Situation am wenigsten hilft. Für seelische Narben gibt es keine Heilung, kein Kurieren. Ich kann nicht so tun, als wäre ich ohne Narben, ohne Bitterkeit. Ich blickte auf den Hinterkopf dieses Cracker-Busfahrers und hasste ihn und jeden, der aussieht wie er. Ich werde nicht mehr lange hierbleiben – und alles beruhigende, erklärende, tapfere Reden dieser Welt wird mich nicht dazu bringen, hierzubleiben und mich zerstören zu lassen. Ich bin nicht Jeanne d'Arc oder auch nur Anne Moody[35], und mir reicht's.

Was bedeutet das für uns? Zum ersten Mal fühle ich mich an einen Felsbrocken gekettet. Nicht dass Mel ein Felsbrocken ist – alles um uns herum ist einer. Selbst die Läden an den Fenstern! Mel will hierbleiben, bis er etwas geschafft hat – soll ich hierbleiben, bis Mississippi mich geschafft hat? Es gibt Zeiten, scheint mir, in denen etwas Egoismus angezeigt ist. Und ich bekenne mich zu einem schleichend zunehmenden Egoismus. Ich will überleben. Ich will leben, ohne dass es mir die Luft abschnürt, ohne jede Minute Angst zu haben, dass mir jemand etwas antut. Meine Gefühle sind kostbar, mir jedenfalls, und dass andere Leute mit Niedertracht leben und sie aushalten können, heißt noch lange nicht, dass ich es kann oder will.

Welche Alternativen gibt es? Und was will ich?

Er versteht es nicht wirklich – aber selbst wenn er es täte, würde das auch nichts nützen. Ich bin allein.

—

22. Mai

Hiram[36] hat gerade angerufen und gesagt, dass er ganz begeistert ist von dem Buch! Ich bin ja so froh. Er sagt, er schickt mir irgendwann noch einen Brief mit »erbsenzählerischen« Anmerkungen, aber er findet das Buch toll, so wie es ist! Wunderbar!

ZWEITER TEIL

DIE BESTIMMUNG DIESER BLUME IST ZU BLÜHEN

Die 1970er

16. Jan. 1970

Morgen wird meine Tochter zwei Monate alt. Es scheint mir noch gar nicht real, dass sie meine Tochter ist. Aber sie ist das kompakte, warme, sich windende Bündel, das ich so gern wecke – indem ich es an meinen warmen Körper halte, damit das Aufwachen angenehm ist, kein Schock. Und ihre Augen, jetzt schon, wenn sie lächelt, ein bisschen schelmisch. Wie sie von Tag zu Tag erblüht. Andrew lässt sich vor ihrer Tür hinplumpsen. Er weiß schon, er muss, wie Daddy ihm jedes Mal, wenn er aus dem Haus geht, aufträgt, »gut auf Rebecca aufpassen – gut auf Moma aufpassen«. Also liegt er heute Nacht im Flur, auf halber Strecke zwischen unseren beiden Zimmern.

Es ist immer noch seltsam, ein Baby zu haben, das ganz allein meins (und Mels) ist, und ich glaube, das Erstaunliche an einem Baby ist, dass man es auch ganz unabhängig vom Vater lieben würde. Obwohl, wenn man den Vater liebt so wie ich, die Liebe vollkommener ist, eine Liebe wie eine Decke, umfangend, warm.

Rebecca – Mels Wahl. »Nennen wir es Rebecca, wenn es ein Mädchen ist.« Aber ich war mir sicher, es würde ein Junge sein, Adam. Jetzt weiß ich, kein anderer Name wäre so gut gewesen – jedenfalls empfinde ich es so. Zuerst war ich selbst ein Baby – & jetzt weiß ich, warum eine Mutter für ein Kind die einzige Notwendigkeit ist. Dann war ich ein kleines Mädchen. Ich hatte eine lange Phase als junge Frau, dann als Frau. Mit 25 erst habe ich meine Rebecca bekommen. Rebecca ist viel später geboren als die ersten Kinder all meiner Freundinnen. Aber sie sollte verstehen können, dass Mel & ich lange gebraucht haben, um uns zu entschließen. Wir wollten uns sicher sein.[1] Andererseits macht Rebecca uns sicher & hätte es wohl auch getan, wäre sie vor drei Jahren gekommen.

Habe ich hier je etwas über die Schwangerschaft geschrieben? Lang, mit starken Anfällen von Übelkeit, Spucken. An manchen Tagen außerstande, vor meinen Schwarze-Literatur-Kurs zu treten. Dann, in der Mitte, besser, also nach Mexiko, auf eine ausgedehnte Einkaufssause. Teppiche (para mi niño), hauptsächlich Mels Käufe, und der Tamayo[2], den ich einfach haben musste. Während der Schwangerschaft wurde mir bewusst, wie sehr ich Mel liebe und wie froh ich war, sein Kind unter dem Herzen zu tragen. Mama sagt, ein Mann wie Mel, so voller Liebe, sollte 50 Kinder haben. Wenn wir es bei einem belassen, wäre das also eine schlechte Verwertung. Die letzten 3 Monate schwierig, mühsam, einsam. Die letzten Wochen endlos. … Die Geburt selbst lang, hart – 36 Stunden –, beginnend am Tag nachdem Mel und ich Rosen gepflanzt hatten. Mel den größten Teil des ersten Tags in Texas, dann aber den Rest der Zeit bei mir. Wie sehr es ihn mitgenommen hat, werde ich wohl nie genau wissen, aber es war sehr schwer für ihn. Und er war so glücklich, als es vorbei war, und wie er strahlte, als er Rebecca das erste Mal sah!

Ich dachte, wie viel wir doch zusammen durchgemacht hatten und wie überzeugt & sicher ich mir war, was uns betrifft.

Eine Seite mindestens gebührt Mama, die kam & 4 Wochen blieb. Sie tat alles für mich, für uns. Sie genoss es so, Rebecca an ihrem Körper zu halten, geborgen in diesen üppigen Armen. Nachts nahm sie sie & wiegte sie, wenn sie weinte, die ganze Nacht lang. Ich wusste, wie sehr meine Mutter mich

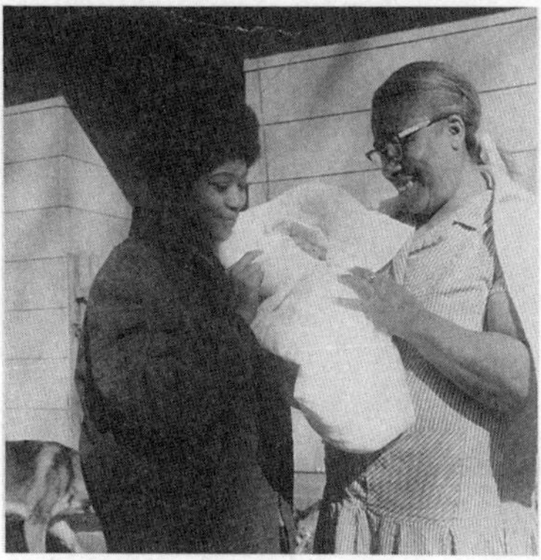

liebte, als ich ihren liebevollen Umgang & ihre Geduld mit meinem Kind sah. Meine Mutter war ein Fels in der Brandung, auch wenn sie nicht wusste, dass Neugeborene noch nicht schwitzen können!

Mels Mutter, die über Thanksgiving hier war, machte mich unnötig nervös, aber sie meinte es gut, und ihre Hilfe mit dem Waschtrockner war umsichtiger, als ich je gedacht hätte. Rebecca braucht Windeln, Windeln, Windeln!

Der erste Monat war so schwierig, dass ich dachte, ohne Mama würde ich es niemals schaffen – und dabei hätte ich sie fast nicht gebeten zu kommen! Ich dummes Ding.

Und jetzt ist mein lieber Mann in Greenville, & meine liebe Tochter schläft – ein verlässliches Truppenmitglied. Mama nannte sie »the little trouper«. Das Haus ist still. Es macht mich traurig, dass wir es bald – in einem Jahr etwa – verlassen werden. Wir waren hier, dem Himmel sei Dank, so glücklich und haben Bäume & Blumen gepflanzt.

Heute Nacht hatte ich einen Albtraum und habe die Pistole hervorgeholt. Ich habe wohl Angst. Glücklichsein macht mir

Angst. Ich bin abergläubisch. Mel, Rebecca und Andrew sind alles, was mir wirklich wichtig ist – & meine Mama. Die Weidenkätzchen auf meinem Schreibtisch gehen auf.

11. April 1970
Jackson, Mississippi
Ich bin wohl wirklich sonderbar. Wenn ich Gedichte schreibe, wie ich es die letzten 4 Stunden zügig getan habe, tauchen sie aus verschlossenen Stuben auf – kommen wie aus dem Nichts. Es ist so seltsam! Ich fühle mich dann, wie ich mir vorstelle, dass sich ein Pokerspieler während einer Glückssträhne fühlt. Aber was mich beunruhigt, sind die ständigen depressiven Anwandlungen. Werde ich verrückt? Was ist los? Bin ich einfach nur jammerig und unleidlich? Ich glaube, ich werde versuchen, ein Weilchen von hier wegzukommen. Ich fühle mich innerlich eingesperrt. Ich fühle mich eingeengt. Dabei – wann hatte ich je mehr? Irgendwie ist das das Problem. Ich bin ängstlich oder aber eine wütende Feministin. Ich ärgere mich über so viele Kleinigkeiten – und Gott weiß, ich <u>will</u> nicht kleinlich sein.

Hurra! Der Roman ist fertig – die Fahnen sind korrigiert, der Umschlag (laut Hiram) schon gedruckt.[3] Ich kann es kaum glauben – es geht schon so lange, fast drei Jahre!

Jetzt schwirren mir so viele Fragen im Kopf herum. Wem was schicken? Ist das nicht eine entscheidende Weichenstellung?

Wer bin ich? Warum habe ich meinen Ehering verloren? Warum verfalle ich so oft in Passivität und bekomme Kopfweh?

Undatiert

»Im Zentrum meiner Arbeit
steht eine
unbesiegbare
Sonne.«
CAMUS

—

Friedliche Tage sind seltsame, mit schlechtem Gewissen verbundene Tage. Ich weiß nicht, warum das so sein sollte. Aber vielleicht ist es ja ein Kneifen vor der Weltsituation, wenn alles, worüber man nachdenken will, die Frage ist: Was soll ich zum Abendessen kochen?

Dieses Tagebuch zu lesen, ist unheimlich. Wie auf jemanden zurückzublicken, den man vage kennt. Aber es gibt auch gute Tage.

4. Juli 1971

Das Auseinanderbrechen passiert, lange bevor man es krachen hört. Unsere Ehe begann sich drastisch zu verändern, als ich mit Rebecca schwanger war oder vielleicht auch schon vorher. Ich fühlte mich so allein und war es oft auch. Mel schien gar nicht klar zu sein, dass ich ihm in die Einöde gefolgt war, weil ich mich darauf verlassen hatte, dass wir einander zur Gesellschaft haben würden. Ich kann ohne Übertreibung sagen, dass die letzten beiden Jahre hauptsächlich deprimierend waren. Genauso wie ich befürchtet hatte, dass es in einer Ehe werden kann. Ich, die ich so gern tanze, habe dieses Jahr ein einziges Mal getanzt. Ich, die ich so gern reise, habe mich überreden lassen, nicht den Kalifornientrip zu machen, den ich so nötig gehabt hätte.

Aber ich werde bald weggehen. Ich bin nicht traurig oder bedaure es auch nur. Wenn ich bei Mel bliebe, wäre ich mit einem Mann verheiratet, der für mich nur durch das existiert, was mir andere Leute erzählen.

Nein. Nicht mit mir. Ich muss mich wieder verlieben. Wieder versuchen, lebendig zu werden, zu leben und zu wachsen und ein Teil von jemandem zu sein, der den Ernst des Lebens in vielem als Witz zu sehen vermag.

Die Abtreibung war so schmerzhaft, dass ich (wie auch der Arzt) dachte, ich würde ohnmächtig werden. Ich fühlte, wie mir das Blut aus dem Gesicht wich und mein ganzer armer Körper eine konzentrierte Flamme des Schmerzes war. Vielleicht ist ja meine Liebe in diesem Feuer gestorben. Mel war mit seinem Mandat beschäftigt, und ich pfeife inzwischen auf Mississippi und auch auf die Leute, die hier leben.

—

Und Rebecca? Wenigstens ist sie das einzige Kind, das ich je haben werde![4] Gott sei Dank. Ich werde versuchen, das Beste für sie zu tun – das alte Klischee. Weder Mel noch ich hätten ein Kind bekommen sollen. Wir sind beide gleich wenig bereit dafür. Na ja. Kindergarten, dann Vorschule, Schule und dann College. Und dazwischen Sommercamps. Was bin ich doch herzlos, werden die Leute sagen. Aber Kinder befriedigen mich nicht. Zwei Tage mit Rebecca, und so süß sie auch ist, mir wachsen graue Haare.

Ich denke immerzu über ein Gedicht nach, in dem die Zeile vorkommen soll: »Sein Vater baute ihm ein Haus mit Balken aus Menschenrippen.« Aber ich komme nicht über das Bild dieser einen Zeile hinaus.

Aber bei allem Murren – ich liebe Rebecca, und sie fehlt mir, wenn ich sie am Morgen nicht sehe. Das merkt man schon daran, dass ich es nicht über mich bringe, sie Mama länger zu überlassen als eine Woche alle (bisher) zwei Jahre!

—

Ich muss Vertrauen in mich selbst haben. Und darf nie bleiben, wo ich nicht bleiben will, nur aus Angst (und die habe ich) vor der neuen, anderen, plötzlich verwandelten Welt. Wieder allein zu sein. Was wird das bedeuten? Ich bin 27. Das ist nicht alt. Jünger, als Susan Sontag ist.[5]

Ich muss mich darauf einstellen, Geld zu verdienen und zu schreiben.

Es ist nur so, dass ich in mir nie wirklich Raum geschaffen habe für die Anwesenheit eines Kindes. Ich war so zielstrebig und fleißig, so entschlossen, immer zu tun, was ich tun will! Aber wenn Rebecca auf mich zugelaufen kommt und meine Beine umschlingt und ihr warmes Köpfchen an mich schmiegt, dann ist sie so tief in meinem Herzen, es ist verrückt! Zumal ich manchmal fast nicht glauben kann, dass ich ein Kind habe!

2. März 1972 / Cambridge, Mass.[6]

Ich bin überrascht, nein, schockiert, dass ich fast zwei Jahre nichts Substanzielles mehr in dieses Tagebuch geschrieben habe.[7] Es war – vor allem das erste Jahr – eine Zeit, in der ich Rebecca beim Wachsen zusehen konnte. Das nahm mich fünf, sechs Monate völlig in Anspruch. Sie war so wunderschön – sie wird es gar nicht glauben, wenn sie mal groß ist und das hier liest. Aber etwas zog mich runter. Die Einsamkeit von Mississippi, die – kulturelle – Öde von Jackson, und Rebecca erschien mir allmählich wie ein zusätzlicher Arm, von dem ich nicht wusste, wie ich ihn gebrauchen sollte. Mel war fast die ganze Zeit weg. Er hat die Hälfte aller Weißen in diesem Bundesstaat verklagt. Und das ließ ihm nicht viel Zeit für uns. Ich schleppte mich von einer Depressionsphase zur nächsten. Heftige Depressionen. Ich habe immer das Gefühl, ich werde mich umbringen, ehe diese Phase zu Ende ist. Es ist sehr beängstigend. Ich überlege, ob ich versuchen soll, zu Robert Coles[8] zu gehen. Ich glaube, ich könnte ihm wahrscheinlich vertrauen. Und er hat mir zwei nette Briefe geschrieben.

Nach Rebeccas erstem Geburtstag wurde es leichter, denn dann war sie immer einen Teil des Tages bei Mrs. Cornelius[9] gleich die Straße runter. Aber ich war so einsam, dass ich hätte schreien können, & zweifelte zum ersten Mal seit Langem daran, dass Mel mich verstand. Ich zweifelte an seiner Liebe.

Am Tougaloo[10] zu unterrichten, half etwas. Ich liebe den Spirit des T., seine Aktivismus-/Bürgerrechtsbewegungsgeschichte, aber sie können mir weder viel bezahlen noch mich lange behalten.

Dass ich mich um das Stipendium[11] am Radcliffe Institute bewerben würde, war unsere gemeinsame Entscheidung. Mel ist genauso klar wie mir, dass ich aus Mississippi wegmuss.

—

DIR SELBST ZUR ERINNERUNG:
Wenn du wieder in Mississippi bist, erinnere dich, dass du im Februar (nach Überwinden der Grippe, die du dir während 5 Stunden Gastunterricht an der Germantown Friends School in Philadelphia geholt hattest) sehr, sehr glücklich warst. Allein in dem Haus in der Linnaean Street. Ohne dich mit etwas anderem befassen zu müssen als dem Teilzeitkurs am Wellesley, dem Seminar in Harvard, in dem du Gasthörerin bist, und – das Beste von allem – deinem eigenen Schreiben! Vergiss nicht, dass du in dieser Zeit 3 Kurzgeschichten geschrieben und den 2. Roman begonnen hast.

Du hast Rebecca vermisst, aber wirklich gefühlt hast du es nur, wenn du dir Sorgen um sie machtest. Mel hast du vermisst, weil er dir durch seine Liebe Selbstvertrauen gibt. Allein hast du sehr wenig Selbstvertrauen. Du glaubst nicht, dass du schön bist, du machst dir Gedanken wegen kleiner Unvollkommenheiten, die seine Küsse für immer liebenswert machen würden.

Du bist froh, dass Rebecca bei Mel ist. Es erlaubt dir zu atmen, dich auf eine Weise frei zu fühlen wie seit fünf Jahren nicht mehr.

Ich habe in dem Jahr viele wichtige Dinge entdeckt: neue Freunde und <u>Ein Zimmer für sich allein</u> von Virginia Woolf plus all die unglaublichen Schwarzen Autorinnen, deren Leben in Armut und Vergessenheit endete. Am allermeisten mag ich Zora Neale Hurston. Sie hatte Mumm & Seele & nahm kein Blatt vor den Mund!

—

4. März

Heute habe ich mir bei Nouveau Riche einen lila Strickpullover gekauft und in einem Antikschmuckladen einen Navaho-Donnervogel mit einem Türkis. Der Vogel selbst ist aus Silber. Die Navaho-Donnersymbolik ist sehr elementar. Der Vogel gefällt mir enorm; so mag ich meinen Schmuck, elementar, aus reinen, natürlichen Bestandteilen und am liebsten alt und »primitiv«. Der andere Anhänger ist ein Amethyst, auch sehr hübsch, aus den Zwanzigerjahren, sagte der Schmuckhändler. Allerdings nicht so groß oder so schön wie der Donnervogel.

Diese kleinen Läden am Square sind spannend. Ich mag die Stricksachen und den Schmuck und die große Auswahl.

Ich war erleichtert, als ich vor ein paar Tagen die zweite Hälfte meines Stipendiums (2.500) und die 758 vom Wellesley[12] für den Monat bekam. Ich mag es zu wissen, dass ich mich selbst ernähren kann. Es ist ein herrlicher Luxus, mir aus einer Laune heraus einen Navaho-Donnervogel und einen Amethystanhänger kaufen zu können.

Mit den Studentinnen am Radcliffe zu reden, hat mir Spaß gemacht. Sie sind so jung, aber belesen für Erstsemester. Sie geben mir nicht das Gefühl, alt zu sein. Komisch, dass die Frau, die in Harvard Schwarze Literatur lehrt, einen weißen Cadillac fährt & einen Nerzmantel trägt. Vielleicht ist es ja das, was es für sie bedeutet, in Harvard zu lehren.

Heute Abend ein schöner Anruf von Mel & Rebecca. Sie kommen nächste Woche. Manchmal ist mir, als hätte ich sie nie gehabt, aber dann wieder kann ich mich kaum davon abhalten, alles stehen und liegen zu lassen & nach Hause zu eilen.

Manchmal bestürzt es mich, dass ich Angst habe, bestimmte Dinge in dieses Tagebuch zu schreiben, weil ich weiß, sie könnten missverstanden werden.

—

Wieder in Jackson
Juni

Die diesjährige Abschlussfeierrede am Sarah Lawrence[13] zu halten, war mir ein Vergnügen, aber Zeit zu finden, sie zu schreiben, erwies sich als schwierig. Da waren all diese Hausarbeiten von meinem Wellesley-Kurs, die ich benoten musste. Und dann das Packen & das Wochenende mit Mel & Gail in Bar Harbor. Toll war es, ein gebanntes, überwiegend aus Frauen – darunter einige Schwarze – bestehendes Publikum zu haben, dem ich mein Interesse an Schwarzen Schriftstellerinnen vermitteln konnte. Ich werde alles daransetzen, dass wenigstens Zora Neale Hurston nie wieder vergriffen sein wird!

David Nall, der den ersten Alice-Walker-Literaturpreis[14] am Tougaloo erhielt, war der junge Mann, der mir Kurzgeschichten brachte, nachdem er am Tag zuvor in Mendenhall von weißen Beamten geschlagen worden war. Dafür mag ich das Tougaloo. Am Tag für die eigenen Rechte kämpfen, nachts studieren & Kurzgeschichten schreiben. Fünfzig Dollar sind nicht viel, aber mir hat mal jemand fünfzig Dollar gegeben, und es war entscheidend. Vielleicht kann ich nächstes Jahr hundert stiften.

Gerade ist die Post gekommen (hier die Beschreibung unseres Briefkastens an dieser Mittelschichtsstraße: von der Sorte, wie sie Farmer haben, geformt wie ein Brotlaib, mit einem Fähnchen, das man hochstellt, wenn man Post abschicken will, aber schwarz lackiert, weil ich gerade eine Dose schwarzen Sprühlack hatte), und ich habe 250 $ Honorar für die Abschlussrede am Sarah Lawrence erhalten. Es ist schön, einen Scheck dafür zu bekommen, dass man teilt, was einem wichtig ist. Was ich aber nicht will, ist eine Aufwandsentschädigung für die Teilnahme an Kuratoriumssitzungen.[15] Schließlich könnte sich herausstellen, dass mein Wert als Mitglied gleich null ist. Außerdem hat mir das Sarah Lawrence eine Menge gegeben.

15. Juni 72

Rebecca hat heute gesagt: »Ich kann Suppe kochen und Eier und Dummfisch!«

Und später, beim Malen am Küchentisch, sagte sie: »A, I und O.« Dann: »Oh, oh, das ›O‹ ist verkehrt rum!«

19. Juni –

So, Langston, heute habe ich ernsthaft mit deiner Biografie angefangen.[16]

11. Aug. 1972

Die kleine Langston-Hughes-Biografie ist fast fertig. Heute war ich in der Bibliothek (Carver), um herauszufinden, wann das Erdbeben in Mexiko war, das Langstons Mutter solche

Angst machte. Kaum zu glauben, aber es gibt nichts über irgendein Erdbeben in Mexiko-Stadt im Jahr 1907 – dem Jahr, in dem Langston vermutlich dort war? Er war sechs. Na ja, vielleicht war es ja 1909, als es ein Erdbeben in Guerrero gab.

Beim Lesen von Meltzers Buch[17] geht mir wieder auf, wie nobel Langston war. Gott, haben wir ihn falsch verstanden!

—

Die Bibliothekarin bestand darauf, dass ich meinen neuen Bibliotheksausweis mit »Mrs. Mel Leventhal« unterschrieb. Ich hätte sie umbringen können. Warum ist es so schwer zu verstehen, dass eine Frau einen eigenen Namen braucht?

Inzwischen will ich meinen Ehenamen überhaupt nicht mehr benutzen. Unter keinen Umständen. Mel kränkt das. Vielleicht geht es ihm ja darum, was die Leute denken. Aber ich sollte ihn doch wohl besser kennen!

Die kurze Sache im Krankenhaus war nicht unangenehm. Ich glaube, bei den nagenden Ängsten, die ich habe, werde ich mich durch den Eingriff freier fühlen. Mutterschaft, wenn man eigentlich nur schreiben will, ist eine zu schwere Bürde. Ich habe Margaret Walkers Bericht gelesen, wie sie Jubilee geschrieben hat – über zwanzig, dreißig Jahre –, und ich denke, wie viel mehr sie hätte schaffen können, wenn sie keine vier Kinder gehabt hätte und nicht so hingebungsvoll bemüht gewesen wäre, eine gute Mutter und Köchin zu sein.

Zora Neale Hurston hatte keine Kinder. Nella Larsen auch nicht. Ich verstehe, warum. Frauen konnten ihre Arbeit nie ernst genug nehmen, weil kleine Kinder es nun mal an sich haben, die Arbeit der Frau zu werden. Für mich ist das schrecklich. Sooft ich zu jungen Frauen spreche, werde ich sie vor einer Ehe mit Kindern warnen. Eine Ehe ohne Kinder könnte nahezu unkompliziert sein. Da könnte man ja immer von zu Hause weg, für ein paar Wochen oder endgültig.

Die Fahnen von Revolutionary Petunias erscheinen mir kalt.[18] Die Gedichte haben nicht das Feuer, das ich jeweils verspürt habe. Jetzt verspüre ich eine sich einschleichende Feigheit, Unschärfe. Warum? Vielleicht wird es ja besser, wenn ich das Buch sehe.

Andererseits erscheint mir die Kurzgeschichtensammlung In Love & Trouble gut. Jedenfalls der erste Teil und die neueren Geschichten. Besonders gefallen mir »Roselily« und »Crime«.

Cambridge – 2. Jahr, 23. Sept. 1972[19]
Als ich heute Gemini las, war ich verblüfft, wie witzig Nikki ist![20] Und wie anders ihr Humor ist als etwa der von Langston. Ihr Humor macht vor nichts halt, was eine Form von Mut ist. Ich mochte das Buch – zu meiner Überraschung. Aber ich habe immer noch das Gefühl, dass N. eher clever ist als klug, eine Frau, die bei all ihren rhetorischen Fähigkeiten wahrscheinlich nie begreifen wird, dass Ayn Rand mit Schwarzen Menschen immer unvereinbar sein wird. Vielleicht ist sie ja falsch, diese neue Sympathie für Schwache, die wir haben – von den schwachmütigen Sklavenhaltern abwärts oder aufwärts, je nach Standpunkt, aber sie ist etwas Kostbares. Und sie ist zutiefst unser. Schwarz.

Okt. 72 – Was heißt es, allein zu sein, ohne Mann? Kann ich mit Sicherheit sagen, dass ich allein (meistens) glücklicher bin? Das Eheleben, hier in diesem Haus, deprimiert mich. Aber ich glaube nicht, dass ich mich letzten Sommer in Jackson so gefühlt habe. Warum kann ich mich nicht an Glück erinnern, nur an Traurigkeit? Warum sind meine Gefühle, was die Fortsetzung dieser Ehe angeht, so ambivalent? Liebe ich Mel genug, um bei ihm zu bleiben, oder nicht?

Ich muss immer wieder an Kuba denken.[21] Ich wünschte, Mel hätte mir einen besseren Grund genannt, warum ich nicht hinreisen soll, als dass er eifersüchtig auf Bob[22] ist. Das ist der geringstgültige Grund, selbst wenn das »Schlimmste« passiert wäre. Irgendwann muss ich mich freier fühlen als jetzt. Mein Partner muss es verstehen. Wie soll ich leben, schreiben, wenn Eifersucht mir verwehrt, die Welt zu sehen?

Vielleicht schreibe ich in Wirklichkeit ja gerade, dass es mit uns nicht weitergeht. Denn so etwas wie Sylvia Plaths Glasglocke[23] – ohne mich! Ich bin nicht dafür geboren, vom Äquivalent von 500 Pfund im Jahr zu leben, angepasst von 1928 an jetzt!

2. Nov. 72 – Cambridge

Es stört mich, dass meine Mitgliedschaft im Kuratorium des S. L.[24] auf dem Umschlag von Revolutionary Petunias erwähnt wird. Warum kann ich meine eigene Gewöhnlichkeit nicht einfach akzeptieren, nach dem Motto, na und? Klar ist es billig, sich mit solchen Mitgliedschaften zu schmücken. Warum das nicht einfach anerkennen, und fertig? Ich habe meine Probleme mit »Erfolg«. Ein kritisches Verhältnis zu »Anerkennung«. Aber ich muss mich doch gewiss nicht dafür entschuldigen, dass ich in diesem Kuratorium bin. Es ist eine Erfahrung, die gemacht zu haben gut ist, wie Baumwolle pflücken.

Die Neugier auf Erfahrungen hat mich nie verlassen.

Ein guter Name für einen Bluessänger

»Blue Mullen«

Undatiert

Mel sagt, mein Brief an ihn über Kuba bestehe hauptsächlich aus »ich-ich-ich«. Ich bin vermutlich egoistisch. Ich weiß, dass ich's bin. Ich gebe Mel nicht viel von mir. Ich kann nicht viel Interesse für seine Arbeit aufbringen – ich bin nicht mehr eifersüchtig darauf, aber da ist mein altes Misstrauen gegenüber der Justiz. Den Juristen. Ich wünschte, ich könnte mehr empfinden. Positiver, erotischer. Eines Tages werden sie zweifelsfrei beweisen, dass bei Frauen der Körper sensibler ist als der Geist – oder besser, dass der Geist willig ist, das Fleisch aber den Kontakt vermeidet.

—

Das Radcliffe nervt mich mit seinen Einladungen, an irgendetwas teilzunehmen – Teekränzchen, Essen, Diskussionen über Frauen. Das Wellesley erschien mir heute erstmals wie ein Land unter Wasser. Unwirklich.

U. Mass unerträglich, weil bisher nur eine Studentin gut schreibt.

Wenn ich die Romane schreibe, die mir unter dem Obertitel Women of Salt vorschweben – an wie viele denke ich da? Drei? Fußend auf The Third Life of Grange Copeland. Denn die Trilogie müsste natürlich mit Ruth Copeland beginnen.

Ich wünschte, ich könnte jetzt anfangen. Wäre das Unterrichten, die Vorträge, das Beantworten der Post los. Und das Kuratorium sollte ich wirklich aufgeben. Obwohl: Nach Margaret Schifters Brief – dass eine ältere Alumna auf meinen Artikel in den Sarah Lawrence Alumnae News hin Aktien im Wert von 5.000 $ gespendet hat – fühle ich mich weniger unnütz. Trotzdem ist schwer vorstellbar, dass ich bei den geschäftlichen Sitzungen irgendetwas beitragen könnte. Zahlen machen mir solche Kopfschmerzen. Und das Kaufen & Verkaufen von Aktien und der Raum, der dann stickig wird & streng wie ein Friedhof.

11. Nov. 1972

War in einem Headshop hier in der Nähe und habe mir eine spektakuläre Pfeife gekauft. Eine Silver Duke, so heißt sie, glaube ich. Sie hat einen langen, leicht gebogenen Stiel aus geschlagenem Silber (mit schnurartigen Silberringen) und einen Kopf aus Holz oder Ton, dunkelbraun und kunstvoll verziert. Es ist genau die richtige Pfeife für mich. Elegant, schlank, aus Silber und Holz (oder Ton). Ich rauche jeden Abend etwas, auf dem Sofa liegend. Neulich Abend bin ich fast schon geschockt hochgefahren, weil mir beim Rauchen bewusst geworden ist, wie sehr ich Bob[25] damals geliebt habe. Wie gut ich es vor mir selbst verborgen hatte. Etwas in mir muss gestorben sein, als wir in jenem Sommer (nach unserer einzigen gemeinsamen Nacht) auseinandergingen und er sich für seine »verbindliche Beziehung« mit Pam entschied.

Etwas von diesen Gefühlen für ihn hat mich dazu gebracht, mich in Männer zu verlieben, die ihm irgendwie ähnlich sind.

Wie seltsam, dass diese Gefühle all die Jahre in mir verschüttet waren. Das Rauchen hat noch andere Gefühle zutage gefördert. Sexuell, stark und nicht immer heterosexuell. Ich frage mich, ob andere Frauen auch diese Ausweitung von Sexualität erleben – in ihren Fantasien?

Paula, die mich heute Nachmittag besucht hat, traut sich immerhin, darüber zu sprechen, dass sie sich am Wellesley in eine Frau verliebt hat. Und sie auch körperlich lieben will. Aber die meisten Frauen leugnen wahrscheinlich solche Wünsche und halten sie für pervers. Ich bin da wohl keine Ausnahme – nur dass ich diese Fantasien und Wünsche nicht für pervers halte, sondern glaube, sie zu realisieren (tatsächlich eine homosexuelle Beziehung zu haben), sei so gut wie unmöglich, wenn einen nicht Begehren dazu treibt. Neugier und Fantasien verleihen einem nicht den nötigen Mut, sich den Töchtern der Bilitis[26] zu nähern.

Wie mit dem Tod großer Männer geht es mir auch mit dem Vietnamkrieg/Amerikanischen Krieg, ich stelle fest, dass ich praktisch nichts darüber schreiben kann. – Warum nennen sie ihn nicht den Amerikanischen Krieg? Andere verunglimpfen, sich selbst rausreden. Aber ich schicke ein bisschen Geld. Vielleicht bekommt ja eine Mutter etwas zu essen für ihr Kind. Alles, was ich über den Krieg sagen kann, ist: Eines Tages werden die Bomben auf Washington & New York & Atlanta & Boston fallen. Dann werden die Leute, die Nixon gewählt haben, hoffentlich verstehen, was Krieg ist. Und wenn ich bei der ersten Bombe sterbe, dann ist das gut, ist es gerecht. Denn ich habe kein Attentat verübt, um den Krieg zu beenden. Ich habe niemandem irgendwelchen Schaden zugefügt. Ich habe geatmet & gegessen & Liebe gemacht, unter Mördern, ohne sie zu stören. Wie kann ich leben und nichts tun? Nichts Reales?

12. Nov. 1972

Ich fand die afrikanischen Schriftsteller, die ich gelesen habe, sehr beeindruckend. Das gilt auch für Camara Laye [sic!][27]. The Radiance of the King erscheint mir (wenn ich das Buch auch noch nicht ausgelesen habe) auf eine Art gelungen, wie es die meisten Romane nicht sind, nur Kurzgeschichten. Es ist eine durchgehaltene Fantasy-Parabel und doch überaus realistisch & auf die wirkliche Welt übertragbar.

—

Alle sind überrascht, dass Diana Ross in »Lady Sings the Blues« so fantastisch ist. Na ja, ich bin wohl selbst etwas überrascht. Aber mein Lob für ihren tollen Job ist eine schwesterliche Umarmung, die ich ihr gern zuteilwerden ließe. Die schrecklichen Dinge, die unsere »Poeten« über sie geschrieben haben, sind unverzeihlich. Nikki, Don[28] und andere waren bestrebt, eine Frau wegen ihres Erfolgs & ihrer geschmacklosen Bühnenkleider & ihrer »weiß« klingenden Stimme & Musik & ihrer Perücken & ihres weißen Ehemanns zu kreuzigen. Aber was Diana in diesem Film geleistet hat, sagt etwas über ihr Verhältnis zu Billie Holiday. Es ist ein Werk der Liebe, und ein solches Werk wiegt schwerer als alle befremdlichen persönlichen Entscheidungen – mit Sicherheit schwerer als Frisuren & Ehegelübde.

»Arbeit ist sichtbar gemachte Liebe.«[29]

28. November

Ich fühle (milde ausgedrückt) mit den zahllosen Frauen, die sich bemühen, als Alleinerziehende zurechtzukommen. Die wahren Heldinnen müssen jene legendären Frauen sein, die sechs, sieben, acht Kinder allein großziehen. Rebecca ist brav. Sie fordert nicht viel. Nur Liebe und ein paar Stunden Aufmerksamkeit – die Liebe ist nicht schwer zu geben, die Aufmerksamkeit schon.

Ich versuche Mels Beharren, der Arbeit wegen in Jackson zu bleiben, loyal zu verteidigen. Aber ich finde es nicht mehr fair – und erkenne jetzt, dass es mir schon lange so geht. Mississippi zerstört meine Fähigkeit, mich in meiner Haut wohlzufühlen.

Mein Bewusstsein muss Überstunden machen, nur um meine instinktiven Reaktionen auf Dinge zu unterdrücken. John & Leslie[30] waren erstaunt, dass es so eine psychische Tortur ist, in Jackson ins Kino zu gehen.

Warum gehe ich dann dorthin zurück? Tue ich es hauptsächlich, weil Rebecca & das Unterrichten und alles für mich allein zu viel sind? Das und die Einsamkeit. Was wohl bedeutet, ich brauche Mel für mich selbst. Aber vielleicht ist das ja etwas, was ich noch eine ganze Weile nicht wissen kann.

Ruhe, keine Ablenkung, Arbeiten. Das ist es, was ich brauche. Und ich brauche es, dass meine Familie sicher ist, dass sie ganz ist.

Vielleicht sollte ja »aufs Klarste die Faulheit eingestanden werden«!

Der Geburtstag meiner Mutter, sie wird sechzig. Bereut nichts in ihrem Leben. Bewundernswert. Aber ist es wahr?

23. Dez.

Wieder in Jackson. Den ganzen Tag mit Rebecca allein zu sein, macht mich wahnsinnig. Ich beneide Joyce Carol Oates[31] hauptsächlich um ihre freien Tage.

27. Dez.

Habe im Fernsehen William Buckley[32] über »Zeitgenössische Südstaatenschriftsteller und -Literatur« sprechen sehen, mit Eudora Welty und Walker Percy. Jerry Ward[33] fragte: »Was ist mit alten & jungen Schwarzen Schriftstellern aus dem Süden, für die der Süden weder tot noch homogenisiert ist?« Er zählte einige auf: Margaret Walker Alexander, Ernest Gaines, Alice Walker. – Aber natürlich sind »Südstaatenschriftsteller« per definitionem weiß. So wie südafrikanische und deutsche Schriftsteller weiß sind. Und was warst du dann, Zora Neale? Und du, Jean Toomer?

28. oder 29. Dez.

Mel ist das, was in meinem Kopf ein »richtiger Jude« ist. Damit meine ich: Obwohl er nicht mal entfernte Ähnlichkeit mit irgendeinem der anderen Brooklyner Juden hat, die mir begegnet sind, würde er sich im Alten Testament ganz zu Hause fühlen. Er liebt die Gerechtigkeit, so wie man eine missbräuchlich behandelte großartige Person liebt. Er weiß, was Barmherzigkeit bedeutet – und Demut. Und Langmut ist ihm auch wesenseigen. Ich bin mir nicht sicher, ob ich diese Qualität wirklich verstehe oder richtig würdigen kann.

29. Dez.

Zwei Exemplare von Revolutionary Petunias sind eingetroffen. Ich glaube, mir gefällt so ziemlich alles daran – aber das Aussehen von etwas Fertigem zu mögen, ist immer leicht. Doch statt »Zwerg« müsste es »Riese« heißen, und an mindestens einer weiteren Stelle wurde ein Wort, das ich in den Fahnen geändert habe, nicht geändert. Warum, kann ich da nur fragen. Warum, frage ich mich, löst es in mir so viel weniger Gefühl aus, wenn ich Gedichte als Buch sehe?

30. März 1973

Um zu vermerken, dass ich noch lebe, in Mississippi. Und dass der heutige Tag mit Arbeit angefüllt war – am Roman, an der Besprechung von Junes Buch über Fannie Lou Hamer[34], an Mister Sweet's Blues, an meinem Essay über Schwarze Schriftstellerinnen –, die zu langsam vorankommt. Aber wann immer ich arbeiten und den Tag ohne Kopfschmerzen beginnen kann, bin ich glücklich – und Mary Helen Washingtons Besprechung von R. P. hat auch ihren Teil beigetragen.[35]

Ich muss einsehen, und zwar bald, dass mich diese Vortragstermine erschöpfen. Ich stehe auf einer Bühne, und Gesichter blicken zu mir auf, und ich frage mich immer: »Warum bin ich hier?«, denn als Rednerin auf der Bühne zu stehen, macht mich dem Gefühl nach zu einer Richterin. Und ich hasse es zu urteilen. Ist das irrational? Aber dass ich es hasse, wie eine Richterin dazustehen, führt nach meinem Empfinden dazu, dass ich wischiwaschi wirke, unsicher. Dabei fühle und glaube ich von tiefstem Herzen. Nur darüber zu sprechen, ist unangenehm.

Doch der feministische Talk an der Brown University hat mich ironischerweise mit vier Schwarzen Männern in Kontakt gebracht, die ich mag und respektiere. Ferdinand Jones, der mit seiner scheuen, stillen Frau erschien, Michael Harper, der wie Langston redet & auftritt, Barry Beckham, der still und dünn ist und eine wunderschöne, liebevolle, schwarzhäutige Frau hat (was bei mir immer fast schon verrückte Freudenausbrüche auslöst. Warum? Bin ich so eine Heuchlerin!?). Und schließlich James Alan McPherson, der nicht wusste, was er tun sollte, als ich ihn umarmte. Er hatte mir die Hand hingestreckt – als ob diese Schwarze Südstaatlerin so was duldet. I never heard of such shit, um Bessie Smith zu zitieren. Die Kurzgeschichte von ihm, die ich so liebe, hielt er für »eine schlechte Geschichte«. Wie komisch. Wir wissen bei unserer eigenen Arbeit nie, wohin sie führt. Ich liebe ihn wegen dieser Geschichte.

16. Juni 1973

Ich bin froh, dass ich »In Search of Our Mothers' Gardens« geschrieben habe, um beim Radcliffe-Symposion über Schwarze Frauen daraus zu lesen, aber warum musste ich bei der anschließenden Diskussionsrunde in Tränen ausbrechen? Die Wahrheit ist, dass mir Tränen in gewisser Weise nicht peinlich sind, wenn sie von der Gefühlsseite der Dinge sprechen – im Gegensatz zu Abstraktionen, in denen sich die Diskussionsleitung erging. June[36] war wunderbar. Sie umarmte mich, und nachdem Barbara Ann Teer[37] gesagt hatte, »Du versuchst deine Mutter zu tragen, und die Last ist zu schwer«, sagte June, »aber warum solltest du nicht ›deine Mutter tragen‹, sie hat dich doch getragen, oder nicht?« Das ist Perfektion in Kürze.

Es ist nur so, dass ich beim Schreiben über sie – über all unsere Mütter – lerne, wie fantastisch sie waren und sind. Manchmal möchte ich darüber schreiben, ein weißes Gesicht zu zerschlagen, aber am Ende läuft es immer darauf hinaus: Ich möchte lieber über unsere Mütter schreiben, bis die Situation zum Zuschlagen da wäre, dann würde ich einfach zuschlagen, und wenn ich dann noch lebte, um die Geschichte zu erzählen, würde ich mich wahrscheinlich gar nicht damit abgeben, sie zu erzählen, ich würde mich wieder daranmachen, das Gesicht unserer Mutter zu beschreiben. Deshalb hat mich Junes Gedicht so bewegt:

»Mama, hilf mir zu überleben
Und hilf mir, das Gesicht
der Geschichte
deinem Gesicht zuzuwenden.«[38]

Der andere Punkt ist: Es ist gut, am Radcliffe einen Text über Frauen wie meine Mutter vorzulesen. Es zwingt Realität in die Spalten des Bewusstseins derer, die sich am Radcliffe für die Spitze der Gesellschaft halten, während die wahre »Spitze« ganz unten ist – oder war. Sie wird nicht dortbleiben. Bis zum letzten Atemzug werde ich denen auf der untersten Sprosse beispringen.

Ich bin tief erschüttert über den untergeordneten Status afrikanischer Frauen. Wie geht es denn anderen Frauen damit? Bei mir führt er jedenfalls zur Ambivalenz. Ich meine, wenn du gerade bereit bist, die Muslime zu akzeptieren und an ihre Mythologie zu glauben, merkst du, wie sie »ihre« Frauen behandeln. Wie Sklavinnen und Kinder und brachliegende Felder, die der Saat harren. Oder du bist auf der Suche nach etwas echt Revolutionärem und checkst Barakas Gruppe aus und stellst fest, dass der »Platz« der Frau irgendwo weit links hinterm Thron ist. Oder du probierst es mit der RNA, und die betrachten Frauen als ihr Eigentum.[39]

Und ich frage mich, ob andere Frauen oder Männer auch mal darüber nachdenken, was es bedeuten würde, verehrt, beschützt, bewahrt, also mit anderen Worten zu Scarlett O'Hara gemacht zu werden.

Gott, was für eine dicke Scheiße, durch die Schwarze Frauen da durchmüssen.

Undatiert

June fand meine Besprechung ihres Buchs nicht lobend genug. Ich habe versucht, ihr verständlich zu machen: Für mich ist Arbeit wirklich »sichtbar gemachte Liebe«. Was ich liebe, dafür gebe ich mir Mühe, Worte, die einfach nur loben und preisen, erscheinen mir nicht als Liebe. Sie erscheinen mir bequem. Aber vermutlich verkaufen sie Bücher.

Ich muss versuchen, ihr Buch in Mississippi zu verkaufen. Das wird meine ganze echte Liebe zeigen.

21. Aug. 1973

Jetzt weiß ich es – es ist möglich, sich (wieder oder vielleicht auch erstmals) in den eigenen Ehemann zu verlieben! Ich bin nämlich verliebt in Mel. Ich erlebe gerade mein erstes echtes sexuelles Erwachen: Sex toll zu finden und locker anzugehen. Wahrscheinlich war es für Mel jahrelange harte Arbeit – zum Glück eine Arbeit, die ihm Spaß gemacht hat.

Ruth sagt, Mama sagt, bei ihr sei beim Sex mit Daddy lange »nichts passiert«, erst nach Curtis' Geburt, als sie in den Dreißigern war. Vielleicht sind Frauen ja wirklich erst später entwickelt, als es scheint.

21. Aug. 1973

Ich bin nicht zu diesem Notizbuch zurückgekehrt, um über die Karibikkreuzfahrt im Juli zu schreiben, es geht vielmehr um meine Eindrücke von Eatonville & meinen Schmerz & mein Entsetzen über die Vernachlässigung von Zoras Gedenken, die ihr Grab bezeugt – ich kann immer noch nicht darüber schreiben. Aber ich muss.[40]

Undatiert

Zoras Grab in diesem Unkrautfeld[41] zu sehen, erfüllte mich mit Dankbarkeit dafür, dass ich Mel liebe. Alles, was sie am Ende hatte, war ihr Hund Sport. Und ihre »Freunde«. In Wirklichkeit nur Sport.

Das habe ich in den Stein gravieren lassen:

ZORA NEALE HURSTON
»EIN GENIE DES SÜDENS«
SCHRIFTSTELLERIN VOLKSKUNDLERIN
ANTHROPOLOGIN
1901–1960

Undatiert
Wenn ich als Mädchen (und später auf dem College bei Gesprächen mit meinem Freund) jemanden sagen hörte, er oder sie habe Angst, nach Alabama oder Mississippi zu gehen, schämte ich mich für die betreffende Person. Man stelle sich vor: Angst haben, im eigenen Land zu sein! Irgendwo in Freiheit zu leben, erfordert doch die Bereitschaft, eine unverrückbare Kraft zu werden, nicht zu weichen, außer durch den Tod.

15. Dez.
Habe bisher verkauft:[42]

300 Ex. an Headstart
und ca. 25 an The Artisan Shop,
und 25 habe ich als Weihnachtsgeschenke genommen. Habe außerdem meine Rezension im Lokalblatt wieder abdrucken lassen
und sie in 4 Buchhandlungen & einem
Drugstore platziert.

Dein Buch hat mir gefallen, June. Es hat mir <u>wirklich</u> gefallen!

9. Februar 1974 – mein 30. Geburtstag
1443 Rockdale – Jackson

Ein herrlicher, sonniger Tag. Rebecca ist wach und singt und wuselt irgendwo im Haus herum. Mel schläft noch, weil seine Pokerrunde die ganze Nacht lang ging. Ich habe – schon die ganze letzte Woche – das Gefühl, dass Selbstmord nur eine Frage der Verfügbarkeit einer ausreichend scharfen Klinge ist. Es quält mich ganz furchtbar, dass ich mich in den O'Brien-Interviews[43] so entblößt habe. Mir scheint, ich habe da etwas in mir zerstört. Etwas, was nur in völliger Geschütztheit existieren konnte. Und doch fühlte ich mich verpflichtet, ehrlich darüber zu sprechen, warum und wie ich geschrieben habe, was ich geschrieben habe. Eitelkeit spielt wohl auch eine Rolle – die Befürchtung, die Leute würden jetzt denken, ich sei hässlich und freakig und schwach. Natürlich bin ich schwach. Aber ich habe zugleich fest vor, nicht aufzugeben, mich nicht kleinkriegen zu lassen. Ich will nicht, dass irgendwer meint, mich bemitleiden zu können. Schon der Gedanke ist mir unerträglich. Wenn ich doch nur die Reue aus meinem Kopf kriegen könnte, die Scham wegen der Entblößung. Wenn ich doch nur glauben könnte, dass ich keine Gefahr für mich selbst bin.

Aber – zurück zum 30sten. Ruth hat eine Karte geschickt. Mama einen Scheck über 30 $. Ich hatte ganz vergessen, dass das die Art Geschenk ist, die sie so gern macht. Auf dem Scheck ist ein Foto von ihr, und ihre beiden Goldzähne funkeln. Außerdem entdecke ich, dass sie »Lou« als »Lue« schreibt.[44] Warum habe ich das vergessen?

Alles in allem ein mieses Jahr. Ich kann mich an kein schlimmeres erinnern. Mel hat arrangiert, dass er in Zukunft vom New Yorker Büro des Fonds[45] aus arbeitet. Ich habe Gloria

Steinem[46] um 15.000 $ im Jahr für 2½ Arbeitstage die Woche bei 3 Monaten Urlaub gebeten. Das wird wahrscheinlich abgelehnt.

Werde ich jemals unter Freunden sein und ein Leben führen, das mir gefällt?

Hast du vergessen, wie gut es dir in Cambridge ging?

Stimmt. Ich muss mich stärker bemühen, mich zu erinnern, wie es sich anfühlt, sich gut zu fühlen.

9.4.74

Solange ich das Leben liebe
und solange mir das Leben
wehtut mit seiner Grausamkeit
Gleichgültigkeit und Schönheit
werde ich Gedichte schreiben.

Wo ich mich einst
für hässlich hielt
sehe ich mich jetzt
als eine Frau, die meinen
Bedürfnissen entspricht
die Füße nicht größer
als meine Schuhe.

10.4.74

Diese beiden »Sachen« habe ich gestern geschrieben, im Bett, mit Blick hinaus auf den smaragdgrünen Garten, dessen Schönheit ich für viel zu selbstverständlich genommen habe.

Etwas Interessantes ist passiert. Seit ich für ein Lesepublikum über den Unfall damals geschrieben habe, kann ich mit realen Menschen fast normal darüber reden. Ich kann realen Menschen gegenüber zugeben, dass mich das Wandern meines rechten Auges belastet. Und ich bin entschlossener denn je, es richten zu lassen! Also war ich letzte Woche in der Universitätsklinik, wo sie zwei Muskeln meines rechten Auges korrigiert haben, sodass es sich jetzt, statt sich leicht (oder auch stark) nach außen zu drehen, ein bisschen nach innen zu drehen scheint, aber im Großen und Ganzen richtig steht, wenn es auch rot ist wie Erdbeermarmelade. Dieser simple Eingriff dürfte einen Riesenunterschied für mein Selbstgefühl machen. Aber es gibt noch Tolleres zu berichten: Meine prämenstruelle Depression spricht gut auf Dr. Hickersons kleine Pillen an und auch die Schlaflosigkeit & Anspannung, die immer damit einhergeht. Aber das Beste ist: Ich war vor ein paar Wochen bei Mama und habe ihr von der Abtreibung erzählt, die ich vor fast zehn Jahren auf dem College hatte. Frauen, die in fünf Jahren erwachsen werden, werden nicht mehr verstehen, wie sehr mich, die ich meine Mutter so liebe, die Tatsache, dass ich in ihren Augen gesündigt hatte, seither die meiste Zeit gequält hat. Meine beiden Schwestern redeten mir ein, dass meine Mutter mir nie verzeihen würde: dass sie mich als Mörderin betrachten würde. Aber wie sehr habe ich, als ich ihnen glaubte, die Liebe & das Verständnis meiner Mutter unterschätzt. Denn sie hat mir nicht nur sofort verziehen & mich ihrer Liebe versichert, sie erzählte mir auch von ihrer eigenen Angst, als sie wusste, dass sie mit meinem ältesten Bruder schwanger war – & unverheiratet. Sie warf sich von Felsen und gegen Sachen, damit der Fötus abginge. Aber natürlich, sagte sie, sind die Dinger zäh. Ich weinte, als ich es ihr erzählte. Ich liebe sie so sehr & dachte (zumal sie so gottesfürchtig ist), sie würde sich jeden Moment von mir abwenden. Aber sie wandte sich mir zu, und jetzt kann ich wieder ruhig schlafen. Meine Mutter ist nicht tot für mich – wie ich das ganze letzte Jahr über gedacht habe. Und mir ist klar geworden, dass mir die Liebe meiner Mutter wichtiger ist als die Liebe oder Vergebung Gottes. Für mich ist meine Mutter Gott.

10. April 1974

Also, zusammengefasst:

1. Wir gehen weg aus Jackson.[47]
2. Rebecca ist gesund, gescheit, hübsch und für mich als Schriftstellerin keine größere Belastung als der Wahnsinn für Virginia Woolf oder für George Eliot die Probleme, die sie hatte, weil sie in wilder Ehe mit einem verheirateten Mann lebte. Mel übernimmt seinen fairen Anteil an Rebeccas Betreuung. Er würdigt meine Arbeit – meine einzige Sorge ist, dass er pokersüchtig sein könnte. Wir lieben uns, nach sieben Jahren & einer Beinahescheidung.
3. Meine Mutter weiß »das Schlimmste« über mich und verzeiht mir, versteht & liebt mich.
4. Mein Vater ist tot. Ich muss keine Höflichkeit mimen, die ich nicht fühle.
5. Ich habe mein Auge richten lassen.
6. Mein Roman befindet sich zwischen der 1. & 2. Entwurffassung.
7. Ich habe einen Job als Redakteurin bei Ms. angenommen, für 700 $ im Monat plus 750 $ pro Artikel. (Sie schlagen 4 im Jahr vor – ich denke, es werden eher 2 sein.)
8. In Love & Trouble war letzte Woche die Empfehlung der New-York-Times-Redaktion. Und hat den Rosenthal

Award des National Institute of Arts & Letters bekommen.
9. Revolutionary Petunias wurde für einen National Book Award nominiert.

Es wird interessant sein, ob meine Depressionen nach all dem noch anhalten.

Für ein Schild über meinem Schreibtisch:

»Liebe Alice,

Virginia Woolf hatte ihren Wahnsinn

George Eliot hatte die soziale Ächtung und den Ehemann einer anderen und wagte es nicht, ihren richtigen Namen zu benutzen.

Jane Austen hatte keine Privatsphäre und kein Liebesleben.

Die Brontë-Schwestern kamen nie von zu Hause weg & starben jung und von ihrem Vater abhängig.

Du hast Rebecca – die sehr viel entzückender und weniger ablenkend ist als alles oben Genannte.«

1. Mai 1974 – Letzte Nacht ist Mel noch nach Mitternacht losgegangen, »Looking for Zora« abschicken, damit Joanne bei Ms. es am 2. Mai hat. Davor hatte er Mrs. Cox den Text noch mal abtippen lassen – und fünf Stunden in seinem Büro gesessen und gewartet und jede Seite Korrektur gelesen. Er sah müde und grau aus, als er heimgewankt kam – war aber willens, noch mal loszugehen und das Ganze auf dem Postamt von Downtown aufzugeben. Er ist ein guter Mensch und glaubt an meine Arbeit. Ich wollte, ich könnte mich so für seinen Beruf begeistern wie er für meinen.

—

Ein paar schräge Charaktere treiben sich am Rand meines Bewusstseins herum. Zum Beispiel: die sehr stolze, sehr strenge & gut aussehende & saubere Frau, die immer zum Betteln hier in die Straße kam. Ihr Äußeres sagte ganz klar: Ich weigere mich, noch weiter für meinen Lebensunterhalt zu arbeiten – ausgenommen, von Haus zu Haus zu gehen. War sie vorher jemandes Dienstmädchen? Was ist die Geschichte?

Vor mir, über meinem Schreibtisch, habe ich eine große Lithografie, drei Wassermelonenschnitze von Tamayo[48], ein Foto von mir mit sechs Jahren (vor dem Unfall – ein hübsches kleines Mädchen mit wachen Augen sieht mich an; in dem Gesichtchen ist etwas Schüchternes & Zartes) und ein Foto von Mae Poole, meiner Ururgroßmutter, aufgenommen, als sie 90 war. Die Wassermelone hilft mir. Denn sie besagt, dass ich Dinge als solche lieben kann, statt darum zu kreisen, was andere über sie denken. Mein eigenes Bild erinnert mich an meine kindliche Empfindsamkeit und Verletzlichkeit – und veranlasst mich, darüber nachzudenken, wie sich dieses Kind von der Frau unterscheidet, die ich geworden bin. Ich weiß, der Unfall hat mich verändert. Er hat mich buchstäblich die Augen zumachen lassen. Weil ich nicht wollte, dass die Leute das graue Narbengewebe auf meiner Pupille sahen, schaute ich sie nicht mehr an. Es fällt mir immer noch schwer, Leute – vor allem Fremde – direkt anzusehen. Aber jetzt, wo mein Auge gerichtet ist, werde ich trainieren, sie anzustarren. Ein Privileg, das Schriftsteller, Künstler nun einmal haben. Laut Flannery O'Connor.

Ich sollte auch vermerken, dass es Zeiten gab, da ich froh über den Unfall war. Weil er meine Wahrnehmung für das Leid anderer geöffnet hat.

Undatiert

Ständig melden sich Essays, die geschrieben werden wollen, aber ich muss versuchen, sie mir vom Hals zu halten, bis ich den Roman fertig habe.[49] Trotzdem, für den Essay in Form eines Briefs muss ich mir folgende Äußerungen merken:

> Ich: »Sie wissen natürlich, dass Zora – wie alle Frauen, besonders wenn sie Schwarz waren – große Probleme hatte, Schriftstellerin zu sein.«

1. Houston Baker, (Schwarzer) Kritiker und Professor für Englische Literatur an der University of Virginia:

»Zoras Problem war, dass Langston Hughes sie nicht mochte.«
[in Bakers Haus in Charlottesville, Virginia, 13. Apr. 1974]

2. Gespräch mit Ernest Gaines:
Auf meine Erwähnung von Zora:
In etwa so – »Sie müssen auf eine Menge Leute treffen, die Ihre Arbeit in der Tradition Hurstons sehen.«

Gaines, achselzuckend: »Ja. Sooft ich irgendwo spreche oder lese, kommen junge Leute und fragen mich nach ihr.« Erneutes Achselzucken. »Ich habe sie nie gelesen.«
(Gaines vollste Anerkennung galt dem Werk William Faulkners)
Beide Gespräche bei Ernie & Linda in San Francisco, 22. April 1974

3. Gespräch mit James McPherson[50], der sagt: »Ellison war der Erste, der uns [die Schwarze Literatur] über Protest und reine Rassenfragen hinausgeführt hat.«
»Aber Moment mal«, sage ich, »Zoras Buch [TEWWG][51] erschien im selben Jahr wie Wrights Native Son & war auch schon über Protest und ›reine Rassenfragen‹ hinaus.«
J. M. antwortet: »Ich weiß noch, wie Sie bei Ihrem Vortrag an der Brown über sie gesprochen haben. Aber ich habe sie nicht gelesen.«

4. Turner[52] in seinem »literaturkritischen« Buch In a Minor Chord.

»Sie [Zora] blieb immer eine fahrende Minstrel-Geschichtenerzählerin. Es war exzentrisch, aber für sie vielleicht ganz angemessen, nach Florida zurückzukehren, als Köchin und Dienstmädchen bei Weißen zu arbeiten und in Armut zu sterben.«

5. Das Ergebnis dieser ganzen Ignoranz und hasserfüllten Ablehnung zeigt sich in dieser Behauptung, die man so oft im defensiven Schreiben von Schwarzen – beiderlei Geschlechts – findet:

   … »der Frau wird keine literarische Beschreibung zuteil. Sie ist nur ein Schatten im Schwarzen Leben, etwas Ungreifbares, verklärt von Äonen von Schwuchteln.«
   - Hart LeRoi Bibbs[53]
   »A Diet Book for Junkies«

Wir müssen uns doch fragen, warum den meisten Schwarzen Menschen auf die Frage nach Schwarzen Frauen in der Literatur nichts einfällt – will heißen, »Mammy« oder irgendeine von Sozialhilfe lebende Prostituierte, deren einzige Äußerungen Flüche sind, oder extreme Negativklischees wie Wrights »Bessie«, die von Bigger erschlagen wird.[54]

Es findet sich nirgendwo ein Hinweis auf Bezüge zwischen Larsens Helga Crane[55] und Bessie Heads Heldinnen in Maru oder A Question of Power. Die Arbeit, Zusammenhänge herzustellen, ist einfach nicht geleistet worden.

Undatiert

Ich bin nicht wirklich der Typ Aktivistin und habe deswegen bis heute Schuldgefühle. Es ist so: Eine Hälfte von mir will unbedingt auf den Barrikaden sein, die andere will den Kampf nur beobachten. Also bin ich irgendwo dazwischen. Ein Augenpaar. Nur gelegentlich eine Faust.

Undatiert

Wenn ich das Problem bei Ms. »benenne«, kann ich dann ja vielleicht besser damit umgehen. Es kann doch wohl nicht so etwas Simples wie Color sein!? Aber natürlich ist Color nichts Simples. Nur ein Simpel würde das denken. Denn Color ist Geschichte und Gesellschaft und Kaste und Klasse – aber vor allem Erinnerung. Nicht nur meine eigene, sondern auch die meiner Mutter und meiner Großmutter und meines Vaters und so weiter.

Außerdem ist das, was ich für die Welt will, nicht das, was sie – die weißen amerikanischen Feministinnen – wollen. Oder vielmehr nicht das, was die Mehrzahl der Redakteurinnen von Ms. will. Ich will vom Streben nach Materiellem – über adäquate Ernährung, Wohnung & Kleidung hinaus – befreit sein. Da gegen meine Feigheit anzugehen, wird wahrscheinlich meine ganze Kraft brauchen.

Undatiert

Heute habe ich nur gedacht, wie sehr ich mich in dieser Ehe langweile. Wie eingeengt ich mich fühle, wenn ich einen Weg zu finden versuche, ein eigenes Leben zu leben, während Mel und Rebecca verlangen, dass ich zumindest einen Teil des ihren lebe. Mir fällt nichts Unerwartetes ein, was Mel im letzten Jahr zu mir gesagt hätte.

1976

3. Jan., Mitternacht:

Das neue Jahr hat begonnen. Der Kopf meiner Tochter ruht auf meiner Schulter. Wir sind Freundinnen. Wir reden über Langston Hughes, American Poet.[56] Ich liebe sie und fühle mich gut.

Wenn ihr Vater und ich uns nicht so nah sind, fühle ich mich Rebecca näher. Es ist, als ob es mich stresst, ständig zwei Menschen meine Liebe zu zeigen. Wenn meine Zuneigung in eine Richtung kanalisiert wird, scheint mehr davon da zu sein, und ich bin entspannter.

5. Jan. –

Heute Morgen ist Rebecca nach zwei Wochen Weihnachtsferien wieder in die Schule gegangen. Habe sie durch die Anziehprozedur gedrängelt. Sie ist morgens sehr langsam, aber auch sehr gesprächig und fröhlich. Ich weiß nicht, ob sie es gewohnt ist, ihr Bett zu teilen. Ich schlafe gern bei ihr. In ihrer Nähe empfinde ich große Zärtlichkeit. Wenn wir im Bett liegen und lesen oder wenn sie schläft und ich ihre Locken auf dem Kopfkissen sehe.

Sie ist sehr mütterlich. Sie fragt mich, ob ich den Kopf auf ihre Schulter legen möchte. Ich sage Ja. Sie legt den Arm um mich, die Hand um mein Kinn, und es ist sehr gemütlich. Wir haben die Plätze getauscht. Ich glaube, wenn sie groß ist, werde ich auf sie zählen können. Ich werde jemanden brauchen, auf den ich zählen kann. Sie erscheint mir viel stärker, als ich mit sechs war.

Mehrere Stunden später, nachdem ich Briefe geschrieben & an den Meridian[57]-Fahnen gearbeitet habe. Rebecca wird jeden Moment aus der Schule heimkommen. Ich warte schon ungeduldig darauf, sie zu sehen, sie liebevoll zu empfangen. Wenn es klingelt, werde ich an die Tür laufen, Rebecca aus der Kälte hereinziehen, sie umarmen, ihr Suppe vorsetzen, mich ihr für eine Stunde oder so ganz zur Verfügung stellen. Dass ich so fühle, liegt daran, dass sie sechs Stunden weg war. Schulen sind etwas Nützliches für schreibende Eltern.

Es ist 14:30. Montags und freitags ist die Schule früher aus. Da ist sie!

Undatiert 1976

Im Haus in Brooklyn, 1st Street.[58]
Der neue Roman: Zwei Frauen, die mehrere Tage zusammen verbringen, eigens zu dem Zweck, einander alles zu erzählen. Absolute Ehrlichkeit in diesen Punkten & auf diesen Ebenen:

1. Wie sie zu Männern und/oder Frauen als Partnern stehen
2 Amerika & das politische Establishment, der Krieg
3. Revolution – warum sie aktiv oder nicht aktiver sind (China, Kuba), die Frauenbewegung
4. Kinder, Ehemänner, Lebensweisen
5. Weltanschauung, Religion, Bruch mit der Vergangenheit

Können zwei Frauen ehrlich zueinander sein?

19. April 1976

Ich hatte in den letzten beiden Jahren ein, zwei depressive Phasen. Verglichen mit meinen häufigen Episoden in Jackson ist das nichts. Nur einmal war es so schlimm, dass es mir Angst gemacht hat. Ich bin erfüllt von der Arbeit und neuen Freundinnen und Freunden … und vom Reisen.

Bob[59] und ich haben es – nach all den Jahren (dreizehn, sagt er) – endlich geschafft, eine zweite Nacht miteinander zu verbringen. Es stimmt, dass ich ihn immer geliebt habe – seit dem Spelman. Dort sogar schon, bevor er mich überhaupt wahrgenommen hat. Aber er sagt, er habe dagegen angekämpft, mich zu lieben, wegen seiner Ehe mit Pam.[60] Jetzt sagt er: »Glaubst du mir, dass ich dich liebe?« Ich sage: »Natürlich.« Denn mal ehrlich: Warum sonst hätten wir es geschafft, all die Jahre in Kontakt zu bleiben?

12. Juni 1976

Dieser ganze Frühling war damit ausgefüllt, Bob offen zu lieben (und von ihm geliebt zu werden). Unsere Gefühle sind so intensiv, dass wir bestimmt ganz schön verrückt wirken. Ich fühle solche Kombinationen von Zärtlichkeit, Traurigkeit, Angst. Eine Menge Angst. Und es ist mir nur ein gewisser Trost zu wissen, dass er ebenfalls Angst hat. Jedes Mal, wenn wir Liebe machen, weine ich, überschwemme ihn und alles andere mit meinen Tränen. Es ist, als hielte ich alles, was ich mir je gewünscht habe, in meinen Armen, und trotzdem – was? Ich weiß es noch nicht.

—

Mit B. habe ich immer das Gefühl, er hat es (was auch immer) vorher schon gemacht, es gibt irgendeinen Plan, dem er folgt.

Vielleicht bin ich ja einfach nur misstrauisch, weil P.[61] in unserer Dreierbeziehung so viel vorkommt, wie sie irgend kann. Deshalb habe ich das Gefühl, dass alles, was zwischen B. und mir passiert, schon mit P. geteilt ist, ob sie anwesend ist oder nicht.

Ich finde Ps sexuelles Interesse, ihre »schwesterliche Liebe«, die davon träumt, »Orgasmen zu teilen«, verwirrend. Und Bs Versicherung, dass es ihm nichts ausmachen würde, wenn P. & ich Liebe machten, konsternierend. Ich fürchte, ich mag sie nicht mal, obwohl ich es über die Jahre versucht habe, hauptsächlich um seinetwillen.

Und mag ich ihn? Es ist schwer, jemanden aufzugeben, den man fast sein halbes Leben lang geliebt hat. Und doch, vielleicht habe ich ihn ja, wie Bob selbst gesagt hat, für jemand anderen gehalten. Unterstellt, er wäre mehr, als er war. (Offenbar ja, wenn er tatsächlich nur »ein gewöhnlicher Nigger« ist.)

(Ich sehe mich nie so. Für mich ist mein Leben heilig. Mein Geist gotterfüllt & kostbar, mein Gesicht schön & mein Körper auch.)

Immer wieder verlieren mich Leute, weil sie mich über meine Grenzen hinaustreiben. B. hat mich so weit getrieben, wie ich zu gehen bereit bin. Ich will B. nicht nicht lieben. Und doch scheint es hoffnungslos, außer als eine Art gutwillige Farce zwischen uns dreien. Was seine Liebe zu mir angeht … Sie ist oft so blind dafür, wer ich bin, dass ich keinen Grund sehe, auf ihre Dauerhaftigkeit zu vertrauen.

9. Juli 1976

Ein scheußlicher Tag. Vielleicht einer der scheußlichsten meines Lebens. Letzte Nacht habe ich Bob erklärt, ich wolle ihn nicht mehr sehen, nicht mehr mit ihm reden und auch keine

Briefe mehr von ihm bekommen. Er war sprachlos, total überrascht und verletzt. Und das soll er auch sein. Ich glaube, ich liebe ihn mehr, als ich je jemanden geliebt habe. Aber aus unserer Liebe kann nichts werden, und ich weigere mich, erstklassige Liebe auf eine fünftklassige Affäre zu vergeuden. Er hat eifrig Pläne für unsere Verlobung gemacht – sehr witzig! Aber natürlich bedeutet es – und es bedeutete nie etwas anderes –, dass er mich zusätzlich zu Pam will. Während ich jemanden brauche wie Mel[62], nur weniger langweilig, jemanden zum Anlehnen, jemanden, an den ich mich wenden kann, wenn ich Kummer oder Probleme oder Angst habe, was in der Beziehung mit Bob so oft der Fall ist.

Aber es tut so weh, ihn endgültig aufzugeben. Er war in gewisser Weise meine letzte und einzige Hoffnung. Seine Bücher, sein Denken sind so großartig, und ich weiß, er ist sanftmütig. Aber was passiert derzeit mit seiner Seele (ist schon damit passiert)?

Ich spüre, dass sie auf Abwege gerät, korrumpiert wird, ins Dunkel gelockt. Ich bin nicht bereit, ihr dahin zu folgen. Also habe ich heute herumgelegen und geweint und darum gebetet, von meinen Gefühlen für ihn befreit zu werden, wie ich darum beten würde, von einer Krankheit befreit zu werden.

Was sie (B & P) nicht sehen, ist, dass sie gemeinsam Menschen benutzen (»Frauen konsumieren«), um ihre Ehe zu beleben. Ich denke an die anderen Frauen & Geliebten, die sie sich geteilt haben, und nenne sie bei mir Schwesteropfer. Und ich frage mich, ob jemand von diesen anderen »Opfern« sich genauso in Bob verliebt hat wie ich. Er hat keine von ihnen geliebt, sagt er. Und doch geschah dieses ganze Experimentieren mit anderen Frauen angeblich aus Liebe! Was für eine Heuchelei! Und Blindheit und Grausamkeit! Es entbehrt ja wohl nicht der Ironie zu lesen, wie wenig Bob von »Monogamie« hält, wenn er & Pam im Grunde das monogamste Paar sind, dem ich je begegnet bin. Ja, sie haben Sex außerhalb der Ehe, aber was bleibt, ist immer die Ehe.

Tatsache ist, ich wehre mich gegen meine Position in diesem »Dreieck« ebenso aus historischen wie aus persönlichen Gründen. Ich habe mich immer sehr bemüht, die weißen Frauen, die meine Schwarzen Freunde geheiratet oder mit denen sie eine Liebesbeziehung haben, zu akzeptieren & zu mögen. Aber jetzt ist mir klar, dass ich das nur akzeptieren kann, wenn ich nicht auf einer tiefen emotionalen Ebene involviert bin. Ich empfinde es auch als Zurückweisung – nicht speziell meiner Person vielleicht –, aber Schwarzer Frauen. Und ich respektiere wohl auch den Schwarzen Mann in einer solchen Beziehung weniger, weil ich mich immer frage – ist es wirklich Liebe, oder war er zu schwach, um den Werbebotschaften zu widerstehen?

Bei Mel habe ich mir darüber nie Gedanken gemacht. Ich empfand die Tatsache, dass er mich gewählt hatte, als ein Zeichen guten Geschmacks, denn ich weiß, ich bin – als Schwarze Frau und als ich selbst – das Beste, das sich ihm bieten konnte. Ich habe sogar mit Vergnügen beobachtet, wie weiße Frauen sein Interesse zu wecken versuchten. Es gelang ihnen nicht.

Aber bei Bob wäre ich mir nie sicher und deshalb nie innerlich ruhig. Und das empfinde ich als beschämend für uns als Schwarze, denn er ist das Beste, was wir nur bieten könnten – ein brillanter, gut aussehender, radikaler junger Schwarzer Mann – und dennoch … Widersprüche. War es das, was all diese »Crazies« in den 60er-Jahren uns klarmachen wollten?

Ich konnte ihnen nicht zuhören, weil ich gerade dabei war, mir ein Leben mit Mel aufzubauen. Aber sie hatten recht mit ihren Befürchtungen, wenn auch nicht mit dem Druck, den sie auf diejenigen von uns ausübten, die in den Widersprüchen dieser rassistischen, konsumorientierten, kapitalistischen & vor allem manipulativen Gesellschaft gefangen waren.

Ich hoffe, ich kann diesen Eintrag irgendwann einmal lesen, wenn ich darüber hinweg bin und mich nur noch wundere, dass es mir so nahegegangen ist. Ich hoffe es verzweifelt! Im Moment habe ich das Gefühl, ich werde Bob bis ans Ende meiner Tage lieben.

4. November 1976

Ich sitze im Flugzeug nach Mexiko-Stadt, von dort geht es nach Kuba. … Aber zuerst mal ein Update, da im letzten Jahr das Tagebuchschreiben weitgehend durch Briefe an Robert ersetzt wurde.

Vielleicht wäre ich ja länger bei Mel geblieben, in unserer Ehe, wenn wir meinen Vorschlag umgesetzt hätten, das Haus zu unterteilen – oder zumindest getrennte Schlafzimmer zu haben. Es ärgerte mich immer mehr, dass meine Vormittage durch Mels konträre Gewohnheiten gestört wurden. Gewohnheiten, die nicht schlimmer sind als meine und mit denen es sich problemlos hätte leben lassen, nur nicht in dieser räumlichen Nähe. An erster Stelle: Er ist ein »Nachtmensch«, schläft bis mittags. Ich bekomme Kopfschmerzen, wenn ich länger als bis neun im Bett bleibe.

Also fasste ich den Plan, für über ein Jahr wegzugehen. Und zog ins Arbeitszimmer, dann in Rebeccas Zimmer.[63]

Dann, im Januar, tauchte Robert auf. Ich erwähnte die bevorstehende Scheidung[64], und – wie ich gehofft hatte – er blieb mit Worten an mir dran, wie er es über die Jahre mit leicht zweideutigen Taten getan hatte.

Zuerst schien es unmöglich. Ich hatte vergessen, was an ihm war, das mich nie losgelassen hatte. Er wirkte irgendwie heruntergekommen, verlottert; er hatte so etwas Kraftloses und Verschwommenes. Das war, wie ich später begriff, nicht nur Einbildung meinerseits. Es gab andere Pfade, auf denen er wandelte ...

Jedenfalls waren wir im April entschlossen, uns auf eine Affäre einzulassen. Im April in Santa Cruz wussten wir, dass wir uns liebten. Es sind jetzt sieben Monate intensivster Gefühle – Liebe, Leidenschaft, Sinnenlust, Angst, Freude –, wie ich sie nie vorher erlebt habe. Auch Verzweiflung.

Aber zu Kuba. In gewisser Weise verbindet uns Kuba. Es ist eine Erfahrung, die ich immer machen wollte und von der Robert immer wollte, dass ich sie mache (& zu der er mir immer zu verhelfen versuchte).

Undatiert

Huey und Gwen[65] –

Gwen: große dunkle Augen. Zierliche Statur. Intelligent, hellwach, nur schwer entspannungsfähig. Huey: leuchtende Augen wie die einer Katze, auch von der Form her katzenartig. Und groß. Spitze Nase. Geschmeidiger Körper. Scheint ein Bein (leicht) nachzuziehen. Magnetische Persönlichkeit. Eine interessante Mischung aus Grazie und etwas, was als »Dominanzanspruch« rüberkommt. Er und Gwen erwarteten, dass ich sie attackierte – wahrscheinlich wegen der Geschichte, dass er eine (sich prostituierende) Frau in Oakland ermordet haben soll.

Undatiert

Es ist urbaner Winter hier. Sehr mild. Jeden Tag 20–25 Grad. Nachts kühl. Leichter Wind, der stetig über die Insel weht.

Die Kubaner haben ein unglaubliches Spektrum an Haut- und Haarfarben, man sieht die subtilsten Schattierungen. Es gibt einige blonde Menschen. Dann dunkelhaarige Blancos. Dann cremefarbene, gelbbraune, braune Haut und schließlich – neben vielen, vielen anderen hübschen Farbtönen – jenes wunderbare leuchtende Schwarz, das »die Knochen mit Licht bedeckt«.

Alle arbeiten! Auf dem Land, am Weg zur Lenin-Schule, verrichten Männer & Frauen alle möglichen Arbeiten: Hausbau, Straßenbau, Pflanzen, Bäume zurückschneiden – alle Kinder im Schulalter sind in der Schule, ein paar kleine begleiten ihre Mütter. Man hat das Gefühl, hier ist ein ganzes Volk in Bewegung, um die Revolution zu sichern.

8. Juli 1977

Ich verschiebe es immer wieder, dieses Tagebuch zu beginnen, weil das, was ich schreiben muss, was ich zulassen muss, indem ich es hinschreibe, schwer für mich ist, ja, sogar bedrohlich. Mein Herz flattert, meine Atmung ist unentspannt. …

Aber um anzufangen.

Meine früheste Erinnerung an meinen Vater ist diese: Ich muss zwischen 2 & 3 sein. Ich laufe, aber ich weiß nicht, ob ich schon sprechen kann. Ich stehe auf der Veranda des Hauses, in dem ich geboren bin.

Es ist nicht Sommer, denn im Garten blühen keine Blumen. Mein Vater kommt auf die Veranda zu. Er trägt einen Sirupeimer aus Blech (seinen Essensbehälter). Er ist sehr dunkel und rundlich. Er bleibt vor den Verandastufen stehen und lächelt mich an. Ich muss wohl zurücklächeln, denn er lächelt jetzt richtig breit und lacht und fängt an, für mich zu tanzen. Es ist vielleicht der Tanz, der Black Bottom genannt wird. Seine Arme fahren durch die Luft, und seine Beine und Füße bewegen sich sehr schnell. Zusammen mit seinem strahlenden, lachenden Gesicht ist das sehr lustig. Ich lache und klatsche entzückt in meine kleinen Hände.

Jetzt wird es so viel schwerer.

Ich erinnere mich nicht, wann mir bewusst wurde, dass meine Mutter heller war als mein Vater. Mein Vater war fast schwarz, wenn auch mit einem rötlichen Ton, den er von seinem Vater geerbt hatte, einem Mann mit braunroter Haut und Gesichtszügen, die man gemeinhin »indianisch« nannte. Ich erinnere mich nur, welchen Wert mein Vater der »hellen Haut« meiner Mutter beimaß. Er fand sie schön und sagte es auch. Ich glaube ihn mehr als einmal sagen gehört zu haben, er wolle »keine schwarzhäutige Frau –«. Der Satz endete immer mit einem abfälligen Witz, den ich zweifellos verdrängt habe.

Aber auch ich liebte die Hautfarbe meiner Mutter. Sie war Teil dessen, was meine Mutter ausmachte. Die ist inzwischen dunkelhäutig, mit den Jahren dunkler geworden, und wenn ich sie heute sehe, bin ich immer ein bisschen überrascht, als ob meine Mutter, die, die ich aus meiner Kindheit in Erinnerung habe, sich irgendwo in dieser dunkleren Mutter versteckt.

Mein Vater fand die helle Haut meiner Mutter toll. Sie ihrerseits sagte immer, drei Dinge müssten für sie schwarz sein: Schuhe, ein Auto und ein Mann. Sie passten also von der Hautfarbe her gut zusammen. Jeder hatte, was er wollte.

Wenn sie keine Kinder gehabt hätten oder nur mich, hätte sich die Farbpräferenz meines Vaters vielleicht nicht weiter ausgewirkt. Die Farbpräferenz meiner Mutter galt ja nicht für mich, da ich ein Mädchen war.

Mein ältester Bruder, Fred, ist sehr dunkel und wurde immer als »hübsch, aber dunkel« bezeichnet. Wie sich das auf ihn auswirkte, weiß ich nicht. Er heiratete eine Frau, die praktisch weiß war. Eine Frau mit blasser, fast durchscheinender Haut, riesigen graugrünen Augen und einem tuberkulösen Husten.

Wenn sie bei uns zu Besuch war, bestaunten wir ihr glattes rotbraun gefärbtes Haar, ihre hellen Augen und ihre Haut, die im Sommer in Georgia noch blasser schien, weil wir übrigen da von der Sonne noch dunkler waren. Sie war nach unseren Maßstäben charakterlos. Sie flirtete mit meinen nächstältesten Brüdern, ließ meine Schwester nur zu gern hinter sich herräumen, rauchte die ganze Zeit & jedem ins Gesicht, ließ ihrem Kind alles durchgehen … Aber es wurde ihr wegen ihres Aussehens verziehen. Wir waren stolz, diese Frau, diese Blasshäutigkeit, unter uns zu haben. Wir bemerkten gar nicht, dass sie als Person nichts Besonderes war.

Aber es ist das nächste von uns Kindern, Mamie, die die Schurkin und das Mitopfer in diesem Stück ist, denn sie war noch hellhäutiger als meine Mutter.

Mamie war sehr helle im Kopf, und alle nahmen an, ihre Gescheitheit käme von ihrer Hautfarbe. Sie wurde dafür gepriesen, dass sie so viel wusste, und gleichzeitig dafür, dass sie nicht schwarzhäutig war. Vielleicht wuchs sie einfach in dem Glauben auf, dass hellhäutige Menschen höherwertig seien – was erklären würde, dass sie uns irgendwann alle ablehnte.

Mein Vater vergötterte Mamie. Da M. von zu Hause wegging, als ich noch ganz klein war, weiß ich nichts über die Interaktion zwischen ihr und meinem Vater, als sie noch ein Kind war. Gehört habe ich später – von Mama, Ruth, meinen

Brüdern –, sie sei in seinen Augen perfekt gewesen, obwohl man ihr schon anmerkte, dass sie sich seiner schämte – vielleicht gar nicht wegen seiner schwarzen Haut, sondern weil er arm & ungebildet war.

Mein Vater lehnte meine Schwester Ruth ab. Das war brutal klar. Es lag nicht an ihrer Hautfarbe (dunkler als Mamie, heller als Fred, wie Zimtrinde), sondern an »ihrer Art«; die erinnerte meinen Vater an seine Mutter (erschossen von ihrem Liebhaber, als er elf war; sie starb in seinen Armen, auf einer Wiese auf dem Heimweg von der Kirche*) und an seine beiden Schwestern Sally Mae & Daught. Beide wild.

Zwei Schwestern also. Die eine geliebt wegen ihrer Hautfarbe und ihrer Intelligenz, die andere abgelehnt wegen ihres »Charakters«. Zufällig war die hellhäutigere Schwester die geliebte. Und die dunklere die abgelehnte.

In der Mitte zwischen der Hellhäutigkeit meiner Mutter und der Dunkelhäutigkeit meines Vaters, entpuppte ich mich als gescheites und hübsches Kind. Mit zwei Jahren & wohl auch schon früher war ich selbstbewusst, was mein Aussehen anging. Alle sagten, ich sei »niedlich« und »süß« – meine Mutter und meine Schwester (Ruth) zogen mich hübsch an, & unvergessen in meiner Familie ist der Satz, den ich zu meinem Vater sagte, als er zu entscheiden versuchte, wie viele von uns er in Miss Mays Auto (er war ihr Chauffeur) packen konnte, um mit ihnen in den Zirkus zu gehen: »Nimm mich mit, Daddy. Ich bin die Hübscheste!« Da war ich 2.

Wenn ich Rebecca sehe, wie sie sich vor dem Spiegel schön macht oder ihre Locken zurückwirft, denke ich an mich in

---

* Nein. Sie starb in Wirklichkeit ein paar Tage später zu Hause im Bett. [Notiz von AW an sich selbst.]

ihrem Alter. Selbstbewusst, sogar eingebildet. »Nimm mich mit, Daddy. Ich bin die Hübscheste!«

Doch dieses Selbstbewusstsein wurde zerschlagen, als ich mit acht den »Unfall« hatte, der mich das Sehvermögen auf einem Auge kostete, wenn auch zum Glück nicht das Auge selbst. Denn sechs Jahre lang bedeckte das graue Narbengewebe den größten Teil meiner Pupille und ruinierte – so glaubte ich – mein Aussehen. In diesen sechs Jahren erwuchs viel an neuer Empfindsamkeit in mir. Diese sechs Jahre machten mich zu einem Menschen. Diese – so unglaublich schmerzlichen – sechs Jahre machten mich zur Schriftstellerin.

In diesem Wissen frage ich mich, würdest du diese sechs Jahre noch einmal durchleben wollen? Und ich antworte mir: Nein.

Meine Angst vor Zurückweisung entstand in dieser Zeit.

Zwei Dinge: Als die Sache passierte, log ich, um meinen Bruder zu schützen. Ich sagte, ich sei auf ein Stück Draht getreten, der hochgeschnellt sei und mich getroffen habe. Ich sagte meinen Eltern nicht, dass es ein Schuss[66] war. Mehrere Tage lag ich im Fieberwahn. Meine Mutter kochte köstliches Essen, das mich nicht verlocken konnte. Mein Vater versuchte mein Fieber zu senken, indem er eine Girlande aus kühlen Lilienblättern machte und sie mir um den Kopf legte – das ist meine letzte Erinnerung an eine liebevolle Berührung meines Vaters. Erst Jahre später erfuhr ich von jenem anderen Akt der Liebe: Er hatte am Highway gestanden und Autos zu stoppen versucht, damit mich eins ins Krankenhaus bringt – weil er Schwarz war, hielt kein Auto an. Folglich dauerte es eine Woche, bis ich zu einem Arzt kam. Da war es schon zu spät.

Zum ersten Mal schämte ich mich für mein Aussehen. Ich war – in meinen Augen – nicht mehr »die Hübscheste«.

Mir schien, dass mein Vater sich von mir zurückzog. Und ich hatte das Gefühl, dass ich, obwohl unleugbar von einem schönen Braun und gescheit, doch beschädigt und darum ablehnenswert war. Vielleicht war es in dieser Zeit, dass ich mich meinerseits zurückzog, was darin kulminierte, dass ich mit vierzehn oder fünfzehn ein ganzes Jahr lang nicht mit meinem Vater sprach.

Immer wenn ich daran denke, frage ich mich: Kann das stimmen? Du hast mit deinem Vater in einem Haus gelebt und nicht mit ihm gesprochen?

Es klingt unmöglich. Aber so habe ich es in Erinnerung. Am Ende dieses Jahres liebte ich ihn nicht mehr. Tatsächlich hasste ich ihn, was wohl die ganze Zeit mein Ziel gewesen war. Wenn er doch nur fähig gewesen wäre, mich zu erreichen. Wenn er doch nur meinen Rückzug aufgehalten hätte, ehe es zu spät war. Wenn er mir doch nur das Recht zu schweigen verweigert hätte – mich gezwungen hätte, mit ihm zu sprechen. Aber er tat es nicht.

Was außer meinem Unfall war der Auslöser? Mit Sicherheit war es meine reifende Erkenntnis, dass mein Vater Mamies herablassendes Verhalten ihm gegenüber hinnahm & sie trotzdem liebte, weil er so stolz darauf war, wie sie aussah. Das machte ihn in meinen Augen zum Idioten. Gleichzeitig löste es in mir extrem schmerzhafte Gefühle von Neid und Eifersucht aus. Umso schmerzhafter noch, als ich das Verhalten meiner Schwester nicht durchgängig bewunderte. Oft war sie toll, aber ebenso oft auch nicht; sie brachte meine Mutter zum Weinen und flößte uns allen Unterlegenheitsgefühle ein. Sie hatte schließlich die Welt gesehen & hatte sogar weiße Freunde! Verglichen mit ihr, so schien es, waren wir völlig unbedarft.

Schwer auszuhalten: Liebe zu meiner Schwester (denn natürlich liebte ich sie zutiefst) und Neid, Eifersucht, gemischt mit heftiger Kritik. Denn für mich war sie nicht so perfekt, wie mein Vater offenbar glaubte. Er schien sie einfach nicht so sehen zu können, wie sie war, und das frustrierte mich – zumal in jener Phase (& die muss es gegeben haben), in der ich mich als ihre Rivalin um die Liebe meines Vaters sah.

Ich konnte mich der Ablehnung durch meinen Vater nicht stellen, also tat ich zweierlei. Ich begann früh, ihn meinerseits abzulehnen – an allem, was er tat, herumzukritisieren (was leider leicht war, da er so viel Fehlerhaftes tat) – und seine Ablehnung nicht auf mich zu beziehen, sondern auf Ruth zu verschieben. Mit anderen Worten, ich redete mir ein, dass ich meinen Vater nicht deshalb ablehnte, weil er mich ablehnte, sondern weil er sie ablehnte. Das rettete meinen Stolz, mein Selbstwertgefühl. Für Ruth war es, glaube ich, nicht gut.

Was mir von alldem an unbewusst Internalisiertem blieb, war neben anderen Eigenheiten eine Hingezogenheit zu hell/dunklen Paaren (Symbole für meine Eltern, nehme ich jetzt an) und die Tendenz, mich von der dunkleren Person sehr leicht abgelehnt zu fühlen.

Aber das kommt später.

Letzte Nacht ist mir klar geworden, wie blind ich meine Melancholie mit mir herumgeschleppt habe (die doch wohl mit Papas Tod[67] zu tun haben muss. Vielleicht weiß meine Seele ja, dass sie in Georgia sein sollte, um sich von meinem einzigen Großvater zu verabschieden, dem einzigen Bindeglied zu so vielem, zu dem ich jetzt nie wieder eine solche Verbindung werde haben können).

Es schmerzt mich, nicht die Geschichten über Papas Leben

mitzubekommen, die jetzt in der Woche seiner Beerdigung in Georgia noch einmal erzählt werden. Und es schmerzt mich auch, nicht bei der Versammlung seiner Nachkommen zu sein, der gemeinsamen Träger seines Bluts und seiner Züge. Seiner Persönlichkeit & seines Charakters.

Er war so ein gut aussehender Mann! Seine Haut in ihrem Rotbraun so vital und maskulin. Seine Haltung so aufrecht! Seine Augen so weise.

Ich mochte alles an ihm außer seiner Brutalität gegenüber seiner Frau. Ich mochte vor allem seinen Namen: Henry Clay Walker.

1977 Geb. 7. Juli 1889
88 Gest. 1. Juli 1977
1889

Neunundachtzig Jahre. So lang!

Das Gute … Er ist einfach gestorben, ohne zu leiden.

The Old House
Putnam County, Ga.
27. Juli 1977

Es ist ein kühler, feuchter Morgen nach einem guten Nachtschlaf. (Ich bin dankbar für Schlaf! Für jedes auch noch so vorübergehende Ruhefinden!) (Ich bin religiös. Wenn ich doch nur eine Möglichkeit finden könnte, das Wunder der Natur auf dieser Welt regelmäßig zu verehren.)

R.[68] war am Flughafen. Mit dem Wissen, dass ich ihn sehen würde, kamen die Rückenschmerzen wieder, die ich – mit ihm und meinem Dilemma zusammenhängend – die letzten sieben Monate hatte. Erstaunlich, diese Rückenschmerzen! Offenbar sagt mir mein Körper, unsere Liebe sei eine Bürde.

Ich wollte ihn sehen.

Ich fürchtete mich davor, ihn zu sehen.

Ich betrachtete ihn kritisch. Ich erlaubte meinem Blick nicht, ihn zu vergolden.

Was die Frage aufwirft: Habe ich ihn mir als Liebesobjekt zurechtgebastelt?

Wir tranken etwas & redeten oberflächlich über … sein Vorankommen mit der Promotion & dem Port Chicago Projekt.[69] Rebecca im Sommercamp. Meine Mithilfe beim Bau der ersten Wand von Bertinas & Stasias[70] Haus.

(Ruth sagt, Miss Shug habe ihre »Unterhose« Mama[71] geschenkt – Mama die Ehefrau, Miss Shug die Geliebte –, nachdem die sie darum gebeten hatte. Das zeugt ja wohl von Mamas Glauben an Magie.)

27. Juli 1977

Heute haben wir Papas Grab besucht. Ich hatte das deutliche Bedürfnis, mich auf Daddys Grab zu legen, um »den Blick von da aus zu testen«. Während ich da lag und den Zikaden & Grillen und dem Wind lauschte, fühlte ich mich ihm nah. Ich wollte ihm sagen, ich litte selbst Schmerz und sei selbst verwirrt und außerstande, irgendetwas anderes zu tun, als den Schmerz und die Verwirrung zu ertragen – wie er es getan hatte. Tränen stiegen mir in die Augen, und ich weinte los. Die ersten Tränen, die ich um Daddy weinte, fünf Jahre nach seinem Tod. Ich fühlte mich danach besser, matt, still, müde. Ich lerne mehr über den Zustand zu leiden, als ich jemals wissen wollte. Was es heißt, wenn es wehtut und wehtut und man darauf vertrauen muss, dass die Zeit und nicht der eigene Wille den Schmerz lindert, der nie weit weg ist.

Dann machten wir uns auf den Marsch durch den Dschungel zu Papas altem Haus. Eine erstaunliche Pilgerwanderung mit Ruth – die mich an Daddys Grab schwesterlich tröstend im Arm gehalten hatte.

Es gibt Zeiten, da beneide ich Pam. Bin eifersüchtig auf sie. Hasse sie. Dann wieder will ich sie bitten, mir zu verzeihen, dass ich ihr jemals wehgetan habe. Ich merke, dass sie für mich nie ganz real war. Sie schien immer eine Randfigur, blass, klein, crazy & unvollständig. Kaum mehr als ein Hindernis bei dem, was ich wollte. Aber sie ist zweifellos real. Ein vollständiges, leidendes menschliches Wesen. Es kann durchaus sein, dass das alles für sie genauso schmerzhaft ist wie für mich – wenn nicht noch schmerzhafter. Ich war zumindest nur emotional & sexuell abhängig von Bob. Sie ist auch finanziell von ihm abhängig. Vielleicht schweißt diese Abhängigkeit sie ja erst recht zusammen. Er kann »der Beschützer sein«, sie kann »abhängig sein«. Unabhängigkeit beinhaltet so viel Angst. So wie Abhängigkeit wohl Scham beinhaltet. »Wir leben von dem, was ich verdiene«, sagte Bob einmal stolz. Ich bin zu sehr an Feministinnen gewöhnt, die nie so reden, auch wenn sie sich von Zeit zu Zeit eine solche Beziehung wünschen würden.

-Rachel & Henry-
Eine Liebesgeschichte[72]

1. Man stelle sich vor: Henry heiratet eine Frau, die seine Familie für ihn ausgesucht hat. Kate. Er liebt sie nicht. Sie gebiert ihm immer mehr Kinder.
2. Er verliebt sich in eine andere. Heftig. Unausweichlich. Miss Shug. Auch sie gebiert ihm Kinder.
3. Die ungeliebte Ehefrau, Kate, nimmt sich einen Liebhaber.

4. Die Geliebte, Miss Shug, heiratet. Der Ehemann geht mit ihr weg.
5. Henry schlägt Kate. Kate kann ihre Kinder nicht verlassen. Ihr Geliebter ermordet sie auf dem Heimweg von der Kirche auf einer Weide.
6. Henry ist allein mit vier kleinen Kindern. Die Geliebte, Shug, hat zwei Kinder von ihm, ist aber verheiratet und lebt weit weg.
7. Henry hört von einem Mann mit verfügbaren Töchtern. Er spricht bei dem Mann vor, um eine davon anzustellen, damit sie sich um seinen Haushalt kümmert. Der Vater will davon nichts hören, weil er befürchtet, dass seine Tochter verführt wird.
8. Er schlägt Henry vor, Rachel zu heiraten – die sei häuslich, eine gute Arbeiterin und habe zwei Kinder, die gleich gestorben seien. Ihr einziger Fehler: Großzügigkeit.
9. Henry heiratet Rachel, ohne sie zu lieben. Sie ist seinen Kindern eine gute Mutter. Sie gewinnen sie lieb. Henry sehnt sich immer noch nach der Geliebten, die von Zeit zu Zeit zurückkehrt – ihr Mann stirbt.

   Rachel muss schwer arbeiten. Nie hübsch gewesen, beginnt sie sich mit der Geliebten zu vergleichen. Henry benutzt sie sexuell. Schlägt sie, weil er jetzt an sie gebunden & nicht mit der Geliebten zusammen ist.

   Sie erträgt es. Sie hat ihn immer geliebt. Macht treu und ergeben weiter.
10. Er nimmt sie für selbstverständlich. Die Kinder werden groß.

    Die Beziehung verändert sich, jetzt, wo die Kinder erwachsen sind. Er merkt, dass er <u>sie</u> begehrt. Und dass ein Leben mit der Geliebten jetzt unmöglich ist. Sie werden alle alt.

Rachel, die sich damit abgefunden hat, dass er sie nicht liebt, findet Entlastung in der Kirche. Er sieht das als Rivalität zwischen sich und der Kirche.

Sie sind jetzt vierzig Jahre zusammen. Er hat Angst, sie zu verlieren. Sie stirbt.

—

Plan: Ein Haus in Park Slope kaufen, wenn mein Mietvertrag ausläuft / spätestens Dezember 1978
Weihnachten – Georgia?
Februar – Ostafrika
Mai – England/Irland
Juli/August – MacDowell

—

Ankunft – Umarmungen – Plaudern – Mittagessen – ein Feuer im Kamin – dem Regen lauschen – Liebe machen (etwas schnell, aber innig und befriedigend) – ein großartiger Orgasmus, der mich Gott anrufen ließ, was mich amüsierte, noch während ich die Worte aus meinem Mund kommen hörte, »Wer, ich?«, dachte ich. Doch wie üblich toller Sex. Obwohl ich vergaß, B. zu seinem Teil zu verhelfen. Hinterher amüsierte mich auch das.

Wir lagen noch kurz beisammen – wir duschten, wir rauchten was (ein Fehler), & er fuhr los, nach Atlanta, »zum Abendessen«. Eiliger Sex ist definitiv weniger gut.

Der Zora-Hurston-Reader[73] braucht noch ein paar Absätze

über Zoras Aufenthalt bei den Hoodoo-Praktikern. Die Sachtexte lesen sich – langweilig. Sie weisen – größtenteils – nicht die Liebe zum Detail auf, die ihre Fiktion ausmacht. Aber es wird ein gutes Buch. Mit dem Janies-Erwachen-Teil aus Their Eyes Were Watching God und den beiden Kurzgeschichten, den Szenen aus Tell My Horse etc.

Ich habe manchmal das Gefühl, meine Familie und ich könnten einander nicht fremder sein. Und in den letzten Jahren gilt das besonders für Mama & mich. Ich kenne diese neue Minnie Lue nicht. Sie wirkt auf mich wie eine äußere Hülle. Liegt es nur an ihrem Glauben? Aber sie ist auch als Schwarzer Mensch vollständig erobert & kolonisiert worden – weil sie tatsächlich glaubt, dass Weiße besser sind. Es ist schmerzlich, das bei der eigenen Mutter zu sehen. Dass nur noch Komplimente von Weißen zählen, mehr als das eigene Gefühl dafür, was gut, schlecht oder schön ist. Die Krankheit des Minderwertigkeitsgefühls hat die ganze Familie im Griff. Das Wort »Nigger« wird ungebrochen weiter benutzt. Egal mit welchem Selbstbild die Kinder aufwachsen.

Undatiert, August 1977

Ms. 12.000 $ plus	=	nach Steuer	9.000
Yale 5.000 $	=		4.000
			13.000 $
Vortr. 6.000	=		4.000
			17.000 $

Ich verdiene wohl an die 20.000 $ Dollar im Jahr, und das ist viel.

Mein Ziel ist, bis Dezember 78 etwa 30.000 $ gespart zu haben, als Eigenkapital für ein Haus!

Ich nähere mich dem Gefühl an, dass das richtig ist und etwas, was ich will.

Ich fühle mich toll, Kinder. Nach langem Kämpfen glaube ich jetzt, einen Lichtschimmer am Horizont zu sehen!

Und ich bin dankbar – allen, auch Gott, dem ich im Kopf die ganze Zeit danke. Agnostikerin, die ich zu sein vorgebe!

23. Aug. – 2. Sept.

10 Tage mit Robert – mehr oder minder.

Ihn zu sehen, nachdem wir lange getrennt waren, ist immer aufregend. Nur manchmal erscheint er mir hübsch, und dann gewinnt sein Äußeres immer durch etwas, was er gerade tut: sich um ein Kind kümmern, schwimmen, tanzen.

Mein Herz ist cool geblieben, bis auf kurze Flatterphasen, wenn wir Gras geraucht haben. Was ziemlich oft der Fall war.

Aber alles in allem habe ich den Test bestanden. Mir nicht zu gestatten, in die alten Muster des Anhimmelns – in den Wunsch zu besitzen – zurückzufallen oder von einer gemeinsamen Zukunft für uns beide zu träumen. Die Obsession ist – ich bete darum – vorbei.

Die Neuenglandtour war also ein großer Erfolg. NE wie immer wunderschön, vor allem Vermont & upstate New York. Bob zärtlich und unübertrefflich als Lover. Interessant & wertvoll als Freund, ziemlich gut als Ersatzvater für Rebecca.

Eine fast schon glückselige Woche. Schwimmen, klettern, Liebe machen, ficken, vögeln, es miteinander treiben, lieben und geliebt werden. Bobs Berührungen sind die sanftesten, die ich je gespürt habe, und doch die sichersten & entschiedensten.

»Ich liebe dich.«

Es kommt mir nicht in den Kopf oder ins Herz, es so oft oder so inbrünstig zu sagen wie einst – und doch empfinde ich Liebe für Bob. Ich bin vielleicht nicht mehr verliebt. Und das ist ein Segen.

Gestern Abend, nachdem er gegangen war, habe ich auf irgendwelche körperlichen Beschwerden gewartet. Kurz war da eine leichte Verspannung in den Schultern, aber ich habe Aspirin genommen, und davon wurde es besser. Bis auf diese Verkühlung und meine Periode fühle ich mich prima.

Und mein Selbstassessment sieht so aus:

Eine Frau am Beginn ihrer besten Jahre – 33

mit 6 Büchern, alle lieferbar,

gesund & mit einer gesunden, wachsenden und gedeihenden intelligenten & schönen Tochter,

mit 9.000 $ Erspartem und weiteren 11.000 $, die bald dazukommen –

mit zwei tollen Teilzeit-»Jobs«, die gut bezahlt sind.[74]

Mit Zeit zum Schreiben, Reisen, Denken.

Mit Freunden und Freundinnen, die sie mag & die sie mögen – Bob, Sheila, Mel, June, Judy, Gloria, Joanne, John & Susan, Vincent …

Einer eigenen Wohnung, in der sie tun kann, was sie will.

Kaum zu glauben, ich bin wieder ein Mensch!

Ich muss mir ein Gebet ausdenken, das ich zum gütigen Geist des Universums sprechen kann.

Ich brauche es, Dank zu sagen, »mit Gott zu reden« – in Kontakt mit der Kraft zu sein, die unser Leben durch Leiden und letztliche Gnade einzigartig macht.

5. September 1977
Es gibt Momente, in denen ich mich beängstigend allein fühle. Dann überkommt mich Panik. Anspannung, Angst. In diesen Momenten fallen mir auch all die Dinge ein, die ich getan habe und die womöglich »nicht richtig« waren.

So frage ich mich beispielsweise, ob ich in meinem »Nachruf« auf Anais [sic!] Nin[75] fair zu ihr war. Vielleicht habe ich ihr ja unrecht getan, war ich eigennützig. Ich hätte den Brief, den sie mir geschrieben hat, wahrscheinlich nicht veröffentlichen sollen. Dann ist da die Angst, dass Mel letztlich ein Heuchler ist, dass man ihm nicht vertrauen kann. Und dass ich es nicht mehr schaffe, ein gutes Verhältnis zu Rebecca zu haben. Dann ist da das Leben in der Großstadt (ohne Garten). Ohne häufigen Kontakt mit der Erde könnte ich auch gleich haltlos dahintreiben. Und dann ist da noch mein unbefriedigtes Gefühl, meine Arbeit betreffend, und mein Bedürfnis, eine Art sachliche Übersicht zu erstellen, was ich schaffen will.

Sollte ich eine Auszeit von <u>Ms</u>. nehmen oder nicht? Werde ich wirklich damit klarkommen, ein Haus zu kaufen?

Eine sehr einleuchtende Idee hatte ich in puncto Veröffentlichung meiner beiden Bücher – einfach den Gedichtband fertig machen und Wendy[76] übergeben. <u>Dann</u> die Essays in Angriff nehmen.

Ich wollte, ich würde mich bei Wendy besser aufgehoben fühlen – ihr mehr vertrauen.

Geht es bei alldem um Vertrauen bzw. fehlendes Vertrauen?

Vielleicht bin <u>ich</u> es ja, der ich nicht vertraue. Vielleicht ertappe ich mich ja dabei, wie ich Dinge tue oder sage, die ich nicht gut finde.

Das ist gefährlich, weil es die Selbstachtung unterminiert. Hmmmm …

Bob? Selbst wenn ich ihn in den Armen hielt, fragte ich mich, wen und was ich da halte. Wenn auch bei diesem Besuch weniger als bei anderen. Klar ist, dass mein Trauma in Bob einen Katalysator gefunden hat, er aber nicht selbst das totale Trauma war – wie ich einst dachte.

—

Ein schlimmer Rückfall – so schlimm wie in Jackson, wenn er auch nicht so lange anhielt wie meine Depressionen damals.

Habe mit Gloria drüber geredet, mit Mel, mit Sheila. Sheila hat mir wirklich geholfen. Sie brachte mich dazu, darüber nachzudenken, wie die depressive Phase angefangen hatte …

Das war, als Rebecca mir erzählte, sie hätten die Rosensträucher beim anderen Haus[77] herausgerissen. »Meine« Rosen. Über 50 Jahre alte Rosen. »Sie waren krank, blühten nicht mehr«, sagte Mel. Sie hatten mich herausgerissen, so empfand ich es. Das Haus in der Midwood St. bedeutete mir viel. Der Garten war vielleicht der Teil, der mir am meisten bedeutete. Indem sie die Rosen herausrissen, zerstörten sie meinen Garten, die Metapher für meine Existenz, die Tatsache meiner Existenz.

Außerdem war Rebecca da gerade eine Zeit lang bei ihrem Vater, und ich merkte, dass ich sie wirklich brauchte. Das Kätzchen, das sie mir geschenkt hatte, lief weg. Am nächsten Tag half Mel, es wiederzufinden, im Garten, wo es saß und schrie.

Ich glaube, Dope ist nicht gut für mich, es verstärkt meine Depressionen. Vielleicht ist das ja ein Grund, warum Leute, die meditieren, nichts rauchen.

Sheila meint, ich solle versuchen, möglichst bald in eine größere Wohnung zu ziehen – was mir sehr einleuchtet. Das Apartment hat Charme, ist aber zu klein.

Ich bin in einem Übergang. Deshalb sollte ich nur vorsichtige Schritte unternehmen. Der »Rückfall« war ernst. Ich dachte ständig an den Tod als Erlösung. Aber ich weiß sehr wohl, dass ich den Tod nicht so früh im Leben will. Ich lebe viel zu gern und bin nur allzu fähig, das nächste Vorhaben (Abenteuer) gleich hinter der Kurve zu entdecken und zu genießen. Wenn ich es nur dahin schaffe.

Die letzten Tage habe ich B. vermisst. Oft an unseren Neuenglandtrip gedacht. An den Spaß, den wir hatten, das Lachen, das nur wir teilen. Das Schwimmen, das Trunkensein von Wohlgefühl. Von gutem, kreativem Sex. Ich wollte ihn so gern anrufen. Ihm mehr schreiben, als ich geschrieben habe.

Aber mein neues Ich – jetzt ohne Rückenschmerzen (Gott sei Dank!) – hält mich auf einem sichereren Kurs. Indem es sagt: Verfall nicht wieder in emotionale Anhängigkeit. Bürde dir nichts auf, was du nicht tragen kannst. Du hast für eine ganze Weile genug gelitten. Also habe ich nicht angerufen – ich habe noch nie gern bei ihm zu Hause angerufen –, und meine Briefe sind zwar liebevoll (weil ich ihn natürlich immer noch liebe), aber eher munter als innig.

Tatsache ist: Ich kann ihn nicht vergessen. Aber ich habe aufrichtig daran gearbeitet, mich in dieser Beziehung nicht noch weiter kaputt zu machen. Wenn wir denn in Liebe verbundene Freunde sein sollen, die sich nur gelegentlich sehen, dann werde ich eine emotionale Askese einhalten, die es gestattet, dass dieses Arrangement positiv ist und nicht leidvoll. Mit dem Sehnen kann ich umgehen, das Leiden untergräbt mein Selbst- und mein Selbstwertgefühl.

Vorträge bis Ende 77

2.500	Sanford
200	Germantown
750	Williams
200	Folger
1.000	Mercer
4.650 $	

Bucknell? Das brächte bis zu 5.000 $. Alles fürs Sparkonto. Fürs Haus.

Bald ist ein Jahr vorbei. Mein Jahr des Übergangs von der Abhängigkeit zur Unabhängigkeit. Vom Glauben an die Autorität anderer zum (hoffentlich) Glauben an meine eigene Autorität. Wenn ich es weiterhin schaffe, aus der Panik herauszuwachsen, werde ich (weiterhin) dankbar und glücklich sein.

In dieser letzten Zeit (Aug–Sept.) ist Rebecca mehr zum Mittelpunkt meines Lebens geworden, als sie es je war. Ich bemerke, dass ich auf sie reagiere wie auf jemanden, dessen Gefühle ich zutiefst respektiere. Ich bin mit ihr so achtsam wie mit einer Freundin. Tatsächlich sehe ich sie als Freundin. Und das kommt daher, dass sie mir gezeigt hat, wie wenig sie davon hält, für selbstverständlich genommen zu werden. Sie macht ihr Recht geltend, Zeit mit mir allein zu verbringen. Ihr Recht auf einen Teil meiner Aufmerksamkeit, wenn wir Besuch haben.

Sie stellt Ansprüche!

Bis jetzt (nach zwei Kursterminen) gefällt es mir, einmal in der Woche in Yale zu sein. Es ist eine Art Erholungspause. So anstrengend das Lehren selbst auch ist. Es amüsiert mich, dass

ich einen Raum mit Imamu Baraka[78] teile. Er hat ihn montags, ich freitags.

Meine Studierenden schüchtern mich ein bisschen ein, sie sind so eloquent. Aber sie schreiben belanglose Sachen. Was sie erlebt haben, scheint dünn und langweilig alltäglich. Meine Gedanken wandern davon, wenn ich ihre Arbeiten lese.

Als ich, auf meinem herrlichen Bett liegend, Mel ansah (der gekommen war, um Rebecca abzuholen), fiel mir wieder seine ängstliche Unentspanntheit auf, das Ausweichende, das er hat. Was verbirgt er vor sich selbst? Es gab Momente, in denen ich mir vorgestellt habe, zu ihm zurückzugehen – aber dann merke ich zum Glück immer, dass ich an einen anderen, jüngeren und gefühlvolleren Mann denke als den, den ich jetzt vor mir habe.

Mel hat sich nie auch nur den kleinsten Zusammenbruch gestattet. Da ist so viel Angstmachendes, so viel Unterdrücktes. Manchmal denke ich, dass er von einer fürsorgenden Figur zur nächsten geflüchtet ist. Ich glaube, er wird viel interessanter sein, wenn er sich einmal eine Krise zugebilligt hat.

Aber vielleicht ist das ja gar nicht altruistisch von mir? Ich möchte, dass es das ist. Aber ich war auch schon sehr, sehr wütend auf ihn. Weil wir eine gute Ehe hatten, die nicht hätte verkümmern müssen.

Bei Ms. gefällt es mir besser, jetzt, wo ich nur einen Pflichttag pro Woche habe. Ein Tag dort, einer in Yale, ansonsten Zeit, um zu lesen, mit Freunden zusammen zu sein, ab und zu ein Vortrag, der mir erlaubt zu reisen & Berge um mich zu haben, Herbstlaub etc.

3. Okt. 1977

Wieder eine tolle Kurssitzung in Yale. Eine sehr gute Entscheidung, dieser Lehrauftrag. New Haven ist ruhig, in Teilen ganz hübsch. Relaxt.

Am Samstag ein Anruf von B., langes Telefonat. Er glaubt, er kann sogar früher an die Ostküste[79] kommen, als er ursprünglich geplant hatte. Ich bin hocherfreut. Aber auf eine gelassene Art. Es bedeutet mir immer sehr viel, ihn zu sehen, aber ich weiß jetzt, es ist möglich, ohne ihn zu leben, wenn ich es mir auch nicht aussuchen würde. Ich liebe ihn endlich mit offenen Händen.

Ich bin offenbar entschlossen, meine Depressionen zu bekämpfen, also habe ich in der Woche vor meiner Periode darauf geachtet, mich gut zu ernähren, genug Ruhe zu bekommen, schöne Sachen zu machen – Kino, Spaziergänge, Freunde –, gewissenhaft meine Vitamine zu nehmen und auch Pamprin – zwei Pillen am Tag, sieben Tage lang. Ergebnis: keine (schnell auf Holz klopfen!) Depression bisher, & meine Periode hat heute eingesetzt! Ich bin glücklich. Bin den ganzen Tag umherspaziert und habe in die Wolken geschaut. Sie geliebt. Habe im Stillen zum Geist des Universums gebetet und Brooklyn toll gefunden. Könnte sein, dass ich für immer hierbleibe. Und heute erscheint mir das okay.

Ich freue mich sehr darauf, ein Haus zu kaufen!

5.10.77

In New Haven habe ich so viel an Pam gedacht, dass ich ihr schreiben musste. Einfach um ihr zu sagen, dass ich ihr wohlgesinnt bin & dass es mir leidtut, wenn ich ihr wehgetan habe. Was mich im Zusammenhang mit ihr die ganze Zeit belastet, sind Schuldgefühle, weil ich sie zurückgewiesen habe (ihre merkwürdigen Liebesangebote hin oder her), und Verwirrung, weil ich mich von ihr angezogen fühlte. Ich mag ihre forsche Art, mag es, wie sie alte Sachen trägt.

Ich glaube, ich fühle mich besser, jetzt, wo ich ihr geschrieben habe. Mein schlechtes Gewissen/meine Erinnerung hat mich in jeder zierlichen, braunhaarigen weißen Frau Pam sehen lassen.

Wie es aussieht, werde ich zwischen dem 13. Okt. & dem 6. Dezember mit Vorträgen 6.000 $ machen. Das ist gut, denn das Geld kann ich direkt auf das Sparkonto fürs Haus tun. Mein Ziel ist es, 40.000 $ Eigenkapital hinlegen zu können – was möglich sein sollte, wenn ich es weiter hinkriege mit den 10.000 $ von G. Dazu meine 11.000 $ Anteil an der Midwood 55, 10.000 $, die ich angespart habe, und 10.000 $ an Vortragshonoraren und Tantiemen.

Wenn das klappt, kann ich im September 78 den Kauf angehen!

Wenn ich in diesem Tagebuch nachlese, sehe ich, wie mich das Thema Geld beschäftigt. Kürzlich ist mir aufgegangen, dass

Unsicherheit zu den größten Feinden der Kunst gehört. Irgendwie sehe ich den Roman oder den nächsten Gedichtband nur entstehen, wenn ich in meinem eigenen Haus bin und das Finanzielle geregelt ist.

Ein Grund, warum ich sauer auf Mel war/bin, ist, dass er nicht genug dafür getan hat, mich zu halten. Er sieht das natürlich anders, da er ja, »um mich zu halten«, seine Anwaltstätigkeit in Mississippi aufgegeben hat und nach New York gezogen ist – in die Stadt, die er immer verabscheut hat. Vielleicht ist er ja deshalb sauer auf mich! Obwohl er jetzt hier glücklicher ist als in Jackson.

10. Okt. 1977

Mel kam gestern vorbei, um mir den Rest meiner Kleidung aus der Midwood 55 zu bringen, die Scheidungsvereinbarungspapiere abzuholen und (nachdem ich es ihm angeboten hatte) eine Tasse Tee zu trinken. Es war erstaunlich nett. Er sah besser aus als letztes Mal. Nicht so bleich und gealtert. Er ist immer noch enttäuscht, dass ihm der Job im Justizministerium nicht angeboten wurde.

Leiter der Abteilung Bürgerrechte. Es stimmt – das hätte ihm zugestanden. Ich fühle aufrichtig mit ihm. Ich habe ihm von meinen Hauskaufplänen erzählt – er befürchtet, es könnte sich als zu große Verantwortung erweisen. Ich hoffe nicht.

Wir haben Tee getrunken. Uns angelächelt. Über unsere Tochter gesprochen. Als er ging, küsste er mich auf die Wange. Ich ihn auch. Es war ein herzlicher Abschied – ich habe vorgeschlagen, er und Judy sollten doch eine Woche nach Negril gehen.

Bob hat angerufen. Voll Freude, dass er nächstes Wochenende an die Ostküste kommt.[80] Hat gesagt: »Ich halte das

Ticket schon hier in meiner Hand!« Was ist das zwischen uns? Eine Liebe. Eine Beziehung. Die intensivste in unser beider Leben vermutlich.

Heute bin ich auf einen alten Brief von Pam gestoßen. Sie erzählt mir, was ihr an Meridian gefallen und nicht gefallen hat, und kommentiert meinen Besuch mit Bob bei seiner Familie in Atlanta. Vor 10 Monaten hätte ich den Brief nicht lesen können. Und es hat immer noch etwas wehgetan. Warum? Weil Bob immer noch ihr Mann ist. Meiner ist er nur, soweit er mich liebt. Und weil so vieles an Pam bewundernswert ist. Dass sie anscheinend gar nicht eifersüchtig ist beispielsweise. Dass sie sich die Zeit genommen hat, über Meridian nachzudenken & mir ihre Reaktion mitzuteilen.

Ich weiß, dass Pam sich von mir zurückgewiesen fühlt. Als Bisexuelle, als Frau/Weiße. Während ich doch einfach nur Bob will. Nicht beide.

In meinem Schreiben scheine ich den Faden verloren zu haben. Liegt es an meiner Arbeit bei Ms. & Yale? Liegt es an den Lesungen? Andererseits habe ich in letzter Zeit mehr Bücher gekauft und gelesen als sonst. Und etwas tut sich in meinem Kopf – ein neuer Roman versucht Gestalt anzunehmen. Wenn ich Juli & August in MacDowell[81] sein kann, schaffe ich es vielleicht, eine brauchbare Skizze dessen zu Papier zu bringen, was ich schreiben will. Einen modernen Roman über die Ehe.

Nach Thanksgiving – 25. Nov. 1977

Ein Anruf von Bob … Wir haben noch einmal bekräftigt, was du, Tagebuch, schon weißt: dass wir uns lieben. Warum ist das so? Ich gebe es auf. Wir sprachen über den Besuch seiner Mutter bei mir: Essen mit Sheila & Frank (bei Sheila) & dann Livejazz … Zakes Mann, der Saxofonist David Murray.[82]

Zuerst graute mir vor dem Wochenende mit Sadie[83], aber dann hat es mir Spaß gemacht, weil sie so unternehmungslustig ist. Wenn ich seine Mutter ansah, sah ich ihn.

Ich bin aufrichtig dankbar für meine Schwester Ruth, für Rebecca, die so geduldig & rundum liebevoll ist, für Bob, der mir geholfen hat, erwachsen zu werden … und für meinen superniedrigen Blutdruck von 62/90!

Großer Geist des Universums, ich grüße dich in Frieden nach den Kämpfen dieses schwierigsten Jahrs meines Lebens.

15. Dez. 1977

Bob ist zurück, mit der Story! Von der Port-Chicago-Katastrophe. Seine Südstaatenodyssee war ein Riesenerfolg. Er ist total erfüllt von seinem Skript. Ich bin total erfüllt von – der offensichtlichen Unverwüstlichkeit & dem Wachstum unserer tiefen Gefühle füreinander. Sex/Liebe mit ihm wie immer unglaublich. Drei Stunden Liebe machen vergehen wie Minuten. Meine Orgasmen tief und aufs Innigste geteilt mit diesem Mann, der sagt: »Ich habe gemerkt, ich bin nicht leer. Ich bin voller Dinge!« So schön, das mitzuerleben, Teil seiner Entwicklung zu sein. Seine Augen strahlen. Sie leuchten, wenn er mich ansieht. Ich lächle immer, wenn er hier ist.

16. Dez. 1977

1. Wendy hat angerufen, um mir zu sagen, dass Greil Marcus[84] die Neuauflage von Grange Copeland für Rolling Stone bespricht. Müsste in drei Wochen erscheinen. Un-

gefähr dann, im neuen Jahr, kommt G. M. hierher und würde mich gern treffen. Ich sage Ja. Ja. Weil ich mich erinnere, dass meine (wenn auch bei aller Länge inhaltlich begrenzte) Lieblingsrezension von Meridian letztes Jahr im New Yorker von ihm war.

2. Und sie meint, die ausgewählten Essays In Search of Our Mother's Gardens müssten gut laufen.
3. Ich habe sie wegen Bobs Filmskript von The Port Chicago Disaster gefragt. Sie hat gesagt, ja, sie wird es lesen & wenn möglich weiterreichen oder den Frauen von der Ziegler Agency an der Westküste empfehlen.
4. Habe Bob angerufen & es ihm erzählt. Er ist müde, wieder daheim. Muss Wäsche waschen, Post lesen. Sich um Casey[85] kümmern. Ich freue mich über diese Neuigkeiten.

   Ich freue mich, dass er sich freut.
5. Wir lachen wieder, als wir einander sagen hören: Ich liebe dich. Wer soll das begreifen? Aber ich denke – wenn ich es auch nicht sage –, dass er dabei ist, der Mann zu werden, von dem ich immer geglaubt habe, dass er da ist. Aber ich werde cool bleiben – vielleicht stimmt es ja nicht.

   Wie auch immer
6. Habe endlich diese Frau, Martha Pitts, erreicht, die mir Kontakt zu Assata[86] verschaffen kann. Sie hat in weitschweifigen Worten gesagt, vielleicht könne Assata mich am Freitag anrufen. Und ich bräuchte einen amtlichen Presseausweis, um in das Gefängnis hineinzukommen.

20. Dez. 1977

Heute Abend dachte ich plötzlich, dass ich anfangen sollte, Notizen zu einem neuen Roman zu machen, einen, an dem ich im Sommer in MacDowell[87] arbeiten kann. Und dann wurde mir bewusst, dass ich meinem tiefinnersten Impuls gefolgt war, meine Außenkommunikation darauf zu beschränken, Veranstaltungstermine zu reduzieren. Ich habe das Benefiz für Heresies[88] abgesagt und die Podiumsdiskussion am Barnard. Es fühlte sich gut an, Nein zu sagen. Und einen Plan zu machen – mein Plan ist eine Lesung im Monat. Im Sommer nichts (außer Schreiben & Spazierengehen & Denken), und das sollte von meinem Ms.-Gehalt plus den Lesungen & dem, was an Tantiemen reinkommt, allemal möglich sein. Der große Unterschied ist, dass ich jetzt das Eigenkapital für ein Haus zusammenhabe und außerdem Stipendiengelder, die sich über zwei Jahre erstrecken! Bei so viel Glück müsste ich mich schämen, wenn ich nicht wenigstens eine echte Konfrontation mit meinen eigenen Gedanken zustande brächte.

Und das ist natürlich der Grund, warum ich so nervös bin.

Heute Abend gemütlich mit Rebecca im Bett. Ich in die Lektüre von The Women's Room[89] vertieft. Kluge Einsichten, geschrieben als Trash – gut! Vielleicht wird es sich ja verkaufen! Und Rebecca ebenfalls mit einem Roman – über lustige Hexen. Kuschelig, warm, schön.

Es scheint ihr keine Angst zu machen, dass Mel nach Washington geht. Aber was ihr offenbar gar nicht passt, ist die Vorstellung, er könnte heiraten. (Judy). (Nicht Washington, D.C.)

Ich fühle so gut wie nichts bei dieser Vorstellung. Es ist alles so was von vorbei. Definitiv.

21. Dez. 1977

Nach Steuer beträgt mein Ms.-Gehalt	8.400,00	
Meine Miete beträgt	3.600,00	
Bleiben	4.800,00 $	für Essen, Kleidung, Rebecca.

Wenn ich noch 10.000 $ im Jahr durch Vorträge & Tantiemen dazubekäme, wäre es okay. Mehr als okay sogar.

Jetzt werde ich im Bett liegen & A Fine Old Conflict von Jessica Mitford lesen. Tuscaloosa[90] schläft auf dem Sofa. Der Garten ist voller Vögel, die wie wild zwitschern. Ein feuchter, kühler Tag. Meine Periode ist in fünf Tagen fällig. Das heißt, ich sollte Präventivmaßnahmen gegen Depressionen ergreifen. (Habe es getan.)

Risiken lösen bei mir Rückenschmerzen aus. (Ich hatte jetzt ein Jahr lang immer wieder mal welche.)

Gestern Abend kam Mel, Rebecca Sachen zum Anziehen bringen. Sie hatte drei Tage dieselben Sachen getragen und stank. Wir haben über Washington geredet.

Er sagt, durch unsere Scheidung[91] habe es Judy, wie ich mir schon dachte, eiliger mit dem Heiraten. Er fragte mich, wie ich darüber dächte. Ich riet zu einer gewissen Bedenkzeit – 3–6 Monate. Zeit allein. Er nickte, aber in Wirklichkeit hat er schon eine Meinung. Er sagt, seine »uneindeutige Reaktion« veranlasse ihn, sich zu fragen, ob wieder zu heiraten gerade jetzt das Richtige sei.

Also, für mich ist es das nicht, sage ich. Er sagt, er habe Judy erklärt, er müsse sich erst von der Scheidung »erholen«.

Ich bin sehr froh, dass er das Rauchen aufgegeben hat. Es ist ihm auch wichtig, mir zu erzählen, dass er jetzt Sachen liest, die nichts mit Juristerei zu tun haben. Ich sage, schön für ihn!

Rebecca ist meine Freundin! Sie wird immer gefestigter. Heute Morgen hat sie mich gebeten, sie sanfter zu wecken – als ob sie weniger tief schliefe als ihr Vater, der einmal einen Brand & den Lärm von 4 Feuerwehrfahrzeugen glatt verschlafen hat. Aber ich werde mich bemühen. Tatsächlich küsse ich sie gern wach, wenn ich es nur schaffe, selbst wach zu werden.

23. Dez. 1977

Letzte Nacht schlecht geschlafen, aber mit großen Plänen für eine Rezension über Agnes Smedleys Portraits of Chinese Women in Revolution zu Bett gegangen.

Es gefällt mir, dass Smedley sagt, sie sei keine von denen, die für Schönheit sterben. Ich habe allemal das Gefühl, ich könnte leicht aus Mangel an Schönheit sterben. Hässlichkeit, ungelindert, würde mich wahrscheinlich schneller umbringen als jede Depression.

Ein Grund meiner Schlaflosigkeit ist die Angst, wie ich den 25. »überstehen« soll. Diesen totalen »Familientag« im ganzen Land. Rebecca wird bei ihrem Vater sein – ich werde wohl an der Smedley-Rezension arbeiten, jetzt, wo ich Assata erst im neuen Jahr besuchen kann.

Das letzte Weihnachten war unser erstes Weihnachten allein. Aber war es das wirklich? Wahrscheinlich nicht.

Auf jeden Fall Meditation, viel schlafen, gute Ernährung sind angebracht – zusammen mit Vitaminen, Arbeit und Lesen.

24. Dez. 1977
Heiligabend. Ein strahlender, funkelnder Tag hier in Brooklyn. Kein Anzeichen von Depression bis jetzt … Dem Großen Geist sei Dank. Natürlich! »Der Große Geist!« Wieder mal waren mir die Native Americans voraus.

War gut letzte Nacht, habe bis vier Uhr morgens Smedley gelesen. Mir noch mal ihren tollen autobiografischen Roman vorgenommen, als Vorbereitung auf die Rezension von Chinese Women. So viele Gedanken, die ihre kraftvolle Schreibe aufgewühlt hat.

Es scheint, als hätte mein Denken auf das Langsammachen gewartet, das ich mir gönne. Es scheint zu sagen: »Schau mal! Ich habe das alles ausgetüftelt & nur für dich aufgehoben!«

Ich hatte ein paar schöne Gedanken über Bisexualität. … Das Problem am Sex ist, dass die Leute sich angewöhnt haben zu denken, man müsse »ambivalent« oder »hingabebereit«, »hetero« oder »schwul-lesbisch« sein. Entweder-oder. Aber die Natur ist da viel interessanter.

26. Dez.
June[92] hat mich an die Misere des letztjährigen Weihnachten erinnert, die ich verdrängt hatte: Es war das Weihnachten, an dem sie Krebs hatte. Es war das Weihnachten, an dem Rebecca und ich allein in unserem neuen kleinen Apartment waren. Ich war in keiner guten Verfassung. Ich erinnere mich, dass die Zeit dahinschlich. … Sie hat ja so recht – was für ein entsetzlich schmerzliches Weihnachten das doch war! Und wie anders dieses ist, an dem ich fühle, wie wachsende Zuversicht die Angst vor Einsamkeit ablöst.

26. Dez. 77, nach Mitternacht
Mel erzählt mir, er schriebe Tagebuch! Kann noch irgendjemand bezweifeln, dass ihm die Scheidung richtig guttut?

0 Uhr 30, 1. Jan. 1978
War ich letztes Jahr an Silvester auch allein? Mir scheint, ja. Aber es muss ganz anders gewesen sein. Heute Nacht lese ich Die Mutter von Gorki. Ich habe auch »Come Back, Little Sheba« im Fernsehen geguckt. Ein paar Böller haben das neue Jahr verkündet, & in der Ferne knallt es immer noch … Tuscaloosa & ich kuscheln gemütlich, zufrieden.

Vielleicht ist das ja der Unterschied. Ich trinke von meinem Wein und denke darüber nach [mitten in dieses Nachdenken hinein rief gerade Bertina[93] an, um mir ein gutes neues Jahr zu wünschen!], dass ein weiteres Jahr, ein sehr, sehr schweres Jahr, ins Land gegangen ist und dass ich es überlebt habe. [Gerade hat Bertina noch mal angerufen und mich eingeladen rüberzukommen – & ich gehe jetzt hin. Bis später, Tagebuch.]

Tanzen, Eiscreme (o weh, meine Diät!), Bertina, die verstohlen Berührungen sucht – das erscheint mir so kindisch und unwahrhaftig. Es löscht jede Glut, die vielleicht in mir hätte aufkommen können. Aber es war eine nette Ablenkung.

Tatsächlich hat sie in mir so gut wie nichts ausgelöst. Ich frage mich – ich mag sie, aber auf welche Weise? Zwinge ich mir eine weitere bisexuelle Erfahrung auf, um zu beweisen, dass ich so sein kann, wie ich glaube, »dass Leute sein sollten«? Beim Tanzen mit Bertina habe ich – Großer Geist, steh mir bei – an Robert gedacht. Und wie mich beim Tanzen mit ihm ein solches Glücksgefühl erfüllt, dass ich lächle, als hätte sich mein Mund selbstständig gemacht.

Aber vor allem habe ich an mich selbst gedacht – was für ein Glück ich doch habe, unter Freunden und Freundinnen zu sein, die mir wohlwollen.

Nun denn, **1. Januar 1978**! Die Zeit ist nicht gerade im Flug vergangen, aber immerhin bin ich noch da. Ich bin noch da und habe mit meiner Arbeit weitergemacht. Seit jenem bedeutungsschweren Juli vor 17–18 Monaten habe ich Essays veröffentlicht, Buchrezensionen, ein Vorwort zu Hemenways Buch über Zora,[94] den Nachruf auf Anais Nin, Leserbriefe, außerdem Vorträge gehalten. Ich war auf Zypern, in Griechenland, auf Jamaika und habe bei jedem Schritt mit mir und der Politik dieser Staaten gekämpft & darunter gelitten. Ich habe einen weiteren Gedichtband abgeschlossen. Ich stelle gerade eine Essaysammlung fertig. Ich habe einen Zora-Neale-Hurston-Reader zusammengestellt. Ich habe ein Semester Fiktionale Literatur II in Yale unterrichtet. Ich war auf angenehme Weise weiter für Ms. tätig. Ich habe Einladungen zu Lesungen in den gesamten USA erhalten und angenommen. Ich habe Benefizlesungen gemacht. Ich habe meinen Mann verlassen und bin einvernehmlich und in Freundschaft geschieden worden. Ich bin in ein eigenes Apartment gezogen, wo ich jetzt schon ein Jahr und einen Monat wohne. Ich habe mein nachlassendes Hörvermögen auf einem Ohr durch eine Operation verbessern lassen. Ich habe meine Schneidezähne ersetzen lassen. Ich habe neue Freundschaften geschlossen & viele neue Formen von Liebe entdeckt. Ich habe nur zweimal ernsthaft an Selbstmord gedacht – oder vielleicht dreimal. Ich habe beschlossen, mich nicht umzubringen, weil ich das Leben, das ich kenne, mehr liebe als den Tod, den ich nicht kenne und den ich im Verdacht habe, das Langweiligste überhaupt zu sein.

In dieser Phase meines Lebens habe ich erkannt – eine bedeutende Erkenntnis –, dass Sex zu Recht als ein wunderbares Triebbedürfnis der Menschheit gefeiert wird. Dass er tatsächlich unglaublich ist & dass ich eine enorme Fähigkeit zu sexueller Lust besitze. – Ich habe auch erkannt, dass ich allein auf der Welt bin, aber dass das in Wirklichkeit für jeden gilt. Dass mich deshalb selbst zu bemitleiden oder mich sehr davor zu fürchten, Zeit- & Energieverschwendung wäre.

Heute schließe ich dieses Notizbuch bewusst ab, indem ich kurz festhalte, was ich anderswo ausführlicher aufgeschrieben habe – in dem braunen Ledernotizbuch von Bob & dem blauen Paisley-gemusterten von Gloria.

Heute Morgen habe ich mit der Times im Bett gelegen. Beim Aufwachen hatte ich nicht die Panik, die mich letztes Jahr so oft morgens gequält hat, sondern war innerlich ziemlich ruhig. Ich habe mir eine schöne Tasse Tee gemacht. Mich im Spiegel betrachtet. Gesehen habe ich: ein Gesicht, das immer noch dem Gesicht ähnelt, das ich mit sechs hatte. Samtige rotbraune Haut, offene Augen, einen Mund, der geküsst wurde und der gern küsst. Ich habe beschlossen, ernsthaft Diät zu halten. Ich wiege, Stand heute Morgen, 59 kg. Ich will versuchen, bis Ende des Monats auf 55–57 kg zu kommen. Ich möchte nicht dünn sein, aber üppig nur um Brust & Hüften. Da ist der Ansatz eines Bauchs, den ich loswerden muss. Und wenn ich öfter Jeans tragen will – was ich gern tue –, muss ich mir die Figur bewahren, die ich darin haben möchte.

In der Times habe ich Vincents offenen Brief gelesen, in dem ich und Meridian erwähnt werden. Er nennt mich »eine unserer besten jüngeren Künstlerinnen«. Kunst mag etwas mit dem Lebensalter zu tun haben oder auch nicht. Was mich bewegt, ist Vincent[95] selbst, mein Freund und mehr seit dem 23. Juli 1976.

Über Bob (jetzt Robert) gibt es wenig zu sagen, was nicht schon in den anderen Notizbüchern gesagt wäre. Er war da, als ich dieses Apartment angeschaut habe, nachdem ich es gemietet hatte. Er war da, um eine der Scheidungsvereinbarungsvorlagen von Mel zu überprüfen. Unsere Beziehung hat angehalten. Persistiert geradezu, gegen unseren Willen. Wenn June auch in 3 Wochen von einem gebrochenen Herzen genesen mag, ist mein Herz doch auf das langsame Tempo eingestellt, in dem ich alles andere im Leben angehe. Ich liebe einen Mann (Robert) mit einer Liebe, die mir weitgehend unerklärlich ist. Aber ich leide nicht mehr im großen Stil. Inzwischen leide ich moderat. Hauptsächlich Einsamkeit, Sehnsucht nach ihm, wenn wir getrennt sind. Aber die Verminderung des Leidens war ein sehr schwieriger Prozess, so tiefgehend, dass ich gezwungen war, mein Leben neu zu überdenken, zurück bis in die Zeit im Leben meiner Eltern, die vor meiner Zeugung lag.

Ich habe mich nie veranlasst gesehen, Roberts Liebe zu mir grundsätzlich infrage zu stellen, nur deren Qualität und seinen gesunden Verstand.

Wenn wir zusammen waren, war es immer sehr intensiv. Alles, was man sich nur erhoffen kann an körperlicher Liebe, Kameradschaft, Angst und Hoffnung.

Ich fange an, eine andere Frau zu lieben. Das ist mir immer noch ein ziemliches Rätsel, weil ich nicht weiß, inwieweit es Neugier & Abenteuerlust meinerseits ist (der Schriftsteller als Narr, der ins Unbekannte strebt). Ich bin in gewisser Weise eine Närrin, aber das macht mich nicht mehr so ungehalten wie einst.

Ich habe einen Kater, der jetzt gerade in meiner Ellbogenbeuge träumt, während ich schreibe. Er tröstet mich. Wenn ich alt bin, werde ich vielleicht massenhaft Katzen, Kühe und andere Geschöpfe haben. Und Blumen natürlich auch.

Die derzeit vorherrschenden Fragen sind: Kann ich allein überleben & einigermaßen glücklich sein und mich und Rebecca ernähren? Kann ich ohne die Ehe leben, die meinem Leben die meiste Zeit ihres Bestehens so viel Stabilität gegeben hat? Kann ich schreiben, auch wenn ich von Sorgen, Eifersucht, Angst vor Zurückweisung, Alleinsein geplagt bin, kurz: Kann ich die Verantwortung für mein Leben übernehmen?

Und für meine Liebe.

4. Jan. 1978

Im Moment, als ich, erschöpft vom Schleppen der Einkäufe, das Päckchen hinter der Eingangstür liegen sah, hatte ich schon so eine Vermutung, was es sein könnte. War es die flache Form? Waren es das Gewicht und die Größe, als ich es in der Hand hielt? Vielleicht war ich mir ja schon sicher, was es war, als ich die Treppe hinaufstieg, das Päckchen in der Tragetüte mit den Lebensmitteln. In Gedanken bei dem Päckchen verstaute ich die verderblichen Sachen im Kühlschrank. Dann stürzte ich mich darauf – wobei ich noch kurz dachte, es sei vielleicht wieder eins von Roberts Geschenken für den Haushalt. Vielleicht eine weitere Warmhalteplatte. (Platte für heiße Teller.) Aber es ist das hier, dieses Notizbuch! Ein wunderschönes Geschenk, das mich tief bewegt, weil es mir sagt, dass Robert mich wirklich als jemanden sieht, der schreibt, dass er bei mir sein will, wenn ich schreibe, und dass er will, dass dann alles schön ist. Liebe Leser, ich vergöttere ihn.

Ich bete, dass dieses Notizbuch mit ebenso viel innerem Wachstum und Selbstfindung gefüllt werden wird wie das andere, aber mit weniger Leid.

5. Jan. 1978

Für dieses edle Papier sollte ich einen edlen Füller haben. Habe ich leider nicht, aber was soll's! Ich kann schreiben. Ich kann sehen. Ich habe Finger. Ich liebe und werde geliebt. Rebecca, die neben mir auf dem Bett arbeitet, ist gesund und gescheit & hübsch. Ich bin ansehnlich. Rege. Lerne, gut zu kochen.

Also dann. Der Tag heute angefüllt mit Arbeit, herrlicher Arbeit! An dem Essay »A Child of One's Own.«[96] Mir gefällt, was in meinem Schreiben passiert – ich scheine eine neue Form zu entwickeln, die sich hierhin & dorthin bewegt, aber immer mit mir und der Geschichte (Historie) im Zentrum.

Ich habe Robert angerufen, um ihm für das Tagebuch zu danken. Er freut sich sehr über meine Freude, wie immer. Und es ist alles so sinnlich zwischen uns: Ein Telefonat über die Arbeit wird erotisch nicht durch die Worte, sondern durch das Timbre der Stimme des anderen.

6. Jan.

Gerade einen zweiten Anruf von Assata Shakur erhalten. Wir haben über ihr »Birth Journal«[97] gesprochen. Sie ist nicht zufrieden damit, will es umschreiben. Ich ermutige sie, es unbedingt so zu schreiben, dass sie es gut findet, denn nur dann wird es für sie der Mühe wert sein und anderen Frauen etwas bringen. Ich habe ihr gesagt, ich würde sie gern im Gefängnis besuchen, wisse aber nicht genau, »weshalb«. Ich hätte keinen »Plan«. Sie sagt, ich solle kommen, sie würde mich gern sehen.

14. Jan.

Gestern habe ich erfahren, dass ich Hauseigentümerin werde! Etwas bange war mir dabei schon. Aber alles, was ich gelesen habe, scheint zu besagen, dass ich eine Menge Steuern spare.

Das Haus! 4 Stockwerke mit jeweils zwei Räumen. Groß & schlank, wie eine Person. Ich glaube, ich sollte rechtzeitig für den Frühling eine Sonnenterrasse anbauen lassen. Und das ist alles. Das Streichen kann ich verschieben. Eine Terrasse und eine Klimaanlage in der Schlafzimmeretage.

Wenn ich dort bin, in dem Haus 423A 1st Street, kommt es mir nicht klein vor. Klein erscheint es mir nur, wenn ich daran denke. Das Bad ist klein. Es wäre vielleicht schön, eins der Schlafzimmer in ein Bad umzuwandeln – mit einem Bidet.

3. Feb. 1978

Gerade zurück von einer Woche San Francisco mit Robert. Fantastischer Trip. …

Zwei interessante Visionen, während wir zusammen waren: In einer sah ich uns Drachen töten – Rücken an Rücken, mit blitzenden Schwertern. Dann sind wir losgezogen, um in einem Kanu einen Fluss hinunterzugleiten. Meine Hand trieb im Wasser.

Dann, während ich mit Robert Stevie Wonder hörte & wir gerade beim Song »As« waren – »I'll be loving you always«, sah ich nicht Robert oder jemand anderen. Nur mich. Alice, die Alice liebt. Alice küsst. Alice umarmt. Mit Alice um die ganze Welt tanzt. Diese Selbstliebe & selbst erzeugte Freude hielten noch während anderer Songs an.

Es stimmt. Ich liebe mich selbst. Ich akzeptiere mich. Ich drücke mich an mein Herz. Ich empfinde solche Zärtlichkeit für mich, die ich oft so verloren bin, so verwirrt. Am Kämpfen.

Wenn Robert und ich zusammen schlafen, schlafen wir tief. Ich höre nichts. Denke nichts. Es ist köstlich.

16. Feb. 1978

Der Tag nach Mamies[98] 46. Geburtstag. Ruth hat gestern Abend angerufen und gesagt, M. sei in einem fürchterlichen Zustand: kein Geld, nichts zu essen, krank. Laut Ruth hatte sie einen Anfall (von Frustration, Demütigungsgefühl) auf dem Sozialamt (!), wo sie wegen finanzieller Nothilfe nach dem Schneesturm war. Die Sozialamtsleute haben sie zweifellos behandelt, wie sie alle Armen behandeln – von oben herab und verächtlich.

Ruth hat ihr Sachen zu essen gebracht, dem Schnee trotzend. Sie sagt, M. habe alles säuberlich auf dem Fußboden aufgereiht & damit gespielt, Spaß daran gehabt wie ein Kind.

Die Nachricht von ihrem Zustand hat mich schockiert. Ich habe ihr gerade einen Geburtstagsscheck und ein paar Harriet-Tubman-Briefmarken geschickt. Ich werde mich bemühen, ihr öfter etwas zu schicken. Obwohl ich das Gefühl habe, dass sie mich nicht mehr dominieren kann – ich glaube nicht, dass sie mich noch so leicht zum Weinen bringen könnte wie vor fünfzehn Jahren –, werde ich doch beim Gedanken an sie immer noch beklommen, ja, ein bisschen ängstlich. Ich will ein gutes Verhältnis zu ihr haben, aber nicht unbedingt ein enges.

Robert kam am Samstag – fröhlich, gut gelaunt, witzig. Verschwunden der trübsinnige Fremde der Woche zuvor. Unsere drei gemeinsamen Tage waren wunderbar. Jeder Tag anders, jeder auf seine Weise köstlich.

Wir können jetzt so viel besser miteinander reden. Ich weiß, es hängt ganz und gar mit seiner und Pams Trennung auf

Probe zusammen. Ich habe nicht das Gefühl, dass er zu ihr zurückkehrt, wenn er von mir weggeht. Er hat mich gefragt, ob ich glaube, dass ich je wieder heiraten werde. Ich sagte Nein, das glaubte ich nicht. Dass ich wieder mit jemandem zusammenleben wollen würde, ja, aber nie wieder als »Ehefrau«. Ich habe ihm dargelegt, wie die Gesellschaft darauf besteht, dass verheiratete Frauen Ehefrauen zu sein haben, selbst wenn der Ehemann es nicht tut.

Wir haben über Geld geredet. Ich habe ihm erklärt, welch schlechtes Gewissen ich hatte – & er in mir geschürt hat –, wenn ich nicht weniger verdiente als er. Ich habe ihm erzählt, dass ich ernsthaft versucht habe, Wege zu finden, eine nur unbedrohliche Menge Geld zu verdienen, damit er sich nicht ärgert. Dass ich das idiotisch finde. Schließlich kann ich nicht versprechen, dass ich immer weniger Geld verdienen werde als er oder immer mehr Geld. Versprechen kann ich nicht mal, dass ich überhaupt welches verdienen werde. Und ich sollte mir keine Sorgen machen müssen, ob ihn das kränkt, und auch nicht seine (oder Pams) abfällige Bemerkungen darüber fürchten müssen, wie »bourgeois« ich bin. Wo waren sie denn, als ich überhaupt kein Geld hatte & meine Familie auch nicht? Sie wurden beide von Eltern versorgt, die Geld & gute Jobs hatten.

Undatiert

Es muss irgendwann einen Moment gegeben haben, da Schwarze Männer Schwarze Frauen verstanden. Aber dieser Moment ist nicht jetzt. Und war auch nicht in jüngerer Zeit.

An diesen mythischen Moment jedoch müssen wir uns erinnern, er muss uns kostbar sein, wenn uns unsere Zukunft als Volk kostbar ist, so wie uns unsere gemeinsame Geschichte & unsere gemeinsamen Kinder kostbar sind.

Undatiert
Warum fühle ich mich heute besser? Ich bin zu Hause geblieben. Ich habe gearbeitet. Ich habe kurz meditiert. Ich habe letzte Nacht und heute Morgen viel geschlafen.

Ein Grund für meine Niedergeschlagenheit ist, dass ich nicht das kommende Schuljahr über von Rebecca getrennt sein will[99]. Wenn sie ein ganzes Schuljahr weg ist – das ist eine lange Zeit.

9. März 1978
Meine Beklommenheit muss am bevorstehenden Umzug liegen. Und was kann ich tun, um sie zu mildern?

Ich habe Angst vor dem Umzug, auch wenn ich ihn mir wünsche. Denn er bedeutet Fremdheit, höhere monatliche Wohnkosten, 467,06 $. Ich habe auch deshalb Angst, weil ich mein Geld dahinschwinden sehe.

Ich verstehe nicht, warum ich solche Angst habe, es <u>nicht</u> zu schaffen, wenn doch meine Finanzlage gut aussieht. <u>Etwas</u> beängstigend ist es schon, meinen Job bei <u>Ms.</u> nicht weiterzumachen, aber ich muss auch daran denken, wie beklommen mich der Gedanke macht, dort zu sein.

Wenn es hart auf hart kommt, kann die Steuer warten, oder ich kann sogar einen Kredit aufnehmen.

Ich brauche Liebe. Und ich brauche es zu lieben. Dann wäre dieses ganze andere Zeug nur das: »anderes Zeug«. Ich fürchte, ich entliebe mich von Robert. Aber dem ins Auge zu sehen, bedeutet, einem Vakuum ins Auge zu sehen. Und das macht mir Angst. Denn ich habe die letzten 2 Jahre ständig an Robert gedacht.

Er hat Stunden, Tage, Monate meines Lebens gefüllt. Wenn er nicht mehr da ist, was ist dann da?

Also, was haben wir:

1. Nachricht von Ruth, dass Mamie auf Sozialhilfe & »verrückt« ist. Was mir Angst eingejagt hat, weil sie meine engste Orientierungsperson ist.
2. Tina, 32, gestorben an Lungenentzündung & ihrem Ehemann, meinem alten Klassenkameraden Murl.
3. Ich habe 5 Mille Steuerschulden.
4. Ich lasse mich von Ms. freistellen.
5. Es wird knapp mit dem Geld.
6. Ich fürchte mich davor, Edgar[100] zu sagen, dass wir ausziehen.
7. Missglückte Kommunikation mit Vincent.[101]
8. Entfernungsproblem mit Robert.

Gute Güte! Kein Wunder, dass ich aus der Spur bin!

Ja. Und Rebecca wird vielleicht nächstes Jahr in Washington zur Schule gehen.

Auf der positiven Seite ist da:

1. Reise in die Wüste mit Robert in 3 Wochen.
   a. Den Südwesten sehen!
   b. Painted Desert
   c. Den Grand Canyon!
   d. Kakteen!

Das wäre dann der 5. April. Weiter in die Zukunft zu blicken, ist nicht nötig. Danke, Großer Geist. Geht mir schon besser.

Am nächsten Tag – 10. März 1978.

Es geht mir immer noch besser. War den ganzen Tag sehr vorsichtig, um den Zauber nicht zu brechen.

Ich habe Edgar (schriftlich) mitgeteilt, dass wir ausziehen. Ein kurzer, herzlicher Moment zwischen uns auf der Treppe. Er sagt, ich solle die Aprilmiete vergessen – ich kann sie durch meine Kaution abdecken, auch wenn mein Mietvertrag noch nicht abgelaufen ist. Ich habe mich bedankt. Gesagt, dass wir gern hier gewohnt haben. Das war also leicht. Die Bankformulare, die ich brauche, um einen billigeren Hypothekenkredit zu kriegen, hat die Bowery schon auf den Weg gebracht. Das ist gut.

Mel sagt, das Geld aus dem Hausverkauf müsse nicht versteuert werden. Das ist gut.

Ich habe mehr auf dem Sparkonto, als ich dachte. Das ist gut.

Ich bekomme noch ein Monatsgehalt von Ms.

Die U. of Mexico zahlt 1.200 $.

Die U. of California in San Diego dürfte glatte 1.500 $ zahlen. Die Spesen dürften Flug und Mietwagen abdecken.

Amherst hat mich als Visiting Artist für übernächstes Jahr angefragt – 79–80. Ebenso Yale. Sieht so aus, als sollte ich das kommende Jahr wirklich nur auf meine Arbeit verwenden – es kommen bestimmt wieder Zeiten, in denen ich für andere arbeiten muss statt für mich selbst.

Ein Angebot aus Kalifornien wäre nicht schlecht.

Sonntag – 12. März 1978

Heute Morgen drohten sich Kopfschmerzen zu entwickeln. Aber ich bin aufgestanden, habe Aspirin genommen, Geschirr gespült, gefegt, mir die Haare gewaschen. Die Times gekauft. Mel kam vorbei & hat Rebecca abgeholt. Leises Gefühl von Zuneigung. Aber mit einer bitteren Beimischung. Irgendwie.

Vor allem aber wollte ich vermerken, dass ich mich noch besser fühle. Dass die Depression etwa vier Tage angehalten hat. Direkter Auslöser: mein Steuerbescheid. Aber davor schon die Sache mit Mamie. Die »Ermordung« der Zeit. Die Angst vor dem Alleinsein.

Ich verspüre etwas Angst. Aber die tiefe Grube der Verzweiflung ist heute Abend etwas flacher.

Letzte Nacht war mir danach, auf Knien zu beten. Dabei wurde mir diese Erkenntnis/Hilfe zuteil: Ein Grund, warum ich mich nicht umbringen sollte, ist, dass ich die Schönheit & das Wunder der Welt/des Lebens weit mehr genieße, als ich das Nichts des Todes irgend genießen könnte.

Der Tod ist die ultimative Öde.

Keine Grand Canyons. Keine Wüsten. Keine grandiosen Himmel und Kumuluswolken. Kein nahender Frühling.

4 hundsmiserable Tage. Besser, würde ich sagen, als im letzten September, weil ich mich wahrscheinlichen Ursachen früher gestellt & das Ganze nicht auf meine Beziehung mit Robert geschoben habe.

Trotzdem: Ich muss einen Plan für diese Phasen entwickeln.

17. März 1978

Mels und mein elfter Hochzeitstag!

Wir sind nicht mehr zusammen, aber es war eine gute Ehe. Wir konnten die Sachen machen, die wir machen wollten.

Gute Telefongespräche & Briefe mit Robert. Er sagt, er vermisse mich und will auch, dass wir zusammen sind. Ich brauche es ganz gewiss, mit ihm zusammen zu sein. Mir fehlt seine Liebe, überhaupt & körperlich.

Aber ich muss sorgsam planen, um nicht meine Selbstständigkeit zu untergraben.

6. April 1978

Robert und ich haben beschlossen zusammenzuleben! (Ein Jahr lang, in San Francisco, ab September.)

Wir haben uns am 30. in Albuquerque getroffen, nach meiner Veranstaltung (Vortrag & Lesung) an der University of New Mexico. Haben einen Wagen gemietet und sind losgefahren, Richtung San Diego über Mesa Verde in Colorado.

Robert ist für mich nicht mehr so umwerfend schön. Ich liebe ihn jetzt anscheinend auf einer anderen, tieferen Ebene. Wenn wir zusammen sind, fühle ich mich zur Ruhe gekommen, als wäre ich endlich zu Hause. Er sagt, mit mir fühle er sich nicht einsam.

Unsere erste Nacht: ein Motel-Duplexzimmer mit Kamin in den Lower Rockies. Mir wurde schlecht – von der Erschöpfung durch Vortrag/Lesung (was beides gut lief), der Aufregung, Robert zu sehen, die Wüste, die Berge etc.! Einem lieblos zubereiteten Abendessen und zweieinhalb ~~Flaschen~~ Gläsern! Wein. (Erbrechen, Durchfall plus meine Periode & Krämpfe). Uuh.

Robert war mitfühlend, half mir liebevoll, als mir so wacklig und schwindelig war. Ich kotzen musste.

Dann schlief ich ein, wachte in der Nacht auf und versuchte halbherzig, zärtlich zu werden – weil wir beide uns so auf das Liebemachen gefreut hatten –, aber er sagte, wir müssten schlafen. Und er hatte recht.

Am nächsten Tag erreichten wir Mesa Verde. Ein Wunderwerk der menschlichen Erfindungskraft und praktischen Vernunft. Das Gefühl liebevoller Verbundenheit mit den Anasazi, die die Felssiedlungen erbaut haben. Robert neben mir in der Sonne. Vollkommenes Glück.

Dann weiter Richtung Arizona und Grand Canyon. Und Wüste.

Auf dem Weg zum G.C. sah ich (sahen wir) einen Sonnenuntergang hinter einem kleineren Canyon, eines der wunderbarsten Dinge in meinem Leben & mein Lieblingsanblick während der ganzen Reise. Ein Himmel in Gold und Pink & Grün, mit großen und kleinen Wolken in Blau/Grau & riesigen weißen. Eine goldene Sonne, die am riesigen Himmel hing. Der Canyon, grün an den Rändern, drunten. Wunderschön. Wir hielten natürlich an, um es richtig zu sehen. Es mit den Augen zu lieben.

Der Canyon, obwohl majestätisch, berührte mich nicht so sehr. Wir übernachteten in einer Lodge. Hatten den größten Teil der Nacht wunderbaren Sex. Hielten uns beim Einschlafen in den Armen.

Wenn ich mit Robert zusammen schlafe, schlafe ich voll und ganz.

Als wir am nächsten Tag aufwachten, war Schnee gefallen – wir trödelten etwas, damit die Sonne und der Wind ihn beseitigten. Machten dann eine – wunderschöne – Wanderung am Rand des Canyons. Robert fotografierte mich in verschiedenen lustigen Posen. Unser beider Höhenangst meldete sich & machte das Händchenhalten besonders bedeutsam.

Dann weiter, der Sonne & der Wüste entgegen. Meilenweit Wüstenblumen, Felsen – Formationen von großer Schönheit, Skurrilität, Würde. Robert neben mir im Auto … Ich fühlte mich mit der Welt im Frieden, wunschlos.

Und natürlich redeten wir über unsere gemeinsame Zukunft.

Ich habe vor, mein Haus das ganze nächste Jahr zu vermieten. Robert und ich werden uns eine gemeinsame Wohnung in San Francisco suchen. Wir brauchen mindestens fünf Zimmer. Einen Garten und einen offenen Kamin. Blumen!

Ich habe das Gefühl, ich könnte einfach mit Robert zusammenbleiben, unbegrenzt. Aber etwas sagt mir: Behalte dein Haus, deine Möbel. Probiere es ein Jahr mit der Stadt (SF) & Robert aus. Schau, wie es dir dort mit der Arbeit ergeht. Ich glaube, ich werde San Francisco lieben. Mir scheint, ich habe es immer schon geliebt – bevor ich es je gesehen hatte. Aber ich habe auch Angst davor. Es scheint mir irgendwie zu neu, um es zu lieben. Und doch liebe ich es schon länger.

14. April – Tag vor dem Steuererklärungstermin.
Diese Woche, der ich mit Schrecken entgegengesehen habe, verlief sehr gut. Darum, weil ich die Arbeit mit einer Keine-Sperenzchen-keine-Ausflüchte-Haltung angegangen bin. Montag war ich in Yale, Fotos von Zora für den Reader besorgen.[102]

Ich zitterte einen Großteil des Tages innerlich vor Angst wegen des Umzugs, Rebecca, Roberts Abwesenheit etc. Doch als ich die Fotos von Zora sah, musste ich lachen. Sie steht auf einem Möbelstück und vollführt einen Krähentanz! Die sind perfekt für den Reader. Ich will, dass sie vorn auf dem Buch lacht und hinten finster guckt.

Dann, am Dienstag, habe ich am Material für den Reader gearbeitet.

Soll ich »Six-Bits«[103] aufnehmen – es ist sexistisch. Sehr. Vielleicht sollte ich es weglassen. Aber ich will, dass Z. ganz repräsentiert ist.

Mittwoch habe ich angefangen, meine Anmerkungen zu schreiben & einen Entwurf für das Vorwort zu machen. Donnerstag habe ich daran gefeilt. Heute habe ich an »Laurel«[104] gearbeitet – und schon war die Woche vorbei!

Jetzt sind Rebecca & Brenda[105] übers Wochenende weg. In der Wohnung ist es ruhig. Ich habe gelesen, ferngesehen. Meditiert. Ein Schläfchen gemacht. Vorhin habe ich Robert angerufen, um mich zu vergewissern, dass es ihm gut geht. Er hat die Steuer am Hals – wie wir alle.

Arbeite gerade an einem Paper für Los Angeles im Mai – wo Vincent, wie er mich erinnert – auch sprechen wird.

Nach all der Zeit mit ihm zu sprechen, lässt mich mein Herz als konkretes Organ spüren. Verblüffend!

Habe auch die Vor-Endfassung von Michele Wallace' Buch Black Macho and the Myth of the Superwoman gelesen. Es ist ein sehr wichtiges Buch, aber Michele führt es nicht weit genug. Ihre Ausblicke & Empfehlungen brauchen eine Ergänzung.

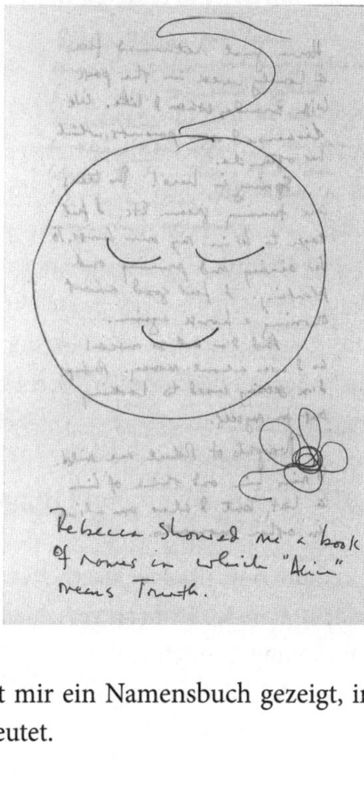

Rebecca hat mir ein Namensbuch gezeigt, in dem »Alice« Wahrheit bedeutet.

Undatiert

Gerade zurück von einem schönen Parkspaziergang mit Brenda, die ich mag. Wir haben über unsere Eltern geredet, was wir oft tun.

Der Frühling ist da! Die Bäume werden grün. Etc. Ich brenne darauf, in meinem eigenen Haus zu sein. Den Boden vorzubereiten, zu pflanzen. Es ist ein schönes Gefühl, wieder ein Haus zu haben.

Und ich bin auch nicht mehr so ängstlich wegen des Geldes. Vielleicht gewöhne ich mich ja daran, für mich selbst zu sorgen.

Gedanken an Robert sind mild. Ich vermisse ihn und denke viel an ihn, aber ich bin auch in anderen Momenten lebendig.

24. April 1978

Ein Brief von Robert, in dem er erklärt, ein Grund für seine Depression vor zwei Wochen sei die Angst gewesen, weil er Pam noch nicht gesagt hatte, dass wir beide im Herbst zusammenziehen wollen. Inzwischen hat er's ihr gesagt, aber er meint, sie habe es erstaunlich gut aufgenommen. Ich werde die beiden wohl nie verstehen. Mich beunruhigt Roberts Unentschlossenheit. Dass es bei ihm so langsam geht mit der Selbsterkenntnis. Aber auf der anderen Seite: Dass er die Trennung so sanft wie möglich zu gestalten versucht hat, dass er Casey[106] so liebt – das bewundere ich.

Ein herrlicher Tag in Brooklyn. Sonne. Himmel. Das große Grün kommt.

Heute habe ich am Zora-Reader gearbeitet. Mich endlich der Tatsache gestellt, dass ich Zora an verschiedenen Punkten ihrer schriftstellerischen Laufbahn nicht leiden kann. … Sie hat so etwas Stures, das bestimmte Formen intellektueller Erfahrung ausschließt. Sie hat aufgehört zu wachsen.

Sie hat auf frühere Seinsweisen zurückgegriffen – die waren nicht »falsch«, nur seltsam für die andere Zeit, in der sie jetzt lebte.

Heute bin ich müde, aber ganz zufrieden. Ich finde es schön, von meinem Schreibtisch aus den Blick auf die Straße zu haben. Ich kann den Postboten kommen sehen. Heute hat er einen Brief von Robert gebracht.

Ich mag das Haus. Es ist rundum bezaubernd! Mein Schlafzimmer ist dunkel und kühl und still.

12.5.78

Ich mag das Haus weiterhin so sehr, dass ich gar nicht nach draußen gehen möchte. Ich fühle mich den ganzen Tag ruhig und entrückt durch das Arbeiten & das Nachdenken über die Arbeit.

Ich habe die letzten beiden Tage sehr gut am Reader gearbeitet. Morgen werde ich fertig. Ich muss höchstens noch einen Vormittag tippen. Langsam bin ich wieder froh, dass ich den Reader mache … und sehr zufrieden damit, wie es für Zora läuft. Sie hatte recht mit ihrer Ansicht, dass New York City schlecht für den schöpferischen Geist ist. Das stimmt – selbst in meinem kleinen Haus fühle ich die disharmonische Energie der Stadt. Zu viele Menschen. Zu wenig Platz. Und doch – um in New York zu leben, ist das, was ich habe, ideal. Genügend persönlicher Raum, Schönheit um mich herum, ein Garten.

Robert hat heute Morgen angerufen. Er geht sich die Wohnung anschauen, wegen der mich Tillie[107] angerufen hat. 300 $, 2 Bäder, 3 Schlafzimmer. Möbliert.

Wir können sie vielleicht von Juli bis August & August bis Oktober nehmen. Robert hat vorgeschlagen, dass ich meine

MacDowell-Zeit in S. F. mache. Also werde ich im August dorthin umziehen. Dann würde ich das Haus hier August–August vermieten. Ein Jahr.

Gott sei Dank bin ich nicht verliebt in meine Habseligkeiten, sonst wäre es schwer, sie zurückzulassen.

Ich werde nur Mae Poole und ein paar andere Familienmitglieder mitnehmen. Klein Alice.[108]

Den Überblick über meine Finanzen zu behalten, wird zum Glück nicht allzu schwer sein, da ich weiß, ich habe nur das Guggenheim-Geld plus 3 Monate Ms.-$.

Ich sollte es einrichten, etwa alle zwei Monate eine Woche mit Rebecca zu verbringen.[109]

Sobald der Reader weg ist, muss ich anfangen, eine Kartei zu Rachel & Henry[110] anzulegen.

—

Rachel & Henry
Eine
Geschichte von
Kampf und Liebe

Undatiert, Mitte Mai 1978

Eine Lesung Dienstagabend in Bedford Hills, einem Frauengefängnis. Total deprimierend. Die Frauen passiv. Meine Erkältung unangenehm. Energiepegel niedrig. Ein bisschen Gefängnis ist mir schon zu viel. Ich dachte immer, ich würde Gefängnishaft nutzen – würde lesen & schreiben & studieren. Aber ich weiß nicht … Zu wissen, dass ich eingesperrt bin, würde mich vielleicht verrückt machen.

Seit Brenda bei uns wohnt, ernähre ich mich viel besser. Zwar koche meistens ich, aber weil ich weiß, dass sie gern gesund isst, koche ich eher solche Sachen & esse sie auch selbst lieber.

Ich habe seit Monaten keinen Zucker mehr zu mir genommen. Und fühle mich besser. Kaffee habe ich auch nicht mehr getrunken. Ich habe viel Gemüse, Obst, eingelegtes Gemüse etc. gegessen. Haferbrei, der ein tolles Frühstück ist. Sättigend & nahrhaft. Und noch dazu lecker.

Rebecca macht sich selbst was zum Abendessen. Danach werden sie und ich in meinem Bett liegen und Geschichten schreiben. Manchmal fühle ich mich ihr fern. Ich sehe etwas von Miriam[111] in ihr. Das macht mich immer traurig. (Egozentrik. Eitelkeit. Und dann sehen R. und sie sich auch noch so ähnlich.) Jetzt kommt sie gerade – sie isst ein Sandwich mit Erdnussbutter und Traubengelee. Ich sage ihr, sie solle Milch dazu trinken, aber das lehnt sie ab.

Ein bemerkenswert schönes Wochenende. Bertina kam Freitagabend, ein bisschen was rauchen & zärtlich sein. Samstagabend waren wir tanzen. Habe ich Tanzen je so toll gefunden? Konnte ich je mit jemandem besser tanzen? Ich glaube nicht. (Außer natürlich mit Bob – wir sind einfach zwei Narren einer Klasse für sich.) Bertina macht es viel aus, dass ich vorhabe, nächstes Jahr mit Robert zusammenzuleben. Ich wusste nicht, was ich ihr sagen sollte. Ich konnte nicht sagen: »Nein, ich gehe nicht mit Robert auf und davon.« Ich will ja mit Robert auf und davon gehen.

Aber das Tanzen war großartig. Bertina tanzt wie ein teuflischer Engel, & sie ist so schön. Ich habe nie jemand Schöneres gesehen. Die Zeichnung von ihr über meinem Kamin (nicht wirklich sie, aber sie) fängt nicht den Schmelz ihrer sanften schwarzen Augen ein.

Wir waren im La Femme, einer Lesbenbar & -disco. Jede Menge Frauen, die zusammen einen tollen Abend hatten. Ich habe Olga & Nancy kennengelernt, Freundinnen von Bertina. Nancy ist Puerto Ricanerin, Olga Chilenin – ich finde sie sehr sympathisch, vor allem Olga. …

… Bertina & ich berühren uns viel: streicheln, liebkosen, küssen auf Wange und Hals, Hände, Arme. Und das ist sehr schön. Da ist Anziehung zwischen uns, aber irgendwann dann – hören wir auf. Es ist, als ob unser Liebemachen kein Ziel hat & wir einfach irgendwo aufhören können. Deshalb bin ich mit ihr nur einmal zum Höhepunkt gekommen – & sie, glaube ich, nie. Ich glaube, Sex – die Hingabe beim Sex – schreckt sie. Sie hat Angst loszulassen – »die Kontrolle zu verlieren«.

Genau das versuche ich zu lernen – die Kontrolle zu verlieren. Je mehr ich davon verliere, desto besser.

Wenn ich mit ihr zusammen bin, habe ich oft Fantasien von Robert – vor allem wohl, weil er mir beigebracht hat, was ich übers Liebemachen weiß. Was ich mit B. mache und was ihr solche Lust bereitet, das macht alles Robert mit mir.

Manchmal denke ich, ein Teil meines Problems beim Liebemachen mit B. ist meine Überzeugung, dass Liebe machen mit Robert am besten ist – ich will den Punkt erreichen, wo ich fühlen kann, dass es gut ist – was es auch ist –, nur anders.

18.5.78

Habe gerade »Good Night, Willie Lee, I'll See You in the Morning«[112] an Dial verkauft, für 2.500 $ Vorschuss – das finanziert das Bad! Fantastisch.

Joyce Johnson, meine neue Lektorin (die erste Frau). Blond, kurze Haare, runder Kopf & rundes Gesicht, große graue

Augen. Erinnert mich ein bisschen an das kleine weiße Mädchen, das meine Mutter immer gehütet hat, Elizabeth Candler.

19.5.78

Endlich hell, zaghafte Sonne! Nach zwei Wochen Regen.

Mel hat mir immer noch nicht meinen Anteil am Haus ausbezahlt – er wartet, dass sein Anwalt ihm alle Unterlagen schickt, damit er die Abrechnung machen kann. Ich sehe es so: Wenn das Haus für 66.000 $ verkauft worden ist & wir es für 51.000 gekauft haben, ergibt das 15.000 $ plus unseren Eigenkapitalanteil neben 35.000 Hypothekenkredit oder 15.000 + 16.000 = 31.000 $. 31.000 : 2 = 15.500, von denen ich schon 5.500 erhalten habe = 10.000 $ Rest, wovon ich eine noch nicht feststehende Summe an Abschlusskosten, Maklergebühren und Anwaltskosten zahlen muss – etwa 2.000 $. Somit bleiben 8.000 $ plus ca. 500 $ Zahnversicherung. Etwa 8.500 $.

Mein Ziel ist es, 10.000 $ auf meinem Sparkonto zu behalten, wo momentan nur 3.743,35 $ liegen.

—

Der Bostontrip war enorm anstrengend – die Kälte, meine Angst davor, Mamie zu sehen. Das mit Mamie stellte sich als goldrichtig heraus. Sie sah aus wie immer. Wirkte heiter. Manchmal eine etwas forcierte Heiterkeit. Aber gesundheitlich scheint es ihr nicht schlecht zu gehen, auch wenn sie es mich glauben machen wollte.

Sie lebt in einem Wohngebiet namens Windsor Village in Waltham. Sie hat gerade genug Platz, Schlafzimmer & Arbeitszimmer & Bad oben, Küche & großes Wohnzimmer unten. Sie schenkte mir zum Abschied eine selbst gemachte weiße Schachtel.

Unter ihrem Nippes im Obergeschoss war der (auf einen Holzblock aufgezogene) Druck eines Fotos von Zora! Verblüffend! Sie hatte keine Ahnung, wer das war!

Ich fühlte mich in ihrer Gegenwart ganz gelassen, ganz erwachsen, vielleicht zum ersten Mal. Es war schön, mit ihr zusammen zu sein. Ich mag ihren Humor, ihre echte Exzentrik.

Die Doppellesungen waren zu viel. Aber ein gutes feministisches Publikum, das ich genossen habe.

In Boston habe ich wieder gemerkt, wie dreckig N. Y. C. ist.

In einer Woche – so Gott will – werden Robert & ich zusammen sein. Hier, in diesem Bett.

—

Hatte übrigens ein nettes Gespräch mit Mel. Er hat tatsächlich etwas gegessen & getrunken, Apfelsaft & Shrimps, & mich aufgezogen – jetzt, wo wir geschieden seien, würde ich einen Haufen Geld verdienen und mich zu einer tollen Köchin entwickeln. Wie das? Ich habe ihn daran erinnert, dass er immer nur Fleisch und Kartoffeln aß, was keine große Herausforderung war. Wir haben gemeinsam eine Stunde mit Rebecca verbracht, die zu ihrem großen Entzücken der Star in ihrem Schultheaterstück ist – Der Zauberer von Oz. Sie ist die Böse Hexe des Westens mit nur einer Textzeile, aber mit dieser einen Textzeile stiehlt sie offenbar allen die Show. Sie will nicht, dass ich zuschaue – sagt, es würde sie nervös machen. Das verstehe ich, obwohl ich zuerst gekränkt war.

Dann: ein hübsches kleines Haus für mich allein. Ich habe weiter Nins 3. Tagebuch[113] gelesen, mein bisheriger Favorit – oder vielleicht beginne ich auch gerade erst, sie zu verstehen. Viele fabelhafte Einsichten über Freundschaft, Liebe, die Notwendigkeit, einen Freiraum zu bewahren, wenn um uns herum Bestialität, Unmenschlichkeit, Hässlichkeit und Krieg herrschen. Ich habe sie falsch eingeschätzt, glaube ich, und ich werde es sicher immer bereuen.

Wirklich gut gestimmt. Eingestimmt. Auf Anais in diesem dritten Tagebuch. Ich wachte auf und wollte lesen. Habe fünf Seiten bei einer Tasse Kaffee gelesen. Ich habe es sicherlich versäumt, ihr gerecht zu werden. Ich habe das getan, was man immer mit Menschen macht, die sich nicht weiterentwickeln wollen. Ich versuchte sie auf den Entwicklungsstillstand festzulegen. Dumm.

—

Bin fertig mit dem Buch – ein guter Moment, um eine Entscheidung festzuhalten, zu der mir Anais verholfen hat: Ich muss in meinen Tagebüchern ausführlicher werden, detaillierter. Ich bin zu bruchstückhaft. Ich habe stichwortartige Aufzeichnungen zu meinem eigenen Gebrauch gemacht. Aber die Tagebücher haben eine darüber hinausgehende Bedeutung, das sehe ich jetzt, durch die Lektüre von Anais und mit ihrer Hilfe.

Anais zu lesen, macht mich froh, dass ich Schriftstellerin bin. Froh, dass das ein Teil von mir ist, der nur Feder & Papier braucht, um zu existieren. Froh, dass ich die Beziehung zwischen Schreiben und Psychoanalyse sehe – die, wie Anais sagt, der wahre Ariadnefaden[114] ist.

Ich liebe Langston, obwohl er mich manchmal enttäuscht hat. Ich liebe Zora, obwohl sie es manchmal auch getan hat. Ich liebe Toomers Werke. Ich liebe Anais. Tillie. (Obwohl Tillie in Person wahnsinnig unsensibel ist.) Ich liebe Gaines' Werke. Ich liebe Marquez' Werke. Ich liebe die Sonne. Die

Bäume. Den Himmel. Robert, Bertina & mich selbst. Rebecca & die Wüste. 27.5.78

—

Das blaue Notizbuch ist jetzt voll. Also – zurück zu diesem hier.[115]

30. Mai 1978

9:10

Warten auf Robert, dessen Flug vor einer Stunde ankam. Er will per U-Bahn & Bus hierherkommen. Ich bin beim Warten ruhiger als sonst. Ich habe die letzten beiden Abende mit Bertina verbracht. Bestimmt hat es mit ihr zu tun.

Wenn ich sie nicht sehe, vermisse ich sie. Ich vermisse ihre Stimme & ihre sanften Augen und Berührungen. Ich bin aufgewacht, habe mich angezogen, Shorts und T-Shirt – mauve & dunkelblau, gedeckt –, und meine Wicklerlocken ausgekämmt, die zum Anbeißen aussehen, obwohl ich mir die letzten zwei Wochen keinen Kopf wegen meiner Haare gemacht habe. Ich kann glattes Haar nicht leiden, aber mein eigenes unrelaxtes Kraushaar treibt mich zur Verzweiflung. Ich habe schon mehrere Kämme & Bürsten abgebrochen. Ich mag mein Haar, so wie es jetzt ist. Unrelaxt, aber auf Lockenwicklern getrocknet. Das macht es handhabbar und gibt ihm eine natürliche Textur – was aber leider beim kleinsten bisschen Hitze wieder dahin ist.

2. Juni 1978

Ein schöner Tag in meinem kleinen Haus. Gartenarbeit, ein bisschen Lesen, Sinnieren. Robert in der City, um mit Jennifer Lawson zu Mittag zu essen und in der Bibliothek zu recherchieren. Ich habe so ein Gefühl von Ferne. Von Unwirklichkeit. Ich habe es schon, seit er hier ist. Es gibt Momente, da fühle ich, dass wir uns wirklich berühren, aber das sind nur Momente. Es ist nicht mehr so intensiv, wie es war, und ich frage mich, ob das nur Angst ist – wahrscheinlich ja. Ich fürchte mich davor, mein kleines weißes Haus zu verlassen, meine Freunde. Gleichzeitig brenne ich darauf, Kalifornien zu erkunden. Vielleicht stelle ich ja fest, dass ich ein Kalifornienmensch bin.

Aber andererseits, vielleicht auch nicht.

Was fühle ich?

Mit Robert und Rebecca im Auto nach Washington gefahren. Einen Großteil der Strecke schlafend, von dem Gras … aber alles angenehm und reibungslos. Rebecca bei Mel und Judy abgegeben. Mel wohnt jetzt in einem zweistöckigen braunen Reihenhaus an einer breiten Straße mit großen Ulmen. In der Nähe von da, wo das Denkmal für Mary McLeod Bethune steht. (Ich habe gesehen, dass am Denkmal ein Buchstabe ihres Namens fehlt – das ist deprimierend. Habe mich Robert gegenüber laut gefragt, ob wohl an all unseren Denkmälern, Statuen etc. etwas (ein Buchstabe) fehlt.)

Im Haus habe ich Mel geärgert, weil ich einen Quilt entdeckt habe, den mir jemand in North Carolina geschenkt hat. So vieles in ihrem Haus habe ursprünglich ich angeschafft. Aber was soll's? An »meinen Sachen« hängen – das will ich sowieso nicht, was ja einer der Gründe war, warum ich aus »unserem Haus« ausgezogen bin. So seltsam, ihn mit Judy dort sitzen und essen zu sehen, an »ihrem Tisch«. Hatte aber nicht den leisesten Wunsch, an ihrer Stelle zu sein. Er sieht bleich aus, konturlos, krank. Ich sehe, wie sich das Alter an ihn heranschleicht, wie es das bei uns allen tut – nur: Ich wollte schreiben … Ich habe vor, dagegen zu kämpfen. Aber ich habe nicht wirklich vor, dagegen zu kämpfen. Nur nicht nachzugeben, ehe ich muss.

Ein interessanter Abend mit Robert. Er war enttäuscht, dass ich zwischen Vorspiel und eigentlichem Akt »abgekühlt war« – während er eine andere Platte auflegte. Ich erklärte ihm, das Gras mache mich schläfrig. Aber es endete dann doch mit Sex. Ich habe ihn genossen.

Was mir etwas ausmachte, war, dass er sagte: »Jetzt muss ich wieder von vorn anfangen«, als ob es Arbeit wäre, mich sexuell zu erregen. Ich glaube, ich weiß, was er meinte – dass er schon so erregt war … Aber ich war trotzdem verletzt und begann das Liebesspiel mit ihm zum ersten Mal verärgert statt trunken vor Glück.

23. Juni 1978

War gestern mit Robert am Spelman. Um seine Mutter[116] abzuholen, aber auch um Giles Hall aufzusuchen, wo wir uns in Howard Zinns Kurs über russische Literatur kennengelernt haben. Was für ein toller Kurs das war! Was für ein großartiger Dozent Howie doch ist! Jedenfalls, der Campus hat sich sehr verändert, wenn auch das Campuszentrum noch weitgehend so ist wie damals. Hübsch. Würdevoll. Wunderschöne Backsteingebäude, sehr grüne & anmutige alte Bäume. Aber ich empfand eine große Distanz, als ob ich dort nie gelebt, es nur mal besucht hätte. Ich hatte gedacht, das Spelman wiederzusehen, würde schmerzlich sein, aber – nein.

Hier, im Zusammensein mit Roberts Mutter, wird mir klar, wie erfolgreich sie ihn dressiert hat. Zu Pünktlichkeit, Sauberkeit, Höflichkeit und Ordnung. Aber ihre Beziehung jetzt scheint ziemlich entspannt.

Sadie ist viel schlichter und direkter als Miriam[117]. In ihrer Gegenwart fühle ich mich wohler, obgleich mich die Begegnung mit ihr in alte Zeiten zurückversetzt hat … Vor Jahren rannte ich auf den letzten Drücker zum Gottesdienst, und sie kontrollierte, welche Studentinnen auf ihrem Platz waren und welche nicht.

Aber das hat ja jetzt alles »die Zeit geheilt«!

30. Juni 1978

Georgia im Sommer, das ist vor allem Hitze. Seit Tagen stecken wir jetzt schon in einer Hitzewelle mit Temperaturen um die 35 Grad. Ein scheußliches Wetter, das reizbar, unruhig, träge und stumpf zugleich macht. Leute, die hier leben, gewöhnen sich daran – beteuern sogar manchmal, es zu mögen. Ich fühle mich nur gefangen. Als ob die Hitze mich umschließt und daran hindert, mich zu bewegen, was sie ja auch tut.

Ich fühle immer noch eine Menge Anspannung, die sich in meinem Rücken/Nacken festgesetzt hat. Ich kann nicht ausmachen, ob das nur meine übliche Reaktion auf eine normalbürgerliche Umgebung ist oder ob es tiefer geht. Ich fühle mich so oft aus dem Gleichklang mit Robert – als ob ich ihn nicht kenne oder nicht wirklich begreife, wer er ist. Gestern Abend beim Chinesen wurde er sauer, weil wir jeder für sich etwas anderes bestellen wollten und nicht eine Platte für mehrere Personen, was er interessanter und auch günstiger gefunden hätte. Er knallte seine Speisekarte hin & fluchte & stapfte davon zur Toilette. Das wirkte so kindisch, dass wir alle – seine Mutter, seine Schwester, seine Nichte, meine Rebecca, sogar Casey – lachten. Und doch fand ich es auch peinlich, weil der Anlass meiner Meinung nach zu unwichtig war, um sich darüber aufzuregen. Ich hatte den Eindruck, dass R.s Gereiztheit von der Black Conference kam, an der er teilnimmt & von der er nichts hält.

Er bezeichnete die Schwarzen dort mehrfach als »Nigger«, als er mir erzählte, sie wollten unbedingt »JETZT etwas tun«, obwohl, wenn es konkret darum gehe, JETZT etwas zu tun, niemand die Hand hebe.

Ich danke dem, was auch immer es ist, das dieses Universum formt, dafür, dass ich große Achtung vor Schwarzen Menschen habe, auch wenn die Intelligenzia töricht und verantwortungslos ist. Ich weiß, dass, auch wenn wir vielleicht zu »Niggern« werden können, das nicht unser Erbe ist. Ich muss leider DuBois darin zustimmen, dass ein Volk, das sich selbst verlacht & lächerlich macht, niemals groß sein kann. Vielleicht liegt unsere Größe ja in der Vergangenheit.

Es tut mir leid für R., dass er Schwarze Menschen nicht achtet und deshalb seine eigenen Kollegen und Mitstreiter nicht achten kann und sich selbst natürlich auch nicht. Diese mangelnde Selbstachtung verheißt für uns als Paar bestimmt nichts Gutes, weil ich nicht weiß, wie ich jemanden achten soll, der sich selbst so wenig achtet.

—

Das Haus meiner Mutter war diesmal ordentlich. Es wirkte sauber, gefegt. Sie hat eine Klimaanlage, die sie so selten benutzt, dass sie nicht weiß, wie sie funktioniert. Ich sagte: Du solltest sie anmachen. Sie sagte: Aber dann erkälte ich mich! Wenn ich dadrunter sitze! Ich sagte: Wenn du in dein Schlafzimmer gehst, kannst du die Klimaanlage doch laufen lassen, um das ganze Haus zu kühlen. Worauf sie antwortete:

»Aber du weißt doch, die Dinger kommen nicht um Ecken!«

»Was?«, fragte ich.

»Ein Ventilator kommt um die Ecke«, sagte sie. »Aber eine Klimaanlage nicht.«

Ich musste lachen, dachte aber auch wieder einmal, wie wunderbar kreativ sie spricht. Ich liebe ihre Art, Sachen auszudrücken – ich kenne sonst niemanden, dessen Sprache so lebendig und voller Überraschungen ist.

Ich fühle mich heimatlos. Das Gefühl, von dem Robert sprach, wenn er bei mir war. Egal wie nett einen andere Leute aufnehmen, man fühlt sich doch immer als Gast. Wo fühle ich mich nicht so? Bei Mama, Ruth, Sheila zu einem gewissen Grad. Bei June fühlte ich mich sehr »zu Gast«.

Was es braucht, ist – separater, eigenständiger Raum für jeden! Das löst das Problem, denke ich. Raum auf verschiedenen Ebenen oder in verschiedenen Flügeln.

Habe Ruth 500 $ als Housewarming-(oder -cooling-)Geschenk gegeben. In gewisser Weise kann ich mir das nicht leisten, & seither bin ich zeitweilig sauer auf sie.

Ich soll Schuldgefühle haben, weil mein Leben leichter, »attraktiver« ist als ihrs.

Sie spielt mühelos auf der Klaviatur meiner Schuldgefühle. Sie fragt nie auch nur, ob ich Probleme habe, weil ihre Sorgen ja so viel größer sind als meine. Ich schulde ihr alles, was sie braucht, um den Unterschied zwischen uns »wettzumachen«.

In ihrer Gegenwart empfinde ich allerdings eine Ungleichheit – aber die liegt nicht darin, dass ich (wie Robert sagt) »berühmt« bin und sie nicht. Es ist eine Ungleichheit der Gemüter. Eine Serie schlechter Nachrichten über jemanden, den ich kenne, deprimiert mich … Ich fühle mich dann schuldig, als ob ich etwas dafürkönnte. Was nicht stimmt.

Was uns an unsere Geschwister bindet, ist das, was sie uns früher, in unserer Kindheit, an Gutem getan haben. Es ist nahezu unmöglich, die Akte der Freundlichkeit, die wir als Kinder von unseren Geschwistern erfahren haben, zu vergessen.

Mamie hat eine Blitztour nach Eatonton, Macon & Atlanta gemacht. War nett zu allen, einschließlich Mama und Ruth. Das ist völlig neu, & entweder bereitet sie sich aufs Sterben vor, oder sie will nach Georgia ziehen.

Ich habe das Gefühl, mich fast ganz aus meiner Familie hinausentwickelt zu haben. Manchmal entsteht Berührung, aber meistens ist es ein Aneinander-vorbei. Wir hatten immer schon unterschiedliche Ziele, haben Dinge unterschiedlich empfunden. Ich fühlte mich abgelehnt, als ich nicht mehr »die Hübscheste« war. Besonders von meinem Vater. Armer Daddy! Wenn ich jetzt Fotos von ihm sehe, überkommt mich eine solche Zärtlichkeit beim Anblick seiner schönen, ausdrucksvollen Augen.

—

Robert sagt, Pam hat Angst, ich würde Casey schaden, weil ich »sie hasse und Weiße überhaupt hasse«. Weiße nehmen sich ganz schön ernst, wenn man mich fragt, in jedweder Situation, in die sie sich zu bringen vermögen. Ich glaube nicht, dass ich fähig wäre, Casey oder irgendeinem anderen Kind zu schaden, es sei denn unabsichtlich. Ich kann noch nicht mal hart mit den schrecklichen Gören aus meiner Straße in Brooklyn sein – es hat damit geendet, dass sie meine Pflanzen für mich gießen, so wie es die Kinder in Eatonton für meine Mutter tun.

Zugegeben, es war schwer für mich, Casey als Roberts Kind zu betrachten.[118] Aber inzwischen sehe ich die Ähnlichkeit & fühle, dass Casey Roberts Kind ist. Selbst wenn ich Casey nicht mögen würde (was ich aber tue), würde ich seinen Vater zu sehr lieben, um ihm schaden zu wollen.

Vielleicht hasst Pam ja mich & Schwarze überhaupt – wie es die große Tradition der Weißen Westlichen Zivilisation ist. In meiner Tradition – der einer Schwarzen Frau – liegt es nicht, Kinder zu hassen, ob Schwarz, weiß, gelb oder rot. Gott sei Dank.

Es ärgerte mich, mich in der Defensive zu fühlen – und besonders schlimm fand ich, dass meine Arbeit in die Debatte einbezogen wurde. Robert überlegte, mit wem Pam über mich geredet haben konnte, und landete schließlich bei der Vermutung, diese neuen Befürchtungen ihrerseits kämen wohl daher, dass sie & ihre Freundinnen meine Bücher gelesen haben. Ich erklärte, dass eins meiner Themen in beiden Romanen das »weiße« Schwarze Kind sei & dass, auch wenn ein gewalttätiger Vater das eine (seinen eigenen Sohn) tötet & die Gesellschaft das andere (Trumans verlassenes Kind), das keineswegs mein Verhalten meinem Schwarz/weißen Kind gegenüber ist. Dass ich weit weniger über mich ausgesagt habe als über die Schwarze Gesellschaft & insbesondere das beobachtbare Verhalten Schwarzer Männer.

Es ist wohl der Wassermann in mir, den es kränkt, dass jemand mir aus welchem Grund auch immer zutraut, rassistisch zu sein oder willentlich einem Kind Schaden zuzufügen.

Wobei natürlich Weiße fast jeden zum Rassisten machen könnten.

Ich sehe immer mehr aus wie Daddy & Tante Sally. Besonders weil ich dunkler werde. Ich bin jetzt schokoladenbraun, wie Robert sagt, und ganz attraktiv, glaube ich. Große, dunkle »Walker«-Augen, vollbusige Figur, hübsche Beine. Tolle Hüften. Es stimmt, ich habe zu viel Kuchen gegessen, seit ich hier bin, aber wenn ich wieder in Brooklyn bin, werde ich zu pleite sein, um viel zu essen.

Robert ist wieder zurück nach Atlanta. Es war traurig, ihn fortgehen zu sehen. Ja, er war in Atlanta schrecklich gereizt & ich deshalb auch, aber es ist nun mal immer noch so: Welche Gefühle auch immer ich habe, mit ihm sind sie am intensivsten.

6. Juli 1978

Heute Morgen aufgewacht, nachdem ich die ganze Nacht mit Rebecca gerungen hatte, die im Schlaf um sich tritt und keine Ruhe gibt. Nur die Matratze & die Kissen, die ich für dieses Bett gekauft habe, bewahrten mich davor, mich völlig unbehaglich zu fühlen. Gleich beim Bett ist ein großes Fenster mit einem elektrischen Ventilator davor. Meine Mutter, in einer leuchtend pinkfarbenen Kittelschürze, goss draußen ihre Blumen. Ihr Haar, ihr schönes Haar, das ich gestern gewaschen & gestylt habe, ist wie eine weißsilberne Blume. Sie bewegt sich stetig von Pflanze zu Pflanze, gießt und gießt geduldig. Manchmal bückte sie sich unter das Niveau des Fensters, und ich konnte sie nicht mehr sehen; da dachte ich – genauso wird sie eines Tages gar nicht mehr da sein, wenn ich nach ihr Ausschau halte. Wie leer & herzlos der Raum dann sein wird, wo sie war! Ich kann mir eine Welt ohne Mama kaum vorstellen. Und doch versuche ich genau das: mir die Welt, mein Leben, ohne Mama vorzustellen. In ihrem Garten sind jetzt riesige blaue und orangefarbene Hortensien und Immergrün (!) und Petunien und Geranien und Fleißige Lieschen.

10. Juli 1978

Bin sehr angespannt, seit ich nach Brooklyn zurückgekehrt bin, das seinerseits eine Fassade von Lebendigkeit & Licht aufgesetzt hat. Doch leider fürchte ich New York selbst & nicht nur seine Taxifahrer. Jedes Mal, wenn ich in die Stadt zurückkomme, sehe ich ihre Schäbigkeit, ihre Gewaltsamkeit. Und dann sind da der Lärm, die verstopften Straßen & der Dreck.

Andererseits habe ich durch mein Fenster einen schönen Blick auf Gärten und einen kleinen Wasserfall/Springbrunnen, und als ich, aufs Schlimmste gefasst, ankam, war das Haus wohlbehalten. Das Bad sieht ganz vernünftig aus, auch wenn die Dusche tropft.[119]

Ich hatte einen regelrechten Horror davor, nach Stony Brook rauszufahren, um eine Lesung zu machen – es ging so weit, dass ich jeden Moment mit einem tödlichen Unfall rechnete.

Doch ich kam nach zweimal Umsteigen mit dem Zug dort an, immer noch nervös, aber entschlossen, wenigstens kurz aufzutreten. Fand es dann natürlich weit weniger schrecklich als befürchtet. Frage mich, ob ich je lernen werde, körperlich, dass die Antizipation des Schrecklichen das Schreckliche ist. Jedenfalls habe ich etwa 30 Minuten gelesen und dabei wie üblich eine Distanz zwischen mir & dem überwiegend weißen Publikum empfunden. Vor einem weißen Publikum fühle ich Distanz, vor einem Schwarzen Publikum fühle ich unterschwellige Kritik – nicht von allen Leuten, nur von einigen, und das verstehe ich.

Bertina. Bei meiner Ankunft fand ich einen Brief von Stasia[120] vor, die in meiner Abwesenheit ein paar Tage hier gewohnt hat.

Manchmal befürchte ich, dass meine Freundschaft mit Bertina das Zerbrechen ihrer Beziehung mit Stasia beschleunigt hat. Aber es sollte doch möglich sein zu sagen, dass man einen Teil eines Paars lieber mag als den anderen. Dass man mit dem einen Teil enger befreundet sein möchte & mit dem anderen nicht.

Ich habe schon länger ein schlechtes Gewissen wegen meiner Unfähigkeit zu arbeiten. Jetzt, wo ich Tillies hervorragendes Buch Silences[121] lese, denke ich darüber nach, was für mich so schädlich war in diesen letzten ein, zwei Jahren, in denen ich nur kurze, fragmentarische oder vom Eigentlichen ablenkende Texte hervorgebracht habe. Zum ersten Mal denke ich an Arbeitsbedingungen, wenn ich mit Robert zusammenwohne. Ich habe so viel an seine Bedürfnisse gedacht – was ist mit meinen?

Ein Zimmer für mich allein. Schreibtisch. Schreibmaschine.

Okay. Noch zwei Wochen. Danach kann ich in einen Fünf-Tage-Countdown bis zur Abreise gehen. Ich bin bereit. Da ist so viel Lärm in meiner Straße. Autos, Kinder.

Es ist immer noch ein bezauberndes Haus, aber – ich bin bereit für ein anderes Leben.

22. Juli 1978

In zwei Wochen breche ich auf nach SF. In einer Woche holt Mel Rebecca ab.[122] Rebecca & ich hatten und haben Momente unglaublicher Liebe & Innigkeit – als ob wir einander jetzt schon vermissen. Aber wir hatten auch immer wieder Phasen der Entfremdung – wie zum Beispiel an dem schwülheißen Tag, als sie unbedingt mit mir eine Radtour machen wollte und immer wieder damit anfing und ich ihr gerade erklärt hatte, dass ich schwitzte, müde war und Bauchkrämpfe hatte. Das Wunderbare an unserer Art von Liebe ist, dass sie über alle Extreme hinweg bestehen bleibt. Und ich bin jedes Mal dankbar & froh & erstaunt, dass Rebecca nicht tiefer (länger) böse auf mich ist. Ich bin so oft eine abgelenkte Mutter (die einspurig denkt und unfähig ist, Interesse vorzugeben, wo keins ist). Und natürlich hasse ich es zu lügen & lüge deshalb nicht, um zu kaschieren, was ich wirklich fühle. Sie ist ein echter Skorpion. Selbstzentriert, besitzergreifend … wunderbar großzügig, liebevoll, loyal. Ich mag ihren Humor – wenn alles andere versagt, findet sie einen Grund loszulachen –, & ihr Lachen ist laut & albern & macht, dass die Leute hergucken (& auch lachen), genau wie meins!

—

Louisa & Bryant[123] gefällt das Haus. Louisa sagt, wenn ich ihnen ein bisschen »Spiel« lasse, müssten sie die Miete problemlos zahlen können. Ich werde 3 Personen[124] (& das Baby natürlich) ohne Jobs im Haus wohnen haben. Ich versuche zu überlegen, was passiert, wenn sie keine Arbeit finden. Alles, was ich denken kann, ist – ich muss weiter die Hypothekenraten für das Haus bezahlen plus meinen Mietanteil für die Wohnung mit Robert in SF.

Bisher habe ich im nächsten Jahr Lesungen etc. für 3.000 $. Da kommt sicher noch mehr. Was ich tun muss, ist, mich klar zu entscheiden: für einen Ort (Wohnung) und für mein Schreiben als meine absolut einzige Arbeit. Zu einem gewissen Grad ist das ja schon – & war es immer schon – der Fall. Aber ich merke, wie das ständige besorgte Kreisen ums Geld, um Unabhängigkeit und »Verantwortlichkeit« eine tiefgreifende Ablenkung wird – und wenn dann meine Gedanken einzig und allein bei dem Roman sein sollten, sind sie bei der Frage, ob ich es schaffe, zehn Lesungen (à 1.000 $) im Jahr zu kriegen.

Tatsache ist: Ich könnte wahrscheinlich mit fünf Lesungen im Jahr zurechtkommen, plus Tantiemen und Neuauflagen. Wenn ich auch manchmal wegen dieser ängstlichen Beschäftigung mit meinen Finanzen hart mit mir ins Gericht gehe, bin ich doch auch froh, dass ich langsam das Gefühl habe, ich kann meine finanziellen Dinge managen. Vielleicht geht ja jede wichtige Lernerfahrung mit Angst einher, so wie Liebe damit einhergeht. Aber vielleicht wird ja auch der nächste Vorstoß ins Unbekannte nicht mehr so beängstigend sein. Die Gelassenheit, die man erlangt, die ich auf anderen Ebenen bereits erlangt habe, kann ich ja vielleicht auch erlangen, wenn es um die Zuständigkeit für mein materielles Dasein geht.

24. Juli 1978

Heute ist es viel kühler als gestern, als es an die vierzig Grad hatte. Entsprechend weniger niedergedrückt, weniger matt fühle ich mich. Habe Bertina & Stasia angerufen und sie Mittwochabend zum Essen eingeladen. Da ist immer noch eine gewisse Spannung, aber da ist auch meine unveränderte Überzeugung, dass sie beide extrem gute Menschen sind. Wie es jemand in den Sechzigerjahren formulierte, »selbst ihre Fehler sind die richtigen«. Sie haben beide so einen natürlichen Anstand. Eine Nettigkeit und Offenheit, die ich liebe & bewundere.

Bei alldem bin ich, ob man's glaubt oder nicht, am Schreiben. Mir ist klar, dass ich dafür einen Ort brauche, einen geregelten Ort. New York City ist ganz und gar nicht das Richtige für das, was ich plane – einen langen Roman und lange Kurzgeschichten, wofür ich noch längere Spaziergänge, Wanderungen, Campingtrips brauche, auf denen ich nichts tun kann, als Wolken & Raubvögel & ab und zu eine Eidechse zu beobachten.

Diesmal sehe ich viel klarer, was ich tue, um meine Arbeit zu schützen und zu nähren. Letztes Mal (Mel & Mississippi) habe ich das, was ich getan habe, instinktiv getan. Ich habe New York – dreckig & ablenkungsreich, strapaziös für die Nerven – den Rücken gekehrt und gut drei Jahre nahezu Schreibruhe gefunden, plus eine Zweijahresmenge Leben/Material. Ich habe mich mit einem Mann zusammengetan, der mir die Steine aus dem Weg geräumt hat. Manchmal frage ich mich, ob irgendjemand mich so in meiner Arbeit unterstützen könnte, wie Mel es getan hat. Können Robert & ich uns gegenseitig unterstützen? Wo er es ebenso braucht, dass man ihm die Steine aus dem Weg räumt, wie ich es gebraucht habe & brauche.

Der neue Gedichtband GNWL ist durch Joyce Johnsons Vorschläge und Kürzungen stärker geworden.[125] Es hat mir gefallen, wie sie sich auf ihr Gefühl verlässt, ich mochte ihre Sensibilität für mich. Kurz, bisher war es mir ein Vergnügen, mit ihr zu arbeiten. Sie ist so anders als Hiram & Tony. Es ist, als ob wir gemeinsam an etwas arbeiten, um es besser zu machen, statt an etwas zu arbeiten, damit es sich verkauft.

25. Juli 1978

Ich arbeite auf der Oberfläche. Denke auf der Oberfläche meines Geistes. Das ist mir klar geworden nach einem langen Nachmittag am Strand von Fire Island. Die Wellen, die Sonne, der Wind putzten mich aus & lösten die Knoten in meinem Rücken, sodass ich jetzt, wo ich frühmorgens hier liege, so entspannt bin wie nie seit Georgia.

Die Großstadt, das Großstadtleben, taugt nur dafür: Oberflächenzeug. Denn echtes Denken steht in Verbindung mit echter körperlicher Bewegung, und körperliche Bewegung verlangt geschmeidige Gliedmaßen. In der Großstadt verspannen sich die Gliedmaßen. Die Muskeln fürchten einen Angriff. Ich glaube, ich erreiche jetzt den Punkt, den ich erreichen muss, um zu einer Entscheidung zu gelangen: SF. Dass ich auf jeden Fall dorthin ziehen will, dass ich nicht nur wegen Robert hinziehe.

Heute steht ein Vortrag plus Diskussion über Meridian an, in Yale, in Michael Cookes Kurs, 11:00. Die restliche Woche dann: Henri, Bertina & Stasia zum Abendessen hier am Mittwoch. Besprechung mit Joyce Johnson & Umschlagdesignerin bei Dial Donnerstagvormittag, Vertragsunterzeichnung in

Wendys Büro & Filmvorführung (ERA-Video) bei Ms. am Nachmittag. Freitag Nan & Quintana. Streichen & Putzen & vielleicht etwas Zeit mit Bertina am Wochenende.

30. Juli 1978

Rebecca ist gestern mit Mel nach Washington gefahren. Sie schien sich zu freuen. Ich empfand Erleichterung, aber auch ein starkes Verlustgefühl, und heute fühle ich die Anspannung, die Ausdruck einer weiteren tiefgreifenden Lebensveränderung ist. Davon habe ich in den letzten beiden Jahren so viele durchgemacht. Die Trennung, die Kubareise, das Suchen einer eigenen Wohnung, mein Ringen mit der Liebe & Robert & Bertina …, der Hauskauf, der Umzug. Jetzt ist mein Kind für ein Jahr weg. Nachdem es neun Jahre bei mir war.

Ich wollte Mel fragen, ob er sicher ist, dass Judy gut für/zu Rebecca sein wird. Aber das hätte ihn geärgert. Dabei ist es doch eine ziemlich normale Frage. Ich hätte die Beruhigung gebraucht.

Gefühle von Nervosität, Anspannung, eine Art Zaudern, mit diesem neuen Leben anzufangen.

Undatiert, um den 7. August 1978

Am Samstag heil und sicher in S. F. angekommen. Bob & Casey. Glücklich. Voll Freude. Dass wir diesen Teil unseres Zusammenseins beginnen. Das Leben teilen. Kinder. Abenteuer. Liebe.

Vom Wohnzimmerfenster hat man einen herrlichen Blick auf die San Bruno Mountains & Häuser überall auf dazwischenliegenden Hügeln. Es ist eine wunderschöne Stadt, und Robert hat sie mir gezeigt. Wir waren picknicken & am Strand. Wir können jetzt gut zusammen schweigen.

12. August 1978
Heute, weniger als eine Woche nach meiner Ankunft, schweigen wir tatsächlich zusammen. Und es gefällt mir gar nicht.

Die Woche war hauptsächlich strapaziös, wenn auch mit ein paar Lichtblicken zwischendurch. Es ging mir bestens – glaube ich –, bis Robert mich wissen ließ, dass er von Haus aus kritisch ist, wenn er »mit irgendjemand zusammenlebt«. Ich benutzte ein Handtuch anstelle von Topflappen, um eine Auflaufform aus dem Ofen zu nehmen – das ärgerte ihn. Er redete ausgiebig darüber, dass er das verrückt finde, und sagte, es sei »seine Mutter in ihm«. Ich sagte, ich denke nicht daran, mir verrückte Mäkeleien gefallen zu lassen, woher sie auch immer kommen.

Aber meine Muskeln begannen sich zu verspannen. … Ich dachte, dass Robert mich schon während unserer ganzen Beziehung immer wieder aus dem Gleichgewicht gebracht hat.[126] Dass er, sobald ich Boden unter unser beider Füßen spüre, mit einem Erdbeben kommt.

Gestern war eine Party für Glory. Sie ist nett. Zu essen gab es auf der Party hauptsächlich Salami und Schinken, was ich beides nicht mehr esse. Später sagte ich: »Ich habe Hunger.«

Robert reagierte, als wäre ich ein Kind, dem man klarmachen muss, dass es gerade vom Esstisch weggelaufen ist. »Du hast Hunger?!« »Hast du nicht zu Mittag gegessen?« »Aber wir haben doch gerade gegessen … ich jedenfalls.« Und so weiter & so fort.

Später ein toller Film: »Heaven Can Wait« mit Warren Beatty. Nach Hause, bisschen was rauchen, Musik, Badewanne, Bett. Aber kein Sex. Ich fühle mich ihm nicht nah.

Vielleicht sollte ich meine Träume umgestalten. Ich glaube, San Francisco wird mir weiterhin gefallen, zumal wenn ich erst gelernt habe, hier Auto zu fahren. Ich könnte das Jahr nutzen, um mich einzugewöhnen – neue Freundschaften zu schließen … aus meiner Beziehung mit Robert eine Freundschaft zu machen, die dem Ganzen förderlich ist, statt dieses »Leidenschaftsdings« zwischen uns, das mich fertigmacht.

Nach drei Monaten sollten wir getrennte Wohnbereiche haben. Da ich nun mal mit jemandem leben will, kann ich das ja in Angriff nehmen.

Ich bin sehr froh, dass ich meine »Familie« mitgebracht habe. … Das Foto von Mae Poole. Mich als Kind.

Undatiert
Ein wunderbarer langer Brief von Jane Cooper & die Einladung zu einer Feier zu Ehren von Muriel[127] am 9. Dezember. Ich würde gern hingehen, weil Muriel für mich sehr wichtig ist. Das Schwierige daran wird sein, Muriel die Ehre zu erweisen, die ihr gebührt, ohne die Selbstgefälligkeit ihres Liberalismus zu füttern & des Liberalismus all der »anständigen Weißen«, die am Sarah Lawrence sein werden & in Muriel ihr Existenzalibi sehen.

20. August – ein strahlender, schöner Tag. Die Sonne ist warm, der Himmel blau und klar bis auf Nebelcapes um die Schultern der fernen Hügel.

Habe mir vorgenommen, täglich mindestens 10 Seiten der Tagebücher abzuschreiben. Gestern angefangen. Meine frühen Einträge sind steif, gestelzt, gehemmt und schlecht geschrieben. Schlampiges Denken. Das Schlimmste.

Aber ab und zu stehen da erstaunlich brauchbare Sachen. Alles in allem habe ich mich wohl als Mensch zum Besseren entwickelt. Auf jeden Fall ist meine Bindung an das Leben enger geworden. Ich schätze & liebe es jetzt mehr denn je. Ich nenne das eine Entwicklung zum Besseren, weil es ein Erfolg ist, ein Geschenk dankbar annehmen zu lernen.

Habe Robert erklärt, er sei wie Felix Unger[128] – pingelig, kleinlich und unterminierend. Er warf mir vor, »nie Sachen wieder in den Kühlschrank zu stellen«. Ich sagte, wir sollten Ende Oktober in getrennte Wohnungen ziehen – um unsere Freundschaft zu erhalten. Ich kann für Kleinlichkeit keinen Respekt aufbringen. Sie ist so lächerlich. Und ich kann ganz bestimmt nicht arbeiten, wenn ich mir ständig Gedanken wegen des Schmutzrands in der Badewanne machen muss. Etc.

Es hat auch andere, positive Seiten, wenn wir getrennt wohnen.

Robert und ich können uns dann mehrmals die Woche sehen und auf unsere wunderbaren gemeinsamen Streifzüge gehen, ohne uns im »Ehesyndrom« zu verfangen.

Ich mag SF. Ich habe das Gefühl, es ist der für mich passendste Ort, an dem ich je gelebt habe (2 Wochen & Besuche). Ich mag das Klima, die Umgebung, das Wasser, die Vielfalt an Menschen, Wohn- und Lebensformen, Essen.

Vielleicht habe ich ja meine Stadt gefunden.

Undatiert

Ein schönes Wochenende. Gestern war St. Claire [sic!] Bourne[129] zum Frühstück hier, um über den Film zu sprechen, den er aus Roberts Port Chicago Disaster[130] gern jetzt machen würde. Ich mochte ihn auf Anhieb. Er ist groß und tiefbraun, mit weichem schwarzem Haar bis auf den Kragen und wunderschönen, ausdrucksvollen braunen Augen. Ich fühlte mich sehr zu ihm hingezogen. (Es erstaunt & entzückt mich immer noch, dass es so viele tolle Leute auf der Welt gibt.) Wir haben den ganzen Tag zusammen verbracht. Waren in einer Kneipe was trinken, spazieren, im Kino, essen. Robert sagt, so was würde er allein nie machen. Arbeit ist für mich zwingend. Aber das jetzt ist genau die Sorte Tagesgestaltung, die mir am meisten Spaß macht und mit der man mich am besten von der Arbeit weglocken kann.

Heute komme ich anscheinend nicht in die Arbeit rein. Es ist ein fantastischer Tag. Strahlend, warm, leicht windig. Sauber. Gloria Steinem ruft an, um über Pornografie versus Erotika zu reden. Dazu fällt mir heute gar nichts ein.

Anrufe von Nina und der Ms.-Juristin Nancy Wexler wegen der »realen Personen & Geschehnisse« in »Laurel« – das ist es, was mich nervt, was das Schreiben heute freudlos macht. Oder vielleicht liegt es auch einfach daran, dass mein Tagebuch 1965–66 so juvenil ist. So schlecht geschrieben. So prätentiös & bemüht.

—

Hatte gerade eine Indianererscheinung:

Er sagte: Es ist okay, Gras zu rauchen, um deine Probleme vorübergehend zu vergessen oder abzumildern.

Aber du musst eine Zeit durchlaufen, in der du deine Probleme ohne Gras angehst. Sonst werden sie nicht gelöst, sondern bilden nur Schicht auf Schicht wie ein Zickzack-Spinnennetz.

25. August 1978

Gestern Abend kam Robert gut gelaunt nach Hause (mit Casey & Spareribs), weil hier anscheinend bald ein Apartment zu haben ist. Er hätte gern eins von diesen, weil sie in jeder

Hinsicht perfekt sind für Kinder & progressive, arbeitende Erwachsene, die in ihrer Wohnung gern einigermaßen selbst bestimmen.

Obwohl ich das Robert wünsche, wenn er es sich wünscht, fühle ich mich mies. Ich frage mich die ganze Zeit: warum?

Ist es deshalb, weil er mich gefragt hat, ob ich ihm 8.000 $ für den Eigenanteil leihe? Natürlich habe ich mühelos Nein gesagt wie ein typischer großherziger Wassermann.[131] Aber ich habe mich geärgert, dass er mich fragt – völlig außer Acht lassend, dass ich ein Haus, das ich gerade erst gekauft hatte, verlassen habe, um mit ihm zusammenzuleben. Dass man mit ihm schlicht nicht zusammenleben kann. Und jetzt will er, dass ich ihm eine Wohnung verschaffe, obwohl ich selbst nichts Eigenes habe.

Er ist egoistisch & nimmt überhaupt nichts wahr, & wenn ihn jemand kümmert, dann sind es ausschließlich Pam & Casey.

»Bring ein Arrangement mit Pam zustande«, sagte ich, »damit du Geld aus eurem Haus herausziehen kannst.«

»Da steckt genug drin«, räumte er ein.

Ich fühle, wie meine Liebe zerrinnt. Das deprimiert mich, weil ich so viel Energie in das Bemühen investiert habe, etwas aufzubauen. Aber Robert ist nicht mal für mich da. Seine Liebe ist wie chinesisches Essen, bei dem ich Hunger habe, noch ehe die Mahlzeit vorbei ist.

Das Problem ist sicherlich, dass er nie gelernt hat zu lieben. Wenn er überhaupt jemanden lieben könnte, dann wäre es vielleicht mich, nach ihm selbst natürlich – in den er eindeutig verliebt ist.

—

Argh!!

29. August 1978

Ach so! Na dann.

Ein erstaunliches & richtig schönes Wochenende. Ich merke: Wenn ich meine Gefühle äußere, sobald ich weiß, welche es sind oder sein könnten, & sobald ich kann, geht es mir sofort besser. Es ist unglaublich & so simpel. Gute Ernährung & freie Gefühlsäußerungen immer schon hätten mir zweifellos eine Menge Depressionen erspart. …

Gestern Abend, beim Liebemachen mit Robert, war ich erstaunt (so viel Erstaunen momentan), als ich Robert ansah & wusste, dass ich ihn liebe. Das Zerrinnen der Liebe hat aufgehört. Aber warum? Weil er erkennt, dass er Probleme hat & sie zu lösen versucht? Weil wir beschlossen haben, nicht zusammenzuwohnen, & beide erleichtert sind? Weil – ich ihm in der Badewanne Gesicht und Körper so zärtlich gewaschen habe, wie ich ein Kind baden würde. Seine Ohren, seinen Bart, seine Nase & Augen.

Er zeigt mir Riesenbäume, das Meer mitten in der Nacht, er picknickt mit mir im Glanz des Tages. Er präsentiert mir die Welt. Die Natur, die ich von Herzen liebe – & er ist Teil davon.

Ich habe beschlossen, mich in die St. Francis Square Apartments einzukaufen. Eine Wohnung mit 3 Schlafzimmern und 2 Bädern ist zu haben, aber der Preis beträgt 9.000 $ bei einem »Hausgeld« von 213,00 $ im Monat. Ich habe 12.350,00 $ auf dem Sparkonto. Ich stelle es mir so vor, dass ich als Erstes versuchen muss, das Sparkonto um 2.000,00 $ – wenn möglich mehr – aufzustocken, damit ich dort auf jeden Fall noch 5.000 $ habe. Würde ich mich damit sicher fühlen? Wahrscheinlich nicht.

Mal sehen. Ich habe an Außenständen:

1.125,00	– Wendy/Dial
1.100,00	– Dutch
3.500,00	– Guggenheim
500,00	– Stony Brook
2.000,00	– Lesungen
8.225,00 $	

Sagen wir, 8.000 $ zwischen jetzt und Ende des Jahres. Davon könnte ich wahrscheinlich 4.000 $ sparen, womit mein Sparkonto nach Abzug der 9.000 $ wieder bei 7.000 $ wäre. Dann könnte ich versuchen, auf 10.000 $ zu kommen & mich eine Weile ausruhen. Dann: Das Haus in Brooklyn sollte sich selbst tragen, 545 $ mtl., plus 155 für meine »Miete« hier.

213
−155
(58 $)

wären also meine monatlichen Ausgaben für Wohnung, Gas, Strom, alles außer Telefon.

Manchmal fühlt sich das wie ein Kartenhaus an. Ich denke die ganze Zeit: So einfach kann es doch nicht sein. Vielleicht reißen mich ja die Steuern total rein.

—

Habe gestern meine Augen untersuchen lassen – & mir eine Sonnenbrille gekauft. Die Sb. dürfte gut gegen meine Kopfschmerzen sein. Und es baut mich auf zu wissen, dass mein linkes Auge gesund ist & sich bestens hält. Habe außerdem ein fantastisches rotes Kleid – schwerer Satin – gekauft & ein paar umwerfende Dessous für mich & Roberto. Habe mir ein Ticket für meinen Trip nach Seattle & Alaska geholt.

Ich finde San Francisco überschaubar und heiter &, verglichen mit New York, unhektisch, höflich.

29.9.78

Dreistündiger Besuch von Tillie Olsen.[132] Sie weiß so viel & versucht, einem alles zu erzählen.

Davor haben Robert & ich das Apartment Nr. 6, Galilee Lane 15, »erworben«!

3.10.78

Heute Morgen habe ich mit dem Umzug in die Galilee Lane 15 begonnen. Wir haben Secondhandmöbel bei der Heilsarmee & bei Bus Van ausgesucht, was mich von der Unschlagbarkeit alter Möbel überzeugt hat – wenn sie auch noch stylisch, handwerklich gut gemacht & billig sind. Wir haben ein rosa Rosshaarsofa mit Sesseln (245 $), ein Queensize-Bett (94 $), eine Schaumstoffmatratze für Casey (9,50 $) und einen wunderbar schlichten, aber fantastisch schweren Holztisch (145 $). Heute Nachmittag kommt der Schreibtisch von der Heilsarmee, womit die Wohnung praktisch möbliert ist.

Undatiert

Casey & ich kommen besser miteinander aus, jetzt, wo er begreift, dass ich seine Mama kenne.[133] Ich glaube, er dachte – aus Loyalität zu ihr –, er & ich könnten keine Freunde sein.

16. Okt. 78

Ich habe bewusst & unbewusst daran gearbeitet, mich der vom Christentum indoktrinierten Vorstellung von Gott als einem weißhaarigen Englisch sprechenden Patriarchen, wie ihn Charleston Heston[134] [sic!] verkörpern könnte, zu entledigen. Allmählich gelingt es mir. Wenn ich jetzt zum Großen Geist bete, sind da weite Wüsten, Bäume, der endlose Himmel, Wolkenfetzen, Blumen, Eichhörnchen etc. etc. Das freut mich enorm.

26. Okt. 1978

Ein interessanter Abend mit NaNa[135], an dem sie mein Interesse an Meditation wiederbelebt hat. Ich war da in letzter Zeit lax – weil ich glücklich verliebt war (ausnahmsweise – oder vielleicht auch nicht, ich hatte wahrscheinlich <u>sehr</u> viel Glück in der Liebe, angesichts all der tollen Menschen, die ich geliebt habe!), und ich habe mit Roberto eine Menge Dope geraucht und bin noch nicht bereit, damit aufzuhören.

Wie auch immer, ich erwähnte ihr gegenüber meine Liebesbeziehung mit Bertina (sie hatte gerade gesagt, ihre Beziehung mit June funktioniere nicht, weil es keine Beziehung zwischen Gleichen sei) – und später ist mir dann aufgegangen: Vielleicht habe ich mich ja darauf eingelassen, Bertina zu lieben, <u>weil</u> wir nicht gleich sind & weil eine funktionierende Beziehung angesichts unserer Verschiedenheit sehr unwahrscheinlich wäre.

Sie war »ungefährlich«.

7.11.78

Also, heute bin ich allein in der Wohnung, weil ich Robert gebeten habe zu gehen. Es ist eine lange Geschichte, die wohl bis morgen warten muss. Heute Abend bin ich <u>tres fatigue</u> [sic!].

Um die lange Geschichte kurz zu machen: Wir waren in Berkeley in einem Film, »Black Britannia« [sic!].[136] Es ist natürlich ein wichtiger Film über den Rassismus der Briten & den Widerstand der Schwarzen (aus der Karibik). Aber er ist insofern beschränkt, als er unter Schwarzen nur Schwarze Männer versteht. Robert & ich versuchten darüber zu sprechen: Ihm war der Sexismus gar nicht weiter aufgefallen. Wir kamen nach Hause, & ich hatte eine Menge Post (& Schecks über Mietzahlungen, auf die ich gewartet hatte). Er sah zu, wie ich die Briefe öffnete. Dabei schwatzte ich fröhlich (weil Brenda schrieb, sie & Louisa hätten Jobs gefunden!).

Nachdem ich also meine Erleichterung darüber kundgetan hatte, wollte ich ins Schlafzimmer gehen. In dem Moment sagte Robert: »Ich habe es ertragen, so lange ich konnte.«

»Was?«

»Den Rand in der Kloschüssel.«

»Welchen Rand?«

»Den, der da schon eine ganze Weile war.«

»Ach, wovon denn?«

»Irgendwas Widerlichem.«

»Gott, ist mir gar nicht aufgefallen. Wie sah es denn aus? Welche Farbe hatte es denn?«

Ich erstarre jäh. Meine ganze Freude schlägt um in ein Gefühl von Mangelhaftigkeit, Ungenügen. Aber etwas steigt in mir auf. Zuerst ist es Humor. Ich kann nicht glauben, dass jemand ernsthaft daran herummeckert, wie ich mein eigenes Klo putze (noch dazu, wo ich gerade so fröhlich war). Ich versuche irgendwo darin den Witz zu sehen.

Er sagt: »Ich habe es geputzt« (während ich unbekümmert Post las – Anfragen wegen Veranstaltungen, Artikeln. Mietschecks). Ich sage: »Schön für dich!«

Er sagt: »Du hast wirklich eine höhere Drecktoleranz als ich.« (Das hat er auch schon über Pam gesagt.) Aber daran denke ich in dem Moment nicht.

Als ich nachhake, warum er sich negativ über meine Fähigkeit, meine Kloschüssel zu reinigen, auslässt, sagt er: »Hör auf zu stochern, es kommt schon von allein hervor.«

»Was?«

»Meine Fiesheit.«

Am nächsten Morgen entschuldigte er sich, dass er mich verletzt hatte. Ich hatte natürlich nicht gerade eine gute Nacht verbracht. Beim Aufwachen legte er im Bett die Arme um mich, aber es fühlte sich nur beengend an. Ich stand auf & ging in mein Arbeitszimmer.

Ich weinte. Er sagte, er fühle sich so mies. Ich nahm ihn in die Arme. Er nahm mich in die Arme.

Später hatte ich ein fünfstündiges Mittagessen mit Carole Ellis.[137] Und wir redeten über »unsere Männer«. Ein Muster – das ich nicht hatte sehen wollen – trat zutage. Das meiner ständigen Versuche, es Robert recht zu machen, & seiner ständigen Versuche, mich kleinzumachen. Herabzusetzen. Lächerlich zu machen. Zu unterminieren. Ich denke jetzt, auf einer gewissen Ebene, nicht allzu tief unter der Oberfläche, hasst er mich. Benutzt mich. Beutet unsere Beziehung aus – & hat sehr wenig positive Gefühle. Aufgrund seines eigenen Unzulänglichkeitsgefühls tut er nur so, als ob ihn die Erfolge oder das Glück anderer freuen würden.

Er trägt ständig verbal Dinge vor sich her, die er nicht fühlt. Deshalb ist sein »Ich liebe dich« so, wie es ein gedankenloser Erwachsener zu einem Kind sagen würde. Es ist nicht offen. Klar. Wirklich erwachsen. Verantwortlich.

Während ich Abendessen mache, sage ich ihm, dass mit unserer Beziehung Schluss ist. Ich fühle nichts als Verachtung. Er tut, als verstünde er gar nicht, was er »verbrochen« hat.

Ich erinnere ihn, dass das weiße Amerika 400 Jahre daran gearbeitet hat, Schwarze Frauen mit Kloputzen zu verketten, & es ihm nicht gelungen ist. Und er, sage ich, wird es auch nicht schaffen.

Er sagte: »Ich will nicht, dass es so ist.«

Ich fühlte nichts. Eine Kälte, eine Leere.

Am nächsten Tag begann er seine Sachen auszuräumen. Und er fragte mich, ob ich Lust auf einen Spaziergang hätte. Wir gingen in den japanischen Garten. Spazieren gehen war schön. Wir spazierten um den Teich. Er bat mich, ihm noch eine Chance zu geben, als Freund. Ich sagte, ich würde es mir überlegen, während ich in D. C. – N. Y. – Ga.[138] & Miami wäre. Wir kehrten in meine Wohnung zurück & aßen zu Abend. Genauer gesagt, kaltes Brathuhn vom unseligen letzten Abendessen.

Mein Distanzgefühl blieb. Er bot an, mich zum Flughafen zu fahren. Ich sagte, okay, aber es sei nicht nötig, & ich wolle nicht, dass wir Leute würden, die einander Dienste leisten (für ihn ist ein Freund jemand, der dem anderen Dienste leistet), ohne wirkliche Fürsorge. Liebe.

14. Nov.

Bei meiner Mutter in Georgia. In meinem Zimmer. Der Ostküstentrip war bisher ganz okay. Der Georgetown/D.-C.-Teil war <u>toll</u>. Rebecca & ich wohnten bei Henri[139] in Georgetown. Habe Richard Sobel & Annie Sobel [sic!][140] & ihre ehemaligen Bürgerrechtsanwaltspartner getroffen. Netter Nachmittag. Am nächsten Abend dann Essen mit Henri, ihrer Freundin

Florence, Karen Wynn, Rebecca & Gloria Steinem. Gloria wie immer herzlich, authentisch, nett. Sie massierte mir, Rebecca & Henri den Rücken. Himmlisch! Sie bekam von mir eine Fußmassage. Rebecca auch. Ein gemütlicher, freundschaftlicher Frauenabend. Tolles Essen (Käsekuchen!), tolle Gespräche, Musik.

Dann Rebecca wieder zu Mel gebracht. Gloria zu Stan.

Am nächsten Morgen los, um den Tag mit Vincent[141] in North Carolina zu verbringen. Schön. Obwohl ich die ganze Zeit geschlafen habe, als wir in Ella Bakers[142] Haus waren – wo er <u>There Is a River</u> fertig schreibt. Wir wollen unsere Freundschaft aufrechterhalten. Aber auch Rosemarie & Rachel & Jonathan einbeziehen. Wir haben über San Francisco geredet & wie toll ich es inzwischen finde. Ich habe gespürt, dass S. F. Vincent interessiert. Rachel wäre begeistert.

Dann weiter nach Atlanta & zu Ruth & Mama.

Mir ist deutlich geworden, dass die romantische Liebe – deren williges & oft glückseliges Opfer ich die letzten 2–3 Jahre war – uns davon ablenkt, die Schönheit des Universums unmittelbar zu würdigen. Die Kostbarkeit des Lebens. Die Freude, einfach nur zu <u>sein</u>.

Ich betrachtete die Sonne. Den Mond. Bäume. Mit <u>solcher Liebe</u>.

18. Nov.

Gestern ist meine Tochter neun Jahre alt geworden! Ich habe sie aus dem Haus ihrer Großtante Sallie in Opa-Locka, Florida, angerufen. Sie sagte, sie habe ein Telegramm von Gloria S. bekommen und einen Anruf von Curtis aus Griechenland. Und es werde auch noch gefeiert. Sie klang glücklich.

Tante Sallie sieht genauso aus wie Daddy. Sie hat seine Augen. Ich habe am ersten Tag die meiste Zeit geweint, weil sie – als ich sie fragte, wie Daddy als Junge war – sagte: »Ich erinnere mich nicht. Du hättest ihn fragen sollen.« Und dann: »Du schreibst kein Buch über mich. Verstanden?« Ich war gekränkt. Ich versuchte ihr zu erklären, dass ich als Schriftstellerin unmöglich die Art Versprechen abgeben (halten) könne, die sie verlangte. Nicht über sie oder das, was sie mir erzählte, zu schreiben. Aber sie verstand das nicht. Später sagte sie: »Schreib ja nichts über mich, weil ich es nicht lesen will.« Ich beschloss, den auf dem Leben meines Großvaters basierenden »Roman« nicht weiter zu verfolgen – aber jetzt sitze ich hier im Flieger zurück nach S. F. und schreibe über Tante Sallie. Nicht um sie, wie sie befürchtete, zu verraten, sondern weil sie eine wichtige Erfahrung in meinem Leben war.

Also: Sie ist 67. Sternzeichen Zwillinge. Schwarzhäutig. Große dunkle Augen. Sehr attraktiv. Das war für mich sehr beruhigend, da ich ihr ähnlich sehe. Sie ist nicht dick. Auch das war ermutigend. Sie kümmert sich um acht Pflegekinder. Alle Schwarz, sehr dunkel. Alle ruhig und wohlerzogen, bis auf meinen Liebling, den behinderten Glen, der oft wütend & empört über seine Kleinheit und Ohnmacht ist.

Tante Sallie wohnt in einem Florida-typischen einstöckigen Haus in einer Untere-Mittelschicht-Straße. Ihr Grundstück ist voller Blumen und Bäume. Sie hat zwei Hunde. Hat einen braunen Kombi. Auf dem roten vorderen Nummernschild steht: »Christus ist die Antwort«. Im Haus gibt es nur religiöse Musik – und alle Kinder singen zu ihrem Amüsement fromme Lieder. Das erinnert an uns, nehme ich an, in den frühen 50er-Jahren.

Leute wie meine Tante & ihre »Tochter« Maxine gäben ideale Revolutionäre ab. Vielleicht alle religiösen Schwärmer. (Sie sind Pfingstler.) Ich hatte das Gefühl, dass meine Tante – die in ihrer Jugend etwas wild war – später etwas brauchte, was ihr Halt gab. Sie »rettete«. Also wandte sie sich Gott zu, nachdem die Menschen sie so enttäuscht hatten.

Ruth und ich kämpften uns durch die schwierigen Momente unserer Beziehung, wie wir es jetzt schon seit Jahren tun. Sie bemühte sich wirklich, nicht dauernd von sich zu reden. Ich habe vor, mir ein Buchstabenarmband mit dem Wort Schweigen machen zu lassen, weil zu viel reden wirklich gefährlich ist. Ich glaube, Reden raubt uns Kraft, so wie es einem Parfüm Duft raubt, wenn die Flasche offen steht. Ich fühle mich immer schlecht, am Rand der Übelkeit, wenn ich zu viel geredet habe. Daher kommt wohl der Ausdruck »Sprechdurchfall«.

22.11.78

Wurde nicht heute vor vierzehn Jahren [sic!] Kennedy erschossen? Wie die Zeit vergeht! …

… Bei mir hat heute – & auch schon gestern – ängstliche Unruhe eingesetzt. Ich befinde mich in den Klauen einer Angstattacke. Ich muss einen Weg finden, sie zu überleben.

Zuallererst: Ich bin beklommen, weil das, was ich schreibe, so nah an meinem Leben ist & am Leben von Leuten, die ich kannte und kenne, dass ich Angst um uns habe. Indem ich »Rinde von mir abschäle«, begehe ich vielleicht langsam Selbstmord, nur dass es nicht der schnelle Tod ist, den ich mir vorgestellt habe, sondern einer, der einfach nur im Rückzug in mich selbst & aus der Welt besteht.

Es hat mich wirklich getroffen – wie ein Schlag –, dass Tante Sallie sagte, ich solle nicht über sie schreiben. Vielleicht hätten ja alle, über die ich je geschrieben habe, dasselbe gesagt, wenn sie die Chance gehabt hätten. Aber die hatten sie natürlich nicht.

Ich glaube, ich sollte eine Pause vom Schreiben machen. Ein paar Monate nur lesen. Aber kann ich das tun?

So gern ich Muriel würdigen möchte – ich habe Horror davor, am Sarah Lawrence zu sein und am »Muriel-Rukeyser-Tag« zu sprechen. Ich will nicht … all die großmütigen, liberalen Geister der Vergangenheit sehen. Und ich will nicht den langen, anstrengenden Flug an die Ostküste auf mich nehmen.

Ein sehr niedriger Tantiemenscheck von Monica für Once & The Third Life of Grange Copeland. Von Grange haben sich 845 Exemplare im Taschenbuch verkauft. Das bringt mir 42 $. Ich kann es nicht glauben. Im Hardcover verkauft: 77. Macht für mich 61,22 $. Definitiv besser, Hardcoververkäufe zu haben.

Once hat sich als Taschenbuch 145-mal verkauft – bringt mir 7,25 $.

23.11.78 Thanksgiving.
Heute fahren Robert, Casey & ich nach Petaluma, Carole Ellis besuchen, eine Frau, die ich im Büro von The Black Scholar kennengelernt habe und mit der ich kürzlich ein revitalisierendes Mittagessen hatte. Sie macht heute Truthahn & Brokkoli – Robert hat einen seiner Kuchen zum Mitbringen gebacken.

Gestern hatten wir einen schönen Abend vor dem Fernseher und im Bett. Wir haben sogar über meine derzeitigen Gefühle, mein Schreiben betreffend, auf eine Art geredet, die mich erleichtert hat. Ich hatte das Gefühl, dass er wirklich zuhörte, ohne zu konkurrieren oder zu urteilen.

28.11.78

War in der Stadt, die Kopien der Fotos abholen, die mir Tante Sallie gegeben hat. Ich habe eine Riesenvergrößerung über meinem Schreibtisch an die Wand geklebt. Meine Eltern sind so schön. Ich kann es gar nicht fassen. Sie haben so viel Substanz. Sie waren so arm, & doch sieht man den Reichtum der Person, das voll verwirklichte Selbst.

Sie sind die lebendigsten Menschen, die ich je gesehen habe.

28.12.78

Erstaunliche Neuigkeiten. In New York[143] – dorthin zu kommen, war wieder die schiere Strapaze – habe ich 10 neue Gedichte geschrieben! Gute! Und das kam so: Eine Stimme sagte, bevor ich das jeweilige Gedicht schrieb – eine innere Stimme, aber deutlich –, »Schreib … das & das …«, & das wurde dann die erste Zeile des Gedichts.

Manchmal – bei allen sogar – sträubte ich mich. Nein, tue ich nicht, sagte ich. Die Stimme war unnachgiebig. »Schreib das & das.« Und als ich es hinschrieb, kam der Rest des Gedichts hinterher!

Ist das nicht verrückt?

Das Leben hat mich zu einem Durchbruch geführt, glaube ich.

4. Jan. 1979

Genau vor einem Jahr habe ich dieses Tagebuch begonnen. In der Hoffnung, es würde weniger Leid enthalten, mehr inneres Wachstum, ein gewisses Maß an Glück. Es war für mich ein gutes Jahr. In dem ich geliebt habe & geliebt wurde, in dem ich gewachsen bin, weniger gelitten habe – und zum ersten Mal in der Wüste war. Ich liebe die Wüste.

Heute Abend sind Robert & Casey zum Essen gekommen – dann Fernsehen & Küsse, & dann habe ich sie nach Hause geschickt. Robert & ich wollen es mit den 3 gemeinsamen Nächten versuchen, die wir hatten, bevor Rebecca zu Weihnachten kam.

Ein neues Jahr. Was wünsche ich mir? Gesundheit. Gutes Arbeiten. Liebe. Dass es Rebecca gut geht & mir & Robert. Dass ich die Wüste wiedersehe.

Ein großer Schatz, den mir 78 beschert hat, ist das Foto meiner unglaublich schönen & herzbewegenden Eltern 1933–34. Weitere Schätze sind: Roberts Liebe. Rebeccas Liebe. Das Wiederaufleben meiner Arbeit. Die 10 Gedichte vom 10. Dezember.

Ich habe nicht so viel ans Geld gedacht, jetzt, wo ich diese Wohnung habe. Obwohl das Hausgeld gestiegen ist, empfinde ich sie immer noch als Schnäppchen.

Außerdem will Ms. laut Joanne »mindestens 4 Gedichte« kaufen. Also werde ich meine American-Express-Abrechnung zahlen können & meine Mastercharge, & ich müsste mindestens 2.000 $ aufs Sparkonto tun können. Der Februar bringt 1.250 $ von der Library of Congress – der März vielleicht eine Lesung am Lewis & Clark. Im April stehen Albany & Cazenovia & noch eine Hochschule an.

Ich bekomme das Berufsunfähigkeitsgeld von der Monarch-Life-Versicherung – 500 $ monatlich –, wenn/falls ich je arbeitsunfähig bin. Das würde für die Miete hier reichen & für Essen. Dann würde ich das Haus in Brooklyn weiterhin so vermieten, dass es Hypothekenzahlungen, Versicherung und Instandhaltung deckt. Und schön brav hierbleiben. Bzw. schön billig hierbleiben.

Ms. ist gut, um krankenversichert zu sein.

Die Lincoln Savings Bank hat eine Sterbegeldpolice.

Ich mache gerade mein Testament. Wenn mich die Steuern nicht erdrücken, ist alles aufs Beste geregelt!

(Wenn ich weiter Arbeit bekomme, natürlich.)

Mel & Judy haben einen Jungen bekommen, Benjamin, am 1. Januar. Rebecca & ich waren den ganzen Tag schlecht drauf – natürlich haben wir uns für Mel & Judy gefreut, aber es hat sich auch wie ein Verlust angefühlt. Was es ja war. Ich habe ihr versichert, dass ihr Daddy sie immer so lieben wird wie bisher, aber das weiß ich ja nicht wirklich. Mel hat viel Liebe in sich, aber es scheint ihm am leichtesten zu fallen, sie nur in einen Kanal fließen zu lassen.

Ich bin immer noch dankbar, dass ich keine weiteren Kinder bekommen werde. Ich bin vollkommen zufrieden mit dem, was ich habe.

17.1.79

Von Robert bekomme ich Spaziergänge, den Mond, Stifte, die weich schreiben, in hübschen Farben … Ich bekomme von ihm Frühstück, Autofahrten, Ausflüge ans Meer, in den Wald, zu weitem Himmel. Von ihm bekomme ich Liebe, die genauso verletzlich ist wie meine eigene. Heute Morgen, beim Liebemachen, fühlte ich einen solchen Frieden. Ich liebe es, wie er riecht. Sein Körper riecht gut, sauber, frisch.

Heute war ich mir etwas machen lassen, was sich »Jheri-Curl« nennt. Es ist wie eine Mischung aus Relaxerbehandlung und Dauerwelle, wobei das Haar am Ende eher lockig als geglättet ist. Es wirkt sehr natürlich – ich hätte sogar gern noch mehr Locken gehabt.

Mein Ziel ist es, wieder eine Menge lockiges Haar zu haben – & der erste Schritt ist, einen Weg zu finden, das Wachstum zu unterstützen.

In letzter Zeit mache ich mir Sorgen, dass das Essayschreiben womöglich meine Fiktion gefährdet. Ich empfinde das besonders stark bei »One Child of One's Own«. Als ob ich einen reichen Quell von Fiktion-Energie erschöpfe. Aber tue ich das wirklich? Was außer diesem Essay sollte denn aus der Cambridge/Wellesley-Erfahrung hervorgehen?

24. Jan. 1979

Die Jheri-Curl war ein Reinfall. Aber ich mag meine Friseurin/Stylistin. Sie denkt über Sachen nach – & schreibt.

Ich bin bereit, Rosen zu pflanzen, Primeln, Petersilie, Basilikum – oh! Der Frühling kommt, oder ich vermisse mein Gras. Und wenn hier der Frühling im Januar beginnt, was für ein langer Frühling muss das dann sein!

Ich bin glücklich.

4.2.79

Ebony & die Washington Post wollen von mir etwas über Michele Wallace' Buch.[144] Ein interessantes Buch; nicht wirklich originell. Das meiste, was drinsteht, ist, wie Sheila aufgezeigt hat, bereits gesagt worden, & zwar besser.

Zuzulassen, dass Ishmael Reed[145] zusammen mit uns Feministinnen auf dem Cover zu Wort kommt, war extrem opportunistisch & kurzsichtig von ihr – & unglücklich. Wie soll denn irgendjemand einer Person trauen, die den Segen eines Mannes will, für den Schwarze Frauen Barrakudas sind?

Jedenfalls habe ich es abgelehnt, mich darüber zu äußern – und würde meinen Blurb gern zurücknehmen, wenn ich könnte. Warum habe ich ihn auf den Umschlag setzen lassen? Auf Micheles hartnäckiges Drängen, aus Angst vor Michele, deren Mutter[146] mich einmal bei einer dieser schrecklichen Podiumsdiskussionen total eingeschüchtert hat.

Ich merke, dass mich immer wieder Schwarze Frauen eingeschüchtert haben – mein Leben lang. Dass meine Schwestern mich heute noch einschüchtern können. Deshalb habe ich versucht, es ihnen recht zu machen. Sie ihrerseits haben mich gerade wegen dieser »Schwäche« abgelehnt. Interessant.

Ich habe uns zusammenhalten wollen, weil wir das Zentrum der Schwarzen Gemeinschaft sind – aber das hat Böswilligkeit & Konkurrenzkampf & Zerrüttung nicht verhindert. Überhaupt nicht. Und das ist es, was ich in den Stimmen Schwarzer Frauen höre. In den Stimmen meiner Freundinnen. … Anmaßung & Geschichtslosigkeit.

Um mich selbst zu zitieren: Wenn dir eine weiße Liberale (die keine Ahnung hat, was du sonst gesagt/geschrieben hast), erklärt, das, was du sagst/schreibst, habe ja »noch nie jemand zu sagen gewagt«, heißt das einfach nur, dass sie deine Geschichte nicht kennt. Und sonst nichts.

10.2.79

Gestern Abend Geburtstagsparty – ich, Rebecca, Henri, Florence, Bernice (Reagon)[147] und ihre Freundin Amy. Bisschen angespannt zuerst, aber wir wurstelten uns tapfer durch, bis das richtige Feeling aufkam. Bernice & ich kamen miteinander ins Gespräch. Ich hatte das Gefühl, wir könnten reden & reden. Ich habe solche Hochachtung vor ihr. Vor ihrer Arbeit: das Integre, das Stolze daran. Bernice sagt: »Ich weiß nicht, was Stolz ist.«

Zwischen Rebecca & mir mühelos – sie scheint durch die Erfahrung, einen kleinen Bruder zu haben, positiv verändert.

Mels Sohn ist süß und knuddelig und hält sie jede Nacht wach. …

Mel & ich haben telefonisch besprochen, wie es mit Rebecca weitergehen soll.[148] Er ist unzufrieden mit seinem Job in Washington und meint, es bahne sich ein Umzug an. Er sagt, er habe »zu schnell gehandelt« & »es nicht richtig durchdacht«. Ich hingegen, sagte er, hätte offenbar besser geplant.

Ich sagte, ich hätte San Francisco immer schon toll gefunden. Aber ich weiß nicht, ob es das war, was er meinte. Es stimmt, ich habe versucht, erst mal gründlich zu erfühlen, was ich will & was nicht. Um das Risiko des Bereuens zu verringern. Aber wenn Robert so problemlos zu haben gewesen wäre wie Judy & San Francisco so nah und ehrenvoll wie Washington, dann wäre es sicher ganz anders gelaufen.

23.2.79

Ich habe mich durch Arbeit und Bewegung aus der Depristimmung befreit – und durch Beten! Meine Mutter hat mir zum Geburtstag einen Brief geschrieben. Darin stand: »Vergiss nicht zu beten.« Es ist lange her, dass ich jemand war, die betete, & ich glaube, ich bete zu Gott in mir und zum Geist des Universums. Aber ich betete, zweimal, und fühlte mich sofort besser. Vielleicht ist ja im Menschen etwas, was das Beten braucht. Vielleicht tut es uns einfach gut, so wie es uns guttut, mit uns selbst zu sprechen. Oder mit jemand anderem.

Heute haben wir jeder in seiner Wohnung gearbeitet. Uns dann getroffen, um am Strand den Sonnenuntergang zu betrachten. Ein herrlicher Sonnenuntergang. Atemberaubend & zu Tränen rührend – die Gischt der Wellen, wie Robert sagte, ein Fogscreen vor der Sonne. Und dahinziehende Vögel – & lila Wolken.

Ein junger Mann am Strand applaudierte – & recht hatte er. Die Sonne macht eine tolle Show.

Doch leider bekamen Robert & ich Streit. Er warf mir vor, kein Geld mitgenommen zu haben, sodass er seine gesamten 9 Dollar fürs Abendessen ausgeben musste.

»Soll ich raufgehen und mein Geld holen?« (Um die Säumnisgebühr für Bibliotheksbücher zu bezahlen.)

»Wirst du wohl müssen, ich habe kein Geld mehr.«

Man muss wissen – ich habe in der letzten Woche 5 von sechs Abendessen bezahlt. Ich habe Robert 500 geliehen & The Scholar 2.000. Ich bin in unserer Beziehung immer bereitwillig mit Geld eingesprungen, & mir sagen zu lassen, »Wirst du wohl müssen, ich habe kein Geld mehr«, löste in mir den Drang aus, ihm einen linken Haken zu verpassen.

Was hat das zu bedeuten? Dieser vorwurfsvolle Ton? Es ist der Ehemanntonfall. Zum Glück ist Robert nicht mein Ehemann. Irgendwann wird er das lernen.

Als wir oben waren, gab ich ihm exakt, was ich ihm schuldete. Ich hätte von ihm fordern können, mir zu geben, was er mir schuldet.

Aber ich fühle hinter alldem Kopfschmerzen aufkommen. Durch Robert wird mir bewusst, dass eine der Freuden der Unabhängigkeit darin besteht, nicht mit sich reden lassen zu müssen, als wäre man eine blöde Ehefrau oder ein dummes Kind. In Situationen wie dieser denke ich: Wenn ich von ihm abhängig wäre, würde er es völlig in Ordnung finden, in vorwurfsvollem Ton mit mir zu sprechen – mich zu demütigen. …

… Heute war für mich Gott sei Dank ein guter Tag. Die meiste Zeit ist mein Herz leicht & klar geblieben, das ist ein Segen. Ich habe noch mal darüber nachgedacht, ein Auto zu kaufen, hauptsächlich, um an den Strand zu fahren. Ich liebe den Strand. Aber ich sollte wahrscheinlich warten, bis ich die Steuern für das Jahr gezahlt habe.

Robert hat um 10 Uhr angerufen, um sich noch mal für seinen vorwurfsvollen Ton zu entschuldigen. Sagt, er sei immer noch aus dem Lot, weil er mit Pams Mutter gesprochen habe, die meint, er hätte Pam »schlimm« verletzt, indem er sie verlassen hat.

Ich würde mal sagen, langsam habe ich die Nase voll von Pam.

Aber ich habe ihm gesagt, dass er es sich nicht so zu Herzen nehmen soll. Dass das Leben voller Überraschungen ist & ich letzte Nacht »selig« geschlafen habe.

Ich habe ihn gefragt, ob es sein kann, dass er sauer auf mich ist, weil ich derzeit finanziell potenter bin als er. Ich glaube, da ist etwas in Männern, etwas Einprogrammiertes, das sie sauer auf Frauen macht, die finanziell für sich selbst sorgen können & für Männer auch noch. Aber ich würde meine Unabhängigkeit für nichts in der Welt aufgeben. Sobald man abhängig ist, kann der andere mit einem sprechen wie mit einem Hund – & man hat keinen Ort, wo man hinkann.

5.3.79

Langes Gespräch (2 Stunden) mit Mel. Ich habe geredet, er hat geredet. Jeweils über Sachen, die wir beide schwer mit anderen besprechen können. … Die Art, wie er mich in meiner Arbeit unterstützt, vermisse ich sehr. Er sieht & versteht ihren Wert. Er wertschätzt mich. Weiß um so vieles, was mir meinen Weg ermöglicht hat. Langstons »Moment der Großmut« auf ewig unvergessen.

Aber unvergessen ist leider auch Langstons Kommentar, ich hätte »meine Fördermittelquelle geheiratet«.[149]

Wegen dieses Kommentars hat Mel immer an meiner Liebe gezweifelt.

12.3.79

Etwas hat sich zwischen uns grundlegend verändert, als mir klar wurde, dass Robert meine öffentliche Antwort auf Robert Staples' sexistische Attacke gegen Ntozake & Michele Wallace nicht verteidigt hat.[150]

Er hat einfach nur stumm zugeschaut, nicht Fisch und nicht Fleisch.

Ich habe ihm gesagt, ich finde, er hat keine Überzeugungen – & auf die Dauer ist es echt nicht möglich, sich tief auf jemanden einzulassen, der keine Tiefe hat.

Er hat große Angst davor, sich mit sich selbst zu konfrontieren.

Ich habe ihm gesagt, wir haben alle Angst. Aber uns selbst ins Gesicht zu sehen, ohne Drogen, sei der Versuch, sich dem eigenen <u>authentischen</u> Selbst zu stellen, nicht irgendwelchen Fantasien. Und wirklich im eigenen Leben <u>vorhanden</u> zu sein. Ich weiß nicht genau, warum ihn das jetzt erwischt.

Ich fühle mich ihm tatsächlich sehr fern & ertappe mich dabei, wie ich an andere Möglichkeiten denke. Vor allem an Frauen – die, verglichen mit Männern, eine großartige Bilanz haben.

Robert sagt, er sucht sich vielleicht einen Job als Taxifahrer oder in einer Fabrik. Oder mit Kindern. Er fühlt sich erdrückt von der Intellektuellenrolle, in der er seit dem Morehouse steckt.

26.3.79

Tolles Telefongespräch gestern Abend mit June. Sie wird die paar Tage, die ich in New York bin, nicht da sein. Ich fühlte wieder das ganze alte Vertrauen und wollte mit Robert über »Vertrauen« und »Fehler von Menschen« diskutieren. Aber Maya Angelou hatte die Benefizveranstaltung für The Scholar, die sie hatte machen sollen, abgesagt, und Robert konnte nicht auf das Thema eingehen, hatte nur Angst, wo das Gespräch hinführen würde. Er hat große Angst, dass ernsthafte Gespräche Kritik an ihm bedeuten. Aber mir schwebte wirklich nur eine eher abstrakte Diskussion vor, die vielleicht etwas Licht in dieses ewige Umschlagen von Vertrauen in Misstrauen und wieder in Vertrauen bringen würde, das ich in meinen intimen Beziehungen fühle.

Ich erklärte ihm, seine Fehler machten ihn für mich nur realer – auf eine Art, wie noch niemand je real war. (Vielleicht bedeutet das ja, dass andere Leute weniger Fehler haben – aber das glaube ich nicht. Ich glaube, dass seine nur unverbrämter sind – & dass seine »Fehler« bei einer Frau vielleicht gar keine wären. Aber für mich wären sie trotzdem noch welche.)

Jedenfalls fühlte ich die alte »Distanz« – aber nicht auf traurige Art und Weise. Obwohl ich natürlich geweint habe. Aber ich weine ja immer. Ich würde das, glaube ich, gern abstellen & frage mich, ob das geht. Kann man per Entschluss aufhören zu weinen?

Meine Tränen sind immer sehr nah an der Oberfläche. Jede Emotion lässt sie emporsteigen und überlaufen. Kummer, ja. Traurigkeit. Aber auch Freude, Ärger, tiefe sexuelle Gefühle.

Die Sonne wandert – oder die Erde. Ich kann die Sonne von meinem Balkon aus nicht mehr untergehen sehen. Und jetzt fällt mir auf, dass die Neun-Uhr-Sonne nur noch einen Streifen auf meinen Schreibtisch wirft, statt ihn wie vorher zu fluten.

Gestern Abend waren wir in der Polk Street, Eis essen. Ein dunkler, regnerischer Abend – aber trotzdem unangestrengt & freundlich & einfach.

Waren bei Keith Jarrett im Opera House. Wunderbare Musik. Er ist sehr hellhäutig. Ich war richtig froh, als ich sein stumpfes, krauses Haar sah. Ich hätte es küssen können! Das Publikum war zu 95 % weiß, & ich dachte die ganze Zeit, wie sie uns doch absorbieren – unsere Kreativität & sogar unsere Physis. Jarretts Kinder sind wahrscheinlich völlig weiß – wie Roberts Kind.

Ich verspürte den starken Wunsch, den Weißen im Publikum den Kopf abzuschlagen.

Es war ein gutes, aufmerksames, Musik liebendes San Franciscoer Publikum. Aber wie üblich voller Weißer, denen die wahren Kosten ihres Vergnügens überhaupt nicht bewusst waren.

Als ich Roberto sagte, was ich fühlte, war er wohl beunruhigt. Wenn er beunruhigt ist, wird er klinisch (er studiert Medizinsoziologie): »Was löst das Gefühl aus, Weißen den Kopf abschlagen zu wollen?«, fragt er. Ich antworte: »In Amerika zu leben.« Aber er tut so, als wäre das keine Antwort.

1. April 79

Ich glaube, ich weiß, was Liebe ist. Liebe ist eine Verbindung mit jemandem, die man nicht zerreißen kann, nur weil man sie zerreißen will. Sie ist eine Verbindung der Herzfasern.

Alice, hör auf, Robert zu kritisieren, & hör auf, ihn sich selbst so gnadenlos kritisieren zu lassen.

Denk an das Gute, davon ist da viel. Denk zum Beispiel an die letzten paar Tage: den langen Spaziergang & den Sonnenuntergang – Gaben von Robert, zum Mitnehmen an die Ostküste. Die Abendessen. Kerzen. Umarmungen. Mach dir klar, dass du diesen Mann liebst. Hör auf, da rauszuwollen. Wie auch immer er ist, du liebst ihn. Punkt.

Oh.

Ich will lieben und geliebt werden. Und das werde ich.

5.4.79

Ich finde Zuflucht in meiner Arbeit. Wenn da nichts passiert, geht es mir natürlich mies. Es wird auch besser werden, wenn Rebecca hier ist. Und ich werde weiter Freundschaften schließen, mit anderen Leuten zu tun haben.

Ich werde Roberts und meiner Verbindung vertrauen, aber ich werde mich auch vor ihm schützen. Nur so kann ich weiterhin leben & ihn lieben. Was ich beides will.

Der Roman wird sich nicht mehr lange hinausschieben lassen. Und das ist gut so.

Ich habe das Gefühl, dass Robert, der sich so bemüht, ein verantwortlicher Mensch zu sein, gegen die Fesseln der Verantwortung ankämpft, indem er versucht, andere für seine schlimmsten Verhaltensweisen verantwortlich zu machen.

Ich glaube auch, ich bin einfach zu viel für ihn – obwohl ich mein Gefieder schon erheblich heruntergedämpft habe.

Erstaunlich. Männer. Selbst die »weiblichsten« wollen dominant sein. Wollen »die Frau auf ihren Platz verweisen«.

26.4.79

So – Ende dieses Tagebuchs.[151]

Ich schreibe. Ich lebe mich ein, hier in San Francisco, das

ich liebe. In meiner Coop-Wohnung mit ihren roten & lila & weißen Petunien auf der Terrasse (& Margeriten, Ringelblumen, Fleißigen Lieschen – meinen Standardblumen). Nächste Woche machen wir vielleicht unseren Yosemitetrip. Vielleicht auch nicht. Ich danke dem Universum, dass ich Freunde & Bekannte habe, die mir Kraft geben. Das Haus in Brooklyn ist gesichert. Ich werde im Juni dort sein und es für neue Mieter herrichten. Im Juli oder August kommt Rebecca hierher zu mir. (Ich habe ein 10.000 $ Geldmarktzertifikat erworben, um mich besser gegen Inflation abzusichern.) Und ich werde weiter Geld auf mein Sparkonto einzahlen. Zumal ich nächstes Jahr keinen »Job« haben werde. Nichts Festes, heißt das, außer der Beraterfunktion bei Ms. Aber wenn ich das Haus in Brooklyn vermiete, sind meine Lebenshaltungskosten, bis aufs Essen, gedeckt.

Meine linke Brust tut weh, weil ich sexy BHs getragen habe. Ansonsten geht es mir gut, & ich bin dankbar dafür.

Mai 1979

Heute hat mir Mary Helen einen Times-Artikel über Toni Morrison[152] geschickt. Vermittelt ein Gefühl für Tonis Stimmungsschwankungen & ihre Widerstandskraft & ihr Selbst, was Interviews nicht immer tun. Sie hat die Taschenbuchrechte an Song of Solomon für über 300.000,00 $ verkauft. Ich habe in mich hineingehorcht, was das bei mir auslöst. Eifersucht? Neid? Ein bisschen wohl schon. Aber andererseits schreibt sie so wunderbar – auch wenn ich das Gefühl habe, dass ihre Charaktere nie auf irgendeinem Weg sind. Sie sind, so empfinde ich es, erschaffen worden, um legitimerweise zu existieren. Und das ist sicherlich Kunst, aber nicht Inspiration, Richtung, Streben.

Außerdem habe ich mich dafür entschieden, mein Streben auf innere Ruhe, den inneren Geist & das innere Leben zu richten. Und auf Glück & Frieden. Und ich bin auf dem Weg … zu dem Leben, das zu mir passt. Ich bin ja gesegnet. Robert liebt mich, & ich liebe ihn & Rebecca. Und das Leben ist schön. Ich hasse die kleinen Anfälle von Un-ruhe, wenn ich die lauten Lobeshymnen & die Riesensummen höre. Ich habe alles, was ich brauche. Warum habe ich – wenn ich von anderer Leute Reichtum höre – das Gefühl, es sei nicht genug? Es ist zweifellos die Programmierung. Begehre immer mehr, als du hast. Von allem. Mehr zu essen. Mehr zum Anziehen. Mehr Lob. Mehr Geld. Und dabei könnte mich mehr von alldem nicht glücklicher machen. Weil ich schon glücklich bin.

—

St. Clair Bourne war zu Besuch hier, und ich mag ihn. Aber nicht so sehr wie vor einem Jahr, als er einen Tag mit Robert & mir verbrachte. Plötzlich sind da all diese Schwarzen Männer, die mich besuchen, mich zum Mittagessen ausführen wollen. Robert macht das zu schaffen. Aber mir soll es recht sein. Wenn es mit Robert & mir nicht funktioniert – und gerade funktioniert es, wie er sagt, super –, gibt es andere Männer in meinem Leben. Aber für Robert & das Leben, das wir uns zusammen aufbauen, würde ich sie alle hergeben.

Mein Kurs in Berkeley läuft gut. Wir haben uns durch eine Reihe autobiografischer Sklaverei-Geschichten Schwarzer Frauen gekämpft. Ich habe etwa 30 Studentinnen & Gasthörerinnen. Die Mehrzahl Schwarze Frauen, was mich freut, und der Rest ziemlich gescheite weiße Frauen, die ernsthaft wirken.

Einige – mindestens zwei – Frauen sind Schwarz, könnten aber als weiß durchgehen. Sie machen das zu einem Teil ihrer Herangehensweise an den Kurs.

Es gefällt mir, in Berkeley zu lehren. Es gefällt mir, in der Abteilung Afro-American Studies zu sein. Es gefällt mir … wie freundlich alle sind. Wie offen & unkompliziert. Gar nicht wie in Yale, wo alle Männer die großen Macker sind. Und die Frauen so verklemmt wirken. Mir gefällt sogar die Busfahrt – und ich habe den Gedanken an ein eigenes Auto aufgegeben. Sehr erleichternd!

1. Juni 1979

Bin vor 3½ Stunden in der First Street 423A in Brooklyn angekommen. Erstaunlich, dass ich mir je eingebildet habe, ich könnte länger in Brooklyn leben. Manhattan in Nebel gehüllt – die Straßen von Brooklyn mit Müll übersät. Aber andererseits – ich war noch nicht in der 7th Avenue. Vielleicht sollte ich einfach zum Laden an der Ecke raufaufen & schauen, was passiert.

—

Am nächsten Tag sah die Welt wie üblich besser aus. War in der City, um Sheila & JoJo zu besuchen und ihr Straßenfest zu sehen. Dann spät nach Hause, wo etwas Bemerkenswertes passierte. Einer meiner neuen Nachbarn in der First Street, Ted Boresoff, fegte gerade den Gehweg vor seinem Haus … Wir wechselten ein paar Nettigkeiten. Ich erwähnte, dass ich neue Mieter suchte – und er hatte gleich drei parat! Und am nächsten Morgen, als ich noch gar nicht richtig auf war, standen sie vor meiner Tür. Anne, Margaret & Joan. Sie waren seither noch mal da, um sich das Haus genau anzusehen. Kommen Sonntag mit einer 4. Frau wieder.

Habe den Dienstag damit verbracht, die Küche zu streichen, was alle erstaunte. »Du hast es selbst gemacht?!« Es war ein gutes Gefühl, es gemacht zu haben. Eine neue Fertigkeit zu beherrschen. Jetzt muss ich mein Schlafzimmer in San Francisco streichen. In irgendwas Warmem. Orange? Cantaloupe (weich, finde ich gut).

Louisa & Bryant haben das Haus dreckig hinterlassen, voll von ihrem Müll und von Kakerlaken wimmelnd. Aber Louisa hat mir die 75 $ gelassen, die noch vom Instandhaltungsgeld übrig waren – das ist immerhin etwas. Ich bin froh, dass sie draußen sind. Brendas Fußboden ist makellos. Obwohl sie auch die Küche benutzt hat, die eklig war. Stühle mit Essen verklebt, Wände. Etc. Etc.

Montag war ich bei Ms. Interessant, als Gast dort zu sein. Es hat mich ermüdet. Ich bekomme in New York wirklich nicht richtig Luft. Es ist nicht nur Einbildung.

Die 7th Avenue ist toll! Ich genieße sie, nachdem ich am ersten Wochenende noch so kritisch war & Brooklyn mit San Francisco verglichen habe. Die beiden Orte sind völlig verschieden. Haben jeweils ihren eigenen Reiz. Ich glaube, ich werde einen Mietvertrag über zwei Jahre anbieten – wer weiß, vielleicht komme ich ja doch wieder zurück, um in meinem kleinen Haus zu wohnen. Und auf seine Art & von der Lage her ist es wirklich fantastisch. Acht Zimmer – Sonnenterrasse – Kamin – Platz für Gäste. Rebecca. Mich. Eine Vordertreppe. Die 7th Avenue gleich in der Nähe. Die City nicht weit.

Warum sollte ich nicht darüber nachdenken, in New York und San Francisco zu leben? Wieso denn nicht?

Habe wieder angefangen zu meditieren. Gefällt mir.

Heute, am 6., habe ich wehmütig an Robert gedacht. Mich gefragt, wie er Kuba wohl findet.

Letzte Nacht von uns 3en geträumt: mir, Robert & Pam. Wollte ihr einen Brief schreiben und sie beruhigen, dass Casey durch seine Freundschaft mit mir keinen Schaden genommen hat, auch wenn er noch so weiß[153] ist. Und sie unterstellt, ich würde mich ihm gegenüber rassistisch verhalten.

Haus ist vergeben: 4 junge (35 wie ich) weiße Frauen haben es genommen. Befristet auf zwei Jahre, bei 7 % Mieterhöhung jährlich.

17. Juni, Vatertag

Liege im Haus in Brooklyn im Bett. Nachdem ich gestern den ganzen Tag beim 1st-Street-Straßenfest/Flohmarkt Bücher verkauft habe.

21. Juni 1979

Ich habe (mit Rebeccas Hilfe) alles in Kartons gepackt, was nach San Francisco soll. Scheint eine Menge Zeug zu sein. Die Mahagoni-Schlafzimmergarnitur und die Kiefernholzsitzbank und der antike Buchpressetisch & Kleider & Bücher & noch mehr Bücher & Schallplatten …

Ich bin unruhig, jetzt, wo die Umzugsleute hier sind – war natürlich noch unruhiger, bevor sie kamen. Mein kleines Haus! Ich verstehe jetzt, warum ich es gekauft habe. Ich habe es als einen Ort gekauft, um meine Papiere zu lagern. Und die Sachen, die ich eines Tages in ein Haus auf dem Land zu schaffen hoffe. Also lagern im Keller Bilder, mein mexikanischer Schreibtisch, etwa tausend Bücher. (Tausend weitere warten an der Tür auf die Heilsarmee.) Und zweitens, außer als Ort für meine Papiere, habe ich es als Investition erworben und drittens <u>und</u> letztens als einen Ort zum Wohnen – sollte ich das wollen – in New York.

Und Park Slope ist für mich wirklich New York von seiner besten Seite. Eine schöne Wohngegend, lebendig, aber in keiner Weise hektisch.

Ich blicke hinaus in meinen Garten – ein verborgenes Plätzchen unter dem riesigen Schwarznussbaum – und versuche, meine Angst wegen der Umzugsleute zum Schweigen zu bringen. Über mir höre ich sie das Bett & die Kommode auseinandernehmen, den Waschtisch. Und ich bin sehr nervös. Die Schlafzimmergarnitur ist so alt & schwer & durch so lange Gewohnheit geprägt! Ich zucke zusammen, wenn ich mir vorstelle, wie es für sie ist, so oft auseinandergenommen & woandershin gebracht zu werden, nachdem sie 75 Jahre am selben Fleck gestanden hat!

Heute ein langer Brief & Karten von Roberto. Bob. Endlich kann ich ihn »Bob« nennen, ohne Pams Stimme das auch sagen zu hören. Meine Schuldgefühle ihr gegenüber legen sich. Manchmal fühle ich mich ihr im Geist nah. Aber ich liebe Robert/Bob. Ich fühle, dass das, was wir haben, etwas Besonderes ist, & auch wenn ich mich etwas zurückgezogen habe – weil ich sehe, dass er nicht immer da ist, um mich zu unterstützen –, beglückt es mich doch so sehr, seine Worte der Sehnsucht und Liebe zu lesen.

Er schreibt aus Mexiko-Stadt, wo er offenbar mehrere Tage war. Dann ging es weiter nach Kuba. Er wünschte, sagt er, wir würden beides gemeinsam erleben. Ich auch! Ich kann mir vorstellen, dass wir unser Leben lang in einem hübsch großen Reisefahrzeug durch die Welt »touren«, über Meere, über

Kontinente – dass es ganz wunderbar ist und wir viele leidenschaftliche & liebevolle Nächte miteinander haben.

Wir erleben gemeinsam Pyramiden. Die der (Schwarzen) Olmeken in Mexiko. Die der (Schwarzen) alten Ägypter in Ägypten & die der Native Americans in Macon, Georgia.

Wie dem auch sei – mitten im Denken solcher Gedanken ging ich nach oben, um nach den Möbelpackern zu schauen. Sie haben meinen antiken Kommodenaufsatz & den Spiegel zerschlagen. In tausend Stücke. Die hübschen Mahagonisäulen & das Glas. Ich konnte zuerst gar nicht hinschauen. Es war wohl wie die Angst davor, einen zerschmetterten Körper zu sehen. Ich stand unter Schock. Aber nur einem leichten, um ehrlich zu sein. Ich war froh, dass es nicht Rebecca war. Dass es nicht ich war. Dass nicht Roberts Flugzeug abgestürzt war – oder überhaupt jemand am Boden zerschellt. Trotzdem – solche Schönheit in Trümmern ist schwer zu ertragen. Es passierte, weil der junge Italiener in der Truppe – da sind noch ein Puerto Ricaner & Schwarze (der P. R. ist braun & hübsch, sanft. Und hat Humor.) – mir zeigen wollte, wie man die letzten Latten aus dem Bettrahmen bekommt, & es auf angeberische Machoart tat.

26. Juni

Und wieder zurück in San Francisco. Welche Erleichterung! Robert holte mich am Flughafen ab, ohne Blumen, aber mit viel Lächeln.

Ich konnte vor Müdigkeit buchstäblich nicht geradeaus gucken. Wir kamen nach Hause & fielen ins Bett. Am Morgen haben wir uns geliebt – aber ich bin immer noch neben der Spur. Es ist Mitternacht, & ich bin hellwach.

Was mich umtreibt: am meisten vielleicht, das Haus in

Brooklyn unbewohnt zurückgelassen zu haben, im Kopf noch den Einbruchsdiebstahl (Einbruch ins Haus – Diebstahl von Pistole & Fernseher & Türkisarmband) am Tag vor meiner Abreise. Meine strapazierten Finanzen. Geldsorgen, was die Zukunft angeht. Dass Rebecca bald kommt. Meine Arbeit. Robert & dieses freundlich-distanzierte Gefühl.

Robert sagt, ich müsse nicht alles sofort bezahlen. Das wäre hilfreich. Und auch, morgen mal anzurufen und die Umzugskosten zu erfragen, damit ich darauf vorbereitet bin.

Meditation, das brauche ich.

4. Juli 1979

Der beste vierte Juli, den ich je hatte. Es begann gestern Abend mit Roberts Entscheidung, nicht nach Atlanta zu seinem Familientreffen zu fahren. Ich kochte ein gutes Essen, & wir guckten zwei Paul-Robeson-Filme im Fernsehen. Heute dann war der Vormittag dem Liebemachen gewidmet. Stunden. Baden & essen & uns berühren & Sex. Dann ein langer Mittagsschlaf. So um zwei bin ich aufgestanden & habe ein tolles Lammgumbo gemacht. Dann Fahrt in die East Bay Hills & ein spektakulärer Spaziergang – Wiesen, Ebenen, Seen … herrliche Bäume. Ich liebe Kalifornien.

Dann Essen in einem Restaurant in Berkeley mit Kissen auf dem Boden – und eine schöne Heimfahrt.

Alles sanft. Golden. Warm.

Toll.

Mir ist nicht nach Arbeiten – & das macht mir Angst.

Produktive Schriftstellerin von Kalifornien attackiert!

Lässt nach!

12. Juli 1979

Starkes Verletzlichkeitsgefühl wegen des Essays im Augustheft von Ms.[154] Ich dachte, ich sei bereit dafür, dass er erscheint – und im Grund bin ich es auch. Aber das Gespräch mit Tillie hat mich verunsichert. Mich wieder veranlasst, mich mit der Frage herumzuschlagen, ob ich in dem Essay zu allen fair bin. Fair. Warum ist es mir so wichtig, fair zu sein? Weil ich Recht und Unrecht unterscheiden kann. Und fair ist recht.

13. Juli 1979

Die Lehre schlafloser Nächte – deren ich 2 ½ hatte – ist, dass ich mich in der Woche vor meiner Periode nicht aufregen sollte. Das Gespräch mit Carole [sic!] Lawrence[155] hat mich aufgeregt – sie wirkte auf mich so konkurrenzorientiert & selbstgerecht. Uuh. Und ich habe natürlich darüber nachgegrübelt & nachgegrübelt, länger, als ich hätte sollen. Zum Glück hatte ich das Skript schon fertig, bevor wir miteinander sprachen. …

… Wie auch immer. Ich werde »Finding the Green Stone« heute abtippen und an Nguzo Saba Films schicken! Meine Neugier ist geweckt bei der Vorstellung, etwas Neues zu lernen – noch dazu von einer Schwarzen Frau! Das ist immer eine große Verlockung. Wenn sie sich nicht bedroht fühlen, sind sie wunderbare Lehrerinnen – meiner Erfahrung nach.

26. Juli 1979

Viele Jahre nach dem Angriff von Fidel & Co auf die Moncada-Kaserne.[156] Ein voller, toller Erwachsenentag. Die Umzugsleute kamen mit den Möbeln um 7:30. Robert & ich hatten schön gemütlich geschlafen. Ich in seinen Armen.

Ich stand auf, um ihm Kaffee zu machen. (Ich mache gern

Sachen für ihn. Gestern Abend habe ich ihn liebevoll ins Bett gepackt – er hatte Bauchweh. Ich habe ihn auf die Augen geküsst. Ich habe ihn gehätschelt & gestreichelt. Ich habe es genauso genossen wie er. Und er hat es genossen. Er reagiert wunderbar auf Berührung.)

Jedenfalls wollten die Umzugsleute einen Bankscheck über 1.009,40 $. Also zur Bank. Dann ausgepackt & festgestellt, dass der Kommodenaufsatz & der Spiegel repariert worden sind. Aber das Bett hat gelitten. Fehlende Schrauben. Macken, Kratzer. Etc. Aber heute Nacht – nachdem wir das Bett mit einem »Quickie« eingeweiht hatten & in Oakland waren, um Kinderdias zur Feier des 26. Juli zu sehen – schlafe ich wieder in meinem großen Bett.

Der Tag hat viel Gutes zwischen mir & Robert gebracht. Robert hat mir so geholfen. Indem er einfach nur bei mir war. Kisten ausgepackt hat. Die Stereoanlage aufgebaut. Mich von Zeit zu Zeit in die Arme genommen. Und schließlich hat er es ganz aufgegeben, ins Büro zu gehen, & ist bei mir geblieben, bis er dann Casey abholen ging.

Ich bin so glücklich mit ihm. Seinem liebevollen & väterlichen Umgang mit Casey – von dem auch ich etwas abbekomme. Ich hungere immer noch danach, bevatert zu werden! Ich höre, wie Robert Casey irgendein kleines Wunder der Natur erklärt, & bin bezaubert und irgendwie getröstet. Ich sage ihm, er sei für mich, wie einen Daddy zu haben.

Wie wird es sein, wenn Rebecca hier ist?

Wie auch immer es ist – ich habe ein Jahr gehabt, das ich wohl nie vergessen werde.

1. August 1979
Ich glaube, Mama kommt heute aus dem Krankenhaus. Sie ist seit zwei Wochen dort. Ich habe Angst, dass sie stirbt – und natürlich wird sie eines Tages sterben. Auf einer Ebene, wie man so sagt, bin ich darauf vorbereitet. Aber auf einer anderen nicht. Ich will nicht, dass sie Schmerzen hat, das ist die Hauptsache. Sie ist zu gut, um leiden zu müssen. Ruth ist bei ihr, & darüber bin ich froh. Ruth ist unvergleichlich, wenn es um Krankheit geht. Sie hätte Ärztin werden sollen oder Krankenschwester. Dann hätte sie die Stellung im Leben, die ihr Talent verdient.

Wenn das Geld nur reicht, um einer eine gute Ausbildung zu ermöglichen, leiden alle.

Wichtige Erinnerung für Zeiten, in denen ich reizbar bin, schreckhaft, verängstigt, schlecht drauf, suizidal (wenn auch nicht so drastisch & akut wie in meinen Zwanzigern, zum Glück!): Mehrere Tage schwerer Verstimmung begannen mit einem scheußlichen Gespräch mit Carol Lawrence & setzten sich dann fort während meiner Periode, immer eine angespannte Zeit (ich muss an das Dolomit denken!), und dem Erscheinen des Essays.

Der Punkt ist, es geht mir jetzt rundum besser. Habe Freude am Leben. Liebe die Sonne, den Mond, die Blumen, die Sterne, Roberts Berührungen fast mehr denn je.

Ich lerne, auf die Wiederkehr der »Normalität« zu vertrauen. Schlaf ist nötig. Gute Ernährung. Lieber Dolomit als Pamprin, glaube ich. Ich sollte auch mal Kalium ausprobieren. Aber die schlechten Phasen gibt es nun mal, & es gilt sie zu überstehen. Und dann erlangt man sein Gleichgewicht wieder.

Ich muss das Foto von meinen Eltern & das von mir rahmen & in die Reihe der namenlosen Schwarzen Gesichter an der Wand hängen.

2. August 1979

Ein richtig schönes Erwachsenenabendessen mit Barbara Christian[157], Grace ___ & Najuma. Ich hatte Scampi & Nudeln & Salat gemacht. Es gab Saft, Wassermelone. Aber ich hätte die Teller wärmen sollen.

Jedenfalls <u>viele</u> gute Gespräche & Lachen. Sie waren von 19–22:35 Uhr hier.

Wir haben befunden, dass die männlichen Schwarzen Schriftsteller, die wir kennen, sich wie Kinder benehmen. Und die Kritiker noch schlimmer. Wie Cowboys oder so.

—

Ich habe die Nussbaumkommode & das Boxspringbett samt Matratze verkauft. 75 $. Rebeccas Zimmer ist fertig![158]

Ich habe einen Unterrichtsjob an der UC Berkeley für das Winterquartal. Vorträge am Mills & in Stanford.

13. August 1979

Rebecca ist heil angekommen – Dank sei allen guten Geistern des Universums und sogar allen nicht guten. Sie ist seit einer Woche hier, & sie & ich gewöhnen uns gemeinsam ein. Sie hat eine ganz andere Intensität als ich. Ihr Reden ermüdet mich – aber sie gibt sich große Mühe, mir nicht zu viel zu sein, & ich weiß es zu schätzen.

Sie & Casey kommen besser miteinander aus, seit ich erklärt habe, dass Babysitter ihre Schützlinge zumindest <u>wahrnehmen</u> müssen.

Robert ist untergründig sauer auf sie & eifersüchtig – Gefühle, die ich manchmal Casey gegenüber habe. Aber alles in allem sind wir dabei, so etwas wie eine Familie zu werden.

Das mit Robert & mir geht jetzt schon – fast 4 Jahre. Mal überlegen – ich bin seit einem Jahr mit ihm hier in SF. Davor waren wir zusammen auf dem Familientreffen am 4. Juli 1978. Ach! Ich weiß es nicht mehr! Ich erinnere mich nur, dass ich ihn schon sehr lange sehr liebe – & jetzt habe ich eine Antwort, wenn ich mich frage: Warum liebe ich ihn? Ich liebe seinen Geruch. Ich liebe es, wie sein Körper sich anfühlt. Seine Haut. Seine Brust. Ich liebe seine Berührungen. Ich liebe seine Verletzlichkeit in der Auseinandersetzung. Ich liebe seine tiefen Gefühle der Traurigkeit. Ich liebe seine Liebe zur freien Natur. Ich liebe seine stumme Art, mich in den Armen zu halten, so wie mich ein Tier umfangen würde, liebevoll, aber ohne Worte. Ich liebe seine Fähigkeit, mich ohne Worte zu trösten. Ich liebe es, wie er kocht, wäscht, putzt – wie er als Vater ist. Ich liebe seine Schüchternheit.

Neulich, an Rebeccas 3. Abend hier bei uns, sagte ich zu Robert, als er mich fragte, was los sei: »Ich wollte, du könntest mit einem sprechen.« Er war gekränkt. Er sagte, das habe er doch getan, er habe doch geredet. Ich hätte das einfach vergessen. Aber ich sagte, nein, er sage kaum etwas, & ich wünschte mir immer mehr.

Rebecca kam herein & dachte, wir stritten uns. Aber wir wandten uns ihr zu und bezogen sie in unsere Diskussion ein.

Bob erklärte, ich vergäße immer die guten Sachen – er habe doch beim Nachhausekommen über seine Post von heute geredet. (Das stimmte. In einem hastigen Monolog hatte er fast schon fieberhaft von seiner Post geredet.) Aber das sei doch, erklärte ich, kein Gespräch!

Rebecca, die Weisheit in Person, sagte: Aber du sagst doch immer, ich sei so geschwätzig & nerve dich, wenn ich zu viel rede. Ich finde, wenn Bob keine Lust hat zu reden & du sagst, er soll aber, dann nervst du ihn!

Sie hat recht. Es lief gut, unser Gespräch, denn wenn Robert auch anfangs gekränkt war, erkannte er doch, dass ich ihn nicht verletzen wollte, sondern nur zum Ausdruck bringen, dass ich ihn brauche.

Er versucht jetzt, sich mehr verbal zu äußern. Aber sein Schweigen ist immer noch beredter als seine Worte – außer wenn er etwas sagt, was er wirklich sagen will – & fühlt.

10. Sept.

Schreibe gerade einen sehr interessanten Text über Pornografie – in der Form, die ich offenbar derzeit entwickle: der Form der Essaystory. Empfinde ich jedenfalls in diesem Stadium als passend.

Bald wird Rebecca die meiste Zeit des Tages in der Schule sein. Ich fange an, ihre Anwesenheit richtig zu genießen. Wir werden Freundinnen, auch wenn ich durch das Leben außerhalb von uns zeitweise furchtbar abgelenkt bin. Mein Hass auf so vieles erschreckt mich, weil ich manchmal einfach nicht darüber hinaus fühlen kann. Aber ich muss es versuchen, um meinetwillen.

Und darum, compañero, hier der Stand vom 10. September: Das Wetter ist herrlich. Mein Balkon ist voller blühender Blumen. Meine Tochter ist gesund. Mein Liebster ist wohlauf & liebevoll … Meine Augen machen mit. Ich sehe! An sich ein Wunder. Wenn ich das Geld für den Heizkessel bezahlt habe, habe ich kaum noch Schulden & die hauptsächlich auf meinem Kreditkartenkonto – da kann ich sie gemächlich abbezahlen.

Essen wird unsere größte Sorge werden – wie es das für die Menschheit immer war. Nach zwei Jahren werden meine 2.500 $ wesentlich weniger wert sein. Aber sie werden immerhin noch ein Sparkonto sein. Ich werde die 10.000 $ weiter »rollen«, um an Zinsen zu sammeln, was ich kann. Ich werde das Haus in Brooklyn behalten. Auf dem derzeitigen überhitzten Immobilienmarkt ist es mindestens 100.000 $ wert. Ich werde es in gutem Zustand erhalten.

Das Haus Galilee 15 steht bestens da.

Wenn ich den Heizkessel bezahlt und die Mastercard-Rechnung nach und nach reduziert habe und die Kreditrückzahlung einrechne: Ich muss mindestens 500 $ im Monat verdienen.

18. Sept. 1979

Habe Robert gestern Abend gesagt, es verletze mich, dass er mit Pam verheiratet ist. Ich hätte sagen sollen, es beschäme mich, dass er mit Pam verheiratet ist. Ich empfinde es nämlich als beschämend. »Wie kannst du mich lieben & mit einer anderen verheiratet sein?«, habe ich ihn gefragt. Ich war verblüfft, wie melodramatisch es klang – aber noch verblüffter darüber, dass ich die Frage ernst meinte.

Er fragte, ob mir daran liege zu heiraten. Ich sagte Nein.

Die Wahrheit ist: Ich habe genug von Weißen, wenn ich nach Hause komme – ich will sie nicht in meiner nächsten Nähe haben. Ich bin sie einfach leid. Und mit Casey klarzukommen, ist schon schwer genug, auch ohne mich dazu noch mit seiner Mutter befassen zu müssen.

Aber, ach, es ist so schmerzhaft. Robert, der sich an seine Ehe klammert wie an eine Schmusedecke, ich, die ich mich gut genug kenne, um zu wissen – ich kann ihn nicht so rückhaltlos lieben, wie ich es gern würde, weil ich ihm nicht trauen kann.

Nicht voll und ganz, wie ich es gern würde.

Eins ist klar, schon seit längerer Zeit – das hier ist Liebe. Mich schaudert beim Gedanken, sie kleinzuhalten, sie nicht wachsen zu lassen.

7. Nov. 1979

Ärgere mich, dass mein Nachbar, ein Englischlehrer, meine Werke nicht kennt – aber Toni Morrison liest und sie mit Steinbeck & Faulkner vergleicht. Ein Freund hat ihm Sula gegeben, sagt er, und ihn gebeten, es zu lesen und zu beurteilen. Ich sagte, ich fände Sula toll geschrieben, aber unfertig. Letztlich unausgereift. Aber dann ließ ich es bleiben – weil mir klar wurde, dass es für ihn etwas völlig Neues war, eine Schwarze Autorin zu lesen, aber auch weil ich das alles einfach leid bin. Das ständige nagende Bedürfnis, mich »erfolgreich« zu fühlen – das emotionale Auf & Ab, das es bedeutet, »jemand« zu sein.

Gestern Abend zum Beispiel, mein »Talk« in Antioch. Rebecca flüsterte: »Da sind ja fast keine Schwarzen Frauen.« Es stimmte. Zwei von 20. Und die weißen Frauen – so abgehoben vom wirklichen Leben. Ich hatte zum ersten Mal das Gefühl, »Entertainment« zu sein.

Eine Weiße sagte: »Ich möchte ja mit Schwarzen Frauen arbeiten, aber ich bin Separatistin. Was soll ich tun?«

Ich erklärte ihr, sie solle tun, was immer sie wolle – ich für meinen Teil könne mir den Luxus, Separatistin zu sein, nicht leisten.

Eine Gruppe vorwiegend lesbischer Frauen, die bei der Erwähnung von Männern sichtlich abschalteten.

Nur mit dem Roman anzufangen, wird mich bewahren.

12. Nov., Veteranentag –
Mitten in dem, was der Beginn eines Romans sein mag oder auch nicht, habe ich angefangen, diese eindeutig lesbische Geschichte zu schreiben. Das war das Schöne und Überraschende der letzten Tage. Wie es einfach hervorgesprudelt ist. Dann, in der Nacht, nachdem ich eine Szene von zwei Frauen beim Liebemachen geschrieben hatte, träumte ich, dass ich selbst mit einem Schwarzen und einem weißen Mann Liebe machte. Habe ich je davon geträumt, mit einem weißen Mann Liebe zu machen? Ich glaube nicht. Aber das schließt gewissermaßen den Kreis. Die Lesbengeschichte scheint meine generelle menschliche Erotik freigesetzt zu haben. Interessant.

Gerade im Fernsehen ein Interview mit Jane Fonda gesehen, in dem sie als vollwertige Frau herüberkam – erwachsen, verantwortlich etc. Dann kam ein zweites Interview, geführt von ihrem Vater – & sie wurde wieder ein kleines Mädchen. Erstaunlich.

> »Bis das Bindegewebe zerrissen ist, werde ich mich weiter selbst verschlucken.«
> – Michelle Cliff

Tiefgründig.

6.12
Letzte Nacht habe ich wieder von Ishmael Reed[159] geträumt.

Er war bei mir zu Hause (in einem Haus auf dem Land, mit einer Veranda und Fliegentüren). Und er hatte all diese (4) Kinder. Kleine Jungen.

Er war in einem anderen Zimmer. Und ich redete in dem

Zimmer, in dem ich war, mit jemandem, einer Frau. Jedenfalls, seine Kinder kamen die Stufen herauf, auf die Veranda, & der Kleinste, Malcolm, sagte so etwas wie: »Wie kommt man durch die Tür hier?« Und ich sagte in gehässigem Ton: »Na ja, als Erstes macht man sie auf.« Sarkastisch. Bissig. Und er sah verletzt drein. Ich hatte ihn gekränkt. Er ging die Veranda entlang und in den Raum, wo sein Vater war.

Bald darauf ging ich auch in diesen Raum, und da saß Ishmael in einem Schaukelstuhl. Ich sagte: »Wo ist Malcolm?« Und da war er, bei seinem Vater. Ich setzte mich neben dem Schaukelstuhl auf den Boden und sah Malcolm an. Ich sagte: »Was ich zu dir gesagt habe, klang gemein, & das tut mir leid. Bitte verzeih mir.« Und er sah mich einen Moment lang einfach nur an – er sah aus wie eine Miniaturversion von Ishmael: der gleiche runde Kopf & die gleichen runden Wangen, der gleiche kräftige, stämmige Körper. Aber seine Augen waren die sanften, vertrauensvollen, durch eine kürzlich erfahrene Verletzung verwirrten Augen eines Kindes.

Ich breitete die Arme aus, und er schlüpfte auf meinen Schoß, legte die molligen Ärmchen um meinen Hals und schmiegte sich an mich – unter mein Kinn & überhaupt. Es fühlte sich so schön an! Es war die beste, entspannteste Phase meines Schlafs.

Ich glaube, es bedeutet, dass ich irgendwie das kleine Kind in Ishmael verletzt habe, und es tut mir leid, ich will versuchen, ihn das wissen zu lassen.

—

St. Claire [sic!] Bourne kam zu der Womanbooks-Party für Zora![160] Es war so schön, ihn zu sehen. Ich war ganz aufgeregt – aber aus irgendeinem Grund kann ich mich nicht an sein Gesicht erinnern. Nicht deutlich. Er sagt, er komme im Februar hierher.

Die Party war fantastisch! Zora hat den ganzen Abend gegrinst. So viele tolle Leute waren da: Ruby Dee, Laverne & ihre beiden Kinder. [Der Dichter] Howard [Nemerov] & seine Frau. Suzanne & Joanne von Ms. Marie Brown. Die Frauen von Feminist Press. Gerald Gladney, Melvin Dixon, Michael McHenry – & so weiter & so fort. Alles ausverkauft. Wahnsinn. Ich war nie glücklicher.

Mary Helen[161] war klug und wundervoll.

Güte zahlt sich aus!

Ich bin so froh, wieder zu Hause zu sein! Robert & Rebecca haben mich am Flughafen abgeholt – ganz Lächeln & Umarmungen und Augenweide. Sie sind beide so schön.

31.12.79

Und nun, um die Siebziger abzuschließen … Robert und Mary Helen sind im Regen in Japantown einkaufen. MH ist wegen der MLA[162] hier & wir haben wie immer nonstop geredet. R & ich waren gestern bei ihrem Panel, wo sie aus ihrem ausgezeichneten Text über Nella Larsen gelesen hat. Es gab inzwischen auch Besprechungen von »Zora« – die in der Times ist hervorragend. Die in der Voice ist nicht so gut, aber schließlich musste die Kritik doch zugeben, dass Hurston, vor allem in »Eyes«, eine gewisse Magie hat. Und Magie bedeutet handwerkliches Können + Talent + Mut.

Mein Leben hier ist so erfüllt & reich – und ich habe Gott gefunden! Gott ist die innere Stimme, die einem sagt, was in einer gegebenen Situation der beste/rechte Weg ist. Es ist die Stimme des Universums, so, wie es gewesen sein muss, als alles noch vollkommen war. Das »Om«, das heute schwerer zu hören ist wegen des engen Aufeinanderlebens & der Lärmbelastung & der Hektik.

Heute habe ich Bauchkrämpfe – von falschem Yogamachen, glaube ich –, und es regnet. Trotzdem habe ich Sonne im Herzen. Weil ich weiß, was Liebe ist. Und ich liebe so sehr. Meine häufigste Formulierung ist: »Ich liebe …« Bäume. Himmel. Farben. Nahrungsmittel. Alles, was in Harmonie mit der Seele des Universums (»Om«) ist. Ich meditiere. Ich bete in der Meditation. Ich spreche zu mir selbst & unterhalte mich mit meiner inneren Stimme. Und ich verstehe … was Sojourner Truth mit »Gott« gemeint hat. Die innere Stimme.

Robert und ich sind sehr glücklich miteinander. Ich staune über ihn. Er scheint regelrecht aufzublühen, und ich liebe es, wie er mich liebt & wie er im Haushalt ist. Er macht Frühstück, räumt auf. Geht einkaufen. Lebensmittel gehen wir manchmal zusammen einkaufen, & es macht Spaß.

Inzwischen haben wir drei zusammen zu Mittag gegessen, & wir haben über Kuba geredet. Und über Kunst & Literatur & Sex – den ganzen Tag. Und es war eine ruhige & warme und sehr freundliche Atmosphäre. Ich bin so glücklich mit meinem Leben, ich wünschte, es könnte ewig so weitergehen. Mit Liebe & Freunden & Arbeit & Gästen/Sisters (& Brothers) und Zeit zum Meditieren und Reflektieren.

Ich will eine andere Art Buch schreiben? Will und werde?

Willkommen zurück, Zora. Willkommen, all ihr Bewohner all unserer Eatonvilles. Ihr habt überlebt!

Ich bin dieses Jahr optimistischer denn je. Nicht mal ein drohender 3. Weltkrieg kann diesem Optimismus den Garaus machen. Ich glaube, dass es im Universum Erstaunliches gibt. Dass die Menschen vielleicht auf eine unausbleibliche Vollkommenheit hinarbeiten. Wer weiß?

Einstweilen –

Ich bin dankbar für mein Leben.
Für die Welt
für Liebe
& Freunde
& Kind
& Arbeit

Ich stehe in der Mitte meines Lebens. Aber nur, wenn ich siebzig werde.

DRITTER TEIL

SEI NIEMANDS LIEBLING

Die 1980er

14. Jan. 1980
Mama ist sehr krank. Und ich träume von ihr. Letzte Nacht habe ich geträumt, ich wäre in einem riesigen Haus (dem Haus des Lebens) mit vielen Räumen. In jedem Raum war etwas Interessantes im Gang. In einem wurde gegessen & getrunken. In einem anderen studiert & gelernt & gelehrt. Ich bewegte mich durch alle hindurch und flirtete dabei ein bisschen mit all den sensibel aussehenden Männern. Draußen fand eine Hochzeit statt, & ich sah vom Balkon des oberen Stockwerks zu. Dann ging ich in einen Raum mit Bänken & setzte mich neben einen Mann (etwas älter als die anderen, aber sensibel und mit einem schönen Gesicht, sanft, kräftig), der gleich darauf zu den Leuten um sich herum sagte: Es ist Zeit, dass wir Polly helfen zu gehen. Und er stand auf, ging an mir vorbei und hinüber zu einer Schwarzen Frau, die nach afrikanischer Art (aber nicht von den Farben her) gekleidet war, mit dunklem Kleid & Headwrap. Sie sah eher schwanger aus als dick. Und er hob sie von ihrem Platz, & er & mehrere andere brachten sie behutsam in die Mitte eines angrenzenden Zimmers. Ich folgte ihnen, ohne zu wissen, was da geschah. Dann wurden alle Kinder der Frau wie Hundewelpen auf ihr & um sie herum platziert, & sie begannen sie am ganzen Körper ganz leicht zu tätscheln, und dabei sagten sie immer wieder: »Bye, Mutter«, »Bye, Mutter«, »Bye, Mutter«. Und die Mutter bemühte sich unter ihren Händen, ihren Geist freizulassen. Ich sah ihren Geist wie ein ungeborenes Kind

unter ihrer Haut darum ringen, aus ihrem Körper hinauszugelangen.

Hinter den Kindern waren Reihen ihrer Freundinnen, und zu ihren Füßen stand ihr Mann. Sie redeten ihr alle sanft und ermutigend zu. Alle lächelten. Ab und zu lachte sogar jemand liebevoll. Ich begriff, dass sie »Pollys« Geist helfen wollten, zu entweichen & emporzusteigen. Und dass sie diese »Befreiung des Geistes« als etwas Freudiges verstanden.

Also saß ich da, in einer Ecke, zu Tränen gerührt von ihrer Liebe & ihrem Verständnis & ihrer Art, dem Tod zu begegnen, und versuchte dennoch zu lächeln, um nicht die eine Person zu sein, deren schweres Herz an Pollys Geist zog und ihn auf der Erde festhielt.

Ich erzählte Rebecca von diesem Traum, & sie erzählte mir, was sie letzte Nacht geträumt hat: Curtis[1] (seit einiger Zeit schwer diabeteskrank) und Mama (die jetzt, wie wir glauben, eine Lungenentzündung hat) starben gleichzeitig, trafen sich in der Luft, fassten sich an den Händen, lachten & stiegen zum Himmel empor.

Falls meine Mutter stirbt, hat sie uns, wie mir scheint, aufs Liebevollste darauf vorbereitet oder versucht, es zu tun.

21. Jan. 1980

Gestern Abend waren Robert & ich spazieren. Und wir sahen den Mond untergehen. Ich hatte so etwas noch nie gesehen und er auch nicht. Der Mond geht unter, genau wie die Sonne. Und heute Nacht steht er höher am Himmel & ist zunehmend. Ich war so bewegt vom Anblick des Monduntergangs. Das gemeinsam zu betrachten, in ehrfürchtigem & freudigem Staunen, ist symbolisch für unsere Beziehung. Und ich musste an das persische Sprichwort denken: »Halte nicht im Teich Ausschau nach dem Mond, sondern am Himmel.« »Halte nicht in der Heiligen Schrift Ausschau nach Gott, sondern im Leben selbst.« In dir selbst.

Wie dem auch sei. Wir schlagen uns mit der Monogamie herum – damit, ob wir sie für uns wollen oder nicht. Robert will sie. Ich bin mir nicht sicher. Es gibt niemand anderen, mit dem ich schlafen möchte – vielleicht Bertina, aber das ist unwahrscheinlich. Ich weiß es einfach nicht. Ich fühle mich am sexysten, wenn ich frei bin.

Heute habe ich unsere riesige Wäsche gemacht & einen Lesungstermin nächsten Monat in Stanford angenommen. Die Finanzlage sieht schon besser aus. Und die neuen Geschichten gehen am Wochenende an Wendy ab.

3. Feb. 1980

In einer Woche werde ich 36. Ich bin gerade aus Georgia zurück, von Mama. Mama hatte einen Eingriff, um eine verstopfte Arterie wieder zu öffnen. Und laut Ruth erholt sie sich prima. Ich bin um 9 aufgestanden (Rebecca übernachtet bei Heidi) (Robert und Casey sind in Roberts Wohnung) und habe zwei wichtige Briefe geschrieben. Einen an Kalamu ya Salaam[2], in dem ich ihm mitteile, dass ich Interviews hasse und nicht darüber befragt werden will, »wie es ist, eine Schwarze Frau zu sein!« Gähn … und dass ich ihm im normalen Lauf meines Schreiblebens eine Geschichte oder ein Gedicht schicken werde. Der andere Brief war an Mickey Friedman – The Examiner, 28. Jan. 1980.[3] Ich erklärte ihr, ich könne unmöglich von »sogenannten Unterdrückten« sprechen, da meine/deren Unterdrückung real sei und nichts »Sogenanntes« an sich habe. Ein Problem an Interviews ist, dass ich nicht durchweg kohärent bin – und darunter leide, weil ich merke, dass mein Denken verschwimmt –, aber die Interviewer legen mir auch Sachen in den Mund.

Ich bereue, gesagt zu haben, in Meridian »gehe es um« Schwarze Männer & weiße Frauen. Total reduziert! Aber indem ich diese Äußerung bereue, wird mir etwas anderes klar: Es geht – auf dieser Ebene – mehr um Schwarze Männer & Schwarze Frauen. Darum, einander freizulassen. Einander gehen zu lassen, auch wenn der/die andere zu einer weißen Person geht.

—

Der Höhepunkt meines Besuchs in Eatonton war, Mama zu baden. Ich hatte vorher solche Angst, dass ich nicht wissen würde, was ich tun sollte, wie ich es tun sollte etc. Dass es mir peinlich sein würde. Dass es ihr peinlich sein würde. Aber es war uns nicht peinlich, nicht besonders. Sie sagte: Wasch von oben runter, was geht. Dann wasch von unten rauf, was geht. Und dann wasch, was nicht geht.

Während ich bei Mama war, las ich ihr vor. Bei den Geschichten aus I Love Myself lachte sie. Und bei »In Search of Our Mothers' Gardens« lächelte sie. Ein breites, goldzähnefunkelndes Lächeln. Ich kam erkältet, erschöpft, mit meiner Periode & Nasenbluten nach Hause, aber das war es wert. Ich hatte mich davor gefürchtet, sie zu sehen, weil ich versuchte, mich auf ihren Tod vorzubereiten – auf Distanz zu gehen. Aber sie ist so hinreißend – ich liebe sie so sehr & so heiß und innig wie als Kind. So sonder- & so wunderbar. Sie ist fast siebzig. Ihre Braids sind grau. Ihre Haut ist faltig, & sie bewegt sich mit ihrer Gehhilfe wie eine Schildkröte – & sie ist auf Draht. … Sie leuchtet von diesem strahlenden Geist in ihr.

Aber da ist ihr Colorismus – leider. Es ist Winter, und ich bin blasser als gewöhnlich. Sie sagte: »Heller siehst du besser aus.« Ich antwortete: »Schwarz sehe ich gesünder aus.«

—

Eines Tages beim Meditieren überkam mich das Gefühl, ich weiß, dass Gott existiert. Und ich weiß, was Gott ist. Und dass ich an Gott glaube! Das war so erstaunlich. Ich lachte & weinte gleichzeitig. Mir war, als hätte mir jemand einen sehr lustigen Streich gespielt. Mein Gott, an Gott glauben! Wie verschroben, altertümlich und feige! Aber Gott ist der Geist des Guten im Universum & der Geist des Guten in uns selbst. Gott ist die innere Stimme, die immer das Rechte sagt. Gott ist das Universum, das danach strebt, sich selbst zu vervollkommnen. Der Teufel ist das Schlechte in der Welt, & es greift immer mehr um sich.

Heute habe ich ein Schild gesehen: Es gibt keine Zukunft. Ich dachte, keine Zukunft für uns vielleicht, aber etwas wird die Massenvernichtung überleben, & die Erde wird die Jahrmillionen überdauern, die sie braucht, um wieder rein zu werden. Das tröstet mich. Ein bisschen.

3.3.80

Viele perfekte Tage mit Robert. Und ich meine wirklich »perfekt«. Den heutigen Montag zum Beispiel haben wir größtenteils zusammen verbracht. Er hat letzte Nacht hier geschlafen. Es war so schön heute Morgen, nach fast einer Woche Abstinenz. Er ließ mich noch weiterdösen.

—

Er ist mir ein echter Freund: liebevoll, nett, aufmerksam & großzügig. Er hat mir einen Amethyst geschenkt. Als Schutz. Es ist mein Geburtsstein, ein Stein für die spirituell Hochentwickelten oder – in meinem Fall – sich immer Weiterentwickelnden. Wir waren am Strand, um den Stein zu reinigen & vom Mond bestrahlen zu lassen. Casey marschierte mit der Taschenlampe vor uns her.

—

Ich war noch nie irgendwo, wo ich gewohnt habe, so glücklich. Oder bin ich immer glücklich da, wo ich wohne? Ich liebe das Apartment, mein großes Bett, die Schaukelstühle und Fensterläden. Es gefällt mir, dass es meins ist. Dass es unseres ist, es »gehört« ja uns allen hier in der Wohnanlage. Also ist es »meins« und doch »nicht meins«. Wie Gott. Der in mir ist und auch außerhalb von mir.

Robert finde ich auch immer hübscher.

Ich muss lernen, mit dem WOK zu kochen.

18.3.80

Mels Geburtstag. Er ist jetzt 37. Jünger als Robert, was mich immer überrascht. Ich erinnere mich, dass er für meine Mutter, als wir das erste Mal zu Besuch waren, »der alte Mann« war. Sie hielt ihn damals schon für vierzig. Aber es war Müdigkeit. Er war zu der Zeit bereits ein Workaholic – nur fand ich es attraktiv. Ich würde meine Zeit nicht auf einen Schwarzen vergeuden, der den Montagvormittag mit mir im Bett verbrachte & mich am Dienstag seine Kopfhaut massieren ließ! Wie wir uns doch verändern. Das Leben braucht keinen Workaholismus. Wenn man immerzu arbeitet, verpasst man das Leben. Man verpasst die Veränderungen des Himmels, die

Farben des Grases, die kleinen Wildblumen. Man verpasst Tage wie gestern, als R. & ich uns, seinen Schnupfen ignorierend, in der Sonne in meinem Arbeitszimmer liebten.

—

Aber ich habe dieses Tagebuch ja eigentlich aufgeschlagen, um etwas aufzuschreiben, was Jesus in der Gnosis gesagt hat & was mir immer ein Rätsel war. Er sagte: Lerne zu leiden, und du wirst nicht leiden. Und ich glaube, gestern Abend habe ich das ein bisschen verstanden. Mein Herz & mein linker Arm schmerzten schon die ganze Zeit. Der Stress heutzutage ist wirklich unglaublich! Und ich scheine ihn in voller Gänze zu registrieren. Jedenfalls, als ich vom Flughafen nach Hause kam, dachte ich plötzlich: Na gut, wenn ich leiden muss, dann ist das eben so. Ich werde aufhören, dagegen anzukämpfen, es als etwas Schreckliches, Beängstigendes, Feindliches anzusehen. Ich werde das Leiden als eine Gegebenheit meines Lebens akzeptieren. Sofort entspannte sich mein Körper, und es ging mir viel besser. Vielleicht wird diese Besserung nicht anhalten. Aber ich bin froh über die Erfahrung & hoffe, diese Einstellung beibehalten zu können.

Heute ist es klar und kalt. Ich kann die St. Bruno Mountains deutlich sehen. Aber es ist auch Frühling. Meine Osterglocken sind aufgegangen. Und auch ein paar Tulpen. Ich fühle, wie mein Roman sich in mir regt. Zögernd. Fast schläfrig. Oder hat er Angst, dass ich ihn wieder wegsperre, um Kurse zu halten oder durchs Land zu ziehen und Lesungen zu machen?

18.4.80

Schon fast eine Woche wieder zurück von meiner Lesereise im Osten. Und einer Woche in Georgia bei meiner Mutter. 3 Wochen insgesamt. Zu lang. Die Umgebung meiner Mutter halte ich 3 Tage aus, bevor ich mich sehr eingeengt fühle. Eatonton selbst ist hässlich & heruntergekommen, wenn auch die Umgebung – vor allem die Bell's Chapel Road – hübsch ist.

Die Stadt bereitete mir einen Willkommensempfang mit einer Proklamation (meine eigene Woche!) und dem Stadtschlüssel. Meine Highschool-Kameradinnen überreichten mir Blumen (Margeriten) & Schreibzubehör. Und Miss Reynolds stellte mich aus der Sicht von jemandem vor, der mich schon vor meiner Geburt gekannt hat. Es gab einen seltsamen Hühnersalat, & es wurden wunderbare Lieder für mich gesungen. Anekdoten erzählt. Miss Cook, meine Hauswirtschaftslehrerin, erinnerte sich, dass ich einmal ein außergewöhnliches Erinnerungsalbum aus Papiertüten gebastelt habe. (Kein Geld für Papier.) Ruth war da – sonst niemand aus meiner unmittelbaren Familie. Ein paar Tanten & Onkel & Cousinen aus Macon.

Undatiert 1980[4]

Mama, warum bist du so traurig?
Weil ich das Buch, das ich schreiben muss, nicht
  schreiben kann.
Warum kannst du das Buch, das du schreiben musst,
  nicht schreiben?
Weil es schmerzhaft wäre.
Warum?
Wegen der Sachen, über die ich sprechen müsste.

Was für Sachen?
Ach, Sex und Hautfarbe und Klasse & wie schwer es ist, Leute lieb zu haben & überhaupt zu wissen, was man tut. Wenn ich schreibe, tue ich dir vielleicht weh.
Warum?
Weil du mein Kind bist & alle dich dafür bemitleiden würden, dass du eine Mutter hast, die verrückte Sachen sagt. Sogar verrückte Sachen über dich.
Was denn zum Beispiel?
Vergiss es.
Was zum Beispiel?
Zum Beispiel, dass du mir mal gesagt hast, du fühlst dich komisch mit Leuten, die dunkler sind als ich. Ich verstehe, was du meinst, aber es hat mich verletzt. Du hättest dich mit meinem Vater komisch gefühlt & mit meinem Großvater & meinen beiden Großmüttern. Im Sommer werde ich dunkler. Fühlst du dich mit mir komisch?
Nein, ich finde, du siehst dunkler hübscher aus. Gesünder. Außerdem werde ich auch dunkler. Ich weiß, du möchtest gern, dass ich dunkler werde. Du magst mich so lieber.
Manchmal finde ich das schlimm von mir, aber ich kann nichts dagegen tun. Ich möchte, dass du braun bist, zu mir gehörst. Wenn du hell bist, habe ich das Gefühl, du wirst mir gestohlen.
Aber das ist doch verrückt.
Siehst du, hab ich dir doch gesagt.

Undatiert 1980[5]

You better not never tell no one but God. It'd kill your mammy.

Dear God,

I am fourteen years old. ~~I am~~ (am was crossed out) I have always been a good girl. Maybe you can give me a sign letting me know what is happening to me.

Last spring after little Harvey's ~~birth~~ come I heard them fussing. ~~And~~ He was pulling on her arm. She said 'It too soon, Isaac, I ain't well. Finally he left her alone. A week later he ~~was~~ pulling on her arm agin. She said Now, I ain't gonna. Can't you see I'm already half-dead, an' all of these children.

She went to visit her sister doctor over Macon. Left me to see after the others. He never had a kind word to say to me. ~~…~~ But he told me I was gonna do what my mammy wouldn't. First he put his thing up gainst my hip and just wiggled it around. Then he grab hold my titties. Then he push his thing inside my pussy. When that hurt, I cry. He start to choke me saying I better shut up + git used to it.

But I don't ever git used to it. And now I feels sickish every time I be the one to cook. My Mama she fuss at me an' look at me. ~~strange~~. He nice to her now. She happy. But too sick to last long.

Was wollen wir? Mein Gott, was wollen Schwarze Schriftstellerinnen?

Wir wollen Freiheit. Die Freiheit, wir selbst zu sein. Das Unschreibbare zu schreiben. Das Undenkbare zu denken. Es zu wagen, die Welt in ein Gespräch zu verwickeln, das sie noch nie geführt hat.

—

Die Art, wie Frauen schreiben, wird nun mal so sein, wie Frauen sind. Frauen sind anders als Männer. Frauen reden mehr & müheloser, sie verraten mehr »Geheimnisse« – sie offenbaren sich periodisch, um zu wachsen, zu wählen, zu einer neuen Entscheidung zu gelangen. In diesem Sinn ist ihr Schreiben gleichsam vom weiblichen Zyklus beeinflusst – & was ist dagegen zu sagen? Einem solchen Rhythmus gehorchen auch das Meer & das Wachstum von Mais.

Undatiert

Liebe Diane K. Miller,

ich bin auf dem Land und arbeite an einem Roman. Das erklärt, warum meine Kommentare kurz sein müssen und warum sie nicht maschinegeschrieben sind. Meine Schreibmaschine befindet sich in der Stadt. Da Sie mich um eine »Kritik« binnen einer Woche gebeten haben, muss sie diese Form haben.

Grundsätzlich finde ich die vielen Details der verschiedenen Phasen von Hurstons Leben, die Bambara rekonstruieren konnte, sehr inspirierend; vor allem die ersten Teile des Skripts sind visuell reichhaltig.[6] Und es ist eine große Freude, den Geist Hurstons & ihrer Zeit aus B.s Arbeit hervorscheinen zu sehen. Da der Text allerdings so erratisch getippt ist, hatte ich manchmal Mühe, die Sätze zu entziffern. Für die nächste Fassung muss Ms. Bambara eine versierte Schreibkraft und vielleicht auch Korrekturleserin bekommen. Die Volkssprache ist so dicht und prägnant, dass schon ein einziges ausgelassenes »und« oder »aber« zur Unverständlichkeit führt.

Mein Hauptproblem ist das Ende. Ich kann unmöglich glauben, dass Hurston, nach all ihrem Bemühen um Weisheit, ihr Streben als ein hauptsächlich literarisches sah. Für jemanden von Hurstons Sensibilität ist das literarische

Streben nur eine Manifestation oder eine »Maske« des spirituellen. Ich persönlich glaube, Hurston wusste, dass ihr literarisches Geschenk eines Tages gewürdigt werden und man sie in einer Reihe mit Hughes & Wright sehen würde. Wenn das Geschenk, das man Leuten macht, sie selbst sind, werden sie es früher oder später annehmen müssen.

Die spirituelle Suche, das Streben nach Weisheit oder auch nur Wissen, endet nie – und wer kann schon sagen, ob nicht diese Erkenntnis selbst Zoras wahres Ziel war und sie es erreicht hat? Ihr ganzes Ringen scheint doch darauf angelegt, ihre spirituelle Entwicklung zu fördern und ihre persönlichen Einsichten zu vertiefen. So gesehen erfüllten ihre Kritiker eine positive Funktion, eine Funktion, die ihr zunächst verborgen war, die sie aber irgendwann doch erkannt haben dürfte.

Mit anderen Worten, sie sammelte sich selbst (ihre Folklore) zuvörderst für ihren eigenen Gebrauch. Denn die Hauptvoraussetzung für Weisheit ist Selbstkenntnis. Obwohl wir Hurston (als einen Teil von uns selbst) in eine Form oder literarische Tradition einzupassen versuchen, die uns helfen kann, uns selbst besser zu kennen & irgendwann (hoffentlich) weiser zu werden, ist das meiner Meinung nach eine Beschränkung, die sie sich selbst nicht auferlegt hätte.

Bei ihrer gesamten Suche ging es Hurston um fundamentalere Zusammenhänge als nur literarische, was im Skript ansonsten überall klar wird, man nehme nur ihre kärgliche Kleidung und ihren schwarzen Katzenknochen. Ganz zu schweigen von ihrer beharrlichen Hinwendung zu nichtliterarischen Quellen von Wahrheit und Inspiration.

9. Juli 1980
Meadowhouse, Boonville, Kalifornien[7]

Die Geschichte »1955«[8] hat mir viel Vergnügen gemacht & mich daran erinnert, dass Fiktion, gute Fiktion, der Person, die sie schreibt, Freude bringt, eine Art beglückendes Freisein. Es ist reine Kreativität. Es sind Stimmen, die einem durch die Feder sprechen. Ich las die Geschichte an der UC in Santa Cruz, & das Publikum mochte sie sehr. Ich auch. Oder vielmehr, ich mochte Gracie Maes Persönlichkeit. Und ich frage mich, wo sie herkam. Ich lag auf dem Bett, fast eingeschlafen, und sie begann zu sprechen. So natürlich & vertraut wie eine Tante. Und ich merke, das ist für mich die beste Art des Schreibens – das Schreiben, das einfach nur das Zu-Papier-Bringen einer mitgehörten Geschichte zu sein scheint.

Wie auch immer. Vor allem dank Robertos Hartnäckigkeit haben wir dieses entzückende Haus auf dem Land gefunden, im Anderson Valley, gut zwanzig Meilen von Ukiah. Gewundene Straßen durch die spektakulären Berge, dann aber das herrliche Tal, auf das ich einen unverstellten Blick habe. Das Haus steht ganz am Rand der Wiese/des Tals, unterhalb eines hohen Hügels, in der Nähe einer Apfelplantage (das hier ist Apfelanbauland), & dort weidet ein weißes Pferd im hohen Gras. Willis[9] ist hier selig & frisst bereits Selbstgefangenes, was offenbar nicht so gut für sie ist (sie hat schwere Verstopfung von Fell- & Pelzhaaren! Uuh!). Vor meinem Fenster – das Wohnzimmer hat 12 Fenster – sind ein Apfelbaum und Vögel & Rotwild. Wir haben begonnen, einen Garten anzulegen. Ich habe Kohl & Rosenkohl & Tomaten etc. gekauft.

Rebecca ist im Camp in Upstate New York – Timberlake –, & ich vermisse sie. Ich habe die Vormittage damit verbracht, Vorhänge zu nähen. Sie sind ungleichmäßig, aber irgendwie gerade richtig. Letzte Nacht haben wir in den Sternhimmel geschaut (so viele Sterne! Ich hatte vergessen, wie viele!), & Robert erklärte die Milchstraße & die Existenz anderer Galaxien. Wir sind so klein, dachte ich.

Heute ist mir klar geworden, dass ich mit der Arbeit anfangen muss, wegen der ich hierhergekommen bin. Diese anhaltende Angst, die ich verspüre, ist die Befürchtung, dass jetzt, wo ich – wie ich zu Robert sagte – alles habe, was ich will, das Leben zu Ende ist. Aber, sagte er, Arbeit liegt doch immer vor uns. Und das stimmt. Und deshalb die Angst.

5. August, fast einen Monat wohnen wir jetzt hier. Und ich habe gerade eine Schale voll Steckrüben aus dem Garten gegessen. Ich hatte den Gedanken, dass ich beim Ausdünnen der Rüben die herausgezogenen essen sollte, statt sie wegzuwerfen. Das war richtig. Sie sind köstlich! Kräftig & aromatisch, anders als Steckrüben in der Stadt, & dabei sind diese Pflanzen hier noch keine 10 Zentimeter hoch!

Letzte Nacht habe ich schlecht geschlafen. Habe Robert vermisst, der wieder in S. F. ist & arbeitet. Aber ich fühlte mich auch verletzlich in diesem Haus, wegen der windigen Türen. Aber es ist nichts passiert. Willis weckte mich so weit, dass ich sie hinauslassen konnte. Ich bin nie richtig tief eingeschlafen. Hätte nicht »Intimate Strangers« gucken dürfen – über häusliche Gewalt. Es wundert mich, dass Frauen Männern vertrauen. Das ist sicher eins der besten Beispiele für Selbsttäuschung, da Männer offenkundig nicht vertrauenswürdig sind, im Allgemeinen.

Und im Besonderen? Mir wird klar, dass ich Robert vertraue, wie ich noch nie jemandem vertraut habe. Da ich ihn inzwischen kenne, wirklich ihn kenne, im Unterschied zu meinen Fantasien oder Erwartungen. Er ist eine ethische Natur, wenn auch zu einem gewissen Grad unterminiert durch Leid & Kompromiss. Er ist auch ein sehr verletzlicher Mensch. Aber zugleich einer, der gewisse Risiken auf sich nimmt oder sie sogar sucht. Nein, das stimmt nicht. Nicht »sucht«, nur davon ausgeht, dass Risiken unvermeidlich sind.

Ich habe ihm gesagt, ich sei bereit, meine Beziehung zu Pam wiederaufzunehmen. Er schien überrascht & dann erfreut, als wir darüber sprachen, wie das unser aller Verhältnis verbessern könnte. Vielleicht hilft es mir ja Casey gegenüber.

Plötzlich merke ich, dass die Vögel wieder da sind: Während der Hitzewelle haben wir die Vorhänge zu gelassen. Ich fürchte, die Vögel werden wieder anfangen, gegen die Scheiben zu fliegen, und sich umbringen. Aber vielleicht bleiben sie ja im Garten und fressen meinen Kohl.

Solange sie nicht meine einzige reifende Tomate anpicken!

Also, was tun in Sachen nächstes Jahr?

Ich glaube, ich sollte jeden verfügbaren Moment aufs Lesen & Schreiben verwenden. Der Winterkurs in Stanford? Den von Berkeley wiederholen, damit ich mir keine Gedanken über den Aufbau machen muss? Aber das kann ich wahrscheinlich nicht. Zweimal das Gleiche würde mich langweilen. Und was ist mit Brandeis im Herbst 81? In einem Jahr? Zu bald schon!, flüstert alles. Sag Herbst 83. Das ist ein guter Rat.

14. Sept. 1980

Rebecca ist heil und wunderschön aus dem Camp zurück.

Wir waren zweimal auf dem Land, seit sie wieder hier ist, & sie ist begeistert. Ich bin es jedenfalls immer noch. …

… Ich habe meine Mutter keins der weißen Kinder, die sie betreut hat, je anfahren oder -schreien hören. Sie hat ihnen gegenüber nie ihren »wahren« Ton angeschlagen, nie ihren wahren Ärger gezeigt. Nie so mit ihnen gesprochen wie mit mir. Wenn sie sie angefahren oder -geschrien hätte, hätte ich sie vielleicht als meinesgleichen akzeptiert – als Kinder eben, doch meine Mutter war immer nachsichtig, »langmütig« –, aber sie hat ja auch für sie gearbeitet.

Als Dienstmädchen spielt man eine Rolle.

Aber als Kind habe ich das Rollenspiel für echt gehalten. Ich dachte, meine Mutter sei mit diesen Kindern liebevoller & geduldiger, nicht weil deren Eltern ihr dafür 17 $ (!) die Woche zahlten, sondern weil diese Kinder weiß waren, und sie sagte ja, für sie seien weiße Kinder »von Natur aus braver und gescheiter«, oder?

Warum sagte meine Mutter so was zu mir, wenn meine Lehrer ihr so oft sagten, wie brav und gescheit ich war?

Warum hat meine Mutter mich nie bestätigt?

Aber sie <u>hat</u> mich bestätigt. Kaum je mit Worten – und ich brauchte Worte.

Sie schenkte mir eine Nähmaschine. Einen Koffer. Freiheit. Sie zweifelte nie, niemals an meinem Wort. Sie ließ mir die Freiheit, im Bett zu liegen & zu lesen. Auf der Veranda zu sitzen & zu träumen.

Wie sehr kann ich es ihr verübeln, dass sie schließlich nachgab & sagte, ja, ihr Weißen, euer Haus ist größer, euer Essen besser, euer Auto dicker, eure Kinder sind braver & gescheiter – sie führen an allen Fronten Krieg gegen uns. Arme Mom. Vielleicht hast du mir ja so viel Freiheit gelassen, damit ich nie so klein beigeben müsste wie du.

13. Okt. 1980

Das Haus in Brooklyn ist eine hervorragende Investition. Und manchmal erwäge ich sogar, ein Jahr dort zu wohnen. Warum nicht?, sage ich mir. Es ist ein nettes kleines Haus, und der Garten bietet schon ein paar Möglichkeiten. Ohne das große Bett könnte der hintere Wohnraum richtig toll sein, mit einem munteren Feuer im Kamin.

Robert sagte heute Abend: Was gibt es noch zu wünschen? Wo ich doch ein Stadthaus in New York habe, eine Wohnung in San Francisco und ein Landhaus in Mendocino County. Und ein Auto. Und ich von meiner Arbeit leben kann. Und meine Arbeit mir und anderen etwas bedeutet.

Ich bin mit Glück gesegnet. Und dankbar.

Und ich muss weiter versuchen, gründlich gegen meinen eigenen Racialimus vorzugehen. Ich glaube zum Beispiel, dass das, was mich an Robert anzieht bzw. abstößt, das Gleiche ist, was ich an mir selbst spannend finde oder verleugnen möchte.

Ich hatte das Gefühl, ihm zu sagen, dass ich ihn nicht mehr liebe, war nötig. Ich liebe ja wirklich den Robert der Illusion nicht mehr, den Robert, der mich anzog, weil er und seine Familie eine Art Trophäe darstellten, so etwas wie einen Aufstieg (im Hautfarbensystem) oder Ausnahmestatus bedeuteten.

Inzwischen weiß ich, ich hasse den Opportunismus der Mulattenkaste, hasse ihre Versuche, als weiß durchzugehen. Hasse ihre assimilationistischen Tendenzen. Ja, hasse all diese Dinge, die ich in mir selbst finde, und dabei bin ich noch nicht mal

Mulattin. Aber Rebecca ist eine! Dadurch rückt es bedrohlich nah.

Robert hat die 250 $, die er mir schuldete, mit Goldmünzen aus seiner Sammlung bezahlt.

Zwischen uns ist etwas ganz Außergewöhnliches. Es ist das Gefühl ständigen Bewusstwerdens und Erkennens. Das Gefühl zu lernen.

Und so liege ich hier allein in meinem großen Bett und weiß, dass irgendeine Form von Beziehung mit Robert bestehen bleiben wird. Liebe und Vertrauen nicht ausgeschlossen, denn alles ist möglich.

22. Okt. 1980

Ich arbeite, ich liebe, ich bin Mutter, ich träume.

2. Dez. 1980

Mamas Geburtstag. Sie ist jetzt 68. Geboren 1912. Ich habe sie angerufen, und wir haben ein paar Minuten geredet. Sie hatte eine Menge Gäste zu Thanksgiving. Und Ruth und Linda übers Wochenende. Ihre Stimme klang frei. Keine Besorgnis darin. Kein Hass auf irgendjemanden oder -etwas.

10. Dez. 1980

Bereite mich auf eine Lesung am Claremont College vor. Hatte letzte Woche eine in der UC Davis – 300–500 Leute, voll besetzter Saal. Seltsam. Und Standing Ovations nach »1955«, das ich im Anschluss an den Sadomasochismustext las. Bin immer noch ausgelaugt von dem Ostküstentrip. Aber richtig fertiggemacht hat mich John Lennons Tod.[10] Mir war gar nicht klar, wie viel er mir bedeutete – wie viel mir die Beatles bedeuteten. Wie sehr »ihre« Musik (so wunderbar beeinflusst von »unserer« Musik) Teil meines Lebens war. Gott, was bin ich dankbar, dass ich die Sechziger miterlebt habe – ich achte so viele meiner Zeitgenossen!

19. März 1981

Im Bett mit Schnupfen und trockenem Husten und meiner Periode! Gott steh mir bei. Willis schläft an meinen Füßen, und die Krämpfe setzen ein. Rebecca ist in der Schule. Robert im Flieger nach N. Y., für zehn Tage. Ich soll morgen Abend ein Benefiz für das Women's Building machen und sehe immer wieder das Bild vor mir, wie ich mich hustend und niesend durch die Geschichten mühe, die ich zu lesen vorhabe.

Habe Katherine Mansfield[11] gelesen – Kurzgeschichten –, und verstehe sofort, warum Woolf sie als ihre einzige Rivalin betrachtete. Woolf erkannte, dass eine großartige weiße Schriftstellerin tatsächlich großartig ist, auch wenn ihre männlichen Zeitgenossen das nicht glauben wollten. Und wenn eine großartige weiße Schriftstellerin gleich gut über das Leben armer und reicher Leute schrieb (Woolf selbst konnte – in ihrer Fiktion – nur über die Wohlhabenden schreiben), dann war klar, dass sie die beste schriftstellerische Arbeit der westlichen Welt leisten würde … da es zu jener Zeit keine schreibenden Schwarzen Frauen aus der Arbeiterschicht gab.

Das ist keine Arroganz. Nur die Überzeugung, dass Schriftsteller, die ihrer eigenen Hautfarbe und Klasse verhaftet bleiben – wenn sie in einer vielfarbigen Mehrklassengesellschaft leben –, nicht den Mut und die Neugier zeigen, die sie langfristig interessant machen könnten.

Wie auch immer. Ich versuche gesund zu werden und werde weitermachen, vielleicht mithilfe von Contac, das wenigstens das Niesen abstellen sollte.

Das letzte Wochenende auf dem Land verbracht. Robert zum ersten Mal begeistert, wie schön es dort ist. Er ist schon die ganze Woche seit seiner Scheidung anders.

Er hatte, glaube ich (und sagte er), Angst, Pam würde sich in letzter Minute noch weigern zu unterschreiben. Aber sie hat unterschrieben. Und er scheint richtig aufgeblüht in dieser Woche. Redet. Lächelt mehr. Und sagt über die Landschaft um Boonville: »Ist das nicht wunderschön!« Und ist ganz erpicht darauf, C.[12] zu helfen, in einer Ecke des Gartens winzige Veilchen zu pflanzen.

Inzwischen sind Rotwildfährten im Garten am Hügel, und wir müssen überlegen, ob wir einen Zaun errichten.

Gute Neuigkeiten in Sachen Casey: Wir freunden uns an. Eines Tages wollte er, dass ich ihm zeige, wie »Piecen« geht. (Ich mache gerade einen Quilt.) Und ich zeigte es ihm. Und er findet Nähen toll. Und wir sitzen da und nähen! Zusammen! Das macht mich so froh. Und unsere Freundschaft macht Robert froh. Das ist zwar schön, aber sekundär. Ich hatte das Gefühl, dass ich durch ausschließendes Verhalten meine Seele verunreinigte. Casey und ich sammelten Pferdemist und Stroh auf der Weide vor unserem Haus. Dann fand er im Gras eine Plastiktüte mit Stiermist. Und Magnesiumkalk. Irgendwelche früheren Gärtner hatten das liegen lassen. Warum nur? Wir haben alles auf den Kompost getan. Und jetzt sehe ich da endlich Fortschritte. Ich habe angefangen, den Kompost zu wenden, und werde es nächstes Wochenende noch gründlicher machen. Wir werden Laub für den Kompost haben und Stroh, Pferdemist, Magnesiumkalk und vielleicht etwas gut verrottetes Sägemehl von Stellen auf dem Gelände, wo Bäume gefällt wurden.

Ich mag das Anderson Valley immer mehr. Und ich habe Leute kennengelernt, die ich mag. Jan Wax und Chris und Sue

Sellars und Janet. Von Jan und Sue habe ich hübsche getöpferte Sachen gekauft. Und das Haus in Boonville sieht allmählich richtig nach Handwerkskunst aus. Mit Bambusteppichklopfern und einem Gottesauge und Wollteppichen und guatemaltekischen Stoffen.

Was den Roman angeht, habe ich mich auch nicht enttäuscht.

Wie man sich erinnert, hatte ich mir 3 Monate am Stück zum Schreiben organisiert. … Habe ich es tatsächlich gewagt, am Roman zu arbeiten? Wo doch das Leben in der Stadt nicht so idyllisch und unkompliziert ist wie im letzten Sommer, als ich in Boonville geschrieben habe? Wo ich mein Gehirn auch auf Rebeccas Streitereien in der Schule verwenden muss und darauf, was ich zum Abendessen koche? Schließlich habe ich den Sprung gewagt – komme, was da wolle. Und ich war sehr zufrieden. Nicht dass das, was ich schreibe, perfekt wäre. Und es hat auch nicht immer die »Ausführung eines Traums«-Qualität, die ich liebe. Aber es ist tauglich, sogar gut, und ich genieße immer noch die Entfaltung der Persönlichkeit meiner Charaktere und des Dramas ihres Lebens.

5. Mai 1981

Vor dem Meditieren und während ich meinen Tee trinke – wie sieht mein Leben an diesem blasssonnigen San Franciscoer Morgen aus?

Es sind harte Zeiten für arme Leute. Für Schwarze,

Indigene, Schwule, Lesben, letztlich für alle außer den reichen Weißen, die die Macht haben. Ich sehe nicht mehr fern, bis auf ein paar Sendungen wie M*A*S*H. Ich ertrage es nicht mehr, Zeitung zu lesen. Und ich habe meine Vitamine nicht regelmäßig genommen. Die Augen tun mir weh. Ich habe eine Blase am Auge.

Meine Angst wegen des Erscheinens des Buchs[13] lässt nach. Und vielleicht kommt die Müdigkeit ja daher. Jetzt kommen Ängste, weil noch niemand etwas davon gehört zu haben scheint – wobei es auch erst letzten Mittwoch erschienen ist. Ich muss mir (anscheinend) selbst sagen, dass es gute Geschichten sind und, mehr noch, notwendige Geschichten.

Und es läuft nicht gut mit der Arbeit. Wenn ich arbeiten könnte, könnte mir nichts etwas anhaben. Da bin ich mir sicher.

12. Mai

Die letzten Tage war es schwer, mit den Leuten im Buch Schritt zu halten. Sie versuchen alle gleichzeitig, sich zu präsentieren, und Celie ist eine richtig interessante Person geworden! Und die Männer machen eine Entwicklung durch! Langsam, zögerlich, aber sie bewegen sich. Robert hat mir sehr geholfen, gewisse zarte Seiten von Männern positiv anerkennen zu können.

Väterlichkeit und Sanftmut. Was ich bei einem Mann brauche.

Ich bin sehr zufrieden mit dem Buch. Der Titel soll sein:

The Color Purple.
oder
Purple

Ich glaube, Ersteres.

Großer Geist, segne uns. Lehre mich, wie du zu
sein [sic!]. Zeig mir, wie das geht.
S. Wonder

24. Juni 1981

Ich habe den Roman beendet!

Rebecca ist auf dem Weg ins Camp und zu ihrem Vater, für zwei Jahre!

Die womanistische Autorin ist die Geschichte selbst und die, die sie erzählt.

13. Aug. 1981

Tillie[14] hat The Color Purple gelesen und fast nichts dazu gesagt. Ich bin sicher, es gefällt ihr nicht. Sie hat es im Bus gelesen und mir in chaotischem Zustand zurückgegeben – fünfzig Seiten fehlten. Aber egal wem das Buch nicht gefällt, mir gefällt es. Und es ist ein wahres Buch. Und man glaubt es kaum – mein erstes Happy End!

2. Nov.

Eine ganze Zeit lang (August–September, einen Teil des Oktobers) habe ich darüber nachgedacht, ein Haus und 24 Acres Land in Mendocino zu kaufen. Und es ist ein gutes Angebot. 110.000 oder vielleicht auch 105.000. Ich war bereit, von Erspartem und Vorschüssen zu zahlen: 25.000 bei Vertragsabschluss, 15.000 am 15. März, 15.000 am 15. Nov., macht insgesamt 55.000, und dann bis zu 500 monatlich, um den Rest abzuzahlen. Ich habe 90.000 geboten. Die Sache geht mir aber immer noch nach. Obwohl ich, um es erstehen zu können, mein Angebot um mindestens 10.000 erhöhen müsste. Oder 15.000. Was ich könnte, wenn ich für die Essays[15] 15.000 Vorschuss bekäme. Die Hauptsache ist: Ich weiß, ich will ein eigenes Haus mit Land in Mendocino. Im Anderson Valley.

Ricks Haus ist in vielerlei Hinsicht perfekt. Da ist das Land.

Und dann ist da das Haus, das viele Möglichkeiten bietet, es zu unserem zu machen.

Aber es zu kaufen, würde meine Ersparnisse verschlingen. Wie könnte ich es schaffen?

So sähe es im Juli aus:

20.000	Zertifikate	900,00	Haus
25.000	Zertifikate und Sparkonto		Brooklyn
45.000		−561,00	
15.000	(Vorschuss Essays?)	329,00	
60.000		−264,10	
15.000	(Brandeis?)	64,90	(Steuer)
75.000			
105.000			
−75.000			
30.000			

Habe Robert gegenüber erwähnt, dass ich darüber nachdächte, wie schön es doch wäre, auf dem Land zu leben. Er sagte, er habe überlegt, dass wir ja vielleicht ein Geschäft aufziehen könnten. Einen Verlag? Irgendwas, was per Versand funktioniert jedenfalls. Vielleicht könnten wir ja einen Fünfjahresplan machen.

Der Erwerb eines Hauses mit Land in den nächsten 2–3 Jahren, so es die Finanz- und Wirtschaftslage zulässt (im Moment erscheint uns beiden alles ziemlich wacklig). Ich könnte noch ein paar In-Residence-Jobs annehmen. Nach Brandeis vielleicht East Washington. Wegen Land in Mendocino wäre ich versucht, das Haus in Brooklyn zu verkaufen, aber das wäre wohl ein Fehler. Da es sich selbst finanziert und auch noch mein Hausgeld hier. Und Park Slope ist so eine ausgezeichnete Lage, dass das Haus sicher im Wert steigen wird.

In der Post eine Einladung, an der U. of Kentucky zu lesen.

Mit Lesungen sieht es so aus:

Howard University	2.400	
Reed	300	
U. of Chi	2.650	
U. of K	2.000	+ Spesen
New School	100	+ Spesen
Nassau	800	
	8.250	
	700	San Jose
	100	Oakland Museum
	9.050	

5. Nov.–

Gestern war ich bei Robert und Casey. Casey ist mit einer Erkältung zu Hause. Mein Besuch gab Robert die Gelegenheit, ein bisschen rauszugehen und Saft und Sachen fürs Abendessen zu kaufen. Während er weg war, las ich die meiste Zeit, schlug dann sein Fotoalbum auf. Da sah ich hinter dem Album einen Umschlag mit Fotos und öffnete ihn. Er enthielt Abzüge von Fotos, die Jan und ich beim Frauenmusikfestival gemacht hatten. Wir beide nackt bis zur Taille und eine ehemalige Studentin von mir ganz nackt. Robert hatte »Kopien« von unseren Fotos für seinen eigenen »Gebrauch« gemacht. Ich nahm die Fotos mit nach Hause.

Gestern Abend, nachdem er köstliches Bœuf Stroganoff und Brokkoli gemacht und serviert hatte, fragte ich ihn nach den Fotos, während ich die Negative herausnahm und zerstörte. Er sagte, ich hätte doch von den Kopien gewusst. Hatte ich nicht. Er sagte, er habe nie gesagt, es gebe keine Kopien (er hatte die Fotos im Kodak-Laden abgeholt). Hatte er wohl. Ich erinnerte ihn daran, dass er, als er mit den Fotos ins Auto zurückkam, viel Aufhebens darum gemacht hatte, mir zu zeigen, dass das Siegel intakt war.

Also schmollte er eine Weile stumm vor sich hin. Schließlich sagte ich, für mich fühle es sich so an, dass er mein Vertrauen missbraucht habe. Dass er mich getäuscht und belogen habe. Und dass er meine Intimsphäre und die meiner Studentin und meiner Freundin verletzt habe.

Er sagte, es tue ihm leid. Aber dann erklärte er, wenn wir ehrlich zueinander sein sollten – wie ich es ja für unbedingt nötig erklärt hätte –, müsse er zugeben, dass er nicht aufhören könne, Frauen als Objekte zu sehen. Kurz, er sagte, in unserer Beziehung habe er es nicht mit Pornografie, aber ansonsten schon. Ich fragte, ob er meine, eine feministisch geführte Tour durch den Pornodistrikt könnte ihm helfen. Er sagte, die Tour mache er schon, aber als Konsument, nicht als Kritiker. Wir sprachen über Pornografie als Sucht – was sie meiner Meinung nach ist. Und wie sie bei Männern zwanghaftes Sexualverhalten – das Robert hat – nährt und oft erst erzeugt. Ich bat ihn, mir ein paar von seinen neueren Pornoheften zu zeigen. Er wollte zuerst nicht, tat es dann aber doch. Im ersten ging es um eine Asiatin und einen indigenen Mann. Er sagte: Na ja, wenigstens sind meine Heftchen nicht Erste-Welt-zentriert. Dann zeigte er mir welche, voll mit sehr schlicht, sehr traurig und körperlich merkwürdig aussehenden Schwarzen Frauen. Dann eins mit einem weißen Paar, das nur Oberfläche ohne irgendetwas dahinter zu sein schien.

Ich hatte die Heftchen aus Neugier sehen wollen und weil er

etwas von »Fantasien teilen« gesagt hatte. Aber dann bezweifelte er, dass ich das je könnte. Er sagte, so etwas wie Erotika gebe es nicht, da mich ja beschäftige, wer die Sachen produziere und wohin das große Geld fließe, sei das für mich alles Pornografie. Genau. Ich betrachtete die Narben auf dem Rücken des indigenen »Liebhabers« und fragte mich, woher er sie hatte. Ich betrachtete die »Orientalin« (auf dem Cover bläst sie ihm einen) und fragte mich, ob sie Vietnamesin war und ob sie wohl Englisch konnte und ob das der einzige Job war, den sie hatte finden können. Ich kann die Bilder nicht von den realen Menschen trennen. Ich fragte Robert, wie er es fände, mein Gesicht auf dem Cover eines solchen Heftchens zu sehen, über den Schwanz irgendeines Typen gestülpt. Er sagte: Aber du würdest das ja nicht machen! Er denkt wohl, ich würde eher verhungern oder zuschauen, wie Rebecca verhungert, als diese Art »Arbeit« zu machen. Aber ich bin mir da nicht so sicher. Ich kann mir vorstellen, eines Tages in genau der Situation zu sein, in der meine asiatische (vietnamesische, kambodschanische, Boatpeople?) Schwester sein könnte. Und in dem Pornoheft ist.

Jedenfalls versuchte ich eine ganze Weile, Robert die Zusammenhänge zwischen Sklaverei und Pornografie aufzuzeigen. Zwischen Sexismus und Rassismus. Aber vergeblich. Heute Morgen beim Aufwachen war mir schlecht. Und ich konnte ihn einfach nicht ansehen. Ich wollte nur aufstehen und nach draußen gehen, an die Luft. Als ich nach Hause kam, dachte ich an Fanny Kemble[16], die mit einem Sklavenhalter verheiratet war, bis sie es nicht mehr ertragen konnte. Und ich dachte: So fühle ich mich. Und ich fragte mich, ob der Abscheu über die Liebe siegen würde wie bei ihr offenbar.

Gestern kam Wendy[17] vorbei, mit Muffins und Himbeeren und Gute-Besserung-Wünschen. Ich dachte, wie sie wohl auf das Ganze reagieren würde. Ich dachte darüber nach, warum Feministinnen manchmal lesbisch sind. Wenn sie sich trauen würden, wären sicher noch mehr von ihnen lesbisch, angesichts der Sucht der Männer, Frauen auszubeuten. Die, die sie angeblich »lieben«, und die, die sie gar nicht kennen.

Und ich dachte an Faith.[18] Drogenfrei. Nicht süchtig. Nicht darauf festgelegt, irgendjemanden auszubeuten. Schön. Klug. Lebhaft. Und jetzt irgendwo in der Wildnis von Jamaika – einer Brutstätte des Sexismus –, allein. Bemüht, genug über die dortige Gesundheitsfürsorge zu lernen, um nützliche Erkenntnisse beisteuern zu können.

Männer und Frauen sind sexuell grundverschieden, denke ich.

Den ganzen Tag war mir schlecht. Beim Einkaufen, beim Arrangieren von Blumen. (Gloria[19] kommt übers Wochenende: Wie schön es wäre, mit ihr darüber zu reden, aber ich weiß, ich werde es nicht tun. Ich hatte geplant, mich einfach nur zu freuen!) Ein Mittagsschlaf hat etwas geholfen. Aber ich fühle mich immer noch hohl, und mein Hals kratzt. Heute Abend will ich einen Film über ägyptische Frauen sehen und zum Töpferkurs gehen.

Mein Dilemma ist wohl, dass ich mich entscheiden muss.

Dann dachte ich an Nana und andere frauenidentifizierte Frauen (Womanistinnen) und an den milde resignierten Gesichtsausdruck, den sie bekommen, wenn sie über Männer reden. Es ist klar, dass sie sie schon lange nicht mehr ernst nehmen. Aber mir zuliebe, ihrer Schwester, die immer noch versucht, eine funktionierende Beziehung zu einem Mann hinzukriegen, durchforsten sie ihr Gehirn nach irgendetwas Freundlichem, was sie sagen können.

Männer ganz aufgeben. Ist das die Alternative? Die Angst? Ich fühle mich als ein zu duales Wesen, um irgendjemanden aufgeben zu können. Ich könnte vermutlich sehr locker und entspannt sein. Aber nicht mehr romantisch – immer auf der Suche nach dem verlorenen »beautiful brother«.

Im Übrigen sind Frauen, wie ich schon sagte, in meinen Augen viel interessanter als Männer, einfach generell. Einige Männer sind toll, aber die große Mehrheit – nun, man braucht doch nur mal fünf Minuten den Fernseher anzumachen und sich die Welt anzugucken. Sie sind sprechende Köpfe, Schwänze und Waffen.

6. Nov. Heute Morgen habe ich meine Haare gewaschen & gelegt, ängstlich wegen der Gefahr, meine Erkältung zu verlängern. Und ich fühle mich fröstelig. Ich habe die Heizung aufgedreht, mir ein Tuch um den Kopf gewickelt. Mich warm angezogen.

Gestern Abend, bevor ich losging, um den Film zu sehen (über Klitorisbeschneidung und andere Formen der Misshandlung ägyptischer Kinder), kam Robert vorbei. Er entschuldigte sich und sagte, er wolle sich so gern ändern. Jemand werden, den ich achte und den er achtet. Ich sagte, ich würde ihm helfen, so gut ich könnte, und gab ihm Andrea Dworkins Buch Our Blood.[20] Ihr Buch über Pornografie konnte ich nicht finden. Ich suche jetzt noch mal. … Gefunden. Es hatte sich im Bücherregal versteckt.

Irre. Ein richtig unheimlich aussehender Typ kam gerade herein, um die Toilette zu benutzen. (Er hilft Russell, den Kaminabzug wieder dicht zu bekommen.) Wenn ich Männer sehe, ist jetzt mein erster Gedanke, wozu sie wohl fähig sind. Wird dieser Fiesling wiederkommen, frage ich mich, um einzubrechen? Aber in dieser Gegend würde er vorher von einem, der hier sein Revier hat, überfallen.

25.000	(Brief von Brandeis, dass diese Summe für nächstes Jahr möglich ist.)
10.000	(Sehe nicht, wie Harcourt für die Essays weniger bieten könnte.)
7.000	(Bisher geplante Lesungen)
3.600	(Ms.)
45.600 $	

Also: Ich sollte aufhören, hierüber zu grübeln, und meine Lehrveranstaltungen an der Brandeis planen. Und organisieren, wo Willis bleibt, während ich weg bin.

Guter Stoff für die Kurse könnten sein:

Paule Marshall, Jean Rhys, Zora Neale Hurston & Virginia Woolf und Agnes Smedley.

1. Frida Kahlo
2. Bessie Smith
3. Agnes Smedley

1. Die womanistische Schriftstellerin: Womanismus, seine Abwesenheit im Werk von Paule Marshall, Jean Rhys, Zora Neale und Agnes Smedley – und seine tiefe Präsenz. Ein Creative-Writing-Kurs.

2. Das innere Leben: Visionen & der Geist, ein Seminar
Zweimal wöchentlich jeweils 1½ Stunden
Montag/Mittwoch
Dienstag/Donnerstag

Wieder ein Anruf von Robert – er sagt so aufrichtig: »Ich liebe dich, Alice. Denk dran, dass ich dich wirklich liebe und dass mir nichts wichtiger ist als unsere Beziehung. Ich will ein Liebesgegenüber sein, das du achten kannst. Das ich achten kann.« Später (nachdem ich ihm noch mal erklärt hatte, wie tief gebrochen mein Vertrauen ist) sagte er: »Ich hasse mich dafür, dass ich das getan habe.« Er fragte, ob wir reden könnten. Ich sagte Ja. Was sich geändert habe, sei nicht meine Bereitschaft zu reden, sondern mein Vertrauen in ihn, mein Glaube an ihn. Ich erzählte ihm etwas, worüber ich den ganzen Tag nachgedacht hatte: wie Ruth sich sechs Jahre lang an den Wochenenden von Hood hatte schlagen lassen, ehe sie ihn endlich verließ. Dass es, wenn man aus meiner Familie kam, schwer war, irgendeinem Mann zu vertrauen, dass ich es aber versucht hätte. Und ich erwähnte, wie sehr ich mich bemüht hatte, den Rassismus loszuwerden, der mich daran hinderte, Pam und Casey einfach als menschliche Wesen zu sehen.

(Mit Männern zu reden, ist schwer, denn wo Feministinnen routinemäßig Rasse/Geschlechtanalogien ziehen, scheinen Männer nicht mitzukommen.)

Er sagte, er habe Dworkins Buch gelesen, und gestand, sich bedroht zu fühlen. Er erkennt, dass er gewisse männliche Verhaltensweisen aufgeben muss, die er nicht mal gut findet oder respektiert, die aber bedeuten, dass er »unter Männern als Mann gut dasteht«. Aber einzelne Männer werden sich den

Frauen anschließen, sich als Frauenfreunde identifizieren müssen, so wie Weiße sich den People of Color anschließen müssen & mussten. Ich werde mich nie Weißen oder Männern anschließen. Ich habe – und ich bin mir dessen bewusst – das Glück, schon das zu sein, dem ich mich anschließen würde, wenn ich es nicht wäre. Wenn ich ein Mann oder weiß wäre, hätte ich hoffentlich den Mut, mich den Frauen (und Kindern) und People of Color anzuschließen.

Der Arbeiterklasse habe ich mich – durch meine Art zu leben und zu wohnen – in meinen Augen bereits angeschlossen (obwohl auch hier gilt, dass ich ohnehin dazugehöre.)

Als Glorias Eintreffen näher rückte – (und nachdem ich ihren langen, begeisterten Brief über The Color Purple noch mal gelesen hatte) –, beschloss ich, mir etwas Schöneres und Bunteres anzuziehen, um sie zu empfangen. Ich entschied mich für meinen bestickten guatemaltekischen Rock, ein rotes Paisleytuch, passend zu meinen roten Socken – und einen schwarzen Pullover mit vielen Löchern. Ich mag den Pullover und seine Löcher. Gloria bestimmt auch.

7. Nov.

Gloria ist wunderbar! Und ich könnte mich leicht in sie verlieben. Ich vermute, das passiert ihr ständig. Sie ist so bezaubernd und riecht so gut!

Sie ist gestern gekommen. Gestern Abend waren Wendy, Grace und ich im Civic Center in Marin, um sie dort sprechen zu hören. Zusammen mit Holly Near (yeah!), Jessica Mitford[21] (äh?), einer Komikerin (?) und als Moderatorin des Ganzen Belva Davis[22] (super souverän). Wir haben uns prima amüsiert. Wurden von umherstreifenden TV-Leuten interviewt.

Fuhren dann in jemandes schickes, ziemlich neues Haus in den Kentfield Hills.

Gloria und Holly fand ich am tollsten. Beide so offen und achtsam. Als ich sie umarmte, merkte ich, dass eine gewisse hautfarbenbedingte Zurückhaltung verschwunden ist, wenn ich es mit Frauen wie ihnen zu tun habe. Und das macht mich so froh. Holly und Gloria sprechen beide genauso selbstverständlich von Rassismus wie von Sexismus, was immer ermutigend ist. Und Gloria sagte auch, ich würde sie durch meine Arbeit motivieren – vor diesem zweitausendköpfigen Publikum. Es gab einigen (Appals): Ich wollte Applaus schreiben. Meint man, wenn ich das so komisch schreibe, mein Gehirn baut ab?

Es war ein wunderbarer, lustiger Abend. Kurz wünschte ich, Robert könnte wirklich an dem teilhaben, was Frauen tun. Einfach weil es solchen Spaß macht und so unerhört ist. Als wir unsere Mäntel aufhängen gingen, nutzte ich die Gelegenheit, um Wendy zu küssen und zu umarmen – und sie küsste und umarmte mich zurück. Da war noch eine weitere, total dykey aussehende Frau bei dem Empfang: eine Musikerin und die Freundin von Holly Near. So unverfroren. Angezogen wie ein Junge. Sehr stark und selbstbewusst – mit einem Schlips, den sie sich aus orangem und weißem Blumendekorationsband gemacht hatte.

Als Wendy uns miteinander bekannt machte, sagte sie: Ich habe gehört, du hast mich gleich als Lesbe identifiziert. Ich hatte das zu Wendy gesagt, aber nicht gedacht, dass sie es weitererzählen würde! Doch die Frau sagte: Stört mich nicht. Sie lächelte. Und ich mochte sie.

Später dachte ich: Jesus! Ich mag alle: Männer, Frauen, Schwule, Lesben, Heteros und Heteras. Alle Hautfarben etc.

Aber was ich offenbar besonders mag, ist etwas speziell Jüdisches. Mel, Gloria und Wendy haben das (was auch immer es ist) gemeinsam. Sie sind engagierte, entschlossene und sehr warmherzige Menschen, die außerdem gern lachen. Man weiß, mit ihnen kann man Spaß haben und eine Menge Arbeit getan kriegen. Vielleicht mehr, als man getan kriegen würde, wenn man keinen Spaß hätte.

—

Gestern, Sonntag, haben Gloria und ich lange geschlafen. Sie sagt, Rebeccas Bett sei gemütlich, und war angetan von all den Regenbogen. Wir haben Rührei mit Speck gefrühstückt, sind dann den Land's-End-Wanderweg gegangen. Und haben die ganze Zeit geredet. Dann sind wir nach Hause und haben das Interview gemacht. Ich habe über alles Mögliche geredet: den Unfall, meinen »Traum«, dass ich dem Busfahrer ein Auge zahle, um aus Eatonton rauszukommen.

Der Besuch war eine Freude, obwohl ich meine Nervosität und meine bleierne Zunge verfluchte, was sich aber zum Ende hin beides besserte.

Gloria ist schön. Mit wundervollen Augen. Braun wie Mokka-Java-Kaffee. Sie wirkt so »integriert« und entspannt und voller Lust am Leben. So lange ich sie kenne, ist sie immer gleich alt.

Robert war wieder zurück und lud mich zum Essen ein. Seine Klausurtagung war gut, wenn auch den Ethnic Studies das Aus droht, es sei denn, jemand klemmt sich wirklich dahinter. Vielleicht tut er es ja.

Nach Wendy und Gloria wirkte er fade, bleiern, kalt und ungeschlacht. Ohne inneres Licht. Tumb, wie Kreaturen tumb sind. In sich selbst eingesperrt.

Er sprach davon, dass er sich ändern will – Ernährung könnte der Schlüssel sein, meint er. Ich hoffe ja nur das Beste für ihn, aber meine Gedanken wanderten immer wieder zu Wendy und Gloria zurück. Ich konnte mir nicht vorstellen, dass sie Dinge tun, die R. tut.

Wieder zu Hause hörten wir Musik, und er nahm meine Füße auf seinen Schoß und massierte sie. Bald schon war ich zu müde, um noch länger aufzubleiben, und er ging nach Hause.

Das Interview ist für eine Ms.-Titelstory. Und ich soll Bandaufnahmen von meinem Buch machen, damit Stevie Wonder es sich anhören kann. Ich habe befunden, dass ich lieber einen Blurb[23] von ihm will als von irgendjemand anderem: von ihm, Richard Pryor, Cicely Tyson, Bernice Reagon, niemandem vom literarischen Establishment.

Wie wird es sein? Diese neue Exponiertheit? Egal was passiert oder nicht passiert, ich weiß, ich werde zufrieden sein. Das ist die Hauptsache.

12. Nov. 1981

Robert und ich waren essen, und er weinte – weil ich, als er herüberlangte, um meine Hand zu streicheln, weiter den Rand meines Tellers streichelte. Keine Gefühlsregung. Er musste später nach Pittsburgh, zu einer Lesung. (Es fühlt sich öde an, das zu schreiben. Langweilig.) Jedenfalls, er bat mich um Verzeihung. Ich verzieh ihm. Hielt ihn und strich ihm übers Haar. Wir waren mittlerweile wieder bei mir zu Hause, und ich hatte ihn im Auto sitzen lassen und guckte Cosmos. Ich sagte ihm, meine Gedanken an ihn seien negativ. Meine Bilder von ihm, alle negativ, abwertend. Und kein Vertrauen.

… Die meisten Frauen, die ich wirklich bewundere, sind frauenliebende Frauen. Was Gloria sagte – dass sie einfach nicht mit Männern über irgendwas redet, was ihr wichtig ist (weil sie es nicht verstehen können/nicht verstehen), aber trotzdem Männerbeziehungen hat, klingt nicht gut. Ich glaube, wir können unsere Liebhaber körperlich lieben und respektieren. Können uns dem anderen ganz geben. Es ist mir eine schreckliche Vorstellung, Robert für den Sex und als Beschützer zu haben – aber nicht für echte Gemeinsamkeit.

Ein Wochenende auf dem Land mit Regen und schönen Wolken. Robert und ich. Und ich war fast die ganze Zeit glücklich. Habe gesungen und gepfiffen. War voller Energie. Habe an meinem Quilt gearbeitet.

Wir haben zusammen geschlafen, uns in den Armen gehalten, aber das war alles. Ich habe ihm erklärt, dass ich mich sexuell tot fühle – dass ich nur noch als Freundin in seinem Leben bin. Wir haben beide viel geweint (jedenfalls glaube ich, dass er geweint hat). Und ich war traurig wegen uns. Aber das Erstaunliche ist: Ich habe mich auch frei gefühlt! Deshalb habe ich so viel gesungen und mich so gut gefühlt. Ich fühle mich frei von Robert. Wenn ihm etwas an mir missfällt – was ich zum Ins-Bett-Gehen anziehe, dass meine Kleider zu weit sind, was auch immer –, weiß ich, es spielt keine Rolle. Er ist niemand, den ich so halten will, wie er gehalten werden will. Er ist auch nicht ständig in meinem Kopf und hemmt mich.

Der Plan, uns für eigenes Land ins Zeug zu legen: Im Moment ist unser Haus dort für uns ganz ausreichend. Wir werden in diesem Monat nur einmal dort draußen gewesen sein. Trotzdem: der Gedanke an mein eigenes Terrain – wo ich spazieren gehen und meine eigenen Gedanken einladen kann. Ich weiß, ein Ort auf dem Land, der wirklich meiner ist, wird meiner Arbeit guttun.

Komisch. Ich muss in Harmonie mit mir sein, um die beste Arbeit zu machen.

17. November 1981 Rebecca wird 12! Ich schicke ihr Blumen mit folgendem Gruß:

> Für Rebecca –
> zur Feier unseres
> glücklichsten Tags –
> ein Geburtstag für dich
> deinen Vater und mich.
> Alles Liebe,
> Mom

Aber ich habe das Notizbuch hervorgenommen, um den Tag selbst zu preisen. Nach fast einer Woche heftigen Regens ist es strahlend hell und klar. Und ich habe letzte Nacht tief und fest geschlafen. Keine Erinnerung an Träume. Der halbe Joint, den ich mit Wendy geraucht habe?

Sie und ich verbrachten den Nachmittag und einen Teil des Abends zusammen. … Essen in einem sehr guten neuen Restaurant (Ich liebe diese Stadt, wo die Leute etwas vom Kochen verstehen!). Ein richtig schöner Abend mit viel Reden und einigem Lachen. …

Dann kam Robert, zum Fernsehen und auf ein Glas Wein. Er fragte, ob wir eine Probezeit von einem Monat ausmachen könnten, in der er versuchen würde, »nicht mehr so ein blöder Wichser zu sein«. Wortwahl ist manchmal so eine Sache, dachte ich. Aber ich fühle mich besser dabei, ihm den Versuch zuzugestehen, als wenn ich sagen würde, es ist zu spät, an meinen Gefühlen kannst du nichts mehr ändern. So empfinde ich es überwiegend. Ich sehe nicht, wie ich das Ganze vergessen könnte. Andererseits: Jemanden, der sich aufrichtig zu ändern versucht, nicht dabei zu unterstützen, beschädigt die eigene Seele. (Offenbar lerne ich das alles aus Thurman Fleets Rays of the Dawn: so ein mysteriöses Buch.[24] So voller Weisheit, dass es jeder – wie ich – auf dem Nachttisch haben müsste, und doch weiß ich nicht mal, wer es verlegt hat. Es ist die Art Buch, für die der Leser bereit sein muss – einmal habe ich es Robert geliehen, und er hat es mir bald darauf zurückgegeben, unverändert.)

Also haben wir geredet, und er hat mir aus einem Afro-American-Studies-Newsletter aus L. A. vorgelesen, und ich habe eins meiner schönen alten Kleider zerschnitten, um es für meinen Quilt zu benutzen. Es war eine ungemein häusliche Szene – und sehr gemütlich! Als er dann bereit war zu gehen, hat er wie üblich die Arme ausgebreitet, und wir haben uns umarmt.

Bei alldem habe ich mich, wenn nicht taub (anfangs) und wütend, sehr glücklich gefühlt, als ob mein Geist endlich versteht, dass mein Glück in mir ist, genau wie mein »Gott« oder meine Sexualität. Alles, was ich brauche, ist in mir. Ich habe das Gesicht in die Hände gelegt, die Stirn, und mir Gedanken über den Geist gemacht, der hinter meinen Augen wohnt.

1. Dez.

Morgen wird Mama 69. Oder 70? Ich habe Blumen geschickt. Früher habe ich immer gefürchtet, dass sie vor mir stirbt, und gedacht, dass ich es nicht aushalten könnte. Jetzt ist mir klar, dass ich es ertragen könnte, wenn sie geht, weil sie dann immer noch Teil der Seele in mir sein würde. Und ich habe auch das Gefühl, dass ich dann auf eine Art befreit wäre. Mehr ich selbst sein könnte. Aber ich versuche mir zu sagen, dass es beim Ringen um Freiheit darum gehen muss, inmitten von anderen frei zu sein, nicht über andere hinweg: die Toten, die Schwachen, die Vergessenen.

9. Dez.

Robert und ich sehen uns viel. Waren gestern in Rich and Famous. Ich finde, sie sollten lieber gar keine Schwarzen in ihren Filmen haben, als sie als Staffage zu benutzen. … Robert tut mir leid. Er weiß, er hat unser Glück zerstört, indem er mein Vertrauen gebrochen hat. Er bereut es und versucht alles, damit ich unsere gemeinsame Zukunft wieder optimistisch sehe. Aber ich kann nicht. Ich habe das Gefühl, dass ich immer negativ über ihn denken werde. Ohne Respekt.

Es scheint so eine Vergeudung. Dass es – wie er heute Morgen sagte – nach allem, was wir durchgestanden haben, jetzt so endet. Aber nichts endet. Es ändert nur die Form.

19. Dez. 1981

Ich habe Robert meine Wohnungsschlüssel wiedergegeben. Aber verlangt, dass er mir alle Fotos von mir gibt, die in irgendeiner Weise aufreizend sind. Er hat es getan. Wir sind freundschaftlich miteinander.[25]

Nachdem ich meine eingefrorenen Gefühle wieder hatte auftauen lassen, kam auch das Schreiben wieder, das ich wochenlang hinausgeschoben hatte. Vielleicht sind Schreibblockaden ja einfach unaufgelöste emotionale Blockaden im Persönlichen. Wobei natürlich manche Schriftsteller, die wie Maschinen funktionieren, gelernt haben, ihre Blockade zu ignorieren und trotzdem zu schreiben – das könnte so viele schlechte Bücher erklären.

Die Schriftstellerin Ding Ling[26] kommt Montagabend hierher – ein Treffen in meiner Wohnung, das Tillie organisiert hat.

12. Jan. 1982

Es ist so viel passiert! Ding Ling war hier. Langsam gehend, langsam alles um sich herum betrachtend, mit interessierten, weisen Augen. Klein und rundlich. Hübsche Augen. Sie erinnerte mich an Mama. Wie Mama eine großartige Schriftstellerin hätte sein können. Sie ruhte sich in dem großen Sessel in meinem Schlafzimmer aus. Ihr Mann und die Dolmetscherin saßen auf dem Boden. Ich servierte ihnen Tee. Dann kam sie heraus zu uns: Tillie, Jack, Susan G, Kim C, Wendy, Robert und einigen anderen.

Umarmungen, als Ding Ling ging.

Aber die große Neuigkeit ist: Wir haben das Stück Land gefunden!

20 Acres sehr hügeliges, aber wunderschönes Mendocino-Land. … eine selbst gebaute Jurte, die sich erst mal prima als Arbeitsraum für mich eignen wird. Zwei Gebäude, die sich als Wohnhütten nutzen lassen, bis wir unser Haus gebaut haben. Wir planen, das Haus weit oben am Hang zu errichten, mit einem weiten Blick auf tiefer gelegene Hügel, Teiche, Bäume und Reben – Weinberge in der Ferne.

Verkauft wird es von zwei lesbischen Frauen in den 60ern. Sehr nett. Anständig. Die eine Töpferin. Die andere Postamtsleiterin in Navarro.

Eine Wiese mit einem alten Zaun am unteren Ende. Sie ist

abschüssig wie alles hier. Unten ein Bach, alte Bäume, dann ein Hügel, auf dem die Hütten stehen.

Dann, weiter oben, die Jurte und die Stelle, wo unser Haus hinsoll, dann noch weiter oben das Brunnenhaus.

Wir werden den Himmel in seiner ganzen Pracht sehen können. Die Sonne! Den Mond!

13. Jan. 1982

Belvie[27] und ich hatten einen <u>tollen</u> Nachmittag im Gym. Dann Essen in einem guten, billigen vietnamesischen Restaurant. Mit ihr fühle ich mich wohl und entspannt. Sie erinnert mich an die guten Seiten von Mamie.

Ich bin müde, obwohl es erst zehn ist. Ich werde hier liegen und von dem Land träumen.

Undatiert 1982[28]

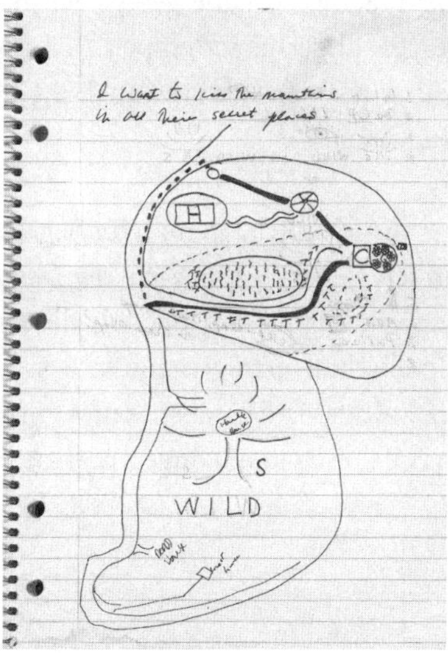

15. Aug. 1982
Es ist so herrlich. Wild Trees. Wenn ich hier bin, bin ich zu Hause.

Was soll ich über Robert sagen? Das letzte Jahr war so schwer für uns. Er hatte das Gefühl, dass seine Arbeit im Schatten von meiner stand. Er hat wenig Geld. Und wir hatten einen unsinnigen Streit, weil er The Black Scholar am »Literaturtisch« (wie er es nannte) bei der Buchpremierenparty[29] vertreten haben wollte. Ich sagte Nein: Meine Party werden weder The Scholar noch du benutzen. Er war lange verärgert. Während seines ganzen Urlaubs, genau gesagt wegen dieser Sache und weil er das Gefühl hat, das hier sei »mein Haus«, nicht seins.

Aber in Wirklichkeit ist es unseres. Ich will es teilen.

Jemand sagt, Ishmael Reed habe gesagt, ich hätte Schwarze Männer als Vergewaltiger abgestempelt. Kann das das Fazit dessen sein, was er aus der Lektüre von The Color Purple gezogen hat? Erstaunlich![30]

In letzter Zeit frage ich mich, wenn ich über diesen Vorwurf nachdenke: Bin ich Newsweek, bin ich The Daily News? Oder bin ich eine Schwarze Frau, die ebenfalls die Anschuldigung der weißen Gesellschaft ertragen muss, dass der Schwarze Mann ein Vergewaltiger ist? Und ist es nicht meine Pflicht als Schriftstellerin & Mensch, den Dingen nachzugehen?

6. Sept. 82

Morgen gehe ich nach Cambridge.[31] Letzte Nacht, als wir gemütlich kuschelnd im Bett lagen, planten Robert & ich unsere gegenseitigen Besuche. Er besucht mich in 3 Wochen, ich werde zweimal hierherkommen. Einmal Ende Okt. & einmal zu Thanksgiving. Wir waren die letzten Wochen zusammen sehr glücklich. Er und Casey benutzen in meiner Abwesenheit die Wohnung, & ich glaube, es wird ihnen gut gefallen. Der Gedanke, dass wir in 3 Wochen wieder zusammen sind, macht es weniger hart, weg zu sein. Ich liebe es hier, meine Wohnung, Wild Trees, Kalifornien. Und wenn Robert & ich wirklich zusammen sind, ist das Leben eine Art tägliches Glück. Was auch immer in Cambridge (& Waltham etc.) passiert, ich bekunde hiermit meine Dankbarkeit für das Dasein, für meine Freunde, für Roberts Liebe & Zärtlichkeit, für alles, was mein Leben zu einem Leben in Glück & Frieden gemacht hat.

31. Okt. 1982

Für ein im Flug vergehendes Wochenende zu Hause. Kam Donnerstagabend an, erschöpft, deprimiert, prämenstruell. Verstört durch ein paar Hassbriefe, die in Brandeis eingegangen waren, und einen Artikel, überschrieben mit »Auf einem Auge blind« in Großbuchstaben, als Ankündigung einer Lesung, die ich Mittwoch an der Clara University halten soll. Zu müde & deprimiert, um Liebe zu machen. Hinter mir: eine Woche Lehrveranstaltungen, Interviews, Hasspost, merkwürdige Studentinnen, eine angestrengte, zu kurze Lesung aus Purple in Brandeis. In der nächsten Nacht jedoch machten wir alles wett. Aber nur, weil ich meine ganzen psychischen & physischen Belastungen mit Robert teilen konnte, der mich beriet & tröstete. … Ich fühlte mich sofort besser, als ich Robert erzählt hatte, was mir zu schaffen machte. Das erstaunt mich immer wieder.

Und jetzt ist Halloween, ein strahlend klarer Tag, lauter Leute, die in Shorts herumlaufen, & die Bay voller Boote. Wir haben eine Runde am Meer gedreht.

Casey ist dabei, die Tür fürs Trick-or-Treat zu dekorieren. Robert & ich im Arbeitszimmer. Mein Gesamtbefinden ist besser, viel besser als bei meiner Ankunft. Und dieses Tagebuch, das letzte Jahr, noch mal durchzugehen, ist interessant. Wie schnell & gründlich ich (inzwischen) das Schlechte vergesse. Das muss inneres Wachstum sein.

22. Dez. 1982

Dank dem Großen Geist!

Ich bin wieder zu Hause. Endgültig wieder zu Hause!

Und was ich definitiv gelernt habe, ist, dass ich nie wieder weg sein will. Die 3 Monate waren unglaublich hart. Das Heimweh schier unerträglich. Es gab Zeiten, in denen mir zum Weinen war. Und ich habe Robert schlimm vermisst. Aber, auf der positiven Seite: Rebecca & ich hatten eine wunderbare Zeit miteinander.[32] Besuche an fast allen Wochenenden (8 oder 9 insgesamt), viel zusammen umherstreifen, shoppen, Party machen, kichern & schmusen. Und ich war froh, Zeit mit ihr allein zu haben, um an unserer Beziehung zu arbeiten. Die wirklich gut ist. Jedenfalls scheint es so. Rebecca reift zu einer nachdenklichen, oftmals ernsten Person heran, die aber auch sehr gern lacht und Dinge erkundet. …

Ein paar schöne Sachen – neben der Zeit mit Rebecca – in Boston. Die Zinns, die ich immer noch genauso mag, wenn nicht mehr denn je. Fanny Howe & ihre Kinder. Mary Helen. Aber nachdem ich die Cambridge-/Harvard-Szene aus der Nähe erlebt habe, bin ich froh, dass ich nicht dort bin. Zu viel Konkurrenz, Schauspielerei & Angst. Die Leute wirken irgendwie nicht ganz real. Was erschreckend ist, weil ich sicher bin, sie sind real. In Harvard muss man den Anschein ständiger Kreativität & ständigen Ausgeruhtseins erwecken.

Und jetzt, was will ich? Besseres Wetter auf jeden Fall schon mal. Aber nein. Ich mag jedes Wetter, wenn ich es warm & gemütlich habe. Und das habe ich.

Von Cambridge aus habe ich den Verkauf des Hauses in Brooklyn angeleiert. Verlange 190.000, würde 175.000 akzeptieren. Das deshalb, weil ich ein Haus bauen & Mama für Monate am Stück zu Besuch haben will, wenn sie möchte & in der Lage ist. In Eatonton sind ihre Möglichkeiten so begrenzt. Dort gibt es kaum etwas, was sie stimuliert. Hier draußen hat sie mehr Bewegung, sieht mehr interessante Dinge. Sagt, sie habe keine Schmerzen!

—

Jetzt ist die regnerische Zeit über uns gekommen. Ich sehne mich nach sonnigen Tagen im Garten, danach, den Boden für Sommer- & Herbstgemüse vorzubereiten. Aber vielleicht sollte ich an meinem Quilt arbeiten und mich ausruhen & ausruhen & ausruhen.

25. Jan. 1983

Ich habe eine wunderschöne Woche mit Belvie in Mendocino verbracht. Tote Pflanzen gejätet, kompostiert, Kuchen im neuen Backofen gebacken. Ich bin dort auf eine Weise ich selbst wie nirgendwo sonst.

Bin dem Universum sehr dankbar für seine vielen schönen Dinge & Wohltaten.

Viele telefonische & briefliche Anfragen wegen Vorträgen oder Lesungen. Ich nehme eine Sache pro Monat an, in der Annahme, dass ich bald wieder aufgetankt haben und in der Lage sein werde zu arbeiten/spielen. Einen Roman zu schreiben.

1. Feb. 1983

Der Monat meiner Geburt, vor 39 Jahren. Meine Mom krank im Bett. Wie sie sich wohl damals gefühlt hat? Schwer, ruhelos.

Ein wunderbarer Tag mit Belvie. Stundenlang im Howard Thurman Trust Tonbandaufnahmen gehört. Dann Mittagessen in einem internationalen Restaurant in N. Beach. Dann Schwimmen downtown (Mason & Sutter), dann Bohnen & Reis zu Hause & Gesichtsmaske & Haare stylen & so weiter & so fort. Spaß & Harmonie. Freundschaft & Spiritship.

18. Feb. 1983

Es ist so weit, der Tag meiner Lesung am College of Marin. Hoffe, es läuft gut. Ich habe nicht wirklich Lust zu lesen. Eine Lesung im Monat wird mehr als genug sein, das kann ich jetzt schon sagen. Ich fühle mich schläfrig; scheint mit dem Wetter zusammenzuhängen, das wechselhaft ist: Der Winter versucht zum Frühling zu werden. Hatte eine Art Streit mit Tillie.[33] Sie fand meine Rede zum MLK-Tag nicht »hilfreich«. Sie glaubt, dass Technologie die Antwort auf alles bietet. Mich dagegen beeindruckt sie nicht so furchtbar, von fließendem Wasser & Strom zum Kochen & für Licht mal abgesehen. Es gibt einen Punkt, an dem die Technologie haltmachen muss – & nach dem Fernseher & dem Plattenspieler wäre für mich okay.

Tillie ist da natürlich anderer Meinung.

Sie hat mir die Kopie der Rede, die ich ihr gegeben hatte, zurückgeschickt, voller empörter Kommentare. Sie findet es »arrogant«, die Erde als anthropomorph zu behandeln. Ich fände es arrogant, es nicht zu tun. Wie umgehen mit einer Beziehung, die ich nicht als zuträglich empfinde? Ich spüre ihren Unmut in vielem, was sie sagt. Sie erklärt immer wieder, dass sie »mich gar nicht kennt«. Und das ärgert sie offenbar.

Nun ja. Wie ich es sehe, wird da Ausdauer nicht allzu viel bringen, weil man mit ihr nicht reden kann. Sie hört nicht zu. Null.

Robert & ich glücklich, dem Großen Geist sei Dank – es entzückt mich immer noch, wieder zu Hause & mit ihm zusammen zu sein. Sooft jemand auch nur die Möglichkeit erwähnt, ich könnte irgendwohin gehen – und sei es, um einen Preis zu bekommen (TCP wurde für den National Book Circle Critics Award [sic!][34] nominiert) – sträubt sich alles in mir. Ich kann mir nicht vorstellen, aus irgendeinem Grund von hier wegzuwollen. Ich muss aber bald nach Minnesota & später dann nach Wisconsin.

19. März 1983

Zurück aus Minnesota. Zwei Veranstaltungen, sehr groß, ausverkauftes Haus & sogar noch ein drittes Event, gratis, für die YWCA[35] zu Ehren der Black History Week oder zu Ehren Schwarzer Schriftstellerinnen. Nette Leute, die ihre Kinder mitbrachten. Die anderen Veranstaltungen, am College of St. Catherine, überwiegend weiß, wenn auch wie immer eine überraschende Anzahl Schwarzer Frauen da war, die stolz & glücklich aussahen & klangen & mir Geschenke brachten: Gedichte, Bücher etc. Tatsächlich Geschenke von Frauen aller Hautfarben.

… Ich las den Essay »Everything Is a Human Being«.[36] Und das Publikum schien wirklich bewegt. Hinterher kam eine Native-American-Frau zu mir & dankte mir, & wir hielten uns an den Händen & fühlten uns einander so nah! Sie sagte: Wissen Sie, ich saß da hinten und dachte, man stelle sich nur einmal vor, ich stünde vor diesen Leuten und würde diese Sachen sagen! Aber dann dachte ich: Wow, eine Schwarze Amerikanerin sagt diese Sachen! Wir lachten.

Wir werden doch noch vereint sein – alle Völker der Welt.

Aber zu Hause: Ruhe & Regen & Lesen. Und das Ausmustern von (200) Büchern, von denen ich glaube, dass ich sie nie wieder lesen werde. Und das Ausmustern von Kleidungsstücken, von denen ich glaube, dass ich sie nie wieder tragen werde. Und ein bescheidener (erster) Nachschub an Büchern & Kleidung. Die Frida-Kahlo-Biografie, die Gandhi-Autobiografie, die Tolstoi-Biografie, von der ich jetzt denke, ich habe sie vielleicht schon gelesen. Und, von Sue geliehen, ein Buch von Blavatsky. Und, auf Empfehlung von Wendy, Daughters of Copper Woman. Und das Pflanzen von 100 Bäumen. Mit Robs und Sues Hilfe. 10 Robinien, im Wechsel mit 10 Gemeinen Erbsensträuchern und auslaufend in 2 Atriplex canescens auf einer Seite der Zufahrtstraße. Dann: 8 Schmalblättrige Ölweiden, 10 Schuppenrinden-Hickorys, 10 Roteichen, etliche Holundersträucher, Kastanien, Schwarznussbäume etc.

Montag fliege ich nach Georgia, um Mama zu helfen. Ich versuche mich psychisch auf die Woche vorzubereiten. Ist aber schwer. Ich werde viele gute Bücher mitnehmen, was zu rauchen & vielleicht ein paar Seiten dieses Tagebuchs zum Weiterschreiben.

31.3.83
Aus Georgia zurück seit Sonntag – vier lange Tage schon. Kam immer noch ziemlich beklommen in Atlanta an, nahm einen Mietwagen, fuhr zu Ruth & holte Mama ab. Dann runter nach Eatonton für 5 Tage. Mama extrem schwach, fiel hin, als sie ins Auto zu steigen versuchte. Bei sich zu Hause dann aber gleich viel kräftiger. Konnte in etwa 1/3 der Fälle allein auf die Toilette gehen. Ich habe die Woche schon fast genossen, obwohl meine arme, verrückte Familie im schlechtesten Zustand seit Langem ist.

Aber ich fühlte mich dann doch allen näher … weil es einfach etwas menschlich Anrührendes hat, wenn Leute zu kämpfen haben – & das haben sie alle. Sie haben zu kämpfen & bemühen sich sehr, ihr bestes Selbst zu sein.

21. April, Donnerst.
Vor einer Woche etwa rief mich Winnie Kelly an, um mir zu sagen, The Color Purple habe den American Book Award bekommen.[37] Das war schön zu hören, und dann, diese Woche – am Montagmorgen, als ich gerade Briefe beantwortete und Rechnungen erledigte – rief eine Frau von KDLA bei mir an und sagte, ich hätte einen Pulitzer-Preis gewonnen. Ich dachte, es sei ein Scherz. Sie sagte, nein, sei es nicht. Die Medien brachen über mich herein. Und jetzt bin ich ausgelaugt. Zum Glück haben mir meine Freundinnen bei Ms. ein Gerät ge-

schickt, das telefonische Nachrichten annimmt. Aber inzwischen habe ich festgestellt, dass ich sie ungern abhöre. Tagelang waren meine ruhigen Morgenstunden dahin, & mir ist wieder einmal klar geworden, wie sehr ich sie dann vermisse. Wie sehr ich sie brauche. Wie sehr meine Gemütsruhe von Stille & Nicht-reden-Müssen abhängt. Vielleicht ist es ja das, was so ein Preis bedeuten kann (mich fragen dauernd Leute, & ich weiß es noch nicht). Dass ich die Freiheit haben werde, nicht zu reden.

Robert war wunderbar. Unterstützend, liebevoll, geduldig, väterlich/mütterlich/liebhaberlich. Er hat eingekauft, gekocht, Ordnung gemacht. Eines Nachts musste ich ihn einfach in die Arme nehmen & den Dingen ihren Lauf lassen! Er hatte die Erkenntnis: »Löse dich von Süchten, & Lust & Glück kommen zu dir.« Ich war sehr froh, das zu hören.

Und jetzt fliege ich übers Wochenende nach Milwaukee, um zu den Deltas[38] zu sprechen bzw. mich von ihnen feiern zu lassen. Was mir irgendwie enorm passend erscheint.

Inzwischen kamen wunderbare Telegramme etc. von June & Toni Cade Bambara & Paule & ein riesiger Blumenstrauß von Bill Jovanovich.[39] Er sagt, wenn ich Geld brauche oder jemanden zum Weinen oder Lachen, soll ich »bei ihm vorsprechen«. Die American Booksellers Association & Pulitzer haben den Verlag dazu bewogen, 20.000 statt 10.000 Exemplare der Essays zu drucken. Solche Umsicht! Erstaunlich!

Aber ich bin glücklich. Shug & Celie sind glücklich. Alle scheinen hocherfreut, & wir nennen ihn jetzt »The People's Pulitzer«.

April 1983[40]
Hallo, hier ist eine sehr müde Alice Walker. Wenn Sie anrufen, um mir zu gratulieren, danke. Wenn Sie wegen eines Interviews anrufen, ich bin leergeredet.

Wenn Sie mich wegen etwas anderem sprechen wollen, hinterlassen Sie bitte Ihren Namen & Ihre Telefonnummer.

April 1983
Ich nehme diesen Preis für meinen Roman[41] im Namen der Menschen aus dem Volk an, im Namen von Menschen wie meinen Eltern, die nie einen Roman geschrieben oder gelesen haben; im Namen der Menschen dieses Landes, die um Bildung, Gesundheit & Glück gebracht werden & gezwungen sind, für den Profit der Unterdrückerklassen zu arbeiten, und der Menschen überall auf der Welt, denen es genauso geht & die in diesem Moment dafür kämpfen, ihrer Ausbeutung ein Ende zu machen. Ich nehme ihn im Namen unserer indigenen, Schwarzen & weißen radikalen & feministischen Vormütter und -väter an, deren Worte & Taten uns immer wieder die ermutigende Gewissheit geben, dass, so arm wir auch sein mögen, die Erde uns gehört. Wir müssen unseren ganzen Zorn und unsere ganze Liebe darauf verwenden, diese Erde vor jenen zu schützen, die sie bedrohen & deren zerstörerisches, überhebliches Handeln vom Blut der Unterdrückten genährt wird.

Gemeinsam können wir ein Amerika & eine Welt erträumen & errichten, wo alle schreiben & alle lesen & alle malen & alle Musik machen & niemand Angst hat.

Mir ist bewusst, dass ich, die ich als eine von wenigen aus meinen Herkunftsverhältnissen das Glück hatte, nicht nur der Ungebildetheit zu entkommen, sondern sogar Romane zu lesen & zu schreiben, die Pflicht habe, euch zu ermutigen, an diese Welt zu glauben.

Ich danke meinem Freund Mel Leventhal für die Jahre, in denen er mich in jeder erdenklichen Weise unterstützt hat. Und ich danke unserer Tochter Rebecca Leventhal für alles, was sie mich über Staunen, Geduld, Ermutigung & Freude gelehrt hat.

Ich danke meinen Freundinnen Joanne Edgar & Gloria Steinem[42] für ihren unerschütterlichen Glauben an meine Arbeit, & ich danke meinem Gefährten Robert Allen für seine Freude daran, Abenteuer mit mir zu teilen. Ich danke meiner Mutter dafür, dass sie Glauben und Vertrauen genug hatte, um mich für ein Leben zu rüsten, das – bis auf das Gärtnern – völlig anders ist als ihres.

—

Wir sind alle Kinder
Der Wildnis
Eden
Verschwenderisch, bunt
&
Ungetrimmt
Wunderlich wie Adam
Original
Wie Eva.

30. April 1983

Robert & ich sind zurück aus New York & von der ABA-Preisverleihungszeremonie. Alles in allem eine angenehme, nicht besonders anstrengende Sache. Ich dankte den anwesenden »Mitgliedern meiner Familie« (Joanne Edgar, Rebecca, Miriam

(Mels Mutter! Er war in letzter Minute »verhindert«), Gloria & Robert). Dann nahm ich den Preis im Namen der Menschen aus dem Volk an. Ob sie nun lesen oder nicht. Ich hoffe nur, ich bin meinem eigenen Völkchen gerecht geworden. Solche Lebendigkeit! Solche Leben! Solch optimistische Weisheit, so direkt ausgedrückt! Ich habe wirklich das Gefühl, dass das alles sie getan haben, irgendwie. Dass ich ein Medium bin.

Dann, nach der Zeremonie, wurde ich/wurden wir rasch in einer gigantischen »Limo« zum Essen in den Russian Tea Room gebracht, wo Mel zu uns stieß. Er sieht alt & krank aus. Er tat mir so leid. Sein Blick ist sehr verhalten, und er redete davon, dass er in »Rufbereitschaft« für den Gouverneur sei, der juristischen Rat in einer Zwei-Millionen-Dollar-Sache brauche. Warum kann ich mich einfach nicht für seine juristischen Angelegenheiten interessieren oder davon beeindruckt sein! Ich wollte es ja wirklich, aber ich döste fast weg, & »klick« sah ich wieder die Langeweile der Ehe vor mir. Der Jurist Mel ist nicht wie der Poet Mel, den der Jurist Mel ausgelöscht hat.

Viele, viele Briefe von Leuten, die sich über den Preis freuen. Fast alle schreiben, sie hätten das Gefühl, auch selbst etwas gewonnen zu haben. Nur einige wenige äußern sich negativ. Einer davon ist Loyle Hairston[43], der meint, ich bekäme die Preise nur wegen meiner negativen Darstellung Schwarzer Männer. Ich fand das ungerecht und unverdient & habe ihm das geschrieben.

Aber überwiegend scheinen sich die Leute zu freuen. Viele Frauen & einige Männer.

Ich weiß, wenn ich Celie die Vergewaltigung hätte genießen lassen, würden sich die meisten Männer nicht beschweren. Nicht mal die meisten Frauen, so gehirngewaschen & von ihren Gefühlen abgetrennt, wie sie sind. Aber zum Glück wachen sie jetzt auf! Und ich werde da sein und Guten Morgen sagen!

11.5.83

Heute habe ich ein Zittern im Auge, nach mehreren Tagen aktiver (Schwimmen, Spazierengehen, Yoga) Gutgelauntheit, zu der auch Singen gehörte. Was das Problem ist? Tja, ein total verlogener Brief von Loyle Hairston, in dem er leugnet, meinen Roman als etwas charakterisiert zu haben, dem Weiße Preise verleihen, weil es nichts gegen Weiße sagt. Warum macht mir das etwas aus? Wie schon bei Meridian habe ich von ihm mehr erwartet. Auf jeden Fall Fairness. Aber wenn Frauen über Frauen schreiben, verstehen das Männer nicht – oder sie weigern sich, es zu verstehen. Sie hassen es, nicht im Zentrum zu stehen, & schieben sich in den Mittelpunkt, und sei es nur, indem sie einem erklären, sie seien verleumdet worden – so wie Loyle. Aber echt jetzt, ich kenne diesen Mann nicht, abgesehen davon, dass er eine positive Rezension über 3rd Life geschrieben hat & auf einer Buchpremierenparty für Rosa ganz nett wirkte.[44] Immerhin war er da und half ihr, Bücher zu verkaufen.

Ein komplizierteres Problem ist Tillie Olsen[45], die mir, jetzt, wo ich ihr 1.000 $ gegeben habe, damit sie mit nach China reisen kann, ständig Erinnerungen daran schickt, was sie alles für mich getan hat. Gestern hat sie mir 500 $ zurückgeschickt, zusammen mit einem Haufen indianischem Souvenirkrempel (Sticker, Postkarten etc.), den sie in der Wüste in Arizona aufgelesen hat. Und dazu noch eine Fotokopie ihres Briefs an die Guggenheim-Leute, in dem sie meine Bewerbung unterstützt hat!

Ich werde versuchen, nie mehr irgendetwas von ihr anzunehmen. Vielleicht ist das ja die Lehre. Dass das Unbehagen, das ich bei ihren »Gaben« immer hatte, daher kam, dass ich ahnte, sie würde nicht umhinkönnen, mich daran zu erinnern. Und dass ich es nicht leiden kann, an so etwas erinnert zu werden. Sie wirkt kleinlich und erbärmlich auf mich, aber sie geht mir auch unangenehm unter die Haut. Außerdem kommt sie mir vor wie Muriel.[46] Das gleiche Bedürfnis, die gepriesene Mentorin zu sein, die Urheberin aller Gedanken. Ich mag sie nicht besonders. Das ist die Wahrheit. Und doch schicke ich ihr immer wieder Briefe, die allesamt mit »liebe Grüße« unterschrieben sind. Das Zittern in meinem Auge hat aufgehört.

Und noch ein drittes Problem, das eine reine Geldsache ist, stellt sich seit gestern.

Ob ich 2.800 für ein Fundament unter der Haupthütte ausgeben soll statt der geplanten 1.000 $. Aber das ist wirklich nur Geld, sage ich mir. Obwohl ich zugeben muss, es beunruhigt mich schon etwas, dass die Kosten in Wild Trees ständig steigen, während dort nicht viel zu passieren scheint – andererseits, angenommen, alles läuft gut, habe ich dann das feste Fundament auf dem Land, das ich brauche, & kann nächstes Jahr um diese Zeit dort komfortabel wohnen, mit fließendem Wasser, Strom, einem neuen Raum.

Das Augenzittern ist wieder da.

Aha. Vielleicht mache ich mir ja Sorgen wegen des Geldes.

Alice, lass es. Wenn dir das Geld ausgeht, kannst du die Sachen ja immer noch stoppen. Es kommt ja auch Geld rein. Du schaffst das schon. Und jetzt mach dir mal klar, wie gut es dir geht!

Du hast einen Bestseller über Leute geschrieben, die du

liebst. Die Auflage ist jetzt bei 50.000. Es verkauft sich & hat sich verkauft wie warme Semmeln!

Du hast einen American Book Award bekommen & einen Pulitzer-Preis – von dem du gar nicht wusstest, dass es ihn für Fiktion gibt.

Du hast eine gesunde & lustige Tochter, die dein Gesicht aufleuchten lässt, wenn du nur Fremden in Milwaukee von ihr erzählst! Wobei du sie nicht »hast«, sie hat sich selbst, was du ganz toll findest. Toll findest du auch ihre Ehrlichkeit & Fröhlichkeit. Mal ganz abgesehen von ihrer hübschen kleinen Gestalt!

Du hast Freundinnen und Freunde, die sich freuen & dir zujubeln – Gloria, Robert, Belvie, Jan & noch mehr!

Du hast Leserinnen, die dir begeisterte Briefe schreiben & Blumen schicken & Buttons & Gedichte.

Du fährst in einer Woche nach Le Mans, um einen Ehrendoktor zu bekommen. Du wirst Mary Helen sehen, Howie, Roz, Rebecca & wer weiß, wen noch alles!

Du reist in 3 Wochen nach China!

Du hast den Entschluss gefasst, eine öffentliche Sache pro Monat zu machen & versuchst & schaffst es auch manchmal, dich dran zu halten (& bei Verstand zu bleiben).

Vielleicht kommt die Anspannung ja von all diesen »guten« Sachen. Aber entspann dich. Wirklich wichtig für dich ist dasselbe wie immer: innere Ruhe, ein Ort zum Wohnen auf dem Land, in der Nähe von Bäumen, ein Ort zum Wohnen in der Stadt, in der Nähe von Robert. Gesundheit. Tage, an denen du nichts tun musst. Genügend politische Arbeit, um dein Leben zu rechtfertigen!

Heute zum Beispiel. Schau doch, wie golden es ist! So frei & offen.

13. Mai 83
(Man nennt es das »Gute-Fee-Syndrom«.)

Gestern hat Tillie unten geklingelt & gesagt, sie wolle »nur kurz was abgeben«. Ich fing sie im Treppenhaus ab, direkt vor der Tür meiner Nachbarin. Wir haben es ausgetragen, soweit uns das möglich ist. Ich sagte, wenn das, was sie abgeben wolle, von ihr komme, könne ich es nicht annehmen. Denn was sie gebe, das behalte sie eigentlich. Und für mich sei das gar kein Geben. Warum sie mich daran erinnert habe, was sie mir alles in Sachen China beigebracht hat? Warum sie mir noch eine Fotokopie ihres Briefs an die Guggenheim-Leute geschickt habe? Warum sie mir habe erzählen müssen, Alice Childress habe auf ihr Betreiben hin Blumen auf A. Smedleys Grab gelegt, etc. etc. Sie sagte, wie ich erwartet hatte, ich hätte sie ganz falsch verstanden. Es sei »unter ihrer Würde«, auch nur darüber zu diskutieren. Wir müssen ein bemerkenswertes Schauspiel geboten haben, dort auf der Treppe, ich manchmal etwas über ihr, während meine Nachbarn nach Hause kamen, mit Kindern im Schlepptau etc.

Irgendwann, als mir die Vergeblichkeit des Ganzen klar wurde, streckte ich die Hand aus, weil ich dachte, Berührung könnte vielleicht bewirken, was Worte nicht bewirken konnten. Aber sie wich zurück. Stapfte beleidigt davon. Sie sagte: »Du verwechselst mich mit Muriel.« Ich sagte: »Du benimmst dich wie Muriel. Vielleicht ist es ja was Kulturelles.«

Aber in Wirklichkeit ist es das Gute-Fee-Syndrom. Bemutterung, wo man Gleichheit & Freundschaft erwartet.

Und bis jetzt zittert mein Auge nicht. Ich habe die ganze Nacht geschlafen, & was auch immer passiert, ich habe versucht, in dieser Sache mein wahres Selbst auszudrücken.

26. Mai 83
Zurück von einer Ehrendoktorverleihung an der U. Mass. War toll, Mary Helen zu treffen & den herrlichen Film »Say Amen, Somebody« zu sehen, & es war richtig toll, mit Rebecca abzuhängen.

So müde. Alle wollen, dass ich irgendwas sage oder tue. Ich kann nur daran denken, wie schön es im Sommer sein wird, wenn ich ganze Tage, vielleicht sogar viele Tage lang, nicht mehr sagen muss als …

… und jetzt China!

Ich unterstreiche es & setze ein Ausrufezeichen dahinter, aber was ich wirklich fühle, ist: Und jetzt … China. Frage mich, ob ich die 21 Tage durchhalte. Denke jetzt schon dran, in Hawaii am Strand zu sein & nicht zu reden.

China-Aufenthalt[47]

1983
Der Dolmetscher ist so attraktiv!

6. Juni
Nach dem Besuch von Agnes Smedleys Grab.[48] Ein Treffen im Minderheiteninstitut Peking. Ein schöner, warmer Tag – die Zeit bei Agnes sehr emotional.

—

Wir müssen unbedingt ein paar Fotos von uns beiden machen lassen. Das würde mir gefallen.

Ich habe besondere Lust, einen Essay über die Freuden des Daseins als nichtweiße Schriftstellerin zu verfassen.

Wild Trees
13. Juli 1983

Die Chinareise war sehr anstrengend. Darüber später mehr. Heute liege ich auf dem Bett im neuen Zimmer in Wild Trees und genieße den leichten Wind, der ab und zu durchs Fenster kommt. Das Zimmer ist, obgleich klein, eine perfekte Erweiterung. Es erlaubt uns, uns ein bisschen auszubreiten. Und es ist immer kühl.

Bin eingeladen worden, die Co-Moderation bei einer Preisverleihung für bedeutende Frauen aus der Bay Area zu übernehmen – zusammen mit Gloria. Keinerlei Interesse, außer dass ich Gloria treffen & eine (vage verspürte) »Pflicht« den Frauen gegenüber erfüllen würde. Ich habe versucht, mich zu motivieren, es zu machen (im September), aber sobald ich daran denke, verspannt sich mein Nacken. Ich glaube, ich werde Nein sagen.

Jetzt schreibe ich bei Lampenlicht und blicke hinaus übers Tal & sehe den Mond hell über den Bäumen. So viel hat mir dieses Jahr gebracht. Den Pulitzer-Preis, den American Book Award, einen 1. Platz auf der Bestsellerliste der N. Y. Times. China. Dass Wild Trees allmählich komfortabel wird. Ich fühle mich mit Glück gesegnet. Aber auch immer noch zutiefst müde. So viele Einladungen, irgendwo zu sprechen. Doch wenn ich spreche, schreibe ich nicht. Und ich schreibe, weil mich Sprechen nicht reizt. Sobald mich jemand daran erinnert, dass ich am 20. August über Südafrika »sprechen« soll, verspannt sich alles an mir. Aber ich werde lesen und nachdenken und mein Bestes tun.

7. August 1983
Laut Pocket sind 250.000 Exemplare von Purple im Druck, & sie rechnen damit, die zu verkaufen & noch mehr! Währenddessen verkauft sich das Hardcover immer noch. Im Oktober bekomme ich 36.000 $ von HBJ.

Die Arbeiten an der Hütte/auf dem Gelände kommen voran. Was wir jetzt haben, würde bereits unter einfacher Ferienwohnsitz auf dem Land laufen. Bald mit Wasser & Licht & derzeit schon mit einer fast fertigen Toilette …

Jetzt noch ein Hot Tub, eine Bank am Teich. Ein neu gestalteter Teich. Und Zeit, um hier zu sein.

19. Aug. 1983
Auf der Post in Boonville zeigt mir die Postamtsleiterin Purple im Katalog des Buch-des-Monats-Klubs. … Offenbar sind das Buch und ich viel in den Medien, & ich bin froh, dass ich es nicht mitbekomme.

Es gefällt mir nicht, überall im Valley auf ein Bild von mir zu stoßen. Es nimmt mir das Gefühl der Anonymität, das ich mag. Obwohl es für mich als die einzige Schwarze Frau, die hier lebt, Anonymität sowieso nicht gibt. Jeder scheint nicht nur mich zu kennen, sondern auch genau zu wissen, was auf meinem Land vor sich geht.

Jetzt wird anscheinend am Montag die Elektrik angeschlossen. Kaum zu glauben. Und ja, ich habe genug von Gräben & Arbeitern und dem Gefühl ständiger Verletzung meiner Privatsphäre, was bei Bauarbeiten, wie ich sie durchführen lasse, unausbleiblich ist.

Gestern Abend hat meine Schwester Ruth angerufen. … Wir haben über Mama geredet, die offenbar Sorge hat, sie würden alle verhungern. Es war schrecklich für mich, mir Mamas Besorgnis vorzustellen, die sicherlich Ruth durch ihre ständige Besorgnis verursacht. Ruth sagt, Mama kann jetzt allein auf die Toilette gehen, allein essen & sich manchmal sogar allein waschen. Welch Fortschritt! Ich habe ihr 22 $ in bar geschickt, damit sie ein bisschen eigenes Bargeld hat. Sich »eine Pepsi am Tag« gönnen kann. Armes Schätzchen. Einen so kleinen Wunsch zu haben & ihn nicht erfüllt zu bekommen.

Ich muss Ruth auch Glorias Artikel schicken, über ihre Mutter.[49] Ich glaube, der würde ihr gefallen. Er ist wohl das Beste, was ich je von Gloria gelesen habe.

Bald kommt Rebecca wieder.[50] Ihre Freunde, die Mettinglys, helfen uns, jemanden zu finden, der als »Erziehungsbevollmächtigter« fungiert, damit sie in eine Schule außerhalb ihres Distrikts gehen kann.

Im Baumarkt im Ort habe ich löwenmaulgelbe Farbe gekauft, um das Klo zu streichen. Die Wände werden gelb, um sonnig & heiter zu wirken, & der Klositz marineblau. Die Tür wird orientrot. Mir ist klar, dass das nach britischer Telefonzelle klingt oder vielleicht nach einem Briefkasten – bis auf das Gelb.

Jetzt werde ich eine Suppe zum Mittagessen machen & vielleicht letzte Hand an meine Rede legen – oder mit dem Klo anfangen.

Aber Meditieren muss sein!

Das Meditieren war wunderbar – 45 Min.

20. Aug. 1983

Und prima für friedliche Träume! Letzte Nacht hatte ich einen ungemein schönen & wonnigen Traum von mir und Langston Hughes. Wir waren ein Liebespaar. Und er liebte alles an mir. Sogar meine Schuhe, die wir aus irgendeinem Grund betrachteten. Wir liebten es, zusammen zu arbeiten. Zu reden. Zu lachen. Er ist so wundervoll. Wir waren in Margaret Walkers Haus, als er ankam, aber sie verschwand gleich darauf. (Es war, als wäre sie die Mittlerin zwischen den Welten.) Und eine endlos lange wohlige Zeit küssten & umarmten wir uns & sagten: »Ich liebe dich. Ich liebe dich.« Es war einer der genussvollsten & erfüllendsten Träume, die ich je hatte. Wir »machten« nicht Liebe, wir liebten uns einfach nur. Innig.

So sehr, dass, als ich heute Morgen aufgewacht war & in das große Zimmer kam & mich dem regnerischen Tag gegenübersah, die ganze Erinnerung wiederkam & ich anfing zu weinen, weil es nur ein Traum war. Aber ich fühlte, wie Langstons Präsenz sagte, dass für uns der Traum real sei. Dass das unser Raum sein könne, unser Ort, um zusammen zu sein, in Liebe & glücklich. Er fragte mich, ob ich es nicht schön & beglückend & vollkommen gefunden habe. Und ich musste zugeben, dass ja. Er war in den Dreißigern, würde ich sagen. Gut aussehend & so sanft.

Langston, wo immer du bist, du machst mich sehr glücklich, und ich liebe dich.

Vielleicht bedeutet das ja, dass ich die Gedichtsammlung machen sollte. Wenn ich sie machen würde, könnte ich mehr mit dir zusammen sein!

21. Aug.
Letzte Nacht habe ich von John Lennon geträumt. Ich versuchte ihm ein Exemplar von The Color Purple zu geben. Das Einzige, woran ich mich noch erinnere, ist, dass er in einer hübsch dekorierten Ecke saß, in einem Hotel, und einen weichen kamelhaarfarbenen Anzug trug.

23. Aug.
Letzte Nacht habe ich von Howie (Zinn) geträumt, & wir fuhren Rad, & es war schön wie immer, wenn wir zusammen sind. Leider ist das alles, woran ich mich erinnere. Später träumte ich von Land & Häusern & dass ich erwog, etwas davon zu kaufen. Zweifellos geht dieser Traum darauf zurück, dass ich darüber nachdenke, das Land meiner Nachbarn zu kaufen. Wenn sie es für 90.000 $ verkaufen würden, könnte ich vielleicht 45.000 anzahlen (die 36.000 von HBJ & 10.000 aus Zertifikaten) & ihnen 450 $ im Monat geben. Dann könnte ich ihr Haupthaus für 250 im Monat vermieten und das »Studio« renovieren. Das »Pumpenhaus« abreißen. Irgendwann die Strom- & Telefonleitungen unter die Erde legen lassen.

Was für ein fantastischer Tag heute! So viel lebendiger (ich) als gestern um diese Zeit. Und ich habe Heißhunger auf Obst! Vielleicht sollte ich mich anziehen, in den Park fahren, wegen Wasser, und im Philo Café frühstücken & Zeitung lesen (puh – Robert sagt, die Nachrichten seien schlimmer denn je).

23. Aug. 1983
Das Wasser läuft! Und wir haben Strom! Es gab ein spontanes kleines Event mit unseren Freunden aus dem Valley. Wir pilgerten rauf zur Pumpe und stießen mit Gänsewein auf Don (& Manuel) an.

Robert machte viele Fotos von unserer kleinen Prozession & unserer Pumpeneinweihung, bei der wir auch einander mit dem Wasser »tauften«. Mit anderen Worten, es war schön. Tolle Stimmung, tolle Leute.

25. Sept. 1983

4:30 morgens. In letzter Zeit wache ich jeden Morgen um diese seltsame Uhrzeit auf. Heute drehten sich beim Aufwachen meine Gedanken darum, dass ich in die Wege geleitet habe, Brenda[51] einzustellen, damit sie bei Mama wohnt & sich um Mama in deren Haus kümmert. Sie braucht 1.100 im Monat. Das Netto-Äquivalent ihres Apothekenhelferinnengehalts. Zuerst packte mich Panik – aber dann dachte ich: Auch ohne Bobbys und Jimmys Hilfe könnte ich das Gehalt für mindestens 6 Monate aufbringen. Und ich sollte es tun & es gleich morgen mit Brenda festmachen. Es scheint zwar viel, ist es aber nicht, wenn es bedeutet, dass Mama glücklicher ist.

Was könnte ich Besseres mit jedwedem Geld machen, das ich habe? Außerdem ist meine Finanzlage ja im Grunde ganz gut unter Kontrolle.

Das Haus auf dem Land. Das Haus in Brooklyn. Das Apartment. Lieber in die Zufriedenheit & Bequemlichkeit meiner Mom »investieren« als in eine weitere Immobilie. Also. Notfalls kann ich ja immer noch eine Lesung irgendwo machen. Ich werde Brenda gleich am Morgen anrufen.

Gestern habe ich den größten Teil des Tages damit verbracht, Zeug wegzuwerfen, mein Arbeitszimmer aufzuräumen – & es sieht allmählich schon wieder prima aus – wie ein Ort, an dem jemand arbeiten kann. Die meisten Briefe von The-Color-Purple-Fans hebe ich auf. Manche sind wunderschön.

Ich muss Tolstois Das Reich Gottes ist in Euch lesen!

—

Eine Frau (schon die zweite) schrieb mir, um mich auf den »Fehler« in The Color Purple hinzuweisen: dass die Frau auf der Straße, die »Sklavenarbeit« für die Bürgermeistersgattin macht, nicht Sofia sein kann. Sie ergeht sich ausführlich darüber, führt das Alter von Kindern an, die in Afrika verbrachte Zeit etc.

Ich würde ihr am liebsten & werde ihr vielleicht auch schreiben, dass es natürlich nicht Sofia ist. Dass die Leser also fragen sollten: Wer ist das? Und dann darüber nachdenken, ob es sein kann, dass da eine andere Frau war, vor Sofia, die das gleiche Schicksal erlitt.[52] Und dann könnten sich die Leser (auch ohne die Bezeichnung zu kennen) Gedanken über das System der »Kontraktarbeit« in den Südstaaten machen. Das System, das dort nach der Reconstruction, als die Schwarzen »frei« waren, die Weißen aber immer noch ihre Arbeit erledigt haben wollten, weithin praktiziert wurde. Die Ära des Kidnappings, die wahrscheinlich noch die 30er-Jahre über andauerte. Eine weiße Person forderte eine Schwarze Person auf, für sie zu arbeiten. Wenn die Schwarze Person sich weigerte, wurde das als tätlicher Angriff gewertet. Die Schwarze Person wurde verhaftet. Die weiße Person beantragte dann einfach bei der betreffenden Gefängnisverwaltung, Zugriff auf die gefangene Person als Arbeitskraft zu erhalten. Die weiße Person & die Gefängnisverwaltung unterzeichneten einen Kontrakt. Deshalb nannte sich das System »Kontraktarbeit«.

Das widerfuhr Sofia. Das Besondere an ihrem Fall aber ist, dass sie den Bürgermeister tatsächlich »angriff«. Ihr Widerstand war nicht einfach nur die weiße Interpretation des »Nein« einer Schwarzen Person.

Aber es gibt auch noch andere Möglichkeiten. Da Nettie das Dienstmädchen der Bürgermeistersgattin als typisches Opfer von »Kontraktarbeit« beschreibt, passt ihre Beschreibung auf Sofia. Als Celie diese Beschreibung Jahre später liest, geht sie natürlich davon aus, dass die Frau, die Nettie gesehen hat, Sofia war. Und sie beginnt Nettie von Sofia zu schreiben.

Eine dritte Möglichkeit ist, die Tatsache, dass die Frau »unmöglich Sofia sein kann«, einfach als Rätsel hinzunehmen. Da es ja sehr unwahrscheinlich ist, dass in einem Bündel Briefe, das 30 Jahre umfasst, kein Rätsel enthalten wäre.

Vielleicht wäre es hilfreich gewesen, den Lesern deutlicher zu machen, dass der Bürgermeister & seine Frau sich vorher schon Arbeitskräfte von der Straße geholt hatten. Dass das, was Sofia widerfuhr, kein Einzelfall war. Dass es vielmehr Teil eines Systems war, in dem Schwarze Menschen noch lange nach der Abschaffung der Sklaverei durch den Bürgerkrieg ganz legal versklavt werden konnten.

Deshalb bezeichnet sich Sofia selbst als Sklavin, während ihr Sohn darauf beharrt, dass sie eine Gefangene ist.

Anmerkung: Noch 1968 war unter Geschichten, die ich sammelte, die eines Schwarzen, der Opfer dieses Systems war. Da er nicht für Weiße in seinem Ort arbeiten wollte, wurde er verhaftet, mit der Aussicht auf 5 Jahre Gefängnis. Er wurde im Mai verhaftet & kam erst im Oktober vor Gericht. Es ist sehr wahrscheinlich, dass er in dieser Zeit gezwungen wurde, für die Weißen zu arbeiten, denen er sich widersetzt hatte. Danach kam er ins Gefängnis.

Gestern Abend eine Lesung, vor der ich mich gefürchtet hatte, die aber gut lief. Nicht ganz ausverkauft – vielleicht wegen eines plötzlichen Regengusses. Die Schwarzen fein gemacht. Ich dagegen ganz informell in Poncho & Hosen.

Es sieht aus, als hätte ich einen Deal mit Peter Guber & Jon Peters.[53] Und wenn das klappt, werde ich mich dran gewöhnen müssen, Geld zu haben, jedenfalls eine Zeit lang. Unterm Strich sieht das Angebot so aus: 400.000 (350.000 für den Kauf, 50.000 für meine Mitwirkung als Creative Consultant) plus 3 % des Bruttogewinns ab der Gewinnschwelle plus möglicherweise weiteren 75.000 $, wenn sich die Optionsfrist verlängert – was ich bezweifle, da 18 Monate schon ganz schön lang sind. Und 10 % Soundtracktantiemen. Was in aller Welt das alles bedeutet, kann ich mir gar nicht richtig vorstellen. Dann sind da noch etwa 100.000 von Pocket und 35.000 von Harcourt. Wer hätte das gedacht? Das sind eine halbe Million Dollar!

Mit Robert & mir läuft es richtig gut. Verblüffend. Schon lange jetzt. Ich lade ihn nicht mehr aufs Land ein, wo er missmutig wird. Schade. Wild Trees ist fantastisch! Mein Garten unbändig glücklich. Kosmeen, Prunkwinden überall. Tomaten. Kohl & Speiserüben. Dieses Wochenende werden Belvie, Wendy & ich Bäume pflanzen. Pappeln. Vielleicht auch ein paar Obstbäume.

30. Okt. 1983

Rebecca & ich sind so ein Kuschelpärchen. Heute Morgen, auf dem Sofa in meinem Arbeitszimmer, ist sie an meiner Brust eingeschlafen. Es war so sehr wie in den alten Zeiten (!), als sie ein Baby war. Und sie ist, wie sie war, mehr sie selbst. Sprich: fröhlich & liebevoll, zärtlich, gescheit & lustig.

Und gestern hat mir Brother Guber eine Flasche Champagner & einen beruhigenden Brief geschickt. Aber ich habe ja solche Angstattacken wegen des Films! Ich halte mir immer wieder vor Augen, dass Peter gesagt hat, er wolle in allem die besten Leute nehmen.

Ernsthafte Erwägungen, das Land der Harkleroads zu kaufen.[54] 50.000 $ bar auf den Tisch in 6 Monaten. 25.000 $ sechs Monate später. Oder drei.

Robert & ich haben darüber gesprochen, einen Verlag zu gründen. Wild Trees Press. Den könnten wir auf unserem Land ansiedeln & von Mendocino aus betreiben.

17. Dez. 1983

Gestern Abend hat meine Schwester Ruth angerufen. Sie sagte, Mama sei wieder im Krankenhaus, sie sei gestürzt – ein Bein funktioniert nicht – & sie könne den Mund nicht öffnen. Das mit dem Mund, dass sie ihn nicht aufmachen kann (irgendwie muss ich immer daran denken, wie man Pferden so eine Gebissstange ins Maul schiebt), treibt mich um. Kann es sein, dass sie unterbewusst das Gefühl hat, zu viel gesagt zu haben? Gott, hoffentlich nicht. Für Brenda[55] ist das alles ganz schrecklich & sie glaubt, wir würden ihr die Schuld an Mamas Zustand geben. Was natürlich nicht der Fall ist – ich habe angerufen, aber sie schlief noch.

Und was passiert heute bei mir? Eine Fotografin der New York Times, eine nette & sensible Frau namens Sara Krulwich, ist hier und fotografiert mich für eine Titelstory im NY Times Magazine. Robert ist auf der Terrasse und benotet Hausarbeiten von Studierenden. Die Sonne kommt raus. Im Ofen brennt ein Feuer & die Kamera macht klick klick klick. Währenddessen liegt meine Mutter vielleicht im Sterben.

Als ich das letzte Mal mit ihr gesprochen habe, sagte sie, sie habe Übungen gemacht, & ihr tue alles weh. Ich sagte ihr, sie klinge kräftiger, & Übungen seien gut für sie. Sie sagte: »Ach, die sind vielleicht gut für andere Leute, aber für mich vielleicht nicht.«

7. Jan. 1984

Ich habe also mehrere Angebote für das Land nebenan gemacht, aber sie wurden alle abgelehnt. Dann haben wir beschlossen, dass wir es gar nicht wirklich wollen. Es besteht ja die Möglichkeit, dass wir nette Nachbarn bekommen, & außerdem werden wir in diesem Sommer wohl anfangen, unser Haus zu bauen. Morgen erscheine ich auf dem Cover vom Magazin der Sunday Times. Ein ziemlich backenhörnchenartiges Foto – & von der Kleidung her könnte ich es auf die Liste der schlechtangezogensten Personen der Welt schaffen. Der Artikel über mich von David Bradley ist insgesamt seltsam.[56] Kein Bewusstsein vom Kampf der Frauen um Gleichberechtigung – wo war er die ganze Zeit?! Aber stellenweise auch sehr bewegend … Natürlich liest man so was, als wäre es über eine andere Person, eine Person, die man mal ziemlich gut gekannt hat. Und gemocht. Und um die man sich gesorgt hat. Einmal zitiert er mich so haarsträubend falsch, so absurd, dass mich erstaunt, wie es gedruckt werden konnte. Und er sagt, mein Auge sei künstlich. Nun ja.

Die ganz reine Freude gibt es wohl nicht. Aber eine große Freude ist es immerhin, dass Robert & ich & Rebecca & ich und Casey & ich & wir alle zusammen bestens miteinander auskommen. Eine wiederhergestellte Familie sind, in bester Verfassung.

Aus welchem Ärger heraus ich auch über den Schwarzen Mann geschrieben haben mag, ich habe seine Hand nicht ein einziges Mal losgelassen. Auch wenn er mich viele Male vors Schienbein getreten hat.

Je länger ich über Bradleys Artikel nachdenke, desto unehrlicher, eigennütziger & herablassender erscheint er mir. Und ich erinnere mich nicht, mit ihm zu Mittag gegessen, geschweige denn »geflirtet« zu haben.[57] Das I Ging sagt, ich hätte ihn gar nicht hereinlassen sollen. So etwas zu tun, ohne vorher wechselseitiges Vertrauen entwickelt zu haben, sei falsch. Und Brother Ging hat recht.

Und jetzt bin ich am Ende dieses Notizbuchs, das ich 1976 begonnen habe, vor fast 8 Jahren!

Es gab schwierige Zeiten, aber im Ganzen fühle ich mich weiterhin mit Glück gesegnet. Ja, wenn ich die Möglichkeiten & die Realitäten vieler anderer Menschen bedenke, fühle ich das ganz stark.

Im nächsten Monat werde ich vierzig. In gewisser Weise empfinde ich die Arbeit meiner jüngeren Jahre als getan & als vollständig getan. Die Bücher, die ich geschrieben habe, tragen bereits die Gedanken weiter, die, wie ich es empfinde, mir die Vorfahren helfen wollten weiterzugeben. In jeder Generation wird jemand (oder werden zwei oder 3) für diese Arbeit auserwählt. Ernest Gaines ist so jemand. Margaret Walker. Langston & Zora. Toomer. »Eine Pflaume blieb für mich. Ein Same wird ein Baum, der ewig singt!«[58], oder etwas in diesem Sinne.

Großer Geist, ich danke dir für die Länge meiner Tage & die Fülle meines Werks. Wenn du wolltest, dass ich zum nächsten Schritt übergehe, heimkehre, oder was auch immer dann kommt, würde ich versuchen, es mit Freude zu tragen. Obwohl ich auch hier meine Freude habe. Ich liebe Rebecca & Casey (Casey macht tolle Feuer & liebt es, umarmt zu werden). Wir sind eine Familie. Das schien so oft ein unmöglicher Traum, hier in diesem Notizbuch. Und doch ist es jetzt real.

Langston hatte recht: Der Traum ist real. Und wenn wir hart genug daran arbeiten, werden wir in dem Traum immer einen Ort haben.

Danke noch mal. Ich liebe dich. Ich liebe deine Bäume, deine Sonne, deine Sterne & deinen Mond & dein Licht. Deine Dunkelheit. Deine Pflaumen & Wassermelonen & Feuchtwiesen. Und all deine Geschöpfe & ihr Fell & ihre Augen & Federn & Schuppen.

26. Jan. 1984[59]

Das neue Jahr, das prophezeite Jahr, hat begonnen. Heute ist ein strahlend sonniger Tag. Herrlich in bester San-Francisco-Manier. Ich habe schon viele glückliche Tage gehabt, aber auch einige nicht so glückliche. Ich fühle mich immer noch verraten durch David Bradleys Artikel in der <u>Times</u>. Für einen so gut gemachten Artikel hat ihm die <u>Times</u> hoffentlich 30 Goldlinge bezahlt. Ich dachte, ich sei darüber hinweg, wegen meines Auges noch groß zu leiden, aber offenbar bin ich es nicht. Wenn ich gerade so weit gekommen bin, offen darüber reden zu können, dass es blind ist, schreibt er, es sei künstlich. Und impliziert, dass das (& wie es dazu kam) meine »verzerrte« Sicht erklärt. Ich sehe Dinge falsch, weil ich ein falsches Auge habe. Der Rest des Artikels ist genauso verlogen. Nichts von der Erörterung meiner »politischen Haltung«, die das Trojanische Pferd war, das ihm bei mir Zutritt verschaffte. Meine Essays hat er sinnwidrig verwurstet. Meridian auch. Aber ich habe viele wunderbare Briefe und Unterstützung erhalten. Alle bis auf ein, zwei Leute, denen ich sowieso nicht traue, scheinen es durchschaut zu haben. Mary Helen[60] sagt, jemand habe gesagt, sie hätten das falsche Foto auf die Titelseite gesetzt. Es hätte Bradley sein müssen, weil der Artikel eigentlich über ihn war.[61]

Also. Dieser Schlag ins Kontor. Und der dritte oder vierte Schlaganfall meiner Mutter – und sie redet manchmal verletzendes Zeug über Brendas Lesbischsein. Ruth sagt, sie bezeichne sie als »Zwitter« & sagt, sie dürfte nichts mit »normalen« Leuten zu tun haben. Das ist allerdings amüsant: Wenn sie mit meiner Familie zu tun hat, hat sie nicht mit »normalen« Leuten zu tun. Und gibt es überhaupt »normale« Leute? Wer wäre denn für Minnie Lou normal? Nur Zeugen Jehovas sicherlich.

Robert hat mich wieder enttäuscht. Während wir auf dem Land waren, hat er mir 300 für Bäume ausgelegt. Wieder zu Hause habe ich ihm 5.000 als »Beratungshonorar« gegeben & ihn gefragt, ob das Geld, das er noch für die Bäume bekommt, für ihn damit abgegolten wäre. Er sagte, natürlich. Am nächsten Tag hatte er es sich aber anders überlegt. Wollte das Bäumegeld zusätzlich, als weiteren Scheck über 300,00 $. SO WAS von kleinlich, knickrig, würdelos & kurzsichtig – ich könnte schreien! Ich habe ihm den zweiten Scheck ausgestellt. Am nächsten Tag erzählte er mir, als er letztes Jahr in Colorado war, wo seine alte Freundin aus der Highschoolzeit lebt, hätten sie etwas miteinander gehabt, »sexuell, aber auf Freundschaft basierend«, was er für sich als Fortschritt ansah. Das war ein Schlag – aber nach der Sache mit den Bäumen hatte ich einfach nur noch Mitleid mit ihm. Vor allem als er, gefragt, warum er es mir erst jetzt erzähle, sagte: Mary Helen (Washington) kommt ja (um ein Semester am Mills zu lehren), & sie kennt doch A., sie sind Freundinnen, & vielleicht weiß sie ja davon. Ich wollte es dir lieber selbst sagen, statt dass du es von ihr erfährst.

Mary Helen würde es mir nicht erzählen, sagte ich. Sie würde mir nicht wehtun wollen. Aber mich schaudert beim Gedanken, was sie von dir halten würde.

Ich glaube nicht, dass ihm dieser Gedanke überhaupt gekommen ist.

Mehrere Tage fühlte ich mich beschmutzt wegen seines doppelten Spiels. War sie herpesfrei? Zum Beispiel. Und überhaupt alles, was mit Untreue einhergeht. Jetzt macht es mich einfach nur traurig für Robert. Wir hatten es teilweise sehr schön miteinander, seit er es mir gesagt hat. Und er ist liebevoller denn je. Aber wie ich ihm erklärt habe: Ich kann ihm nicht vertrauen. Er würde mir nicht mal einen Bruchteil des Geldes geben, das ich ihm gegeben habe. Und er hat mir von der Affäre nur deshalb erzählt, weil er Angst hatte, jemand anders könnte es tun. Aber er hat auch viele gute Seiten – und ich versuche die zu würdigen.

Undatiert, Januar 1984[62]

Ich bedaure, dass D. Bradley mich weniger mögenswert findet, nachdem er an mir tönerne Füße entdeckt hat. Vielleicht hilft es ihm ja zu erfahren, dass mein blindes Auge, das er ebenfalls für künstlich hielt, aus Fleisch & Blut ist.

Zum Inhaltlichen: Ich kann mir nicht vorstellen, gesagt zu haben, »der weiße Feminismus ist keine Tradition, die weißen Frauen vermittelt … dass sie Dinge zu tun imstande sind«, es sei denn, mein Gehirn & meine Zunge hätten die Erschöpfung wiedergegeben, die Bradley meiner Stimme & meinem Gesicht zugeschrieben hat. Das Gegenteil ist wahr. Die womanistische Tradition unterscheidet sich (von der weißen feministischen) dadurch, dass sie aus der Geschichtskenntnis heraus davon ausgeht, dass Schwarze Frauen so ziemlich alles zu tun imstande sind – weil sie es gewöhnlich bereits getan haben. Als Sojourner Truth sagte, »niemand hat mir je in Kutschen und über Gräben geholfen … und bin ich etwa keine Frau?«, und dann davon sprach, dass sie so viel arbeiten & essen konnte wie ein Mann, da verlieh sie dieser Tradition laut & deutlich Ausdruck.

Ich wähle den Womanismus nicht, weil er »besser« ist als der Feminismus – da Womanismus Schwarzer Feminismus bedeutet –, sondern weil er mein ist.

Undatiert

Quincy Jones[63] hat mich gefragt, ob ich das Drehbuch für den Film schreibe. Ich habe Ja gesagt. Aber als ich es dann Wendy gegenüber erwähnt habe, sind mir doch Zweifel gekommen, ob es richtig ist, das umsonst zu machen. Ich glaube nicht. Also sollte ich ihm einen entsprechenden Brief schreiben.

Undatiert[64]

Die Geschichte beginnt eigentlich ca. 1903, als Celies Vater, ein strebsamer & bereits zu einigem Erfolg gelangter Unternehmer/Farmer in einer kleinen Stadt in Georgia, von neidischen Weißen gelyncht wird. Celies Mutter, daraufhin psychisch instabil, wird von einem Mann umworben & geheiratet, der mehr an ihrem properen (ordentlichen, weißen, kleinen) viktorianischen Haus & ihrem Land interessiert ist als an ihr und ihren beiden Töchtern Celie & Nettie. Als Celie 14 ist, beginnt dieser Stiefvater, den sie für ihren Vater hält, sie zu vergewaltigen, was dazu führt, dass sie zwei Kinder gebiert, die er weggibt – einem alten Kumpel, der inzwischen Missionar ist. Celies Mutter stirbt im Zorn auf Celie, & weil Celie von ihrem Stiefvater vergattert wurde, ja niemandem (außer Gott) zu erzählen, wer ihre Kinder gezeugt hat, schreibt sie gehorsam Briefe an Gott.

Später läuft ihre kleine Schwester Nettie von zu Hause weg und zu Celie und Mr. ___, einem engherzigen und oft brutalen Mann, der, als ihm Nettie von ihrem Stiefvater verweigert wurde, Celie geheiratet hat, weil er jemanden brauchte, der sich um seine Kinder kümmert, nachdem seine erste Frau, Annie Julia, von ihrem Geliebten ermordet wurde. Da Nettie seine Avancen abwehrt, wirft er sie hinaus, & Celie schickt sie zu eben jenen Missionaren, Corrine & Samuel, die, ohne es zu wissen, Celies Kinder Olivia und Adam adoptiert haben. Mit ihnen geht Nettie als Missionarin nach Afrika, wo sie bleibt und Celie Briefe schreibt, aber 30 Jahre nichts von ihr hört.

Nachdem Celie lange Jahre durch die Plackerei für Mr.___ und seine unausstehlichen Kinder & durch die erlittene Misshandlung niedergehalten wurde, lebt sie wieder auf, als Shug

Avery, eine Bluessängerin & die Geliebte von Mr.___, krank von ihm in sein Haus geholt wird, damit Celie sie pflegt. Celie & Shug verlieben sich ineinander, & Celie verlässt Mr.___, um mit Shug nach Memphis zu gehen, wo Shug sich von ihren Einnahmen als Sängerin einen großzügigen Lebensstil leisten kann (früher hat sie ihr Geld als Hausangestellte verdient) & Celie sich ein glückliches, unabhängiges Leben mit dem Kreieren von Hosen aufbaut.

Was Celie endgültig dazu gebracht hat, Mr.___ zu verlassen, war die Entdeckung, zu der ihr Shug verhalf, dass er sämtliche Briefe von Nettie, die im Lauf der Jahre für sie gekommen sind, vor ihr versteckt hat. In diesen Briefen, die sie schließlich erhält, entfaltet sich Netties Leben: Sie & Celies Kinder & Samuel & Corrine leben bei den Olinka in einem kleinen Dorf von palmblattgedeckten Hütten (manche rund, manche eckig) in Westafrika. Sie alle unterrichten, & Samuel predigt. Corrine bemerkt allmählich die Ähnlichkeit ihrer Adoptivkinder mit Nettie & grämt sich (unter Mitwirkung eines Tropenfiebers) zu Tode. Nach ihrem Tod heiraten Samuel & Nettie. Während dieses persönlichen Dramas wird das Dorf der Olinka von einer englischen Gummifirma zerstört, & sie werden in ein ödes Reservat zwangsumgesiedelt. Adam heiratet Tashi, eine junge Olinka. Nettie, Samuel, Olivia & Adam & Tashi kehren nach Amerika zurück.

In der Zwischenzeit hat Shug Celie verlassen, um sich in einer Affäre mit einem hübschen Neunzehnjährigen auszutoben, der Bluesflöte spielt. Sie reisen in den Südwesten & besuchen Shugs erwachsene Kinder, von denen eins, ein Sohn, in einem Indigenenreservat arbeitet, das ein Spiegelbild des Reservats ist, in dem die Olinka in Afrika jetzt leben. Celie, deren vermeintlicher Vater gestorben ist & ihr den Besitz ihres wahren Vaters hinterlassen hat, u. a. ein schönes, großes Haus, verzeiht Mr.___, und es entwickelt sich erstmals eine Freundschaft zwischen ihr und ihm, den sie jetzt Albert nennt. Obwohl sie Shug vermisst, ist sie zufrieden mit ihren Freundschaftsbeziehungen & dem Entwerfen/Nähen von Hosen. Natürlich kommt genau da Shug zurück.

Mit Shug & Albert an ihrer Seite braucht Celie nur noch eins, damit ihr Leben vollkommen ist: ihre Schwester Nettie. Eines Tages, als sie alle einträchtig auf der vorderen Veranda sitzen, treffen Nettie, Adam, Olivia, Samuel & Tashi ein (nachdem Celie ein Telegramm erhalten hat, dass das Schiff, auf dem sie sich befanden, vor Gibraltar durch deutsche Minen versenkt wurde).

Celie

In der ländlichen & kleinstädtischen Kultur der Jahrhundertwende und mindestens bis Ende der Vierzigerjahre galt die üppige, stattliche, kräftige weibliche Figur als bewundernswert. Und selbst eine sehr dicke Frau wurde bewundert, wenn sie nett und »leichtfüßig«, d. h. eine gute Tänzerin, war.

Magerkeit, Knochigkeit (wenn auch nicht Schlankheit, die war gut, wenn sie mit Stärke einherging) galten bei einer Frau schon fast als Missgestaltetheit.

Dass sie dünn ist, ist Celies Hauptfehler. Denn eine Frau, die sehr dünn war (& kleine Brüste hatte), besaß nach jenen Maßstäben keine weiblichen Formen. Deshalb erinnert Mr.___ Celie oft daran, dass sie »komisch« gebaut ist. Heute würden wir sagen, Celie hat eine Modelfigur. Ihre sonstige »Hässlichkeit« besteht in einer verstohlenen, geduckten Art & ungepflegtem Haar & schäbiger Kleidung (niemand hat ihr je beigebracht, auf sich zu achten). Als sie sich durch ihr Schreiben und ihre Liebe zu Shug & Nettie selbst zu erschaffen beginnt, entwickelt sie eine äußere Schönheit, die ihrer außergewöhnlichen inneren Schönheit eher entspricht.

Shug Avery

Shug Avery ist nach einer meiner Tanten gestaltet, die die längste Zeit ihres Lebens als Hausangestellte gearbeitet hat. Ich konnte das nie glauben, denn wenn sie uns im Süden besuchen kam – angetan mit Diamanten (Strass) und Pelzen (ausrangiert von ihrer Missus), konnte man sich nicht mal vorstellen, dass sie ihr eigenes Haus putzte, geschweige denn das anderer Leute.

Shugs Figur ist »füllig« genug (s. Fotos der frühen Bluessängerinnen: Bessie & Mamie Smith, Ma Rainey etc.), um als »weiblich« zu gelten. Das genaue Gegenteil von Celies Figur. Außerdem weiß sie sich zu kleiden & aufzutreten & ist nie um Worte verlegen wie Celie. Sie ist hinreißend und weiß es und denkt nur positiv über ihre sehr schwarze Haut, da zu jener Zeit wirklich schwarzhäutige & hellerfarbige Schwarze Frauen bei Schwarzen Männern etwa die gleichen Chancen hatten. Erst die von Weißen produzierten Bühnenshows & Filme förderten den coloristischen Sexismus, den Schwarze später an den Tag legten. Shug sieht aus wie Pearl Bailey[65] & verhält sich, wie man sich P. Baileys Verhalten in einer rein Schwarzen Umgebung vorstellen würde. Selbstbewusst, witzig, unbefangen & entspannt.

Albert

Albert ist zunächst ein kleiner, verbitterter, schwacher Mann. Ein Mann, dem sein Vater die wichtigsten Entscheidungen seines Lebens aus der Hand genommen hat. Trotz zweier Ehen, mindestens einer Langzeitgeliebten und zwei »Garnituren« Kindern weiß er so gut wie nichts über Kinder und Frauen. Er gehört zu den Leuten, die wirklich glauben, dass Frauen eine eigene Spezies sind, deren Gefühle nicht so wichtig sind wie die eines Mannes. Vor dem Totalversagen als Mensch bewahrt ihn seine irrationale, aber aufrichtige Liebe zu Shug Avery. Weil er Shug liebt & sie Celie liebt, kann er allmählich in Celie (& anderen Frauen) etwas Schätzenswertes sehen. Er lässt sich immer noch von jemand anderem führen, aber anders als sein Vater führen ihn Shug & Celie zum Quell der Liebe selbst, nämlich dem Staunen über das Universum. Das Sein selbst. Der Mann, der schließlich die Schönheit & Zerbrechlichkeit von Muscheln wertschätzt, ohne je das Meer gesehen zu haben, unterscheidet sich sehr von dem Mann, der seine kindliche Braut vergewaltigte, während sie einen Kopfverband hatte.

Squeak/Mary Agnes

Das Wichtigste an Mary Agnes' Äußerem ist ihre Hautfarbe. Sie sieht weiß aus (wie die damalige Sängerin/Schauspielerin Fredi Washington[66]), mit grauen oder grünen Augen und hellem Haar. Sie steht für viele hellhäutige Schwarze Frauen, hinter denen Schwarze wie auch weiße Männer her sind, wegen ihrer Hautfarbe und weil Bücher & Medien das Klischee von der »Mulattin« (für den weißen Mann) als lüstern und leicht zu haben & (für den Schwarzen Mann) als »so schön wie weiße Frauen« etabliert haben. Viele weiß aussehende Schwarze Frauen verloren sich selbst, weil weder die weiße noch die Schwarze Gesellschaft ihnen erlaubte, sie selbst zu sein. Squeak findet sich selbst durch die Bewältigung ihres Verhältnisses zu Harpo & Sofia & deren Kindern – & vor allem durch das Singen, ohne das sie untergegangen wäre.

Harpo

Harpo hält, wie sein Vater & weitgehend <u>wegen</u> seines Vaters, Frauen für eine untergeordnete Sorte Menschen. Und doch hat er sich gerade deshalb in Sofia verliebt, weil sie ganz und gar nicht bereit ist, sich unterzuordnen. Er ist ein sehr schlanker junger Mann, als sie heiraten, am Ende der Geschichte aber recht stattlich. Da sein Vater klein & schlank bleibt, sieht Harpo mit der Zeit aus wie der Vater & der Vater wie der Sohn. Und das spiegelt ihr inneres Wachstum, denn Harpo reift & entwickelt sich zu einem richtigen Menschen, ehe sein Vater diesen Prozess durchläuft.

Nettie

Nettie ist weder dünn noch füllig, sondern von mittlerer Statur. Ihre Haut ist braun, nicht schwarz (Corrine ist einige Schattierungen heller, wie es zu ihrem Status als Mittelschichtsgewächs aus Atlanta passt), und sie trägt das Haar ungeglättet in einer ordentlichen viktorianischen Frisur, in der Mitte gescheitelt & am Hinterkopf zusammengenommen. Sie trägt lange Missionarinnenröcke & weiße Schluppenblusen. Schnürstiefel & kurze Jacke. Sie ist von einer schlichten, klaren Schönheit, die Freundlichkeit ausstrahlt. Anders als Shug & schließlich auch Celie kann man sich Nettie nur schwer wütend vorstellen. Obwohl sie wütend genug auf Albert war, um ihn wirksam abzuwehren. Sie & Shug werden sich schließlich anfreunden, aber zunächst wird sie Shugs gelegentliches Fluchen schockieren.

Samuel

Samuel ist ein großer schwarzhäutiger gütiger & sanftmütiger Mann von priesterlichem Aussehen, das in Widerspruch dazu steht, wie mühelos er sich mit Frauen versteht. Sexuell & freundschaftlich. Er ist ein »Berührungsmensch« & ein guter Tröster. Samuel gegenüber haben Frauen nicht das Gefühl, sich anders geben zu müssen, als sie sind, denn sie spüren, dass er sie liebt (& mag), wie sie sind. Obwohl Nettie behauptet, ihn nie »als Mann« gesehen zu haben, bevor er in ihren Armen geweint hat, ist er die Art Mann, die Frauen in ihren Fantasien beschäftigt, weil die Frau, mit der er zusammen ist, generell so zufrieden wirkt. Er ist verletzlich, fähig zu weinen, fähig zu Irrtum und Unrecht. Fähig, Fehler zuzugeben. Insofern ist er ein toller Mensch und auch ein toller Partner für Frauen, die sich einen Mann wünschen, der so menschlich ist wie sie selbst.

Sofia

Sofia ist eine glanzhäutige, stämmige couragierte Frau mit »kräftigen Beinen« & viel Haar, vielleicht das Schönheitsideal des ländlichen Amerika im frühen 20. Jahrhundert. Als eine der ersten Womanistinnen kann sie arbeiten & ihre Kämpfe selbst austragen wie ein Mann, liebt Männer, Sex, ihre Kinder & ihr Heim. Sie ist die Sorte hart arbeitende Frau, die, wenn sie ihre Arbeitshosen ausgezogen & ihren Lippenstift aufgelegt hat, bei den Männern ungläubiges Blinzeln hervorruft. Frauen mögen sie ebenfalls (auch wenn das für Celie zuerst nicht gilt) wegen ihrer Direktheit, ihres Humors, ihrer Großzügigkeit & umstandslosen Loyalität.

—

Zur Musik: Falls der Film (wie er könnte) mit Celies glücklicher Kleinkindzeit beginnt, vor dem Tod ihres Vaters, Ende der 1890er, 1900, wäre die Musik Ragtime. Vielleicht nur ein kurzes Anklingen, um zu zeigen: Da war etwas Optimistisches, vor dem Absturz. Es ginge so gut wie alles von Scott Joplin, je pense.

Für den Rest die Songs basierend auf dem Buch & Celies Leben (was illustrieren würde, wie Blues entsteht) & dann der traditionelle Jook Woman Blues – von der Frau auf »Mean Mothers« & Bessie Smith.[67] Einige der (im Film) frühen Songs könnten typische »Frau als Opfer«-Songs sein, sie müssen sich dann aber zu Songs über Selbstbewusstsein & Unabhängigkeit entwickeln. Zu der Art Songs, die Madam C. J. Walker vor sich hin sang. Und die Shug Avery zu singen begann, als sie aufhörte, Männer als den Mittelpunkt des Universums zu betrachten, und diesen Platz sich selbst zubilligte.

Wichtig ist mir, dass die unterdrückte Musik eigenständiger Frauen – Musik, so frech & frei wie der Jazz, den ihre männlichen Begleitmusiker spielen – wieder in die Welt kommt. Wir brauchen sie.

Es könnte so aussehen:

1895–1903 verklingender Ragtime
1903–1914 Celies Schweigeperiode
1914–1925 Songs aus The Color Purple
1925–1940er Populäre Songs von Bessie, »Mean Mothers«* [68] der damaligen Zeit, Instrumentalisten der damaligen Zeit. Für den Harlemteil (1920er) jemand, der dort gespielt haben könnte: Duke Ellington vielleicht. Nur ein Riff. (& in den Kirchen, wo sie $ für Afrika sammeln, »Lift Every Voice and Sing!«.) In Afrika traditionelle Musik westafrikanischer Frauen. Kein Trommeln.

—

Die meisten Frauen können sich so viel mehr Lust verschaffen, wie's ein Mann kann. Wenn ihr mir nicht glaubt, dann fragt mal eine, die einen Scheiß drauf gibt, was Männer denken. Shug hat da einen Scheiß drauf gegeben. Viele Male hab ich sie sagen hören – weil, sie hat nämlich zu mir gesprochen –, ich hab mehr Schwanz in meinem Finger wie ihr in der Hose.

21. Feb. 1984

Gestern Abend kamen Quincy Jones & Steven Spielberg (der ein bisschen aussieht wie ein Vogel, ein Papagei vielleicht – er sagt, er habe sich mal den Zeh an seinem Papageienkäfig ge-

---

* Zwei meiner Lieblingssongs von Vol. 1 sind »There Ain't Much Good in the Best of Men Now Days« (Shug) & »Keep Your Nose Out of Mama's Business« (die emanzipierte Squeak/Mary Agnes) [Notiz von AW an sich selbst.]

brochen: Gestern hatte er zwei gebrochene Finger, in Gips, weil er die Treppe runtergefallen ist). Zuerst Quincy, in einer Riesenlimousine, die kaum in meine Zufahrt einbiegen konnte. Quincy schön angezogen und mit perfektem Haar. Und Steven, der später kam, lässig & (teilweise) in Sachen von jemand anderem. Quincy hatte so positiv über ihn gesprochen, dass ich fast schon eingeschüchtert war, während wir auf ihn warteten – aber dann, nach einem etwas verkrampften Moment, kam er herein & setzte sich hin & zeigte sofort, wie genau er das Buch gelesen hatte. Und machte wirklich intelligente Bemerkungen dazu. Erstaunlich. Und Quincy strahlte.

Robert & Rebecca & Casey waren dabei. Rebecca amüsiert & Casey auf der Suche nach etwas zu mampfen. Robert auch sehr charmant. Gut. Wir gingen zum Essen ins Ernie's, wo Quincy & Steven & ich bald etwas beschwipst und unsere Gedanken zu einem Film über Celie & Shug & Nettie entsprechend beflügelt waren. Und nach drei Stunden brachten sie mich in meine bescheidene Bleibe zurück & entschwanden in ihrer Riesenlimousine ins Dunkel, zum Warner-Brothers-Jet & dann zurück nach L. A. & ins Bett. Quincy behauptete, er habe die Nacht zuvor nicht geschlafen, weil der Abflug aus L. A. um neun Uhr morgens so früh gewesen sei.

Wie auch immer.

Vereinbart ist, dass Steven & ich gemeinsam am Drehbuch arbeiten. Ich werde es schreiben & Rücksprache halten. Schreiben & Rücksprache halten. Ich bin etwas in Panik. Ich will so sehr, dass dieser Film gut wird. Etwas, was Leute ermuntert & ermutigt.

15. März 1984
Gestern hatte Quincy Geburtstag. Ich habe angerufen, um für ihn Happy Birthday zu singen. Er ruft mich sehr oft an, unter den fadenscheinigsten Vorwänden. Aber er war irgendwo anders als im Büro oder zu Hause und klang unecht. Also machte ich es kurz.

Es ist so viel passiert.

Das ist jetzt die dritte Woche, in der ich auf dem Land am Drehbuch arbeite. Die erste Woche lief es ausgesprochen gut. Die zweite auch. Aber jetzt hänge ich fest. Ich liege im Bett und lese und habe weniger Energie als sonst. Wahrscheinlich von diesem süßen Cookies-Vanillecreme-Zeug, das ich gestern Abend & gestern gegessen habe.

Robert. Ich vertraue ihm immer noch nicht. Mag ihn oft nicht mal. Aber ich bin so an ihn gewöhnt, & er ist sehr hartnäckig. … Es ist mit viel Traurigkeit verbunden, aber gar nicht schlecht. Wir gehen zusammen zum Yoga. Ins Kino. Ich habe das Gefühl, Dinge mit jemandem zu tun, den ich kenne. Aber es hat nichts Freudiges für mich. Nichts Aufregendes. …

Ich hänge mit dem Drehbuch fest. Aber immerhin habe ich es bis an den Punkt gebracht, wo Celie & Shug weggehen. Jetzt muss ich Celie & Shug in Memphis zeigen & dann den Tod von Celies Stiefvater und dann Shugs Verknalltheit in den 19-Jährigen & Celies Heimkehr & die Freundschaft mit Albert & dann Shugs Rückkehr & Netties – und es scheint so schwer, das auf 50 Seiten zu tun. Aber ich habe ja, dem Universum sei Dank, noch 2½ Monate für den Entwurf.

Inzwischen laufen Probeaufnahmen mit Whoopi Goldberg[69] für die Rolle der Celie, & ich bin Freitag in L. A., um sie zu treffen. Auch darin habe ich das Gefühl, mich von Robert zu entfernen.

Und ich kaufe das Nachbaranwesen! 40.000 Anzahlung & 70 über 15 Jahre zu 10 %. Es erschien dann doch einleuchtend, es zu kaufen – zum Schutz meiner Privatsphäre. Als Freiraum, aber auch als eine Wohnmöglichkeit für Freunde & Besuch. Das Haupthaus hat auch ein Bad. Und ein Hot Tub.

Curtis[70] ist wegen Mittäterschaft beim Drogenhandel verurteilt worden. An dem Tag, an dem mir Ruth das sagte, erfuhr ich, dass ich den Townsend-Preis[71], bestehend worin auch immer, bekommen hatte, vom Atlanta Magazine in Ga. Und ebenfalls am selben Tag erfuhr ich, dass mir der Lyndhurst-Preis[72] aus Tennessee zuerkannt worden war – er ist verbunden mit (oder besteht in) 25.000 jährlich über 3 Jahre. Das ist irgendwie unwirklich.

31. März

Der Abend mit Whoopi verlief ausnehmend gut. Quincy schickte uns einen Jet, & Stevens Gebäude ist schön. Whoopi war wunderbar. Und ich bin dabei, das Drehbuch abzutippen. Meine Steuer zu erledigen. Der Landkauf im Valley ist niet- und nagelfest & mein Garten in die Gänge gebracht. Ich finde es toll, dass da jetzt jede Menge Platz sein wird, um alles Mögliche draußen zu machen, & dass mich niemand dabei sieht! So war es in meiner Kindheit oft. Ich erinnere mich an einen Garten, den ich mir an einer Stelle anlegte, wo man mich vom Haus aus nicht sehen konnte, den Hügel runter. Ich versuchte im Sand Bohnen & Mais zu ziehen. Es kam auch alles, starb aber bald ab. Hier in WT[73] dagegen habe ich einfach riesige

Haufen von Rottemist gekauft. Und es ist so ein gutes Gefühl, ihn zu haben. Ich habe ein schönes langes Beet doppelt umgegraben, für Karotten & Salat. Mjam. Und ich werde Senfblatt & Rübengrün pflanzen & Tomaten & vielleicht irgendwelche Bohnen. Okra wäre schön. Zwiebeln. Paprika. Und ich pflanze weiter Bäume. Aber sehr langsam. Warte, bis die Harkleroads weg sind, bevor ich Pappeln vor ihrem Haus pflanze.

Also. June Jordan[74] war gestern Abend hier. Dünn. Nervös. Mit einer jungen Freundin/Geliebten. Ich habe mich beim Reden durch die Anwesenheit ihrer Freundin gehemmt gefühlt. Aber wir waren chinesisch essen, & das war schön. Sie zu sehen, war auch schön.

Rebecca hat mit einem Aerobics-Kurs angefangen & ist begeistert. Ihre kleinen Wangen sind richtig rot, & ihre Augen funkeln. Ich bin so froh, dass sie etwas Sportliches macht.

Um ehrlich zu sein, es ist traurig & schmerzlich, ohne intimen Gefährten zu sein. Auch jetzt noch denke ich, ich würde es wieder mit Robert versuchen, wenn ich es könnte. Aber ich misstraue ihm zutiefst. Und das Schlimmste ist, ich glaube, er weiß selbst nicht, was er tut und wer er wirklich ist. Es wäre also, wie mich auf jemanden einzulassen, bei dem ich damit rechnen muss, dass er mich immer wieder zu verletzen & zu sabotieren versucht, der aber sein Verhalten grundsätzlich auf seine Kindheit schiebt. Als ob nicht unser aller Kindheit die Wurzel vieler unserer Probleme wäre. – & wenn? Wir sind jetzt erwachsen.

Aber jetzt ist, glaube ich, ein guter Zeitpunkt, um ihn seltener zu sehen. Ich bin sehr beschäftigt mit dem Drehbuch. Und meinem Garten. Und Rebecca ist hier. Und vielleicht sollte ich – ganz behutsam – versuchen, mal eine Weile ohne Umarmungen & Kuscheln zu leben – was ich beides so liebe. Eine Heizdecke ist kein Ersatz für ein paar Arme.

Schon gut, alte Freundin. Ich bin froh, dass ich dich habe. Jetzt werd du nicht traurig.

—

Robert hat angerufen, um zu sagen, es gebe eine Gruppe, die The Color Purple verbieten wolle. The Color Purple zu verbieten, wäre, wie die Farbe Blau zu verbieten – man würde sie vermissen. Wohingegen – warum verbieten sie nicht Atomkraft?

18. Juni 1984

Vor ein paar Wochen habe ich den Entwurf des Drehbuchs fertiggestellt. Hab es gestern vom Abtippen zurückbekommen und schickte es heute nach L. A. ab. Ich spüre nichts außer Erleichterung! Und ich habe meinem Agenten gesagt, er solle Warner Brothers sagen, dass ich den Kettenvertrag, den sie anbieten, nicht unterschreiben werde. Ich bin zu glücklich, um an etwas anderes als an die Farben zu denken, mit denen ich mein kleines rundes Haus streichen werde.

Ruhm erschöpft mich mehr als alles andere. Ich bin immer noch müde von der »Anerkennung« durch den Pulitzer-Preis. Aber ich finde langsam meine Kraft wieder, & hier auf dem Land, in Wild Trees, bin ich sehr, sehr glücklich. Die Tage sind lang und golden – sie scheinen fast endlos. Und die Vollmonde hier sind Erstaunlichkeiten. (Was für ein Satz!) Auf den Nachbarsfeldern sind ordentliche Heuhaufen, und wo ich auch hinschaue, ist Schönheit.

27. Juni 1984

Nichtsdestotrotz![75] Gerade habe ich die Kurzgeschichten von California Cooper zu Ende gelesen, die Wild Trees Press veröffentlichen wird. Jawohl. Wie es aussieht, wird es einen Verlag namens WTs Press[76] geben. Mit Robert als Teilhaber & Geschäftsführer. Wir hatten am 23. eine schöne Party zur Feier der Verlagsgründung & der Sommersonnenwende. Von 14 Uhr bis Mitternacht. Etwa 70 Leute – 50 Erwachsene, 20 Kinder. Insgesamt war es ein großartiges Fest. Mit Schwimmen, Spazierengehen, Musikmachen, zwei Zauberern und dann Tanzen!

17. oder 16. August

Der Sommer vergeht so schnell! Die Blätter verfärben sich schon, & es sind schon Äpfel reif. Dieses Jahr habe ich in Beeren & Pfirsichen & köstlichem Salat & Gemüse geschwelgt. Allmählich fühle ich, wie meine Kräfte & mein inneres Gleichgewicht wiederkehren. Und die beste Neuigkeit ist, dass Joan[77] jetzt mehrmals die Woche zum Arbeiten kommt. Sie ist eine ausgezeichnete Köchin, und ihr Hiersein bedeutet, dass ich mich gesünder ernähren kann. Sie hat mich dazu gebracht, eisenhaltige Sachen zu essen – Rhabarber und Rote Bete!

Quincy hat malvenfarbene Rosen & einen rührenden Brief geschickt. Ich liebe ihn jetzt schon. Was auch passiert oder nicht passiert. Liebe ist das Gefühl, auf das es ankommt.

27. August 84

22:30

Zu Hause im Bett. SF. Habe stundenlang mein Arbeitszimmer von unglaublichen Ablagerungen befreit – Büchern, Papieren, Fahnenabzügen, Zeug, das mir Leute geschickt haben. Ich will wieder an meinem Schreibtisch arbeiten können. Schon über ein Jahr konnte ich es nicht mehr. Meine ganze Zeit geht damit drauf, Korrespondenz zu beantworten. Der erste Tag wieder in der Stadt & gleich ein langes, ermüdendes Mittagessen mit der Marketingfrau von HBJ. … Wir haben ihr die Plakate oder jedenfalls die zukünftigen Plakate gezeigt, & jetzt will HBJ 1.000 Stück kaufen, was einen großen Teil der Auflage finanzieren wird.[78] Also sind wir froh darüber. Ich bin mir immer noch etwas unsicher wegen des Plakats – wegen meines Haars, ein bisschen. Aber im Ganzen ist es ein ansprechendes, warmes Plakat mit einer guten Message. Ohne Hoffnung kann es keine Gerechtigkeit geben und ohne Gerechtigkeit keine Hoffnung.

Robert & ich hatten auf dem Land ein paar gute Gespräche und ein paarmal guten Sex – den besten, seit er mir von seiner Affäre mit A. erzählt hat. Und wenn wir allein sind, verfallen wir in eine Routine häuslicher Harmonie. Aber es ist nicht wirklich von Dauer.

Undatiert

Rebecca –

Zwei ernsthafte Dinge –

1. Siehe Telegramm. Ich will dich an deinem Geburtstag nicht hängenlassen, aber ich muss diesen Leuten wohl gesagt haben, ich käme im November – allerdings nicht am 17. Das ist neu. Was sollen wir tun? Ich habe auch für den Abend 3 Karten für Cicely.[79]
2. Wir finden vielleicht nie einen guten, zuverlässigen Reinigungsservice. Deshalb schlage ich vor, dass wir (bis wir jemanden haben) jeden Tag ein bisschen was selbst putzen. Ich habe heute in den Bädern angefangen. Du könntest das machen (Badewannen), was ich nicht gemacht habe. Und auch die Böden. Und bring den Müll raus. In deinem Zimmer stinkt es auch.

Ich bin drüben im Büro, ein paar Stunden arbeiten. Wir haben eine großartige Rezension (Cs Buch)[80] in Publishers Weekly, sehr wichtig. Das lesen die Bibliotheksleute. Und Leute »in der Branche«, also im Buchhandel. Harcourt hat uns auch die Plakate bezahlt, die sie gekauft haben. 4.000 $! Also – ab ins Lager, wo es Tausende Kartons zu falten gilt!

Ich hab dich lieb,
Mom

—

Mommy![81]
Ich habe dir heute auf dem Heimweg von der Arbeit diese Blumen gekauft. Ich habe den ganzen Tag an dich gedacht!

Mach dir keinen Kopf wegen der L.-A.-Sache an meinem Geb. Wenn du magst – GEH HIN! Ich mache eh nichts. Weißt du ja. Das mit der Besprechung und den Plakaten ist toll! Die Wannen mach ich sauber. Wenn nicht heute Abend, dann morgen. (Ich habe kürzer Schule.)

Ich hab dich lieb 😊
R

Undatiert
The Color Purple hat heute die Verkaufszahl von 1 Million erreicht! Die Marketingfrau & die Verlagsleitung haben einen kleinen Blumenstrauß geschickt. Es bedeutet laut Robert noch mal rund 150.000 Dollar. Ich glaube, ich werde – vielleicht mit Robert – ein richtig schönes Haus in der Stadt kaufen, in Noe Valley, wo es uns beiden gefällt. Ich investiere gern in Häuser, & wenn wir etwas mit 2 Wohnungen kriegen, können wir immer noch eine vermieten. Das könnte sehr gut laufen. Ich werde wohl darüber nachdenken müssen, diese Wohnung hier zu verkaufen. Ich habe sie gern, aber sie ist wirklich zu laut, sowohl zum Schreiben als auch zum Meditieren. Ich habe in Noe Valley ein kleines braunes Haus gesehen, das genau das Passende ist. Wenn es doch nur zu verkaufen wäre?

Mein Gefühlsleben stagniert. Es ist, als ob die Liebe zu Robert in mir nie ein Maß erreicht, das mir einen Schub vorwärts gibt. Letztlich tut er mir vor allem leid. Weil er etwas, was so eine lebendige & dynamische Liebe/Emotion war, dermaßen beschädigt hat. Meine Liebe fühlt sich jetzt domestiziert an, während sie vorher wild war. Aber ich kann mir vorstellen, dass wir noch eine Zeit lang Gefährten bleiben, sogar eine lange Zeit lang.

Wenn ich jetzt diese Aufstellung mache, ist es einfach nur eine Übung. Ein Gefühl distanzierten Staunens.

American Book Award
Pulitzer-Preis
1.000.000 im Taschenbuch verkauft
70.000 im Hardcover
1 Jahr auf der NYT-Bestsellerliste
1 plus Jahre auf der Publisher's-Weekly-
& der SF-Chronicle-Liste zwischen Nr. 1 (die meiste Zeit) & Nr. 3
Filmrechteverkauf 400.000 (inkl. Consulting)
Übersetzungen:

1. Französisch
2. Schwedisch
3. Chinesisch
4. Japanisch
5. Deutsch
6. Italienisch
7. Dänisch
8. Türkisch
9. Hebräisch
10. Ungarisch?
11. Finnisch
12.

– Ein Bestseller in England. Desgl. für In Search.

Nichts fehlt an diesem Erfolg, außer meiner Fähigkeit, ihn noch zu fühlen. Wobei ich ihn schon fühle, als eine Art Polster, eine Möglichkeit oder ein Mittel für mich, aus dem Rattenrennen (welcher Art auch immer) herauszukommen; allmählich fühle ich mich sicher, was das Geld angeht. Also Geld zu haben. Und es ist schön, dass Robert Geld hat. Und er verdient es, weiß Gott. Der Verlag ist auf einem guten Weg, dank ihm.

Undatiert

Lieber Quincy,

ich weiß nicht recht, was ich noch über Shug Avery sagen kann. Es ist, wie ein Gedicht zu erklären. Wenn man das könnte, hätte man das Gedicht nicht geschrieben. Aber eine Sache ist mir doch noch eingefallen, & zwar, dass die Statur letztlich unwichtig ist. Diana Ross könnte Shug sein, wenn sie es wirklich wollte. Ich habe sie in Lady Sings the Blues gesehen & war begeistert, & was mich begeistert hat, war ihr Begeistertsein von Billie, das sich so deutlich in ihrer gründlichen Arbeit gezeigt hat. Sie wäre eine andere Shug, und es wäre nicht leicht vorstellbar, dass eine so zierliche Person so vielem standhält, aber zierliche Leute haben schon vielem standgehalten.

Shug ist frei. Das ist das Außergewöhnliche an ihr. Sie hat beschlossen, sich & ihre Liebe zu geben, wem sie möchte – sie hat begriffen, dass sie der Gesellschaft, die nicht darauf ausgerichtet ist, ihrem Wohl zu dienen, keine Loyalität schuldet. Aber das heißt nicht, dass sie mit dieser Haltung auf die Welt gekommen ist oder dass sie nicht verletzlich wäre. Sie ist, wie wir alle, durch ihre Erfahrung geformt. Am verletzlichsten war sie in ihrer Jugend, als sie es mit einer kalten, kritischen Mutter zu tun hatte & dann mit Albert, einem leidenschaftlichen, aber sexuell ichbezogenen & menschlich feigen Liebhaber. Diese Zeit der Verletzlichkeit dauerte noch fort, als sie in den Norden ging (um als Hausangestellte zu arbeiten und dann zu singen) und kulminierte in ihrem völligen körperlichen & seelischen Zusammenbruch.

Als Shug von Albert in sein Haus geholt wird, damit Celie sie pflegt, ist sie darauf gefasst zu sterben. Das befreit sie. Von Celie dem physischen Tod entrissen, verändert sich Shug innerlich grundlegend. Sie wird frei. In gewisser Weise ist es ihre Nichtanhaftung (an Dinge, Männer, Geld), die dazu führt, dass ihr alles zufällt. Der Tod ist Loslösung. Aber Shug lebt eben diese Loslösung, weil sie liebt – auch das ohne Anhaftung. Erst lange nachdem sie mit Germaine auf und davon gegangen ist, beginnt sie ihre innere Bindung an Celie zu fühlen, & das überrascht sie. Sie ist frei von allem, außer der Fähigkeit & dem Bedürfnis zu lieben.

Ich habe Diana Ross erwähnt, weil ich weiß, ihr habt sie in Erwägung gezogen (& sie für mich eine viel bessere Squeak abgeben würde), aber es gibt andere Frauen, die sehr gut geeignet wären, weil sie in gewisser Weise »die Rolle gelebt haben«. Schade, dass Esther Phillips tot ist. Aber Tina Turner lebt. Ich weiß, The Color Purple würde sie an Ike erinnern. Oder es könnte auch jemand Unbekanntes sein.

Ich hoffe, das hier nützt etwas & ihr habt noch die Notizen zu all den Figuren, die ich vor ein paar Monaten geschickt habe. Nötigenfalls habe ich eine Kopie.

Robert & ich haben vier idyllische Tage in Wild Trees verbracht. Wir hatten ein traditionelles Thanksgiving-Essen mit roten Bohnen & Reis (mit Louisiana-Blutwurst!) & Rübengrün aus dem Garten. Und er hat seinen klassischen Süßkartoffelkuchen gemacht. Dann haben wir den größten Teil des restlichen Tags darauf verwendet, einen Sack Narzissenzwiebeln zu pflanzen, meine Sternzeichenblume – die, wie ich zu meiner Freude in Western Gardening las, Taschenratten nicht fressen (die Zwiebeln)! Also habe ich Dutzende in Taschenrattenlöcher gepflanzt.

Rebecca war über die Ferientage in Georgia, Verwandte & meine Mom besuchen. Wie ich höre, war sie auf Tanzpartys in Eatonton & musste die Negritos mit einem Stock vertreiben.

Jetzt habe ich das Feuer zum Brennen gebracht & werde gleich nach Boonville fahren, auf der Suche nach Pfirsichbäumen. Den einen, den ich hatte, hat das Rotwild gefressen.

Liebe Grüße,
Alice

Undatiert

Lieber Robert,

jetzt, da wir in diese neue Phase unserer Beziehung eintreten, merke ich, dass ich auch Ängste habe. Natürlich will ich, dass wir unsere Pläne weiterverfolgen, aber ich finde, ein paar Sachen sollten klargestellt werden, damit ich mich nicht in der Falle fühle. Zuallererst: Sind wir uns einig, dass wir eine Geschäftsbeziehung eingehen, die als solche geführt wird? Dass deine Entscheidung, Vollzeit für den Verlag zu arbeiten und mir zu helfen in Sachen Korrespondenz, Zwischenhändler, Papierkram, Buchhaltung, Consulting, Reisen, Veranstaltungstermine etc. in keiner Weise ein Heiratsantrag ist, weder im üblichen noch in irgendeinem sonstigen Sinn. Und dass meine Entscheidung, dich für deine Dienste zu bezahlen & dir ein Haus auf dem Land zu stellen, nur das ist, was man von einer Arbeitgeberin erwarten sollte? Ich hätte gern Einvernehmen darüber, dass wir nicht von einer dauerhaften Verbindung irgendwelcher Art sprechen. Dass ich mich bereit erkläre, dir zwischen 25.000 (Minimum) & 40.000 (Maximum und die Summe, die ich anstrebe) zu zahlen, über 1–3 Jahre. Am Ende eines jeden Jahres werden wir darüber befinden, ob & wie wir weitermachen wollen, & nach Ablauf der drei Jahre sollten wir das ernsthaft tun. Im Einvernehmen darüber, dass ich dir nicht weiter ein Gehalt zahlen muss, wenn ich nicht will.

Ich möchte das ganz klargestellt haben, da ich nicht vorhersehen kann, welche finanziellen, emotionalen oder sonstigen Veränderungen in meinem Leben eintreten könnten. So wenig, wie du es kannst. Ich möchte, dass wir flexibel & frei bleiben.

Wenn du mit diesen Bedingungen einverstanden bist, unterschreibe bitte diesen Brief und gib mir eine Kopie für meine Unterlagen.

Beste Grüße,
Alice

8. Feb. 1985

Noch einen Tag – nicht mehr ganz –, dann bin ich 41! Ich fühle mich wie immer. Nur glücklicher. Heute Morgen ist Robert in die Stadt zurückgefahren, nach ein paar Tagen hier auf dem Land mit mir (die ich an einer Erkältung laborierte), und ich war froh über die Zeit mit ihm und über die Zeit allein. Ich liebe das Alleinsein in WT. Ich habe eine große Schale Haferflocken & Nüsse & Obst gefrühstückt & dann angefangen, sauber zu machen. … Wenn ich ausfege, bin ich sofort mit Celie (Rachel) und Mama verbunden. Hier auf dem Land zu fegen, ist also zutiefst befriedigend. Dann bin ich zum Studio raufgegangen und habe Löwenmäulchen gesät und jede Menge Senfblatt & Rübengrün. Ich habe auch den Futon nach draußen geschleppt & in der Sonne ein Schläfchen gemacht. Wie schön, an einem Ort zu leben, wo ich an meinem Geburtstag säen und pflanzen kann, was ich morgen zu tun gedenke. Aber ich möchte auch etwas bei Neumond pflanzen. Einfach nur um zu sehen, ob es stimmt, was die Alten sagen: dass die Pflanzen dann schneller wachsen.

18. Feb. 1985

Mein Geburtstag war sehr schön. Ich bin allein in Wild Trees aufgewacht und hatte einen gemächlichen, etwas frühen Morgen, bin dann rauf ins Studio, sauber machen. Dann kam Rebecca [mit einer Freundin] & bald darauf Robert & Casey, & wir waren zum Abendessen in einem Restaurant in Mendocino. Es fühlte sich sehr wie »Familie« an.

Das Event im Oakland Museum zum offiziellen Launch von The Press hatte viele warme & tolle Momente. Belvie[82] hat bei der Organisation des Ganzen einen großartigen Job gemacht.

California[83] hat leider die Geschichte gelesen, die für unser Publikum/unsere Sponsorinnen (die Deltas) die ungeeignetste war. Aber Will Sand Young hat alles wieder rausgerissen, mit einem wunderschönen Song speziell für mich! Und es gab jede Menge Umarmungen von so vielen Leuten – jedweder Ausrichtung!

20. Feb. 1985

Habe endlich angesprochen, dass ich mich von Robert/The Press aus meinem eigenen Raum verdrängt fühle & dass es mich ärgert. Nachdem das Verlagsgebäude renoviert worden war, habe ich es Robert zum Wohnen angeboten. Er hat sich dann nach einer Weile beschwert, es sei zu klein für »sein ganzes Zeug« – von dem ein Großteil aus Leihgaben von mir besteht – und den Verlag. Ich habe das so stehen gelassen. Dann erklärte er, die Stelle, wo das Verlagsgebäude liege, sei düster & feucht, & er beabsichtige, tagsüber das Studio zu benutzen. Ich habe den Wink verstanden & angeboten, den Verlag im Studio unterzubringen, womit mein persönlicher Arbeitsraum praktisch auf null schrumpft, weil Robert ja immer noch mit im Haus wohnt. Heute hatte ich gleich beim Aufstehen zwei Anrufe von Leuten, die etwas vom Verlag wollten. Dann habe ich gemerkt, dass Robert seinen Computer ins Studio gestellt hat. Ich hatte das Gefühl, dass mein ganzes Bemühen, mir einen Platz zum Arbeiten zu schaffen, so gut wie vergeblich war. Also habe ich es gesagt. …

Aber es bleibt ein Unbehagen. Und. Ich finde zum Beispiel, dass er sein Haus möblieren sollte & ich ihm schon zu viele Möbel gegeben habe. Aber wenn er sich beklagt, dass er keinen Tisch & keine Stühle hat (& kein Geld, sich welche zu besorgen), muss ich mich mühsam davon abhalten, ihm meine hier anzubieten. Dabei hat er in seinem Haus in Oakland zwei Tische, von denen einer mir gehört, & vier Stühle, allesamt meine. Er hat einen Teppich von mir, Bilder von mir, & sein Sofa habe ich gekauft! Ich hasse es, mich dafür verantwortlich zu fühlen, sein Haus zu möblieren. Und was das Geld angeht: Ich habe ihm bereits 4.000 gezahlt plus 2.000 Vorschuss für seine Steuer. Das ist mehr, als er am Mills je gekriegt hat.

Also nöle & klage ich! Und frage mich, wie viel von dieser plötzlichen Empfindlichkeit & Entrüstung prämenstrueller Blues ist.

15. März 1985

Der Tag nach Quincys Geburtstag. Ich habe gestern den ganzen Tag an ihn gedacht und angerufen, aber er war nicht da/ beschäftigt. Ich habe Blumen geschickt mit »I love your life« und unterzeichnet mit Mme. Katherine. Ich hoffe, es geht ihm gut, spüre aber eine erdrückende Beschäftigtheit/Müdigkeit in Zusammenhang mit dem Film. … Mir ist klar geworden, dass ich Angst davor habe, ihn wiederzusehen. Angst, dass ich mich noch mehr zu ihm hingezogen fühle, ja, aber auch Angst, dass er mich enttäuscht und auch nur ein ehrgeiziges Hollywoodego ist, wenn auch mit einigen der einfühlsamsten Impulse, die frau sich vorstellen kann.

Mai 1985

My soul forsaken
until you come
My heart so heavy
bowed down in shame

But now you here …
don't go no where
I b'lieve my life
be turnin' round.

Dieser Song beginnt als etwas, was Celie leise Shug vorsingt. Shug übernimmt ihn, peppt ihn auf, nennt ihn »Celies Blues«, singt ihn aber für Albert (wobei der Inhalt immer noch zutrifft) und dann, am Ende, »singt« Albert diesen Song (via Jukebox) für Celie. Er gilt für alle drei und stellt zwischen ihnen einen Kreis der Liebe her.

10. Juni

Montag am Set:[84]

Im Unterschied zur letzten Woche, die brütend heiß war, kühlt es heute alarmierend ab. Ich will nach Hause. Ich bin müde – und ich habe die Schauspieler zum Abendessen in ein chinesisches Restaurant in der Nähe des Hotels eingeladen. Wenn ich doch nur meinen Mantel dabeihätte!

So ein Set ist eine seltsame Erfahrung. Heute fühle ich mich weniger im Mittelpunkt, wie es mein Horoskop vorhergesagt hat. Ich verstehe die Filmerei nicht. Das ist mir heute bei einem Gespräch mit Rod Temperton[85] klar geworden. Er sagte, wenn Sie die Dailies sehen, sehen Sie gar nichts. Alles wird bei der Bearbeitung konstruiert. Das hat meinen Zynismusknopf gedrückt. Warum meine Tränen – so wie vorgestern – auf die Dailies verschwenden, wenn die nicht das sind, was zu sehen sein wird? Aber dann sagt mein weniger müdes Selbst: Was auch immer konstruiert wird, wird aus den Dailies konstruiert. Also Kopf hoch.

WTs
17. Juni 1985
Gerade eben, auf dem Weg vom Studio hier herunter, ist mir durch den Kopf gegangen, dass Sofia im Film bei Harpo arbeiten wird, nicht in Celies Geschäft. Außerdem ist Harpo zu einem »Mann« gemacht worden, im unverwüstlichen Sinn von etwas besitzen & Herr darüber sein. Von mir aus, aber das Problem ist, dass Celies Gewerbe kein Gewicht hat. Ich glaube, nach dem jetzigen Stand des Drehbuchs gibt es eine Szene, wie sie & ein paar Frauen auf der Veranda nähen. Diese Änderung kommt offensichtlich daher, dass Männer das Sagen darüber haben & dass sie anscheinend nicht in der Lage sind, das Klischee zu durchbrechen, dass der Mann der Versorger ist & die Frau nur mithilft. Das unterscheidet sich sehr von der ersten Version des Drehbuchs, die sich enger an das Buch hielt. Das Gewicht auf der Blueskneipe reflektiert auch den größeren Raum, den die Musik jetzt einnimmt.

Ich bin Montag wieder hin. Und habe Robert gebeten, am Dienstag zu kommen. Er war so nett, wärmere Sachen für mich & Rebecca mitzubringen & auch noch Vorschläge für das Drehbuch, die ich Menno[86] gegeben hatte, die er aber mitzunehmen vergaß.

Wenn ich am Set bin, bin ich so damit beschäftigt, den Schauspielern meine Unterstützung zu kommunizieren & mich daran zu freuen, wie die Charaktere zum Leben erwachen, dass mir bestimmt eine Menge Dinge (Bedeutungsänderungen etc.) einfach entgehen. Und ich bemerke, dass die wenigen Dinge, die ich vorgeschlagen habe, außer sprachlichen Sachen, nicht in diesem neuen Drehbuch stehen, das meiner Meinung nach gegen Ende absurd auseinanderfällt, weil da plötzlich irgendwelche Überbleibsel von Personen auftauchen, die längst gestrichen sind.

Mich beeindruckt Stevens Entschlossenheit, genau die Szene zu bekommen, die er haben will – egal wie oft sie gedreht werden muss. In der Hitze, dem dichten Qualm aus der Nebelmaschine, wirkt er total entspannt und guter Dinge. Rebecca hat angerufen und mir erzählt, dass das Baby von Steven & Amy geboren wurde, während Celie in den Wehen lag. Noch eine dieser vielen Merkwürdigkeiten, Synchronizitäten. Oprah = Harpo etc. Margaret Avery/Shug Avery, Steven Spielberg/ Whoopie Goldberg.

Ich fühle die Unterstützung des Universums bei diesem Film; das beruhigt mich, wenn ich die Änderungen sehe, die dem Drehbuch verpasst worden sind.

16. Aug. 1985
Am Drehort in North Carolina
58. Drehtag.

Es drängt mich bemerkenswert wenig, irgendetwas zu schreiben, aber das soll mich nicht davon abhalten. Robert und ich sind vorgestern in der Nr. 157 des Holiday Inn in Monroe angekommen. Es ist unser dritter Besuch am Südstaatenset. Die Klimaanlage ist laut, ebenso die Straße (Highway) und das Ankommen & Abfahren der Autos auf dem Parkplatz. Es ist heiß & stickig. Das Essen schrecklich. Das Positive ist, dass es mit dem Film gut läuft. Soll heißen, die Darstellerleistungen waren hervorragend, & Acting & Regie erschienen mir oft inspiriert. Rebecca ist überzeugt, dass Steven nicht auf mich hört – & wir reden sehr wenig –, & ich stimme ihr zu. Steven hört auf niemanden. Aber plötzlich, Tage später, bemerkt man, dass er das, was einen gestört hat, geändert oder die Idee, die man geäußert hat, irgendwo in der Szene untergebracht hat. Es ist vielleicht nicht genau das, was man vorgeschlagen hat, aber man erkennt es immer noch wieder. Das Ende des Films – das wir gestern Abend gesehen haben – ist wirklich die kinematische Umsetzung des Alternativtitels meines Drehbuchs »Halt Ausschau nach mir bei Sonnenuntergang«. Rebecca ist enttäuscht von seinem Absorbiertsein & seiner augenscheinlichen Gefühllosigkeit, Arroganz. Aber wie bei Whoopi ist alles verziehen, sobald man die Szenen auf der Leinwand sieht. Fast alles.

Whoopi als Celie ist unglaublich, und Margaret[87] ist großartig als Shug, finde ich. Und sie ist in mancherlei Hinsicht die verletzlichste & mutigste der Darsteller. Weil sie weiß, dass da Leute sind, die Tina Turner für geeigneter gehalten hätten. Ich nicht. Margaret hat eine enorme Sweetness (auf die sich ja schließlich Shugs Name bezieht) und eine natürliche, aus Widrigkeiten erwachsene Würde. Und sie gibt sich durchgängig so große Mühe, die Szenen genau richtig hinzubekommen. Ich mag die Verletzlichkeit in ihren Augen. Sie hat wunderschöne Augen, es ist das Erste, was man an ihr bemerkt. Und in den Szenen, wo einen sonst nichts auffangen könnte, fangen einen ihre Augen auf. Es sind echte Augen, die Erlebtes so deutlich zeigen wie ihr Gesicht – keine Murmeln, die nichts zeigen, egal was sie gesehen haben.

Jedenfalls kam sie nach den Dailies zu mir und küsste mich & wollte über ein Filmpremierenbenefiz in L.A. reden, an Kwanzaa?

Meine Tochter verblüfft mich durch ihre Schönheit und Kompetenz.[88] Alle beglückwünschen mich zu ihr. Es ist eine reine Freude, ihre laute, klingende Stimme über den Set (über Hügel & Teich) rufen zu hören: »Kamera läuft!«, »Und Cut!«,

»Fahrzeug bereithalten!« etc. etc. Und sie in ihren gelben Reeboks und mit fliegenden Dreadlocks dahinmarschieren zu sehen, das Megafon (das sie kaum je braucht – ihre unverstärkte Stimme ist lauter, ziehe ich sie auf) in der Hand & das Walkie-Talkie am Gürtel. Ich mag ihre Größe, ihre Direktheit, ihre ernsthafte, energische Art. Ich weiß, dass sie nicht gerne ohne mich sein möchte, aber sie könnte es. Sie ist schon sie selbst.

Zwischenzeitlich ein Trip nach Hause, was gut war, weil ich einen sehr geduldigen Augenarzt (mit einem netten Stottern) aufgesucht habe, der mich überzeugte, dass ich nicht blind werde, nur weil meine Augen trocken sind! Und tatsächlich scheinen die Tropfen, die er mir gegeben hat, zu funktionieren. Rebecca machte eine Bemerkung darüber, wie groß meine Augen seien. Da wurde mir klar, dass sie kleiner gewirkt hatten, weil sie so trocken waren & ich sie ständig zusammenkniff.

6:45, 7. Sept. 1985

In zwei Tagen ist Daddys Geburtstag. Er würde jetzt 76, glaube ich.

Schwere Schlafstörungen. Prämenstruell, vermute ich. Aber ein interessanter Traum vor dem Aufwachen. Ich steuerte mehr oder weniger ein großes schwarzes (verformbares wie in einem Zeichentrickfilm) Plastikauto – sehr schnell einen ziemlich dicht befahrenen Freeway entlang. Der Wagen war voll mit Leuten aller Art & Hautfarben, und ich wechselte zwischen den Spuren hin und her wie ein Profi und als könnte ich sehen, wo ich hinfuhr, was ich nicht konnte. Zum Glück begriff ich, wie die Chancen standen, keinen Unfall zu bauen, & zog auf den Randstreifen, wo ich, wie ich wusste, entweder jemand anderem das Steuer überlassen oder ein kleineres, weniger verformbares & schnelles Auto herbeizaubern würde.

Vielleicht drückt das ja meine Gefühle in Bezug auf den Film aus, jetzt, wo er fertig ist – fertig gedreht, meine ich. Mein jüngster & letzter Trip zum Set, Afrika, U.S.A., war sehr seltsam. Ich hatte gar nicht vorgehabt hinzufliegen. Tatsächlich hatte ich gerade stiegenweise Petunien, eine Art blühenden Salbei & drei herrliche lila Schmetterlingsflieder gekauft und gepflanzt, zur Feier der Tatsache, dass ich – nach North Carolina – endgültig wieder zu Hause war. Dann fuhr ich – weil ich einen Termin hatte – in die Stadt. Irgendwann rief mich Quincys Sekretärin Madeline an, um mir zu sagen, ich würde in Kürze einen Teil der Filmmusik erhalten. Da ich die Begleittexte für die LP schreiben sollte. Während wir noch redeten, kam Quincy dazu, & wir sprachen über die afrikanische Musik, & mir wurde klar, dass ich dabei sein sollte, wenn sie eingespielt wurde, zumal er dafür den besten Kalimbaspieler der Welt angeheuert hatte. Dann fiel mir wieder ein, dass Steven mich gebeten hatte, anwesend zu sein, wenn Akosua[89] (Nettie) ihre Voiceovers machte. Und außerdem war dort meine Tochter, die hart arbeitete & es zweifellos gebrauchen konnte, in die Arme genommen zu werden.

Also bin ich losgefahren.

Von allen Szenen war ich mit den afrikanischen am wenigsten glücklich. Die Lage des Dorfs ist falsch, die Skarifikationszeremonie ist falsch (ganz zu schweigen davon, dass alle unterschiedliche Narben haben, obwohl sie doch als Mitglieder desselben Stammes die gleichen haben müssten) & auf diesem dürren, unfruchtbaren Land könnte man auf keinen Fall eine Gummiplantage betreiben. Wie auch immer, ich traf am Set ein & geriet gleich in ein intensives trauriges Gespräch mit einem in den USA lebenden liberianischen Arzt, der als Statist dabei ist. (Ein Gutes ist, dass in diesem Film viele Afrikaner mitwirken – tatsächlich ist bei Netties Heimkehr zu Celie Carl Anderson (Samuel) der einzige Nichtafrikaner der Gruppe: Susan (Tashi) ist aus Kenia, Akosua (Nettie) aus Ghana, »Adam« & »Olivia« sind aus Sambia.) Jedenfalls, dieser Mann, der ein wunderschönes, eher nigerianisch aussehendes Gewand trug, saß neben mir im trockenen Gras und erzählte mir unter anderem, dass Firestone Rubber[90] in Liberia 168.000 Acres Gummiplantagen besitzt und dafür bis in alle Ewigkeit 1 Cent pro Acre bezahlt hat.

Er sprach von der mangelnden Gesundheitsfürsorge für die Arbeiter. Von der hohen Inzidenz von Blindheit wegen der Dämpfe, die entstehen, wenn Ammoniak zu dem Latex (?) gegeben wird, um es am Gerinnen zu hindern. Er sprach davon, dass er eine Augenspülung entwickelt und die Arbeiter in deren Anwendung unterwiesen habe. Er war sehr traurig. Er sprach emotionslos und fast wie sediert, als er mir von dem Staatsstreich in Liberia erzählte, bei dem fünf Freunde von ihm, alle Minister, getötet worden waren.

Ich fragte nach den afroamerikanischen Siedlern, die nach dem Bürgerkrieg nach Afrika »zurückgegangen« waren und sich in Liberia niedergelassen hatten. Er sagte, es gebe kaum noch erkennbare Spuren von ihnen. Obwohl ursprünglich überwiegend – wie sage man hier? – »high yellow«, seien sie inzwischen ganz dunkel. Es war ein amüsanter Gedanke: dass die »Rückkehrer« nach Afrika zum größten Teil gar nicht dunkel waren.

Ich hing viel mit den Müttern & den Kindern herum, meinen natürlichen Verbündeten. Ich bin so beeindruckt von der Mutterliebe & dem Mutterstolz. Die Frauen kommen und stehen stundenlang dabei, wenn ihre Kinder Szenen proben. Besonders bewegend war für mich ihre Reaktion, als es plötzlich kalt wurde, wofür niemand angezogen war – schließlich war das hier ja das heiße, sonnige Afrika.[91] Zwischen den Takes kamen die Mütter, selbst frierend, und legten ihren Kindern ihre eigenen leichten Pullis & Jacken um die Schultern. Wann immer sie konnten, zeigten sie mir ihre Kinder & sagten mir, wie froh sie seien, dass ihr Kind in dem Film mitspielte. Ein kleiner Junge, der am durchgefrorensten & stoischsten wirkte, kam und erklärte mir ganz ernst, er habe das Buch gelesen & finde es sehr gut. Er sah wie etwa 6 aus. Ich hatte Sorge, dass die Kinder von der Szene mit den Stammesnarben belastende Gedanken und Albträume davontragen würden. Doch mitten in meine Befürchtungen hinein kam eine der »afrikanischen Ältesten« in einem wunderschönen Gewand aus Sierra Leone und einer kamerunischen Kopfbedeckung & gab mir ein Buch über die Volksgruppen Kenias. Ich landete beinahe sofort auf einer Seite über weibliche »Beschneidung«, d.h. Genitalfolter & -verstümmelung. Die Autorin, Joy Abramson, war Augenzeugin einer solchen Verstümmelung (»Beschneidung« ist definitiv eine falsche Bezeichnung & ein unverschämter Euphemismus), verübt von einer Gruppe Frauen an einem 12-jährigen Mädchen. Die Kleine, so berichtet Abramson, wurde von mehreren Frauen am Boden festgehalten, während die »Beschneiderin« ihr die Genitalien mit getrocknetem Hühnermist einrieb, das stumpfe Messer in »grünlich dreckigem« Wasser »wusch« und dann dem Kind die Klitoris herausschnitt. Danach musste das Mädchen dreimal auf der Stelle hüpfen, damit sich zeigte, ob und wenn ja, wie stark es blutete. Blutete es nicht, bekam die »Beschneiderin« eine Ziege zum Lohn für ihre »Dienste«. Wenn doch, nur Eier. Ms. Abramson beobachtete weiterhin das Kind, das sie zuletzt erschöpft & benommen am Boden kauern sah, & die abgetrennte Klitoris. Diese, so schreibt sie, wurde zwischen den Zehen einer anderen Frau platziert, deren Aufgabe es war, sie in den Busch zu kicken.

Ich schlug den Anfang des Buchs auf, in der Hoffnung, dass dieses Geschehen sich vor Jahrzehnten abgespielt hatte. Doch nein, das Buch war 1968 erschienen. Die Begründung für die Klitoridektomie: Niemand würde eine Frau mit intakter Klitoris heiraten. Eine Frau ohne Sexualtrieb gilt wohl als fügsamer. Ich blättere mich durch die Seiten, und jedes weibliche Gesicht – Gesicht eines Opfers gewaltsamer Verletzung – bricht mir das Herz.

Dann sollen sie doch Albträume haben, dachte ich. Sollen sie doch belastende Gedanken haben. Alles, was dazu beiträgt, dass sie in ihrem tiefsten Inneren wissen: Kindern soll man keine Verletzungen zufügen, Punkt.

Ich dachte an die Exilkenianer, denen ich in London begegnet war, & an die Gräuel, die so viele afrikanische Führer an ihrem Volk verüben. Diese Gräuel gründen nach meiner Überzeugung in den »zur kulturellen Tradition gehörigen« Gräueltaten, die an Frauen & Kindern verübt werden & insbesondere an Kindern, die Frauen werden.

Undatiert, Herbst 1985

London: Ich mache Lesungen im Lewisham Theatre, im Poetry Center London & im Africa Center. Außerdem versuchen wir unser erstes Wild-Trees-Buch englischen Verlagen anzubieten. Mitte der Woche ein dringender Anruf von Steven, den zurückzurufen wegen des transatlantischen Zeitunterschieds & des Empfangsportiers, der das einzige Telefon in der Lobby boshaft mit Beschlag belegte, zwei Tage dauert. Alice, fragt er, wieso kennt Nettie Alberts Namen? Jeder kennt seinen Namen, antworte ich. Auch Celie. Sie nennt ihn in ihren Briefen nur aus Angst nicht. Dachte ich mir, sagt er. Aber es wäre gut gewesen, wenn du hier wärst, weil manche Leute das anders sahen. Wie auch immer, gedreht haben wir es so.

Was machst du denn in London?

Lesungen.

22. Sept. 1985

Ein schöner sonniger Morgen in Roberts neuer Wohnung. Casey lümmelt auf der Couch.

—

Zwei »denkwürdige« Momente am Set: Der Tag, nach längerer Drehzeit in North Carolina, an dem mir Whoopi sagte, sie habe das Drehbuch nie gelesen.

Der Tag, an dem Steven »Vom Winde verweht« als den »größten Film aller Zeiten« bezeichnete & sagte, seine Lieblingsfigur darin sei Prissy.

31. Okt. 1985

Wer du auch bist
was du auch bist
fang damit an
Egal ob Salz
der Erde
oder nur weißer
Zucker.

—

Ich verspüre jetzt eine Ungeduld, wenn ich schreibe. Ich würde lieber meinen Gedanken nachhängen, als sie hinzuschreiben.

Alles in allem kehrt zwar meine Energie zurück, mithilfe von Massagen, Darmreinigung & Fitness/Yoga, aber mein Selbst scheint in der Schwebe zu hängen. Ich bin in einem Zwischenzustand.

Undatiert, Anfang Dezember 1985

Ich habe gemischte Gefühle, was den Film angeht.[92] Ich habe ihn erst einmal gesehen, in derart angespanntem Zustand, dass ich das Kino mit schrecklichen Kopfschmerzen verlassen habe. Ich fürchte, ich habe mehr das gesehen, was nicht da ist, als das, was da ist, und habe um die Charaktere & Geschehnisse getrauert, die bei der Bearbeitung verloren gingen oder deren Umsetzung aus dem Buch gar nicht erst versucht wurde. Es gab Szenen, die mir nicht gefielen, aber auch viele, die mich begeisterten. Doch um zu wissen, wie ich den Film The Color Purple wirklich finde, muss ich ihn noch mal sehen, vielleicht noch mehrmals, wenn ich mich mehr für das öffnen kann, was er ist, statt mich wegen dessen zu grämen, was er nicht ist.

6. Dez. 1985

Ich werde von Journalisten belagert – L. A. Times, N. Y. Times, The Chronicle etc. –, die mich zum Film interviewen wollen. Den ich mittlerweile gesehen habe. Den meisten konnte ich absagen oder ausweichen. Jetzt will die Werbeabteilung von Pocket ein Statement, das sie den Leuten geben können. Ein Grundgefühl, das ich – nach einmal ansehen – dem Film gegenüber habe, ist: Ich finde ihn schrecklich. Er erscheint mir gefällig, aseptisch und unpolitisch. Manches, was aus Shugs & Celies Mund kommt, ist lachhaft. Der Film wirkt wie eine

Karikatur. Er enthält Anachronismen: dass Shugs Vater in den 1930er-Jahren eine Pferdekutsche fährt, zum Beispiel. Kurz gesagt, beim ersten Ansehen habe ich nur die Mängel bemerkt. Außerdem habe ich um die Charaktere getrauert, die in den Dailies viel besser herüberkamen als im fertigen Film. Im Film wirken sie miniaturisiert, wenn nicht gar kurz und klein gehackt. Samuel kommt fast nicht vor. Harpo fehlt die Fülle – die ich in den Dailies gesehen habe. Oprah ist wunderbar, aber zu stark gealtert, egal welch harte Zeit sie hinter sich hat. Und wer hat ihr Haar geglättet? Das große Haus ist nur das. Alle sind zu gut gekleidet. Und Shugs Song für Celie scheint aus einer wesentlich schmächtigeren Frau herauszukommen.

Das sind meine negativen Gedanken. Ich saß völlig verspannt da, & seither schmerzt mein Kopf.

Was mir gefällt: Nicht der Oliver Twist oder das in den Baum geritzte Herz, das befremdlich kitschig ist, sondern die Abschiedsszene zwischen Celie & Nettie, die ist gut, wenn auch nicht die beste der gedrehten Versionen, und die Szene, wie Nettie sich gegen Mister wehrt. Nettie ist sowieso großartig. Die Kussszene zwischen Celie & Shug. Der ganze Teil, wie Shugh & Celie die Briefe finden & sie zu lesen beginnen. Besonders die Szene, wie Celie an dem getrockneten Blütenblatt riecht. Shug in der Blueskneipe, der erste Song. Der zweite Song klingt zu forciert & zu dünn für Shugs Statur, deshalb ist der Effekt Distanz zu Gefühlen von C & S. Die Szenen in der Kirche sind alle gut, wenn auch die letzte rührselig ist & es mich ärgert, dass Shugs Vater zwischen sie & »Gott« geschoben wird. Die Musik ist toll. Obwohl Nettie in Afrika Lesen & Schreiben unterrichtet & nicht Musik.

Das Ende ist bewegend.

Gerade war die BBC zwei Tage hier. Der Regisseur, ein weißer Mann namens Nigel (nachdem ich mich auf das Ganze eingelassen hatte, weil ich dachte, eine Schwarze Frau namens Samira würde die Regie machen), erzählte von 2 menschenscheuen Künstlern, die er gefilmt hatte, & wie entsetzt sie über die Resultate waren. Als sie sahen, was er gemacht hatte, sagten sie: »Na ja, ist wohl so gut geworden, wie es ging.« Vielleicht ist das mein Gefühl. Aber ich bin auch enttäuscht, dass der Film nicht besser geworden ist.

Aber er ist nicht besser geworden, weil –? Ich habe ja gesehen, wie hart alle gearbeitet haben. Wie ernsthaft sie sich bemüht haben, alles richtig hinzubekommen. Ich habe geholfen, so gut ich konnte. Die ganze Woche schon ist mir zum Weinen. Ich fürchte, ich habe die Vorfahren im Stich gelassen.

Aber nein. Ich habe mein Bestes getan, & die Vorfahren sind selbst keineswegs perfekt. Wir versuchen alles, um uns zum Ausdruck zu bringen. Sie haben es getan. Ich habe es getan. Ich hoffe so sehr, es stimmt, dass es keine Fehler gibt, nur Lehren. Dies könnte eine wichtige sein.

11. Jan. 1986

Ein schöner kalter Tag auf dem Land. Ich erhole mich – hoffentlich – gerade von der schlimmsten Grippe, die ich je hatte: Schüttelfrost & Fieber, Gelenkschmerzen, Muskelschmerzen, Kopfschmerzen. Letzte Nacht habe ich vergleichsweise gut geschlafen, wofür ich dankbar bin. Ich war aufgewühlt (und sehr sauer), weil Mamie[93] Mama & Curtis und schließlich auch mir geschrieben hat, der Titel des Buchs The Color Purple stamme von ihr, und in dem Brief an mich spricht sie von einer »Blockade« & dass sie mein Buch nicht lesen kann, offenbar weil sie das Gefühl hat, ich hätte sie durch die Verwendung des

Titels übers Ohr gehauen. In den anderen Briefen beschuldigt sie mich ganz offen des Diebstahls geistigen Eigentums. Zuerst habe ich mich hingesetzt & versucht, ihr meinen üblichen geduldigen Brief zu schreiben, alles ruhig zu erklären. Aber dann befand ich, dass ihr auf diese Weise offenbar nicht zu helfen ist & jemand ihr sagen muss, dass sie psychiatrische Hilfe braucht. Also habe ich einen kurzen Brief mit diesem Inhalt geschrieben & abgeschickt. Aber es ist trotzdem erstaunlich & empörend, dass das jetzt kommt, fast 5 Jahre nach Erscheinen des Buchs, & es ist so ganz und gar aus der Luft gegriffen.

Aber das Schmerzliche war, wie sehr mich diese Anschuldigung verletzt hat. Ich habe den ganzen Schmerz verspürt, den ich in meiner Kindheit verspürte, als sie uns allen das Gefühl geben konnte & gab, so schlecht & hinterwäldlerisch und dumm zu sein. Es tut weh, erkennen zu müssen, dass die Familie immer noch die Macht hat zu verletzen. Dass Leute wie Mamie immer noch verletzen wollen.

Und in meinem geschwächten Zustand konnte ich es nicht lachend abschütteln, wie ich es manchmal kann. Also habe ich, so gut ich konnte, mit Robert darüber geredet. Er war wunderbar. Er hat mich ermutigt, ihr zu Weihnachten Blumen zu schicken. Ich hatte mich schon entschlossen, ihr 2.000 $ für ihr »Museum«[94] zu schicken. Und für mich ist das okay. Gutes bleibt gut, egal was sonst ist. Außerdem habe ich heute meditiert, lange & gut. Mein kleines Haus ist sauber & behaglich. Die Sonne scheint mehr oder weniger. Mir geht es schon wieder besser. Purple ist die Nr. 1 auf den Bestsellerlisten der NY Times & der L. A. Times & des Philadelphia Enquirer. Es hat die Auflagenmarke von 3.000.000 erreicht. Rebecca ist schön, gescheit, nett & verliebt. Ich liebe Robert und Quincy. Wir mieten für Februar ein hübsches Haus auf Bali. Ich bin mit Glück gesegnet. Das Universum liebt mich. Warum Angst haben?

22. Jan. 1986

Dieses Notizbuch zeigt wirklich das Chaos des letzten Jahres. Ich bin zuversichtlich, dass dieses Jahr etwas ruhiger und geordneter wird. Es ist viel passiert, in meinen Sternen und anderswo. Kurz vor Weihnachten war ich, um Geschenke zu kaufen, im Women Crafts West, einem Geschäft, das einer schönen grauhaarigen, junggesichtigen Schwarzen Sister namens Pell gehört. Ich habe eine Menge toller, von Frauen gemachter Sachen gekauft: für Quincy, Peggy, ihre Töchter, mich selbst. Und kurz bevor ich gehen wollte, habe ich den wahren Grund dafür entdeckt, dass ich hier einkaufte. In einem Regal, ganz unten, hinter Glas, lag etwas, bei dem ich sofort wusste, ich musste es haben – ein Zauberstab! Er ist etwa unterarmlang, aus schwarzem Nussbaumholz & mit einem fast 5 cm großen Kristall am Ende. Ich kaufte ihn voll Freude und mit einem Gefühl des Wiedererkennens. Damit fühlte ich mich bereit, den Film ein zweites Mal zu sehen, bei der Premiere in New York. Wo Robert spektakulär aussah (& war). In einem Smoking, wie ihn nur ein lässiger Philosoph & Lover aus Mendocino tragen würde, mit Kummerbund & Bandana & einem Fisch als Fliege. Tja. Ich selbst prangte in einem schwarzen Seidenkleid, besetzt mit Pailletten & goldenen Blättern. Eine Sister namens Deborah Matthews, die das aus Liebe & als Beruf macht, hatte mich eingekleidet. Es war großartig. Ich fühlte mich sehr Shug-mäßig & von meinem Zauberstab beschützt.

Es waren alle möglichen Leute da: alle, die an dem Film mitgewirkt haben, meine Schwester Ruth & Betty, viele Schwarze Schriftstellerinnen – yeah! Toni Morrison & Toni Cade Bambara, Sonia Sanchez; da waren Ruby Dee & Ossie & Bill Cosby & Camille – &, das Allertollste, meine Freundin Carole Darden vom Sarah Lawrence. Hübsch aussehend, gut riechend. Freudige Begrüßung. Ich war so froh, dass sie da war & dass wir sie mit der Limousine nach Hause bringen lassen konnten. Was mich wieder mal amüsierte. Die Dinger sind wie prähistorische Autos, & in New York hat man wirklich das Gefühl, man trampelt den Weg zum Aussterben entlang.

Ich war <u>begeistert</u> von dem Film. Ebenso Ruth, die auch große Vorbehalte gehabt hatte. Ich war jetzt endlich in der Lage, <u>den Film</u> zu sehen & das loszulassen, was <u>nicht</u> da war. Er ist viel konventioneller als der Roman, vor allem in Sachen Religion vs. Spiritualität & Shugs & Celies Beziehung & sogar Celies & Misters Beziehung & auch Harpos & Sofias, aber ich habe trotzdem viel von der Seele der Personen gespürt – & das war schön. Es ist genau das Gegenteil vom Lesen eines Buchs – einen Film zusammen mit vielen Leuten zu sehen, meine ich –, und das half enorm. Ein Buch zu lesen, ist ein einsames Vergnügen. Da will man nicht, dass einem jemand laut ins Ohr lacht. Aber einen Film zu sehen, ist besser mit vielen Leuten – es sei denn natürlich, es ist ein schrecklicher Film. Was, wie ich zum Glück sagen kann, <u>Purple</u> nicht ist.

Ich glaube, mein Zauberstab hat geholfen, & hinterher kamen Gloria & Mort zu mir, & wir drückten uns, & sie war sehr glücklich. Ich war so gerührt. Denn sie hat mich am allermeisten unterstützt, war eine echte Vorkämpferin für mich & Purple. Sie sagte, in dem Wissen, welche Ängste ich wegen des Films gehabt hatte: »Du brauchst dir keine Sorgen mehr zu machen. Er ist wunderschön.« Quincy hatte das natürlich schon die ganze Zeit gesagt, aber irgendwie war es doch nicht <u>ganz</u> das Gleiche. Und doch vertraue ich beiden, denn was ich in ihnen spüre, ist eine tiefe, beständige, natürliche Anständigkeit. Und sie sind beide Vorbilder an Liebe.

Robert, Rebecca, Carole & ich saßen dann mit den Leuten von Reading is Fundamental[95] an einem Tisch, was ein bisschen mühsam war. Lange, komplexe Fragen quer über den Tisch, die ich nicht beantworten wollte. Meine größte Freude war, dass mir der Film wirklich gefiel. Es hatte mich sehr beunruhigt, womöglich öffentlich sagen zu müssen, ich fände ihn schrecklich. Ich hatte schlaflose Stunden damit verbracht, mir zu überlegen, wie ich das in der Talkshow Good Morning Amerika – die ich, nebenbei gesagt, nie gesehen hatte – kreativ & schmerzfrei formulieren könnte. Es lief gut dort, fand ich, am nächsten Tag, und ich sprach über Mama & wie aufregend sie es findet, dass in einem Monat die Premiere in Eatonton ist, und dass sie, obwohl sie bettlägerig ist, in Abendkleid & High Heels dabei sein will.

—

Lieber Danny,[96]

ich habe viel an dich gedacht, als Darsteller und als Spirit, und ich hoffe, es geht dir gut. In ein paar Tagen werden die Academy-Awards-Nominierungen bekannt gegeben, und ich frage mich, ob du unter den Nominierten für einen Oscar sein wirst. Nicht dass du den Award bräuchtest. Du brauchst ihn nicht. Du hast in deiner Schauspielkunst das Level eines Heilers erreicht, & ob mit oder ohne Award, die Fähigkeit, durch deine Arbeit zu heilen, wird dir wohl immer bleiben, es sei denn natürlich, du spielst für den Rest deines Lebens schurkige Detectives und Drogenprofiteure. Andererseits liegt bei einem echten Heiler selbst in der Darstellung des Bösen heilende Kraft.

Ich will dir eine Geschichte erzählen: Als kleines Mädchen erlebte ich etwas sehr Traumatisches, was bedeutete, dass ich eine Zeit lang nicht bei meiner Familie leben konnte. Ich wurde für etliche Monate zu meinen Großeltern geschickt. Geschichten über meinen Großvater, immer mit verstohlener Bewunderung erzählt, deuteten auf einen ziemlich autokratischen, wilden, rebellischen Gesetzlosen hin. Einen Mann, der spielte & Whiskey trank und eine Pistole trug. Es hieß sogar, er habe jemandem in den Hintern geschossen (das wurde so erzählt, damit es lustig klang, es hieß nie, er habe jemandem in den Rücken geschossen!). Es gab viele Geschichten – die selbst meine gerade mal im Teenageralter angekommenen Geschwister kannten – darüber, wie energisch PaPa unsere Großmutter, seine Frau, schlug. Wie er sie über die ganze Farm jagte und dabei mit seiner Pistole feuerte. Schaurigerweise wurden diese Geschichten erzählt, als wäre das alles lustig, & selbst die Kinder äfften die Angst meiner Großmutter nach, lachten darüber, wie sie um ihr Leben flehte oder durchs Maisfeld flüchtete. Und <u>immer</u>, sein Leben lang, liebte er eine andere.

Aber als ich bei ihnen wohnte, waren sie schon alt geworden. Die autokratische Ordnung herrschte immer noch: Er nannte sie »Frau«, sie nannte ihn »<u>Mr.</u> Walker«, aber er schlug sie nicht mehr. Ich glaube, inzwischen brauchte er es nicht mehr zu tun. Sein Wort war Gesetz.

Aber tatsächlich sprach er sowieso kaum. Rachel, meine Großmutter, machte 4/5 der Arbeit – hauptsächlich putzen, kochen, die Hühner & Schweine versorgen, sich um den Garten kümmern, obwohl er auch gern im Garten arbeitete –, und ich erinnere mich, wie wir beide, mein

Großvater und ich, stundenlang einfach nur still auf ihrer Vorderveranda saßen oder die Autos zählten, die vorbeikamen. Jeder von uns wählte eine Farbe aus, und derjenige, dessen Farbe öfter vorbeikam, gewann das »Spiel«.

Er war unergründlich, dieser Henry Clay, & er war niemals gewalttätig und wurde kein einziges Mal laut in der ganzen Zeit, die ich bei ihnen wohnte. Und doch konnte ich die Auswirkungen seiner Gewalttätigkeit deutlich in Rachels sklavischem Verhalten sehen.

Klar, Danny, da du den Mr. gespielt hast, weißt du vieles davon schon. Aber was du wahrscheinlich nicht weißt – weil es mir selbst sehr lange gar nicht bewusst war –, ist: Obwohl ich auf einer kindlichen Ebene begriff, dass er in vielem »ein Teufel« gewesen war & immer noch war, vergötterte ich meinen Großvater.

Und über die Jahre habe ich in meinem Leben & in meiner Arbeit mit diesem Konflikt gerungen: Wie kann man einen Diktator & Folterer lieben! Erst als ich den Film viele Male sah, ist mir wirklich klar geworden, dass ich mir wünschte und es brauchte, meinen Großvater lieben zu können, auch wenn er so war, wie er war, wenn er die schlimmsten Dinge tat. Und den letzten Rest des Konflikts hat deine Schauspielkunst davongespült. Du hast mir geholfen, die jüngeren Jahre meines Großvaters nachzuvollziehen, ihn objektiv zu sehen (Da war er!) und seine Psyche ganz in meine zu nehmen.

Ich will dir sagen, wo es geschah: Als er aus dem Haus läuft und den Fußweg entlanggeht und auf sein Pferd steigt mit seinem hoffnungsvollen kleinen Strauß zerzauster Blumen – die er noch nicht mal selbst gepflanzt hat! – & in den Sonnenuntergang davonreitet, um immer noch einer Frau den Hof zu machen, die zu heiraten er zu schwach war & mit der er drei Kinder hat! Und der Song »Oh Careless Love« rührt in mir an das Großvatergen & macht mir bewusst: Ein Grund, warum ich ihn so liebe, ist – er ist wie ich! Für uns ist Liebe absolute/ewige Liebe. Wir können nicht aufhören zu lieben wegen anderer Leute Ehegelübden oder unserer eigenen. Wenn diese Liebe eine unglückliche ist, werden wir gemein oder übellaunig. Und mir ist auch klar geworden, dass er gespürt hat, wie sehr ich wie er war, dass er es die ganze Zeit gewusst haben muss & wir deshalb stundenlang zusammen dasitzen konnten, ohne zu reden!

Danny, ich danke dir so sehr für diese heilende Erfahrung. Für deine harte Arbeit, die mich staunen gemacht & mich Demut gelehrt hat. Vor allem als ich gesehen habe, wie du heroisch weitermachtest, während fünf (?) Kinder über den Set tollten. Meine Konzentration wäre hin gewesen, aber du hast es irgendwie geschafft, die Anspannung und Ablenkung in die Szenen, die du spieltest, zu integrieren – & sie bekamen dadurch noch mehr Tiefe.

Ist das Leben nicht erstaunlich!? Es besteht doch immer darin, »einen geraden Schlag mit einem krummen Stock zu führen«, was eine der Kategorien ist, in denen ich über diese ganze Filmerfahrung denke, die, wie ich spüre, auch für dich einen tiefen Bedeutungszusammenhang hatte.

Ich bin so froh.

In Liebe & Dankbarkeit, Danny,
deine
Enkelin & Sister
Alice

1. März 1986

Eine seltsame, gesegnete & in manchem auch unruhige Woche. Wir sind alle heil und sicher aus Bali zurück, wo wir im Ganzen eine tolle Zeit hatten. Mir gefällt vieles von der Kunst dort sehr – obwohl sie repetitiv ist, wie das Leben – und auch die Spiritualität und die Warmherzigkeit/Offenheit der Menschen. Während wir dort waren, habe ich nicht viel an Quincy gedacht. Robert & ich haben über meine Liebe zu ihm gesprochen & darüber, ob es möglich ist, dass sich zwischen uns und Q & P eine »Viererbeziehung« entwickelt.[97] Ich habe da sehr gemischte Gefühle. Gleichzeitig ist mir klar, dass jede Beziehung kompliziert wäre. Ich leide wirklich, seit wir wieder hier sind, denn da waren zwar Geschenke von Quincy – Champagner & Kristallgläser zu meinem Geburtstag & das Video von 60 Minutes[98] –, aber die Karten wirkten so kühl. Und ich bin jetzt schon eine Woche wieder zurück, & er hat nicht angerufen. Obwohl ich ihm mehrere (2) Nachrichten bei seinem Telefonbeantwortungsservice hinterlassen habe – den ich allmählich hasse.

Ich komme ganz gut klar & dann, plötzlich, überfällt mich die Sehnsucht nach ihm, & ich vermisse ihn schrecklich.

5. März

Er hat zweimal angerufen, seit ich Obiges geschrieben habe.

Ich fühle mich so stark zu ihm hingezogen. Gleichzeitig wird meine Liebe zu Robert nur tiefer. Ich kann mir ein Leben ohne Robert nicht mehr so leicht vorstellen, wie ich es einmal konnte. Wir sind wie – und wir sind – richtig gute Freunde, die auch den Körper und die Berührung des anderen mögen. Und das nach 10 Jahren! Ich glaube, ich bin vielleicht einfach bereit für ein anderes Liebeserlebnis, & das Universum war so großherzig, mir Q als Möglichkeit anzubieten. Andererseits ist Q dermaßen beschäftigt, dermaßen abgelenkt, dermaßen nicht physisch verfügbar, dass wir vielleicht einfach im falschen Jahrhundert zusammenzukommen versuchen. So empfinde ich es manchmal. Warum dauert es so lange?, frage ich. Wie kann er nicht einfach hierherfliegen, um mich in den Armen zu halten? Als ich dorthin geflogen bin, haben wir einander in den Armen gehalten, aber immer vor mindestens einem Dutzend Leuten.

15. April 1986

Ein sehr guter Arbeitsvormittag. Zwei kurze Essays über Bali & Rebeccas Rauchen,[99] die ich abgetippt & weggelegt habe. Sie sind nicht fertig, aber fast. Ich habe jetzt auf dem Land & in der Stadt Schreibmaschinen und bin mitten im Abschreiben der Tagebücher. Das rote Tagebuch ist interessant. Das blaue lässt mich gähnen. Es ist kaum zu glauben, wie viel Energie ich in Roberts Konflikte gesteckt habe. Aber toll zu sehen, wie es uns gelungen ist, durch das alles hindurch immer wieder schöne Momente miteinander zu haben. Oder um das alles herum. Habe so ziemlich beschlossen, das Hauskaufprojekt nicht weiterzuverfolgen,[100] auch wenn das Haus ideal erscheint. Gegenüber von einem Park, jede Menge Licht, ein klassisches viktorianisches Wohnhaus – sogar denkmalgeschützt. Aber ich habe mich so angespannt und gestresst gefühlt und so angewidert von mir selbst wegen meiner Habgier. Ich habe das Anwesen auf dem Land, wo ich wirklich glücklich bin. Das Apartment hier ist die meiste Zeit sehr komfortabel. Die Hunde scheinen nicht mehr so viel zu bellen, oder vielleicht habe ich mich auch an sie gewöhnt. … Rebecca hat das Haus entdeckt & ist begeistert davon, das macht es schwerer, den Plan aufzugeben.

Aber es ist gut für die Seele, Dinge, die man begehrt, aufzugeben. Ich war schon öfter gestresst, ja, aber nicht auf eine Art, die mich nichts gelehrt hätte.

Jedenfalls, auch wenn das Haus in Brooklyn – rechtzeitig – verkauft wird, wäre mir diese Sache immer noch eine zu große Zitterpartie.

Ich werde es dem Universum überlassen. Wenn das Haus für mich bestimmt ist, wird es meins werden. Wenn nicht, dann nicht.

6. Mai 1986

Gerade mit Joanne[101] gesprochen & noch mal nachgefragt, ob sie auf meine Bitte eingehen und mein Honorar pro »Kolumne« auf 3.000 erhöhen. Sie sagt, das gehe nicht. Das jetzige Honorar (1.500) sei das Maximum. Etc. Alle bekämen das. Wenn die Leute doch nur begreifen würden, wie schlecht Schreibende bezahlt werden! Ich habe ihr erklärt, dass mein halbes Einkommen für Steuern draufgeht, mir von 1.500 nur 750 bleiben. Der Betrag, den ich als Vorschuss für meinen ersten Roman bekommen habe!

Nun ja. Wenn da nicht der Druck wegen des Hauskaufs wäre, käme es auf die Honorarhöhe sicher nicht so an. Schließlich habe ich Ms. jahrelang Texte für sehr wenig Geld verkauft. Man fragt sich, wie erfolgreich die Zeitschrift eigentlich sein muss, ehe sie Schreibenden mehr als einen Hungerlohn zahlen kann.

Ich habe gerade eine Entwurfsfassung von »In the Closet of the Soul« beendet und sie einer Frau gewidmet, der ich bei meiner Lesung in Davis begegnet bin. Meine Gedanken wandern. Ich grüble über Gelddinge, das habe ich das ganze letzte Jahr nicht getan, was eine große Erleichterung war. Zum ersten Mal in meinem Leben habe ich mich finanziell sicher gefühlt, entspannt. So sehr, dass es mir schwergefallen ist, mich auf den Stress einzustellen, den der Versuch, das Haus in der Steiner Street zu kaufen, bedeutete.[102] Aber das scheint jetzt gut zu laufen, und in einem Jahr werde ich bestimmt froh über die Entscheidung sein & sie für finanziell klug halten. Ja, wenn ich hier bin, scheint mir ein Haus in der Stadt überflüssig. Aber wenn ich in der Stadt bin, kommt mir die Wohnung immer überfüllter & lauter vor. Rebecca sagt, da sei jetzt noch ein Hund auf der Seite, wo mein Arbeitszimmer liegt, und letzte Woche haben wir zwei Männer, unsere neuesten Nachbarn, in die Sträucher vor ihrem Tor pinkeln sehen. Aber es ist, als ob mir jetzt, wo ich umzuziehen plane, all solche Dinge auffallen. Die Gewalt in der Sozialsiedlung einen Block weiter. Kürzlich wurde eine asiatische Frau überfallen, & ihr Mann begann – wie ein junger Anwohner mit zu Tode ge-Jheri-curltem Haar auf Belvies Frage erklärte –, auf alles zu schießen, »was Schwarz war«. Gestern dann war gerade eine heftige Schlägerei im Gang, als Rebecca durchfuhr. Es tut mir leid, die Nachbarschaft hier zu verlassen. Die, in die wir ziehen, ist nicht so viel besser & auch nicht weit weg von der Sozialsiedlung. Aber sie ist ein bisschen besser, und der Park wirkt ruhig und gepflegt.

Es wird so sein, als schlösse sich für Rebecca und mich ein Kreis – von dem schönen alten viktorianischen Haus in der Midwood Street (über Garfield, 1st Street, Geary Boulevard, Galilee Lane) in das schöne viktorianische Haus in der Steiner. Wir lieben beide geräumige alte Häuser. Mit unseren wenigen Möbeln wird das Haus wahrhaft geräumig wirken.

Robert & ich waren Sonntag auf Belvies Einweihungsparty, und es war wohl eine der tollsten Partys, auf denen ich je war. Ihr Haus hat einen Blick auf den Fluss & das Meer. Wir fuhren im Kanu flussaufwärts. Aßen dann Algen von den Felsen am Strand. Die radioaktive Wolke, die von Russland in unsere Richtung zieht, wurde nur kurz erwähnt: Die Leute waren andächtiger Stimmung & schauten still aufs Meer oder fuhren mit dem Kanu hinaus oder lagen in der Sonne. Dann gingen wir & verspeisten ein köstliches Abendessen & hörten Musik & machten auch selbst welche. Donna zeigte mir, wie man den Berimbau spielt, ein angolanisch/brasilianisches Instrument von großer Klangfülle und Schönheit.

16. Juni 1986

Wer hätte das gedacht, ich habe das Haus gekauft; am Donnerstag bekomme ich die Schlüssel. Das Universum hat ein paar klare Signale gegeben. Habe Mel um Hilfe gebeten, für den Fall, dass ich sie brauche – 15.000 oder so. Er sagte, natürlich, widerrief es dann später. Nichts Neues. Er tat mir einfach nur leid. Jedes Mal denke ich: Es kann doch nicht sein, dass er uns nicht helfen will, überhaupt nie. Aber – und jetzt sagt Rebecca, er und seine Mutter nehmen ihr Versprechen zurück, ihr Studium mit zu bezahlen. Nun ja, und wenn? Wir schaffen es schon. Zum Beispiel bekam ich am Tag nach Mels Rückzieher (nachdem ich den Hauskauf auf Grundlage seines »Natürlich!« weiterverfolgt hatte) mit der Post 18.000 für das Taschenbuch von The Third Life of Grange Copeland. Dann unerwartete 10.000 Dollar von Harcourt. Und schließlich informierte mich auf einer Preisverleihungsfeier für Quincy in L. A. meine Agentin Wendy, dass 25.000 von WBs[103] kommen würden.

Also noch zwei Nächte in dem Apartment, das Rebecca & ich vermutlich vermissen werden. Es ist der Ort, der uns wohl als unser erstes richtiges Zuhause in Erinnerung bleiben wird. Als ganz und gar von uns geprägt.

Mel war übers Wochenende hier. Blass und still. Sehr milde, dachte ich. Er liest lauter alte Bücher über die Bürgerrechtsbewegung. Will ein Buch schreiben, sagt Rebecca. Es war schön, ihn zu sehen, & sehr gut für Rebecca. Obwohl sie so viel an ihm auszusetzen fand! Ich kann es kaum glauben, dass wir mal verheiratet waren. Ich war sehr froh über mich & Robert. Robert ist braun & schön. Und flexibel. Und der küssenswerteste Mensch, den man sich vorstellen kann. Wir küssen uns manchmal eine halbe Stunde lang. Küssen uns einfach nur & versinken darin. Während Mel hier war, dachte ich über das Leben nach, das R & ich uns aufgebaut haben. Es konnte nur von Menschen aufgebaut werden, die ihre Beziehung an die erste Stelle setzen. Nicht ihre Arbeit. Und es ist wunderschön. Die Hügel, die Häuser, die Bäume, die Teiche.

5. Juli 1986

Habe den Essay über Bob Marley[104] fertig – glaube ich. Vielleicht braucht es ja noch einen Absatz über die Thematik seiner Songs – warum sie so wichtig und gerade für mich so bewegend sind.

Meine Mieterinnen in dem Haus in Brooklyn sind nicht zum Ersten ausgezogen & scheinen sich querzustellen, in der Hoffnung, ich würde sie dafür bezahlen, dass sie ausziehen. Nur eine von ihnen hat einen Mietvertrag. Ich war <u>sehr</u> sauer auf sie, hatte überlegt, ihnen körperlich etwas anzutun. Aber weil mir diese wütenden Fantasien nicht richtig erschienen & sich nicht richtig anfühlten, habe ich sie unterdrückt, nur mit dem Effekt, dass sie sich gegen mich gekehrt haben. Also hatte ich zwei Tage lang Autoaggressions- und Selbstverstümmelungsfantasien, die mir eine Mordsangst machten! Vorgestern dann bin ich zu Belvie rüber & habe ein Buch über ayurvedisches Heilen, das sie hat, mitgenommen – unterdrücke nie Gefühle, sagt diese Lehre. Lass deine Wut sich voll in deinem Bewusstsein entfalten. Beobachte sie – aus der Distanz. Also habe ich das getan. Ich habe nicht mehr versucht, das mentale Gemetzel an mir selbst & meinen Mietern abzustellen, sondern im Gegenteil meine Waffen gewetzt – Ergebnis: weit weniger autoaggressive Fantasien & sogar weniger Mordfantasien. Da ist immer noch einiges an Wut übrig, aber sie scheint nicht mehr zu dominieren.

Die Essaysammlung kommt gut voran.

1. Everything Is a Human Being
2. On My Father
3. Longing to Die of Old Age
4. China Piece
5. Sometimes a Name Is an Ancestor Saying Hi
6. Not Only Will Your Teachers Appear …
7. Journey to Nine Miles
8. In the Closet of the Soul | Letter to Mpinga
9. My Daughter Smokes
10. The People Do Not Despair
11. Trying to See My Sister

Undatiert

Die schlechte Nachricht ist: Die meisten von uns werden immer kämpfen müssen.

Die gute Nachricht ist: Kämpfen macht uns schön.

Der Geburtstag meines Vaters **9. Sept. 1986**
Ich weiß nicht, wie alt er jetzt würde. Ich bin 42. Was mich erstaunt. In acht Jahren werde ich 50 sein. Wie Rebecca gestern Abend bemerkte. Derzeit bin ich die Häuslichkeit in Person. Lerne kochen, vor allem vegetarisch. Bin sehr gern zu Hause. Gestern Abend waren Robert & ich einen Schreibtisch mit Schreibtischstuhl für mein Schlafzimmer abholen. Mexikanische Bauernmöbel – und jetzt schreibe ich an meinem Schlafzimmerfenster mit Blick auf den Park. Heute ist es sonnig & klar, im Park sind viele Kinder. Rebecca hat letzte Nacht bei mir geschlafen, & ich hatte einen <u>wundervollen</u> Traum, an den ich mich nicht erinnern kann. Sie hatte einen holperigen Wiedereinstieg in die Schule & war sauer auf mich, weil ich nicht da war, als sie am ersten Tag nach Hause kam. Wir warteten im Computerladen auf sie & riefen zu Hause an, aber sie war nicht da.

Sie sprach darüber, wie sie darunter gelitten habe & wie wütend es sie gemacht habe, so oft hinten runterzufallen, als sie kleiner war. Wie schmerzlich es für sie war, als ihr Vater auf seine neue Frau hörte und ihr verbot, ins Schlafzimmer zu kommen, um zu kuscheln. Sie sagt, ihr seien viele schlimme Sachen passiert, und sie habe es uns nicht erzählt, weil wir sie immer dafür gelobt hätten, wie gut sie zurechtkomme. Wir haben dagesessen & geredet und geweint. Es ist so viel Wahres an dem, was sie sagt. Sie ist sehr ehrlich, und doch hasst sie es, mir wehzutun. Ich habe sie ermutigt, sie selbst zu sein, trotzdem, weil es das ist, was ich mir für sie am meisten wünsche – mehr noch als Loyalität zu mir. (Sie sagte, sie habe sich mir gegenüber illoyal gefühlt, weil ihr Spike Lees Film »She's Gotta Have It« gefalle, während ich offenbar so viel daran auszusetzen hätte. Ich erklärte ihr, dass das immer öfter passieren werde – ihre Individuation. Und dass wir beide darauf gefasst sein sollten.) Sie will ihr eigener Mensch sein, und doch machen all meine Argumente & Kommentare & meine ganze Art so viel Sinn! Genau das war mein Dilemma mit meiner Mutter. Ich liebte sie heiß und innig. Und genau wie Rebecca zweifelte ich an ihrer Liebe, weil auch sie immer so etwas Entschlüpfendes, anderweitig Beschäftigtes hatte.

Rebecca fragte mich, ob ich an ihrer Liebe zweifelte. Ich sagte Nein. Ich zweifle nicht daran – egal was sie tut oder sagt. Das Band zwischen uns ist ewig. Ich vertraue ganz und gar darauf. Ich glaube, sie fühlt sehr stark unsere bevorstehende Trennung, dann, wenn sie zum Studium weggeht. In vielem ist dies wohl unser letztes gemeinsames Jahr. Sie will, dass ich mehr zu Hause bin. Ich will mehr zu Hause sein. Ich liebe es, Zeit & Nächte mit ihr zu verbringen.

13. Sept. 1986

Das Haus ist immer noch eine sehr unterstützende Umgebung. Ich habe hier gut schreiben können. … Gestern habe ich die Hälfte dessen, was ich geschrieben habe, in Rebeccas Computer getippt & war so zufrieden mit mir! Dann habe ich den Computer ausgestöpselt! Alles weg. Es war deprimierend, aber ich nehme es als Lehre. Ich mag den Computer. Das Ganze ist so erstaunlich. Aber es ist einfach, der Computer ist bislang ziemlich leicht zu bedienen, und er strapaziert meinen Rücken und meine Augen nicht so wie die Schreibmaschine.

23. Sept. 1986

Gerade zurück aus der Stadt & dem Sweet-Honey-Konzert; es war ein großer Erfolg![105] Ausverkauft. Das Publikum ging voll mit; mein Singen lief gut. Ich habe mich prima amüsiert.

Bernice königlich und großartig und einschüchternd wie immer. Sie macht mir regelrecht Angst, & ich glaube, den meisten Leuten auch. Ihre ganze Art ist so gebieterisch. Sie ist etwas Besonderes – enorm starker Wille, totale Entschlossenheit und eine kraftvolle Persönlichkeit. Und ihre grandiose Stimme trägt Jahrhunderte Schwarzer Geschichte & Schwarzen Seelenlebens in sich und eine spirituelle & politische Bewusstheit, die das Zuhören zu einem einmaligen Erlebnis macht. Ich fand die Sängerinnen alle toll, so schön in ihren Gewändern und mit ihren Haaren! Und durchweg auf eine sanfte & starke Art weiblich.

Mit meinem Honorar von 7.500 plus den ca. 4.000 Gewinn müssten wir Winnie 12–13.000 schicken können. Plus eine Kopie des Videos & Maxines Divestment-Gesetzentwurf.[106]

Maxine (Waters)[107] war lustig und temperamentvoll wie immer. Angela Davis witzig, kicherig, in einem superscharfen silbernen Anzug, ihre Dreadlocks kupferfarben. Ihre Freundin Nikky[108] war mit ihr da & sieht aus wie ihre Zwillingsschwester, nur jünger.

Aber das Event hat mich total geschafft.

—

Liebe Rosemary, liebe Joanne,[109]

ihr sagt, mein Brief, in dem ich der Redaktion von Ms. mitteile, dass ich die Zeitschrift verlasse, habe euch bestürzt. Das tut mir leid. Gleichzeitig bin ich froh darüber. Denn wenn ihr bestürzt genug seid, ändert sich vielleicht etwas bei der Zeitschrift & vor allem daran, wie sie sich der Welt präsentiert, was mir wichtig ist.

Obwohl du, Joanne, sagst, du kannst dich nicht daran

erinnern, erinnere ich mich sehr wohl, dass ich mehr als einmal mit Ms.-Redakteurinnen wegen der Ms.-Titelbilder gesprochen habe. Besonders lebhaft erinnere ich mich an eine Situation in der Redaktion in der Lexington Street, kurz nachdem ich angefangen hatte, dort zu arbeiten. Wir waren im Konferenzraum, und ich wurde animiert zu sagen, was ich denke. Ich sage »animiert«, weil mich die Situation in diesem Raum sehr daran erinnerte, wie es sich für mich angefühlt hatte, Mitglied des Kuratoriums meiner alten Alma Mater, des Sarah Lawrence, zu sein. Ich nahm für diese Sitzungen die U-Bahn und den Zug & marschierte dann den Hügel zum College hinauf (nachdem ich aus Mississippi nach NY geflogen war), und auf dem Weg überholten mich die Limousinen der anderen Kuratoriumsmitglieder, des CBS-Chefs & so weiter. Ich saß dann an dem Tisch weißen Männern gegenüber, die darüber sprachen, Millionenspenden für das College zu mobilisieren, und da ich wusste, dass solche Reden unweigerlich dazu führten, dass etwas zerstört wurde, war ich sofort besorgt um die Bäume auf dem Campus. Und natürlich, um das teure Gebäude zu bauen, das sich bald aus den projektierten Millionen herauskristallisierte, mussten die Bäume – die letzten großen auf dem Campus – umgebracht werden. Doch sobald ich den Mund aufmachte und mich für die Bäume einsetzte, war es, als hätte ich eine lustige Einlage geliefert, um die Sitzung aufzulockern. Genauso waren diese Ms.-Sitzungen für mich; sobald ich etwas sagte, war da ein eigenartig respektvolles Schweigen, durchbrochen von noch respektvollerem leisem Lachen. Dann ging es weiter mit dem Geschäftlichen. So war es auch an dem Tag, als ich das Thema Titelbilder ansprach & dass darauf allzu oft weiße Frauen waren. Eine Redakteurin sagte: Natürlich sind wir ganz deiner Meinung. Es sollten mehr People of Color auf dem Titel sein. Aber wenn wir Schwarze Gesichter auf das Cover setzen, verlieren wir Geld. (So in etwa.) Hat die Zeitschrift durch das Cover mit Cicely Tyson (eins, das in jüngerer Zeit mal ein Schwarzes Gesicht gezeigt hatte) Geld verloren?, fragte ich. Ich erinnere mich nicht mehr an die Antwort, aber da ich dieses Cover eins der schönsten Ms.-Cover überhaupt fand, konnte mir nur jede Person leidtun, die zu rassistisch war, um das Heft zu kaufen. Und natürlich dachte ich: Wer in dieser rassistischen Welt ist denn eure Zielgruppe?

Eine andere Redakteurin sagte sinngemäß, für sie müsse ein Cover »eine Idee verkörpern«. Sie dachte wohl, damit sei die Frage der Hautfarbe vom Tisch. Aber alle »Ideen verkörpernden« Cover, die ich gesehen habe, zeigten weiße Models. Kürzlich zum Beispiel: Die »Idee« des »Re-Making Love« wird von einer weißen Frau und einem schlangenhaften weißen Mann verkörpert, der sie offenbar küssen will; die »Idee« des Stylischen verkörpert eine stylische weiße Frau, die auf einem Stuhl sitzt, & die »Idee«, dass junge und alte Frauen Kinder bekommen, verkörpern zwei hochschwangere weiße Frauen (eine älter, eine jünger).

Ich habe aufgehört, an Konferenzen teilzunehmen, weil klar wurde: Welcher Hautfarbtupfer auch immer in der Zeitschrift vorkommen sollte, ich würde ihn beschaffen oder darstellen. Gott bewahre, dass ich einen inhaltlichen Vorschlag machte & nicht die Schwarze Person bei der Hand hatte, die für die Umsetzung am geeignetsten war. Noch als ich dir, Joanne, sagte, ich würde gehen, wolltest du, dass ich dir eine Person nenne, die mich ersetzen könnte! Die meiste Zeit meiner Festanstellung bei Ms. habe ich mich von den anderen Redakteurinnen separiert (zuerst allein in einem großen Büro, dann in einem winzigen), weil die Arbeit für mich weniger stressig war, wenn meine reale Situation und die äußere übereinstimmten. Und die Realität war, dass mir, bei aller Kritik an der mangelnden Repräsentation verschiedener Hautfarben in der Zeitschrift & auf dem Cover, vor allem das mangelnde Bewusstsein zu schaffen machte. Warum litt ich als Einzige unter den ständigen weißen Ms.-Titelbildern? Die Realität war, ich war allein.

Jetzt werdet ihr sagen: Nein, das stimmt nicht. Wir waren doch an deiner Seite! Wir haben dir zugehört! Oder warum hast nicht mehr darüber gesagt, wie du dich fühlst?

Aber ich sage, warum soll ich euch mehr als einmal darauf hinweisen, wie ich mich fühle, wenn eure Reaktion unweigerlich ins Reich der Zeitschriftenverkaufszahlen führt und zu eurer oft wiederholten Bemerkung, dass Schwarze Gesichter, Gesichter wie meins, keine Magazine verkauften? Obwohl ihr merkwürdigerweise immer darauf hinweist, dass Ms. mehr nichtweiße Leserinnen hat als irgendeine andere (weiße) Frauenzeitschrift. Steckt da nicht ein Widerspruch drin, frage ich mich. Oder wenn ich euch sage, wie beleidigend und unterdrückerisch euer Cover mit zwei schwangeren weißen Frauen ist, dann sagt ihr: Aber wenn wir eine schwangere Schwarze Frau auf dem Cover hätten, würde das viele Negativklischees bestärken. Dann zeigt sie glücklich & lächelnd, sage ich. Schwangerschaft bei Schwarzen Frauen ist doch schließlich nicht zwingend etwas Pathologisches. Dann erzählt ihr mir etwas von Bill Moyers und Patrick Moynihan[110] und dass sie schlimme Sachen über Teenagerschwangerschaften bei Schwarzen gesagt hätten. (Ich sehe nicht fern, deshalb entgehen mir eine Menge ätzender weißer Männer.) Und ich wundere mich. Dass Ms., eine feministische Zeitschrift, wegen irgendetwas, was zwei weiße Männer gesagt haben, keine schwangere Schwarze Frau auf ihr Cover setzt. Furchtbar. Mal ganz abgesehen davon, dass die Großväter & Urgroßväter dieser jüngsten Autoritäten in Sachen Schwarze Teenagerschwangerschaften zweifellos selbst manch Schwarzes Mädchen im Teenageralter geschwängert haben. Warum befassen sich Moyers und Moynihan nicht damit? Und was ist mit der durchaus realistischen Möglichkeit, dass manche der Teenager, die sie studieren, ihre eigenen Verwandten sind, Abkömmlinge weißer Männer, die eben solche Teenager gekauft und verkauft und geschwängert haben?

Ich empfinde nichts als Mitgefühl für Marilyn Monroe und Abscheu für all die Männer, die sie immer noch ficken wollen, obwohl sie tot ist. Dennoch finde ich es falsch, wenn sie zweimal auf dem Cover ist und Winnie Mandela (irre ich mich? Ich hoffe es!) kein einziges Mal. Ich finde es falsch, dass Marilyn Monroe zweimal drauf war und Tina Turner (irre ich mich? Ich hoffe es!) nie. Und ich bin auch nicht der Meinung, dass eine Schwarze Person, um auf dem Cover zu sein, extrem berühmt oder tot oder auch nur »Schwarz« sein muss. Personen schwarzer, brauner, gelber und roter Hautfarbe machen & »remaken« Liebe, sie sind stylisch, sie werden schwanger & finden es manchmal, weiß Göttin, ganz wunderbar.

Was ist eure Vision? Ist es die einer weißen Mittelschichtsfeministinnenwelt mit drei berühmten Personen pro Jahr darin? Für mich ist es das, was eure Zeitschriftencover besagen. Wenn das eure Vision ist, dann könnt ihr sie weiter aufrechterhalten. Es ist nicht meine, und ich kann es nicht.

13. Dezember 1986

Fast Jahresende, und ich habe wenig in meine Tagebücher geschrieben. Das Auf & Ab mit Robert festzuhalten, hat mich schließlich gelangweilt. Außerdem habe ich allmählich erkannt, dass das Band zwischen uns bleibt, egal welch temporäres Problem wir haben. Es war auch das Jahr »des Films« mit Tonnen von Post, der Erfahrung, wie der Film gemacht wurde, den diversen Premieren. Heute Abend, als wir im Kino saßen, um The Golden Child zu sehen – was mir sehr gefallen hat –, sagte ich zu Robert, dass es mir alles so unwirklich vorkommt, als wäre es gar nicht passiert. Oder vielleicht passiert, aber jemand anderem. Meiner Schwester Ruth zum Beispiel, die alles daran voll und ganz genossen zu haben scheint.

Ich bin dankbar, dass ich meine alte Art zu leben wiederaufnehmen konnte – nur dass ich dank Purple & dem Verkauf meines Hauses in Brooklyn jetzt in San Francisco in einem größeren, schöneren Haus wohne und die Hypothek auf dem Land tilgen konnte. Es ist wirklich toll, in einem Haus zu leben, das einem gefällt, das schön ist. Einem Haus, das einem vielleicht eher früher als später ganz gehören wird. Ich glaube ehrlich nicht, dass ich je von hier wegziehen werde.

Hatte gerade ein langes Gespräch mit Quincy. Er klingt unbeschwerter, als ich ihn je gehört habe. Mehr wie er selbst, freier. Ich mache mir immer noch Sorgen um ihn dort in

Hollywood, aber für ihn scheint sich alles bestens zu entwickeln. Seine Töchter sind bei ihm & sein Sohn kommt demnächst. Das ist alles sehr gut.

Mein Roman (!) macht Fortschritte. Gute Personen, interessante Sünder. Sünde ist eine großartige Lehrerin, und wo wahre Liebe ist, ist keine Sünde. Tatsächlich genieße ich eine neue Freiheit beim Schreiben dieses Buchs. Ich überlasse mich den Stimmen der Personen, folge ihnen, auch wenn sie mich in andere Länder führen & nicht viel Englisch sprechen.

Ich glaube, Spanisch zu lernen, ist für mich, wie Quilten zu lernen. Die eigentliche Funktion ist, den Roman voranzubringen. Das Gleiche gilt fürs Kochen, und da muss ich noch mal drangehen für diese letzte Etappe des ersten Entwurfs. Komisch, in Entwürfen zu denken. Purple brauchte im Grunde keine Entwurfsfassungen. Grange & Meridian allerdings schon. Ich glaube, ich werde den Roman nach etwas nennen, was ich geträumt habe:

The Temple of My Familiar
& Other Memories

Oder einfach nur

The Temple of My Familiar
von
Mir

»Recuerda?«[111] wird auf der ersten Seite stehen, & vielleicht wird so auch Mary Annes Boot heißen.

Habe gestern Abend erfahren, dass Ding Ling[112] und Bessie Head[113] tot sind. Ich kann es nicht glauben. Ich war ganz stumpf und deprimiert & saß weinend im Badezimmer. Ding Ling war 82, und ich kann aufrichtig sagen, dass ich mich auf Anhieb in sie verliebt habe. Sie war sofort in meinem Herzen, & ich weiß, sie liebte mich auch. Es macht mich wütend, dass Bessie so ein brutales Leben hatte und so zerstört wurde. Ich habe das Gefühl, dass SA[114] sie umgebracht hat. Und doch konnte sie Zeugnis ablegen für die Menschen in Botswana, & sie werden immer da sein, denn in gewisser Weise hat Bessie sie und ihre Geschichte in ihrem Schreiben gerettet. Dass die beiden tot sind, habe ich in Ms. entdeckt, der Zeitschrift, die ich nach all den Jahren verlassen habe, weil es mir plötzlich unerträglich schien, dass Marilyn Monroe & dann zwei schwangere weiße Frauen auf dem Cover waren. Aber ich vermisse jetzt schon das »Zuhause«, das die Zeitschrift für mich war. Und ich liebe Gloria, die gerade hier war.

Ich bin müde. Ich werde ein paar Trauben essen und – ins Bett!

14. Feb. 1987

So. Ich bin 43. Kaum zu fassen! Meine wunderbaren Augen, so treu und schön, sind immer noch für mich da. Durch sie darf ich sehen, bezeugen, wie gut, wie erstaunlich das Universum ist. Ich staune immer mehr über das, was ich sehe. Gestern, als ich zum Studio ging, um Blattgemüse fürs Abendessen zu pflücken, waren da drei wohlgenährte Stück Rotwild auf der Wiese und sahen zu mir hoch. Ich sagte Hallo. Der Orangenbaum ist voll beladen mit Orangen. Die Apfelbäume sind fast schon zu groß, um sie zu beschneiden. Überall sind Osterglocken. Und das kleine Studio selbst: So reizend mit seinen neuen Fenstern und Türen. Oh! Und der Teich vom Regen gefüllt, und überall fließt Wasser. Das ist es, was man hört, das rauschende Wasser. Und das Wasser aus unserer Quelle schmeckt rein und kalt & frisch!

Alles sieht für mich wie ein Wunder aus. Das Tuch, das ich um den Kopf habe – hergestellt von Webkünstlerinnen in Guatemala –, und die Orangenschalen, die auf dem Tisch herumliegen. Orangen sind orange, aber durch welchen Prozess der Liebe? Denn Liebe erschafft alles. Die Energie der Liebe bringt alles hervor, was gut und schön ist, und blockierte Liebesenergie verursacht Unheil.

In meiner Familie scheint nur meine Mutter die Wunder des Lebens so zu sehen, wie ich sie sehe. Sie ist die Einzige, die immer betet und wertschätzt. Alle anderen beklagen sich. Warum ist das so?

Gerade ist Charlayne Hunter wieder weggefahren. Nach einem Interview für MacNeil Lehrer.[115] Alles, woran ich denke, während die Kamera- und Tonleute an der Einstellung von mir »beim Schreiben« arbeiten, ist, ob ich in diesem Pullover dick aussehe! So was Belangloses! Das Interview war interessant, hat sogar Spaß gemacht. Charlayne ist lustig, so ein quirliges Gibson-Girl, Typ Southern Belle, aber eine, die weiß, was sie will. Und richtig elegant gekleidet. Im Vergleich zu ihr kam ich mir wie eine graue Maus vor. So verrückt. Dass man überhaupt über Kleidung nachdenkt.

Sie meint, ich sei aus dem Blickfeld verschwunden. Aber eigentlich ist es so, dass ich jetzt nur noch tue, was mir gefällt – & es gefällt mir nicht, nach Art amerikanischer Prominenter »sichtbar« zu sein. Andererseits stimmt es, dass mein Energiepegel in den letzten beiden Jahren niedrig war – ich hatte auffallend wenig Energie. Aber jetzt spüre ich, dass ich wieder mehr habe – kommt es von der Folsäure? Dem chelatierten Eisen oder der Phase der Zurückgezogenheit & relativen Ruhe? Jedenfalls erwache ich wieder zum Leben, ich habe Freude daran, bestimmte Leute zu treffen, ins Theater zu gehen, ab und zu mit Robert & Casey eine Runde Grump zu spielen. Es war eine wunderbare Zeit, um mit meinem Kind zusammen zu sein. Und eine sehr notwendige Zeit für Robert und mich.

Ich weiß nicht, wie es anderen Leuten geht, aber mir erscheint es vernünftig, Nähe zu den Menschen zu halten, die man liebt, vor allem, wenn man »erfolgreich« ist. Was kann ich mir denn jetzt leisten, was ich mir vorher nicht leisten konnte? Aufmerksamkeit für die kleinen Dinge in meinem Leben & in meinem Verhalten Robert, Rebecca & Casey gegenüber. Und was »springt dabei heraus«? Dass wir uns näher sind als je zuvor. Dass Rebecca sich wirklich geliebt und als Mittelpunkt meines Lebens fühlt, was sie früher nicht konnte.

26. August 1987

Gestern haben Robert & ich Rebecca zum Flughafen gebracht und in den Flieger nach New York gesetzt, von wo es dann nach Yale geht. Die letzten Wochen haben wir uns von dem unvermeidlichen Abschied abgelenkt, indem wir fieberhaft einer jungen Flüchtlingsfamilie aus El Salvador geholfen haben. Einer 23-jährigen Mutter, Reina, & ihren beiden kleinen Kindern, Sandra, 5 Jahre, und Denise, 8 Monate. Sie wohnen im Gästezimmer, & das ist ein echtes Erlebnis! Es stört natürlich beim Schreiben, aber ich habe reichlich Gelegenheit, das Baby zu küssen. Ich liebe Babys – und Rebecca & Robert auch! Wir alle sind in einem fast schon komischen Maß in Denise vernarrt. Sie ist rund, schwer, dick & wunderschön. Oder wie ich ihr erkläre: pesado, gordo y bella! Sie hat 2 Zähne.

Jedenfalls war ich so müde – vom (erfolgreichen) Bemühen, Sandra an einer Schule unterzubringen & eine Sprachlernmöglichkeit für Reina zu finden & eine Wohnung – denn ich musste einsehen, ich kann nicht arbeiten, wenn nebenan 2 kleine Kinder spielen –, dass ich gar nichts mehr fühlte. Wir fuhren wie in Trance zum Flughafen. Ich hatte gar nicht gewusst, dass Rebecca so viel Zeug besaß, wie sie mitnahm. Aber egal. Wir brachten die Airline dazu, es alles mitzunehmen. Doch dann, als es so weit war, sie ins Flugzeug zu setzen, weinten sie und ich, & wir alle umarmten & küssten uns. Robert war uns beiden so ein wunderbarer Freund und ihr ein toller Hilfsvater. Ich hatte mich auf den Tag ihrer Unabhängigkeit gefreut, aber es war schwer, sie gehen zu lassen. Wir warteten noch fast eine Stunde, dass das Flugzeug abflog. Es flog nicht ab, also gingen wir auf die Suche nach algo de comer.[116] Dann flog es schließlich ab. Wir fuhren nach Hause, & ich ging ins Bett, weil ich an Erschöpfung, Verlustschmerz & einer unglaublichen Migräne litt.

Sie rief an, als sie in New York angekommen war, & es geht mir besser. Flugzeuge sind ja heutzutage so beängstigend. Aber dann rief sie heute wieder an, in Tränen aufgelöst und todunglücklich. Wegen ihres Vaters & seiner Familie – binnen Stunden bezeichneten sie sie als Yuppie & Snob. Außerdem ist es heiß & dreckig & sie fragt sich, warum irgendjemand dort lebt. Wir versuchten uns Möglichkeiten auszudenken, wie sie die nächsten eineinhalb Tage hinter sich bringen könnte. Ich schlug Meditieren und Höflichkeit vor & dass sie ja Gott sei Dank Frida (Kahlo) hat! Sie liest gerade die Biografie & liebt Frida; ich würde gern über sie schreiben. Ich finde, die Biografin wird ihr nicht gerecht, & der Leduc-Film[117] geht, weiß Göttin, am Wesentlichen vorbei. Das Beste bisher ist wirklich Esters[118] Gemälde von Frida, »If This is Death, I Like It«.

Es ist schwer für mich zu wissen, dass sie an ihr herumkritisieren – vor allem an ihren Dreadlocks. Sie ist so schön. Aber das nehmen sie gar nicht wahr.

Wie auch immer. Sie ist mir so ähnlich. Sie hat ihren Nachnamen offiziell in Walker geändert, und deshalb bezichtigen Mel & seine Mutter sie des Antisemitismus. Unterdes haben sie ihr jegliche finanziellen Zuwendungen verweigert, abgesehen von einem monatlichen Taschengeld, das Mel ihr gibt, nachdem ich ihn darum gebeten habe, wenigstens als symbolische Geste der Unterstützung.

Aber bei aller Liebe, auch die Traurigkeit hat ihre Grenzen. Meine schöne, großherzige Tochter ist auf dem Weg nach Yale. Mein Kinderbuch[119] ist im Druck; mein Essayband[120] ist ganz kurz davor, fertig aus der Druckerei zu kommen. Meine Mutter verbringt ein paar glückliche Monate auf dem Land; Robert ist zufrieden und plant ein neues Buch über Männer, mögen sie das Licht sehen! Und bald schon werden Reina & die Kinder auf einem guten Weg sein. Ich schicke Sandra auf die Privatschule zwei Häuser weiter. Reina wird sich für Englischkurse anmelden. Ich werde ihr ein Jahr lang 1.000 im Monat für ihren Unterhalt geben. Ich tue das so gern. Es gibt mir das Gefühl, dass jeder etwas tun & dass der Planet ein Paradies sein kann & dass wir alle da anfangen sollen, wo wir sind. Und inzwischen habe ich in meinem Herzen beschlossen, weitere Bitten meiner Brüder um Geld abzulehnen, denn es macht mich sprachlos, dass sie so oft damit kommen & nicht mal Danke sagen, wenn ich darauf eingehe.

26. Sept. 1987
Ich bin eine afrikanische Frau; natürlich bestehe ich auf allen Freiheiten.

1. Okt. 1987
Tatsächlich schon Oktober? Die langen goldenen Tage, die orangefarbenen Kürbisse, die honigsüßen Birnen und saftigen Tomaten. Ich habe Bohnen & Blattgemüse gepflückt und Tomaten & Auberginen und ernte bald auch meinen eigenen Mais! Letzte Woche waren wir (Robert & ich) im Fluss schwimmen – herrlich, kalt, anregend – nach einem zügigen Spaziergang durch die Redwoods.

Wie schön Robert ist, sein Anblick, das Zusammensein mit ihm. Unmöglich, ihn nicht zu umarmen und zu küssen, auch wenn ich meine zyklusbedingten Probleme mit Sex habe. Männer sind solche Tiere, es törnt mich schon ab, nur die Zeitung zu lesen. Aber Robert wächst & strahlt vor Schönheit und ist so ein guter Freund. Trotzdem werde ich, glaube ich, mein Einzelbett nicht aufgeben (das große Holzdoppelbett, das sich wie ein Einzelbett anfühlt, wenn er mit drin liegt).

Während ich Robert meinen Körper entzogen habe, habe ich ihm meinen Roman[121] gegeben – den ersten Teil. Er war total verblüfft, das hat mir gefallen. Habe ein gutes Gefühl bei den Personen, die von so weither gekommen sind. Ich habe etwas herausgefunden: Ich bin nicht wirklich gut darin, Charaktere zu erschaffen, die mir ähnlich sind. Sie langweilen mich. Die meiner ungezügelten Fantasie entsprungenen Charaktere, die auf der archetypischen Ebene wirklich so sind wie ich – sie sind es, die mein Herz erfreuen.

Ich lasse es derzeit ziemlich locker angehen. Sage zu fast allem Nein. Es gäbe so viel zu tun, aber ich habe mich der

Tatsache gestellt, dass ich es nicht alles machen kann. Ich habe mir ein paar Sachen ausgesucht. Reina & die Kinder, ein paar Benefizveranstaltungen, ein, zwei wichtigere Lesungen & Reisen. Mehrere Monate sind ganz frei. Ich habe festgestellt, dass ich mich nach den ruhigen Regentagen des Herbsts sehne, wenn das Haus in der Stadt seine Vorzüge voll entfaltet. Tage, an denen ich warm & zentriert aufwache und übers Meditieren zum Beten (Schreiben) übergehe.

Auf dem Land ist es schön wie immer. Ich werkele dort endlos vor mich hin. Es ist sogar noch reizvoller: der Rundgarten noch blühend, der Schlangenweg, die Schaukeln, die Teiche.

Lass mich dir danken, Universum. Ich habe mich dir fern gefühlt & will es nicht sein. Ola.

15. Okt. 1987

Ein paar Tage nach einem ungewöhnlichen Trip an die Ostküste, um Howie & Roz[122] & Rebecca & Steven & Mama & Ruth zu besuchen. Robert & ich flogen nach Boston und verbrachten die erste Nacht bei den Zinns. Sie sind immer noch wunderbar, obwohl nicht mehr die Jüngsten – zum ersten Mal kam mir Roz älter vor. Ihr Haar wird grau, & sie hat den Star, wir erörterten die bevorstehende Operation beim Essen. Gebratene Lammkeule, die ich ablehnte. Wir sprachen über Tiere, ihr grausames Leben oder vielmehr ihre grausame Behandlung durch die Menschen. Ich aß ein paar übrig gebliebene Shrimps, die gut waren. Ich scheine mich auf eine gelegentliche Portion Fisch, Shrimps, Muscheln oder Huhn eingependelt zu haben. 10 % meiner Nahrung. Ich habe versucht, eine Philosophie aufzustellen – vielleicht diese: Da alles lebendig ist und nichts sterben möchte, ich aber essen muss, um zu leben & alles andere es auch muss, ist es der richtige Weg, so wenig wie möglich von allem zu essen, außer den Samen, Früchten und Gemüsen, die einem buchstäblich in die Hand fallen. Ich habe mich in den 3 Monaten meines strengen Vegetarismus sehr gut gefühlt, vielleicht besser denn je. Ein reines Gewissen verleiht dem Körper Energie! Aber ich bin derzeit zu faul, um das weiter einzuhalten. Wenn ich richtig Hunger habe & da ein Stück Huhn ist, ist es schwer, es nicht zu essen. Auch wenn ich mich als Mutter mit den Mutterhennen verbunden fühle.

—

Mama ist in etwa die Alte, nur noch weiter geschrumpft. Sie sagt, sie hat keine Schmerzen, ist nur »schlapp«. Sie hat sich gefreut, uns zu sehen, & ich fürchte, wir haben Pralinen mitgebracht, die niemand in meiner Familie wirklich brauchen kann.

Wir aßen. Wir spielten Softball mit Ruths Enkel Kyle. … Weitere Verwandte & Freunde kamen. Tanten & Onkel & Cousins & Cousinen und sogar mein einstiger Boyfriend Porter und sein Sohn Brandon.

Wir besuchten die Gräber der Vorfahren. Die Kirche. Unser altes Haus.

Aber schließlich waren wir wieder zu Hause! San Francisco grau, schön, ruhig & hügelig. Mein Haus geräumig und bescheiden & gemütlich & all die weißen Petunien in den Kästen auf der Terrasse blühend.

Ich werde Ruth helfen, das alte Haus winterfest zu machen, damit sie & Mama nächstes Jahr den Winter über dort wohnen können, wenn sie möchten.

16. Okt.–
Fast hätte ich es versäumt, über das Wichtigste zu schreiben. Dass ich mir immer mehr der Göttin bewusst werde (auf der kosmischen Ebene könnte man es sich als Bewusstheit der kleinen Frau hinter dem Mann denken!) und meines eigenen Lesbischseins. Es ist fast, als wüssten alle, dass ich lesbisch bin, außer mir. Dennoch ist es ein neuer Gedanke, den ich innerlich hin und her wälze. Mir ist bewusst geworden, dass ich Sexualität mit Männern in den allermeisten Fällen automatisch mit Gewalt verbinde, & das zerstört mich. Aber wenn ich an die Göttin denke & an Liebe zu anderen Frauen, insbesondere an körperliche Liebe, ist da nicht zwingend Gewalt im Spiel, weil ich mit Frauen weder Gewalt noch Schmerz (physischen Schmerz) assoziiere.

Chris, ein sehr netter Mann, hat mir außergewöhnlich gutes Marihuana gegeben & mir auch ein Pfeifchen dafür gemacht (aus Ton vom Teich, glaube ich). Es hat mir geholfen zu erkennen, dass ich in sexuellen Beziehungen mit Männern meine wahre Sexualität hinter Mauern einsperre. Ich habe innere Mauern. Ich glaube, das ist bei vielen Männern und Frauen so.

Im Ganzen bin ich froh. Tatsächlich fühlte ich mich gestern den ganzen Tag richtig gay und echt.

Dann bin ich rauf ins Studio gegangen & habe im Haus in der Stadt angerufen, um meine Nachrichten abzuhören – eine von Quincy, & das Herz schlug mir bis zum Hals. Ich liebe diesen Mann, lesbisch hin oder her. Seine Stimme geht direkt in meine lebenswichtigen Organe (Grins): Bin ich also hoffnungslos gefangen zwischen Männern & Frauen? Oy vey!

Oder hoffe ich, dass Q, ein Mann, mich rettet? Wie dem auch sei, er hat meine Stimme auf dem Anrufbeantworter nicht erkannt. Hielt mich für Rebecca. Sagt, er hat letzten Monat beim Haus vorbeigeschaut, als er in SF war, fand, es kamen gute Vibes rüber. Wird vielleicht von New York aus anrufen. Immer wenn ich etwas von ihm höre, stürzt es mich in inneren Aufruhr, & das mag ich nicht! Aufruhr meine ich.

Nun ja. Es liegt in den Händen der Göttin. Wie alles.

7. Nov. 1987

Ich liebe Robert, aber durch das Zusammensein mit ihm fühle ich mich so abgeschnitten von lesbischen Frauen, die ich respektiere und bewundere. Sie sind natürlich & mit gutem Grund misstrauisch gegenüber Frauen mit Männern. Ich bin ihnen gegenüber ja auch ein bisschen (manchmal sehr) misstrauisch. Aber es ist nicht die Lösung, Robert abzuservieren – und außerdem scheine ich das gar nicht zu können, er ist so fest in meinem Herzen, dass ich, sooft ich ihn aus meinem Leben zu werfen versuche, selbst das Gefühl habe, ins Leere zu fallen.

Ich war mit Angela und zwei Freundinnen[123] von ihr, Byllye & Mary, in einem Frauenklub tanzen, am Halloweenabend. Es war toll mit Angela, und sie und ich gewannen den zweiten Preis beim Kostümwettbewerb, als »siamesische Zwillinge«, denn obwohl wir nicht sonderlich kreativ verkleidet waren – ich trug meine Dreads in vier Büschel unterteilt und abstehend, & sie hatte eine verrückte Brille auf, die aussah wie zwei Gabeln und durch die sie kaum etwas sehen konnte –, waren wir doch an der Hüfte zusammengewachsen, weil wir beide zu schüchtern waren, um uns dem Kostümwettbewerb allein zu stellen. Es war lustig, sehr frei und unschuldig. Es gab zwei Tina Turners, ein paar Morticias und drei als drei blinde Mäuse verkleidete Frauen, die auf den ersten Platz kamen.

Aber ich muss doch gestehen, dass es für mein Gefühl etwas Steriles hatte. Nicht die Frauen selbst, aber die schreckliche, nichtssagende Discomusik und die verrauchte Luft. Nur der Kostümwettbewerb war bedeutungsvoll und persönlich. Ich habe viele Frauen getroffen, die nett und interessant wirkten – und so, als verdienten sie bessere Musik.

Angela & Toni Morrison waren Montagabend zum Essen hier. Tonis Haar ist ziemlich grau und sehr schön und weich. Als sie am Gehen waren & wir noch kurz über Haare sprachen, berührte ich es. »Angela, fühl mal Tonis Haar, wie weich es ist!« Und so war der Abend. Ich hatte Suppe und Gemüse gekocht, und es gab Brot & Butter & Obst und Wein. Toni sprach über die Leute, die ihr Buch kritisiert haben – eigentlich sprach sie über die Leute, die unsere Bücher kritisiert haben, denn etliche, die ihre Werke nicht mögen, mögen auch meine nicht. Offenbar gab es eine schreckliche Rezension von Stanley Crouch[124] in The New Republic & dann übernommen von The Village Voice. Jemand hatte sie ihr gegeben, kurz bevor sie in eine Fernseh- oder Radiosendung musste. Sie sagt, sie wird darin »Tante Medea« genannt, und es ist eine witzige/bizarre Karikatur von ihr dabei.

Sie sprach davon, dass sie in der Lage ist, psychische Barrieren zu errichten, zu ihrem Schutz. Sie meint, sie hat Kräfte, um sich vor verrückten Menschen und vor Hunden zu schützen. Sie sagt, sie hat mal im Geist einen Hund erwürgt, den jemand auf dem Arm hielt, & er habe demjenigen in die Hände geschissen.

Ich glaube, dass Toni wirklich eine starke dunkle Macht hat, dass es sie weniger beunruhigt, sich mit dem Bösen zu befassen, als mich. Ich kann mich allenfalls mit Verwirrung befassen, die meistens nur aussieht wie das Böse, & ich hätte große Schwierigkeiten, einen Hund auch nur im Geist zu erwürgen.

Sie war auch sehr gutmütig in ihren Bemerkungen über Ishmael Reed, sagte, sie habe ihn nie ernst nehmen können. Sie scheint ihn schon sehr lange zu kennen und war kürzlich mit ihm essen. Sie erklärte, als Ishmael etwa 5 gewesen sei, habe ihn seine Mutter mitgenommen, damit er seinen Vater kennenlernte, »einen erfolgreichen Geschäftsmann«, der sie beide aus seinem Büro warf. Das war Ishmaels erste Begegnung mit seinem Vater. Ich sagte, diese Geschichte erkläre seinen Hass auf Schwarze Schriftstellerinnen: Wir nehmen ihn permanent mit, damit er seinen Vater kennenlernt.

Wir sprachen darüber, ob Tar Baby verfilmt wird; sie meinte nicht, aber als Quincy mich später anrief, wegen der Entscheidung von Warner bezüglich meiner 3 %, sagte er, doch, doch, die Planung schreite voran. Euzhan Palcys Ehemann soll die Regie führen, nicht Euzhan selbst! Das ist keine gute Nachricht. Er sagte, sie würden sich bald bei Toni melden.

Er äußerte sich auch dazu, dass Toni und ich zusammen gegessen haben. »Jeder würde doch erwarten, dass ihr Feindinnen seid«, sagte er. Aber warum sollte das »jeder« erwarten? Selbst wenn mich etwas traf, was Toni angeblich gegen mich sagte oder unternahm – wie etwa Bob Gottlieb davon abzubringen, mich bei Knopf anzunehmen, als ich von Harcourt wegwollte –, hatte ich doch immer das Gefühl, wenn ich meine Arbeit machte, würde schon alles gut werden.

Ich erklärte, warum ich nicht bei ihrer großen Lesung (im Rahmen von City Arts & Lectures) war. Dass ich da in Boston eine Benefizlesung gegen soziale Benachteiligung von Frauen gemacht hatte. Und ich gratulierte ihr zum Erfolg von Beloved, das ich Be-Love-Ed aussprach. Ich sagte, ich besäße es, hätte es aber noch nicht gelesen, weil ich gerade an etwas arbeitete und wüsste, wenn ich es läse, »würde es mich umhauen«.

Sie hat eine bedeutende Stelle in Princeton angeboten bekommen.

Es freut mich für sie, dass sie diesen Erfolg hat. Meine Vorstellung von Erfolg ist es nicht. Da scheint nicht viel Gelegenheit zu bleiben, tagelang im Bett zu liegen und sich mit der Liebe zu beschäftigen, aber vielleicht ja doch. Ich hoffe es für sie. Ich weiß, ich könnte Princeton keinen Tag lang aushalten.

1. Dez. 1987

Ein träger, regnerischer, langweiliger Vormittag auf dem Land, und jetzt noch die Nachricht, dass James Baldwin gestorben ist.[125] Letzte Nacht, an Magenkrebs. Mit 63. Es macht mich immer sehr traurig zu hören, dass Leute gestorben sind; noch trauriger macht es mich zu hören, dass sie sehr krank sind. Die Toten sind entkommen, so empfinde ich es, oder jedenfalls empfindet so ein Teil von mir, und ich sehe sie von der Erde emporsteigen, lachend & frei, erstaunt über dieses Glück.

Baldwin war mein Bruder, Onkel und Vater im Geiste. Ich weiß noch, wie ich mich fühlte, als ich in einem Sommer der frühen Sechzigerjahre in Boston aus dem Bus stieg und sein Buch Another Country einen ganzen Ständer füllte. Mir wurde erstmals klar, dass man ein angesehener Schwarzer Schriftsteller sein konnte. »Erfolgreich« auf die amerikanische Art. Mit Büchern in Ständern im Greyhound-Busbahnhof. Außerdem begeisterte mich das Buch; besonders toll fand ich Ida mit ihren Schwarzen Fingern und ihrem Schlangenauge-Ring. Sie war eine Frau, mit der ich etwas anfangen, mich identifizieren konnte. Als Mel und ich das erste Mal miteinander schliefen, dachte ich zeitweise, wir seien wie Ida & Vivaldo.

Jetzt hat er das Leiden hinter sich gelassen. Den Schmerz, den ihm die Welt zufügte, weil er Schwarz war, ein Mann, schwul. Das alles, so die Hoffnung, ist jetzt vorbei. Und über alldem, so das Gefühl, geht er jetzt in der universalen Liebe auf.

Bedaure ich es, nie seinen Körper gesehen zu haben? Ja. Aber ich weiß, sein Geist war von Anfang an mit mir.

Er war einer der Glücklichen: Er bleibt ein Vorbild an Mut, an Engagement im Kampf für die Freiheit aller Menschen und an Liebe, einer Liebe, die – in seinen Worten und Werken – so allgegenwärtig ist, dass man vielleicht seine physische Gegenwart gar nicht zu suchen brauchte, weil man das Gefühl hatte, dass er einem seine Gaben, auch ohne einen persönlich zu kennen, bereits hatte zukommen lassen.

Goodbye, James, und willkommen im Universum, zu dem der Tod eine Tür ist. Du hast es gut gemacht. Hier werden Tränen sein, kein Zweifel, aber auch Singen & Lobpreisen.

17. Dez. 1987

Hatte gerade ein sehr stressiges Gespräch mit der stellvertretenden Studiendekanin in Yale. Rebecca hat versucht, aus dem Wohnheim auszuziehen, weg vom Campus. Ihre Begründungen: unsicher, unhygienisch, zu wenig Platz.

- Hier musste ich gestern abbrechen wegen heftiger Schmerzen in meinem Handgelenk, verursacht durch meinen blödsinnigen Versuch, eine große Wand mit einem kleinen Pinsel zu streichen. Ich habe mich fast außer Gefecht gesetzt vor lauter Begeisterung darüber, dass ich die richtige Farbe für das Innere meines Hauses gefunden habe – ein tiefes, erdiges Korallenrot, erzielt durch Mischen eines sanften Orange/Rosa mit Weiß & Braun. Wunderschön! Sofort wirkt alles wärmer, & die Atmosphäre ist emotionaler, lebendiger. Weiße Wände stören mich allmählich richtig.

Jedenfalls, vor einem Monat hatte ich Probleme mit dem linken Arm, in der Schulter. Zwei Wochen fürchterliche Schmerzen. Die Lehre daraus: Übertreib's nicht! Hör auf deinen Körper! Der so deutlich spricht. Kurz bevor ich mir Schaden zufügte, hörte ich jedes Mal in meinem Kopf: Alice, lass gut sein. Ich sagte okay, wollte schon aufhören, beschloss dann aber doch, diese kleine Stelle hier und die Ecke dort noch zu streichen und … Schmerz!

18. Dez. 1987

Also zwei Tage damit verbracht, mit Rebeccas Studiendekanin(nen) zu verhandeln. Ich nenne sie die Hexen von East New Haven. Heute Morgen hat Betty Tractenberg angerufen & R. angeboten, einen Studienraum irgendwo auf dem Campus zu benutzen. Und gesagt, sie komme als Erste infrage, sobald irgendein Einzelzimmer frei werde. Ich habe es R. mitgeteilt. Und ihr gesagt, es sei ihre Entscheidung. Sie könne nicht zu ihren eigenen Bedingungen dortbleiben, sie müsse deren Bedingungen akzeptieren. Oder gehen. Sie würden ihr nicht erlauben, in das Zimmer zu ziehen, das sie außerhalb des Campus gefunden hat. Ich habe sie auch wissen lassen, wie leid ich es bin, ihre Probleme aus 3.000 Meilen Entfernung lösen zu sollen. Aber genug.

Ich habe mich ans Werk gemacht & Osterglocken & Tulpen gepflanzt & werde heute noch weitere pflanzen.

Donnerstag,
26. Feb. 1988
11:15
Gerade, vor einer Stunde, habe ich den Roman The Temple of My Familiar beendet. Ich bin aufgestanden, habe mich gewaschen & angezogen und bin auf einem kleinen Umweg durch den Garten zum Studio hinaufspaziert, wo ich weiter Kapitel auf den Mac übertragen will. Auf dem Weg den Hügel hinauf fiel mir auf der Wiese etwas ins Auge, was aussah wie eine beige Wäscherei- oder Reinigungsplastiktüte. Ich bin hin und habe es aufgehoben.

Und was war es? Es war eine große, gelbbraune Katze, die da seelenruhig mitten in der Wiese lag. Ich sah sie an und sagte Hallo. Sie bewegte nur den Kopf, erwiderte meinen Blick & sagte nichts.

Ich wusste, ich hatte den Roman richtig enden lassen. Von Suwelos Traum, den ich vor einigen Jahren selbst geträumt habe – zwei Männer, einer in mittleren Jahren und ein alter, die am Bett des Alten miteinander reden –, zu Mr. Hals nächster Aufgabe: daran zu arbeiten, Katzen sehen zu können.

Undatiert
Geschrieben in Italien
Sagte ich schon, dass HBJ zugesagt hat, den Roman[126] für 2,5 Millionen Dollar zu kaufen? Das bedeutet faktisch nur 1,6 Millionen. Dennoch. Ich bin wie in Trance. Kann es gar nicht ganz fassen/glauben. Ich hätte mich wahrscheinlich auch auf ein Fünftel davon eingelassen. Aber – 400.000 im Jahr zur Verfügung zu haben, vier Jahre lang … Das erscheint mir einfach umwerfend.

Also habe ich Ruths Haus abbezahlt & den noch offenen

Rest für die Renovierung des alten Hauses entrichtet. Mamie einen Scheck für die Kosten nach ihrem Krankenhausaufenthalt geschickt.

9. Mai – Belvedere, Castelfranco di Sopra, Italien
Wir sind seit zwei Tagen hier. Es kommt mir länger vor. Die Landschaft ist schön, aber die Luft ist schrecklich. So verschmutzt, dass man die Sonne nicht sieht. Aber es gibt hier schönen roten Mohn, Kaskaden von weißen & gelben Wildblumen und Tausende von lavendelfarbenen Iris. Wir haben einen Spaziergang durch den Wald, über die Terrassen & durch die Olivenhaine gemacht, und Robert hat mir Fragen zum Drehbuchschreiben gestellt. Er schreibt ein Drehbuch über Nancy & Henry.[127] »Seine Version« ihrer Geschichte, sagt er. Eine typisch männliche Haltung. Mich interessiert mehr, wie sie sich selbst darstellen. Ich bezweifle, dass Nancy wahnsinnig »heiß« war, und Henry war vermutlich so schwierig, wie er schwul war. Wie auch immer. Mich überkamen Traurigkeit und Schmerz, als ich an mein Bemühen dachte, das Drehbuch für Purple zu schreiben. Ich werfe Robert immer noch vor, dass er meine Anstrengungen damals untergraben hat. Aber meistens denke ich absichtlich nicht daran. Ich kann es ja nicht mehr ändern. Es war eine großartige Möglichkeit, für die ich nicht ausreichend gerüstet war. Aber jetzt sehe ich klarer, was hinter seinen Unterminierungsbestrebungen steckte. Er wollte selbst ein Drehbuch schreiben. Und er hatte auch tatsächlich mit St. Clair eins geschrieben, aus dem aber nichts wurde. Da war es schwer, mich eins schreiben zu sehen. Vermute ich mal. Also erzählt er mir von seiner Affäre mit A. … & dass ich ihm noch eine Chance geben solle. Und so weiter.

Unterdessen denke ich immer noch jeden Tag an Bubba.[128]

Belvie hat mir erzählt, er hat ihr in einem Gespräch gesagt, dass er mich liebt, aber Angst vor »dem Körperlichen« hat. Angst, »es zu vermasseln«. Sie hat versucht, ihn zu ermutigen. Ich habe solche Angst. Angst vor Zurückweisung. Angst, verletzt zu werden. Angst. Angst. Ich weiß nur, dass ich ihn in meinem Leben will & brauche.

Der 24. Juni 1988

Gestern habe ich TMF zum zweiten Mal fertiggestellt! All die »Kleinteile« eingebaut, die ich in Italien geschrieben habe – was ansonsten eine ziemlich unproduktive Reise war. …

Jedenfalls ist der Roman zu meiner Zufriedenheit beendet. Wenn er John[129] verwirrt, dann ist das eben so. Ich kann mit ihm nicht von Angesicht zu Angesicht an diesem Buch arbeiten. Ich empfinde ihn als dem Geist des Romans fremd. Und letztes Mal, bei LB the W,[130] hat er zu mir gesagt: Anais[131] hat sich nie gegen meine Vorschläge gesperrt, oder etwas in der Art. Womit er sagen wollte: Für wen hältst du dich? Ich habe mir all seine Vorschläge geduldig angehört & ganz gefügig mit ihm gearbeitet. Aber er hat unsere ohnehin schon fragile Beziehung zerstört. Ich habe es gehasst, in meinem eigenen Haus so herablassend behandelt zu werden!

5. Sept. 1988

Heute bin ich mit der zweiten Runde Arbeit am redigierten Manuskript[132] fertig geworden. Eine Lektion in Demut. Wie ich zu Robert sagte: Wenn ich von John lektoriert werde, frage ich mich immer, wie ich mich überhaupt erdreisten kann zu schreiben. Andererseits verstehe ich schon, warum Lektoren lektorieren, statt selbst zu schreiben. Sie sind so pingelig, dass sie sich nie gestatten, die Dinge einfach mal fließen zu lassen. …

Meine Augen sind so müde – das geschädigte driftet weg, das andere ist überanstrengt, tut weh. Meine Finger tun auch weh. Aber ich sitze hier in meinem Studio und blicke hinaus auf Baumwipfel und die Weinberge und das Tal, und ich weiß, ich bin am schönsten Ort auf Erden. Selbst die Geier sind hier schön und so anmutig.

Ich fühle die Depression, die die Beendigung einer langen Arbeit mit sich bringt. Mir fehlen die Charaktere von Temple; es ist so ein seltsames Gefühl, wenn mir bewusst wird, dass ich etwas wirklich abgeschlossen habe und es für meine Leute nichts mehr zu tun gibt. Ich habe mich so leer gefühlt, so voll, so ängstlich, so vertrauensvoll – als ich darum gerungen habe, diese Geschichte manifest werden zu lassen. Schließlich war es das Vertrauen, das sie in die Welt gebracht hat. Ich will einfach nur leben und dem Universum vertrauen und meine Fähigkeiten und mich in den Dienst des obersten Guten stellen.

18. Sept. 1988
Sonntag

Vor zwei Tagen, am Freitag, habe ich die Restzahlung für mein Haus geleistet. Die Steiner Street 720 ist jetzt »mein Zuhause«. Diese Restzahlung war der größte Scheck, den ich je ausgestellt habe – über 223.000. Nachdem ich das Geld für die Steuer beiseitegelegt habe, besitze ich immer noch 200.000. Und eine Million kommt noch. Das alles versetzt mich in eine ruhige Hochstimmung. Ich bin jetzt Eigentümerin – oder jedenfalls rechtmäßige Hüterin meiner Wohnstätten in der Stadt und auf dem Land. Ich denke, wenn ich müsste, könnte ich dieses Haus hier vermieten & in Mendocino leben oder ein Haus oder alle Häuser in Mendocino vermieten. Aber was mir vorschwebt, ist, noch eine Immobilie zu kaufen, als Geldanlage: 2 Wohnungen. Sie zu vermieten. Die Miete die Hypothekenraten etc. finanzieren zu lassen.

Robert und ich hatten zwei sehr leidenschaftliche, um nicht zu sagen heiße Nächte – ich gebe auf. Das muss Liebe sein oder eine Art Hochleistungsverliebtheit. Nach 10 Jahren liebe ich immer noch seinen Geruch, die Berührung seiner Finger & anderer Körperteile!

Wir sind Experten im relaxten Zeitverbringen. Und Berkeley ist ein großartiger Ort dafür. Wir sitzen in Cafés und lesen Zeitung, wir kaufen in wunderbaren kleinen Läden ein. Wir finden wunderbare Lebensmittel. Und nach dem Abendessen in einem der ein Dutzend Restaurants, in die wir am liebsten gehen, kommen wir hierher zurück & gucken Filme oder Videos & gehen ins Bett und küssen & küssen & küssen uns.

Ich habe Robert ermutigt, sich einen zweiten Job zu suchen, damit ich mich nicht so sehr als Arbeitgeberin fühle. Er ist jetzt Mitarbeiter beim Oakland Men's Project, was ihn glücklich macht & mich stolz! Deren Motto ist: »Männerarbeit: Männliche Gewalt stoppen!«

21. Sept. 1988

»Alice und der zu teure Mantel.«

Vor zwei Tagen habe ich mir einen wunderschönen Mantel gekauft – wenn man Symbole im Southwestern-Stil wie Schlangen, mexikanische Bauernhüte (Sombreros) und Chilischoten mag und Keramikperlen mit (vermutlich) Miniaturrepliken von Chicano-Bildern. Ich habe ihn bei Obiko gekauft, der Designerboutique, deren »tragbare Kunst« ich wirklich mag, wie ich auch Sandra Sakata, die Eigentümerin, mag – und ihre Assistentin Kinondo. Aber seither bin ich nachts immer voller Reue aufgewacht. Der Mantel ist das teuerste Kleidungsstück, das ich mir je gekauft habe: 4.500,00, und das scheint doch – in diesen Zeiten von Obdachlosigkeit, Überschwemmungen in Bangladesch und Verwüstung auf Jamaika – eine skandalöse Summe für einen Mantel. Also habe ich seither alles Mögliche an ihm auszusetzen gefunden – und an mir auch. Es ist das erste Mal, dass ich so unglücklich wegen etwas bin, was ich gekauft habe. Ich habe ein schlechtes Gewissen. Aber ich bin mir auch unsicher, was den Mantel selbst betrifft. Er ist so anders als alles, was ich je getragen habe.

Ich liege im Bett und denke: Ich hätte die kürzere, billigere Jackenversion nehmen sollen. Nur 1.700 $! Oder ich hätte es schaffen müssen, der Versuchung zu widerstehen. Ich komme mir deswegen so töricht vor. Werde ich je die Stirn haben, so etwas zu tragen?

5. Okt. 1988

PS: Ein paar Tage nach meiner Rückkehr aus New Mexico.

Schließlich, noch immer in New Mexico, hielt ich es nicht mehr aus. Mein Gewissen machte mich fertig. Ich beschloss, Obiko anzurufen & ihnen zu sagen, ich würde den Mantel zurückgeben, sobald ich wieder in SF wäre. Was ich dann auch tat. Sofort fühlte ich mich wohler.

29. Nov. 1988

Bin von einem fantastischen New-York-Besuch zurück. Wohnen bei Gloria, Abhängen mit Rebecca. Essen, Shoppen, Lesen – alles großartig, ganz nach meinem Geschmack.

Letzte Nacht oder vielmehr heute am frühen Morgen hatte ich einen unschätzbaren Traum von meinem Vater & mir. Das Traumgeschehen fühlte sich sehr real an, sehr gut – und es war ein politisches Gespräch auf Augenhöhe. Ich erinnere mich nicht mehr an alles, aber ich wachte auf, als wir gerade über die Unterdrückung von People of Color durch Weiße sprachen & darüber, wie die Weißen unseren Glauben an unsere eigene Schönheit zu zerstören versuchen.

2. Dez. 1988

Spätnachts. Mir fallen die Augen zu. Quincy hat angerufen, & wir hatten ein zweistündiges Telefonat. Er hat die große Muschel bekommen, die ich ihm geschickt habe, & mein »Friedensbriefchen«. Wir entschuldigten uns beide für jede eventuelle Verletzung etc. Sein Leben ist wie immer unglaublich komplex. Frau, Kinder, seine Mutter … – oy vey. Aber es ist sonnenklar, dass da nichts Romantisches zwischen uns ist. Er ist wunderbar, aber eindeutig Teil einer Welt, die mir Kopfschmerzen macht, wenn ich nur an sie denke.

20. Dez. 1988

Morgen ist Wintersonnenwende! Die Sonne macht sich wieder auf die Reise zu uns zurück. Halleluja!

War übers Wochenende, Fr–Mo, in Georgia. Zuerst der Empfang in Eatonton und das (auch anstrengende) Vergnügen, Familie & Freunde zu treffen. Eine echte Freude, vor den Leuten von dort zu lesen – Gedichte und zwei Kapitel aus The Color Purple. Und die jungen Menschen kennenzulernen, die die Stiftung[133] unterstützt. Es ging alles sehr gut, auch wenn der Saal für 1.200 Personen nur zum Teil voll war. Ich schätze, es waren 300–400 Leute da. Hauptsächlich, wie mir schien, Verwandtschaft.

Aber wir hatten 3 Suiten im Terrace Inn in Milledgeville, und Gloria war da & wunderbar wie immer, und Rebecca kam per Flugzeug aus New York – auf dem Weg nach Miami und Antigua.

Ich verbrachte wunderbare Momente mit diversen Nichten, Neffen, Cousins und Cousinen. Freds Sohn Mike ist reizend. Wir müssen alle tun, was wir können, damit seine sanfte Art nicht verschwindet. Ich hatte das Gefühl, dass mich alle Kinder gernhatten. Die Kleinen umklammerten immerzu meine Beine. Und ich habe sie wirklich angeschaut & gesehen, was für kostbare Wesen sie sind.

Eine Geburtstagsparty für Mama. Massenhaft Kuchen. Sie wird immer weniger … und weniger.

2. Jan. 1989

Die letzten sechs Tage habe ich damit verbracht, Temple noch einmal durchzulesen. Es ist großartig. Und ich kann es gar nicht erwarten, es Leuten zu geben. Aber die Strapaze für die Augen! Weil jeder Satz ganz genau geprüft werden muss & da immer die Befürchtung ist, dass etwas nicht stimmt. Was aber kaum je der Fall ist. Und mit vereinten Kräften werden John & ich es schon ausbügeln.

24. Jan. 1989

In der Casa Patricio, mit Blick auf die Bucht von Banderas in Puerto Vallarta. Die ganze Nacht praktisch kein Auge zugetan. Unglaublich lärmende musica aus la ciudad. Und muchos perros ladridos [sic!]. Ich habe den armen Robert geweckt, damit er mir Gesellschaft leistet, und wir beide haben uns bis zum Morgengrauen schlaflos gewälzt.

Das Haus ist eine Villa, verglichen mit den meisten umliegenden Häusern. Riesig. Drei Schlafzimmer mit Blick aufs Meer.

Und es hat 4 Ebenen. Und einen bescheidenen Swimmingpool. Es erinnert mich an das Haus, das wir am Hügel in WT planen.

1. Feb.

Wir sind zwei Tage früher nach Hause gekommen. Wir wurden wieder von den Soldaten an der Straßensperre angehalten, & der Anblick all dieser Maschinenpistolen in den Händen all dieser jungen Männer nahm uns jede Lust auf die Badestrände. Wir verbrachten die letzten beiden Tage im Bett, mit der Arbeit an unserem Fernsehskript, für das wir einen Entwurf machten und das sich sehr gut anlässt. Auf der Heimreise hatten wir ein interessantes, aber frustrierendes Abenteuer. Irgendwie gerieten wir ins falsche Flugzeug, und als wir das richtige Flugzeug davon abgehalten hatten, ohne uns zu starten, & es uns gerade in unseren Sitzen bequem machten, teilte man uns mit, dass wir »aus Sicherheitsgründen« in das Flugzeug zurückkehren müssten, das wir zuerst bestiegen hatten. Das hieß, wir wurden von unserem Gepäck getrennt und mussten im schönen L. A. zwischenlanden, ehe wir SF erreichten. Am Ende der Reise waren wir beide ganz schön müde & froh, zu Hause zu sein.

Mein Liebster blieb über Nacht, und am nächsten Tag tippten wir, oder genauer gesagt, tippte er das Skript am Computer ab, nachdem wir noch zwei Szenen ersonnen hatten.

Wir waren sehr glücklich, weil wir zusammen etwas Neues erschaffen hatten.

Und sein Buch[134] bekommt tolle Kritiken – in PW & Kirkus. Wenn auch da draußen ein Drecksack ist, der die Story zu klauen versucht. Robert hat sich sehr aufgeregt. War aber schon ruhiger, nachdem er mit unserem Anwalt Mike gesprochen hatte.

Ich habe die letzten beiden Tage damit verbracht, die Flut von Post aufzuarbeiten, die mich erwartete.

Quincy hat angefragt, ob ich ein Requiem für Ray Charles schreiben möchte und eine Bühnenfassung von The Color Purple. Das wäre eine Gelegenheit, vieles von dem wiederaufzunehmen, was im Film weggefallen ist.

21. März 1989
Frühling!
Ein überaus ruhiger mauvegrauer Tag in der Stadt, nach einem herrlichen Tag gestern mit Roberto. Wir arbeiteten & werkelten bis 14 Uhr im Haus herum und fuhren dann nach Oakland, einen Spaziergang halb um den See machen. Einfach nur in der warmen Sonne zu sein, war himmlisch. Aber es hat mich ausgeknockt, und ich habe danach in Roberts Apartment einen Nachmittagsschlaf gemacht. Sehr still & farbenfroh und gemütlich dort, muss ich sagen!

Dann nach Hause – nach einem frühen Abendessen & einem Lebensmitteleinkauf in Rockridge, wo es mir sehr gefällt – und fernsehen, den zweiten Teil von The Women of Brewster Place[135], das sehr schön & bewegend war. Ich muss Oprah ein Telegramm schicken.

Und wie geht es dir, mein treues Tagebuch? Ich schreibe immer seltener in dich. Und auch jetzt merke ich, dass mir schon nach einer halben Seite die Finger wehtun. Ist das Früharthritis? Wie auch immer, ich stelle fest, dass ich wenig zu sagen habe, obwohl viel passiert ist. Fürchterliche (oder wie Rebecca sagt, dreadless) Rezensionen von Temple in PW & Kirkus.[136] Dann eine ganz hervorragende im Library Journal. Und auch ein nettes Lob von Isabel Allende.

Die Redeauftritte & Fundraising-Events in letzter Zeit waren erschöpfend, und mir ist klar, dass ich jetzt meine Kräfte für den Publicity-Marathon im Mai sparen muss. Und für die Demonstration am 9. in D.C. Und für die Lesungen in New Jersey & Pennsylvania.

12. Juli 1989

21:45. Aber immer noch ein bisschen Licht draußen. Habe eben einen Waschbären aus dem Studio verscheucht und bin dann auf dem Weg den Hügel hinunter in Selbstmitleid zerflossen. Das ist so außergewöhnlich, dass ich dachte, ich konfrontiere mich besser ehrlich mit mir selbst in diesem Tagebuch – in das ich ewig nichts mehr geschrieben habe.

Heute habe ich mich unruhig gefühlt, gefangen. Und dabei habe ich gestern noch diese ganze Schönheit um mich herum als das vollkommenste, strahlendste Geschenk empfunden, das jemandem zuteilwerden kann.

Meine Augen sind <u>sehr</u> müde. Haben sich nicht von den Interviews und den Blitzlichtern der Lesereise erholt. Und ich esse und esse wie eine Verrückte. Ich brauche dieses ganze Ausruhen nicht. Das ist die Krux, glaube ich. Außerdem ist es zu kühl, um mit Optimismus jetzt noch groß etwas zu pflanzen, & der Teich ist elend kalt! Ich sollte anfangen, für meinen nächsten Roman zu recherchieren. Das ist es, was Schriftsteller <u>tun</u>! Sie liegen nicht zwischen den Romanen 5–7 Jahre herum.

Undatiert
The Temple of My Familiar ist ein Roman, der nicht von Recherche lebt, sondern von Stille, Warten, Meditation und Träumen.

13. Sept. 1989
Habe den Stress des vielen Reisens & der ganzen Interviews (heute Morgen eins für die San Diego Union Tribune!) gespürt & schaffe allmählich die Voraussetzungen für die Zeit, da ich nirgends hingehen, sondern auf meiner Veranda auf dem Land sitzen & die Welt zu mir kommen lassen werde.

Total müde heute Abend.

Ich habe mir endlich eingestanden, wie sehr mich einige boshafte Kritiken verletzt und frustriert haben. Besonders schwer zu ertragen finde ich das Unfaire daran. Vorwiegend männliche weiße Kritiker, die offensichtlich nicht kapieren, dass meine Metaphysik sie einschließt, obwohl ihre mich nie eingeschlossen hat.

Heute Abend waren Rebecca, Robert, Casey & ich im Restaurant – das Essen war ungenießbar (!), was in SF praktisch nie vorkommt. Als ich nach Hause kam, habe ich Rührei gemacht.

Und so beschließe ich dieses Notizbuch. Robert & ich sind zusammen. Müde, aber stabil. Rebecca ist eine Zeit lang zu Hause, arbeitet an ihrem Film & geht mit mir spazieren. Auf dem Land baue ich ein riesiges Haus. Na ja, 3 Schlafzimmer. In diesem Haus erschaffe ich Robert & mir ein Allerheiligstes, wo wir uns frei ausleben können. Es wird noch ein Fenster in die Wand gebrochen, und der Raum wird ganz weiß. Rebeccas Etage wird neu gestrichen.

Es dürfte wohl alles richtig schick werden & dann, im Sommer, wird der Rest des Hauses gestrichen. In kühlem Weiß & Graublau.

Was muss ich tun, um gesund und glücklich & kreativ zu sein?

1. Den Terminplan beibehalten, den ich habe. Sachen weglassen vielleicht, aber nichts hinzufügen.
2. Mich wieder an die Arbeit machen.
3. An die Göttin und Mutter Erde denken.

Donnerstag, 19. Okt., nach dem großen Erdbeben.[137]
Ich war gerade im Keller und nahm die letzte Ladung von Rebeccas Sachen aus dem Trockner, als ich plötzlich das Gefühl hatte, dass der Boden sich bewegte. Ich kam gar nicht auf die Idee, dass es ein Erbeben war, bis ich das Haus ächzen hörte & die Decke zu wackeln begann. Ich rannte zum Garagentor, aber es ließ sich nicht öffnen, weil der Strom weg war. Ich lief die Treppe hinauf & ins Freie. Michael kam gerade aus seinem Haus, mit seinem kleinen Hund. Und wir rannten einander in die Arme. Später tranken wir Tee & hörten in seinem Auto die Nachrichten.

Ein paar zerschellte Teller, aber das Traurigste für mich ist ein zu Bruch gegangener indianischer Tontopf. Aus schlichtem braunem Ton und mit der ästhetischsten Form & Patina, die man sich vorstellen kann! Ich habe ihn vor 10 Jahren im Grand Canyon gekauft.

Wir sind alle froh, am Leben zu sein. Letzte Nacht haben Robert & Casey bei mir übernachtet, und als ich neben einem leise atmenden Roberto im Bett lag, habe ich mich selbst bei dem Gedanken überrascht, wie glücklich ich bin.

23. Okt.

Viele Dinge im Kopf, die ich schreiben möchte, aber ich widerstehe dem noch, aus Angst, dass es noch nicht »so weit ist«. Es ist aber sehr beruhigend zu wissen, dass nach drei Tagen Ruhe & Frieden und Alleinsein plus Meditation mein Fantasieplanet schon wieder ruft.

7. Nov. 1989

Wahltag; und bald schon werde ich den Hügel hinuntergehen, um zu hören, wie es für Dave Dinkins als vielleicht nächstem Bürgermeister von New York steht.

Es war für mich ein eher träger Tag. Nach einem wunderbaren Abend allein mit dem Radio & Nachrichten & Blues und einem Besuch des neuen Lokalsenders WZYX, 90,7 auf meiner Skala! So viele Schocks, die mein System verkraften musste: Ich bin sicher, das steckt hinter meiner Lethargie. Zuerst das Erdbeben, das ich zwar unmittelbar erlebt habe, aber offensichtlich nicht in dem Maß, wie es die Fernsehzuschauer erlebt haben. Alle Welt scheint zu glauben, dass die ganze Bay Area verwüstet ist, was sie gar nicht ist. Es hat auch etwas Positives, wenn sich die Erde ab und zu bewegt. Sie ist schließlich lebendig. Aber der zweite Schock gestern war zu erfahren, dass auf dem Hügelkamm gegenüber dem neuen Haus ein Weinberg entsteht. Ich hatte sofort ein Gefühl von Vergeblichkeit. Dass da immer irgendwelche Übergriffe sind, dass es kein Entkommen gibt. Aber schließlich habe ich mich zusammengerissen und bin den Hügel hinaufgegangen, um die Zerstörung in Augenschein zu nehmen. Sie haben einige Eichen umgelegt, aber zum Glück kommen sie nicht den Hang herunter, weil er zu steil ist. Außerdem ist das Ganze weit genug weg, dass die Reben mit ihrem Laub der Landschaft Farbtupfer verleihen dürften, also ging es mir schon besser. Und dann rief Anne aus Wendys Büro an. Und sagte, sie hätten mir 135.000 überwiesen. Auch das war ein ordentlicher Schock. Ich weiß nicht, woher das Geld kommt, vielleicht von Pocket, und es überfiel mich plötzlich wieder – das Gefühl, so viel zu besitzen. Zu viel? Die einzige Rettung ist, immer weiter Leuten etwas davon zu geben. Aber etwas muss ich auch sparen. Ein Bonus für Roberto ist wohl angebracht und die 5.000 für Rebecca für ihren Film.

Und heute habe ich wohl so ziemlich jedem etwas gegeben. So z. B. KPFA 10.000 im Rahmen einer 25.000-Dollar-Spende. Wobei ich ihre neue Dritte-Welt-Abteilung nach Ida B. Wells benennen darf. Aber auch 5.000 dem Kinderrechtefonds, 5.000 der Women's Foundation, 5.000 – eine ganz schön lange Liste.

Ich hatte eine Zeit lang ein schlechtes Gewissen, weil ich einer wunderbaren Person & mittelmäßigen Journalistin gesagt habe, dass ihre Frage an mich, wie es denn zu dem Erfolg von Schwarzen Schriftstellerinnen »habe kommen können«, blöd sei. Aber all ihre Fragen waren blöd. Sie redete, als ob Schwarze Schriftstellerinnen nur über die »Situation der Schwarzen« schreiben würden, die schließlich per se immer mehr die Situation aller wird.

Ich bin blöde Fragen einfach leid! Sie schien außerdem zu implizieren, dass für die Verlage Schwarze Schriftstellerinnen Wohltätigkeitsobjekte seien. Inzwischen hat Pocket allein mit mir Millionen gemacht, & ich bin immer noch skeptisch, was ihre Abrechnungen angeht. Ärgerlich.

17. Dez. 1989

Ich kann kaum glauben, dass ich die letzte Lesung/Signierstunde des Jahres hinter mir habe! Gestern Abend bei Marcus Books in Oakland. Die Buchhandlung gerammelt voll, überwiegend Schwarze, was so unüblich ist. Mit vielen Kindern & alten Leuten. Ich habe Bücher signiert, bis mein Arm rebellierte. Und auch dann noch weitergemacht.

Heute Abend im Verlagsquartier. Robert zappte durch die Fernsehkanäle, um irgendetwas zu finden, das sich zu sehen lohnte. Und da war Quincy, tanzte in seinem Musikvideo. So schön und lustig, und was soll ich sagen? Ich grinste vor schierer Freude, ihn zu sehen, & vor Liebe. Es verblüfft mich selbst. Meine Liebe ist wie ein verspieltes Tier, das putzmunter angesprungen kommt, ob ich es will oder nicht. Und sie ist mir tatsächlich willkommen. Sie ist nicht mehr schmerzhaft. Nur noch eine Art Schimmer, – & Q zu sehen, ist fast wie einen Sonnenuntergang zu sehen, den ich beinah verpasst hätte.

Robert & ich staunen (ich jedenfalls), wie dieses Jahr verlaufen ist. So viel Reisen & harte (weil öffentliche) Arbeit und so viel Zusammengehörigkeit & Liebe. Wir haben uns kein einziges Mal ernsthaft gestritten. Höchstens als ich ihm gesagt habe, er solle seine Vitamine mit etwas zu essen nehmen!

Boston hat Spaß gemacht! Wir haben Gloria getroffen & Rebecca & Bill & Gay & ihre Kinder & Roz & Howie & Marilyn & Charlie & Mary Helen! Aber, ach, wie können Leute nur so kaltes Wetter ertragen? Und Derrick & Jewel. Und Tufts. Die Veranstaltung total überfüllt.

Und jetzt habe ich einen Monat und eine Woche frei! Ich kann tun, was ich will, und muss nicht mehr reisen! Es fühlt sich an wie das Paradies.

29. Dez. 1989

Also, inzwischen habe ich Qs neues Album[138] tatsächlich gehört, & ich bin hin und weg! Es ist so total lebendig und so total er, und es sind Songs drauf, bei denen ich das Gefühl habe, sie sind an mich gerichtet. Ich musste mich der Wahrheit stellen, dass ich diesen Mann liebe. Und ich habe solche Angst. Die letzten Tage war ich in einem fürchterlichen Zustand – dieser schrecklichen Euphorie, die Liebende fühlen, wenn alles gegen diese Liebe spricht & das Herz sich ganz offensichtlich einen Dreck darum kümmert. Was ist das Heilmittel? Vielleicht tonnenweise Eiscreme oder Pralinen. Oder Arbeit. Aber wie viele Romane kann ich noch schreiben?

VIERTER TEIL

FREU DICH NICHT ZU FRÜH

Die 1990er

8. Jan. 1990

Schon im neuen Jahrzehnt. Heute bin ich losgegangen und habe mir ein wunderschönes schwarzes 1990er-SAAB-Cabriolet gekauft. Es hat mich total fertiggemacht. Ich habe den roten SAAB in Zahlung gegeben, und die Differenz betrug 23.400. So viel Geld. Ich brachte es nur fertig, mir so was zu leisten, indem ich mir sagte, wie sehr ich es verdiente! Und es war fantastisch, im Regen über die Brücke zurückzusausen, Q aus der Stereoanlage und die vier Stunden Fegefeuer im Autohaus hinter mir.

Ich war in letzter Zeit sehr melancholisch. Wenn ich dieses Tagebuch lese, wird mir klar, warum. Ob meine Liebe zu Q nun »real« ist oder nicht, es ist eindeutig Leidenschaft und hat mich aus dem Gleichgewicht geworfen. Da Q, wie die Zwölf-Schritte-Leute sagen, »unverfügbar« ist, muss ich mich im Zaum halten. Also habe ich meine Gedanken auf neue Autos & aufs Gärtnern gelenkt. Aber fürs Gärtnern ist es die falsche Jahreszeit, & das Auto ist wunderbar, kann einen aber nicht in die Arme nehmen.

Jedenfalls bin ich geschlaucht von leidenschaftlichen Gefühlen, & es gibt Schlimmeres, wovon man geschlaucht sein kann, sage ich mir philosophisch.

Habe einen wunderbaren Abend im Bett verbracht, mit Georgia O'Keeffe – der neuen Biografie.[1] Es hilft, sich vor Augen zu führen, dass Künstlerinnen immer komplizierte Gefühle & Leben haben & sich emotional total verausgaben, & Georgia wurde 98!

Der Trip, um Catherine (Deeter)[2] zu treffen, war richtig gut. Obgleich auch schlafarm & seltsam. Das Buch wird sehr schön & alle kommen darin vor!

Habe ganz vergessen, von meiner & Rebeccas Begegnung mit Henri Norris[3] nach fünf Jahren Sendepause zu berichten. Wir waren Patti LaBelle hören, die aussah wie ein Transvestit, & ich habe kein Wort verstanden. James Ingram viel verständlicher & ansprechender & wesentlich mehr nach meinem Geschmack. Henri lud uns ein, & es war nett, mit ihr zusammen zu sein, aber auch mit Anspannung verbunden, weil ich nicht weiß, was sie eigentlich vorhat. Ich habe das Gefühl, sie denkt immer noch, ich müsste aus dem Schrank gezerrt werden, & zwar von ihrer charmanten Person. Aber das ist mehr denn je nicht der Fall.

Dann gingen sie & Rebecca zu einem Liebessüchtigentreffen, & R kam nach Hause & nahm mich in die Mangel wegen ihrer unglücklichen Kindheit & ihrer Vernachlässigung durch mich und ihrer Verlassenheitsgefühle und so weiter & so fort. Ich war am Boden zerstört. Und wütend. Und müde. Die Kindheit, die sie in Erinnerung hat – mit Heerscharen von Leuten, die herangezogen wurden, um sich um sie zu kümmern –, ist nicht die, die stattgefunden hat.

Die Diskussion rührte so viel Unangenehmes auf. … meine Abhängigkeit von Robert. Seine Affäre mit A.; meinen Versuch, das Drehbuch zu schreiben … mein Scheitern. … Das Debakel mit Henri. Meine verlorenen Freundschaften. Mein Gefühl, nicht zu wissen, wie man eine zerbrochene Freundschaft reparieren kann. Ich war tatsächlich sehr froh, dass die – sicher nicht leicht zu ergreifende – Initiative von Henri ausging. Also gibt es jetzt noch mehr Gründe, warum ich müde bin! So viele Emotionen! So viele schmerzliche Erinnerungen. So viel Traurigkeit.

13. Jan.
Der halbe Monat ist vorbei. Ich liege deprimiert im Bett. Aber allein, & das ist das Beste. Ich bin unfähig, auf Rebecca oder Robert zu reagieren. Bin einfach nur – reglos. Oder schleppe mich in die Küche oder zur Toilette.

Mein Haus ist ein wunderbares Refugium, und es regnet jetzt endlich. Ich sitze im Bett in meinem alten roten Morgenrock – Rebecca will ihn nicht mehr – und versuche mich so munter zu fühlen, wie er aussieht. Aber ich bin grau, zinnfarben wie der Regen, der über die Scheiben läuft, oder die Tränen, die mir übers Gesicht laufen. So viel Traurigkeit! Manchmal bin ich so traurig, dass ich denke, es ist vielleicht hormonell.

18. Jan.
Heute ist es besser. Nach einer Menge dringend notwendigen Regens scheint jetzt die Sonne. Vögel zwitschern. Der Himmel ist blau. Ich habe an meinem Beitrag zum Zora-Festival[4] gearbeitet. Ich hatte ja schon befürchtet, dass ich nichts mehr zu sagen hätte, und so ist es auch. Jetzt ist es alles Memorialisieren, Institutionalisieren, und das ist nie so spannend wie Erschaffen oder Entdecken.

Meine Schwermut lässt ein bisschen nach.

Gestern hat Ruth mir erzählt, dass Mamie[5] für eine Woche nach Eatonton gekommen ist. Dass sie die »Enthüllung« eines Porträts von Mama plant, das offenbar über dem Fernseher hängt. Dass M. mir vorwirft, eine »lausige« Mutter zu sein, und sagt, wenn ich wäre, was ich angeblich bin, würde ich Mama aus der Siedlung herausholen. Das hat wehgetan, obwohl die Siedlung Mamas Community ist & sie gern dort wohnt & nie den Wunsch geäußert hat, dort wegzuziehen.

Mamie ist die, die das große neue Haus will, um dort ihr Porträt zu enthüllen. … Wie auch immer. Sie hat vor, ein »Exposé« zu schreiben, um der Welt die Dinge aus ihrer Sicht zu schildern. Wozu gehört, dass Mama selbst eine lausige Mutter war.

Und vielleicht war sie das ja für Mamie. Es ist schwer, sich Mama mit siebzehn–neunzehn vorzustellen, mit zwei kleinen Kindern & sechs weiteren, die noch kommen würden! Wir vergessen immer, dass sie mindestens zwei Jahre lang eine ledige Mutter war.

Casita Careyes, Mexiko, 5. Feb. 1990
Robert hat mich daran erinnert, dass wir Mama im Sommer für 3 Monate eingeladen haben & sie & ich dann ja entscheiden können, was am besten zu tun ist.[6] Ich bin jetzt endlich bereit, sie zu mir zu nehmen – oder werde es sein, wenn das Haus fertig ist. Ich habe da einen unglaublichen Veränderungsprozess durchgemacht: Zeitweilig dachte ich, es wäre das Beste, wenn sie sich aus dem Leben verabschiedete. Aber jetzt ist mein Gefühl, dass ich ihr gern helfen will, so lange zu leben, wie sie kann. Ich habe mich immer wieder durch ihre Krankheit traumatisiert gefühlt, als wäre ich selbst ein Stück weit krank & geschwächt, weil sie es ist. Ich frage mich, ob das typisch ist. Habe so eine Ahnung, dass ja.

17. Feb. 1990
So viel ist passiert: Nelson Mandela am 11. freigelassen. Ein groß gewachsener, schlanker, schöner alter Mann. Neben ihm Winnie, die vor allem <u>Zärtlichkeit</u> ihm gegenüber ausstrahlte. Das war ein Anblick, den ich nie vergessen werde. So wie ich nie meine Begegnung mit Dr. King vergessen habe und die

Falten in seinem grauen »Sharkskin«-Anzug. Es war kaum zu verkraften. Diesen Mann zu sehen, der fast 30 Jahre weggesperrt war. Und zu wissen, dass er in eine Welt zurückkommt, die weiße Rassisten ruiniert haben.

27. Feb. 1990

June hat mir einen tollen Text von sich geschickt, über Nelson Mandelas Freilassung; sie sagt darin letztlich, dass er Südafrikas Fähigkeit, ihn zu töten, überlebt hat.[7]

Ich habe immer noch eine gewisse Trägheit in mir. Aber ich mache konsequent meine einstündigen Spaziergänge mit Gina & ihrem Hund Mara. Wir gehen zum Botanischen Garten im Golden Gate Park & zurück. Und das ist gut für meine Kondition und bewährt sich gegen die Schmerzen & Zipperlein, die ich in den Beinen hatte.

Aus meinem Arbeitszimmerfenster sehe ich, dass der Pflaumenbaum im Garten blüht. Und der Kirschbaum auf Michaels Grundstück treibt aus. Frühling im Februar. Aber auch kalt.

6. März 1990

Es geht mir viel besser. Und ich bin sehr dankbar dafür.

Habe beschlossen, zu einer Lektorin zu wechseln. Hoffe, das ist kein Fehler. Aber – mir ist klar geworden, dass mir immer davor graut, mit John zu arbeiten, obwohl er gut ist & ich schätze, was er macht. Es ist keine Freude dabei. Ich hoffe, Willa ist besser für mich.[8]

Ich lasse auch los, was Mamie betrifft. Ich habe einfach aufgegeben.

31. März 1990
Ich habe beschlossen, Robert das Verlagsquartier zum Geburtstag zu schenken. Hoffe, es ist das Richtige für mehr Gleichheit zwischen uns. Er hat in Mexiko erwähnt, dass er Angst hat, älter zu werden, ohne etwas für seine Absicherung auf der Seite zu haben. Ich weiß nicht – ein Teil von mir wundert sich, dass er nicht mehr aus seinem Geld gemacht hat, aber ich versuche, nicht negativ zu denken. Er sagt, er hört auf mit dem Marihuana, & vielleicht bessert das ja seine Finanzlage. Ich habe das Gefühl, dass Frauen im Allgemeinen (& ich im Besonderen) vorsichtiger mit ihrem Geld sind, & Robert stellt oft staunend & vielleicht auch neidisch fest, dass fast alle Frauen, die wir kennen, große Häuser haben. Es sei der Nestbautrieb, sagt er. Ja, sage ich, & die Vernunft, das Nest zu kaufen.

Wir hatten in Careyes einen kleinen Krach, & ich sagte, ich wolle nicht für seine Alterssicherung (über die wir geredet hatten) & dergleichen zuständig sein. Er sagte etwas von »Gütergemeinschaft«. Und das ärgerte mich richtig. Ich erklärte ihm, dieser Begriff gelte nicht für unsere Beziehung. Aber als ich später darüber nachdachte, kam ich zu der Meinung, dass ich ihm das Haus, das er die letzten 5 Jahre benutzt hat, geben sollte & dass ich es um seiner Stabilität & unserer Freundschaft willen opfern werde.

<u>Außerdem</u> kaufe ich gerade die Casa Pacifica, ein wunderschönes Ferienhaus in Careyes.[9] Es hat 3 Schlafzimmer, eine wunderbare Aussicht, einen Pool, einen hübschen Garten, Obstbäume, eine Hängematte und Bougainvilleen in vier verschiedenen Farben. Eine ruhige Zufahrtstraße, kopfsteingepflastert. Viele blühende Bäume und von Bougainvilleen eroberte Termitenhöhlen in Bäumen an der Straße. Robert & ich

begeistert von der Vorstellung, verschiedene Teile des Landes zu sehen & zu erkunden. Die Sprache gut genug zu lernen, um wirklich sprechen zu können.

Das Haus ist möbliert. Bis hin zu einem Fernglas, um das grüne Aufleuchten am Ende des Sonnenuntergangs zu betrachten. Ein weißes zweistöckiges Gebäude mit zwei Schlafzimmern oben & einem Schlafzimmer und einem Wohn- & Esszimmer unten. Eine große Alberca (ein Pool) gleich draußen vor dem Wohnzimmer. Sie wollten 250.000, & ich habe 240.000 geboten. Sie haben eingewilligt, & los ging es, zum Notar.

Wir gedenken, die Hälfte des Jahres in Mendocino zu verbringen, Mai bis November. Jan. – März in Mexiko. Dez. & April in der Stadt. So in der Art jedenfalls. Ich freue mich darauf, im Garten Wassermelonen, Mangos, Cherimoyas, Erdnüsse und Blattkohl zu ziehen.

Also:

Das Haus in Mendocino sollte bis 1. Juni fertig sein, und es wird fantastisch. Ich weiß, ich werde es nur verlassen wollen, um aus der Kälte & dem Regen im tiefsten Winter rauszukommen.

—

Dieses Jahr bisher so schwierig, wie das letzte problemlos war, was meine Beziehung zu Robert angeht. Er betrachtet es als das natürliche Auf & Ab des Lebens. Wahrscheinlich hat er recht. Weil er ein wunderbarer Mensch ist und mein liebster Freund.

13. April 1990
Wo ist die Zeit geblieben?!

Das Interessanteste diese Woche, außer dem ganz und gar traumhaften Liebemachen mit dem wunderbaren, guten alten Roberto, der als Liebhaber geradezu hellsichtig ist (!), war ein Meeting mit Donna Vermeer & Lindsay Fontana, die eine Filmoption auf Meridian wollen. Donna dunkel, mit großen, dunklen Augen, sehr attraktiv. Lindsay blond, große blaue Augen. Fügt Donnas New Yorker Ernsthaftigkeit einen Touch von L. A. hinzu. Mochte sie aber beide. Es wäre ihr erster Spielfilm. Ich habe ihnen gesagt, sie sollen mit Michael[10] reden. Sie schlagen Euzhan Palcy[11] vor, & wenn sie Ja sagen würde, wäre ich überglücklich.

Gestern Abend dann ein Treffen mit Barbara Masekela (& Timbor?) (& Hari Dillon) vom ANC.[12] Ich soll bald nach Südafrika eingeladen werden. Sie wollte sicherstellen, dass ich weiß, es ist okay hinzureisen, wenn es auf Einladung des United Democratic Movement ist. Ich hoffe nur, sie laden mich nicht vor dem Herbst ein. Nichts kommt in diesem Sommer zwischen mich & meinen Garten.

Fazit: Die Göttin ist mir weiterhin hold. Das Taschenbuch von Temple kommt in drei Wochen heraus. Mein Vorabexemplar sieht großartig aus. Ich sitze hier im Bett und schaue durchs Fenster auf das dichte grüne Laub, das jetzt das Haus gegenüber größtenteils verbirgt. Temple wird mit 1.300.000 Exemplaren erscheinen. Wahnsinn. Meine anderen Bücher verkaufen sich und werden gelesen. Dr. Lui[13] hat mir geholfen, meine Energie wiederzubekommen. Robert & ich sind wieder ein Liebespaar.

22. Mai

Roberto & ich waren einen Tag & eine Nacht auf dem Land – und es hat geregnet und geregnet, als ob die Erde uns Kalifornier doch liebt. Die Bäume tropften, die Blumen blühten. Die Sturzbäche strömten. Himmlisch. Und wir hatten es wunderbar miteinander: als Freunde und Liebende.

20. Juni 1990

Mir war gar nicht klar, wie sehr mich der Gedanke bedrückte, dass Mama hierherkommen würde. Mit Mary Alica, Ruth und Kyle.[14] Ich wusste nur, es fühlte sich wie eine ganz schöne Herausforderung an, zumal ich mit dem anstrengenden Hin & Her meiner Gefühle für Robert beschäftigt war und bin, aber schließlich habe ich mich der Tatsache gestellt, dass Mama vermutlich gar nicht herkommen wollte, wie sie uns ja vor zwei Jahren erklärt hatte. Also habe ich Bobby angerufen & ihn gebeten, sie noch mal zu fragen, ob sie es wirklich will. Oder ob es ihr lieber ist, sie bleibt zu Hause & ich besuche sie. Es ist ihr lieber. Sie wollte nur kommen, weil sie dachte, wir wollten es. Sie »hat sich gefragt«, warum ich wollte, dass sie eine so weite Reise macht! Ich bin innerlich erleichtert. Zumal das Haus nicht fertig ist. Wie lange noch, o Göttin, wie lange?, ist mein flehentlicher Ruf. Die Dielenleute haben nicht genug Dielen hergestellt. Die Fliesenleute nicht genug Fliesen. Also stagniert alles, während sie noch mehr Bäume fällen und noch mehr Ton ausgraben. Und jeder Tag ist Geld – und ich machte mir schon Sorgen, bis Wendy anrief und sagte, dass uns The Color Purple (Film) plötzlich (vom Fernsehen) 99.000 eingebracht hat. Und dass HBJ die Gedichte für – den Doubleday-Anteil abgezogen – 100.000 kauft. Und im September gibt es auch noch Tantiemen. 150.000 von Pocket. Außerdem bin ich es leid, mir Gedanken wegen Geld zu machen. Wasser ist viel wertvoller, & draußen regnet es jetzt auf das Stockrosenbeet, wo der Boden steinhart war.

3. Juli

Gestern Abend drei Filme von Pratibha[15] gesehen: verstörend, schön, packend und poetisch. Und trotz ihrer Kürze so wirkmächtig, dass ich einen vierten nicht mehr verkraften konnte. Ich war vollkommen erfüllt von den Welten, die die ersten drei gezeigt hatten.

Es ist der 4. Juli. Mrs. Bush hat mich eingeladen, mit ihr ein Event im Rahmen einer Kampagne gegen den Analphabetismus zu machen – ich habe Nein gesagt. George soll lieber Bildung, Essen & Wohnen für Amerikas Kinder finanzieren, statt dass ich mit seiner Frau zusammen so tue, als käme Lesen vor Essen.

Und jetzt wenigstens <u>etwas</u> von dem Unkraut im Garten beseitigen!

18. Juli 1990

Ruth, Kyle und Mary Alice[16] sind hier. Und Rebecca ist aus Afrika nach Hause gekommen! Heute waren wir im De Young Museum, die Amish-Quilts sehen. Herrlich! Dann essen im Silver Moon. Dann Strand. … Kyle ist ein Energiebündel und immer beängstigend am Herumhampeln. Aber im Ganzen ein süßer, gescheiter kleiner Junge. Morgen bin ich wieder bei Jane[17], & ich freue mich darauf, meiner Erkenntnis nachzugehen, dass ich Widerstände gegen eine echte Beziehung zu Ruth (& vielleicht auch zu anderen) habe, weil sie als Kind nie Grenzen geachtet hat & ich das Gefühl hatte, sie verschlingt mich oder versucht, durch mich zu leben. Daher kommt vielleicht mein Gefühl, dass nichts, was ich habe, meins sein darf. Damit meine ich, ich schreibe das Verdienst an dem, was ich tue, immer anderen zu. Oder ich teile auch aus dem Gefühl heraus, dass nichts mir allein gehören darf.

Was ich an Anerkennung bekomme, gebe ich an andere weiter. Komplimente ebenso. Ich gebe sie an Ruth weiter oder an die Frauen, die mich an Ruth erinnern. Selbst die Benennung meiner Hauptfigur in The Third Life of Grange Copeland, »Ruth«, ist ein Beispiel dafür. Es ist eine Form, meiner Schwester ein Denkmal zu setzen & sie zu preisen, ja, aber es zeigt auch, wie verschmolzen ich mich mit ihr gefühlt habe.

29. Juli 1990

Eine weitere Erkenntnis, Ruths & Mamas »Großzügigkeit« mir gegenüber betreffend. Ich glaube jetzt, dass sie Schuldgefühle hatten, weil sie mich mit meinem Vater & meinen Brüdern alleinließen, & dass Ruth mir Taschengeld gab und mich frisierte & mir Kleider nähte, um ihre Schuldgefühle zu besänftigen, nicht aus Liebe zu mir. Und dass Mama, nachdem sie sich selbst aus der schrecklichen Umgebung unserer armseligen Hütte befreit hatte, ebenfalls Schuldgefühle hatte. Und dass ihr deshalb so viel daran lag, dass wir in ein ordentliches Haus umziehen konnten – wovon sie immer behauptete, es sei meinetwegen. Wenn sie mich also alleinließ, um dafür zu sorgen, dass ich es besser hätte, wie konnte ich mich da beklagen?

Ich wuchs damit auf, Häuser als eine Belohnung anzusehen! Und das ist ein Grund, warum ich jetzt 3 Stück habe[18] – plus all die schönen kleinen »Hütten«, die mich daran erinnern, welche Schönheit meine Mutter aus Hässlichkeit machen konnte. Meine Liebe zu meiner Mutter ist eng verwoben mit ihrer Ausdruckskraft als Künstlerin und Naturliebhaberin – wie ich bereits irgendwo sagte.

Wie auch immer: Robert & ich haben uns getrennt, während Ruth, Kyle & Mary Alice hier waren. Es war, als ob ein Blatt sich von einem Baum löst. (Ich habe Robert oft scherzhaft als meinen »Baum« bezeichnet!) Ich fühlte mich gefangen, eingeengt durch seine Gegenwart – die Schwere, die davon ausging –, und war es müde, die Sonne zu sein, die ihn erhellt. Er hatte natürlich die Sorge, dass ihm 6 Monate nicht reichen würden, um einen anderen Job zu finden. (Ich hatte gesagt, ich wollte, dass er ab dem 30. Januar nicht mehr mein Geschäftsführer ist.) Ich habe ihn daran erinnert, dass er, als ich Belvie gefeuert habe, der Meinung war, sechs Wochen seien genug. Jedenfalls, ich werde wie bei Belvie den Schlag abzumildern versuchen, indem ich ihm 25.000 gebe, als Eigenkapitalanteil für ein zweites Apartment.

Und hier bin ich jetzt, endlich allein! In meinem gemütlichen Bett im Loft auf dem Land. Der Tag ist klar, ein bisschen windig, warm. Mein Gemüsegarten ist herrlich. Ich werde heute Abend Blattgemüse essen & tagsüber Pfirsiche und Mais. Und am Teich lesen & ansonsten im Großen und Ganzen vor mich hin träumen!

3. August

Ich war innerlich sehr beschäftigt mit Janes Frage: Warum die schwere 3-jährige Erschöpfung/Depression, beginnend 1983? Die wie eine Wiederholung meiner früheren Depression war … & was hatte im Jahr 1983 Ähnlichkeit mit meinem Kindheitstrauma.

Gute Frage. Worauf wir kamen: dass ich mich durch Roberts Geständnis, seine Affäre betreffend, am Boden zerstört fühlte. Aber die Beziehung nicht lösen konnte, weil ich davon abhängig war, dass er mich in dem ganzen Getümmel rund um den Erfolg von Purple beschützte. In ähnlicher Weise habe ich damals, nachdem mich mein Bruder mit dem Schuss getroffen hatte, gelogen, um ihn/sie beide[19] zu schützen, und ich war ebenso davon abhängig, dass Bobby mich vor den Kindern beschützte, die mich ärgerten. Es war schrecklich. Meine Wut hinunterzuschlucken, das Gefühl zu haben, mich nicht befreien zu können. Und ich erinnere mich, wie leicht & gut ich mich fühlte, als ich mich doch beinah von Robert befreit hatte! Aber dann habe ich nachgegeben, als er sagte, er werde aufhören zu trinken & sich ändern.

15. August 1990

Es passiert so viel. Rebecca & ich sind heil von einer einwöchigen Geschäfts-/Vergnügungsreise zurück, die uns nach Eatonton, New York City, Boston & New Haven geführt hat. In Georgia haben wir ein Interview für Diane Sawyers Prime Time absolviert. Eine Tour auf den alten Wegen & zu den alten Orten.

Habe mit Bobby darüber geredet, Mama in das örtliche Pflegeheim zu geben. Er ist dafür. Dann haben Rebecca & ich das Pflegeheim besichtigt. Nicht gerade großartig, aber eine Möglichkeit. Eine Option.

Dann weiter nach NYC & in Glorias schönes, schützendes Haus. Dann am nächsten Tag nach New Haven & ein Apartment für Rebecca ansehen. Ein Zimmer. Schöne Aussicht. Gleich über die Straße vom Campus. Dann zurück zu Gloria & ein wahnsinnstoller Tag mit Shoppen/Museumsbesuch.

Dann endlich nach Hause. Dann aufs Land. Das Haus immer noch nicht fertig.

Inzwischen habe ich es geschafft, mit Ruth darüber zu reden, Mama eventuell in ein Pflegeheim zu geben, aber noch nicht darüber, dass ich nicht die Absicht habe, Kyle die Ausbildung zu finanzieren. Das schiebe ich noch vor mir her. Und jetzt bin ich zu müde & muss schlafen.

Danke, Großer Geist des Universums, für die Schönheit, die immer in meinem Leben ist.

17. August 1990

Liebe Ruth,

das Problem, das ich damit habe, Kyle genauso zu »adoptieren« wie Keon & Chauncey, ist, dass ich das Gefühl habe, ich bin manipuliert worden, es zu tun. Das hasse ich. Mir ist aufgegangen, dass Kyle nur deshalb etwas von dem Arrangement für die Hunt-Jungen wissen konnte, weil du es ihm erzählt hast – und dass das, was es bei ihm ausgelöst hat, nur daran liegen konnte, wie du es ihm vermittelt hast. Indem du dann wiederum mir von seiner Reaktion erzähltest, dass er sich zurückgesetzt fühlte etc., wolltest du, dass er mir leidtat und ich mich irgendwie für seine schmerzhaften Gefühle verantwortlich fühlte. Ich bin nicht dafür verantwortlich.

Eine einsehbarere Erklärung für meine »Adoption« der beiden Jungen war meiner Meinung nach die, die ich dir gegeben habe. Dass sie es ohne Hilfe sehr wahrscheinlich nicht schaffen werden und dass Kyle sie dann sehr wahrscheinlich irgendwann als Freunde verlieren wird, weil sie schulisch & ansonsten hinter ihm zurückbleiben werden, wie es bei sehr armen Kindern oft der Fall ist.

Ich wünschte, du wärst bei deiner ursprünglichen Erklärung Kyle gegenüber geblieben, weil sie wahr ist und ihn nicht zurücksetzt, sondern im Gegenteil beweist, dass er »zuerst« kommt. Will sagen, indem ich dir ein Haus gekauft habe, habe ich auch an Kyle gedacht. Und ebenso, indem ich deine Stiftung unterstütze und dir dafür, dass du Mama hilfst, ein Gehalt zahle, so unzureichend es auch sein mag.

Ich habe nach langem Nachdenken beschlossen, Kyle zu entadoptieren. Ich habe für euch beide schon getan, was ich konnte, und ich habe es gern getan. Aber jetzt ist die Grenze meiner Gebefreudigkeit erreicht.

Habe diesen Brief kopiert und schicke ihn jetzt Ruth. Sofort sind diese ganzen wirren Gefühle, was ich denn Ruth & Kyle schuldig bin, von mir abgefallen. Und ich habe interessanterweise zum ersten Mal seit zwei Monaten das Gefühl, dass ich wahrscheinlich bald mit den Sitzungen bei Jane aufhören kann. Was waren denn die wichtigsten Punkte bisher, bei denen ich Hilfe gebraucht habe? Anzufangen Grenzen zu setzen. Mich nicht dahingehend manipulieren zu lassen, mehr Verantwortung zu übernehmen, als ich will. Ich werde mir auch ein Limit für Spenden setzen – 200. Auch wenn mein letzter Scheck (für Temple) von Pocket/HBJ gekommen ist. Das sind alles Themen, die in meinen Gesprächen mit Jane Raum eingenommen haben, viel mehr, als ich zunächst dachte.

20. August 1990
Eine sehr merkwürdige & irgendwie typische Interaktion mit Quincy bzw. seiner Sekretärin. Ich hatte ihn gebeten, einen Preis vom P. E. N. für mich entgegenzunehmen, am 23. September in L. A. Ich hätte es nicht tun sollen. Aber ich hatte ihn Whoopi vorgezogen, die ich noch weniger verstehe als Q. Jedenfalls, er sagte, er werde es tun, wenn er könne. Wir hatten ein nettes, bedeutungsloses Plaudertelefonat. Genau wie auch sonst in den letzten 5–7 Jahren. Heute rief seine Sekretärin an, um zu sagen, er könne den Preis nicht entgegennehmen. Und ich nehme es ihm überhaupt nicht übel. Mir ist nur klar geworden, wie achtlos ich ihn da hatte funktionalisieren wollen. Der Preis bedeutet mir gar nichts. Ich kenne niemanden von den Leuten, die ihn mir verleihen wollen. Der P. E. N. ist nicht meine Lieblingsorganisation. Warum also hatte ich diesen viel beschäftigten, netten, brillanten Menschen damit belästigt? Und dafür gesorgt, dass ich mich mies fühlen würde, egal was er tun würde? Denn wenn er den Preis entgegennähme, würde das nur eine äußere, öffentliche Verbindung zwischen uns herstellen, die nicht den Tatsachen entspräche – und wenn er Nein sagte, was er ja getan hat, würde ich mich zurückgewiesen fühlen.

Es ist das Gefühl, zurückgewiesen zu werden, das mir »vertraut« ist. Und indem ich mir ihn »aussuche«, um mit ihm in eine Beziehung zu treten, verschaffe ich mir ein vertrautes Gefühl.

Ich glaube, Quincy ist Porter, mein Boyfriend auf der Highschool. Dunkel, hübsch, nett und mir gegenüber, wie ich es empfand, abweisend, bevor durch die Operation an meinem Auge das meiste Narbengewebe entfernt wurde. Doch als es dann entfernt war & ich strahlend in die Schule zurückkehrte –

verhätschelt von Miss James, der Französischlehrerin, die mich jeden Tag im Auto mitnahm –, da wurde er mein Boyfriend. Also versuche ich vielleicht immer noch, das Gleiche mit Quincy hinzubekommen, der allerdings so klug ist, sich dem zu entziehen. Weil da in Wirklichkeit zwischen uns keine echte Leidenschaft ist – glaube ich. Vielleicht ein bisschen. Aber von meiner Seite her über Jahre eine Art Hysterie, etwas Fiebriges, was ihn angeht. »Suchtartiger« als echte Liebe. Ich »liebte« ihn, weil er so fern war. Was auch ein Muster zu sein scheint: beginnend, glaube ich inzwischen, in meiner frühen Kindheit mit meiner Mutter, die zeitweise emotional sehr fern war & in meiner späteren Kindheit dann auch physisch fern, weil sie in einem Haushalt in einem anderen Teil von Eatonton arbeitete.

Ich erinnere mich, wie ich einmal meine Mutter auf den Mund küssen wollte und sie sagte, sie möge es nicht, auf den Mund geküsst zu werden. Also tat ich es nie. Wir kuschelten auch nie richtig. Ich lag – wenn ich mal bei ihr lag – mit dem Kopf auf einem ihrer kissenartigen Arme. Kuscheln und schmusen, in den Armen gehalten werden, so wie zwischen Rebecca und mir, gab es nicht.

Jetzt glaube ich, dass meine Mutter, konfrontiert mit einem Kind, das so offensichtlich nach Zärtlichkeit hungerte, den Kompromiss des Händchenhaltens einging. Wir hielten Händchen, weil ich immer nach ihrer Hand griff, so wie ich jetzt noch nach Rebeccas Hand greife oder nach Roberts oder … Es ist einfach meine zweite – oder vielleicht auch erste – Natur.

Als Qs Sekretärin sagte, er könne den Preis nicht für mich entgegennehmen, überkam mich ein heftiges Gefühl der Demütigung, als hätte er das – Nein zu sagen – getan, um mich gezielt »abfahren zu lassen«. Aber ich sage dauernd Nein zu anderen Leuten, auch zu solchen, die in mich verschossen sind. Es ist sein Recht, Nein zu sagen und sich nicht für meine Gefühle verantwortlich zu fühlen.

Aber es ist, als wollte ich etwas von ihm, was besagt, dass er mich liebt. Doch sein ganzes Verhalten beweist, dass er es nicht tut. Warum also kann ich es nicht einfach »abhaken«, wie Rebecca sagt?

Als Rebecca & ich neulich Abend darüber geredet haben, sind wir beide zu dem Schluss gekommen, dass er für mich ein Archetyp ist. Dass ich diese idealisierte innere Figur auf Q projiziert habe oder er ihr so sehr ähnelt, dass ich ihn dafür halte. Aber in Wirklichkeit ist alles, was Q ist, oder vielmehr, was ich auf ihn projiziere, in mir selbst. Es macht keinen Sinn, es auf ihn zu projizieren. Q selbst, der, der er wirklich ist, würde zweifellos überhaupt nicht in mein Leben passen.

Trotzdem, das Gefühl der Demütigung, nur dieses kurze Aufblitzen, war ein aufschlussreiches Signal, so empfinde ich es. Warum scheine ich dieses Gefühl immer wieder herbeiführen zu wollen?

Wie auch immer. Robert & ich hatten vorgestern einen netten Tag hier zu Hause. Er kam, um Schecks auszuschreiben & »Geschäfte zu führen«. Er ist sehr schlank & sieht gut aus. Ich habe ihm von meiner Arbeit mit Jane erzählt & von meinem Gespräch mit Gloria, bei dem ich die kleine Alice »sah«, misshandelt und verlassen, in einem »Schuppen/Haus«. Sie kauerte in einer Ecke. In einer Art ärmellosem Sackkleid aus dunkelblauem bedrucktem Stoff. Ich erklärte ihr, ich würde sie aus diesem trostlosen Loch herausholen. (Irgendeine der vielen schrecklichen Bretterhütten, in denen wir wohnten.) Sie konnte mir nicht glauben. Ich sagte, ich nehme dich mit an einen besseren Ort. Ich nahm ihre kleine Hand und wollte mit ihr den leichten Anstieg zur Straße hinauflaufen. (Das ist jetzt das Haus bei Wards Chapel.) Aber eine riesige Kettensäge kam über die Wiese herangewirbelt und trennte sie von mir, buchstäblich, indem sie ihr die Hand abschnitt. Als Nächstes ersann ich ein großes, dickes Blech zwischen uns und der Kettensäge, und wir rannten los, Richtung Straße. Aber die riesige Kettensäge begann sich durch das Metall zu fressen. An diesem Punkt erkannte ich, dass ich die Kleine nie dort herausbekäme, indem ich sie an der Hand hielt. Ich konnte sie nur heil herausholen, indem ich sie in mein Herz aufnahm.

Und ich sah sie, sehr klein, dunkel & verängstigt, in ihrem blauen Kleid, in mein Herz steigen. Ich weiß nicht, ob sie es ganz hineinschaffte, aber ich weiß, mein Herz ist der Ort, wo sie sein muss.

24. Sept. 1990

Unglaublich, dass das Jahr sich schon dem Ende neigt! Wenn es in diesem Tempo weitergeht, bin ich in zwei Wochen fünfzig und nicht in vier Jahren!

Die Hauseinweihungsparty, die Rebecca & ich (mit Joans[20] enormer & kompetenter Hilfe) gegeben haben, war eine einzige Freude. Jede Menge gutes Essen, Tanzen, Umarmungen & Lächeln. Ich las ein Preisgedicht auf Charlie & die übrigen Bauleute vor. Arisika Razak[21] tanzte. Happy-Dance. Viele Gäste – 20–25 – blieben über Nacht, & dann gab es Kaffee & Kuchen & zum Mittagessen Lasagne.

24. Okt. 1990

Ein warmer, sonniger Tag auf dem Land. Im neuen Haus. Ruhig. Im Bett. 10:00. Nach dem Meditieren denke ich: Das Allerbeste im Leben ist Meditieren!

Meine Arbeit geht nicht voran, & ich versuche, nicht in Panik zu geraten. Man kann nicht zwei Herren dienen, kam mir heute Morgen in den Sinn, & ich rief Joan an, damit sie ein öffentliches Gespräch über Atomtests absagt. Ich hatte mich expansiv gefühlt – wo doch Dezember & Jan. frei waren. Und plötzlich wollte ich nicht mehr, nachdem ich zugesagt hatte.

Ich habe mich auf mein Land zurückgezogen. In mein Haus. In den Schlaf. Gestern habe ich mich von einem sonnigen Fußbodenfleckchen zum nächsten geschlafen. Das Haus ist herrlich sonnig, und doch stabil & schützend.

28. Oktober 1990

So vieles, um darüber nachzudenken: die Einladung von Lear's,[22] über Winnies Prozess zu berichten, Ayi Kweis[23] Anwesenheit in meinem Leben. Und bald werde ich praktisch schuldenfrei sein!

Wenn Ende des Jahres (!!!) alles bezahlt ist, werde ich an Ausgaben haben:

Rebeccas Studiengebühren, Wohnkosten etc.
20.000 im Jahr
45.000 Gehälter Mary & Joan
25.000 Versorgung Mama

Das werden meine größten Ausgaben sein.

Dazu kommen:

Versicherungen
Gesundheit, Reisen, Kleidung.
Geschenke!

Habe Spare Rib[24] 5.000 versprochen und Schwester Bernard aus Südafrika 500.

Jetzt, um diesen Teil abzuschließen, noch ein letzter Traum. Wieder von »Überflutung«, »tiefem Wasser«, Robert & mir. Er taucht in diesem Traum in Wasser, in dem er nicht stehen kann, um mich zu retten, dessen bin ich mir sicher, obwohl ich mich nicht sehe. Also ist mein Gefühl zu diesem Traum, dass ich Robert vertraue wie mir selbst. Und dass er darin für mein Ich steht, das ins Unbewusste hinabtaucht, um meine Seele zu retten.

Traumgedicht
27. Nov. 1990

Und wenn ich wirklich
scheitere
lasst mich wissen
lasst mich wissen
lasst mich wissen.

6. Dez. 1990

Es gibt Leute, die wissen Dinge, die man sie nicht gelehrt hat. Und das – als dies erkannt wurde – war der Beginn der Wissensvermittlung. Dass andere zu lernen versuchten, was diese Leute wussten.

AW, Aperçu

20. oder 21. Feb. 1991

Schöpferin/
O Allmutter, sei mit mir, jetzt
& in jeder Stunde meiner ewigen Transformation.

—

Widerstand ist das Geheimnis des Glücks.

—

Das Leben geht weiter!

2. April 1991

Vor ein paar Wochen habe ich mit Mercedes[25] geschlafen. Das erste Mal, dass ich mit einer Frau Liebe gemacht habe. War überrascht, wie leicht & natürlich es war, wenn ich auch nicht weiß, was es bedeutet. Sie & ihr Enkel wohnen jetzt in meinem Haus in der Stadt, weil sie von ihrer Vermieterin/Mitbewohnerin bedroht wurde & Angst hat, in ihr Zimmer im Haus dieser Frau zurückzukehren. Diese Verflechtung & Verwicklung ist zu viel, zu eng, zu schnell und fühlt sich an wie die Art Krise, in die ich mit Ruth & Fred & Denise & Mama & anderen Mitgliedern meiner Familie zu geraten pflege. Ich habe Angst, für selbstverständlich genommen zu werden. Benutzt. Zu etwas gedrängt. Also ziehe ich meine Gefühle zurück, auch wenn ich versuche, eine Lösung für das/die Problem(e) zu finden oder zu liefern.

Mercedes & ich hatten gestern Abend ein langes Telefongespräch. Ich habe meine Ängste ziemlich unverblümt geäußert. Sie war gekränkt. Aber ich finde generell, die Wahrheit zu sagen, reinigt zumindest meine innere Luft.

Mercedes ist eine wunderschöne Braune Frau mit so einer Art Marley-Look & -Energie. Sie liebt ihren 4-jährigen Enkel heiß und innig.

23:00, Sonntag, 21. April 1991
Sehr müde. Heil wieder zurück, mit Robert, von einer 10-tägigen Southern Exposure Tour mit My Blue … nein, HER BLUE Body![26]

9. Juni – ein Sonntag.
O glücklicher Tag. Allein zu Hause in Wild Trees, in meinem neuen Haus mit der fast fertigen neuen Wand & dem Namen über dem Eingang: »Temple Jook House«[27] – wo Anbeten und Sündigen (wirklich man selbst sein) eins sind.

Ich bewohne meinen Körper & meinen Raum auf eine neue Weise. Ich genieße es immer noch, mit Mercedes Liebe zu machen. Aber was ich wirklich gelernt habe, ist, wie tief verwurzelt ich in meiner Beziehung zu Robert bin. Nach meinen ersten beiden Nächten mit Mercedes hatte ich einen Traum, in dem ich ein schreckliches Verlustgefühl, Trauer empfand. Das kam wohl von der Angst, Robert zu verlieren, wenn ich meine Bisexualität körperlich, mit einer Frau, auslebe. Ich glaube, alle »potenziellen« Liebespartner und Liebespartnerinnen, die ich mir ausgesucht habe, waren danach ausgesucht, nicht mit unserer Beziehung zu konkurrieren, die für mich vom Gefühl her »Familie«, »bedingungslose Liebe & Unterstützung«, »geteilte Erinnerungen« und »zu Hause Sein« verkörpert.

Als ich Robert von Mercedes erzählte, hatte auch er große Angst. Aber dann fühlte ich eine solche Aufwallung von Liebe zu ihm, der ich auch Ausdruck gab, dass er wohl zweifelsfrei verstand, dass ich ihn liebe & mir unsere Beziehung so viel bedeutet. Wir sind Freunde. Manchmal ist unser Liebemachen wunderbar. Manchmal ist es nur okay. Manchmal ist es langweilig. Er & Mercedes sind beide gut in der Liebe. Der Unterschied ist, dass Mercedes so viel über meinen Körper weiß & dass das Liebemachen mit ihr wie ein langes, heilsames, spielerisches Herumtollen ist, in dessen Verlauf sie – mehr nebenbei – viele Orgasmen hat (ein Schock für mich, die kühlere, Jeweils-nur-ein-Orgasmus-Wassermannfrau) und dass ihr Körper mir solches Vergnügen bereitet. Ich liebe es, sie zu berühren. Ihre Knie zum Beispiel, ihren Bauch & ihre Brüste.

June[28] & ich haben gestern darüber geredet, was es heißt, bisexuell zu sein. Und dass darüber nicht der Kopf oder die Seele entscheidet, sondern der Körper. Du weißt, dass du bisexuell bist, wenn du sexuell auf Männer und Frauen reagierst. Lesben reagieren wahrscheinlich am stärksten auf andere Frauen. Oder auch nur.

Für mich ist es schwer vorstellbar, dass es Heteras & Lesben gibt. Mir scheint, wenn man einen weiblichen & einen männlichen Elternteil hat, müsste man doch selbst beides sein & auf beides reagieren können.

Grundsätzlich fällt es mir schwer, auf das, was der Beherrscher (Mann) über irgendetwas sagt, so zu reagieren, als wäre es die Wahrheit.

Dieses Flüchten zu etwas anderem ist ein Thema, dem ich in den letzten Monaten in der Therapie bei Jane nachgegangen bin. Ich kaufe Häuser, weil ich Orte brauche, wo ich hinflüchten kann. Und jetzt wird mir klar, dass ich das Haus in Mexiko gekauft habe, um andere hinzuschicken, die sonst womöglich mich besuchen würden!

Wie auch immer. Die Therapiesitzungen sind erst mal abgeschlossen. Ich mache es mir jetzt zur Aufgabe, meinen Roman zu Ende zu bringen. Und ich muss auch noch ein Vorwort zur 10-Jahre-Jubiläumsausgabe von Purple schreiben.

Und wie war die Promotour zu Blue Body? Anstrengend. Aber eine Ehre & ein schönes Gefühl, meine Leserinnen und Leser zu treffen, die ich als Menschen mag. Die Weißen, die Schwarzen & alle sonstigen Arten & Sorten.

23. Juli

Mein Leben scheint im Übergang zu sein. Gerade jetzt, wo mein Roman[29] mitten im Entstehen ist. Sich wandelnde Frau, die bin ich. Schon wieder im Wandel.

Weiteres über Mercedes:

Sie erinnert mich an meine Großmutter Rachel. Freundlich, geduldig, loyal. Kindlich. Alles gute Eigenschaften, & doch reagiere ich auf deren Kombination bei ihr leicht mit einer gewissen Verärgerung.

9. August 1991

Heute habe ich die erste Entwurfsfassung von Possessing the Secret of Joy fertiggestellt. Das ist als Titel hängen geblieben.

Habe gerade angefangen, Nachschlagewerke zu durchstöbern: »Ruth« bedeutet »Sorge, Erbarmen, Reue«. Ruthless = unbarmherzig etc.! »Sabbatical«, was ich gerade mache, bedeutet (abgeleitet von Sabbat, dem jüdischen Ruhetag am Samstag) einen Zeitraum der Ruhe, eine Auszeit.

Samstag 00:30
19. Aug.?
Mit Rebecca in die Stadt[30] gefahren. Wir haben unterwegs Tracy Chapman gehört, Ladysmith Black Mambazo & dann Jean Bolen, die über die Göttinnen in uns sprach. R & ich haben befunden, dass wir beide sehr Aphrodite-lastig sind & ich auch noch viel Hestia in mir habe. Eine schöne Fahrt – R fuhr –, aber ermüdend. Jetzt ist sie unten und telefoniert mit Jonah, der gerade aus Mexiko zurück ist, & ich habe gebadet und das warme Sommer-in-San-Francisco-Flanellnachthemd angezogen, das mir Gloria geschenkt hat.

Fürchte mich davor, Mercedes zu sehen mit all ihren Erwartungen. Ich habe gesagt, ich miete den hinteren Raum ihres Hauses für sechs Monate. Damit ich einen Ort für mich habe, wenn ich dort bin, aber auch als Zuschuss, damit sie keine Mitbewohnerin braucht. Die Beziehung ist sehr mühsam – & sie macht viel zu viel Namedropping: Angela Davis, Audre Lorde ad infinitum. Und sie lässt viel zu oft durchblicken, was sie noch braucht. Eine neue Kamera. Eine Dunkelkammer etc. Mag ja sein, aber ich liebe diese Frau nicht.

Inzwischen steht eine Entwurfsfassung meines neuen Romans: Possessing the Secret of Joy. Mein »Pflicht«-Roman. Jede Seite hat mich total fertiggemacht.

Die Herausforderung, die sich mir stellt: Ich gebe viel zu viel Geld aus! Ich gebe es aus & gebe es aus & scheine mich nicht bremsen zu können. Bestimmt ein Zeichen irgendeines Leidens. Unterdessen haben R & ich wunderschöne Huichol-Kunst von Isobel gekauft. Mein Bild stellt das Verhalten von Insekten während der letzten Sonnenfinsternis in Mexiko dar.

Heute ein starkes Erdbeben auf dem Land – erschütterte das Haus. Das Haus rockte & rollte, sehr anmutig.

Heute Morgen ist die Stadt in Nebel gehüllt. Deutsche Touristen, die sich vor dem Haus knipsten, wurden schließlich so kühn, für ein Foto bis vor die Haustür heraufzukommen. Waren sehr laut. Ich bummerte an die Tür & scheuchte sie damit die Stufen hinunter. Aber sie kamen wieder! Also schrie ich diesmal: »Haut ab!«

Es ist so ein tolles Haus: Der Blick auf den Park ist herrlich. Aber ich glaube nicht, dass ich hier wohnen kann, wenn die Touristenbusse immer noch mehr respektlose Touristen ausspucken. Vielleicht kann ich das Haus ja vermieten, möbliert, an Gastwissenschaftler o. Ä., & mir eine schicke kleine Stadtwohnung zulegen. Ich merke, dass die Touristen mich im Haus schon von vorn nach hinten getrieben haben, wo ich vom Bett aus auf die Stadt blicke, nicht auf den Park. Zum Glück habe ich eine Platane und eine Palme in meinem Blickfeld.

Als der Entwurf von »Joy« fertig war, fühlte ich mich extrem müde. Fast schon krank. Ich fiel ins Bett und schlief bis sechzehn Uhr am nächsten Tag. Ich habe lange gebraucht, um zu verstehen, welchen Energieverlust kreatives Arbeiten mit sich bringt.

Gestern ein kurzer Schwatz mit Mel, den Rebecca angerufen hatte. Er ist uns gegenüber etwas aufgetaut. Ich glaube, das kommt daher, dass Rebecca in ihrem letzten Jahr in Yale ist & niemand von ihm gefordert hat, dass er sich an den Studiengebühren beteiligen soll, & er jetzt das Gefühl hat, dass es auch niemand mehr tun wird. Nachdem sie viel Stress durchstehen musste, hat er ihr ein Auto gekauft. Das ist sein schlimmster Charakterzug: Sachen anzubieten & sie dann zurückzuhalten & Bedingungen zu stellen. Sie musste in Tränen aufgelöst auf seiner Veranda sitzen, allein, ehe ihr endlich das grandiose Geschenk zuteilwurde. Gloria sagt, jemand hat das (Geld & Sachen anzubieten, aber unter Bedingungen) einen green penis genannt.

Ich hasse es, manipuliert zu werden, und dieses Gefühl habe ich bei Mercedes. Meine Leidenschaft hat sich schon in Mitleid verwandelt. Mitleid ist in intimen Beziehungen nicht gut. Und ich fühle mich gelangweilt.

Und ansonsten? Wie sieht mein Leben mit 47 aus, dem Jahr der perfekten Balance?

1. Rebecca ist gesund & gescheit und hat ein mitfühlendes Herz. Ihr Sommerjob, Schreiben & Schwimmen zu unterrichten, hat sie zu dem Entschluss gebracht, Kunsttherapie machen zu wollen. Also steht jetzt das Graduiertenstudium an, & sie scheint bereit dafür.
2. Robert ist gesund … und offenbar jetzt mit 49 doch noch bereit, sich auf seine Karriere als Schriftsteller einzulassen. Wir haben immer noch schöne Zeiten miteinander. Ich schmuse immer noch gern mit ihm. Sex ist eher fraglich.
3. Meine Mutter ist immer noch todkrank & darin stabil. Meiner Schwester Ruth geht es prächtig. Der Rest der Familie schleppt sich dahin wie immer: isst zu viel, trinkt zu viel, nimmt zu viele Drogen.
4. Meine Häuser sind wunderschön & abbezahlt. Meine Finanzen gut. Aber schwindend, weil ich zu viel für die ewigen Einrichtungskäufe ausgebe. Nach der Party nächsten Samstag & nach Rebeccas Abreise werde ich mich mit

Robert hinsetzen & eine Lagebesprechung machen. Ich bin es leid, Sachen zu kaufen. Ich möchte einfach nur sein.

5. Mein kieferorthopädisches Abenteuer geht weiter. Ich fühle, wie meine Eckzähne von meiner Spange nach innen gezogen werden. In einem Jahr sollte mein Lächeln wesentlich einnehmender sein, & ich habe vor, viel zu lächeln. Ein Jahr ist um – & ich habe es alles zu meinem eigenen Erstaunen mit einem gewissen Fatalismus ertragen. Aber was soll ich auch sonst tun?
6. Gloria ist kühler, seit ich meine Beziehung mit Mercedes erwähnt habe. Und sie wollte auch überhaupt nichts über sie wissen, was ich komisch finde.

Auf der negativen Seite: Meine Knochen tun mehr weh als früher. Besonders meine Füße. Und, wenn meine Periode naht, meine Hüften und Knie. Vielleicht ist das ja ein Wechseljahresymptom. Ich sollte dem mal nachgehen. Vielleicht beginnt ja eine neue Lebensphase.

Rebecca hat zu mir gesagt: Du schreibst mindestens noch 30 Jahre! Bis ich 77 bin. Meine Mutter ist mit ihren 78 schon älter.

Casa Careyes
Mexiko
30. Nov. 1991

Gestern Abend waren wir eingeladen, am Thanksgiving-Dinner in einem der Hotelrestaurants direkt oberhalb des Meers teilzunehmen. Vor dem Essen machten wir bei einem Kürbisschnitzwettbewerb mit – sie haben Halloween mit Thanksgiving zusammengelegt –, & ich war überrascht, wie viel Spaß es macht, eine Kürbislaterne zu schnitzen. Gloria, Robert &

ich schnitzten eine, & Rebecca schnitzte dann die beste von allen, eine, die aussieht wie eine Kachina-Maske. Wir haben die Kürbisse mitgenommen. Das Dinner war unspektakulär, aber/und gut. Wir vier sind wie eine Familie, und deshalb amüsieren wir uns unter uns, wenn wir irgendwo sind, wo wir nicht viele Leute kennen. Die Direktorin von Careyes ist eine Contessa, die Miles Davis kannte & immer mit ihm shoppen ging, Kleidung unter anderem, und sie ist wie die Karikatur einer Aristokratin – oft ungewollt komisch. Ihr Vorname ist Bianca, was schon so gut wie alles sagt, und ich habe das Gefühl, sie hat einen großen Teil ihres Lebens damit verbracht, da ein bisschen Farbe reinzubringen.

Der Gärtner scheint hinten den Boden aufzuhacken. Es ist diesig & bedeckt. Gestern waren wir an einem Strand, den wir noch nicht kannten, riesige Wellen zwischen großen Felsen, zu heftig für mich, aber nicht für Robert & Rebecca, denen es zu gefallen schien, herumgeworfen zu werden.

Heute keine Energie und keinen Optimismus. Kommt vielleicht, wenn ich aus dem Bett aufstehe. Rebecca erklärt mir die ganze Zeit, ich hätte sie »vernachlässigend« großgezogen. Ich denke, mag ja sein, aber großgezogen habe ich dich.

Letzte Nacht dachte ich: Vielleicht sollten Schriftstellerinnen & andere Künstlerinnen nicht versuchen, Kinder großzuziehen, weil unsere Arbeit von ihrer Natur her dazu führt, dass wir abgelenkt sind.

3. Dez. 1991
Zurück aus Careyes.

Wir haben Adrienne Rich[31] auf der Straße getroffen. Ich sah eine Frau vor dem Hyatt Regency stehen. Zunächst von ihrem Stock angezogen, wanderte mein Blick hinauf zu ihrem Gesicht. Wir umarmten uns. Ich sagte zu ihr: »I love you!« Sie ist herzlich & hellwach & schön. Tolle Augen & ein freundliches Lächeln.

28. Dez. 1991
Das Manuskript ist endgültig fertig & jetzt bei der Korrektorin, oder zumindest bald. Ich habe der ursprünglichen Fassung noch ein Kapitel und ein paar Zeilen hinzugefügt. ... Wie auch immer. Die Verträge von HBJ, Pocket und Cape Vintage müssten demnächst kommen.

31. Dez 1991
Quincy hat nette Geschenke geschickt: ein Video von Listen UP[32], ein Foto von sich mit N. Mandela und dann noch etwas richtig Wunderbares, eine Puppe aus Südafrika, eine von zweien, die ihm die Mandelas geschenkt haben. Sie ist etwas ganz Besonderes. Ich stellte sie auf den Tisch hinterm Sofa, & sie wollte nicht stehen bleiben, daher dachte ich, sie sei von Geburt an nicht im Gleichgewicht (aha, ein Mitglied meiner Familie!, dachte ich), aber nein, sie ist bestens ausbalanciert. Als ich sie ins Bücherregal stellte (neben Beverly Buchanans Bretterhütte,[33] zu der sie passt) blieb sie ruhig und gelassen stehen.

Und was ist mit Quincy? In dem Film wirkt er erschöpft, verwirrt, alt & müde. Er braucht Sonne. Er braucht Regen & Erde. Er lebt offensichtlich im Studio, & seine ganze Farbe geht in die Musik. Ich ließ gestern, als ich fegte, Back on the Block laufen, und nichts passierte. Meine Gedanken wanderten sogar zu anderen Dingen. Es ist, als wäre ihm von Careyes aus zu schreiben ein letzter Akt des Exorzismus, des Trauerns gewesen.[34] Und heute Morgen ist mir klar geworden: Quincy war mein imaginärer Freund! Denn der Q, für den ich so geschwärmt habe, ist nicht der müde, alternde, wurzellose Mann, den seine Kinder nicht kennen & dessen Stimme hohl klingt. Ich habe mir die Wärme, die ich brauchte, von jemandem herbeifantasiert, statt sie mir selbst zu geben. Mercedes hat tatsächlich viel von dieser Wärme und ganz gewiss die physische Präsenz und die Herzensgüte. Sie ist einfach nur arm, & wie die meisten armen Menschen ist sie auf die Hilfe anderer angewiesen. Das habe ich ihr verübelt. Es erinnert mich zu sehr an mich selbst, als ich meinen Weg suchte und Leute brauchte, die mir helfen konnten, ihn zu finden und zu gehen. Muriel, Jane, Charles, Howie etc.

Nach Roberts Untreue habe ich, um damit klarzukommen, ein imaginäres Doppelleben mit Q geführt. Mich zu ihm geflüchtet, wenn ich es brauchte.

Aber jetzt ist mir klar, dass das, worein ich mich flüchten wollte, gar nicht existiert.

Männer haben für mich weitestgehend ihren Reiz verloren. Die Erosion des Vertrauens ist sogar noch gravierender als der Verlust des Respekts. Hinzu kommen die endlose Vergeudung der Reserven unseres Planeten durch Männer und deren arrogante Gesetzgebung, die auf die Beherrschung von Frauen & Kindern abzielt.

18. Feb. 1992

Heute hat, glaube ich, Toni Morrison Geburtstag. Happy Birthday, Toni. Es gibt so viele von uns Wassermannfrauen, alle kreativ irre (wie meine Schwester Mamie) oder irre kreativ.

Zu Hause auf dem Land mit Frida.[35] Anhaltender gemächlicher, stetiger Regen. Der Boden kann kein Wasser mehr aufnehmen, & deshalb gibt es Erdrutsche, entwurzelte Bäume etc. Wir haben es warm & trocken, liegen auf dem blaugrünen Sofa vor dem Kamin. Gestern Abend war mir seltsam kalt. Heute Abend werde ich darauf achten, mich warm anzuziehen.

Mercedes ist noch in Kuba. Letzte Nacht habe ich sie zum ersten Mal richtig vermisst. Ihren warmen, duftenden Körper (sie benutzt die penetranten Öle nicht mehr, von denen mir immer übel wurde) und ihren tiefen Schlaf. Die Liebkosungen am Morgen und das köstliche Weiterdösen, wir beide wie zufriedene Katzen.

Gloria ist vor zwei Tagen von hier weg, immer noch auf Lesereise.[36] Ich kann gar nicht fassen, was sie alles macht. Ihr Buch ist Nr. 1, was es auch verdient. Frauen müssen hinterfragen, warum sie Typen verfallen, bei denen eigentlich gar nichts dahinter ist. Mir ist klar geworden, dass meine Verliebtheit in Q genau das war, wovon sie spricht. Die »romantische« Fantasie, einer unerträglichen Situation zu entkommen. Einer Situation, die zu ändern ich zu der Zeit nicht den Mut hatte. Jetzt ist meine »Verliebtheit« in Q verblüffenderweise völlig <u>verschwunden</u>. Als hätte es sie nie gegeben. Er schickt immer noch Blumen, Geburtstags- & Valentinsgrüße & charmante Botschaften, aber das löst in mir nichts mehr aus. Es ist so <u>merkwürdig</u>. Und ich glaube, es liegt an Mercedes. Ihre Liebe ist so real. So präsent. So bedingungslos. Und so – gewissermaßen – demütig, wie Liebe eben ist. Wenn sie hier wäre, würden wir jetzt zusammen auf dem Sofa liegen, mit Frida. Der perfekte »Dreier«. Und sie würde mich daran erinnern, dass sie mir 52 Massagen geschenkt hat & mir noch mindestens 45 zustehen. Und ich würde sagen: Ja! Und würde spüren, wie ihre Hände, die es so gewöhnt sind, Babys liebevoll zu behandeln, mich wie ein Baby hätscheln. Mein Körper vermisst sie. Zwischen ihren & Roberts Berührungen klafft ein Abgrund. Im Vergleich zu ihren scheinen seine Finger seltsam blind, verfehlen immer die richtige Stelle.

Über Mamie nachgedacht: Auch darüber scheine ich jetzt innerlich hinweg zu sein. Sie tut mir leid. … Ich habe ihr einen Scheck über 10.000 $ geschickt, & obwohl sie ihn sofort eingelöst hat, schafft sie es nicht mehr, ein Dankesbriefchen zu schreiben. Für mich ist sie ein trauriger Fall. Ich fühle ihren Hass auf mich & kann nichts dagegen tun.

19. Feb. 1992

Ich möchte einen einstündigen Dokumentarfilm über alle Aspekte der Genitalverstümmelung koproduzieren & erzählerisch gestalten. Ich möchte, dass er vor Ort in Ländern gedreht wird, wo das Ritual der »weiblichen Beschneidung« praktiziert wird. Ich möchte Älteste besuchen, Matriarchinnen und junge & ältere Ehepaare und sie befragen, was diese Prozedur für sie bedeutet – sexuell & psychisch. Ich möchte Krankenhäuser aufsuchen, wo dieser »Eingriff« durchgeführt wird, in Ländern der Dritten Welt wie auch in Europa, England & Nordamerika. Ich würde gern beim Filmen einer Klitoridektomie mitwirken. Ich würde gern zeigen, wie eine Frau aussieht, die einer pharaonischen Beschneidung und Infibulation unterzogen wurde.

Ich gehe davon aus, dass sich im Anschluss an das Erscheinen meines Romans Possessing the Secret of Joy die seltene Gelegenheit bieten wird, offen und in einer Haltung der Verbundenheit (mein Buch wird der Herstellung dieser Verbundenheit dienen) an diese Praktik heranzugehen, die Frauen & Mädchen gefährdet, wo auch immer sie leben, und negative

Auswirkungen auf Leben & Gesundheit dieses Teils der Menschheit in aller Welt hat. Auch der erhöhten Übertragungswahrscheinlichkeit von Aids durch die Genitalverstümmelung wird dieser Film nachgehen.

Ohne automatisch irgendjemanden zu verurteilen, wird dieser Film die Fakten zu den Schrecken & Gefahren einer jahrtausendealten Praktik präsentieren, in der Absicht, Menschen dazu zu bringen, ihre »Traditionen« zu überprüfen & diejenigen zu ändern, die offensichtlich schädlich sind.

Ich glaube fest daran, dass Aufklärung am meisten bewirkt, was die Beendigung dieser speziellen Form von Gewalt betrifft, und dass sie die Bereitschaft stärkt, offen darüber zu diskutieren. Ich bin der Meinung, dass die Zusammenarbeit mit der Filmemacherin Pratibha Parmar gerade für diesen Film von großem Wert sein wird, sowohl ihrer Kompetenz als auch ihres Backgrounds wegen, und dass wir gemeinsam einen Film produzieren werden, der der Welt dient.

AW

9. April 1992

Es wird Tag. Ich fühle den Strom kalter Luft, der der Sonne vorausgeht. Ich bin wach, weil dies die Nacht vor dem Einsetzen meiner Periode ist. Zuerst war da die obligatorische Migräne, vergnüglich wie immer, und jetzt die Schlaflosigkeit.

Ich habe meine Beziehung mit Mercedes abgebrochen. Sie ist in so vielerlei Hinsicht wunderbar & eine der schönsten Frauen, die ich je gesehen habe, und sie ist herzensgut – aber ich fühle mich irgendwie fremdbestimmt. Da ist nicht viel »Anregendes«, weder was Gespräche noch was Gedanken angeht. Ich fühlte mich erstickt von ihrer Anwesenheit und blockiert durch die ständigen Krisen, in denen sie steckt. Deren letzte ist, dass jemand ihre Tasche geklaut & mit einem Großteil des Films, den sie auf unserer Reise gemacht hat, auf und davon ist.[37]

Wie auch immer. Ich fühle jetzt einen Ausbruch kreativer Energie, die dadurch freigesetzt wurde, dass ich mich nicht mehr an Robert oder Mercedes »abarbeite«. Mir ist sogar schon der Beginn einer neuen Kurzgeschichte eingefallen, zum ersten Mal seit Jahren? Na ja, Monaten.

Wie ich mich fühle:

1. Klar in Herz & Kopf.
2. Extrem gesegnet, was meine Arbeit angeht & die Möglichkeit, noch mehr zu tun, nämlich gegen Genitalverstümmelung.
3. Nicht so, als befände ich mich im Griff prämenstrueller »Verrücktheit«.
4. Ich habe ausgeglichene Freundschaften.
5. Ich habe wieder Kontakt mit Belvie.[38]
6. Ich verstehe mich wunderbar mit Deborah.[39]
7. Ich habe heute spontan meinen Bruder Bobby angerufen, einfach nur um »Hi« zu sagen. So eng mit ihm verbunden habe ich mich seit 41 Jahren nicht mehr gefühlt.
8. Ich habe mich für die meisten Mitglieder meiner Familie interessiert und bin auf sie eingegangen. Und statt wie eine lästige Pflicht fühlt es sich gut an. Ich kann hilfsbereit sein, ohne verschlungen zu werden. Oder jemand anders sein zu müssen, als ich bin. Gute Neuigkeit!

Ich werde Mercedes vorschlagen, dass sie & ich nur noch einmal die Woche telefonieren. Sie ruft so oft an, dass ich nichts zu erzählen habe, & sie selbst ist am Telefon nicht gerade konversationsgewandt. Ich glaube, sie will die Beziehung primär wegen des Wachstums, das sie ihr ermöglicht. Reisen, Events, etc. Aber ich fühle mich frei. Und ich habe allmählich auch das Gefühl, dass künftige Reisen vielleicht allein gemacht werden können.

10. April 1992

Robert hat angerufen, um mir zu sagen, wie sehr ihm Daughters of the Dust[40] gefallen hat. Dieser Film ist wirklich ein unglaubliches Erlebnis. Und ich habe Robert erklärt, dass er von Leuten aus Lissies & Mr. Hals Community bevölkert ist. Besonders der Fotograf scheint direkt aus Temple entsprungen.

Gutes Gespräch mit Rebecca, die mir mitteilte, sie habe mit einer Frau »so was von rumgemacht«. Das hat mich gefreut. Sie war müde, aber froh, entdeckt zu haben, dass sie da geschickt ist. Ich musste lachen und habe ihr versichert, das sei ich auch.

Ich bin glücklich. Auf eine ruhige, beschauliche Art.

Habe ausgezeichnet geschlafen. Fühle mich wie ein Vogel am Himmel.

Undatiert

Meine Finanzen sahen nie besser aus. Wenn ich in SF bin, werde ich 100.000 als Geldmarktzertifikat für den Einsatz gegen Genitalverstümmelung beiseitelegen. Meine Häuser & diversen Fahrzeuge sind abbezahlt. Rebecca hat in einem Monat ihren Yale-Abschluss! Meine Zahnregulierung ist fast beendet. Ich habe wieder Kontakt mit Belvie, die mir viel bedeutet. Ich bin mit Joan Miura befreundet. Ich habe Deborah zur

Freundin. Bertina. Habe Robert zum Freund. Ich habe die Beziehung zu Ruth wiederhergestellt – ich habe zugegeben, dass sie ebenso sehr meine Mutter war wie meine Schwester. Aber sie war nicht »rein« wie Mama, & das hat mich verwirrt, mich ihr gegenüber kritischer gemacht. Und es hat mich auch geschmerzt, erkennen zu müssen, wie viel von Mamas »Mutteraufgaben« sie übernommen hat. Erschöpft von acht Kindern, wälzte Mama die letzten 3 auf Ruth ab, die nie eine richtige Kindheit hatte. Also Schuldgefühle. Sie war für mich eine uneindeutige Figur. Manchmal Schwester, eine Tochter wie ich. Manchmal Mutter. Deshalb fühlten sich die Wutausbrüche meines Vaters gegen sie für mich als Kind inzestuös & seltsam an. Meine Mutter versuchte Ruth zu schützen – physisch (wenn mein Vater sie schlug), aber sie schützte sie nicht genug vor dem Missbrauch durch sie selbst, der darin bestand, Ruth dafür zu benutzen, ihre, Mamas, Kinder großzuziehen. Und viele Ehefrauen- und Mutterpflichten zu übernehmen. Mercedes ist Ruth. Und auch der abgespaltene Teil von mir, der sich von Ruth »entfernte«. Nur um dann auf diese Weise die Rückkehr zu versuchen, durch eine »Liebes«beziehung.

20. Mai 1992

Gesegnet seien all die Leute in meinem Leben. Deborah, meine gute Freundin, mit der das Zusammensein so leicht ist. Belvie, die meine Schwester ist & mich zum Lachen bringt. Mercedes, die meine Liebhaberin ist & mich fühlen macht. Robert, der mein Bruder & Freund ist & mich mitfühlen macht. Rebecca, die das Sahnehäubchen auf dem Kuchen ist! Und gesegnet sei Frida, die mein Familiar – mein Geisttier – ist & mich den Wert des Ruhens lehrt. Gesegnet sei die Erde in ihrer ganzen Herrlichkeit. Ich bin vollauf zufrieden mit ihr. Überglücklich, genauer gesagt. Und auf meiner Kommode geht gerade eine rote Pfingstrose auf.

16. Juni 1992

Heute Morgen weckte mich ein Anruf von Bobby McFerrin.[41] Er ist in New York, um den Sprecher in Peter & der Wolf zu geben. Er hat eine wunderschöne Stimme – reich & lebhaft. Ich habe mich bereit erklärt, ihm ein Libretto zu schreiben, bis Ende Dezember. Ich werde versuchen, Nov. & Dez. für das eigentliche Schreiben zu nutzen. Mitten in alldem hat Robert angerufen. Paule Marshall & Unita Blackwell[42] haben McArthur-Stipendien bekommen. Das ist toll. Sie brauchen das Geld, sie haben es verdient und wissen außerdem, was sie damit anfangen wollen.

Mercedes. Arme Mercedes. Nach dieser ganzen Zeit hatte sie mein Buch immer noch nicht gelesen. Ich konnte es gar nicht glauben. Sie hatte in Gesprächen mit anderen einfach nur versucht, sich auf das zu stützen, was sie mich in Australien & Neuseeland hatte lesen oder sagen hören. Als ich sie fragte, ob sie es gelesen habe, sagte sie Ja, aber sie könne sich an nichts erinnern. Als ich von der Ostküste zurück war, gab sie mir einen Brief, in dem stand, sie habe es jetzt wirklich gelesen etc., & als ich sie danach gefragt hätte, sei ihr vor Schreck nichts anderes eingefallen.

Sie kommt heute Nachmittag, und ich fühle – sehr wenig. Aber warum sollte es so schwer sein, eine Person zu lieben, die nicht lesen kann oder will und darüber lügt? Natürlich hat das etwas Tragisches. Aber Reden ist für mich so ein wichtiges Element von Teilen, & ich liebe es, Ideen auszutauschen. Ich mag es, wenn die andere Person Ideen hat.

Große Schönheit, was der Name ist, den ich für »Gott«[43] wähle, danke für deine Wohltaten, die endlos sind. Danke, dass du mir Sehvermögen genug gelassen hast, um die Wunder, die sich vor mir ausbreiten, zu sehen. Jetzt, da ich immer weiter in diese Periode intensiver Interaktion mit anderen eintrete, bete ich um Kraft für ein harmonisches Zusammenspiel mit anderen & darum, dass ich mich nicht ständig nach meinem geliebten Alleinsein, zuweilen auch Einsamkeit genannt, sehne. Da scheinen jetzt so viele Menschen in meinem Leben zu sein. Hilf mir, für sie der Segen zu sein, der du für mich bist.

12. Juli
9:00
Im Bett im Stouffer-Waverley Hotel außerhalb von Atlanta. Ich habe alles in Atlanta gecancelt bis auf die Signierstunden & ein Interview durch eine Frau vom HealthQuest Magazin.[44] Ich habe Chicago abgesagt & kann Dienstag mit dem Ersten, was fliegt, nach Hause. Ich werde von Leuten bestürmt, die auch dann noch wollen, dass ich ihnen Bücher signiere, wenn ich zu meinem Bedauern erkläre, dass mir der Arm abfällt! Und an der University of Maryland brach beinahe eine Stampede los, als ich, nachdem ich ein paar Hundert Bücher signiert hatte, aufhörte, obwohl noch etwa 300 Leute winkten & riefen. Ich lächelte und winkte zurück & warf ihnen im Weggehen Kusshände zu.

HBJ hat zu viele Termine für mich angesetzt, mit nicht annähernd genug Ruhepausen, und am meisten ärgert mich, dass ich, wenn ich müde bin, nicht wirklich für die Leute präsent sein kann. Ich kann dann nicht mein Bestes geben, wie sie es verdienen & ich es immer will. Das Publikum ist übrigens fast immer fantastisch. Interessiert, beeindruckend groß, warmherzig, bringt Geschenke für mich mit, ist dankbar.

Ich wurde von einem sehr netten Südstaatengentleman mit einem sehr langen Wagen am Flughafen abgeholt & nach Eatonton gebracht, um Mama zu sehen. Die Ärmste ist ohne Bewusstsein, hat einen Sauerstoffschlauch in der Nase. Ich verstehe nicht, warum sie so hartnäckig am Leben festhält. Ich weiß, sie muss es hassen, so hilflos zu sein, wenn alle um sie herum loslassen. Drei Beerdigungen am Samstag. Ruth war auf allen.

Aus Wendys Büro höre ich, dass Whoopi Goldberg an Joy interessiert ist.[45] Sie wäre eine fantastische Tashi. Rebecca sagt, ich solle ein Exposé anfordern, in dem sie ihre potenzielle Herangehensweise umreißt. Das ist eine gute Idee. Es zahlt sich aus, Kinder zum Mitdenken zu erziehen.

In D. C. teilte ich das Podium mit Dr. Toubia, einer sudanesischen Chirurgin![46] Eine sehr beeindruckende Frau, sehr arabisch in ihrem Auftreten. Sie ist direkt und klar und kennt sich mit diesem Thema sehr gut aus, was enorm wertvoll ist, weil ich Leute zwar emotional ansprechen kann, aber manchmal vergesse, ihnen Detailinformationen zu geben.

1. August 1992

Ein schöner warmer Tag auf dem Land. Viele Stunden Korrespondenz für Joan sortiert. Gestern habe ich Rechnungen erledigt. Am späten Nachmittag war ich schwimmen & habe dann in der Sonne gelegen. Und gestern habe ich auch Bobby McFerrin geschrieben & meine Mitarbeit an der Oper abgesagt. Enorm erleichtert. Zumal ich mich kürzlich mit Pratibha wegen unseres Films besprochen habe[47] & es so aussieht, als wäre ich im nächsten Frühjahr in Afrika. Joy kommt sehr gut an. Zwei Wochen Nr. 1 lokal. Dann Nr. 2. Es läuft, seit es in den Buchhandlungen ist. Nr. 4 auf der Times-Bestsellerliste. Im Ganzen war die Aufnahme sehr ermutigend. Manche Rezensenten sind kurzsichtig, engstirnig, fantasielos & unbeweglich, aber andere gehen voll mit, obwohl Genitalverstümmelung sie entsetzt. Ich selbst erfreue mich immer noch an der Story & finde die Charaktere toll. Ich habe wieder das Gefühl, mich auf vielen Ebenen selbst geheilt zu haben, und ich bin vernarrt in Pierre und bewundere Lisette. Adam erfüllt einen mit Mitgefühl, Olivia mit Traurigkeit, Jung mit Empathie, Raye & Mbati mit Freude. Mit Tashi erfährt man das erlösende Eingehen in die Große Schönheit, nunmehr mit intakter Seele.

16. August

Robert & ich waren eine Weile auf der Kundgebung von The Third Wave.[48] Er erzählte mir, dass er etwas mit einer Frau namens Roberta hat. Einer, die er aus dem Studium kennt. Ich habe ein bisschen getrauert, aber im Ganzen freue ich mich für ihn.

Und jetzt zu Bett. Rebecca, wo auch immer im großen Herzland Amerikas du bist, ich denke an dich & wünsche dir alles, was du dir wünschst. Ich bin beeindruckt von dem, was du tust, & tatsächlich wahnsinnig stolz auf dich. Ich versuche es zu verbergen, weil ich nicht will, dass mein Freudestrahlen Diebe anlockt, aber du bist genau die Tochter, die ich mir wünsche!

1. Okt.–

Geschlafen wie ein Murmeltier letzte Nacht & heute Morgen. Vor dem Zubettgehen habe ich Back on The Block gehört – Robert brachte mir, bevor ich SF verlassen habe, das Newsweek-Foto von Quincy Jones & Nastassja Kinski, wie sie verkünden, dass sie ein gemeinsames Kind erwarten.[49] Sie sieht mit 31 aus wie ein Teenager, er mit 59 wie ein fetter Lustmolch mit Halbglatze. Dieses Muster von ihm – junge weiße Frau, Schwangerschaft vor der Ehe, generelle Selbstvernachlässigung & Zerstreutheit – ist so offensichtlich, dass es selbst völlig Außenstehende erkennen können. Habe ich ähnlich offensichtliche Muster? Und wenn ja, welche? Was ist mein Schatten in Herzensdingen?

Dieser Raum, meine Küche, ist perfekt zum Schreiben. Mbele[50] liegt draußen auf einem Handtuch, genießt den Regen gleich vor der Veranda. Ich sitze am Kiefernholztisch vor den schönen Fenstern, mit Blick durch die beschlagenen Scheiben. Bei einer Tasse Halb-&-halb-Kaffee, auf den ich beim Aufwachen Lust hatte. Ich schaue mich um, staunend & dankbar, immer. Der Garten ist schon »voll« von den Pflanzen, die ich vor zwei Jahren gesetzt habe. Alles ist angewachsen. Die Eukalyptusbäume sind hoch; die Platanen werfen ihre gelben Blätter ab.

Und ich prokrastiniere!

Donnerstagmorgen 5:30, Brown's Hotel, London

Hellwach nach tiefem, festem Schlaf, dem ein anstrengender, aber wunderbarer Tag mit Efua & Ben und den Flüchtlingsfrauen in Tottenham vorausging. Efua[51] hat mich gebeten, Förderin von Forward International zu werden, & ich habe Ja gesagt. Ich habe sie gewarnt, dass ich nicht gut im Mobilisieren von Geldern bin. Wir werden sehen. … Das Leben ist eins der erstaunlichsten.

Deborah[52] ist eine großartige Gefährtin – hilfsbereit, auf Draht, witzig. Gestern Abend trug sie Anzug und Krawatte & sah toll aus. Der Portier sprach sie mit »Sir« an.

Morgen noch mehr Interviews etc. Ich könnte des Ganzen nicht müder sein. Aber nach Amsterdam ist es vorbei. Dann fliege ich nach Hause, verbringe einen ruhigen November in Kalifornien, einen noch ruhigeren Dezember in Mexiko und beginne das neue Jahr mit der Arbeit an den verschiedenen Filmen. Meridian, Like the Pupil of An Eye[53] (Pratibha hat heute mit dem Filmen begonnen) und möglicherweise Possessing the Secret of Joy. Dann im März nach Afrika. Den ganzen Sommer zu Hause!

Bevor ich auf diese Tour gegangen bin, habe ich mit Tracy Chapman[54] zu Abend gegessen. Sie kam in Jeans & Boots und mit einem selbst gebackenen Kuchen. Wir aßen Nudeln & Salat & redeten 5 Stunden lang. Ich fand sie nett, patent, schön und sehr intelligent. Sie erzählte mir von ihrer Ranch & ihren Hunden & ihrem Pferd. Ich erzählte ihr, wie sehr mir ihre Musik gefällt. Sie wirkte ausgeglichen & guter Dinge. Ich war es allemal.

21. Okt. 1992, 6:00

Mein Buch ist Nr. 2 auf der Bestsellerliste. Sarah Wherry, die Marketingfrau, hat ganze Arbeit geleistet. Ihre Haut ist braun, sehr hell, sie hat schwarzes, lockiges Haar. Hübsches Gesicht & mollige Figur. Dank ihrer ist die Tour erträglich & sogar vergnüglich. Es ist so viel passiert. Ich habe Efua Dorkenoo kennengelernt. Ben Graham, ihren Mann. Aminata Diop.

Linda Weil-Curiel. Habe Zeit mit Pratibha & Shaheen – die sehr nett ist – verbracht. Und bei alldem ist da Deborah. Eine Freundin, mit der ich so gern zusammen bin wie früher mit meinen Freundinnen auf der Schule. Lustig. Lebendig. Mutig. Aufmerksam. Ganz und gar sie selbst. Wir führen tolle Gespräche & lümmeln manchmal einfach nur herum. Immer ist Musik dabei.

Ein Telefongespräch mit Robert. Eins mit Rebecca. Meiner wahren Familie. Große Schönheit, du bist gut zu mir. Ich liebe dich.

Undatiert

Nachträgliche Rekonstruktion:

Gestern Abend bei Pratibha & Shaheen[55] Essen mit Aminata Diop[56] und ihrer Freundin & Anwältin Linda Weil-Curiel. Ich weiß nicht, was ich erwartet hatte – tatsächlich habe ich ein Foto der beiden an der Wand in meinem Arbeitszimmer –, aber sie übertrafen es. Waren realer, warmherziger, liebevoller, betroffener, stärker. Aufrichtiger. Ich mochte sie gleich. Aminata spricht kein Englisch. Mein Französisch ist in der Versenkung verschwunden, & Bambara spricht natürlich außer ihr niemand. Wir haben beim Essen über logistische Dinge geredet. Wie wir morgen beim Drehen genau vorgehen sollen, wann wir uns treffen etc.[57]

2. Nov. 1992

Liebe Familie,

wie ihr vielleicht schon gehört habt, wird Mama mit hoher Wahrscheinlichkeit ab dem 1. Januar 1993 in das örtliche Pflegeheim in Eatonton kommen. Nach fast dreizehn Jahren häuslicher Pflege[58] ist es meiner Meinung nach Zeit für diesen Schritt. Es ist nicht nur eine Frage des Geldes. Obwohl Mama selbst schockiert wäre, wenn sie wüsste, dass ihre Pflege rund 40.000 im Jahr kostet, war es mir eine Ehre, meinen Teil dazu beizutragen, und ich habe sehr gern mit Bobby & Ruth über die Jahre dafür gesorgt, dass Mama bekam, was sie selbst wollte: noch weitere Jahre in ihrem eigenen Haus & ihrem eigenen Bett.

Ich hatte gehofft, sie dauerhaft nach Kalifornien zu mir aufs Land locken zu können – deshalb hat mein Haus bis heute eine ungenutzte Rollstuhlrampe! –, aber sie wollte nicht & sagte es mir auch. Außerdem hat auch Ruth immer betont, wie wichtig es Mama ist, in der Nähe ihrer Freundinnen zu sein – Cousine Cora Mae, Lucille & Ms. Reynolds zum Beispiel. Das sehe ich auch so.

Die Betreuungskräfte, denen allen unsere ewige Dankbarkeit gebührt, spüren inzwischen definitiv die Belastung, psychisch & physisch. Ein weiterer Aspekt, den es zu berücksichtigen gilt, ist die gesundheitliche Situation derjenigen von uns, die bisher die Hauptverantwortung für Mamas Versorgung getragen haben. Ich habe die Sorge, dass ein Gesundheitsproblem jemanden von uns oder uns alle überraschend treffen könnte und Mama dann schutzlos in einer unsicheren Situation wäre. Ich habe seit zehn Jahren Borreliose, eine Krankheit, die chronisch, bislang unheilbar und in ihren Auswirkungen unvorhersehbar ist. Hinzu kommt meine Sehbehinderung, die mit dem Alter nicht besser wird und durch meinen Beruf auch nicht.

Jedenfalls habe ich diese Frage ausführlich mit Ruth & Bobby erörtert, die ebenfalls der Ansicht sind, dass dies ein positiver Schritt sein kann. Ich habe auch mit Mary Alice gesprochen und ihr den Job angeboten, Mama im Pflegeheim zu besuchen, damit Mama die Sicherheit hat, jeden Tag jemanden zu sehen, den sie kennt & gernhat. Und ich habe mit Ms. Gunthier gesprochen, der Leiterin des Pflegeheims, die voll und ganz versteht, welch erstklassige Pflege wir für Mama haben wollen. Sie hat Anweisung, direkten Kontakt mit mir und Ruth zu halten, damit wir jederzeit genau wissen, was los ist. Und Mary Alice wird wie gesagt auch dort sein. Sie soll jeden Tag mindestens ein paar Stunden mit Mama verbringen.

Mehr kann man meiner Meinung nach nicht tun. Es ist das, wovon ich mir wünsche, dass Rebecca es tut, wenn es bei mir so weit ist.

Wenn ihr euch um Mamas Wohl in dieser neuen Pflegesituation kümmern möchtet, könnt ihr sie ja vielleicht öfter besuchen, im Pflegeheim anrufen und euch nach ihr erkundigen oder was auch immer euch einfällt. Das Mobiliar aus ihrer Wohnung könnte ins alte Haus gebracht werden. Dann könnte Mama zu Festtagen & Familientreffen dorthin geholt werden und wieder inmitten ihrer eigenen Sachen sein. Gut wäre auch unterstützendes, positives Feedback von euch. Obwohl ich glaube, dass es die beste Lösung für das Problem der Langzeitpflege ist und auf jeden Fall die beste, die ich persönlich finden kann, ist es eine sehr schwere Entscheidung, diesen Schritt zu tun. Ich muss mir immer wieder vor Augen halten, dass ein Pflegeheim ja kein Konzentrationslager ist. Und dass es, da Mama immer noch schwächer & anfälliger für Infektionen etc. wird, für sie tatsächlich besser ist, an einem Ort zu sein, wo medizinische Hilfe verfügbar ist.

Da ihr ebenfalls ihre Kinder seid, ist mir klar, dass diese Entscheidung auch euch betrifft, weshalb ich mir die Zeit nehme, möglichst genau zu erklären, was Sache ist. Mamie & Curtis haben mich wissen lassen, dass sie sich gern finanziell an Mamas Pflege beteiligen möchten. Dafür kommen jetzt außer Mary Alice' Bezahlung die Pflegeheimkosten infrage.

Ich hoffe, jeder & jede von euch ist gesund und munter. Rebecca und ich kämpfen – wie ihr hoffentlich auch – immer weiter den guten Kampf an vielen Fronten. Das Schlechte auf der Welt erstaunt einen immer wieder, aber auch der Mut des menschlichen Geistes, sich in einem immer höheren Maß an Mitgefühl & Hoffnung zu äußern. Das lässt uns weitermachen, auch wenn Erschöpfung eine ständige Begleiterin ist.

Mit herzlichen Grüßen
Alice Walker

PS: Bitte beachtet, dass diese Angelegenheit vertraulich ist und nur Familienmitglieder etwas angeht. Zumindest, bis alles geregelt ist.

9. November

In Temple Jook, im Bett. Durch die Sonne hebt sich der Nebel vom »See« – alles zieht langsam in Richtung Meer.

Ich fühle mich bereit zu lieben, & zwar jemanden, der mit mir auf Augenhöhe ist. Jemanden, der eigenständig denkt. Der für sich selbst aufkommen kann. Schon ein Leben hat. Und es liebt. Und sich selbst liebt.

Also.

Viele Filmeisen im Feuer oder dicht davor. »Like the Pupil of An Eye«[59], »Meridian«, »Possessing the Secret of Joy«. Es wäre toll, wenn Danny »The Third Life of Grange Copeland« machen würde. Er wäre fantastisch.

Deborah und Rhyan[60] waren übers Wochenende hier. Für sie ein schöner Besuch. Ich war müde & mit den Gedanken woanders. Deborah hat wieder deutlich gemacht, dass sie sich von mir erotisch angezogen fühlt. Ich bin bei meinen schwesterlichen Gefühlen geblieben. Das Pendel scheint wieder zu Männern auszuschlagen, unglaublich. Seltsam. Interessant. Joan hat angerufen und gesagt, Arthur Ashe[61] habe geschrieben und mich zu irgendetwas eingeladen – & ich habe gemerkt, dass ich ihn sehr gern kennenlernen würde.

Was ich möchte: 1. In Careyes Kurzgeschichten schreiben. 2. Mit Lisa Jones oder Nina Pierce an Meridian arbeiten. 3. Mit Pratibha & Efua an unserem Film arbeiten. 4. Eine Liebesbeziehung auf Augenhöhe haben.

18. Nov. 1992

Audre Lorde[62] ist gestern gestorben, an Rebeccas Geburtstag. Und Spike Lees Film über Malcolm[63] ist angelaufen. Belvie & ich waren in der Premiere, im Grand Lake in Oakland. Ein sehr guter Film. Nicht sonderlich lebendig, aber fantastisch als Darstellung einer weiteren schweren Periode für uns Colored. Wieder ist mir bewusst geworden, wie sehr ich es liebe, zu denen zu gehören, die Schwarz & Braun & Rot sind. Ja, wir leiden so viel, aber die Kehrseite ist intensives Leben. Freude. Die Ekstase des Seins. Mit mächtigen Wellen von Schmerz. Kummer. Trauer. Liebe und Glück. Der Nebel hebt sich, driftet langsam in Richtung Meer. Während wir am Dienstag gefilmt haben, hat meine Nachbarin eine Tüte Feigen gebracht. Sie liegen vor mir auf dem rohen Kiefernholztisch, schwarz & saftig. Ich weide meine Augen an ihnen, bevor ich sie in den Mund stecke. Wir kommen beide von der Erde, sie und ich. Die Essende & die Gegessenen. Es ist ein ewiges Festmahl. Eines Tages wird mich etwas verspeisen. Möge ich ein echter Genuss sein!

3. Dez.

Gestern ist Mama achtzig geworden. Ich habe Blumen geschickt, die hoffentlich duften. Mama öffnet nicht oft die Augen, aber sie kann immer noch riechen!

Das Filmen [von] Like the Pupil of An Eye: Genital Mutilation & the Sexual Blinding of Women lief gut. Pratibha bereichert durch die Crew – rein weiblich: Schwarz, indigen, japanisch & weiß. Ich habe Mercedes zum Dreh eingeladen. Wir sind mit meinem neuen grünen Jeep hingefahren, der mir sehr gefällt, und hatten unsere übliche merkwürdige Zeit miteinander. Thanksgiving letzte Woche war das Schönste, das ich je erlebt habe. Deborah, Rhyan, Trajal, Stefan, Frida & Mbele waren hier. Wir haben gekocht & sind spazieren gegangen & haben geredet & waren durch Musik & das gemeinsame Ritual verbunden. Endlich habe ich erlebt, wie es sein muss, eine Familie zu haben, in der man sich wirklich wohlfühlt. Beim Anblick all dieser Leute, die ich eingeladen hatte, war ich versucht, mich in meinem Zimmer zu verkriechen – merkte aber bald, dass das nicht nötig war. Ich konnte unter ihnen sein, ohne irgendetwas befürchten zu müssen. Also lümmelte ich auf dem Sofa herum und las. Ich ging saunen. Ich kochte Blattgemüse. Sie machten ihr Ding. Es war himmlisch. So friedlich & schön, dass es niemand beenden wollte. Sie blieben alle bis spät am nächsten Tag. Robert kam mit Blumen, die neben denen von Deborah müde aussahen, wenn nicht gar tot. Das Feeling änderte sich. Er war jetzt »der Mann«. »Der Vater«. Er hatte Hunger, also machte ich ihm etwas zu essen. Ich merkte, wie ich versuchte, etwas Kritisches zu besänftigen, das ich in ihm spürte, in seinem Denken & seiner ganzen Haltung. Ich fürchte, er ist mein Großvater William Grant, Mamas Vater, dem sie es immer recht zu machen versuchte. Ganz unterdrückte Wut & Geilheit. Er blieb über Nacht & kam am Morgen & legte sich zu mir & Frida ins Bett. Wir kuschelten & drifteten wieder in den Schlaf. Wo ich, wie zu erwarten, wunderschöne Träume träumte.

Jane hat, als ich zu einer zweistündigen Sitzung bei ihr war, gesagt, ein Leben mit Robert sei vielleicht »nicht ganz«, was ich bräuchte. Ich hatte ihr erklärt, ich fühlte mich bereit für eine verbindliche Beziehung, & warum nicht mit Robert? Ich glaube, sie hat recht. Es könnte fast das Richtige sein, aber da ist dieses Tote, das ich jetzt so deutlich wahrnehme. Die Langeweile, die mich so leicht überkommt. Mein Gefühl, dass da nichts Produktives ist.

Mercedes hat neulich gesagt, es liege an ihr, dass ich jetzt fähig sei, etwas von mir selbst zu geben. Sie ist wirklich eine umwerfende Kombination von Nettigkeit & Güte und Arroganz & Ignoranz. Ich habe sie nur sprachlos angestarrt.

Wie dem auch sei. Sie ist definitiv mein Schatten, & ich habe beschlossen, ihr nicht mehr die Tür vor der Nase zuzuknallen. Vielleicht ist es ja das, was mein Traum mir sagen wollte. Dass ich mich aufraffen & mich meinem Schatten stellen muss – der gar nicht mal Mercedes ist, sondern eine Schar wilder, verzweifelter Kinder und meine Angst, dass ich, wenn ich sie hereinlasse, geradewegs wieder in Eatonton bin, der Heimat von so viel Elend.

Es ist wieder ein herrlicher Tag in meinem Valley. Nach den wahnsinnigen Wolkenbrüchen & sanften Schauern der letzten beiden Tage ist es heute sonnig, klar, rein. Die Luft ist so frisch, dass sie geradezu berauschend wirkt.

Zeit, mit der Arbeit an meinen Tagebüchern zu beginnen – die sich immer so leicht hinausschieben lässt.

Noch mal in Sachen Mercedes: Sie erscheint mir meiner Schwester Ruth sehr ähnlich. Nicht so intelligent oder beredt, aber mit dem gleichen Interesse am Körperlichen. Genauso fasziniert vom Körper & seinen Vorgängen. Es ist so ein Mysterium – wie wir immer weiter versuchen, aus dem Chaos der Familienerfahrung Harmonie zu erschaffen. Lösen sich diese Dinge je? Gibt es je Frieden? Auch nur darüber nachzudenken, bringt mich an die Schwelle des Schlafs. Das Denken sackt vor der Riesenhaftigkeit der Aufgabe buchstäblich in sich zusammen.

15. Dezember 1992
Careyes
Rebecca ist gerade aus der Dusche gekommen und singt mit Tracy Chapman mit. »Deep in my heart« singt sie, vielleicht die einzigen Textzeilen, die sie kann, oder die einzigen, die bei ihr einen Widerhall auslösen. Angel[64] kann nicht am geplanten Tag kommen. R. fühlt sich einsam ohne sie, verschlingt das lange Fax von gestern. Ich gönne mir gerade eine Tasse »verbotenen« Kaffee (zurückgelassen, der Kaffee, von jemandem, der das Haus in den letzten Monaten genutzt hat). Ich bin ganz happy. R. & ich hatten unsere üblichen zwei schwierigen Wiedereintrittstage. Mit ihrem kurzen Haar & ihrem Grinsen erinnerte sie mich an ihren Vater, mit dem ich immer noch nicht fertig bin. Ärger vor allem. Ratlosigkeit. Enttäuschung. Bin froh, dass er nicht an Angels Stelle nach Careyes kommt. Durch männliche Energie im Haus fühle ich mich eingeschränkt. Vor allem durch die schwere Sorte, die einfach nur dasitzt wie ein Klotz und den Nachrichtenteil liest.

Ich höre Tracy so gern. Ich hatte vorher schon vorgeschlagen, sie aufzulegen, aber Rebecca wollte es nicht. Sagte, durch die Freundschaft mit mir sei T. jetzt für sie »anders«. Sie sei es gewohnt, dass T. irgendwo »da draußen« sei.[65] Stark & geheimnisvoll. Nach zwei Abenden mit ihr finde ich sie immer noch stark & geheimnisvoll, & ich bin total empfänglich für ihre Ästhetik.

Sie lebt auf einer großen Ranch, die teilweise in den Wolken liegt. An klaren Tagen kann man von dort das Meer sehen. Es ist heimelig, es stimmt einfach alles. Ich habe ihr eine Fußmassage gegeben. Als ich es Rebecca erzählte, heulte sie fast schon auf. Ist ja gut, sagte ich. Ich gebe dir auch eine! Aber sie sagte:

Mama, bitte lass deiner Tochter auch noch irgendetwas auf der Welt! Wie soll ich damit konkurrieren?[66]

20. Dez. 1992

Man würde nicht denken, dass Weihnachten naht. Morgen ist Wintersonnenwende! Und darum geht es. Die Sonne macht sich wieder auf den Weg in die nördlicheren Gefilde. Hier jede Menge Sonne, die sich nie davongemacht hat. Dieser Morgen ist strahlend schön. Gerade habe ich Robert niesen & husten hören & gemerkt, dass es die Geräusche von Männern im Haus sind, die mir so gegen den Strich gehen. Ihre Schwere. Sie sind unten. Ich warte noch mit dem Runtergehen, weil ich Haarfärbemittel draufgetan habe, die weiße Stelle vorn an meinen Haarwurzeln sieht aus, als hätte ich Haarausfall. Bald werde ich damit aufhören – ich weiß, es passt nicht zu Dreadlocks & Meditation. Aber ich bin da empfindlich, wie bei meinem Auge – wo ich oft eine braune Kontaktlinse einsetze –, und bis ich bereit bin, diese Reste von Unsicherheit abzulegen, bleibe ich dabei. Mit den Häusern ist es genauso. Ich denke oft, dass ich zu viele habe, obwohl ich sie alle ordentlich nutze. Sie geben mir ein Gefühl der Sicherheit in einer Welt, in der Wohnen kein garantiertes Recht ist.

Es läuft Musik – Leute sind über die Feiertage hier.

Leben!

Jetzt Haare waschen & runtergehen zu meinen Gästen. Meine Mahalia nehme ich mit!

22. Dez. 1992

Rebecca, Deborah & Rhyan waren am Strand, und R. & ich saßen unter einer Palapa & warteten auf unseren Fisch. Er war wie ein beiger Schatten. Stumm. Leer. Seine Augen zeigten nichts, außer vielleicht Angst, wenn ich hineinsah. Ich ließ mich in den Sonnenuntergang davondriften, der wunderschön war – und plötzlich konnte ich zulassen, dass ich etwas fühlte, was ich jahrelang unterdrückt hatte. Ich fand mich dabei wieder, wie ich im Geist eine Suchanzeige verfasste: Vater gesucht. Ich schrieb eine ausführliche Liste möglicher Eigenschaften. Er könnte schwul sein wie Baldwin. Er könnte hetero sein wie Howard Zinn. Er könnte bi sein wie wer auch immer. Wie ich. Aber Schwarz. Er sollte Spaziergänge am Meer lieben, gebratenen Fisch und gute Bücher & Witze & Umarmungen. Und wie schön es wäre, jemanden zu haben, mit dem ich über meine Probleme & Freuden reden könnte! So saß ich da und schrieb das alles hin & fantasierte, was für ein Mann wohl auf eine solche Anzeige antworten würde, und überlegte, in welcher Art Zeitung sie erscheinen sollte. Ich fühlte Tränen von irgendwo tief drinnen emporsteigen. Von unterhalb der Schulterblätter? Denn dort sammeln sich die bittersten Tränen. Und ich begann zu weinen, lautlos, als ich akzeptierte, wie sehr ich einen Vater vermisse und brauche und will. Ich bin 48 und will einen Vater. Das ist es, was ich in den Männern gesucht habe, von denen ich etwas wollte, & ich habe Häppchen von »Väterlichkeit« bekommen. Vor allem von Mel. Vielleicht hatte ja deshalb der Sex für mich immer etwas Inzestuöses – vor allem mit Robert, der mir oft vorkam wie mein Idealbild eines Bruders.

Ich bin dankbar für diese Erkenntnis. Sie kam nach einem besonders lebhaften Traum in der Nacht, bevor Robert & Deborah & Rhyan eintrafen. Ich träumte, ich hätte jemandes Kind irgendwo verloren, einen kleinen Jungen, & er sei schon drei Tage verschwunden. Ich wusste nicht, wie ich es seiner Mutter sagen sollte. Und dann, am dritten Tag, ging ich in den dunklen Schlafraum, wo das Kind & ich geschlafen hatten, und da war er. Saß im Bett, gesund & munter und gesprächig. Es gehe ihm gut, sagte er, er sei die 3 Tage im Sommercamp gewesen. Er war schön. Glänzend schwarze Augen & mocaccinofarbene Haut. Ich bemerkte & berührte ein paar silberne Haare auf seinem Kopf. In meiner Freude griff ich zum Telefon & wollte seine Mutter anrufen. Ich kam nicht durch. Dann versuchte ein männlicher Telefonist (Roberts Stimme, dachte ich), mir zu helfen, erfolglos. Und ich dachte im Traum: Wozu brauche ich ihn? Er macht es nicht besser als ich. Also versuchte ich weiter selbst, sie zu erreichen, schien aber nicht die richtige Nr. zu haben. Ich wusste aber, sie würde froh sein, so wie ich froh war, als ich doch durchkam.

Jetzt denke ich, dieses kleine männliche Kind ist mein inneres männliches Kind, das mich verlassen hat, als meine Brüder mich in der Kindheit attackierten. Es wurde verbannt, von mir. Und jetzt ist es wieder da. Ein kleines altes Kind. Aber guter Dinge. Ich habe es also doch nicht verloren! Yeah!

22. Dez. 1992
Casa Alicia, Careyes, Mexiko
Mit diesem nicht ganz vollen Notizbuch endet die Tagebuchführung dieses Jahres. Es war ein Jahr großer Veränderungen, des Wachsens, des Wissens & Nichtwissens. Der Traurigkeit. Einsamkeit. Freude. Liebe. Des Erwachens. Große Schönheit, ich danke dir. So viele Segnungen in meinem Leben! Schöpferisch sein, wie du!

27. Dez. 1992
In den 10 Tagen mit Rebecca entstand eine warme, liebevolle Routine. Arbeit, Kuscheln in der Hängematte. Spaziergänge am Meer. Es dauert eine Woche, das Haus »wieder in Besitz zu nehmen«. Ausfegen, alte Zeitungen & sonstigen Krempel entsorgen, Müll von meinen Gästen etc. Meine Gäste. Ich bin es leid, welche zu haben. Zu viele. Zu verschieden. Und es ärgert mich, dass sie (manche von ihnen) so viel Hilfe brauchen, um hierherzukommen. Aber nun gut, das sollte sich mit einem »Nein« leicht regeln lassen.

Genug damit. Der Hund ist draußen & bellt. Robert hat mir gerade einen Lampenschirm aufgehängt. Er ist am Packen. Nimmt seinen Kaffee mit, die Kaffeemaschine, sein Knuspermüsli! Kein einziges Mal haben wir gekuschelt, obwohl mir ein-, zweimal danach war. Es ist schwer, den Liebesteil einer Beziehung zu beenden. Es hat ein volles Jahr gebraucht.

Aber jetzt – goodbye. Goodbye, mein Lover. Kein ausgelassenes Herumtollen an den Hängen von Mendocino, keine spielerischen Balgereien in den Büschen und unter den Bäumen mehr. Keine Mondscheinträumereien, noch durchglüht vom Afterglow. Du bist gewachsen. Und jetzt bist du gerade an die Tür gekommen, um mir zu sagen, dass du nun gehst. Ich sehe einen hochgewachsenen, blassen, ergrauenden Mann, der fröhlich auszusehen versucht. Wir sprechen von einem ruhigen Tag für mich. Hoffen, dass die Nachbarn nicht den ganzen Tag laute Musik laufen lassen & dass Mbele nicht alles anbellt, was sich bewegt. Wir lächeln uns an – & jetzt bist du losgefahren,[67] begleitet von Mbeles wildem Gebell.

Und jetzt ist es ruhig. Ich höre Musik, aber von so weit weg, dass sie ganz leise ist.

Unsere Herzen & Leben waren so ineinander verwoben! So viele Jahre! Und jetzt … Du verdienst ein glückliches Leben in Liebe & Freude. Das wünsche ich dir.

Und was nun?

Wilma Mankiller und Charlie Soap[68] kommen, zusammen mit Janet. Gloria ist gestern Abend angekommen, & sie, Robert, Angel & Rebecca & ich waren im Playa Rosa essen. Das Essen war wie immer köstlich, aber die Musik ließ zu wünschen übrig. Angel spricht Spanisch & versuchte bessere Musik zu fordern. Es blieb bei dem, was Gloria »Eurotrash«-Musik nannte. »Brasilianische« Musik, gesungen von kürzlich hier angelandeten Weißen. Schrecklich. Leer. Seelenlos.

Wir treffen uns alle um 20:00 zum Essen. Nächsten Sonntag um diese Zeit sind wir schon auf dem Heimflug. Es scheint kaum möglich. Dieser lange, schöne, schwierige Monat hier.

In einem Monat reise ich nach Afrika – Senegal & Gambia. Ich habe Deborah gefragt, ob sie als meine Assistentin mitkommt. Sie hat Ja gesagt. Wir werden auch zum jährlichen Filmfestival in Burkina Faso gehen. Das hat alles etwas Unvertrautes. Aber wenn ich erst mit Pratibha[69] & der Crew zusammen bin, wird sich ein Gefühl von »Das wird schon« einstellen. Heute traure ich um etwas Wertvolles, das vorbei ist – ein unvermeidlicher Wandel. Wie der der Jahreszeiten.

1. Jan [1993]
Mein vorletzter Tag in Careyes. Gestern Abend haben wir uns alle in Charlies & Wilmas & Glorias Casita getroffen: ich, Rebecca, Angel, Janet, Robert. Bevor die anderen kamen, saßen

Gloria, Charlie, Wilma & ich auf der Veranda und sprachen über die schwierigen Dinge, die uns 1992 gebracht hat. Wir Frauen hatten alle drei unter öffentlichen Attacken in den Medien zu leiden, Gloria vielleicht am meisten. Wilma war verletzt, weil die Attacken von Freunden kamen. Ich sprach darüber, dass man sich wehren muss. Ich habe Wilma eine Fußmassage gegeben, die sie zu genießen schien. Ich habe es jedenfalls genossen, sie zu geben. Und mir ist klar geworden, ja, Fußmassage ist definitiv etwas, was ich immer in meinem Leben haben will. Das Geben & das Bekommen. … Wir haben Feuerwerk geguckt & uns umarmt, als das wunderschöne Farbenspiel den Himmel füllte. Wir haben uns in den Armen gehalten. Es fühlte sich gut & richtig an. Ich habe immer wieder das Gefühl, mit den Leuten zusammen zu sein, die zu kennen mir bestimmt war. Ich liebe Charlie & Wilma, & es ist, als hätten wir uns immer schon gekannt. Wilmas Hände in meinen fühlen sich vertraut an. Charlie sieht genau aus wie Großmutter Rachel! Er sagt auch, dass im Cherokee Alice = Celie ist!

Er & Wilma haben meinen Cherokee-Namen geschrieben: Sie, Die Die Machtvolle Botschaft Bringt. Das Cherokee-Alphabet ist sehr schön.

Dann fing ich an zu tanzen – ich konnte nicht anders. Es kam einfach über meine Füße. Bald schon tanzten wir alle, & wir tanzten zwei Stunden lang, bis ich das Gefühl hatte, mich in meinen Körper zurückgetanzt zu haben. Das war das tollste Geschenk für die ersten Momente von 1993. Ich umarmte Robert & Janet & wünschte ihnen ein gutes neues Jahr. Ich zog mich ganz weiß an. Charlie auch. Ich fühlte mich wie eine Initiandin – so viel neues Leben, das beginnt, & so viel Abschied von dem, was nicht mehr lebt.

Große Schönheit, ich danke dir für neue Freunde & für alte Freunde. Ich danke dir, dass du mit mir bist, auch wenn ich verzweifle. Ich danke dir für das Versprechen dieses Augenblicks, möge es ein ganzes Jahr gelten. 1993.

Möge ich in Schönheit wandeln, denken & handeln, gemäß dem, was natürlich ist & zum höchsten Wohle aller.

12. Jan.

Tracy C. & ich waren Sonntagabend verabredet. Sie kam in ihrem schwarzen Mercedes mit Telefon & CD-Spieler, und wir zogen los, »The Crying Game« sehen, was mir sehr gefallen hat. Dann ins Zuni, wo ich Kartoffel-Lauch-Suppe aß und sie Polenta. Ich finde sie anziehend. Ich liebe ihre dunkle Farbe. Ihre großen, schwarzen Augen. Ihre weißen Zähne. Bezaubernd. Und zu alldem ihre Stimme, so reich und eindringlich. Sie schenkte mir ein Buch, das erklärt, wie man Gitarre spielt, und auch eine Kassette. Und noch ein Hundebuch: How To Be Your Dog's Best Friend, geschrieben von Mönchen. Ich schenkte ihr ein Huichol-Bild, das ich in Vallarta gekauft hatte.

4-2-93

Frühmorgens in London. Ich liege im Bett. Der Verkehr draußen nimmt zu. Wieder so ein grauer, nebliger Tag, wie halten die Londoner das bloß aus? Pratibhas und Shaheens[70] Haus ist wunderbar – ich wohne in Pratibhas Zimmer. Tracy ist immer in meinen Gedanken. Ich habe den Brief herausgerissen, den ich ihr gestern geschrieben habe, & werde Sarah Wherry bitten, ihn für mich abzuschicken. Mir ist inzwischen klar, dass ich ein Faxgerät brauche. Nur für Tracy & mich. Obwohl die Langsamkeit von Briefen auch etwas Schönes hat.

Deborah & ihre Freundin Mary kamen pünktlich um elf bei mir an.[71] Tracy hatte Frühstück gemacht, & wir setzten uns gerade an den Tisch. Die Hunde bellten wie wild. Deborah wirkte total niedergeschlagen. Sie hatte mir mehrmals gesagt, dass sie mehr von mir wollte; ich war immer bei einer liebevollen Schwester-Freundin-Haltung geblieben. Daher war ich überrascht, dass es sie dermaßen traf, Tracy mit mir zu sehen. Und auch die Tatsache, dass wir in getrennten Autos zum Flughafen fuhren. T wollte mich hinbringen. Der Abschied am Flughafen wäre schwerer gewesen, wenn wir nicht unsere Gefühle in der zurückliegenden Woche praktisch aufgezehrt hätten. Sie sah toll aus in ihrem weißen Hemd, Jeans, schwarzer Weste & schwarzen Boots. Ich liebe ihr Aussehen. So androgyn.

Der Abflug verspätete sich um sechs Stunden, deshalb fuhren D & ich noch mal zu mir nach Hause, & sie konfrontierte mich – sachte & würdevoll – mit ihren Gefühlen. Sagte, sie wisse nicht, ob sie überhaupt mitkommen solle. Sie bewundert Tracy & liebt mich – trotzdem, sagte sie, sei es schmerzhaft, & sie habe gelernt, dass sie auf sich aufpassen müsse. Das verstand ich. Ich schlug vor, sie solle doch die Hälfte der Reise mitmachen. Mit Prathiba [sic!] hinfliegen. Am Ende ist sie doch mitgekommen, aber es läuft immer noch etwas unrund zwischen uns, leider. Vielleicht gibt es sich ja. Ich weiß nicht.

Eine traurige Situation auch für Mercedes, die ein paar Tage zuvor ebenfalls kam, während Tracy da war. Im Unterschied zu Mercedes kann Deborah ihre Verletztheit artikulieren und verstehen, dass ich kein Leid verursachen will. Ich bin verliebt, & wenn das auch für Deborah & Mercedes ein Problem ist, ist es doch für mich eine Freude. Ich betrachte es als ein

Geschenk des Universums – endlich hat sich die Gestalt, hinter der ich hergelaufen bin, umgedreht! Und es ist eine Frau! Und sie ist Schwarz! Und sie ist Sängerin! Nur das erste Faktum, dass es eine Frau ist, hat mich davor zurückschrecken lassen, mir das schon früher zu wünschen.

Morgen bei Tagesanbruch brechen wir auf nach Afrika. Pratibha hat gestern Abend angerufen & mich vor Banjul gewarnt, das, obwohl es die Hauptstadt von Gambia ist, keine asphaltierten Straßen hat. Senegal klingt ziemlich räuberisch – jeder will Geld, bevor er irgendwas tut. Schrecklich.

Letzte Woche habe ich einen Aidstest machen lassen. Bis jetzt hatten T & ich geschützten Sex. Wunderbar, aber auch frustrierend. Das Ergebnis hole ich mir ab, wenn ich wieder zurück bin.

Und Robert? Er & Janet sind ein richtiges Paar – & er wirkt glücklich. Ein bisschen von den Socken vielleicht wegen meiner Beziehung mit Tracy. Es scheint ja auch seltsam. Ich habe sie »verfolgt«, als ob viel mehr mein unbewusstes als mein bewusstes Ich sie wollte & begehrte.[72] Ein langer Flug durchs Dunkel ins strahlende Licht ihres Lächelns.

Was ist geschehen?[73]

Sie kam durch das Unwetter zu mir aufs Land, obwohl ich sie gewarnt hatte, dass es gefährlich sein könnte. Wir verbrachten 2 Tage zusammen. Keusch. Einander nah. Schwesterlich – aber immer mit der starken Unterströmung meines – mir mittlerweile eingestandenen – erotischen Interesses. Als ich dem Drang, sie zu berühren, nicht mehr widerstehen konnte, bot ich ihr eine Kopfmassage an. Wir tanzten. Wir kochten. Wir guckten Filme. Am letzten Abend küsste ich sie beim Gutenachtsagen auf die Wange. Ich wollte sie so gerne im Arm halten. Am nächsten Tag auf der Heimfahrt, als ich schon alle Hoffnung aufgegeben hatte, fragte sie, was ich für Abendessenspläne hätte. Keine, sagte ich, wobei ich völlig vergaß, dass Mercedes & ich uns hatten treffen wollen. Also gingen wir ins Zuni, & dann fuhr sie nach Hause. Später an diesem Abend rauchte ich einen Joint, & das half mir, mir einzugestehen, dass ich sie bereits vermisste. Ich rief sie an & sagte es ihr. Sie sagte, sie werde zu dem öffentlichen »Gespräch« kommen, das Jean Bolen & Isabel Allende & ich am nächsten Abend führen sollten. Ich dachte an nichts anderes mehr, bis ich sie am nächsten Abend im Publikum Platz nehmen sah. Und ich bin sicher, mein Gesicht strahlte. Irgendwie brachte ich das Gespräch hinter mich, & obwohl wir beide von Leuten bestürmt wurden, schafften wir es, weg & zu mir nach Hause zu kommen, und sobald wir unsere Mäntel aufgehängt hatten, wandten wir uns einander zu und küssten uns. Ein Kuss, der zwei Wochen dauerte. Sie ging in jener Nacht nicht nach Hause. Zwischendurch kam ich ein paarmal mit zu ihr. Sie & die Hunde kamen mit mir zurück & blieben bei mir. Ich erfuhr endlich, wie Liebe sich anfühlen kann, wenn die geliebte Person eine ist, die man ganz und gar respektiert, auf die man stolz ist und die man bewundert.

6. Feb., Happy Birthday, Bob Marley!

Im Bett in Banjul.[74] Gestern angekommen & total überrascht, wie cool ich es finde. Gestern Abend waren wir mit Pratibha & der Crew in einem netten libanesischen Restaurant. Ich erzählte P. von T. Genau wie Shaheen freute sie sich sehr für mich. Wir umarmten uns und kicherten wie kleine Mädchen. Ich habe ein Foto, das T von sich und mir auf der Terrasse gemacht hat, gleich neben meinem Bett, und ich weide buchstäblich meine Augen an ihr. So warm und ausdrucksvoll ihr Gesicht, so voll Liebe.

Es war Vollmond!, als wir ankamen. Das war das Bemerkenswerteste, nach der unerwarteten Coolness. Groß & gelb & hell. Erstaunlich freundlich. Wir fuhren durch den weitläufigen Ort Serrekunda [sic!][75]. Alles sehr einfach, verstopft von Fußgängern und Autos. Hier leben vorwiegend Muslime. Die Frauen, die meisten, als Kinder genitalverstümmelt. Von so viel Verstümmelung umgeben zu sein, führt dazu, dass in meinem Kopf immer mal wieder ein Verstümmelungsvideo abläuft – ich sehe & fühle schon fast, wie die Rasierklinge sich herabsenkt & nicht nur Schamlippen wegschneidet, sondern auch Gesichtslippen, Augen & Nasen. Diese Fantasien sind extrem verstörend und erinnern mich an eine ähnliche Zeit, als ich Fantasien von Selbstblendung hatte. Ich musste darum ringen, mich, mein Augenlicht, mein Sehvermögen zu schützen, indem ich immer wieder sagte: Ich habe das Recht zu sagen, was ich sehe. Ich habe das Recht zu sehen, was ich sehe. Ich brauche mich nicht dafür zu bestrafen oder bestrafen zu lassen, dass ich sehe.

Das Hotel ist angenehm. Direkt an der Küste. Julius Coles[76] rief buchstäblich in dem Moment an, als ich die Lobby betrat. Er bietet seine Hilfe an wie auch Ayi Kwei.[77] Wenn doch nur T hier wäre! Ich vermisse ihre Wärme & Trägheit am Morgen.

8. Feb. 1993
Banjul, Gambia
Ein bemerkenswerter Tag gestern. Ich wachte um sieben auf, zog mich an & ging schnell nach unten, um mit Pratibha, Deborah & der Crew zu frühstücken. Nach einer ganzen Weile hatten wir dann gepackt und brachen nach Daressalam auf.

Wir kamen zu einem Haus – aber, halt, zunächst noch: Unser Fahrer, Malign/Mayline (so klingt es), ließ im Wagen »Matters of the Heart« laufen, was wie eine warme Morgenumarmung von Tracy war. Er liebe ihre Musik, sagte er, und wolle ihr ein Geschenk schicken. Ich sagte, ich würde es überbringen. Also, das Haus. Ein kahler Hof, umschlossen von einem schiefen Zaun. Eine lange Veranda & viele dunkle Räume, einer mit einem Sandhaufen in einer Ecke, alle mit Betten, bis auf ein Wohnzimmer an dem Ende zur Straße hin. Eine große Gruppe Kinder umringte sofort unsere Fahrzeuge, und was für schöne Kinder! Dunkle Braun- & Schwarztöne, Haar in allen Stadien des Frisiert- & Unfrisiertseins. Große dunkle Augen, interessiert, neugierig, staunend. Binnen Minuten hatten sie für uns eine Show auf die Beine gestellt. Spontane Musik mit Blechbüchsen und Stöcken. Die kleinen Mädchen machten Klatschtänze, die Jungen tanzten in Kostümen: mit Masken & verschiedenen umgeschlungenen Tüchern & Stöcken, die sie schwenkten. Sehr fröhlich. Die Crew war bezaubert. Nach einer Weile traf Satufa – Sophia – ein. Sie ist in meinem Alter, wesentlich schwerer und trägt die Sorte Sportbrille, die aussieht wie aus der Raumfahrt entlehnt und die afrikanische Frauen zu mögen scheinen. Nach kurzem Bekanntmachen und Plaudern fühlte ich mich schon ganz entspannt mit ihr. Leute von ABC, erklärte sie, seien bis letzte Woche da gewesen, & sie habe ihnen geholfen. Jetzt wünschte sie, wir wären zuerst gekommen. Ich versicherte ihr, das mache gar nichts. Sie ließ auch durchblicken, dass unser Honorar für sie ein bisschen zu bescheiden sei. Ich sagte, nun ja, wir seien Schwarze Frauen & hätten nicht die gleichen Mittel wie ABC-Leute, die weiß und Männer seien. Ich unterließ es, mehr Geld zu bieten.

Ich interviewte Mary, eine kräftige dunkle Sister, gekleidet in Lavendel & Sattlila und mit einer Menge Kunsthaar, das ihr über den Rücken fiel. Ihre Tochter, »die kleine Mary«, wurde gerade beschnitten. War, genauer gesagt, gerade beschnitten worden. War jetzt draußen im Busch & Teil der Zeremonie, die wir filmen würden. Warum sie das machen lasse, fragte ich. Weil es Tradition sei, antwortete sie. Ob es mit ihr auch gemacht worden sei? Natürlich. Ihre Mutter habe ihr gesagt, sie gingen an einen Platz, wo es viele Bananen gebe. Als sie ankamen, wurde sie von Frauen ergriffen, die sie noch nie gesehen hatte, beschnitten und zwei Wochen in strenger Absonderung gehalten. Ob sie Angst gehabt habe? Ja. Ob sie sich von ihrer Mutter verraten gefühlt habe? Nun ja, damals vielleicht, aber später habe sie verstanden, dass es »Tradition« sei. Ob sie glaube, dass Mary sich verraten fühlen, böse auf sie sein werde? Ach, sie werde ihr ein paar Süßigkeiten bringen, und dann werde ihre Tochter das alles bald vergessen haben. Ob sie selbst es vergessen habe? Ja. Aber wenn sie dieser »Tradition« ein Ende machen könnte, würde sie es tun? Ja. Warum? Wegen der Schmerzen.

Ich vermisste Tracy so sehr. Immer wieder entfernte ich mich im Geist von da, wo ich gerade war, auf einen Kuss.

Als wir im Busch ankamen, graute mir. Und tatsächlich wurde da, unter einem großen Baum, laut gesungen & getanzt.

Auf einer langen Matte saßen die beschnittenen Mädchen, die »kleine Mary« mit ihren 4 Jahren die Jüngste von ihnen. Sie saßen unbeweglich da wie Statuen, während die Erwachsenen um sie herum tanzten. Es gibt da einen Klub kinderloser Frauen. Das sind die Lesben, sagt Deborah. Ihre Rolle ist es, sich als Clowns und Männer zu verkleiden, um die anderen zu belustigen. Eine von ihnen schüttelte die ganze Zeit ihr nacktes Hinterteil direkt vor den Gesichtern der Mädchen. Ich stand eine Weile in deren Rücken, ging dann hinüber, sodass ich ihre Gesichter sehen konnte. Stumm, ernst, wie betäubt. Was ist los?, fragten sie allesamt. Warum sind alle so fröhlich?

Ich musste gestern aufhören zu schreiben, weil ich es nicht mehr ertragen konnte. Das ganze Ausmaß ihres Verlusts wird diesen Mädchen erst viel später im Leben klar werden. Den meisten wird es überhaupt nie klar sein. Ich hatte »die große Mary« nach sexueller Lust gefragt. Sie wisse doch, sagte ich, dass das Entfernen von Sexualorganen die sexuelle Reaktionsfähigkeit herabsetze & die Lust erheblich verringere. Ach, antwortete sie, sie finde ihr Sexualleben absolut befriedend. Besten Dank! Wenigstens praktiziert diese Gruppe keine Infibulation. Die Mädchen sind ihrer vollen Lustfähigkeit beraubt worden. Ihre Körper sind gewaltsam beschädigt worden, und das von den Älteren, die sie eigentlich beschützen sollten.

Ich habe nie so emphatisches, geräuschvolles, aber ganz und gar kaltherziges Tanzen gesehen wie das der Frauen & einiger Männer des Dorfes. Irgendwann schließlich war dieser Teil der Zeremonie zu Ende. Es folgte das rituelle Opfer unter der Leitung der Beschneiderin, einer alten Frau, deren Sehvermögen nicht mehr hundertprozentig sein kann. In einem weiß-roten Gewand & mit ihrem Amtsstab in der Hand, einem Stück Holz, das auffallende Ähnlichkeit mit einem Penis hatte.

Sie dozierte ausführlich über »die Tradition« und darüber, wie sie vom Dorf dazu auserwählt worden sei, Beschneidungen vorzunehmen – sie sei mit Gold »überschüttet« worden. Zwei Bullen seien getötet worden. Alle Frauen vor ihr seien beschnitten worden. Alle nach ihr würden es ebenfalls werden. Dann trat ein Mann hervor & packte das zitternde weiße Huhn, das am Fuß des Baumes lag. Er stellte den Fuß darauf, um es festzuhalten, nahm ein Messer & hackte ihm den Kopf ab. Blut spritzte. Etwas davon auf die Füße der kleinen Mary. Ihre Füße, die kleinsten von allen, gaben mir den Rest. Ich sah vor mir, wie die Beschneiderin sie packte und etwas an ihr packte und sie, mit zugeklebten Augen, nicht einmal wusste, wer oder was das war und worum es ging. Da, beim Anblick dieser kleinen Füße, kamen mir die Tränen.

Niemand sonst weinte. Sie lachten. Die Kinder weinten innerlich. Ich verstand die Botschaft dieser Opferung: Das nächste Mal schneiden wir dir den Kopf ab.

Später, als ich die Beschneiderin interviewte, fragte ich sie, was sie fühle, wenn die Kinder weinten & schrien. Sie höre sie nicht, sagte sie.

Es war nun mal »Tradition«. Ihre Mütter hatten es getan. Deren Mütter. Die Ältesten und die Vorfahrinnen. Ja, natürlich würden sie es mit ihren Töchtern auch tun. Ich wollte sie in die Arme nehmen & mit ihnen fliehen.

Deborah & ich schlossen uns der Prozession zurück ins Dorf an. Die Beschneiderin vorneweg, ihr Bündel auf dem

Kopf, wir beide als Letzte. Viel gespielte Fröhlichkeit, Clownerei, emphatisches Tanzen. Ein kleines Mädchen, vielleicht fünf, ergriff plötzlich meine Hand. Nur ganz kurz. Und ich wusste, sie wusste, dass ich um ihretwillen gekommen war. Sie war das »eine afrikanische Kind« aus meinen Träumen.

3 Uhr, 9. Feb. 1993
Hell-hell-hellwach! Bin mit Gedanken an Tracy aufgewacht. An die Wölbung ihres Beins beim Autofahren. Das Weiß ihrer Zähne, wenn sie lächelt. Daran, wie sie im Schlaf ihr Gesicht bedeckt. An mein Gefühl, wenn sie ankommt & wenn sie wegfährt. Daran, wie schön es ist, sie am Morgen in meine Arme einzuladen.

Mein Leben ist wunderbar. Selbst angesichts all dieses Leids bin ich froh, mitten im Leben zu sein. Heute werde ich 49, neunundvierzig. Zwanzig Jahre älter als Tracy. Dieses Glück, so unerwartet und doch vorbereitet, sorgsam vorbereitet sogar. Bei guter Gesundheit zu sein. Verliebt zu sein. Eine Arbeit zu machen, die für viele ein glücklicheres Leben bedeuten wird. Dafür zu arbeiten, unsere Kinder zu schützen. In Afrika zu sein. Zu erkennen, dass es den Afrikanern im Grunde ganz gut geht, wenn sie nur aufhören würden, sich selbst Leid zuzufügen. Und dass ich Afrika & die Afrikaner liebe. Dass die Afrikaner »Zeit« & »Raum« haben. Was die Menschen der westlichen Welt nicht mehr haben. Die Afrikaner sollten wirklich in der Lage sein, weise zu sein, nicht nur clever oder schlau.

Also. Happy Birthday, mein wundersamer kleiner brauner Körper, der seine Periode hat & durch die Menopause zu kommen versucht – daher die Schlaflosigkeit! Du hast meinen Geist bis jetzt gut beherbergt. Ich ehre dich & liebe dich & gelobe, mich weiter gut um dich zu kümmern, mit all der

Liebe, die, wie ich jetzt weiß, in meinem Herzen darauf gewartet hat, dass ich sie mir schenke.

14. Feb. 1993
Valentinstag
Popenguine, Senegal

Endlich bin ich in Popenguine, in Ayi Kweis gastlichem Haus[78] und, konkreter, seinen gastlichen Armen & seinem gastlichen Bett. Alles ganz zärtliche Zuneigung. Freundschaft. Deborah schläft im Kinderzimmer, wo Stockbetten, ein Schreibtisch und eine Schultafel stehen. Julius (Coles) kam vorhin die Einfahrt entlang und schenkte mir eine Flasche Wein, die T & ich sicher genießen werden. Wir sind gestern in Sindia angekommen, nach einer langen, staubigen Busfahrt von Banjul aus. Ayi Kwei, braun & schön, holte uns ab und brachte uns per Taxi nach Popenguine. Im letzten Moment wollte Deborah mitkommen, & so arrangierten wir es entsprechend. Ayi und ich haben uns so gefreut, einander wiederzusehen. Ich rannte in seine zärtlichen Schwarzen Arme und grinste von einem Ohr zum anderen. Nach einem Strandspaziergang & einem einfachen & guten Essen erörterten wir die Bettenverteilung. Er hat nur 2 Zimmer & eine Küche, & der Plan war, dass ich in seinem Bett schlafen würde, das neben seinem Schreib- & Arbeitstisch & Computer steht. Sollte er das andere Zimmer mit Deborah teilen? Nein. Sollte ich es tun? Nein. Weil er davon träumte, dass ich in seinem Bett schlief. Also sagte ich, gut, schlaf bei mir. Sein Gesicht leuchtete auf & nach ausgiebigem Baden & Zähneputzen kam dieser kleine, schmale, wunderbare, schöne Schwarze Mann mit dem warmen Lächeln & den lachenden/traurigen Augen ins Bett. Und in meine kuschelbereiten Arme. Wir redeten stundenlang, obwohl ich sehr müde war. Seine schöne Stimme ein tiefes Vibrieren an meinem Ohr. … Wir sprachen über vieles – & ich erzählte ihm von T. Was ihn überraschte. Ich wusste, ich konnte nicht mit ihm in einem Bett schlafen, ohne klarzustellen, dass sie meine Liebste ist und dass mein Sexualleben mit ihr stattfindet, auch wenn meine Liebe zu ihm beständig ist. Wir redeten weiter, umarmten uns weiter. Küssten uns. Aber seltsamerweise nie auf den Mund, und schließlich, als wir genug geredet & geschmust hatten, schliefen wir ein.

Heute haben Deborah & ich einen Strandspaziergang gemacht & sind im Schatten großer Felsen eingeschlafen. Köstlich. Und als wir aufwachten, ging es ihrem Magen besser, und ich war zufriedener, der Wind & der Staub machten mir nicht mehr so viel aus. Denn der Wind weht pausenlos. Der Staub sitzt immer in Augen & Kehle.

T & ich werden ein paar Tage in Julius' Strandhaus wohnen, wenn wir aus Burkina Faso zurück sind. Es ist ein komischer kleiner Bau im maurischen Stil, in dem wir für ein paar Nächte bestens untergebracht sein dürften. Aber gerade ist mir der Gedanke gekommen: Wo wird er schlafen, wenn er übers Wochenende kommt? Darüber denke ich später nach. Es wäre ja wohl sowieso nur für eine Nacht.

T & ich haben heute Morgen telefoniert. Sie hat mich angerufen, um mir einen schönen Valentinstag zu wünschen. Ich habe mich so nach ihr gesehnt, dass ich fast schon Angst davor habe, sie zu sehen. Aber – ich kann es kaum glauben, sie kommt. Wenn ich Montag in Dakar bin, sind es nur noch drei Tage. Denn sie kommt – inschallah – am Donnerstag. Der Plan ist, dass wir Donnerstag & Freitag auf der Insel Gorée filmen & dann am Samstag nach BF fliegen.

20.3.93
Im Bett
Die Tagebücher der
Alice Walker

Und so liege ich wieder mal im Bett. In San Francisco. Es ist ein schöner sonniger Morgen, Vögel zwitschern drauflos, und weil Samstag ist, ist es ansonsten ruhig. Die Wahrheit ist: Ich bin bei Tagesanbruch aufgewacht, weil Tracy heute in die Stadt kommt, Lebensmittel einkaufen, & ich sie eingeladen habe, vorbeizukommen und mir einen 5-Minuten-Kuss zu geben. Wir waren genau einen Monat nonstop zusammen & haben uns erst vorgestern getrennt. Sie fuhr auf ihre Ranch. Natürlich habe ich aufgehört, Tagebuch zu schreiben, sobald sie in Dakar ankam. Sie kam am 18. Februar, während ich auf der Insel Gorée filmte. Ich beeilte mich, ins Savana Hotel zurückzukommen, wo ich eine Suite hatte, und stellte fest, dass sie das kleine Zimmer daneben genommen hatte. Ich machte mich frisch & klopfte bei ihr an. Sie schien schwerer, stabiler, ihr Gesicht interessanter konturiert. Es war so ein Schock, nach so viel Sehnen. Wir standen beide reglos da, sahen uns an. Konnten dann nicht mehr hinsehen. Schließlich & ziemlich fix lagen wir uns in den Armen, wo wir den Rest der Zeit mehr oder weniger blieben oder bleiben wollten. Am nächsten Tag waren wir wieder auf Gorée, & Pratibha filmte uns zusammen. Tracy in ihrer ganzen Schönheit – & ich so glücklich, dass ich wie in Trance war.

Bald war es Zeit abzureisen. Wir kamen bei mir zu Hause an, & T blieb über Nacht, & dann fuhren wir zu ihr & blieben über Nacht & kamen wieder zurück in mein Haus. Dann fuhren wir raus aufs Land … & dann wieder in die Stadt, wo ich jetzt, an diesem schönen Morgen, im Bett liege & sie bald kommt & wir uns küssen werden.

4. April 1993

Nach vielen wunderbaren, fast schon unerträglich innigen & schönen Minuten, Stunden, Tagen, Wochen des Zusammenseins hatten wir unseren ersten richtigen Streit, ausgelöst durch Erschöpfung. Und ich fühle, wie ich auf eine tiefere Ebene meiner Psyche vordringe, als ich es je getan habe. Tracy ist so präsent, da muss ich es auch sein.

Montag, 19. April 93

Was das Problem zu sein scheint: Angst, jemanden so sehr zu lieben. Angst, jemanden zu lieben, die so aufmerksam ist, so hellwach.

Inzwischen gehe ich zu Jean Shinoda Bolen.[79] Ich war letzten Donnerstag dort. Keine Stunde war um, und ich sprach darüber, wie leid ich diese Angst vor Nähe bin. Und dass ich sie anscheinend nicht kontrollieren kann. Sie sagte eine Reihe wirklich beruhigender Dinge: an erster Stelle, dass der Mechanismus des inneren Rückzugs, von dem ich möchte, dass er verschwindet, mich viele, viele Jahre geschützt hat und sich nicht einfach ablegen lässt, nur weil ich das jetzt will. Dass der Körper sich an alle seine Traumata erinnert & sie beherzigt & mich immer noch davor zu beschützen versucht zu vertrauen, bevor es klug ist. Sie sagt, T & ich seien erst sehr kurz zusammen, & Vertrauen baue sich gewöhnlich im Laufe der Zeit auf. Später habe ich das T erzählt, der einzuleuchten schien, dass es das sein kann.

Ich bedaure, dass die Einträge über T & mich so spärlich sind. Wenn es gut läuft, & das tut es meistens, denke ich nicht ans Schreiben. Da sind ein sehr prosaischer Friede und eine sehr stete, intensive Leidenschaft. Ich finde sie so schön. Gestern habe ich, weil ihre dunkle Haut in Kobaltblau so hinreißend aussieht, das Bett in dieser Farbe bezogen – & da lag sie in einem Bett von Kobaltblau, ihre dunklen Augen leuchtend, ihre Haut strahlend, ihre Schönheit absolut. So absolut, dass ich manchmal das Gefühl habe, meine Liebe ist Anbetung. Wir küssen uns & küssen uns & küssen uns immer noch weiter, und irgendwie haben die Phasen der Entfernung zwischen uns nichts von unserer Nähe zerstört und uns nur noch bewusster gemacht, wie kostbar sie ist.

So viel Arbeit, die nicht getan worden ist. Oder nur in sporadischen, winzigen Anläufen. T & ich sind so gern zusammen. Zu meinem Erstaunen habe ich nicht nur sie gern in meinem Haus, sondern sie & ihre Hunde! Das ist bei mir nun wirklich etwas Neues. Wenn Robert in meinem Haus herumsaß, habe ich mich immer unwohl gefühlt, selbst als wir noch ein Liebespaar waren. Trotzdem, ich muss an meinem Körper arbeiten – muss in einen Klub gehen oder so was. An meinem Schreiben. Muss schreiben!

Der Stand der Dinge heute, 20. April 1993
Ich habe Mercedes nicht gesehen, seit ich aus Afrika zurück bin, seit über einem Monat also. T & ich sind sehr eng miteinander. Wir schmusen, kuscheln & reden über alles & jedes. Sie liest mir gern vor! Wir gehen ins Kino, spazieren. Unser Glück ist immer wieder getrübt durch meine unerklärliche & urtümliche Launenhaftigkeit & Rückzugstendenzen. Daran

arbeite ich mit Jean Bolen. T will sich ein Haus in der Stadt kaufen, um in meiner Nähe zu sein, aber auch um eine Basis zu haben, während sie ihre neuen Songs aufnimmt (& probt). Sie hat vorhin angerufen & gesagt, Jeanne Schneider (Maklerin) sage, sie habe 6 potenziell infrage kommende Objekte gefunden. Sie wollen sie am Donnerstag besichtigen. Ich hoffe, das wird für T kein enttäuschender Tag. Ich mag Ts Schwester Aneta. Wünschte, sie hätte eine Liebesbeziehung. Erinnert mich an Ruth. Sehr clever. Nett. Liebt T, die sie eindeutig ebenfalls liebt.

—

Kuba-Tagebuch

Havanna[80]
4. Mai 1993
19:06
Zi. 409, Hotel Comodoro

Ich habe gerade geduscht und mir die Haare gewaschen, nach einem kurzen, einsamen Bad im Meer, von dem kleinen Strand unter meinem Fenster aus. Er ist schlicht und ein bisschen heruntergekommen wie so vieles hier. Aber das Schwimmen war friedlich, das Wasser erfrischend, die Sonne warm, der Liegestuhl bequem, als ich mich anschließend in der Abendsonne trocknen ließ & mit einem Ohr den klagenden Stimmen afroamerikanischer Sängerinnen lauschte, die aus der Bar oberhalb des Strands kamen.

Wir sind heute Morgen so um zehn in Havanna angekommen, nachdem wir – unsere Delegation – uns gestern Abend in Miami getroffen hatten. Wir sind zu neunt, Männer &

Frauen, darunter Gloria La Rive, Jalayne Miles, die Koordinatorinnen, Dennis Banks, Ramsey Clark, Mitchiko, ein Neurologe, und David Levinson, ein Arzt, der in SF wohnt und mittellose Patienten versorgt. Dann sind da Berta Joubert, Psychiaterin, und Diane Wong, Aktivistin. Und Joe Friendly, der unsere Reise auf Video festhält.

—

In Miami traf ich zuerst Jalayne Miles & Gloria & Jae & dann Dennis & Mitchiko, den ich sehr mag. Er ist japanischstämmiger Amerikaner, schlank, seit Kurzem mit einer episkopalischen Geistlichen von St. John the Divine in New York verheiratet. Er ist warmherzig, hat Humor & ein nettes Lachen. Ramsey kam später an, & auch ihn mag ich. Er sieht aus wie der klassische Texas-Cowboy – engbeinige Jeans & konservative Frisur, aber wenn er vor der Presse den Mund aufmacht, sind da so viel Leidenschaft & Kraft & Engagement für Gerechtigkeit. Kaum zu glauben, dass er mal, unter Johnson, Justizminister war. Auch er kommt mir sehr vertraut vor, und mit seinen 66 Jahren finde ich ihn attraktiv & vital. Dennis ist schon ein Ältester geworden, und ich fand es toll, dass er eine selbst gemachte Trommel – eine Art Schamanentrommel – mitgebracht hatte, und bei unserer Pressekonferenz in Havanna schlug er diese Trommel, die in den Farben der vier Himmelsrichtungen bemalt ist, Schwarz, Weiß, Gelb und Rot, und sang einen »Reise«-Gesang seines Volkes – er ist Anishinaabe. Ich bin ihm das erste Mal vor langer Zeit am Evergreen College in Oregon begegnet. Er erinnert sich bestimmt nicht daran, & wir wurden damals nicht miteinander bekannt gemacht. Er hielt einen Vortrag über das American Indian Movement, das er mit gegründet hatte. Das nächste

Mal sah ich ihn, als er wegen des Todes eines FBI-Agenten in Custer, South Dakota, vor Gericht stand (zusammen mit Leonard Peltier etc.). Ich hatte meine letzte Energie aufgeboten, um diesen Angriff auf sein Leben als Augenzeugin zu verfolgen, & mich dabei selbst geheilt. Er und ich fühlen uns sehr wohl miteinander & saßen am Flughafen auf dem Boden, genauer gesagt auf unserem Gepäck, und hörten die Stammesgesänge, die er für Whitney Houstons Produzenten aufgenommen hatte, einen gewissen Narada[81], der in Marin wohnt & möchte, dass ich mit Dennis zu ihm zum Essen komme, wenn ich wieder in SF bin. Ich sagte zu Dennis: Ein Typ namens Narada – wie könnte ich da widerstehen!

Heute Abend hatten wir uns alle in meinem Zimmer versammelt, um uns im Fernsehen zu sehen. Viel Ramsey, etwas ich, ein bisschen Dennis. Besonders bedauerlich fand ich, dass Dennis' Gesang überhaupt nicht vorkam. Es ist so wichtig, dass die Kubaner einen Native American sehen, der stets die Botschaft vom Überleben vermittelt, & zwar vom Überleben in Würde. Dennis hatte auf der Pressekonferenz & bei unserem Briefing in Miami (in einem Haus genau an der Biegung eines Flusses!) Bezüge zur Politik der US-Regierung hergestellt, die amerikanischen Ureinwohner nach 1866 durch Aushungern zur Unterwerfung zu zwingen. Welch schwere Zeit damals für Indians & Africans! Denn das war natürlich genau die Zeit, in der viele Schwarze zwar aus der Sklaverei befreit worden waren, aber, um nicht zu verhungern, zu ihren Herren zurückkehren & praktisch unbezahlt arbeiten mussten. Daraus entstand das Pachtfarmerwesen, das der Sklaverei so ähnelt.

Ein interessantes Treffen dort im Haus an der Biegung des Flusses.

Wir erzählten jeweils etwas über unser Leben & warum wir entschlossen waren, in dieser schrecklichen Krise solidarisch an der Seite des kubanischen Volkes zu stehen. Ich erwähnte, dass meine erste politische Aktion, die nicht in Zusammenhang mit der Bürgerrechtsbewegung stand, ein Protest vor dem Weißen Haus während der Raketenkrise unter JFK war. Wie kalt es gewesen war & wie tief der Schnee & wie Kennedy Kaffee & Tee hatte hinausbringen lassen. Diese kleine Geste gab Kennedy etwas Menschliches, & davon zu erzählen, bringt mich bis heute zum Lächeln. (Jetzt denke ich allerdings, es war wahrscheinlich irgendeine mitfühlende Frau in seinem Büro, die es veranlasste!)

6. Mai 1993

Heute hat unsere Delegation 3 Stunden mit Fidel[82] verbracht. Ein hochgewachsener, grauhaariger Mann mit einer großen Nase und braunen Augen, ziemlich dünn im Vergleich zu den letzten Fotos, die ich von ihm gesehen hatte. Zuerst wirkte er gereizt, mürrisch. Nein, nicht zuerst. Er begrüßte uns in einem Vorraum des Palasts der Revolution sehr herzlich. Zu mir sagte er, wobei er meine Hand hielt & mir über die Wange strich: Dich habe ich gestern Abend im Fernsehen gesehen. Er ging im Raum umher, schüttelte Hände & strich über Wangen. Dann folgten wir ihm in eine Marmorhalle mit großen Steinen & Riesenfarnen. Grüne Pflanzen überall. Köstliche Getränke. Ein Mojito & Orangensaft. Aber vielleicht war das auch nach unserem langen Gespräch an dem großen, langen Tisch, wo er viele Fragen an jeden von uns hatte und unsere Antworten genau verfolgte. Er hatte noch nie von »weiblicher Beschneidung« gehört und war angemessen schockiert, als ich sie ihm, auf sein Bitten, drastisch beschrieb. Mit Ramsey & Dennis &

Nora (einer der Ärztinnen) sprach er ebenfalls ausführlich. Mit Nora über Optikusneuropathie, mit Dennis über Indigene, Verträge & das Reservat. Mit Ramsey über internationales Recht. Ich schenkte ihm viele Bücher, und wie ein Kind begann er gleich darin zu blättern. Ich konnte sehen, dass er hocherfreut war. Er sagte, ich hätte ihm genau das mitgebracht, was er wollte: The Color Purple auf Spanisch. Ich hatte auch Kassetten für ihn dabei, was ihn überraschte & freute. Ich fand den Umgang mit ihm herzlich & entspannt. Göttin, er liebt es zu reden! Immer & immer weiter. Und einer seiner Mitarbeiter später auch.

Dann bekamen wir sehr gute Hähnchensnacks & eine Art Shrimpsröllchen & Kekse.

Wenn er zunächst gereizt, unruhig, ärgerlich & selbst ein bisschen dämonisch gewirkt hatte, so wurde er, bis wir schließlich gingen, regelrecht vergnügt. Wir alle machten Fotos mit ihm. Ich fragte ihn, ob ich ihn umarmen dürfe. Er umarmte mich ebenfalls & küsste mich aufs Haar. Ganz sanft. Als wir gingen, sagte er zu mir, er werde sich immer an mich erinnern. Ich sagte ihm, dass er mich mein Leben lang inspiriert hat & dass ich ihn liebe.

Ich empfand unsere Begegnung, obwohl sie noch ein Dutzend andere Leute einschloss, als vollkommen. Ich habe das Gefühl, ihn auf eine Art zu kennen, wie ich es vorher nicht konnte.

Gestern, Cinco de Mayo, war ebenfalls fantastisch. Wir übergaben dem Roten Kreuz Medikamente im Wert von 75.000 $. Wir taten es in einer Klinik für Kinder mit angeborenen Herzproblemen. Als ich dort vorgestellt wurde, gab es stürmische Standing Ovations, was mich überraschte & sehr bewegte.

Ich bin doch froh, dass ich hierhergekommen bin. Morgen werde ich andere Schriftsteller und Schriftstellerinnen treffen. Den ANC-Vertreter in Kuba, & am Nachmittag sehe ich vielleicht Nancy Morejon[83] in der Casa. Hoffentlich.

9. Mai 93
Varadero Beach, Kuba
Muttertag. Nachdem ich gerade sehr vergnüglich mit Miguel getanzt hatte – einem ausgesprochen schönen Bolivianer, der der Lebens- und Liebespartner von Margot Pepper ist (einer Freundin von Tetteh Kofi, einem Buddy von Ayi Kwei … Die Welt ist klein!) –, wer kam da hereinspaziert? Assata[84], die umwerfend aussah. Sie war vor zwei Tagen ins Hotel gekommen, & wir hatten nur Zeit für eine kurze Begegnung gehabt. Sie ist schön, authentisch, witzig und hat sich in Kuba ein gutes Leben aufgebaut. Sie saß am Strand, während ich wie jeden Tag kurz schwimmen war. Sie hat lange Dreadlocks, mit kleinen weißen Muscheln am Ende.

Ein sehr interessantes & schönes Treffen bei der Nationalen Union der Schriftsteller und Künstler. … Die Verleger meines Buchs in Kuba waren da & schenkten mir drei Exemplare der kubanischen Ausgabe. Sie wollen auch Possessing the Secret of Joy herausbringen. Das hat mich sehr gefreut. Sie konnten von The Color Purple nur 80.000 Stück drucken, & die waren sofort ausverkauft. Die Kubaner sind begeisterte Leser. Ich war verblüfft, dass so viele Leute das Buch haben & es mir zum Signieren bringen. Es gab davon auch eine Radiolesung in mehreren Folgen, die eine Woche lang lief. Den Film liebten alle. Steven Spielberg ist in Kuba sehr beliebt, & ich frage mich, ob er je hier war. Ich glaube, es würde ihm sehr gefallen.

18. Mai 1993
Ich bin am Dienstag aus Kuba zurückgekommen, vor einer Woche! Ich kann kaum glauben, dass es schon so lange her ist. An meinem letzten Tag dort besuchten wir ein Kinderkrankenhaus, wo Kinder aus Tschernobyl behandelt werden. … Die Kinder – manche kahl, manche, denen ganze Haarbüschel fehlen, manche mit Flecken von Strahlenverbrennung/Vitiligo – schienen guter Dinge zu sein. Dennis ermunterte sie, etwas für uns zu singen, was sie frohgemut taten. Dann brachte er ihnen den Ehrengesang bei, den er mir schon die ganze Zeit beizubringen versucht. Es war der Höhepunkt unseres Besuchs.

Am Midi ging ich mit Assata Shakur zu ihr nach Hause. Klein, freundlich, farbenfroh. Überall Bücher & Musik. Das Zuhause einer echten Künstlerin oder vielmehr echten Intellektuellen. … Sie ist witzig, gescheit & unglaublich schön. Und eine echte Südstaatlerin. Warmherzig & freundlich. Wir redeten ein bisschen darüber, wie es ist, Womanistin zu sein, Männer und Frauen zu lieben. Es war erfrischend, mit einer Frau zu reden, die auch an erster Stelle die Seele liebt & dann den Körper.

Später gab das Hotelmanagement für uns ein Abendessen, & wir hatten um kubanisches Essen gebeten! Bohnen & Reis, por favor! Es war köstlich. Hinterher hielten wir die üblichen Reden, beließen es aber bei wenigen Worten. Es gab eine tolle Band, & wir tanzten.

Ich tanzte förmlich den ganzen Weg zurück zu Tracy. Und nach Miami und einem Erste-Klasse-Flug, der sich wie zweiter Klasse anfühlte, nach SF, war sie da endlich wirklich, wartete mit Blumen am Flughafen auf mich. Schwarz & freudig &

schön strahlte sie mich an. Die Hunde freuten sich auch, mich zu sehen, und als wir losfuhren, zu mir, fühlte ich mich schon wieder ganz zu Hause. Wir liebten uns die ganzen nächsten beiden Tage. Schliefen eng umarmt, aßen, eine auf dem Schoß der anderen. Wo hörte ich auf & fing sie an? Dann das Wochenende: Ich ging mit, ihr beim Fußballspielen zuschauen. Sie ist eine Sportskanone, was mich verblüfft. Sie hat einen strammen Schuss; ich wusste ja immer schon, dass sie Kraft in den Beinen hat. Und ich lernte ihre Freundin Maria kennen & deren Sohn Tyler, der weinte, als seine Mutter aufs Spielfeld ging, also wiegte ich ihn in meinen Armen. Er genoss es. Ich auch.

In Temple Jook, ein Hähnchen im Ofen. Ich muss jetzt aufstehen & den Reis aufsetzen.

Nächster Tag: Ein sehr gutes, riesiges Soloabendessen gestern, dann tiefer Schlaf – nach zwei Telefonaten mit Tracy – und heute Morgen ruhiges, friedliches Im-Bett-Liegen, bis zuerst Wendy anrief und dann Leigh.[85] Das Buch[86] (von Pratibha und mir) kommt auf ihrer Seite gut voran.

24. Mai 1993

10:10. Unterwegs nach Boston. T, nachdem ich sie an allen erreichbaren Stellen geküsst hatte, schlafend in meinem Bett zurückgelassen, die Hunde auf Kissen auf dem Boden. Sie hat sich beim Fußball die Hand verletzt, und wir haben Eis draufgetan und sie vorsichtig behandelt.

Am Sonntag haben wir fast den ganzen Tag geschlafen. Sie war geschafft vom Fußball & von ihrer Verletzung & hatte noch bis spät die Einrichtung für ihr Studio zusammengestellt. Es ist so schön, sie neue Songs spielen & sich auf der Gitarre begleiten zu hören. Ich liebe das. Manchmal ist die Gitarre alles, was sie trägt, manchmal sind es die Gitarre und ein Handtuch. Ich laufe ihr hinterher, bewundere ihren schönen Rücken & ihre Taille & Hüften und wunderbar starken Arme. Sie singt mir gern vor. Unseren Song »Ouagadougou« hat sie für eine Weile pensioniert. Aber ich sehne mich danach, ihn zu hören. Vielleicht wenn ich zurück bin.

30. Mai

Bei Gloria, wo es immer schummrig ist.[87] Aber gemütlich & komfortabel & schön. Wir haben zwei Filme gesehen & zweimal toll gegessen, seit ich am Freitag ziemlich müde hier angekommen bin, nach meiner Lesung in Boston & 2 Tagen bei den Zinns. Wie immer haben mir der Humor & die Wärme von Howie & Roz gutgetan.

Ihr Rücken hat ein bisschen gemuckt – verkühlt vom zu frühen Schwimmen in der Bucht –, & ich habe ihr eine Heilmassage gegeben. Sie erklärte, es habe Wunder gewirkt. Die erste Massage, die sie je hatte. Ich konnte es gar nicht glauben. Aber sie massiert ihn. Sie hat nach ihm gerufen & gesagt, er solle zuschauen, damit er es lernt, aber er hat nicht reagiert. Während ich sie massierte, rief Tracy an. Wir sind liebeskrank, heimwehkrank, sehnen uns nacheinander. Ich vermisse sie so & träume & tagträume ständig von ihr. … Ich habe Fantasien von ihren Händen, die größer sind als meine, & will sie auf mir spüren, so stark & sanft. … »Ich liebe dich« sind die erotischsten Worte, die ich kenne, wenn sie mich beim Liebesspiel berührt – tatsächlich sind es die einzigen Worte, die ich denken kann. Wenn ich sie berühre, flüstere ich diese Worte in ihren Mund, als ob ich atme. Sie ist wunderbar. Eine Göttin & eine Sportskanone. Ein Kind & eine Frau. Ein neues Wesen.

Liebe ist immer gleich und fühlt sich doch so verschieden an. Ich glaube wirklich, Tracy ist die erste Person, die ich liebe & auf die ich total stolz bin. Letzte Nacht, während eines Telefongesprächs, bei dem wir schließlich beide schwer atmeten & über »Telefonerotik« lachten, sagte ich ihr, sie besitze mein Herz. Sie sagte: »Ich werde gut darauf aufpassen.« Ich sagte: »Ich weiß.«

Für heute hatten Gloria & ich einen Trip in die Lower Eastside geplant, um nach Brillen zu schauen. Ich stand auf, wusch mir die Haare und zog mich an & merkte dann, dass ich zu erledigt war, um irgendwo anders hinzugehen als wieder ins Bett. Also tat ich das & hörte wunderschöne Musik aus Afrika – diesem seltsamen Land, das man liebt, weil es die Heimat ist. Ich hasse Afrika nie. Egal wie sehr ich verzweifle.

21. Juni 1993
Sommersonnenwende! Längster Tag des Jahres!
Wehendes Lüftchen, sonnig. Schön! Und ich hatte einen perfekten Morgen. Ich stand früh auf, fühlte mich gut. Mein steifer Hals (vom Schlafen im Durchzug) ist besser. Gestern Abend habe ich – vor Sonnenuntergang – einen Spaziergang zum Verlagsquartier & zurück gemacht.[88] Frida lief mit mir los, gab aber auf, als sie merkte, wie weit ich zu gehen vorhatte! Es war ein schöner Spaziergang, niemand auf der Straße. Außerdem ist die Straße sowieso zur Hälfte meine Straße. Egal. Muss meinen Schrittzähler mitnehmen, wenn ich zu Fuß gehe. Mein Ziel ist es, auf drei Meilen am Tag zu kommen. Wieder zu Hause, zog ich mich aus und stieg ins Jacuzzi. Ging rein, duschte, legte mich ins Bett. Später rief T an, & wir redeten & lachten lange. Heute Morgen wachte ich voller Energie auf &

beschloss, in den sauren Apfel zu beißen & meinen begehbaren Schrank aufzuräumen, was ich auch tat. Es war richtig lustvoll. Ich hatte so viele scheußliche Sachen. Ich habe etwa ein Drittel von allem rausgeschmissen.

Danach tanzte ich 30 Minuten. Dann legte ich mich in die Sonne. Und dann war es Zeit, mein schönes Haus abzuschließen, meiner treuen Katze Adios zu sagen & zurück in die Stadt zu fahren.

Heute Vormittag erwarte ich Gloria (Akasha) Hull, die mich über Spiritualität interviewen will.[89] Um 15 Uhr kommt dann möglicherweise ein neuer Teppich. Und ich sollte Termine für die Woche mit Jayne, meiner neuen Trainerin, machen.

T & ich reden mehrmals am Tag. Wir würden durch die Telefonleitung kriechen, wenn wir könnten. Sie hat sich total verausgabt, um Netas Geburtstag richtig toll zu machen.[90] Armes Baby. Ich hatte das Gefühl, sie wollte all die Leute ersetzen, von denen sie meint, es sollte sie in Anetas Leben geben, die es darin aber nicht gibt.

Die Arbeit an unserem Filmbuch[91] läuft gut. Ich bin sehr zufrieden mit den Interviews.

Und sonst: Ich habe Rebecca [Geld] geschickt. Kein Wort, ob sie es bekommen hat, obwohl wir ein paar versöhnliche Gespräche hatten. Ich empfinde eine Distanz, als ob sie weit weg von mir wäre. Es fühlt sich fast so an wie damals, bevor ich Mutter wurde. Vielleicht ist das ja natürlich. Es ist schwer, sie mir jetzt vorzustellen. Manchmal vermisse ich sie sehr. Ich vermisse ihre Art, mit mir zu reden. So frei & unterhaltsam.

T & ich planen einen Campingtrip zum Grand Canyon, den sie nie gesehen hat. Ich weiß, sie wird ihn toll finden.

1. Juli 1993

Es ist nach 20:00, noch hell draußen. Ich sitze in meinem Schlafzimmer in der Stadt, in dem Sessel, in dem ich so selten sitze, und bewundere die schlichte Schönheit von allem: dem schlittenförmigen Mahagoni-Schlittenbett, California Kingsize, der pflaumenfarbenen Bettwäsche, dem Quilt, dem goldenen japanischen Fächer, der den Luftbefeuchter kaschiert, meinen neu sortierten CDs. Der Bilder & Zeichnungen.

Wie üblich erstaunliche Dinge! Vorgestern Abend gab es eine Preview von »Warrior Marks« im SF Art Institute.

Der Film ist wunderbar. Stark. Kraftvoll. Visuell & emotional mitreißend. Ich bin so glücklich damit. Ich bin Pratibha immer wieder um den Hals gefallen. Selbst Ms. Chapman musste zugeben, dass er toll ist. Sie & ich und Neta waren zusammen gekommen, und nachdem ich Pratibha umarmt hatte, umarmten sie & ich uns richtig.

Ich hatte das letzte Wochenende bei ihr verbracht & die meiste Zeit geschlafen. Ich war so müde. Das liegt teilweise am Endspurt mit dem Buch »Warrior Marks«, aber auch an meiner erheblich gesteigerten körperlichen Aktivität, die zur Folge hat, dass meine Gelenke & Knochen wehtun.

12. Juli 1993

Als T & ich das letzte Mal auf dem Land waren, vor ein paar Tagen, aß sie Blattkohl, den ich gekocht hatte, & goss sich etwas von dem Kochsaft über ihren Reis. Das erinnerte mich so sehr daran, wie mein Vater es immer gemacht hat, dass mir Tränen in die Augen stiegen. Um mich in den Griff zu bekommen, ging ich ins Schlafzimmer & versuchte entweder zu weinen oder nicht zu weinen. Bald schon ging ich zurück an den Esstisch. T. fragte, ob alles okay sei. Sicher? Und mein

Gesicht »knautschte sich zusammen« (ein Ausdruck aus meiner Kindheit, der das Verziehen des Gesichts beim Weinen treffend beschreibt), und während die Tränen nur so strömten, sagte ich: Ich will einen Vater! HEULEND! Ich weinte & weinte, & sie stand auf und nahm mich in die Arme. Ich sagte: Das will ich! Und nach einer Weile, noch immer schluchzend: Mein Herz bricht! Und doch fühlte ich genau in dem Moment, wie es heilte. Ich weinte zwei Kübel Tränen, und T führte mich zum Sofa, wo mich das ganze Leid des Lebens meiner Eltern überflutete & ich mich fragte, wie viel von diesem Leid meine Schuld war, weil ich geboren worden war. T sagt, es sei nicht meine Schuld & auch wenn ich nicht geboren worden wäre, wären meine Eltern wahrscheinlich genauso arm & unterdrückt gewesen & hätten genauso viel geschuftet. Mein Daddy nicht, sagte ich. Denn er war, wie ich, dafür gemacht, zu schlendern & seine Seele zu Gast zu laden.

Als ich mir die Nase schnäuzte, war es wie ein Fluss. So viel Wasser!

Ich brachte das in Zusammenhang mit einem Traum, den ich ein paar Nächte vor dem Dammbruch gehabt hatte. Ich war bei Quincy zu Besuch, aß Pommes frites von einem Pappteller. Quincy war beschäftigt & zerstreut wie immer, aber er & ich waren im Begriff, zusammen irgendwohin zu gehen, sein Haus zu verlassen. Ich sah hinaus, & es regnete in Strömen. Ich meine, es schüttete. Goss. Wie aus Kübeln. Quincy ist der »Vater«, an den ich mich 5 Jahre lang gehängt habe. Der Regen stand für die Tränen, die dann kamen.

Jetzt muss ich ein Schläfchen machen. Jayne, meine Trainerin, kam um 11, direkt nachdem T und ich Liebe gemacht hatten.

Jetzt ist es 17 Uhr, & ich bin total erledigt. Aber glücklich. Und T hat ein Haus gefunden, das ihr gefällt. Vielleicht.

Also, durch kübelweise herabströmende Tränen, einen Platzregen, habe ich das Haus meines Vaters verlassen – mit ihm! Denn nachdem alles gesagt und getan war, wurde mir – nicht zum ersten Mal – bewusst, dass ich ihn zutiefst liebe. Nicht den engherzigen, frauenfeindlichen, kranken Vater, der sich immer beschwerte, sondern den lustigen dicken, der mich liebte. T hat – obwohl sie nicht dick ist! – verblüffend viel von Daddy. Den sehr dunklen Hautton, die großen dunklen Augen. Die Liebe zur Musik. Zum Leben. Zum Unterwegssein. Die Liebe zum Lieben. Heute Morgen habe ich zu ihr gesagt: Mein Daddy hätte dich gemocht. Und das hätte er. Es versetzte mir einen Stich, dass sie sich nie kennengelernt haben. Dass er nie wissen würde, wie ich durch T zu ihm zurückgefunden habe. Es stimmt auch, was T sagt: dass ich mein Vater bin. Das an ihm, was ich so vermisse, habe ich auch in mir.

5. August 1993

Gestern Abend, als wir darüber sprachen, wie sehr wir einander vermissten, sagte T: »Vielleicht sollten wir zusammenleben.« Sie war nervös & machte den Vorschlag wie halb im Scherz. Aber ich bin bereit, es zu versuchen. Wenn ich von ihr getrennt bin, sehne & sehne ich mich und bin im wahrsten Sinne des Wortes liebeskrank. Es geht mir nicht gut, sobald sie nicht da ist, um sie zu küssen. Wir wissen, dass wir einander lieben. Wir wissen, dass wir zusammen in einem Haus leben können, in Eintracht mit ihren Hunden. Andere praktische Fragen schrecken uns allerdings. Wir sprachen darüber, ob sie zu mir in die Steiner Street ziehen sollte. Ich zu ihr auf die

Ranch. Wir beide zusammen aufs Land in Mendocino. Wir kennen uns jetzt neun Monate, lieben uns sechs und haben es geschafft, gut fünf von diesen sechs Monaten zusammen zu verbringen.

19. August

Leigh Haber[92] & ich haben gerade darüber gesprochen, jemanden daranzusetzen, meine Tagebücher abzuschreiben. Sie brennt natürlich darauf, sie zu sehen. Aber ich glaube nicht, dass ich das im Moment will. Allerdings ist mir dabei etwas Interessantes aufgefallen: Viele Jahre habe ich immer gesagt, mit der Veröffentlichung der Tagebücher beginnen würde ich mit 50. Und dann konnte ich wegen des Films kein Manuskript (keine Reinschrift) zustande bringen. Aber, hey! Das Tagebuch, das ich in London & Afrika geführt habe, wird in Warrior Marks veröffentlicht, sogar bevor ich fünfzig bin. Das Universum hört jeden kleinsten Wunsch und tut, was es kann!

Daher weiß ich, dass der Weltfrieden möglich ist.

Heute wird Tracy mit Jeanne[93] Häuser besichtigen. Zwei »große« Häuser, worauf ich sehr gespannt bin. Sie will ernsthaft, dass wir zusammenziehen, und ich auch. Obwohl ich ein ganz klein bisschen schwanke – vor schierer Verwunderung! Ist es wirklich möglich, mit einer Person zusammenzuleben, die ich mir ausgeguckt, die ich umworben und gewonnen habe? Eine, die singt & Gitarre spielt & beides tut, während sie nackt herumläuft? Das Bewusstsein auf der Welt ändert sich. Immer mehr Menschen begreifen, dass wir dankbar für all das sein müssen, was wir haben. Wir müssen unseren Körper und unsere Seele und die Erde wertschätzen.

8. Sept. 1993

Morgen ist Daddys Geburtstag. Er würde vierundachtzig. Es ist jetzt zehn Tage her, dass ich das letzte Mal in dieses Tagebuch geschrieben habe. Das Barbecue bei Tracy hat Spaß gemacht, obwohl ich sehr unschick angezogen war, mit Sweatpants & T-Shirt. Das Wetter hatte plötzlich von neblig zu sonnig heiß gewechselt, & ich hatte nur warme Sachen dabei. Habe Hazel kennengelernt, Ts Mutter, über die ich fast nichts Gutes gehört hatte. Ich mag sie. Zu Tracys Verblüffung. Ich glaube, für Hazel ist es immer noch ein Schock, dass ihre Tochter so wahnsinnig erfolgreich & berühmt ist.

Tracy hatte Eiscreme selbst gemacht & 2 Pfirsichkuchen gebacken. Alle brachten köstliche Sachen mit. Am nächsten Tag wurde der Film gezeigt, & Pratibha & ich sprachen zu den Versammelten, die sich alle ins untere Schlafzimmer & Arbeitszimmer quetschten. Der Film ist immer noch schön, kraftvoll.

Rebecca, Angel[94], Tracy & ich blieben bis Donnerstag auf dem Land. Aßen gut, schliefen lange. Es war eine tolle Zeit des gegenseitigen Kennenlernens. Dann fuhren wir alle in die Stadt, & sie fuhren weiter nach New York. Zwischen Rebecca & mir ist es viel besser. Ich mag Angel. Wir alle mögen Tracy & umgekehrt.

Inzwischen ist Mama im Pflegeheim – & es scheint ihr zu bekommen! Ich nehme an, ihr Zustand bessert sich!

10. Sept. 1993

Meine Mutter ist gestern Abend gestorben. Am 9. Sept. Dem Geburtstag meines Vaters.

21.9.93
Sie war keine ganze Woche im Pflegeheim. Jetzt bin ich von der Trauerfeier/Beerdigung zurück und habe etwa eine Stunde mit meinen Brüdern telefoniert, die (Bobby & Jimmy) die Beerdigungskosten mit übernehmen wollen. Ich habe auch Bill anzurufen versucht, aber ohne Erfolg.

Rebecca & Angel haben uns, mich & Tracy & Trajal[95], am Flughafen von Atlanta getroffen. Wir wurden von Eddie in einer Stretchlimousine abgeholt und zum Ritz Carlton Hotel gebracht. Gute Betten, verrauchte Räume & schreckliches Essen! Das war am Donnerstag. Am Freitag fuhren wir zum Haus auf der Plantage, zur Totenwache, die sehr schön war.

Als wir ankamen, waren alle gerade am Essen. Mein Bruder Fred war da, Mamie, Ruth, Jimmy. Ich sprach auf der hinteren Veranda mit Fred & Jimmy. Machte alle mit Tracy bekannt. Mamie wollte sie gar nicht mehr loslassen & gab ihr sogar einen dicken Kuss. Alles sehr bizarr. Sie sagte immer wieder: »Sie gehört mir.« Jedenfalls ging ich wieder in die klimatisierten Räume, wo Ruth war. Sie beklagte sich wie immer. Niemand habe geholfen. Sie habe Schmerzen. Sei müde. Und so weiter. Ich kenne das alles schon & wurde gleich unruhig.

Wir warteten & warteten auf Mama. Tracy & ich beschlossen, ein Stück die Straße entlangzugehen. Ich zeigte ihr Miss Reynolds Haus. Cousine Lucilles Haus. Als wir gerade wieder umkehrten, um zum alten Haus zurückzugehen, sahen wir den Leichenwagen. Wir blieben stehen & schauten zu, wie er vorbeifuhr. Standen dann – mit Rebecca & Angel & Trajal & Miss Cook – dabei, als die Männer vom Bestattungsunternehmen (Söhne von Mr. Hurt) die Türen zu dem Raum aushängten, in dem sie (Mama) liegen würde. Ich sammelte den Müll um die Tür & die Stufen herum auf, als die Männer den Sarg heraushoben & das kurze Stück vom Leichenwagen zur Tür trugen.

Sie brachten sie sehr behutsam herein, in ihrem schönen Kiefernholzsarg, und umgaben sie mit Blumen. So vielen. Zwei, drei Wagenladungen Blumen. Schließlich öffneten sie den Sarg – & da war sie. Immer noch so schön & würdevoll! Sie schien jeden Moment etwas sagen zu wollen. Ruth & ich traten an den Sarg, um sie anzuschauen. Rebecca & Tracy & Angel & Trajal auch. Sie trug ein Kleid, das Ruth einfach nur als »grün« beschrieben hatte. Aber in Wirklichkeit war es eher aquamarin & sah aus wie Meerwasser in der Karibik. Sie hatte eine Perlenkette um den Hals, 3 ineinandergeschlungene Stränge, und ein Ansteckräußchen von rosa Blumen am Kleid. Einen Strauß davon in den Händen.

Ich griff unter das Netztuch, das sie bedeckte, und berührte ihre Hand. Sie fühlte sich immer noch wie ihre Hand an. Ich trat ans Kopfende des Sargs und streichelte ihr Haar. Ganz weich &, wie mir schien, dunkler als sonst. Tracy, Rebecca, Trajal & ich saßen auf dem Sofa, während Leute kamen & gingen. Es war so schön. Die vielen Kinder, die rücksichtsvoll sprechenden Erwachsenen. Die bunten Blumen. Da war so ein Gefühl von Echtheit, es war ein wahrhaft erfüllendes Erlebnis. Ich war glücklich.

Irgendwann bat ich schließlich alle zu gehen & stellte Tracy Mama vor. Tracy erklärte ihr, dass sie mich liebe & sich gut um mich kümmern wolle. Ich erklärte Mama, dass ich Tracy liebe, & sagte ihr, wie mitfühlend, mutig, talentiert und nett Tracy sei. Ich erklärte ihr, Tracy & ich seien zusammen, und bat sie in meinem Herzen um ihren Segen.

Bevor wir nach Eatonton kamen, hatte Tracy in zwei Nächten geträumt, sie sei allein mit meiner toten Mama & erzähle ihr, dass sie mich liebe. Beide Male war Mama in dem Traum jünger geworden & hatte Anstalten gemacht aufzustehen. Aber jedes Mal kam jemand herein, & sie war wieder so tot wie vorher.

Wir kehrten nach Atlanta zurück & fuhren am nächsten Tag wieder runter zur Beisetzung. Die war beeindruckend. Mit Sicherheit die größte, die es in Eatonton je gegeben hat. Der Trauerzug erstreckte sich über Meilen. Jedes Auto, dem wir begegneten, fuhr rechts ran & hielt. Die Polizisten, die den Zug eskortierten, nahmen die Mützen ab & hielten sie sich vors Herz. Und Mamas kleiner Körper rollte gemächlich dahin. Ruth, Rebecca & ich, Tracy & James Lee, ein Cousin, fuhren gemeinsam direkt hinterher.

Die Trauerfeier war im Königreichssaal. Einem »hübschen« Gebäude, steril & pastellfarben, mit »Gepriesen sei Jehova … Gib mir ein ungeteiltes Herz, das Ehrfurcht vor deinem Namen hat« an der Wand hinter dem Podium. Es war ein großer Schock, dass ein weißer Zeuge Jehovas das Eingangsgebet sprach. Und ein noch größerer Schock, als die Leute aufgefordert wurden, »All Things Made New« zu singen, ein total langweiliges, unmelodisches Lied, das die Gemeinde, was ihr zugutezuhalten ist, nicht einmal zu murmeln versuchte. Schrecklich. Dann trat Buder Hester vor, den Mama angeblich bei ihrer Trauerfeier als Prediger gewollt hat. Die totale Katastrophe. Kalt, keinerlei Gefühl, buchstäblich. Und auch keine Grammatikbeherrschung. Ein missionierender Sermon, an dem das einzig Gute die Kürze war.

Dann ging mein Bruder Jimmy nach vorn & sprach über

Mama. Er war humorvoll & warmherzig. Menschlich. Er brachte die Leute dazu, Mama zu »sehen« & zu fühlen. So, wie sie wirklich gewesen war. Erfüllt vom Licht des Lebens. Ein Mensch, der die Dinge zu schätzen wusste, immer.

Er erzählte von ihrer Liebe zu alten Sachen. Wie sie das Geld, das sie bekam, um sich ein neues Kleid zu kaufen, zu verschenken pflegte – sie befand, dass ihr altes Kleid noch bestens aussah.

Er erzählte, wie sie einmal, als sie krank war, Eiscreme gewollt hatte. »Wenn ich kein Eis kriege«, hatte sie zu Mary Alice gesagt, »heule ich.« Diese Geschichte entlockte allen ein Lächeln. Seine Erinnerungen an Minnie Lou retteten den Tag.

Rebecca, Tracy & ich waren hinter Mamie hereingekommen – die sich an Ruth vorbeigedrängelt hatte, »weil ich die erstgeborene Tochter bin« – & hinter Ruth, die von zwei Männern gestützt wurde, als wäre sie plötzlich zu schwach & zu »feminin«, um auf eigenen Beinen zu stehen. Ich vermied es, mich von den Bestattungsleuten anfassen zu lassen. Hand in Hand, Rebecca an meiner einen Seite & Tracy an der anderen, standen wir vor dem Sarg & wünschten Mama eine gute Reise dorthin, wo Willie Lee und Fannie Lou waren und Martin, Malcolm, Lorraine Hansberry, Ché etc.

Mir war nicht klar gewesen, dass nur getaufte Zeugen Jehovas bei deren Versammlungen sprechen durften. Nicht einmal Ruth durfte es tun, weil sie zwar Mitglied, aber nicht getauft war. Ich fand das empörend.

Ich hatte sprechen wollen & Rebecca auch. Aber ich war zufrieden mit Jimmys Rede – und ich dachte auch, dass dies Mamas Glaube war, & obgleich ich ihn schrecklich fand, war er doch das, was sie sich für sich & für ihre letzten Riten ausgesucht hatte.

Die religiöse Trauerfeier war sehr unbefriedigend. Langweilig, trocken, musikalisch öde. Ich wünschte, meine Cousine Carolyn hätte die Predigt halten können. Sie wäre perfekt gewesen. Diesen von weißen Männern dominierten Ritualen fehlt es an Soul.

Danach zurück nach Atlanta & dann weiter nach SF. Während unserer ganzen Zeit in Eatonton waren Tracy & ich uns nah & miteinander glücklich. Lagen eng umschlungen da und staunten immer noch, dass es so schön ist & wir so mit Glück gesegnet sind. Ich habe es genossen, sie meiner Mutter vorzustellen, meiner Familie. Es war für alle gut so.

—

Liebe Angela –

über die Feier unseres 50sten[96] (ist das zu glauben?) habe ich inzwischen viel nachgedacht; hier, was mir vorschwebt: dass wir das Greens (das Restaurant) für unsere Dinnerparty mieten. Dass wir vor dem Essen eine Bootstour auf der Bay machen (nur ausgewählte Gäste). Wir könnten den Sonnenuntergang von unter der Golden Gate Bridge betrachten!

Wie du ja weißt, ist das Greens ein schöner, weiter Raum mit einem schönen Blick auf die Marina. Ich weiß nicht, ob sie es überhaupt vermieten, aber das könnte ich leicht herausfinden. Ich hätte gern, dass es eine richtig tolle Party wird, deshalb schlage ich vor, nicht nur unsere Freunde einzuladen, sondern auch all die Leute, mit denen wir im Lauf der Jahre zusammengearbeitet haben, und all jene, die wir genügend bewundern, um den Abend mit ihnen verbringen zu wollen. Es sollte ein

Fundraising werden. Meine Hälfte der eingenommenen Spenden würde (nach Abzug der Kosten) an FORWARD International gehen, die Gruppe aus London, die sich gegen Genitalverstümmelung einsetzt, und deine Hälfte könnte vielleicht an das Black Women's Health Project gehen (oder an wen auch immer du möchtest). Auf dem Boot wären allerdings nur unsere Freunde.

Tracy hat angeboten, die Musik beizusteuern – sie & ihre Band! Vielleicht muss man ja fünfzig werden, ehe die wirklich unglaublichen Dinge passieren!

Wie auch immer. Wir könnten die Tickets teuer machen. Aber da bin ich überfordert. Ich würde Belvie Rooks als Organisatorin des Events vorschlagen. Sie würde das alles großartig machen. Wir könnten wahrscheinlich die Schwarze Sister kriegen, die bei Henris Geburtstagsparty das Essenscatering gemacht hat.

Es kann fantastisch werden!

Ich würde vorschlagen, es am 6. Feb. zu machen, Bob Marleys Geburtstag, der auf einen Sonntag fällt.

Lass mich wissen, was du meinst.

Meine Mutter war heiter-gelassen & ein bisschen hochmütig in ihrem glänzenden Sarg aus knotigem Kiefernholz, mit Fotos ihrer Kinder & Enkel um sich herum. Ihr alter Spirit, resolut & nicht unterzukriegen, war unübersehbar. Sie schien im Begriff, eine prägnante, schützentypisch direkte Bemerkung zu jedem zu machen, der herantrat, um sie noch einmal zu sehen. Es war ein wunderbarer Abschied. Sie war so geachtet in unserer Community, es war, als wäre die Mutter des Dorfes gestorben. So eine große Beerdigung hatte unsere Stadt wahrscheinlich noch nie gesehen, & die Leute, die Verwandtschaft eingeschlossen, zeigten sich von ihrer besten & schönsten Seite. Beeindruckend. Tracy & Rebecca & ich waren zusammen, & ich konnte endlich meine Mutter & Tracy miteinander bekannt machen.

Alles Liebe,

27. September 1993
Ich komme jetzt ans Ende dieses Tagebuchs, das ich im letzten Dezember in Mexiko gekauft habe. Meine Mutter ist gestorben, nach nicht mal einer Woche (?) im Pflegeheim. Meine Beziehung mit Robert habe ich beendet, endlich. Schmerzhaft, aber welche Erleichterung! Wie ich es jetzt sehe, ist die Beziehung schon 1984 oder so etwa um diese Zeit gestorben, als er mir von seiner Affäre mit A. erzählte. Also haben wir die nächsten neun, na ja, acht Jahre nur noch so getan, als ob. Ich jedenfalls. Er sagt, er habe immer »funktioniert«, also hat er wohl auf eine andere Art so getan, als ob. Und ich habe es ausgehalten, so lange ich konnte, weil ich sonst allein gewesen wäre. Dann hatte ich, der Göttin sei Dank, einfach die Nase voll – von ihm, von dem aufrechterhaltenen Schein & davon, Gefühle vorzuspiegeln, die ich seit Jahren nicht mehr hatte. Ich warf mich Mercedes an den Hals, und sie erwies sich in der Tat als enorme Ablenkung von meinem Dilemma. Aber eins zumindest habe ich durch Robert gelernt: Lass die Ablenkung sich nicht auf Dauer festsetzen. Aber sie stellte sich als ganz schön klebrig heraus. Und als ganz schön schwer zu vergessen.

Im Oktober war ich bei Tracys Konzert, im November haben wir uns kennengelernt. … Im Januar haben wir uns getroffen. Im Februar ineinander verliebt. Jetzt sind wir schon 8 wunderbare Monate eng zusammen, und ich glaube, ich bin glücklicher denn je. Ich sage, ich glaube, weil ich in meinem Leben schon eine Menge Glück verspürt habe & nie so viel, wie wenn ich verliebt war.

Und außerdem sind da Freundschaften, die sich stabil anfühlen: zu Angela, Deborah, Henri, Gloria, Belvie, Max. Joan … Ich frage mich, ob Robert und ich je Freunde sein werden.

Mein Verhältnis zu meinen Brüdern hat sich verbessert, und meistens mag ich sie, so verrückt, wie sie sind. Ich versuche immer wieder zu verstehen, was mit ihnen los ist, & schaffe es auch. Ich denke daran, einen Dokumentarfilm über sie zu machen, der »Brüder« heißen würde. Ich wüsste wirklich gern, wer sie sind.

Ich besitze drei Häuser & habe das Gefühl, dass ich eins oder zwei loslassen könnte. Häuser bedeuten für mich nicht mehr Liebe. Liebe bedeutet Liebe. Ich weiß, ich will mit Tracy zusammen sein, wo auch immer. Vielleicht in all unseren Häusern. Vielleicht in einem. Ich habe Geld. Genug.

Was will ich jetzt? Ich will, dass der Film »Warrior Marks« & das Buch Erfolg haben. Und ich will zu Hause bleiben, mit Tracy, und all das tun, was wir gern tun: kochen, essen, tanzen, uns umarmen, uns küssen, schlafen, Liebe machen, einander vorlesen, mit den Hunden spielen, in der Hängematte liegen. Reden. Lachen. Ich will mit ihr zusammen sein. Ich brauche das Reisen nicht. Das Publikum. Das Kommen & Gehen, das die »Ewigkeit« zerstört, die ich einst in mir selbst gefunden habe.

Große Schönheit, du hast mich so gesegnet, wie ich es mir in meinen kühnsten Träumen nicht erhofft hätte. Ich liebe dich & Tracy als eine Einheit. Danke für dein strahlendes, leuchtendes Sein.

—

Sich selbst nicht treu sein, ist der einzige Tod.

San Francisco
8. Okt. 1993
Toni Morrison hat heute den Nobelpreis bekommen.[97] … Alle schreien nach einem Kommentar von mir. Also habe ich schnell einen geschrieben & ihn Joan zum Verbreiten gegeben. Er lautet in etwa:

»Niemand schreibt schöner als Toni Morrison. Sie ist konsequent Themen von wahrer Komplexität, von Schrecken & Liebe im Leben von Afroamerikanern nachgegangen. Harsche Kritik hat sie nie von etwas abgebracht. Preise konnten sie nie in die Falle locken.

Diese Ehrung ist wohlverdient.«

Tracy & ich lagen im Bett, als der Anruf kam – wir verbrachten die letzte Nacht größtenteils mit »Nachholen« nach unserem stürmischen Campingtrip[98] –, und als ich wieder ins Bett kam, nachdem ich den Anrufbeantworter abgehört hatte, erzählte ich ihr von meiner Ambivalenz. Dass da kein feministisches Bewusstsein in ihrem Werk ist (außer in Sula, das mir sehr gefällt) und dass das, was sie schreibt, schön ist, ohne einen zu irgendetwas zu bewegen. Tracy mochte Song of Solomon sehr, das mir nicht gefallen hat. Auf jeden Fall, sagte sie, »lieber Toni als irgendein weißer Mann oder eine weiße Frau, der oder die nicht halb so gut ist«. Und das finde ich auch. Jedenfalls habe ich Toni Blumen und einen Brief geschickt. Und ich hoffe, sie ist glücklich, wie Tracy, sagt sie, später im Radio gehört hat.

—

Wendy hat mir gerade 157.000 überwiesen, meine Hälfte von Warrior Marks, dem Buch. Ich muss dieses Geld anlegen oder sparen, sonst werde ich es langsam oder auch nicht so langsam hergeben. Ayi Kwei[99] hat mir geschrieben und um ein Darlehen von 10.000 gebeten, für die Gründung eines Verlags, den er von seinem Haus in Popenguine aus betreiben will. Ich habe ihm das Geld geschickt. Und ich habe dieselbe Summe Elizabeth Sunday für ihre Kollektion »afrikanischer« Kinderkleidung geschickt. Und dergleichen. Ehrlich, es macht mir Freude, die kreative Energie des Geldes auf diese Weise in Umlauf zu bringen.

Deborah[100] & ich hatten neulich einen tollen Shoppingtag. Ich habe mir schwarze Jeans gekauft, einen schwarzen Pulli, andere schwarze Hosen. Schuhe. Es war herrlich. Hinterher waren wir im Khan Toke & haben gebratenen Fisch & Reis & Suppe gegessen.

Wir fliegen Donnerstag nach London. … Offenbar sendet das nationale britische Fernsehen »Warrior Marks« kurz vor unserer Ankunft. Dann weiter nach Birmingham & Paris!

Ich habe das mickrige Angebot der BBC für Possessing the Secret of Joy abgelehnt, & Joan sagt, Pratibha habe vielleicht einen unabhängigen Produzenten gefunden.

Ich bin zu schnell unterwegs. Das ist mein »Hauptfehler«. Ich träume immer davon, richtig langsam zu machen, nur Hühner zu haben & gelegentlich mal ein Buch zu schreiben. Ich will ein häuslicheres Leben. Geregelt. Geteilt. Arme Tracy, sie versucht zu bauen und ein Haus für uns zu kaufen, aber das ist schwer. Alles auf dem Markt ist entweder Bruchbude oder Schloss. Und ihr Haus auf dem Land kann unmöglich vor dem nächsten Herbst gebaut werden. Es hat mich gerührt, wie hartnäckig sie versucht, etwas für uns zu finden. Aber welche Erleichterung, als ich gemerkt habe, dass ich mein Zuhause nicht verlassen will, weder das Haus in der Steiner, wo ich dies schreibe, noch Temple Jook.[101]

Bin mit der Reinschrift von Band eins meiner Tagebücher im Großen und Ganzen fertig. Die Schreibe ist größtenteils die einer verheirateten Frau & deshalb nicht frei. Außerdem war ich jung & unerfahren. Da ist eine Distanz von mir selbst, die ich beim Lesen deutlich spüre. In Wirklichkeit lernte ich gerade zu leben. Buchstäblich am Leben zu bleiben, zu arbeiten, zu lieben. Mit Mels Hilfe habe ich das gelernt. Er war meine Shug. Eine von ihnen.

13. Okt. 1993
Warum versuche ich die ganze Zeit zu ergründen, was mit mir nicht stimmt? Der Mensch, den ich auf Erden (oder im Himmel) am meisten geliebt habe und liebe, ist gestorben. Ich fühle mich verloren, beraubt. Maßlos traurig & bekümmert. Ich dachte, es würde anders sein. Ich würde mich nicht so einsam fühlen ohne sie. Aber ich fühle mich einsam ohne sie. Ohne ihre Wärme & Zärtlichkeit & Großzügigkeit. Ihre absolute Integrität als Frau & ihre Güte.

Ich war eine halbe Stunde an der Marina spazieren. Da war eine braune Möwe, die mich adoptierte, neben mir herflog, dann ein Stück voraus, nur um haltzumachen & auf mich zu warten. Sie holte mich aus meiner Schwermut. Denn ich steckte tief darin, fühlte mich innerlich sehr reglos, zu reglos.

Unterwegs begegnete ich einer Frau, einer Weißen in meinem Alter, mit orangerotem Haar, & sie lächelte vor sich hin, wie ich es so oft tue: ein Lächeln, das ein köstliches Geheimnis signalisiert. Eine neue Liebesbeziehung vielleicht. Freude jedenfalls. Ich erkannte ihr Glück wieder. Es war meins noch vor einem Monat.

Habe kurz mit Henri[102] gesprochen, die sagt, diese Gefühle sind normal, sogar die, die ich in Zusammenhang mit meiner Periode habe. Leere. Lethargie. Abwesenheit von Leidenschaft.

Mein Bruder Jimmy, der Mamas Geld bekommen hat, hat mir einen Blankoscheck geschickt. Ich habe mir 2.000 genommen. Ich bin so froh, dass er den Scheck wie versprochen geschickt hat. Meine Brüder machen mich glücklich, wenn sie Wort halten.

16. Oktober, London, 6:45

Die Premiere ist gut gelaufen. Obwohl der Saal mit Sitzplätzen für 1.000 Personen zu groß & höhlenartig war. 778 Leute waren da, ein großes Publikum, das wegen des riesigen Saals nicht so groß wirkte. Und der Ton hallte ein bisschen. Trotzdem, der Film ist toll, & das Publikum applaudierte am Schluss laut & lange. Dann gingen Pratibha, Efua & ich auf die Bühne, um Fragen zu beantworten. Pervais, der Leiter des Festivals, war auch bei uns. Ein netter & gut aussehender Britisch-Pakistaner, der uns hinterher in ein fantastisches indisches Restaurant ausführte.

Als wir von der Bühne gegangen waren, sagte ich zu Pratibha: Eine geschafft, noch acht vor uns! Dienstag sind wir bei der Eröffnungsvorführung in Paris.

Es ist Sonntag. Ich glaube, die Sonne scheint – es ist schon sonnig, seit wir hier sind! Bald werden alle auf sein & gestiefelt & gespornt und bereit für die Zugfahrt zurück nach London. Die Fahrt hierher war lustig. Wir hatten sonnige Plätze, & es gab Tee & Sandwichs. Thunfisch & Gurke. Ich war sehr dankbar, dass sie essbar waren.

Also, wo stehe ich jetzt? Ich habe letzte Nacht gut geschlafen. Bei der Premiere gestern Abend habe ich meine Kontaktlinse nicht getragen. Fühlte mich wohl dabei. Meine »Warrior Mark« zu zeigen, meine ich. Trug meinen orangefarbenen Sweater & schwarze Laize-Adzer-Hosen [sic!], meine neu gekauften Schuhe & die Weste mit Elefanten, die mir Deborah geschenkt hat.

Ich kann sehen, dass ich älter werde. Das ist so interessant. Ich sehe allmählich ein reifes Gesicht & einen reifen Körper. Na ja. Ich bin neunundvierzig – vielleicht werde ich ja so alt wie meine Mutter. Vielleicht auch nicht. Auf jeden Fall habe ich schon über die Hälfte meines Lebens hinter mir. Ich hätte nie geglaubt, dass ich fünfzig werde. Wenn ich es werde, will ich meine Fähigkeit, zu verstehen & zu lieben, noch weiterentwickeln, denn das ist das Gebiet, auf dem ich nach meinem Gefühl gereift bin & auf dem ich die meiste Freude erlebt habe.

Habe Pratibha gebeten, mit mir das Drehbuch zu Possessing zu schreiben. Ich glaube, sie kann schreiben, & durch diese Zusammenarbeit sollte es Spaß machen! Ich habe gern Spaß. Sie auch.

Ich muss mein Buch The Same River Twice in Mexiko fertig bekommen.

The Same River Twice
Eine Meditation über
das Verfilmen
von
The Color Purple

10 Jahre danach
von
Alice Walker

1. Nov. 1993, 3:27[103]
Im Bett! The Lowell Hotel
NYC
Mein Terminplan sieht voll aus. Ich muss mich gut ernähren, mich bewegen (der Park ist gleich in der Nähe) & all meine Vitamine nehmen.

Pratibha ist hier im Hotel. Gloria hat eine hübsche Sofadecke geschickt, mit Sonne & Mond drauf. Ich bin so dankbar, solche Freundinnen zu haben.

2. Nov.
Angespannte 5 Minuten in der Today Show. Dann eine entspannte und lebendige halbe Stunde bei WBLS, dem Schwarzen Soulsender, der lockere Musik spielt & heute die Hörer aufrief, ihre Stimme abzugeben. Für Bürgermeister Dinkins, der, wie es aussieht, verlieren könnte.[104]

Ich habe einen schönen Spaziergang im Central Park gemacht. Die Blätter sind rot & golden, & sie haben dort eine Strecke eigens für Spaziergänger & Kutschen reserviert. Ich kam zur Eisbahn & war fasziniert von den Schlittschuhläufern. Ich glaube, ich hatte sogar eine religiöse Erfahrung. Sie waren ein Mosaik der Stadt, des Landes. Im Grunde der Welt. Gelb & Weiß & Braun & Schwarz, alles miteinander zu ziemlich guter Musik munter dahingleitend. Lauter junge Menschen, manche gerade erst in der Pubertät. Ich liebte die Anmut ihrer Körper, ihre lässige, schräge Standfestigkeit. Ich war so gerührt! Über ihnen und jenseits des Rings von Bäumen erhoben sich die Hochhäuser von Central Park South, & auf einem davon wehte eine amerikanische Fahne im Wind. Ich dachte, wie dringend wir eine neue Fahne brauchen, die das entstehende Amerika repräsentiert. Aber weil die hier über diese wunderbare Szene präsidierte, fühlte ich mich ihr verbunden. Vielleicht auch weil der Song, der gerade lief, »You Were There …« war & ich im Geist einen Werbespot für Liebe kreierte, mit den friedlich dahingleitenden Schlittschuhläufern aller Hautfarben, männlich & weiblich, & den rotgoldenen Bäumen & den Hochhäusern im Hintergrund … etc.

Wollte gar nicht ins Hotel zurück. Fand es <u>so</u> schön draußen. Mein Körper war so happy wie Ginger![105] Aber ich ging hinauf & machte Feuer im Kamin, & bald schon kam Rebecca, & sie & ich und Pratibha gingen in ein indisches Restaurant, für das Rebecca schwärmte & wo ich das Essen zu scharf & überteuert fand.

Morgen wollte ich eigentlich Mike Rudell[106] treffen, aber das entfällt. Ich habe etwas bei CNN & eine Eröffnungsfeier & die Eröffnungsvorführung!

5. Nov., früher Morgen.
Im Bett im Mayflower.

Die Eröffnungsvorführung war fantastisch. Gloria & Bill & Bella Abzug waren da. Rebecca & Trajal & Joanne Brasil & Charles. Mike Rudell. Sonia Sanchez. Wendy. Wir sind alle ganz gebannt von dem Film. Hinterher gab es noch eine gute Frage-Antwort-Runde. Aber darüber schreibe ich später, weil ich morgen sehr früh rausmuss, um nach NYC zurückzufliegen, zur Charlie Rose Show, und dann weiter nach Atlanta.

Mi., O'Hare, Chicago. Auf dem Weg nach San Francisco. Der gestrige Abend war toll. Der Saal in Chicago war gerammelt voll – viele kamen nicht mehr hinein. Ein freundliches, nachdenkliches, leidenschaftliches Publikum, das mir viele Geschenke brachte. Darunter ein Mantel, gewebt von einer jungen Frau, die durch meine Beschreibung der Farbe Powerblau in The Temple of My Familiar inspiriert worden war. Eine schöne dunkelhaarige weiße kleine Schwester, deren Gesicht wie eine bescheidene Blume war. Ich bekam auch ein Notizbuch von einer Frau, die mir sagte, es sei von der letzten muslimischen matrilinearen Gesellschaft – auf Sumatra. Jemand anders schenkte mir Anstecker – auf einem stand »African Amazon«, auf dem anderen »Sisterlove«. Wieder jemand anders gab mir Sonnenblumen. Ich bekam auch Gedichte & Umarmungen. Der Empfang war in der Harold Washington Library, einem neuen, aber historisch aussehenden Backsteinbau. Geräumig, elegant – und begrüßt wurden wir von 5 Schwarzen Frauen & einem kleinen Jungen, die Shaker spielten. Ich sprach kurz, dankte allen für ihre Freundlichkeit – die Pratibha & ich in dem Moment gespürt hatten, als wir in dieser ansonsten kalten & grauen Großstadt im Mittleren Westen landeten. Meine Suite im Ritz war sonnig und ermunternd. Das Essen sehr gut. Hühnersuppe, die wie richtige Hühnersuppe schmeckte.

Obwohl in Atlanta (laut Zeitung) 600 Leute da waren, kam keine rechte Energie auf. Für mein Gefühl waren die Organisatorinnen desorganisiert, nicht sonderlich froh über ihre Zusammenarbeit und müde. Außerdem war die Veranstaltung mitten am Nachmittag, im Georgia Institute of Technology, wo ich noch nie gewesen war. Aber die Fragen waren gut, und im Ganzen fand ich die Leute durchaus aufmerksam. Am Tag darauf fuhren Tracy & Pratibha & ich nach Eatonton, Mama einen Besuch abstatten. Meiner alten Schule. Dem Haus/den Häusern, wo ich früher gewohnt hatte. Es war toll, mit den beiden zusammen zu sein. Tracy fuhr. Ich nahm ein paar Blätter von den Bäumen beim alten Haus mit, um sie aufs Grab meiner Mutter zu legen.

Ich bin zu müde, um kohärent zu schreiben. Wir sitzen alle hier auf dem Rollfeld, sehr unglücklich über die Verspätung. Wir wollen nur noch zu Hause sein. Am meisten bedaure ich, dass ich so fix und fertig war, als Tracy in Atlanta zu mir stieß. An dem Abend, als sie ankam, konnte ich vor Müdigkeit kaum sprechen.

23. Nov. 1993

Zu Hause auf dem Land nach der Tour von 93!

Fühle mich etwas stärker. Die Sonne scheint. Das Tal liegt heiter da. Die Tour hat mich erschöpft. Nach Chicago war ich kurz zu Hause, eineinhalb Tage, die ich bei Tracy verbrachte. Sehr schön. Wir – sie, 'Neta & ich – machten eine Fahrradtour in der Nähe ihrer Ranch. Es war wunderbar entspannend. Dann schleppte ich mich nach Seattle & vor ein wunderbares Publikum. Der Film wurde zweimal gezeigt. Völlig erschlagen nach einem (von Schwarzen Frauen) liebevoll zubereiteten Abendessen, bestehend aus Hähnchen nach jamaikanischer Art & Pfirsichauflauf. Dann ein Ruhetag & mit Belvie nach L. A., wo die Filmveranstaltung sehr gut war & ich Quincy nach fast 7? Jahren wiedergesehen habe! Er sah gut aus & war mit seiner Partnerin Nastassja Kinski[107] da, die sehr nett wirkte. Es scheint offensichtlich, dass die Liebeslieder auf Back on the Block für sie waren. Ich erkundigte mich nach ihrem Kind, Kenya. Sie sagen, sie wächst und gedeiht. Wir umarmten uns, und es fühlte sich gut an. Ich habe auch seine Tochter Jolie gesehen.

Danach zurück nach Hause. Dann das letzte Event im Castro.

Habe eben mit Tracy gesprochen. Wir planen gerade das Thanksgiving-Menü, das großartig klingt. Gumbo. Hühnchen. Blattgemüse. Reis. Süßkartoffeln. Etc.

24. Nov.

Thanksgiving-Menü

Alice' Gumbo
Alice' Hühnchen (2)
Maisbrotdressing
Reis
Tracys grüne Bohnen m. Champignons
Jackies Cranberrysoße
Maisbrot
Bratensoße
Kuchen
zu trinken? – Wein, Eistee

30. Nov. 1993
Thanksgiving ist vorbei. Rebecca & Angel, Jackie & Aneta, Tracy & ich. Ginger, Tasha, Frida.[108] Volles Haus. Das Haus hat den Tag & die Gäste wunderbar bewältigt. Tatsächlich können hier sechs Personen ganz komfortabel unterkommen. Jackie hat auf dem Sofa geschlafen. Neta in Fridas Zimmer. Rebecca & Angel in der Gästesuite.

19. Jan. 1994
Wo anfangen? Careyes war in vielfacher Hinsicht ein Desaster. Ich habe die 10 (oder so) Tage damit verbracht [Haushalts- und Instandhaltungsdinge anzugehen] & den Verkauf der Casa Careyes einzuleiten. Noch nicht mal widerwillig. Das Haus schien eindeutig mehr, als ich allein bewältigen kann, & ich will nicht über »Personal« nachdenken müssen, während ich im Urlaub bin. Diesmal war da kein Urlaub. Also haben wir am Tag nach Weihnachten unsere Sachen gepackt und sind nach S. F. zurückgeflogen. Es war alles so schlimm geworden, dass wir Schluss gemacht haben! Zum Glück hat das nicht lange angehalten. Dann, am Tag nach unserer Ankunft hier, bekam Tracy Bronchitis. Die nächsten 2½ Wochen war sie sehr krank. In dieser Zeit konnten wir aber an Silvester ins Zuni gehen & das neue Jahr mit Champagner & über 4 Dutzend Austern einleiten, wobei sich herausgestellt hat, dass wir Letztere alle sehr gern mögen! Selbst Neta, die noch nie welche gegessen hatte. Es war ein schöner Jahresbeginn.

In meiner Abwesenheit wurde ich in Newsweek von einigen afrikanischen/arabischen Frauen attackiert – vor allem von Nahid Toubia[109], die ich ihrer militärischen Art wegen »die Generalin« getauft habe. Ihre Äußerungen haben mich sehr erschüttert. Sie glaubt, dass ich mich nur deshalb gegen Genitalverstümmelung engagiere, weil »mein Starruhm verblasst und ich nur wieder das Rampenlicht suche«. Von welchem Planeten kommt sie denn? Es ist schmerzlicher, von Schwarzen Frauen kritisiert zu werden – von denen du weißt, dass sie genauso frustriert und müde sein müssen wie du selbst –, auch wenn ihre Kritik viel mehr von ihren eigenen Wünschen spricht als von deinen.

Dann war da ein Brief von jemandem, der schrieb, in seiner Kultur gebe es das Sprichwort: »Die Wahrheit zu sagen, verletzt die Menschen.« Und dass mein öffentliches Eintreten gegen Genitalverstümmelung Afrika verletze. Das deprimierte mich unendlich. Allein die Vorstellung, dass es irgendwo Menschen gibt, die so denken. Ich versuche mir eine solche Gesellschaft auszumalen, & es ist ein Bild der Hölle. Das Schöne an der Wahrheit ist, dass sie Realität ist. Man stößt einen Seufzer der Erleichterung aus, wenn man weiß, was ist, wovon man ausgehen, was man einkalkulieren muss, um zu überleben.

Anscheinend gibt es eine ziemliche Kontroverse & ein heftiges Infragestellen meiner »Motive«. Das ist alles ganz schön stressig & macht mich zweifeln, ob irgendetwas Substanzielles passieren wird, um die Verstümmelung von Kindern zu stoppen. Erwachsene wie Toubia scheinen das Thema pachten zu wollen, statt etwas dafür zu tun, die Dinge zu verändern.

25. Jan.

Heute war ein wunderbarer Tag, und zwar aus unspektakulären Gründen. Tracy ist am Montag, gestern?, um die Mittagszeit abgefahren. Ich machte einen langen Spaziergang, in eine Richtung bis ans Ende der großen Straße & dann querfeldein runter zum Garten, wo ich Pak Choi und Knoblauch pflanzte.

Heute Morgen habe ich im Bett meditiert, mit Frida an meinen Knien. Habe wieder einen langen Spaziergang gemacht. Schön gegessen. Gelesen. Suppe gekocht. Ayi Kwei geschrieben … ihm einiges von meinen Problemen erzählt. Sein Schweigen, meine Arbeit betreffend, enttäuscht mich, aber ich bin froh, dass ich den Brief geschrieben habe. Ich brauche Übung auf dem neuen Computer, & ich arbeite gern daran.

Ich habe etwas von Clintons Rede zur Lage der Nation mitgekriegt – sehr gut. Obwohl er & Hillary erschöpft wirkten.[110]

Und ich? Ich bin erholt, glaube ich. Endlich. Immer noch ein bisschen empfindlich, aber im Großen und Ganzen ist mir klar, dass ich vermutlich die einzige Person bin, die die Angriffe gegen mich wirklich beschäftigen. Andere Leute haben ihre eigenen Probleme.

Wie dem auch sei. Alle, die ich eingeladen habe, kommen zu meiner Party.[111] Gloria, Wilma, Jean, Clarissa, Carole, Ruth, Aneta, Tracy, Joan, Angela, June, moi – wer noch? Belvie.

Ich habe das Alleinsein so sehr vermisst! Es ist unsagbar heilsam.

Großer Geist, möge ich bald in dir wachen & wandeln & sein. Ich vermisse deine Gegenwart am allermeisten. Deine Gnade. Danke, dass du mich durchs Feuer gebracht hast.

28. Feb., letzter Tag des Monats!
Ich kann nicht glauben, dass die Zeit so schnell vergangen ist. Wenn es in diesem Tempo weitergeht, bin ich hundert, eh ich michs verseh.

Mein Geburtstagstreffen war wunderbar. Am Tag vorher kamen Ruth, Clarissa & Wilma. Ich machte Hühnchen, Blattgemüse & Reis. Eiscreme zum Nachtisch.

7. März 1994
Inzwischen gibt es einige Aufregung in der Presse, weil 2 meiner Kurzgeschichten aus dem Testkanon für kalifornische Zehntklässler gestrichen wurden. Ich hatte bisher keine Ahnung, dass sie überhaupt in den Tests waren. Und diese Hornochsen haben auch nicht für ihre Benutzung bezahlt.

Jedenfalls. »Roselily« wird von der Coalition for Traditional Values oder so ähnlich für antireligiös erachtet. Und dann gibt es noch eine Gruppe, die angeblich »Am I Blue« hat entfernen lassen, weil es »gegen Fleischessen« ist. Das ist alles so ignorant, dass man sich kaum richtig damit befassen kann. Aber es ist auch ermüdend. Also habe ich zwei, drei Tage – während Joan die Medien abwehrte: Today Show, Belva Davis, Connie Chung, Tom Brokaw, Hank Plant, Pacifica etc. – einfach im Liegen verbracht. Immer mal wieder im Hot Tub. Sonnenbadend auf der Terrasse. In der Hängematte, trashige Romane über bisexuelle Mittelschichtsschwarze lesend.[112]

28. April 1994
In Südafrika wählen die Schwarzen. Nichts in den letzten 342 Jahren konnte sie von dem Ziel abbringen, in ihrem eigenen Land frei zu sein. Ich bin stolz auf sie und, wie der größte Teil der Welt, voller Hochachtung vor Nelson Mandela.

75 Jahre alt. Noch immer ein scharfer Geist. Noch immer erfüllt von wahrer Liebe zu seinem Volk & von Selbstachtung. Noch immer gut aussehend.

8. Juni 1994

Was für eine Achterbahn, dieser Versuch, mit T ein Haus zu kaufen! Vor drei Wochen hatten wir das »perfekte« Haus gefunden. Platz für uns, Platz für Joan/Büro, Apartment für Aneta,[113] Arbeitsraum/Studio für T. Wir machten ein Angebot (1.000.000); sehr aufgeregt. Der verlangte Preis war 1.195.000. Die Verkäufer machten ein Gegenangebot. Unwirsch. Wir machten ein neues Angebot. Sie machten ein Gegenangebot. Aneta beschloss, dass sie sowieso nicht dort wohnen wollte. Wir nahmen unser Angebot zurück. Es war ein wunderschönes Haus. Der italienischen Renaissance nachempfunden, Baujahr 1903, obere Ashbury. Nr. 900, genau gesagt. Ich war praktisch schon eingezogen & plante die Vermietung des Hauses in der Steiner. T knallhart in ihrem Verhandlungsmodus. Ich hätte den geforderten Preis gezahlt & wäre jetzt in dem Haus. Aber sie beharrte darauf, dass das Haus nicht das wert sei, was die Verkäufer verlangten – auf dem derzeitigen Markt. Meine Einstellung war: Wir finden das Haus toll – ich jedenfalls –, und wir haben das Geld. Doch als dann Aneta den Rückzieher machte, stellte sich die Frage von Mietern & ob sie problemlos wieder ausziehen würden etc. Alles sehr stressig. Ich habe das Gefühl, dass wir eine Gelegenheit verpasst haben, etwas sehr Bedeutsames & Anderes zu versuchen – & dass das Universum uns eine Gabe angeboten hat, die uns vielleicht nicht noch einmal angeboten wird.

Auf der positiven Seite: Ich muss nicht umziehen – obwohl mich die kamerabewehrten Touristen vor meinem Haus wahnsinnig machen. Sie fotografieren jetzt ständig das Tor, das ich installiert habe, damit sie sich nicht direkt in meiner Eingangstür aufbauen.

Ich bin mittags hierhergefahren.[114] Als ich ankam, war ich müde, aber nicht wirklich vom Fahren. Ich scheine eine tief sitzende Müdigkeit in mir zu haben, & meine Füße & Beine schmerzen. Ich war (wieder mal) geschockt, wie übergewichtig ich inzwischen bin. Ich war bei Alison LaVoy, meiner Ärztin, und habe ihr von meinen Beschwerden & Schmerzen erzählt. Sie wollte, dass ich mich auf Lupus und Schilddrüsenüberfunktion testen lasse. In zwei Wochen müsste ich erfahren, was dabei herausgekommen ist.

Tatsächlich aber erinnere ich mich, wie es zu diesem Abrutschen kam. Ich habe Eiscreme & Käse gegessen, während Rebecca hier war. Sie telefonierte ständig mit Angel, und obwohl es zwischen uns ganz gut lief, war diese Zeit doch belastet durch ihre geistige Abwesenheit & ihre Schlampigkeit. Ganz zu schweigen von ihren schlechten Ernährungsgewohnheiten, in die ich auch bald verfiel!

T. hat mich nach L. A. begleitet, wo ich den Torch of Liberty Award von der ACLU[115] erhielt. Nicht schlecht. Danny Glover übergab den Preis & sagte nette Sachen. Ich merkte nicht zum ersten Mal, dass mir diese ganze Seite des Lebens – die öffentliche – nichts mehr bedeutet. Sie ist bestenfalls ein Albtraum – aber immerhin war es (das Event) in einem schönen Hotel, & das Essen (Zimmerservice) war gut. Das Video über mich, das sie zeigten, war total gedankenlos gemacht. Man stelle sich mein Erstaunen vor, als eine weiße Männerstimme über mein Leben sprach, als wüsste sie darüber Bescheid.

Verrückt.

Sei's drum. Wir sind nach Hause gekommen & waren froh, die Öffentlichkeit ertragen & überlebt zu haben, ein weiteres Mal!

10. Juni

Nahid Toubia meint in Newsweek immer noch, dass Genitalverstümmelung nicht meine Sache sei. Sie ärgert sich, dass ich sie mir »als Mäntelchen umgehängt« habe. Sie nennt mich eine Außenstehende. Das ist so deprimierend. Rebecca hat mir erzählt, G. W. sagt, dass sie »Warrior Marks nicht leiden kann«, es aber nicht öffentlich sagen wird. Rebecca – das ist ihr zugutezuhalten – hat ihr geantwortet. Gut, weil andere, die sich öffentlich dagegen äußern, so reaktionär sind.

T hat gestern und letzte Nacht angerufen. Ich fühlte mich fern, kühl. Sie redet & redet über ihr Haus. Inzwischen entzückt mich ihre Besessenheit nicht mehr. Wir haben kurz darüber gesprochen, dass sie ihre Hunde zur Erziehung nach New Skete[116] schicken – bringen – will. Immerhin begreift sie jetzt, dass deren schlechtes Benehmen nicht niedlich ist.

Und so denke ich jetzt, nachdem ich wegen des gescheiterten Zusammenziehens enttäuscht war, dass es gut so ist. Ich mag es, mein eigenes Reich zu haben. Die meiste Zeit allein zu wohnen. Aus dem Alleinsein in die Geselligkeit zu kommen. Außerdem ist da die Tatsache, dass T noch relativ jung ist.[117] So vieles, was sie fasziniert, habe ich schon vor 20 Jahren aufgesogen. Living the Good Life[118] beispielsweise, das sie gerade liest, habe ich vor mindestens 10 Jahren von Dan Wax geschenkt bekommen.

—

Einer der besten Tage seit einer ganzen Weile. Und allein schon der Gedanke: Mein Terminkalender ist leer! Ich kann es kaum glauben. Ich habe zu T gesagt: Ich will ein Jahr lang nicht »Alice Walker« sein. Noch nicht mal an die Arbeit denken müssen, die mir Leute partout aufhalsen wollen. Ich habe genug von Preisen, von Empfehlungen, die ich schreiben soll, von Fundraising, vom Schreiben von Blurbs & Vorworten. Und jetzt auch noch Filmkritiken & Kommentaren. Und von immer mehr Ansinnen irgendwelcher Lesben- und Schwulengruppen, zu denen ich bislang (die meisten sind weiß, bürgerlich, extrem selbstgerecht & um sich selbst kreisend) keinerlei Affinität verspüre.

Zeit für etwas Optimismus! Ich habe mehr als genug Geld, um mir mein Jahr leisten zu können. Ich habe eine Partnerin, die ich liebe & die mich liebt. Ich habe eine Fülle an Freundinnen & Freunden – liebevoll, mutig, sonderbar, wunderbar, erfüllt von sich selbst & den Mysterien des All-Einen. Mir tun die Füße weh, aber ich werde versuchen, mich um sie zu kümmern. Ich werde weiter meine Übungen machen – denn davon wird es definitiv besser. Ich werde mich besser ernähren. Keinen Zucker mehr. Und auch nicht diese schrecklichen Süßstoffe. Olivenöl nur noch so wenig wie möglich. Mehr zu Fuß gehen. Schwimmen.

Großer Geist, ich danke dir, dass du mich dich sehen lässt. Wenn ich anfange, Dankbarkeit zu fühlen, weiß ich, ich bin auf dem Weg der Heilung.

Montag, der 13.
Gestern Abend habe ich angefangen, den Dalai Lama zu lesen. Es ist wohl nicht weiter überraschend – da ich so buddhistisch fühle –, dass er mir sehr vertraut vorkommt. So bewusst. So respektvoll der Natur gegenüber. Er sagt, er isst, was er vorgesetzt bekommt, & obwohl er eigentlich Vegetarier ist, isst er manchmal Fleisch. Er spricht ehrlich über alles, obwohl er es abgelehnt hat, eine persönliche Frage nach Shunya – Leere – zu beantworten. Natürlich würde ich darüber gern etwas hören. Manchmal, so wie jetzt, fühle ich mich so leer, dass ich mir nicht vorstellen kann, je etwas geschaffen zu haben oder es jemals zu tun. Jedes Mal ist da ein Punkt, an dem ich sage: Okay. Ich werde es nie tun. Na und? Ich werde meinen Garten bepflanzen & meinen Hof fegen!

Noch kalt heute Morgen. Leichter Regen.

Ich liebe den Frieden & die Stille. Die innere Ruhe.

Sooft ich vage daran denke, die Stimme des weißen Mannes – Radio oder Fernsehen – anzustellen, denke ich, bloß nicht. Welche Freude, in der Welt zu sein, ohne deren falsche Heiterkeit. Ihr betrügerisches (Konserven-)Lachen. Ihr unablässiges Bemühen, Gewalt normal zu machen. Ihren Hass auf jeden & alles & ihre Angst vor jedem und allem. Ihr zuckersüßes Gift.

Es regnet jetzt definitiv. Der Blick von meinem Bett aus geht auf Millionen Bäume. Wenn ich sie betrachte, fühle ich, wie sie Ausdauer & Gelassenheit ausstrahlen.

23. Aug. 1994
Tracy macht gerade Auditions mit Musikern für ihre Band & hat 2 gefunden, die ihr gefallen. Das freut mich so für sie. Sie hat von ihrem Autotelefon angerufen und klang freudig erregt. Sie mag ganz offensichtlich Roc, den Drummer, der ihr hilft, die Band zusammenzustellen. Sie ist so selbstvergessen, wenn sie singt. Es ist wie Atmen. Ich liebe es, wenn sie mir neue Songs am Telefon vorsingt.

Das Beste, was ich in letzter Zeit gehört habe, ist Deepak Chopra. Er vermittelt dem Westen vedisches Wissen. Er ist so wunderbar kundig & beschwingt.

Ich habe täglich Gloria angerufen. Ihre wohltuende Präsenz hat mich auf unserem Trip in die Badlands so berührt. Tracy & ich mussten rennen, um unseren Flieger zu kriegen, & haben uns gar nicht richtig von ihr verabschiedet. Ich fand es so toll, durch »The Door« zu wandern & hinaus in die Landschaft.[119] Die ist so schön. Verwittert & verwüstet & wunderschön & deshalb enorm beruhigend. Schönheit bleibt.

30. Aug. 1994
Ich habe das Manuskr. von The Same River Twice[120] am 26. fertiggestellt & gestern Joan zum Kopieren gegeben. Eine Kopie schicke ich Wendy & weitere Gloria, Belvie, Rebecca, Robert & Tracy. Joan hat das MS sehr gefallen, und ich habe ihr dafür zu danken, dass sie mir geholfen hat, tiefer einzusteigen & das Thema genauer anzugehen.

4. Sept.
Denke jetzt wenig an meine Mutter, nachdem ich in »River« über sie geschrieben habe. Ich vermisse sie nicht so sehr, wie ich dachte. Ich wertschätze sie noch mehr, falls das überhaupt möglich ist. Bei allen Fehlern, die sie gehabt haben mag, habe ich Hochachtung vor ihrer großartigen Persönlichkeit.

13. Sept.
Robert hat gestern angerufen, um mir zu sagen, dass er das MS von »River« bekommen hat. Und er sagte: »Du hast mich dabei ertappt, wie meine Menschlichkeit sich zeigt!« Und wir hatten ein gutes Gespräch. Ich hatte befürchtet, er würde sauer sein. Er & Janet »machen am 11. Juni Ernst«, wie er es ausdrückt. Im Boathouse in Oakland. Er lehrt in Berkeley, was ihm Spaß macht; sein Buch über Port Chicago ist von Turner Broadcasting gekauft worden. Er lebt in einer festen Beziehung. Er klingt glücklich. Es freut mich für ihn. Wir hatten fantastische Zeiten zusammen & waren alles in allem ein tolles Paar. Wir haben gelernt & uns emotional weiterentwickelt.

Unterdessen versuchen Tracy & ich, mit den Zeiten des Getrenntseins klarzukommen, die jetzt ein unvermeidlicher Bestandteil unseres Lebens zu sein scheinen. Sie hat jeden Tag Musiker-Auditions, außer am Wochenende. … Ich vermisse sie zeitweise schmerzlich, & ich weiß, sie vermisst mich auch. Trotzdem ist es wunderbar, für ein paar Tage nach Wild Trees kommen zu können. Freundschaften mit Leuten hier draußen zu erneuern oder einfach nur abzutauchen.

20. Okt. – 1:30
Gestern, Samstag, Abendessen mit Angela & Belvie.[121] Angela wie üblich mit dem Thema Frauen im Gefängnis befasst. In der Vorbereitung auf einen Lehrauftrag. Sie hatte irgendeine Zahnbettbehandlung gehabt & daher einen geschwollenen Kiefer. Sie hat sich ein ganzes Stück von ihren Locken abschneiden lassen & trägt jetzt 3 umwickelte Strähnen. Sie war nett & unkompliziert. Ich mag sie sehr. Ich habe ihr geraten, die Gefängnisarbeit eine Weile sein zu lassen & Liebesromane zu lesen.

10. Nov. 1994
Die Republikaner & die Christliche Rechte haben bei den Wahlen am Dienstag[122] die Mehrheit erlangt. Sehr bestürzend. Alle – Rebecca, Tracy, Belvie, die Leute von KZYX – geknickt. Ich habe den Radiosprecher, einen Native American, der verzweifelt klang, angerufen & ihm gesagt, er solle nicht verzweifeln, die Wasichus[123] hätten uns seit dem Moment, da sie an unseren Küsten landeten, Kummer bereitet, aber wir seien noch da & würden weiterhin wir sein. Vielleicht ist das ja unser einziger Triumph, aber es spiegelt die Natur, unseren Gott.

Anderes Thema. Scribner hat 375.000 für The Same River Twice geboten. Wir haben 500.000 gefordert. Wie auch immer, ich bin offenbar auf dem Weg in ein neues Veröffentlichungsabenteuer. Wendy[124] & ich sagten: Es könnte sich rasend gut verkaufen. Oder mäßig. Scribner kauft eigentlich meinen nächsten Roman, so sehen wir es beide. Nicht dieses Buch. Wenn wir eine Einigung über dieses Buch erzielt haben, kann ich mit dem Roman anfangen. Vorher habe ich zu sehr das Gefühl, in der Luft zu hängen.

Kate Medina, eine Lektorin von Random House, war da, um mich zu treffen. Sie bot mir im Scherz nicht gerade ihr letztes

Hemd, aber ihren Mantel – den ich bewundert hatte –, wenn ich zu RH käme. Wir hatten eine nette Unterhaltung, aber ich mag Leigh[125] lieber. Ich hoffe, dass sie Scribner dazu gebracht hat, das Angebot zu erhöhen, ist nicht ihr Untergang. (Sie hat später eine fantastische Orchidee geschickt! Die hielt sich zwei Monate.)

Großer Geist, ich danke dir für die Schönheit überall um mich herum & dafür, dass ich sie sehen und manchmal sogar sein kann. Dein Regen ist wunderbar. Deine Sonne herrlich. Dein Wind … Alles, was du erschaffen hast, ist Grund zum Staunen. Und das ist, unter allem drunter, mein Dauerzustand.

1. Dez! Unglaublich! Donnerstag. Sehr nass. Immer wieder Regen.

Ich bin bereit, mit meinem Roman anzufangen. Ich habe mir ein neues Notizbuch gekauft & ein Bild draufgeklebt, das Angel gemacht hat, Sonnenuntergang in Careyes. Aber wie bei allem, worauf man sich wirklich einlässt, ist Geduld gefragt. Also werde ich, obwohl ich mich bereit fühle, nicht anfangen, ehe die Geschichte sich selbst zu schreiben beginnt.

14. Dez. 1994

Heute ist ein unfassbar nasser Mittwoch, und es ist wirklich schwer zu glauben, dass das Jahr schon zu Ende geht. Ich fühle mich sehr glücklich, ruhig, zentriert. … Etwas scheint sich bewegt zu haben. Oder vielleicht habe ich auch nur die richtige Kombination von Mineralien genommen. Ich habe meine Dosis an Kalzium & Magnesium erhöht, & das hat den Schmerz in meinen Hüften sofort abgestellt. Und ich nehme jetzt Lebertran.

Tracy rief an, bevor sie ihr Haus verließ, um zur Arbeit zu fahren. … Ich vermisse unsere schönen gemeinsamen Tage, aber im Großen und Ganzen verstehe ich, dass es so ist, wie es ist. Sie arbeitet so hart & hat so viel Fahrerei hin & her! Es betrübt mich, sie so müde zu sehen. Und, oh, die Musik, die sie für uns alle macht! Heute Abend kommt sie, um zu bleiben. … Sie & die Hunde sind wie Familie. Selbst Frida scheint das so zu empfinden.

Tracy hat – so Göttin will – ein Haus gefunden! Ein großes zweistöckiges viktorianisches Haus. Morgen findet eine Begehung statt, & sie wird erfahren, ob die Garage vergrößert werden und eine Treppe zum Souterrain eingebaut werden kann. Ich hoffe, das klappt alles. Es scheint das perfekte Haus zu sein. Geschützt gelegen, geräumig (Aneta bekommt ein Apartment) & ruhig.

Unterdessen habe ich mich bereit erklärt, Rebecca & Angel 50.000 zu leihen für die Finanzierung eines Coffeeshops, den sie in Brooklyn aufmachen wollen: das Kokobar. Ich kann mir schwer vorstellen, Geld in Brooklyn zu investieren, aber ich liebe Rebecca & Angel & will sie unterstützen.

Jetzt meditieren. Und später vielleicht Yoga!

23. Dez. 1994

Wir sind in Careyes.[126]

Rebecca & Angel sind gestern Abend angekommen, Tracy & ich am Tag vorher, Wintersonnenwende.

Tracy hat gestern Abend gesagt, dass es mit diesem Haus wohl nichts wird. Sie hat Angst, dass ihr die Mieter Probleme machen. Nicht ausziehen etc. Sie tut mir so leid. Sie wirkt so gequält, als ob immer alles schwer sein muss & man nicht darauf vertrauen kann, dass das Universum jedes stürmische Meer, auf das man stoßen könnte, schon teilen wird.

Ich bezweifle, dass wir dafür gemacht sind, es zusammen hinzukriegen. Sie macht mich ängstlich, gehemmt. Ich bin es so gewohnt, mich dem Fluss des Lebens zu überlassen. Mit ihr stemme ich mich immer dagegen, um mich zu erklären. Das ist gelinde gesagt ermüdend. Wie auch immer, jetzt ist sie gerade oben und schläft tief und fest. Das Haus ist wunderbar – zum Schlafen. Ausruhen. Rebecca schläft auch. Angel & ich werden jetzt Tee trinken.

Was tun gegen das Unbehagen? Mich darauf konzentrieren, eine schöne Zeit zu haben. Mich vor allem ausruhen. In der Sonne sein. Schwimmen. Daran denken: Der Gast ist Göttin! Nett sein. Lächeln. Mich über ihre Ambivalenz in Sachen Hauskauf in der Stadt nicht mehr aufregen, als sie es tut.

1. Jan. 199[5].

Unten sind Rebecca, Angel, Tracy & Gloria versammelt. Ich habe mich in mein Schlafzimmer zurückgezogen. Draußen ist es windig und bewölkt.

Gestern Abend waren wir im Playa Rosa essen. Wir haben uns ein tolles Spiel ausgedacht, das darin besteht, Klischees zu benutzen. Am Ende haben wir Hunderte oder jedenfalls Dutzende gefunden. Wir haben Margaritas getrunken. Ich hatte nur eine ganz schwache. Trotzdem leide ich jetzt noch darunter. Um fünf vor 24:00 sind wir den Hügel hinaufgerannt, zu Glorias Casita, & haben das neue Jahr dort begrüßt. Ich wünschte, ich könnte sagen, dass ich glücklich war. Aber ich fühlte und fühle mich Tracy so fern; sie ist die meiste Zeit zu sehr mit sich beschäftigt, um es zu bemerken. Sie & Angel hängen herum und reden über Computer & Sport. Sie sind sich so ähnlich, dass ich mir schon Gedanken mache. Aber das lange Spiel beim Essen war lustig. Wie auch unsere Fahrt von Vallarta hierher.

7. Jan. 1995

Man glaubt es kaum, ich bin zu Hause in SF, im Bett. … Sehr froh, wieder zu Hause zu sein.

Tracy kam gestern Abend zum Essen. Wir haben Marlons letzten Film geguckt, »Black Is … Black Ain't«.[127] Er ist toll, aber zu lang. Wir haben beide zu seiner Finanzierung beigetragen. bell hooks ist sehr gut in dem Film, ebenso Angela Davis, auch Essex Hemphill & Michelle [sic!] Wallace[128]. Michelle guckt so traurig, dass ich es kaum aushalte. Sie ist so eine schöne Frau! Wie auch Angela, die kürzlich für Essence fotografiert wurde.

Ich bin es inzwischen sehr leid, wie Tracys & meine Beziehung in letzter Zeit aussieht. Sie kreist nur um ihre Hunde, ihre Häuser. Sie macht jetzt so viel, dass für uns keine Zeit bleibt. Wenn ich sie sehe, ist sie müde, angespannt, kein inneres Licht, keine Bereitschaft zu geben. (Obwohl sie mir auf der materiellen Ebene tonnenweise Dinge zu Weihnachten geschenkt hat: Keramiksachen, Chilis, Bücher, Kassetten.) Sobald wir in der Casa Careyes waren, machte sie Liebe mit mir. Ich weiß, sie ist am Anschlag – aber das Problem ist, ich möchte gehegt & gepflegt werden, & ihre diesbezüglichen Fähigkeiten sind begrenzt. Ich möchte eine Gefährtin, mit der ich mein Leben teile – so gut wie tagtäglich. Ich möchte ein Zuhause mit jemandem zusammen. Ich bin bereit, mich zu binden!

Tracy sagt, dass sie traurig ist. Ich habe ihr erklärt, dass das Band zwischen uns nicht mehr da ist. Und dass ich nicht sehe, wie ich in unserer Beziehung je bekommen könnte, was ich brauche. Sie hängt an [ihrer Ranch]. Ich hänge an Mendocino. Ich liebe Mendocino wirklich. Es fühlt sich wie mein Zuhause an & ist es auch, auf eine sehr tiefgehende Weise.

Ich fühle mich großartig. Sehr frei. Erleichtert. Das Alleinsein schreckt mich nicht. Ich genieße es viel zu sehr. Und inzwischen fällt es mir leicht, Kontakt herzustellen & Freundschaften zu erwidern.

20. Jan. 1995

Liebe Tracy,

ich schreibe dir, um mich dafür zu entschuldigen, dass ich in Mexiko so eine schreckliche Gastgeberin war. So schlecht es mir auch ging, wünschte ich doch, ich hätte die Willenskraft aufgebracht, dich wirklich gastlich aufzunehmen. Mein Rückzug fühlte sich scheußlich an, das ist fast immer so. Ich hätte so viel Verstand und Energie haben sollen, allein an den Strand zu gehen, das hätte geholfen. Selbst ein Spaziergang die Straße entlang. Aber ich befand mich im Griff eines Wirrwarrs von schmerzlichen & widersprüchlichen Gefühlen. Und ich bin so leicht aus dem Gleichgewicht zu bringen! Als Rebecca & Angel ihr Flugzeug verpassten, setzte meine Angst ein. Bis wir dann am Haus waren, fürchtete ich schon, dass unsere gemeinsame Zeit dort so schwierig sein würde wie all meine anderen Aufenthalte. (Bis auf das eine Mal, als ich – das vergesse ich immer – einen Monat dort war, um

Possessing zu schreiben. …) Dann zwei, drei, vier neue Leute kennenlernen, sie im Haus haben, feststellen müssen, dass die Hausschlüssel (für die Rebecca verantwortlich war) verloren gegangen waren, versuchen, das mit den neuen Schlüsseln zu regeln. Und alles Übrige: das Gefühl, so allein mit allem zu sein, was das Haus betrifft, Estella, Estellas Kinder.[129]

Ich fühlte mich so gar nicht unterstützt. Ich war ja froh, dass du & Angel euch so gut verstanden habt, aber ich fühlte mich so viel älter & ausgeschlossen. Und dann, eines Tages, als ich gerade wieder ins Gleichgewicht zu kommen versuchte, teilte mir Rebecca mit, dass sie & Angel sich trennen würden. Und wieder versuchte ich präsent zu sein & ihnen zu helfen. Was kräftezehrend war. Außerdem sah ich jetzt Dinge an Rebeccas & Angels Beziehung, die mich beunruhigten. Mir ging auf, wie wenig ich die Rebecca kenne, die mit Angel zusammenlebt.

Deine Bemerkung über den Betrag, den ich Estella zahle, war sehr verletzend. Fast immer, ach was, immer, habe ich in Mexiko allen zu viel bezahlt. Ich muss mich einigermaßen an die üblichen Beträge halten, damit ich nicht als Idiotin dastehe – aber ich werde ständig um »Darlehen« angegangen, für Hausbaukosten, Medizin, Reisen, Dinge, die die Kinder brauchen. Ich habe nie Nein gesagt. Ich bin auch sehr sensibel für die Armut der Menschen um mich herum & bin dort bekannt für meine »regalos«. Deshalb hat Marcos[130] mich nach einer Woche wegen eines Darlehens für sein Haus gefragt, & deshalb hat Rebecca Nein gesagt. Sie wusste, ich könnte es nie. Wegen meiner eigenen armen Herkunft fällt es mir sehr schwer, zu irgendjemand Armem Nein zu sagen, & infolgedessen werde ich oft ausgenutzt.

Das mag dir vielleicht nicht einleuchten. Aber ich wollte es trotzdem sagen. Dass du mich für jemanden gehalten hast, der andere ausbeutet, hat mich verletzt. Und es hat mir auch klargemacht, wie wenig du mich kennst.

Sei's drum. Das alles – & noch mehr – einmal beiseitegelassen: Du kannst dir nicht vorstellen, wie leid es mir tut, dass diese zwei Wochen so eine vertane Chance waren. Es hätte eine Zeit des Heilens nach all unseren Getrenntheitsphasen sein sollen. Eine Zeit der Ruhe & echten Entspannung. Stattdessen war es angespannt & bedrückend. Ich werfe mir vor, dass ich nicht in der Lage war, über meinem inneren Konflikt zu stehen. Doch rückblickend sehe ich viele Wege, die ich hätte einschlagen können, statt des direkten Wegs bergab.

An allererster Stelle: Die Casa Careyes ist schön & wunderbar, aber es war, wie ich beim Abendessen sagte, ein Fehler von mir, sie zu kaufen. Aus all den genannten Gründen. Im Grunde habe ich es getan, um mich von meiner scheiternden Beziehung mit Robert abzulenken – so wie mich Jahre früher die Arbeit an einer prächtigen Ruine von Kalksteinhaus in Brooklyn von der gescheiterten Ehe mit Rebeccas Vater abgelenkt hat.

Ich habe einen Hauskomplex. Ich habe wirklich geglaubt, ein schöner Ort zum Wohnen mache als solcher schon glücklich. Falsch. Das Glück erwächst aus der Liebe zwischen den Menschen im Haus – ganz egal, was für ein Haus es ist. Das ist eine simple, aber wertvolle Lektion. Sie ermöglicht es mir endlich, Menschen mehr zu lieben als Häuser. …

Wenn ich sehe, wie fixiert du auf die Beschaffung eines Hauses/von Häusern bist, sehe ich mich selbst. Ich habe gesehen, wie du dich von unserer Beziehung abgewandt hast, im Bemühen, einen Ort für die zukünftige Beziehung zu erbauen/kaufen. Leider wird es die Beziehung, die wir uns vorgestellt haben, nicht geben. Aber sieh zu, dass du nicht endest wie ich (nicht, als wollte ich, dass es bei mir so bleibt!): mit zwei wunderschönen Häusern und niemandem, mit dem man sie teilt. Du bist noch jung. Du wirst (wie auch ich, obwohl ich nicht mehr so jung bin) andere Beziehungen eingehen. Ich rate dir dringend, ihnen mehr Priorität einzuräumen, wenn du willst, dass sie halten.

Damit will ich dir keine Schuld zuschieben. Ich finde dich wunderbar und werde dich immer weiter lieben, bewundern & achten. Ich sage dir dies als eine Freundin, die sich das letzte halbe Jahr sehr weit unten auf deiner Prioritätenliste gefühlt hat. Nach den Häusern, den Hunden, Aneta, dem Reiten, deiner Arbeit als Musikerin. Alles wichtig, aber wegen meiner Verlassenheitsängste – aufgrund meiner Kindheit & meiner Mutter – meinem Selbstwertgefühl sehr abträglich. …

… Also: Ich hoffe, dass es dir gut geht & du jemanden findest, der/die dir hilft. Ich mache mir Sorgen, dass du dich völlig verausgabst & krank wirst. Nimm deine Vitamine, iss regelmäßig. Halt dich warm. …

Love,
Alice

PS: Was ich weggelassen habe, weil mir nicht wirklich klar war, wie sehr es mir zusetzt, ist die Leukämiediagnose meines Bruders. Bill ist mein Lieblingsbruder. Der einzige, bei dem ich das Gefühl habe, ihn etwas zu kennen & zu verstehen. Der, dessen Liebe sich echt anfühlt. Ich wusste, wenn Greg[131] bereit war, mich in Mexiko anzurufen, musste es ernst sein. Und auch das lastete auf mir. In den letzten Tagen, in denen ich fast täglich mit Bill gesprochen habe, habe ich wieder Verbindung mit einigen meiner frühen Erinnerungen an ihn & Gefühle ihm gegenüber bekommen. Beim Gespräch mit Greg hatte ich das Gefühl, dass er nur die minimalste aller minimalen Chancen hat. Wegen seines Alters & Gewichts & generell schlechten Gesundheitszustands. Ich bin traurig, dass ich nicht früher hingefahren bin & seine Geschichte auf Band aufgenommen habe – wie er mich gebeten hat.

26. Jan. 1995

Im Bett in Karlas Zimmer, im Obergeschoss von Gays & Bills Haus.[132] Ich bin Dienstag nach Boston geflogen. Ein angenehmer Flug. Ich las dabei die erste Hälfte von The Art of Raising a Puppy, das Tracy mir vor meiner Abreise geborgt hat. Es ist toll; ich habe Sachen über Welpen gelernt, die ich mir nicht hätte träumen lassen. Das alles in Vorbereitung darauf, Marley abzuholen, an Bobs Geburtstag, dem 6. Feb. Tracy & ich sind nach Sebastopol raufgefahren, um Marley – & die Züchterin Madeline Hill – kennenzulernen. Marley, irgendwo in dem wabernden Haufen von 10 Welpen, schlief und träumte, an ihre Geschwister gekuschelt. Mit 4 Wochen ist sie noch blind & taub, und nur ihr Geruchssinn leitet sie. Und das Bedürfnis nach Wärme. Die Welpen & ihre Mutter waren in einem sauberen Gehege in Madelines Garage. Wir haben auch den Vater kennengelernt, einen lieben, neugierigen, etwas aufgeregten schwarzen Labrador. Die Mutter ist schokoladenbraun. Die Mutter sehr ansprechend. Der Vater ein großer Lecker.

Greg holte mich am Flughafen ab. Es war wie immer ganz relaxed zwischen uns auf der Fahrt ins Beth Israel. Als wir ankamen, war mein Bruder überrascht & erfreut. Also habe ich die letzten beiden Tage damit verbracht, ihn zu massieren. Seine von Ödemen geschwollenen Beine, seine Füße. Seinen linken Arm. Tatsächlich hat er so viel Wasser im Gewebe, dass die zweite Chemotherapie noch nicht begonnen hat. Aber gestern – nach harntreibenden Medikamenten & meiner Massage (worauf ich stolz bin, weil er das so mag, sich dabei entspannt & einschläft!) – hat er in einer Nacht über 6 Kilo verloren! Durch jede Menge Pinkeln. Und ich wette, heute sind es noch mal vier bis fünf Kilo weniger – und sie beginnen heute Abend mit der Behandlung. Er sieht aus wie Buddha. Sehr dick, sehr gelassen, sehr stabil. Er verliert die Haare, und als ich ihm gestern den Kopf massierte, hatte ich welche in der Hand.

Ein berühmter Baseballstar hat ihn besucht, als ich Dienstagabend da war. »Mo« Sowieso. Sehr netter Typ. Jede Menge Muskeln. Rücksichtsvoll. Ernst. Ich mochte ihn. Er versprach, Bill eine Red-Sox-Basketballkappe mitzubringen. Und er schickt auch einen Friseur, der ihm die Haare schneiden soll.

Habe auch einen von Gays Neffen kennengelernt. Ronnie. Sehr gut aussehender Mann. Dunkelbraune Haut, silbern werdendes Haar. Ein Massagefan.

Es war schön, die Leute zu treffen, die Bill gernhaben. Und die Ärzte & das Pflegepersonal sind so warmherzig & gründlich, wie ich es noch kaum je gesehen habe. Besonders mag ich Dr. Robin Joyce – sie erklärt alles. Ausführlich. Sie ist witzig & ehrlich. Alle berühren Bill. Er wirkt ganz happy.

Bobby[133] ist für ein paar Tage hergeflogen. Mächtig, aber richtig stylisch. Das Haar in Braids. Schicke schwarze Jeans & schwarzer Sweater. Schöne buttrig braune Cowboystiefel. Ich habe sie so aufrichtig bewundert, dass er mir vielleicht ein Paar kaufen wird.

Jimmy hat mir eine Stunde lang von seinen körperlichen Schäden erzählt. Er sieht sehr schlecht aus. Hat die meisten Haare verloren. Seine Haut ist grau & schlaff. Sein Körper hat sich verändert. Dicker Bauch. Knochige Schultern. Schon jetzt ein kleiner alter Mann. Er tat mir leid, & ich hörte ihm zu, so gut ich konnte – angesichts meiner Erschöpfung. Meine Brüder sind im Grunde monologisierende Menschen. Sie scheinen kaum je etwas über das Leben ihrer Zuhörer erfahren zu wollen. Und über meins schon gar nicht. Obwohl Bobby, der im April nach Careyes geht, sehr viel über Mexiko wissen will. Ich hoffe, er & Deborah finden es dort schön. Ich muss Rebecca bitten, Miguel die Hängematte ersetzen zu lassen.

Es gefällt mir sehr, inmitten einer Familie zu sein, in der es Liebe zu geben scheint – und ganz normale Probleme. Und es ist toll mit Gay.[134] Wir haben da weitergemacht, wo wir zuletzt aufgehört haben. Reden nonstop. Verbringen Zeit miteinander. Heute gehen wir spazieren & ins Kino.

Bill hat mir erzählt, wie Daddy die erste Schule in unserer Gemeinde organisierte. Die Wards Chapel School. Wie er überallhin ging und mit Eltern redete. Wie die erste Schule von Weißen niedergebrannt wurde. Wie er sich erniedrigen musste, um einen leer stehenden Schuppen für die Schule benutzen zu dürfen, bis eine neue gebaut war. Er erklärte den Weißen, dass Schwarze, ohne lesen und schreiben zu können, sich nicht richtig um die Kinder der Weißen kümmern könnten. Wenn das Kind Medizin bräuchte, würde eine Analphabetin nicht in der Lage sein, das Etikett auf dem Arzneifläschchen zu lesen.

Er führte Vorstellungsgespräche & stellte die ersten Lehrerinnen ein. Miss Lowry (die als hochnäsig beschrieben wurde) & Miss Reynolds. Schließlich wurde dann East Putnam gebaut, die Schule, auf die ich gegangen bin. Benutzt wurde dafür eine alte Militärkaserne, die mein Vater & andere der Regierung irgendwie abschwatzten.

Es gefällt mir sehr, mir meinen Vater als jemanden vorzustellen, der etwas für die Gemeinschaft organisierte.

Wie gern hätte ich ihn damals gekannt, als er & Mama so verliebt waren & er noch Hoffnung in die Zukunft setzte. Wenn ich mir die jetzige Gesellschaft anschaue – wie rückwärtsgewandt sie ist –, dann kann ich ansatzweise nachfühlen, was sie gefühlt haben müssen. Mama wandte sich völlig der Religion zu. Daddy wurde hoffnungslos & verbittert. Mama sublimierte ihre Enttäuschung & Wut. Daddy wurde immer kränker.

Tracy hat gestern Abend angerufen. Ihre Tour beginnt in einem Monat. Wir haben lange geredet. Ich liebe sie so sehr. Es ist sehr schwer, getrennt zu sein. Und doch weiß ich, ich könnte nicht so weitermachen. Mir ist aber klar, dass ich ihr nicht genug Anerkennung für ihre Bemühungen entgegenbringe. Wenn man bedenkt, was sie alles macht, hat sie wirklich versucht, Zeit mit mir zu verbringen. Das Problem ist nur, dass diese Zeit kaum je von der Qualität war, die wir zuvor hatten.

Egal, ich bin zufrieden. Froh, dass ich bei meinem Bruder sein kann, während er diese schwere Zeit durchmacht. Ich bin gern nützlich.

30. Jan 1995
Heute Morgen beim Aufwachen habe ich meine Familie vermisst, zum ersten Mal seit dreißig Jahren! Ich frage mich, ob ich die Sehnsucht nach ihnen vorher unterdrückt habe, weil ich sowieso nicht bei ihnen sein konnte. All die Jahre meines Studiums, am Spelman und dann am Sarah Lawrence, muss ich sie vermisst haben. Aber ich war zu arm, um sie besuchen zu können – außer Ruth, in ihrem vollgestopften Apartment und ihrer schrecklichen Ehe –, & sie waren umgekehrt auch zu arm. Meine Brüder Bill & Jimmy hatten kleine Kinder, für die sie sorgen mussten, & arbeiteten viele Stunden am Tag in langweiligen, repetitiven und überhaupt schrecklichen Jobs.

Howie & Roz[135] erschienen am Tag vor meiner Abreise im Krankenhaus. Pünktlich um vier. Wir saßen eine Stunde in der Halle & redeten. Sie gehen für drei Monate nach Italien, Bologna. Howie wird dort lehren. Roz wird malen. Sie sehen großartig aus. Howie silberhaarig & schlaksig. Roz dünn, langhaarig, mit einer Baskenmütze. Sehr hübsch. Beide sind jetzt in den Siebzigern. Schließlich gingen wir hinein zu Bill.

Sie begannen mit ihm über seine Arbeit zu reden. Er lebte richtig auf, als er davon erzählte. Wie er mitten im Winter in Gegenden wie Vermont gefahren war, um Reifen – manchmal fast eine halbe Tonne schwer & türhoch – an riesigen Lastwagen zu wechseln. Er erzählte, wie er – ohne Handschuhe, weil die ihn zu ungeschickt machten – bei solcher Kälte gearbeitet hatte, dass er die Finger nicht mehr krümmen konnte. Er erzählte, wie eines Nachts so ein halbtonnenschwerer Reifen umgefallen war und wie er es geschafft hatte, ihn wieder aufzurichten. Indem er Bretter darunterschob, bis er seinen Körper von unten dagegenstemmen konnte. Er hatte allein gearbeitet.

Dieser Einblick in sein Arbeitsleben rührte mich zu Tränen. Jeder Job dauerte etwa 4 Stunden. Die An- & Abfahrt noch einmal 4.

Gay hatte mir erzählt, Bill sei, wenn er von der Arbeit komme, müde, aber nie gereizt oder aggressiv seiner Familie gegenüber. Sie sagte, er wirke, wenn er hereinkomme, immer so froh, zu Hause zu sein, und küsse sie & umarme & küsse seine Töchter.

Die Zinns gingen, als Bills Pfleger hereinkam. Ich brachte sie zum Aufzug. Sie fragten nach Tracy. Ich sagte, es gehe ihr gut, & sie mache wunderbare Musik.

Heute bin ich wieder zu Hause. Der Pflaumenbaum vor meinem Fenster fängt an zu blühen.

5. Feb.

Ein schmerzliches Gespräch gestern Abend mit Tracy. Sie übernimmt keinerlei Verantwortung für irgendetwas, was in unserer Beziehung schiefgelaufen ist. Ich sprach von meiner Traurigkeit. Meinem Schmerz. Sie fühlt das nicht so stark. Es war ein hartes Gespräch, bei dem sie nicht auf mich zukam, sondern mich vielmehr auf Armeslänge von sich hielt. Über mich urteilte.

—

Tracy sagte gestern Abend: »Ich hätte nie gedacht, dass es so enden würde.« Ich auch nicht. Aber ich habe großartige Lektionen gelernt. Liebe ist das, worauf es ankommt. Punkt. Alle Häuser der Welt können einen nicht glücklich machen, wenn sie leer sind.

Jetzt kommt die Sonne heraus. Vielleicht. Ich werde aufstehen, meditieren & meinen Haferbrei essen & mich dem Tag stellen!

—

Und wieder ins Bett. Ich habe einen der schmerzhaftesten Tage meines Lebens überstanden. Ich habe meditiert. Bin aufgestanden. Bin mit meiner blauen Schale mit Haferbrei zur Tür hinaus & den Hügel hinunter gewandert. Überall sind Osterglocken. Die Akazie blüht. Der Seidelbast. Und so grün alles. Beim Studio habe ich den Hof gefegt & Zweige aufgesammelt. Am Gästehaus erwischte mich die Sonne gerade, als ich die Hintertür öffnete. Ich breitete eine Decke in dem Fleckchen Wärme aus, das sie erzeugte, & schlief ein. Das half mir ein bisschen.

—

Großer Geist, stütze mich. Ich bin schwach heute. Ich bin krank. Ich bin traurig. Sei mit mir, bitte, während ich vorwärtswanke, auf meinen Weg & meinem Schicksal entgegen.

16. Feb. 1995

Liebe Tracy,

ich erwarte nicht, dass dieser Brief irgendetwas ändert, außer vielleicht, dass du mich besser verstehst. Es tut mir so leid, was ich am Strand in Careyes zu dir gesagt habe, dass ich dich nicht mehr liebe. Kurzzeitig hat sich das wahr angefühlt: Ich habe gelitten & gar nichts geliebt. Aber grundsätzlich ist es nicht wahr. Ich liebe dich immer noch. Ja, ich liebe dich mehr denn je.

Dies ist kein Bittbrief, und obwohl ich durchaus merke, dass ich leide, weil ich dich verletzt & verloren habe, vielleicht mit gutem Grund, merke ich doch auch, dass ich mich allmählich besser fühle, nach vorne schaue.

Im Gespräch mit Jean Bolen[136] ist mir klar geworden, dass du manche der absurd widersprüchlichen Signale, die ich ausgesandt habe, unmöglich verstehen konntest. Dass du mein Manuskript in aller Muße lesen solltest zum Beispiel, wenn ich doch offensichtlich wollte, dass du es sofort tust. Oder dass ich gesagt habe, ich liebte dich nicht mehr, & später dann Liebe machen wollte.

Ich verstehe selbst nicht, warum ich gerade jetzt so kämpfe. Eine Erkenntnis, die ich diese Woche hatte, war, dass du der erste Mensch bist, den ich genauso tief & heftig geliebt habe wie meine Mutter. Dass das aber all die anderen heftigen Gefühle mit sich bringt: Angst vor Ablehnung, Angst vor dem Verlassenwerden, Angst vor Kritik, Angst, dass mir Liebe vorenthalten wird, wenn ich nicht »perfekt« bin.

Ich habe dich in diesen letzten Monaten so vermisst. Ich habe mir alle Mühe gegeben, die Zeit, in der wir nicht zusammen waren, mit anderen Dingen, anderen Menschen zu füllen. Aber trotzdem warst du nicht da. Es hat all meine alten Verlassenheitsgefühle wieder aufgewühlt. Wenn wir zusammen <u>waren</u>, konnte ich nicht umschalten.

Aber genug.

Als ich Jean B. erzählte, was ich gesagt hatte, wie sehr ich es inzwischen bereue und wie unwahr es außerdem ist, legte sie mir nahe, dir meine Gefühle mitzuteilen, bevor du auf Tour gehst.

Wenn du da rausgehst und dich dem ganzen Wahnsinn stellst, sollst du wissen, dass du zutiefst geliebt wirst. Glühend, ehrfürchtig. Von jemandem, der unsagbar beeindruckt ist von dem, was du vollbringst, von der Schönheit, die deine Kreativität hervorbringt, & dem Mut, mit dem sie es tut. Ich bin verletzt, weil es mit uns so schiefgegangen ist, aber wir sind gute Menschen, und ich fühle, dass das Universum uns liebt und uns behüten wird. Dich, wenn du dort rausgehst ins Hinterland. Ich werde jeden Abend für dich beten.

Verhärte nicht dein Herz. Verzeih. Liebe.

Alles, was ich für dich empfinde, ist Liebe, auch wenn ich ärgerlich bin oder Dinge nicht verstehe. Ich bin unvollkommen. Ich ziehe mich zurück, wenn ich auf Menschen zugehen sollte. Ich versuche zu lernen.

Ich habe Vertrauen in dich. Und zu dir. Ich werde versuchen, die beste Freundin zu sein, die du je hattest. Oder zumindest so gut wie Jackie![137]

In Liebe, immer,
Alice

PS: Nachdem ich dir den Brief geschrieben hatte, bin ich wieder eingeschlafen, innerlich ruhig. Wie zur Bestätigung dessen, was ich geschrieben hatte, träumte ich, wir wollten ein Schiff nehmen – ein großes Schiff –, aber es war überfüllt oder verspätet, oder es war aus sonst irgendeinem Grund nicht möglich. Doch in der Ferne, links von mir, hörte ich ein Nebelhorn, & ein riesiges graues Schiff erschien in einem Hafen, von dem ich gar nicht gedacht hatte, dass er sich dort befand. Ein anderes Schiff! Ich nahm deine Hand, & wir liefen darauf zu.

—

Ich schrieb Tracy so ehrlich wie möglich über meine Liebe und meine inneren Kämpfe. Es hat meinem Herzen gutgetan, das alles loszuwerden. Sie hat gestern Abend angerufen, hat gesagt, sie habe den Brief gelesen. Er sei wunderschön & habe sie zum Weinen gebracht. Sie weint selten. Ich weiß nicht, was passieren wird.

26. Feb. 1995

Marley Moo[138] ist auf einem guten Weg, ihre Erziehung betreffend. Sie liebt es, draußen zu sein. Liegt auf ihrer kleinen Hundematratze auf der Terrasse. Pratibha übers Wochenende hier: relaxed und gemütlich wie üblich.

Joan & ich waren bei Tracys Minikonzert: Sie hatte Freunde und Freundinnen, die Leute, die ihr Management, ihre Finanzen etc. machen, & Freunde der Band ins Studio eingeladen, um die neuen Songs zu hören. Was toll war. Wir kamen direkt vom Unterrichten (Joan) und aus der Therapie (ich). Tracy sang gerade einen Song, den ich noch nie gehört hatte. Etwas über »falling in love with you again today, all over«, sehr schön. Als wir hereinkamen, wirkte sie scheu & glücklich zugleich.

Später am Abend haben wir am Telefon geredet. Sehr innig. Aber wir konnten immer noch keine Zeit miteinander verbringen. Ihre Arbeit nimmt sie ganz in Beschlag. Sie vollbringt ein großes kreatives Werk. Ich verstehe es und bin nicht mehr sauer. Sondern stolz auf sie.

13. März 1995
Also Arbeit:

Ich muss The Same River Twice in die endgültige Form bringen. Gloria hat ihre Kommentare geschickt. Sie ist immer überintellektuell, aber ich schätze ihre Ehrlichkeit & generelle Bereitschaft, mir Resonanz zu geben. Von Leigh ist noch nichts gekommen, es sei denn, Joan hat den Brief.

Deborah & ich versuchen, Careyes zu verkaufen.

Ich habe (fast) einen Essayband beisammen.

Ich habe, wie man so sagt, die »Idee« zu meinem nächsten Buch.

Aber nicht viel Schreibenergie. Am glücklichsten bin ich, wenn ich mit Marley spiele & den letzten Rest meines Sabbatjahrs genieße.

Großer Geist, wieder muss ich sagen, ich liege hier verlassen: schwach & traurig & jämmerlich. Voll Sehnsucht nach einer Liebe, die nicht gut für mich ist. Eine törichte Frau, die sich die Haare färbt & deren Knie knackt.

4:00, 25. März, Glorias Geburtstag.
War gestern wie eine dumme Gans Tracy hören & sehen. Konzert im Palace of Fine Arts. Nicht besonders gut – lag ausschließlich an dem merkwürdigen Veranstaltungsort & der Tontechnik. Tracy wunderschön & witzig. Meine Gedanken wanderten. Später, im Backstage, waren da Jackie & Aneta. Tracy. Deborah & Rhyan & eine Freundin von Rhyan begleiteten mich.

Schrecklich. Steif. Unecht.

Ich kam nach Hause & ging ins Bett, nachdem ich ein Schlafmittel genommen hatte. Trotzdem weckte mich mein schmerzendes Herz. Ich kann so nicht weitermachen. Ich habe alle Schuld an allem, was schiefgegangen ist, auf mich genommen. Ich bin ganz eindeutig unfair zu mir selbst. Tracy & ihre Schwester & ihre Hunde und ihrer aller mächtiger Mutterkomplex sind seltsam. Jedenfalls, nachdem ich mich eine Weile wütend & verletzt gefühlt hatte & sehr dumm, weil ich den Schorf von meinem heilenden Herzen gekratzt hatte, indem ich in das Konzert ging, schlug ich aufs Kopfkissen ein & betete dann. Mir fiel die Adlerfeder ein, die mir Charlie Soap geschenkt hat, & ich holte sie & legte sie auf mein Herz. Ich bete darum, wieder ganz zu sein. Ich bete darum, dass mein Herz heilt. Dass dieser Schmerz aufhört. Ich bete darum, loslassen zu können, inneren Frieden zu finden.

27. März 1995

Es ist Zeit, dieses Notizbuch abzuschließen. Ich tue es gern. Dies ist eine Chronik über 9 Monate Beziehungsringen mit Tracy. Eine Zeit, in der ich die höchsten Höhen und tiefsten Tiefen erlebt habe. Ich habe nie jemanden so geliebt, wie ich Tracy liebe. Aber es fällt mir schwer, sie als »eine Freundin« weiter zu lieben. Sie war grausam zu mir. Ich zu ihr auch. Ich weiß nicht, warum.

Gestern hatte sie ihr letztes Konzert; ich bin nicht hingegangen. Anscheinend war es gut. Sie & Aneta kamen vorbei, um Marley zu sehen, & wir saßen etwa eine Stunde zusammen da, zu dritt. Es war gar nicht schlecht. Mein Fokus liegt ganz darauf loszulassen. Ich habe ihr das Huichol-Garnbild gegeben, das ich im Dezember für sie gekauft habe. … Marley & ich fahren morgen oder am Dienstag nach Mendocino. Ich kann es kaum erwarten. In der Stadt ist es hart. Auf dem Land entspannt & friedlich. Selbst bei Regen werde ich klarkommen.

Ich habe erkannt, dass ich Tracy, bis es aufhört, dass ich sie küssen & umarmen will, sobald ich sie sehe, einfach nicht sehen darf. Der Stress, meine Gefühle zu unterdrücken, ist unerträglich.

Aneta hat mehr geredet als gewöhnlich. Sie wirkte müde. Sieht aber besser aus, präsenter als sonst. Ich bewundere Tracy so sehr. Sie hat alles durchgezogen, was sie sich vorgenommen hatte, & hat alles großartig gemacht. Sie ist klug, schön, witzig. Ich bin froh, dass sie auf der Welt ist.

Ich habe eine definitive Fassung des neuen Materials für SRT[139] fertiggestellt. Joan soll sie Leigh morgen per FedEx schicken. Ich komme voran. Langsam mit: To My Young Husband. Es hat einen anderen Ton, dieses kleine Buch. Es erinnert mich an Rilkes Briefe an einen jungen Dichter. Ich mochte immer schon den Ton, den Umfang etc. dieses Buchs. Ich fand es immer so pur.

So. Gerade habe ich 2–3 eklatante Fehler in meinem Hugging Fidel-Text korrigiert. Habe es mir aber untersagt, mich deswegen selbst zu geißeln.

Tracys & Anetas Besuch war anstrengend. Aber erträglich. Ich hatte nicht mehr das Gefühl, es mir so zu Herzen nehmen zu müssen. Oder mich noch weiter entschuldigen zu müssen.

Evelyn White will meine Biografie schreiben.[140] Bill ist aus dem Krankenhaus entlassen & sagt, er fühlt sich großartig. Wilma & Charlie[141] wollen, dass ich sie besuche.

Das Leben geht weiter. Und trägt mich dahin. Großer Geist, nimm meinen Dank & meine Liebe an.

4. Mai!

Am Mittwoch bin ich 2 Stunden mit zu Rebeccas Therapeutin gegangen. Sehr hilfreich. Obwohl es mich schockierte, dass Rebecca behauptet, ich hätte sie ohne etwas zu essen im Kühlschrank allein gelassen. Sie sagt, sie sei immer bei Kentucky Fried Chicken gewesen! Zweifellos freiwillig, sagte die Therapeutin, und R. gab es zu. Ich versuchte Rebecca dazu zu bringen zu sagen, was sie von mir gewollt hätte. »Drei richtige Mahlzeiten am Tag«, sagte sie. Sie wünscht sich immer noch, ich wäre eine Mutter wie Judy.[142] Den ganzen Tag zu Hause, damit beschäftigt, den Haushalt zu machen, Plätzchen zu backen & Kinder herumzukutschieren. Obwohl ich dachte, ich hätte es als Mutter ganz gut gemacht, hat der Kontakt mit Judy Rebecca etwas anderes vermittelt. Das tut weh, aber ich kann damit leben.

Wir weinten & stritten, & schließlich umarmten wir uns & gingen Arm in Arm durch den Central Park zurück.

Am Donnerstag hatten Anna Deavere[143] & ich unser »Gespräch« mit Charlie Rose im 92nd Street Y. Charlies Einführung war unsensibel, zu persönlich. Ansonsten hatte ich das Gefühl, dass der Abend gut war. Hinterher umarmte mich doch tatsächlich Skip Gates![144] Und zudem roch er auch noch überraschend gut. Was ich ihm sagte. Er beschnupperte daraufhin mich, unter meinen Locks, & sagte: »Sie auch.«

Am Freitag war ich in Brooklyn, um zu sehen, wo & wie meine Kinder leben. Angels Haus sehr einfach, Working-Class-Brooklyn. Die Hunde toll. Rebeccas Wohnung makellos & geschmackvoll. Schlicht. Sie.

Rebecca & ich nahmen dann den Shuttleflug nach Boston & fuhren zu Bill & Gay.[145] Wo uns unter anderem Brenda überraschte und es eine Riesenschüssel frittiertes Hühnchen gab. … Bill sieht prima aus.

Viel zu bald schon musste Rebecca gehen. Ich wälzte mich die ganze Nacht schlaflos herum, weil ich sie so vermisste. (Wir hatten am Morgen so schön gekuschelt, nachdem wir zusammen geschlafen hatten.)

Am nächsten Morgen brach ich auf. Nach Hause. Deborah[146] erwartete mich (Überraschung) am Flughafen.

Womit ich zur großen Neuigkeit betr. San Luis Road 670, Berkeley, komme.

Deborah & ich erwerben zusammen ein Haus in Berkeley. Zweistöckig plus Apartment im Souterrain, Stuck. Viel wunderschönes altes Holz. Jede Menge dran zu machen. Und es hat einen privaten Park mit einem großen Swimmingpool & einem Tennisplatz!

Ist das wieder ein Versuch, mein Leben durch ein weiteres Haus zu »reparieren«? Tracy hat mich das gestern Abend gefragt. Ich frage es mich selbst. Ich habe Jean Bolen gefragt. Was sich anders anfühlt, ist, dass ich in dieses Haus mit einer Person ziehe, die ich kenne & der ich vertraue & mit der ich gern zusammen bin. Deborah. Einer Freundin. Sie & Rhyan[147] & ich werden so was wie eine Familie sein. Es ist – ganz offen – ein Versuch von beiden Seiten, weniger einsam & allein zu sein.

5. Juni

Mir erscheinen meine zwei Wochen unterwegs wie eine Pilgerreise. Verblüffenderweise konnte ich all meine 7 Geschwister besuchen und wirklich bei ihnen sein.[148]

—

Liebe Tracy,

so vieles endet und beginnt. Robert hat am Sonntag geheiratet, & er & Janet sind gestern zu einer fünfwöchigen Reise aufgebrochen, die in Nordafrika beginnt & dann über Kreta & Santorini weiter nach Italien & Wales führt. Er & ich haben vor ihrer Abreise telefoniert. Ein gutes, müheloses Gespräch, getragen davon, dass er glücklich ist & ich mich für ihn freue. Er ist ein wirklich guter Mensch, & ich habe das Gefühl, wir waren von Anfang an dazu bestimmt, Bruder & Schwester zu sein. Er hat mich eine Menge über die Liebe gelehrt.

Habe ich dir von meiner Gesprächssession mit Rebecca & Mel erzählt? Es war sehr gut. Eine weitere Veränderung. Ich habe Mel erklärt, dass er uns meiner Meinung nach genauso aus seinem Leben verbannt hat, wie ihn sein Vater aus seinem Leben verbannt hat, als er ein kleiner Junge war. Zu meinem Erstaunen fing er an zu weinen & konnte gar nicht sprechen. Später waren wir in einem Restaurant essen & konnten zum ersten Mal seit vielen Jahren richtig miteinander reden. Heute habe ich die ersten 2 von 50 Briefen – von mir an ihn – erhalten, um die ich ihn gebeten hatte – & die er mir immer versprochen, aber nie gegeben hat. Ich bin immer wieder schockiert von meiner schwer lesbaren Handschrift! Er schien erstaunt, dass ich ihn immer noch mag & wertschätze. Er glaubte, ich wäre ihm untreu gewesen, & hielt mir das vor. Ich erklärte ihm, dass ich erst mit Robert intim geworden war, als er & ich uns einig waren, dass wir uns scheiden lassen wollten. Er schien sich total in meine angebliche Untreue verbohrt zu haben, obwohl er doch derjenige war, der nebenbei eine Freundin – seine spätere Frau – hatte. Rebecca erinnerte sich, Judy schon wahrgenommen zu haben, lange bevor Robert auf der Bildfläche erschien!

Ich glaube, für Rebecca war es gut, dass ihre armen Eltern so Seite an Seite dasaßen & miteinander & mit ihr redeten. Sie hat uns ganz schön in die Mangel genommen.

Ich habe immer noch das Gefühl, dass Mel & ich noch mehr zusammen weinen müssen, aber ich glaube jetzt, dass wir es tun werden. Ich habe zu Rebeccas Therapeutin gesagt, als er mich aus seinem Leben verbannte, hätte ich das Gefühl gehabt, meinen besten Freund verloren zu haben. So war es auch. Wir waren eine sehr isolierte kleine Familie. Meine Freunde & meine Familie waren sauer auf ihn. Und seine auf mich. Etc. Er war für mich in vielem ein »Vater« – und dann waren mir auch noch all seine juristischen Fähigkeiten entzogen worden!

Darüber wollte ich gar nicht schreiben. Ich fühlte mich so deprimiert & elend, dass ich, als es mir besser ging, an dich dachte & wer sich um dich kümmern würde, wenn du krank würdest. Ich weiß, da ist Aneta, aber ich wollte mich ausdrücklich als Krankenschwester anbieten, sollte sich, was die Göttin verhüten möge, je die Notwendigkeit stellen. Tee & Mitgefühl, Süppchen, Fußmassage etc. Bitte zögere nie, mich zu fragen. Selbst wenn du nur müde bist oder jemanden brauchst, der dir die Kopfhaut einreibt & die Locks trennt.

Ich nehme jetzt seit zwei Monaten Östradiol & Progesteron. Ich glaube, es geht mir besser. Meine Stimmung erscheint mir ausgeglichener. Ich weiß jetzt auch, dass ich vielleicht etwas habe, was sich saisonal-affektive Störung

(SAD) nennt. Das bedeutet, dass meine Hormone bei Veränderungen der klimatischen Bedingungen durchdrehen. So was Verrücktes. Ich bin aber dankbar, dass Dr. LaVoy das anscheinend in den Griff bekommen kann. Es ist eine sehr erleichternde Vorstellung, mich nicht den halben Monat total gestört zu fühlen.

Love, gähn, gute Nacht. Alice.

13. Juni 1995

Ich habe so viel über meine »Pilgerreise« geredet, dass es mir redundant vorkommt, darüber zu schreiben. Dennoch: Nachdem ich Mamie & Curtis getroffen & mit Ruth bei ihr zu Hause & in ihrem Wagen zusammen gewesen war, fuhren wir runter zum alten Haus. Das wichtigste Geschehnis dort war, mit Bobby & Fred angeln zu gehen & gebratenen Wels zu essen, den Bobby zubereitete. Ein wunderbares Erlebnis. Ich fing zwar nichts, aber meine Brüder ließen mich die Fische an ihren Angelschnüren einholen. Fred bestückte meinen Haken mit Köder. Ich fühlte mich sehr klein & erwachsen zugleich, & ich fühlte mich geliebt & voll Liebe.

Meine Brüder tun offensichtlich ihr Bestes & haben doch so viele Fehler und Schwächen wie wir alle. Na und? Sie sind auch großzügig, liebevoll & verrückt. Meine Hand landete immer wieder auf der riesigen Pistole meines Bruders Fred, die er in seinem Pick-up mit sich führt. Also stellte ich mich schließlich meiner Angst vor »Brüdern mit Schusswaffen« & bat ihn, mir beizubringen, wie man damit schießt. Er war hocherfreut. Und so pflanzte ich die Füße richtig auf, der Balance wegen, & drückte ab, schoss das ganze Magazin leer. Es fühlte sich toll an. Und eine alte Angst verschwand.

Bei der Abschlussfeier am Spelman hatte ich herzlichen Kontakt mit Gloria Joseph, Audre Lordes Partnerin, & Alfre Woodard & Johnnetta Cole[149], die mich auf den Mund küsste! In einem vollen Lift. Das Ganze war ein sehr hohes Ereignis, spirituell gesehen, aber lang & ermüdend.

Vorgestern Nacht, etwa um halb eins, rief Tracy mich an, um mir zu sagen, das Album sei fertig! Es war fast ein Jahr Arbeit. Im letzten August fing sie an, ein Studio zu suchen & Auditions mit Musikern zu machen. Und davor schon schrieb sie Songs, Texte & Musik. So ein langer Prozess. Und auch jetzt noch nicht zu Ende. Zwei Tage müssen die Aufnahmen noch »gemastert« werden, & danach kommt noch eine Tour. Sie klang ganz munter.

Ein nettes Gespräch. Ich fühle mich ruhig, zentriert, in keiner Weise bedürftig, zu Hause. Das beste Gefühl der Welt.

Großer Geist, der du Regen machst. Sonne scheinen lässt. Nebel machst. Du hast mich mit allem gesegnet, was ich brauche, um glücklich zu sein. Ich danke dir, & ich liebe dich.

9. Juli 1995 – Papas Geburtstag?
Eine Nacht & ein Morgen emotionaler Klarheit. Tracys Reaktion auf meine Serie von Briefen, nachdem ich sie gefragt hatte, ob sie sie erhalten habe: »Also, wenn je jemand bezweifelt hat, dass du schreiben kannst. …« So eine kümmerliche, armselige Reaktion. Sei's drum. Genug & mehr als genug. Ich habe die letzten Wochen mit Pema Chodron [sic!][150] gelebt. Und sie (& der tibetische Buddhismus) hat mich gerettet.

30. Aug. 1995

Vorgestern Abend hat Tracy auf dem Heimweg von einem Meeting angerufen. Ich habe sie eingeladen, auf eine Suppe vorbeizukommen. Sie kam und sah wundervoll aus. Ich liebe es, wie sie aussieht, geht, steht, sitzt, riecht. Sie hat mir viele Ratschläge gegeben, wie ich mit Marley Moo[151] umgehen soll, & ich habe versucht, sie dankbar entgegenzunehmen, obwohl es sich sehr so anfühlte, als ob der abwesende Vater für zehn Minuten hereinschneit & der sich durchwurstelnden Familie sagt, wo es langgeht.

Sie zeigte mir die Fotos, die sie für das Albumcover hat machen lassen.[152] Sie darauf offener, fröhlicher – <u>präsenter</u> – als auf allen anderen Platten. Ich bin so stolz auf sie. Ich finde sie umwerfend.

Als sie ging, umarmte ich sie & sagte, ich liebe dich. Sie sagte, sie liebe mich auch. Es ist sehr schön zwischen uns, in welcher Form auch immer, <u>wenn</u> wir zusammen sind. Wir sind lebendig. Und aufmerksam. Uns jeder Nuance des Lebens extrem bewusst – & sehr bescheiden.

Ich sehe so deutlich, wie wir uns gegenseitig beeinflusst haben. Das Cover ihres Albums wird aussehen wie ein altmodisches Samenpaket. Auf allen Fotos ist sie draußen in der Landschaft, inmitten von Pflanzen & Feldfrüchten. Auf einem liegt sie sogar in einem Kohlfeld! Und irgendwo wird da zweifellos eine Sonnenblume sein. Das alles gefällt mir natürlich sehr. Und die Sonnenblume ist in dieser Phase meines Lebens meine Lieblingsblume. Ich habe immer Sonnenblumen in meinem Haus.

Ich meinerseits habe jetzt einen schwarzen Hund. Tracy hat 3 schwarze Hunde. Ich habe abgenommen & stelle fest, dass ich mich mehr wie sie kleide. Sie lebt inzwischen völlig vegan. Ich nur teilweise – ab und zu esse ich Fisch oder Huhn. Wenn ich mit Marley rede & mich um sie kümmere, höre ich manchmal Tracys Stimme. Sie hat mich gelehrt, mich Tieren wirklich zu öffnen. Ein Tier zu respektieren & gut zu betreuen. Das ist ein großes Geschenk.

Worüber wir auch noch geredet haben, war, dass, auch wenn es mir nicht bewusst war, mein Coming-out – als Bisexuelle, die eine Lesbe liebt – beängstigend war. Und das gleich doppelt, weil Rebecca sich ebenfalls outete. Also war ich in Mexiko auch ängstlich und verunsichert, weil ich inmitten von Fremden in einer sehr homophoben Machokultur offen eine Frauenbeziehung lebte.

5. September

Ich habe ein neues Vorwort für Warrior Marks geschrieben, das ich wirklich gut finde. Die Qualität meines Schreibens hat sich durch Ruhe & Reflexion gesteigert. Und durch die Weigerung, Blurbs etc. für andere zu schreiben. In dem, was ich jetzt schreibe, ist Leben, Engagement, Leidenschaft (das Leiden & die Freude). Das gefällt mir.

14. Sept. 1995

Eines Tages, als ich im Bett saß und meditierte, rief meine Assistentin wegen folgender Rückfrage an. Die Ankündigungen für diese Veranstaltung Schwarzer Schwulen und Lesben gingen jetzt raus,[153] sagte sie, und die Veranstalter wollten wissen, wie ich bezeichnet werden wolle. Eine Mitwirkende werde als offen lesbisch vorgestellt. Eine andere als bekennend heterosexuell. Ob es mir recht wäre, gewissermaßen die Lücke zu schließen und mich als offen bisexuell bezeichnen zu lassen. Natürlich bin ich bisexuell, wenn damit gemeint ist, dass ich Frauen & Männer sexuell & geistig anziehend finde. Und ich habe die Bezeichnung gelegentlich selbst benutzt. Aber da ich wusste, dass ich bald hierher zu euch[154] kommen würde, und da ich, wie viele von euch wissen, mit Wörtern sehr wählerisch bin, habe ich befunden, dass das Wort, mit dem ich mich hier »outen« möchte, eins ist, durch das ich mich nicht zweigeteilt fühle wie durch bisexuell, sondern mich vielmehr ganz fühle, heil, geradezu heilig, als eine Frau mit all ihren seelischen & körperlichen Bestandteilen. Rachel Bagby, die Musikerin, hat einen Chant produziert, der den ganzen Reichtum des Wortes, das ich wähle – & das für mein Empfinden auf eine Person passt, die Frauen und Männer liebt und anziehend findet –, wunderbar zum Ausdruck bringt. Das Wort ist full. I am a full woman, singt sie mit ihrer souligen Schwarzen Stimme. Und ja, ich fühle, eine ganze, eine vollständige Frau, das bin ich auch.

Wie das Wort Womanismus, das ich der Bezeichnung Schwarzer Feminismus vorziehe, entspringt auch dieses *full* unserer Kultur und unserer Umgangssprache. Er (oder sie) ist *full* grown, ausgewachsen, voll entwickelt. Das hört man aus einer Tiefe der Zeit kommen, wie es bei »er oder sie ist bisexuell« nicht der Fall ist. Jemand ist a full soul und natürlich a full human. Sie (oder er) ist eine Person, die oder der frei in sich selbst ist.

Mit anderen Worten: Es fehlt nichts. Und für den ganzen Menschen, ob Frau oder Mann, ist da das beruhigende Bewusstsein, dass Mutter Natur, die ebenfalls eine ganze Frau ist, sichergestellt hat, dass es in Zeiten von Dürre oder Hungersnot immer die Möglichkeit einer Adaptation, einer neuen Art zu leben gibt, dass immer die Möglichkeit einer grundlegenden Veränderung besteht.

Als ich weiter hierüber meditierte, wurde mir bewusst, dass es immer als Erstes der Geist ist, der mich an Menschen anzieht, und dass der Geist, den ich am meisten liebe, der mutige, nachdenkliche, rebellische & mitfühlende ist. Der Spirit, der nicht nur von Widerstand & Revolution redet, sondern metaphorisch oder real in die Berge geht, um den Kampf aufzunehmen. Ich liebe den Spirit, der Krieg verabscheut, aber dennoch für die Schwachen und die Armen kämpft. Wie irgendjemand sich von Menschen wie etwa Che Guevara oder Frida Kahlo nicht angetörnt fühlen könnte, ist mir ein Rätsel, vorausgesetzt, deren persönliche und körperliche Ausstrahlung könnte auch nur annähernd mit der magnetischen Kraft ihres Rebellenherzens & -geistes mithalten.

Die Männer, die ich geliebt und von denen ich mich angetörnt gefühlt habe, haben zu jeder Form von Herrschaft – rassistischer, klassistischer, sexistischer oder sonstiger – NEIN gesagt und die Frauen ebenso. Ich liebte und begehrte sie in ihren Momenten des Widerstands & des Stolzes; ich liebe & bewundere sie auch jetzt noch.

Dies also sind meine Gedanken zur Frage der Bezeichnung. Denn es ist wichtig, wie wir uns selbst bezeichnen. Das Wort lesbisch gefällt mir immer besser, je mehr sich zeigt, wie viele Lesben ich liebe, begehre und bewundere. Tatsächlich ist der Spirit von Lesben oft unwiderstehlich. Ich hatte mich dagegen gewehrt, weil dieses Wort eine Insel suggeriert und eine Separierung, die ich nicht fühle. Immer gemocht habe ich das Wort »gay«. Die Formulierung »In the Life« fand ich ausnehmend gut. Und sehr Schwarz. Ich hoffe, »full« können auch andere als ein sinnvolles, warmherziges Wort empfinden, das, wenn es mit Liebe ausgesprochen wird, Aufmerksamkeit und Wohlwollen weckt und vielleicht auch Gedanken an Küsse auf den empfindsamen, aufrichtigen & großzügigen Mund der Person, die es sagt.

21. Sept. 1995
Havanna, Kuba
Hotel Copacabana
Ich habe dieses Tagebuch vor zwei Tagen hervorgeholt, als ich mich bereit machte, nach Kuba zu reisen. Diesmal bin ich mit einer Frauendelegation hier, gesponsort vom U. S. & Cuba Medical Project. Wir haben Antibiotika im Wert von 5 Millionen Dollar mitgebracht. Heute war es allerdings so heiß, & die Limonade enthält so viel Zucker, dass ich den ganzen Nachmittag grässliche Migräne hatte.

Kurzfassung: Wir übergaben die Antibiotika im Wert von 5 Millionen Dollar. Wir zeigten unseren Film, trafen uns mit Dichterinnen & Filmemacherinnen. Hörten musikalische Darbietungen. Besuchten eine Geburtsklinik, die so arm war, dass ich weinen musste. Besuchten eine Poliklinik, die so schlicht & freundlich war, dass ich lächeln musste. Hatten ein Treffen mit der radikalen Fraktion der kubanischen Frauenföderation. Staunten, wie sauber alle sind, obwohl es kaum Seife gibt. Waren im Fluss schwimmen. Diskutierten mit Fidel Castro über Colin Powell & über Viren. Tranken Mojitos. Habe ein starkes Verbundenheitsgefühl mit allen in unserer UN-artig aussehenden Delegation. Wir hatten 3 Tage dort. Zwei Reisetage. War, eh ich michs versah, schon wieder zurück, voller Energie & wie immer beeindruckt vom Spirit des kubanischen Volkes.

Gestern war Thanksgiving: **23. Nov. 1995.** Beverly (Guy-Sheftall), Joan & Belvie haben es mit mir & Moo & Frida verbracht. Ich hatte auch Angela erwartet, aber sie hat es nicht geschafft. Evelyn blieb ebenfalls zu Hause, um zu arbeiten. Es war schön. Sehr unspektakulär. Ich machte Blattgemüse & Maisbrot & Yams. B. brachte Blumen mit, Joan einen Reis-Gemüse-Salat. Belvie fabrizierte einen fantastischen Zitronenkuchen. Ein Festmahl. Nach dem Essen machten wir ein großes Feuer & hörten Clarissa in »Theater [sic!] of the Imagination« Märchen erzählen.[155] Sehr viel Spaß.

Während ich in der Sonne lag, dachte ich an den Traum, in dem es darum gegangen war, dass ich Daddy vermisste. Der Schmerz dieses Sehnens brach wieder über mich herein, & ich begann zu mir selbst zu sprechen, mit seiner zärtlichen Stimme. Ich höre kaum je Zärtlichkeit in seiner Stimme, wenn ich sie mir zu vergegenwärtigen versuche. Ich war so tief bewegt, dass ich weinte – nicht viel, aber genug. Und ich glaube, ich habe begonnen, meinen nächsten Roman zu schreiben.

Unterdessen:

TSRT[156] hat eine begeisterte Rezension in BookList bekommen. Joan hat mir das wunderbar getippte MS des neuen Buchs Anything We Love Can Be Saved gebracht. Wobei ich denke, es sollte wieder seinen ursprünglichen Titel bekommen: Giving the Party. Klingender. Stärker. Obwohl der andere optimistischer ist. Ich habe genug Geld, um damit über das Jahr zu kommen – & ich habe noch Außenstände. Ich erwäge wieder, mein Haus zu behalten. Gott, ich erwäge sogar, mein Haus in Mexiko zu behalten! Das kommt daher, dass ich wohl beschlossen habe, aus Wild Trees ein Retreat für das Studium womanistischer Praxis zu machen, schon zu meinen

Lebzeiten und nicht erst nach meinem Tod. Seit letzter Woche haben wir Government Shutdown, & die Wirtschaftslage ändert sich. Außerdem: Mit meinen Ansichten & angesichts der Tatsache, dass meine Bücher öfters mal verboten werden, sollte ich vielleicht versuchen, mir eine zweite Einkommensquelle aufzubauen. Das Einzige, womit ich mich auskenne, sind Immobilien. Wobei ich mich mit Immobilien nicht »auskenne«. Aber irgendwie scheine ich sie zu akkumulieren.

Ich will Gutes tun. Ich will müden Menschen schöne Orte zum Ausruhen bieten. Und zum Denken & Sinnieren & Kommunizieren. Ich habe reichlich schöne Orte. Das Universum hat sie mir geschenkt, & ich habe auch dafür gearbeitet. Sie zu teilen, scheint richtig.

Institut für das Studium womanistischer Praxis, irgendwann, in der Steiner. Mit dem Retreat hier.

2. Jan. 1996

Erstaunt, im neuen Jahr zu sein. 1995 war eins der härtesten Jahre, die ich erlebt habe. Fast zur Gänze von unterschiedlich heftigen Ausprägungen von Herzenskummer bestimmt.

An Silvester hatten Rebecca & ich ein schönes Pastadinner auf dem Land. … Gegen Mitternacht gingen wir raus ins Jacuzzi & blieben etwa eine Stunde darin. Zur Jahreswende hörten wir Feuerwerk im Tal. Es fühlte sich unglaublich richtig an, das neue Jahr mit ihr zu begrüßen. In einem großen Becken mit warmem Wasser, unter einem hellen Mond, bei langsam den Hügel heraufkriechendem Nebel. Es war sehr heilsam & fühlte sich an wie eine Neugeburt.

Heute ist der **10. Jan.** – Jemand rief an, um mir zu sagen, dass Scribner einen Blumenstrauß geschickt habe. Die Blumen werden aus Fort Bragg geliefert. Und sind angekommen! Sehr schön. Leigh[157] hat angerufen, um mir mitzuteilen, dass es eine kleine, positive, sachliche Besprechung in der Times geben wird.[158] Und um mir zu gratulieren. Es war ein guter Tag. Nebel im Gehirn. Oder vielleicht ist es auch nur dessen Winterzustand. Langsam, schwerfällig, schläfrig. Wie alles in der Natur. Ich habe es aufgegeben, es anpeitschen zu wollen.

11. Jan.
Freundinnen erzählen mir, ich sei überall. In Essence, Emerge, Parade?, dem Chronicle. In der Berkeley Library gab es Platz für 300 Leute – es erschienen 1.000. Die Veranstaltung im Smithsonian musste in größere Räumlichkeiten verlegt werden. Sie war schnell ausverkauft. City Arts ebenso.

Ich habe Joan gestanden, dass es mich freut, mich so von den Leuten bestätigt zu fühlen. Und sagte ich schon, dass der Artikel von Evelyn in Essence großartig ist?[159]

27. Jan., kurz vor Mitternacht.
Rebecca ist gerade gegangen. Ich bin auf Tour. Ich hatte Veranstaltungen/Lesungen vor großem Publikum in Stanford, im Herbst Theatre, an der Pepperdine University, im Smithsonian/Georgetown. Und vor kleinerem Publikum – immer noch in den Hunderten – in vielen Buchhandlungen. Gestern Abend bei Borders in Philadelphia, heute Abend/Nachmittag bei Barnes & Noble.

Vor meiner Abreise aus SF habe ich Salman Rushdie bei einem Schriftstellertreffen im Hayes Street Grill getroffen. Ich mochte ihn, & das überraschte mich. Er wirkt zufrieden, fit, sein neues Buch[160] läuft sehr gut. Wir waren gemeinsam auf dem Cover der SF Chronicle Review of Books.

Morgen lese & signiere ich in St. Anne in Brooklyn. Dann im Kokobar.[161] Der Montag ist frei.

1. Feb. 1996

Morgen ist der letzte Tag der Tour! Obwohl ich dann noch zwei Veranstaltungen in SF/Berkeley habe. Aber das ist dann zu Hause! Jetzt gerade sitze ich in einem angenehmen, sonnendurchfluteten Zimmer im Boston Harbor Hotel mit Blick aufs Wasser. Letzte Nacht habe ich ganz gut geschlafen; meistens war das Schlafen in letzter Zeit nicht leicht. Ich glaube, ich entspanne mich jetzt. Gestern war ein unerwartet wunderbarer Tag. Zu meiner Überraschung wurde ich von Sara Lawrence Lightfoot interviewt.[162] In Say Brother. Auf PBS.[163] Es war bei Weitem das intelligenteste Interview auf dieser Tour. Lightfoot war warmherzig, weise, erfahren, bereit, etwas von sich mitzuteilen, & respektvoll mir gegenüber – ich mochte sie sehr! Wie ich in ihr Exemplar von The Same River Twice schrieb: Es war, als hätten wir uns gerade kennengelernt. Ich war vorher nie mit ihr warm geworden. Jetzt habe ich das Gefühl, eine neue Freundin gefunden zu haben.

Gestern Abend dann im Brattle Theatre. Voll bis zum letzten Platz. Tickets in sieben Minuten ausverkauft. Laut dem Vertreter von Wadsworth war Bill da! Im Rollstuhl, mit Maske. Eine ganze erste Reihe voller Walkers! Familie.

Dann weiter in den Harvard Faculty Club, zu einem Essen, ausgerichtet von Skip Gates. Habe in der Garderobe Florence Ladd[164] getroffen.

Sie war herzlich & reizend. Wir hatten sofort wieder einen Draht zueinander. Gingen zusammen nach oben. Setzten uns nebeneinander hin und erklärten einander: »I love you.« Es war herrlich. Skip kam heran, als wir das gerade sagten, & fiel schlagfertig mit ein: Ich liebe euch beide. Howie hatte mich im Brattle vorgestellt, sehr liebevoll & witzig, ganz der gute alte Howie.[165] Roz war auch da. Ich glaube wirklich, sie ist eine der schönsten Frauen der Welt. Beim Essen saß Howie weit entfernt auf der anderen Tischseite. Ich saß bei Skip & einer Nichte von Colin Powell, die einen messerscharfen Verstand zu haben schien. Vielleicht auch ein ebensolches Herz. Skip & Florence sagten, ich solle doch für ein Semester nach Harvard kommen. Ich kann mir das nicht vorstellen. Es hat so was Verstaubtes & Beengendes, selbst im Faculty Club.

Wie auch immer, Boston war toll. Dann weiter nach Atlanta. Eissturm. Aber ein interessanter Abend im Kulturzentrum Shrine of the Black Madonna. Davor ein sehr dumpfiges Interview im Botanischen Garten. Ein schönes Essen im Hotel mit Ruth & Mamie. Ich massierte ihnen die Füße. Beköstigte sie. Es war das erste Mal seit etwa 30 Jahren, dass nur wir drei zusammen aßen. Mamie erging sich in Erinnerungen an Zeiten, als wir Stechpalmenzweige gesammelt & unsere Weihnachtsdekoration selbst gemacht haben. Ruth wird in Mamies Gegenwart still & verliert ihre herrische, alles bestimmende Präsenz. Sehr interessant.

Heute Morgen habe ich geträumt, ich hätte wieder ein ganz inniges Verhältnis zu meiner Familie. Wir herzten uns. Lachten. Weinten. Gemeinsam. Sehr bittersüß. Doch auch sehr nah an der Realität.

Dass das möglich ist, hat viele Gründe, aber einer davon ist, dass ich nicht mehr versuche, ihnen alles zu geben, worum sie mich bitten. Ich gebe ihnen, was ich mir zu geben leisten kann.

Ich bin anders. Ich bin jemand, der Nein sagen kann & es auch tut. Selbst dieser Familie gegenüber, von der ich so oft gefürchtet habe, sie würde mich verschlingen.

Kann es so einfach sein? Vielleicht.

Careyes, Mexiko, 26. Feb. 1996

Kann es wahr sein? Dass Rebecca & ich beschlossen haben, »das Monster zu umarmen« und wieder zusammen nach Careyes zu gehen? Ich hatte vergessen, wie leicht es ist hierherzukommen. Wir sind um 9:00 abgeflogen und waren um kurz nach zwölf San Franciscoer Zeit hier. (Die Flugzeit beträgt 3 Stunden und 15 Minuten.) Marcos – ein Tänzer, der für uns den Garten macht – erwartete uns. Unser Auto war glänzend sauber. Die gesprungene Windschutzscheibe ersetzt. Wir hielten in einem unglaublich funkelnden & entspannten Vallarta, um Lebensmittel zu kaufen – in einem großen neuen Supermercado gleich an der Straße zu uns. Dort gibt es alles, von frisch gebackenen Brötchen & Tortillas bis hin zu Besen und Geschirr. Und auch Fertigessen – Fast Food & Büfett im Cafeteriastil. Wir kauften Sachen für um die 100 Dollar. Pasta & Thunfisch & Shrimps & Cracker & jede Menge Obst & Gemüse. Ich kaufte etwas, das aussah wie Blattkohl (eine Art Spinat) und das ich gestern Abend zubereitete. Köstlich!

Wir shoppten über eine Stunde und fuhren dann zu uns, Rebecca am Steuer. Die Stadt ist schön, jetzt, wo die Straße fertig ist. Nicht mehr laut, staubig & heiß. Na ja, heiß war es schon, aber die Palmen geben jetzt der Straße allmählich Schatten, & überall sind Bougainvilleen.

Wir kamen am Tor an, und da standen Estella[166] und ihr neuer Ehemann, der Wachmann ist. Wir lasen sie auf und fuhren zum Haus, wo alles wunderbar aussah. Sauber, ordentlich, freundlich, blitzblank. Ein bezaubernder Anblick.

Ich ging zum neuen Garten hinüber & entdeckte Grapefruits am Baum.

Wir fuhren Marcos & Estella zum Bus.

Wir aßen Wassermelone, dann frisch gebackenes Brot, dann sautierten Spinat & Tostados. Sehr lecker.

Heute ist es stürmisch & grell. Ich habe die meiste Zeit herumgelegen. Habe leichte Kopfschmerzen von dem harten Licht. War aber trotzdem gerade schwimmen – etwas kalt. Rebecca hat mir Sufi-Musik vorgespielt, die ihr so gefällt. Sehr intensiv. Ich lasse einfach nur locker, entspanne mich. Und bislang bin ich entspannt. …

Ich sehe also dieses Haus hier jetzt wieder als einen Ort der Ruhe, eine Zufluchtsstätte. Die in unserer Abwesenheit von netten, ehrlichen Leuten betreut wird und sich, wenn wir sie aufsuchen, als eine magische & simple Welt darbietet. Bescheiden, aber mehr als zufriedenstellend.

Rebecca ist eine liebe Gefährtin. Gracias a la madre de dias [sic!].

1. März 1996 – 6. Tag!

Es ist kaum zu fassen, wie schön alles ist. Bougainvilleen in so vielen Farben. Und die Paradiesvogelblume ist jetzt riesig! Die Goldene Kelchrebe so üppig. Die kleine blaue Blume bei der Tür blüht eigens für uns. Wie auch der große Baum beim vorderen Fenster.

Rebecca & ich kuscheln viel. Ich habe sie vermisst & sie mich. Das jetzt fühlt sich so gut an. Wenn das Band zwischen uns gerissen ist, fühle ich mich aus dem Lot. Sie & ich sind auf einer sehr tiefen Ebene immer noch eins & werden es immer sein. Wenn sie auf meiner Brust einschläft, fühlt es sich an wie damals, als sie ein Baby war. Ihre Bewegungen im Schlaf sind die gleichen. Nur dass sie jetzt größer ist.

Also: Vögel singen. Der Pool ist so sauber, dass er wie eine Vision wirkt. Der Himmel ist klar. Die Sonne warm. Gestern hat Rebecca mir die Haare geschnitten. Damit ich es am Kopf kühler habe & frecher & peppiger aussehe.

Wieder zu Hause, 6. März 1996

Ich habe in Careyes nicht viel und auch nicht besonders lebhaft geträumt. Es kam mir dort so paradiesisch vor – & wir haben das Haus umbenannt, in Casa Paradise. Der Ort selbst voller Leben. Die Bougainvilleen sind kräftiger denn je. Und tatsächlich klettert jetzt noch eine zweite lila Bougainvillea das Rankgitter über dem Pool hinauf.

Was wir in Sachen Careyes beschlossen haben:

1. Wir behalten es.
2. Wir werden es verschönern, in einer tollen Erdfarbe streichen – jetzt ist es weiß mit senffarbenen Fensterläden – & irgendwann dahinter einen Turm bauen, mit einem Strohdach und Sitzkissen & einer Hängematte. Das wird ein Meditationsraum & zusätzlicher Gästebereich.
3. Wir werden allen – Estella, Marcos & Miguel[167] – mehr bezahlen. E. & M. 50 % mehr. Und Miguel 20 %. Außerdem zweimal im Jahr einen Bonus. Miguel wird zudem 15 % von allen Mieteinkünften bekommen. Bei meinem Tod erhalten sie je 10.000, und die gleiche Summe geht an Miguels Frau Alicia & die 3 Kinder.

4. Wir haben beschlossen, die Vermietung des Hauses aggressiver zu betreiben. In dieser Gegend sind Hotelunterkünfte sehr teuer. Unsere 500 $ pro Woche für 3 Schlafzimmer, Pool & Auto sind ein Schnäppchen. Wir haben beschlossen, von Familienmitgliedern 200 $ zu nehmen & unsere Freunde & ein paar andere Leute weiter umsonst dort wohnen zu lassen.

9.3.96, Wild Trees

Ich habe meinem Gesicht seine Augen wiedergegeben! Nachdem ich vierzig Jahre Brille getragen und mich regelrecht daran geklammert habe, habe ich jetzt beschlossen … künftig meine beiden Kontaktlinsen zu tragen. Bisher habe ich nur eine getragen, im rechten Auge, dem verletzten, wo immer noch eine Spur von Narbengewebe ist. Ich fühlte mich ohne Brille zu verletzlich, um ernsthaft zu erwägen, die Kontaktlinse, die ich für mein anderes, sehendes Auge gekauft hatte, zu benutzen. Geschenkt. Was für eine Offenbarung! Die Kontaktlinse im unbeschädigten Auge gibt mir peripheres Sehen wieder, das ich für immer verloren geglaubt hatte. Da ich besser sehe, ermüdet mein Auge nicht mehr so leicht, es fühlt sich stärker an. Da es sich stärker anfühlt & besser fokussiert, folgt das blinde Auge seinen Bewegungen leichter. Das bedeutet: Obwohl mein blindes Auge größer ist & leicht schielt, ist der Gesamteffekt wunderbar. Meine Augen blicken mich gleichmäßig an, dunkel, glänzend! Ich liebe es. Es fühlt sich an, als hätte ich mein Auge wieder. Die unzähligen Brillen, die ich mir zulegte, sollten mir alle helfen, wieder schärfer zu sehen. Aber keine hat so viel bewirkt wie Kontaktlinsen. Vielleicht nehme ich Neues ja einfach mit Verzögerung an. Vielleicht besteht ja doch noch Hoffnung für mich & das Internet!

18. Mai, 11:50, Adam's Mark Hotel, Houston
Ich habe Pat Holts Einleitung zu Alice Walker Banned[168] gelesen & finde sie sehr gut. Erscheinen wird der Band zeitgleich mit der Woche der verbotenen Bücher im September. Vielleicht werde ich am 11. Sept. in Lehigh daraus lesen. Zensur als Bedrohung der Diversität.

Tracy ist in Frankreich, immer noch auf Tour, die Ärmste! Sie hat aus Lyon angerufen. Hat eine Nachricht hinterlassen. Ich fühle mich ihr fern, ohne engere Verbindung. Aber nicht lieblos. Nur randvoll mit meinem eigenen Leben.

Und so, Großer Geist, der du uns die Fähigkeit gibst, zu lieben & zu träumen, danke ich dir dafür, dass ich wieder lachen kann & dass du mir so tolle Gesellschaft & so gutes Essen hast zukommen lassen.

Gute Nacht. Ich liebe die Liebe, die ich fühle!

26. Mai, Ende des ersten Tages in der San Luis Road 670.[169]
Ein wunderbarer Tag! Ich bin um sechs Uhr aufgewacht, entzückt von der Stille und der überwältigenden Aussicht. Den grünen Kaminfliesen, den im Wind rauschenden Bäumen. Gestern war es sehr heiß, um die 33 Grad. Deborah & ich waren segeln, mit Anthony Leighton & Sheila & Lillie & Greg & Jessica. Schön, vom Wind über die Bay getrieben zu werden. Tolles Mittagessen! Focaccia & Oliven & Käse & Salat. Dann zurück zu einem Feierabendessen mit Joan & Belvie & Sue,[170] die dafür gesorgt hatten, dass die gesamte Einrichtung praktisch an ihrem Platz war, ehe ich ankam. Sogar Klebefolie in den Schubladen.

Heute wollte ich die Küche einräumen, war aber erschossen vom Segeln, der Aufregung/Anstrengung des Umziehens und dem prämenstruellen Syndrom (meine Periode hat heute eingesetzt). Deprimiert war ich überhaupt nicht, nur ein bisschen nervös, weil ich zum ersten Mal in diesem Haus war, um hier zu leben. Es ist fantastisch. Friedlich, schön. Geräumig. Deborah ist wunderbar. Ein ganz besonderer Mensch. Wahrhaftig durch & durch.

Marley – die jetzt vor dem Kamin schnarcht, nachdem sie von Geburt an geräuschlos geschlafen hat – war lieb und lustig wie üblich. Sie erinnert mich immer noch an meine Großmutter. Das wäre doch was, wenn wir, statt als Menschen wiedergeboren zu werden, in den übrigen Teil der Tierwelt eingingen. Und Mu[171] irgendwie Grandma Nettie wäre?

Rebecca & ich haben geredet. Sie und Angel haben es gerade schwer. Sie sind dabei, sich zu trennen. Schmerzlich. Ich fühle mit ihnen.

Von Zeit zu Zeit vermisse ich Tracy. Aber im Ganzen ist dieser Schritt jetzt richtig für mich; ich bin zufrieden.

Oh, Göttin des Hausverkaufens, bitte lass jemanden kommen und die Steiner 720 kaufen.

19. Juni (Donnerstag)

Gestern, Mittwoch, war Tracy hier. Sie ist sehr dünn. Noch immer völlig vegan – bis auf Fisch. Sie kämpft immer noch mit den letzten Resten einer Bronchitis, die sie mit Antibiotika behandelt hat wie ich auch. Ich war nervös, bevor sie kam. Aber sehr bald schon war es okay. Sie bewunderte das Haus – vor allem das Blau (ihre Lieblingsfarbe!) und sagte, sie habe einen Mordshunger. Ich wärmte Reis auf, röstete etwas Sesam, machte eine tolle Dipsoße aus Knoblauch-Olivenöl, Bierhefe und Aminosäuren & streute Kürbis- & Sonnenblumenkerne mit dem Sesam auf den Reis. Dazu kredenzte ich einen Salat. Sie aß alles mit Genuss auf.

Sie hatte Geschenke mitgebracht: eine toll duftende Seife aus Paris, einen großen Bildband über Häuser von Schriftstellern und 4 Päckchen Pflanzensamen. Zwei für Salat & 2 für Sonnenblumen (meine Lieblingsblume, die auf dem Cover ihrer CD ist!).

Wir redeten über Gott und die Welt. Während Marley uns verzweifelt dazu zu bringen versuchte, mit ihr zu spielen. Marley hat Tracy immer geliebt. Tracy hat mir ja geholfen, den Namen für sie zu finden, und sie hat sie mit mir zusammen ausgesucht, bevor ich sie zu mir geholt habe. Zuerst war T ihr gegenüber kühl & kritisch. Aber bis sie dann wieder ging, war sie schon etwas liebevoller geworden. Ich dankte T dafür, dass ich durch sie dahingekommen bin, mir das Halten eines Hundes zuzutrauen. Und ich dankte ihr auch für ihre Hilfe dabei, das Verhältnis zu meiner Familie wiederherzustellen.

Es war ein schöner Besuch. Unspektakulär, schlicht. Wir hatten das Haus die meiste Zeit für uns. Ich glaube, sie hat gestaunt, wie schön das Haus ist & wie herrlich der Blick von meinem Schlafzimmer. Sie sprach über die Familie, die die Band für sie geworden ist, & das Heim, das sie sich mit ihrer Schwester Aneta geschaffen hat.

Als sie kam, umarmten wir uns. Und als sie ging, umarmten wir uns ebenfalls. Sie sagte, sie fände es schön, wenn wir uns noch einmal träfen, bevor sie wieder auf Tour geht, was im Juli ist.

Mein Herz ist so ruhig und gelassen, dass ich erstaunt bin. Ich prüfe es immer wieder gründlich, weil ich denke, in irgendeinem Winkel muss doch noch Schmerz sitzen. Aber bisher ist da nur ein Gefühl von Es-ist-okay-so. Überhaupt ist das Leben derzeit vor allem friedlich.

21. Juni, Wild Trees

Interessanterweise hat Joan gestern angerufen, um mir zu sagen, dass ich zu einer Zusammenkunft eingeladen bin, wo auch der Dalai Lama sein wird. Das fühlt sich richtig an.

Rebecca wieder in NY. Sagt, Tracy will ihnen den Laden dichtmachen.[172] Hat die 2.000, die sie aufgebracht haben, abgelehnt. Jetzt sind die gesamten 60.000 fällig, oder es kommt zur Zwangsvollstreckung. Ich verstehe das überhaupt nicht.

1. Juli 1996

Liebe Tracy,

es war ein toller Besuch; ich war so froh, dich zu sehen! Inzwischen habe ich die Samen ausgesät – alle! –, mit der Seife gebadet (wunderbar!) und Writers' Houses mit größtem Vergnügen fast ganz gelesen. Ich hoffe, bei dir läuft alles bestens, deine Arbeit & deine Genesung/Erholung kommen gut voran.

Mein Bruder Bill liegt im Sterben, nach eineinhalb Jahren Gnadenfrist. Ich rechne damit, diese Woche zu seiner Beerdigung nach Boston zu fliegen. Er bewunderte deinen Mumm – und hätte dich gern in seine mächtigen Arme geschlossen, das weiß ich. Er leidet jetzt zum Schluss sehr, und seine Frau, meine unerschütterlich treue & liebende Schwägerin Gaynell, ist so erschöpft, dass sie kaum noch stehen kann. Ich werde hingehen und sie & die Kinder in die Arme nehmen und aufrecht halten.

Ich hoffe, wir sehen uns noch, bevor du wieder auf Tour gehst. Die Telefonanlage hier ist immer noch eigentümlich – beispielsweise wissen wir immer noch nicht, wie das Abhören von Nachrichten geht, aber wenigstens habe ich jetzt eine private Nummer zusätzlich zu der vom Haus. Deborah sagt, unter dieser Nummer klingelt es in meinem Büro. Ich checke auch den Anrufbeantworter in der Steiner.

Meine Arbeit läuft gut & der Garten hier & der in Wild Trees auch. Gestern haben wir einen Bananenbaum gepflanzt.

Ich erwäge, mir irgendwann (wenn das Haus, so Göttin will, verkauft ist!) einen Land Rover zuzulegen. Die meisten Autos dieser Art sind mir zu groß, aber ich sehe immer einen Rover in meiner Straße, & er scheint gerade richtig für mich. Was meinst du? Weißt du irgendwas über deren Fahrverhalten?

Mach's gut. Gönn deiner Stimme, deiner Brust, Ruhe.

Alles Liebe,
Alice

PS: Ruth hat gerade angerufen und gesagt, dass er heute Vormittag um 11:00 gestorben ist. Er war ein wunderbarer Charakter. Widder – geboren am 23. März –, stur. Er hatte seiner Tochter gesagt, er werde heute gehen. Und keine Minute früher!

8. Juli 1996

Liebste Gay,[173]

du warst so wunderbar während Bills gesamter Trauerfeierlichkeiten. Aber den Zenit hast du am Tag der Beerdigung erreicht. Bill wäre bezaubert gewesen & so stolz auf dich.

Es war alles so liebevoll & schön. Die Kinder so bewundernswert. Jedes von ihnen hat mein Herz gerührt. Einfach nur zusammen zu sein, aufrichtig zu sein, wir selbst zu sein, war Balsam für die Seele.

Lass mich wissen, wann du kommen möchtest.

Ich hab dich lieb,
Alice

—

Authentizität ist die einzig echte Würdigung

—

Casa Azul[174]
13. Juli 1996
Die herausforderndste Neuigkeit derzeit ist, dass jemand offenbar sehr Fähiges aus The Color Purple ein Musical für den Broadway machen will.

Er heißt Scott Sanders, und er & Peter Guber waren am Donnerstag, den 11., zum Mittagessen bei mir im Haus in Berkeley. Prathiba [sic!], die gerade zu Besuch da ist, aß auch mit. Wir hatten gehofft, Peter würde um die Rechte für Possessing the Secret of Joy bitten. Aber nein, sie wollen TCP. Peter war Executive Producer des The-Color-Purple-Films.

Er sieht noch genauso aus. Was erstaunlich ist. Jedenfalls hat Warner Bros. die Aufführungsrechte. Der Besuch diente dazu herauszufinden, ob ich Interesse hätte. Ich habe gemischte Gefühle und sagte es auch. Ich fühle mich in gewisser Weise im öffentlichen Bewusstsein immer mit TCP verkettet. Sogar die Farbe Lila selbst habe ich langsam über. Und dabei mag ich sie so sehr! Der American Way scheint darin zu bestehen, alles bis zum Letzten auszubeuten, das Leben aus allem Lebendigen auszulaugen.

Ich habe Angst, ein Musicalprojekt laufen zu haben, würde mich von den Büchern, die ich jetzt schreibe, ablenken. Würde meine Konzentration untergraben. Ich habe Angst, wieder in den Fluss zu steigen und zu wissen, dass da Kritiker sind, die wollen, dass ich ertrinke.

Die positive Seite ist, dass es, richtig gemacht, schön werden könnte, begeisternd. Lebensbejahend. Es gäbe tolle Rollen für Schwarze Darstellerinnen und Darsteller – die Musik könnte großartig werden.

Scott hat mir eine Liste von Leuten gegeben, bei denen ich mich über ihn erkundigen könnte. Ich habe sie angerufen. Er hat gute Referenzen von Shirley MacLaine, Rosie O'Donnell & Bette Midlers Assistentin bekommen. Ich warte noch, was Whoopi Goldberg und Lily Tomlin sagen.

Joan, Pratibha & Deborah finden die Vorstellung aufregend. Ich habe beschlossen, mir ein paar Musicals anzusehen.

Der Plan ist, Scott besser kennenzulernen und mich daranzumachen, das Wesen von Theaterstücken mit Musik zu studieren – denn ein solches würde es ja wohl eher sein als eine Oper.

Ich werde mir vornehmen, Das Phantom der Oper in SF zu sehen, Les Miserables, wenn es das irgendwo gibt, und wenn ich im September in New York bin, möchte Scott dort mit mir in Broadway-Shows gehen.

6. August

Gestern waren Angela, Fania[175] & ihre Nichte Brittany & ihr Neffe Reggie zum Schwimmen hier. Sie hatte versucht mich anzurufen, aber ich sprach gerade mit Jean Bolen. Gregg & Monica[176] waren im Studio – die Staffelei für Monica holen; sie malt. Ich arbeitete im Garten – Rüben auspflanzen & Beete sauber machen. In diesem Sommer ist es mit dem Garten nichts geworden. Trotzdem habe ich Beeren, Mais, Brokkoli und Zwiebeln geerntet.

Angela erzählte mir, dass in der Times ein großer Artikel über Tracy ist. Dass ihre CD jetzt Platin-plus ist. Das ist eine tolle Bestätigung ihres Talents, ihrer Klugheit und, vor allem, ihres Spirits. Sie hat so hart gearbeitet. Und sie hat nie Kompromisse gemacht. Ich bin enorm stolz auf sie.

Prompt habe ich letzte Nacht geträumt, ich läse die Zeitung, und da stünde eine Meldung über ihre Beziehung mit einer anderen Frau – einer mit einem französischen oder deutschen Namen. Ich war schlagartig wach! Und ich dachte: Ja, natürlich, nachdem ich mich damit konfrontiert habe, wie sehr ich Tracy liebe, fürchte ich natürlich, dass sie eine andere Bindung eingeht. Aber, Alice, meine Kleine, die du zu oft von denen verlassen wurdest, die du liebtest, so ist nun mal das Leben. Menschen, die man liebt, verlassen einen. Und man vergisst es nicht, aber es verheilt. Man macht weiter, so wie du jetzt, indem du dir ein handgemachtes, herzgemachtes Leben erschaffst, mit anderen, die du liebst & Freunden & Verwandten & Mu!

Also sieh dem ins Auge: Tracy ist weg. Sie führt das Leben, von dem sie geträumt hat. Lass los, lass immer noch weiter los, mit Liebe & Grazie. Freundschaft ist möglich. Das ist nichts Geringes.

12. August 1996

Ein ruhiger, gemächlicher Vormittag im Lowell.[177] Dann um 13:00 Treffen mit Kate Medina.[178] Geschockt von ihrer kühlen, smarten Art, ihrer Bestimmtheit. Weißbrot bis ins Mark. Trotzdem & hoffentlich eine fähige Lektorin. Göttin, ich hoffe, ich habe keinen Fehler gemacht. Wir haben über Ideen für den Essayband gesprochen. Ich bin wieder auf den Originaltitel zurückgekommen. Anything We Love Can Be Saved.

Haben das Religionsbuch als kleines Büchlein mit Fotos erörtert.

Sie ist »entzückt« über die Romangerüchte.

Oy vey!

Ich bin ja so froh, dass Pratibha kommt, um mich in NY zu begleiten. Sie kommt um halb sechs an. Noch 3 Stunden. Was heißt, sie ist jetzt in der Luft. Nach dem Lunch werde ich raus in den Park gehen.

16. Aug. Heute wird mein Hausverkauf abgeschlossen.[179] Ich bin mitten in der Nacht aufgewacht, ganz aufgeregt. Es ist sonnig & etwas windig, aber die Luft ist voll Rauch. Überall in der Umgebung brennt es. Meine Augen schmerzen.

Ich fühle mich in letzter Zeit ganz happy. Angela[180] kommt zum Schwimmen vorbei. Oder zum Essen. Ich habe mitgeholfen, Sue während ihrer Krankheit (Grippe) zu pflegen. Ich bin in der Lage, klar & direkt mit allen zu sprechen. Ich arbeite den ganzen Tag mit Unterbrechungen. Es freut mich zu wissen, dass Tracy wohlauf und zufrieden ist & dass ihre harte Arbeit & ihre wunderschöne Musik angemessen gewürdigt werden. Ich habe gerade mit Monica telefoniert & ihr gesagt, dass ich sie beide vermisse.

Es ist so ein Paradies, in dem ich hier bin. Danke, Großer Geist. Schönheit und noch mehr Schönheit!

17. August

Ich habe gerade dem A. I. M 2.000 gespendet, als Beitrag für den Kauf von 2 Bussen, die durchs Land fahren sollen, um die Freilassung von Leonard Peltier zu erwirken.[181]

Joan, Deborah, Sue & ich waren bei der Benefizveranstaltung. Dennis[182] wirkt jetzt viel älter & ist viel schwerer geworden. Wir haben uns herzlich umarmt, & er hat mich etliche Male geküsst.

Wir waren in der Steiner 720, um uns endgültig zu verabschieden. Gegen Ende war es so ein tolles Haus! Es ist sehr schön, & ich hinterlasse es in absolut makellosem Zustand.

Aber dieses Kapitel ist jetzt abgeschlossen. … Ich bin nicht über Tracy hinweg. Manchmal habe ich das Gefühl, ich werde es nie sein. Mit ihr zusammen zu sein, war etwas Besonderes. Tiefer als alles, was ich je mit einem anderen Menschen erlebt habe. Ich vermisse sie immer noch, sehne mich nach ihr, denke an sie. Andererseits bin ich im Grund glücklich. Ich vermisse sie einfach nur.

Ich liebe das gemeinschaftliche Leben, in das ich mich integriert habe.

25. August
Gestern war ich mit meiner Freundin Diana in Ts Konzert, und wir hatten beide einen tollen Abend. Tracy war großartig! Schön, selbstsicher, witzig. Ich war begeistert von allen Songs – und davon, wie sie sie sang, mit ihrer wunderbaren Stimme. Das Konzert fühlte sich sehr *full* an.

Hinterher waren wir im Backstage. T ging es schlecht wegen einer Lebensmittelvergiftung, & es dauerte etwa eine halbe Stunde, bis sie kam. Dann kam sie direkt zu mir, und wir umarmten uns herzlich. Ich flüsterte ihr ins Ohr, sie sei großartig gewesen, perfekt, es hätte Diana & mich regelrecht umgehauen. Ich streichelte ihr Haar & ihr Gesicht – meine ganze Zärtlichkeit war einfach nur da.

Sie musste sich den Leuten widmen. Kam aber bald wieder, mit der Einladung zu einer Tourabschlussparty. Wir nahmen die Einladung an und fuhren woandershin – nach Lafayette, in ein Gasthaus. Dort war es auch sehr schön. Wegen ihres empfindlichen Magens aß sie nur leicht verdauliches Brot. Ich aß ein paar Kanapees & dann eine Scheibe von ihrem Brot. Während sie umherging, sprachen Diana & ich über The Color Purple als Broadway-Musical. Sie findet die Idee spannend. Meint, ich solle keine Angst haben, überrollt zu werden. Ich hätte das doch schon durchgemacht & diesmal könnte ich es von der vergnüglichen Seite nehmen. Sie ist toll. Noch immer Erzhippie, nach all den Jahren – wir kennen uns seit dem College. Sie kam in Birkenstock-artigen Schuhen und Pumphosen zum Konzert, mit einem Umschlagetuch und mit Rucksack. Wir gehen sehr ungezwungen miteinander um. Jedenfalls fragte uns Tracy bald schon, ob wir Lust hätten, mit ihr die Runde zu machen. Hatten wir. Ich unterhielt mich wieder des Längeren mit Aneta, Tracys

Schwester, die ich verblüffend hübsch und liebenswürdig fand. Sie blüht eindeutig auf & macht immer noch [eine Therapie]. Der Göttin sei Dank. Ich erzählte ihr, dass ich immer noch zu Jean B. gehe. Es war ein schönes Gefühl, dass wir beide uns so erkennbar vorwärtskämpfen. Ich umarmte sie auch, lange genug, dass sie wusste, ich meinte es wirklich so.

—

Der Tag vor dem Konzertabend war auch schön. …

Den ganzen Tag – mit Unterbrechungen – hängten Sue & ich Bilder auf, unter Deborahs Regie. Das war lustig. Gemütlich.

Dann kam ein großer Blumenstrauß. Von Quincy. Mit einer sehr netten Karte. Ich war verblüfft. Ich sagte, noch bevor ich die Karte öffnete, zu D. & S.: Das riecht nach Peter Guber. Und ich glaube wirklich, dass es mit der Idee von TCP als Musical zu tun hat.

Aber es stimmt: Diesmal könnte ich wohl wirklich einfach Spaß daran haben.

4. Okt. 1996

Heute Abend gehen Angela & ich Me'Shell Ndegeocello hören. Darauf freue ich mich. Ich bin gern mit Angela zusammen. Es gefällt mir, sie aufzulockern & zum Lachen zu bringen.

Gerade kam Rebecca in mein Zimmer, durch die Hintertür! Groß & schlank, wie ein junger Mann. Sie & Me'Shell[183] sind letzte Nacht gekommen, & jetzt bringt sie sie zu einem Interview. Zum Frühstück wollen sie zurück sein. Ich habe Me'Shell noch nicht getroffen, aber ich hoffe, sie hat gut geschlafen.

Rebecca hat mir mitgeteilt, dass sie noch hierbleibt. Dass Angel vielleicht auch kommt. Oy vey.

Ich werde das Xanax in Bereitschaft halten.

Meine grauen Haare sind jetzt richtig auffällig. Manchmal finde ich sie wunderbar. Manchmal bin ich mir nicht so sicher. Meistens tröste ich mich damit, dass sie natürlich & deshalb ehrlich sind & dass ich Natürlichkeit & Ehrlichkeit liebe. Ja, beides zu praktizieren, ist meine Religion.

9. Okt.-

Ich sehne mich nach dem Landleben! Zum Glück ist dieses Haus hier groß, und ich kann stundenlang verschwinden. Rebecca & Angel sind da. Zwischen uns läuft es nicht besonders gut. Es stimmt, dass ich immer, wenn Rebecca da ist, wie auf rohen Eiern gehe. Aber nicht mehr so sehr wie früher. Ich fühle mich ihr fern und sie sich mir offenbar auch. Das ist bedauerlich, aber okay. Ich akzeptiere, dass wir uns nicht mehr so nah sind. Ich bin erleichtert, dass es mir nichts mehr ausmacht. Sie ist als Gast des Hauses weder so einfühlsam, wie ich es gern hätte, noch so ordentlich, aber ich tröste mich mit dem Gedanken, dass sie ja bald wieder geht. Wie bald? Tja, zuerst hieß es, sie bleibe eine Nacht. Dann eine Woche. Angel werde kommen. Nicht kommen. Für zwei Tage kommen. Jetzt vielleicht für vier. Göttin sei Dank war ich so vernünftig, meinen Wagen für mich zu behalten. (Rebecca hat sich einen gemietet.)

Habe mit Deborah über meine Gefühle von Angespanntheit, Angst, mangelnder Spontaneität in Rebeccas Anwesenheit geredet. Sie kommt mit den beiden ganz gut aus. Manchmal habe ich das Gefühl, dass sie eine Gruppe bilden & ich ausgeschlossen bin. Was albern ist. Und selbst wenn dem so wäre, na und? Wo ich im Grunde doch nur will, dass sie wieder gehen.

Ich vermisse meine Familie – was immer mehr Bills Familie ist. Mit Gregg & Monica & mit Gaynell fühle ich mich wohl & verstanden. Aber ich will das auch nicht verklären.

Ich denke natürlich an Tracy. So weit weg, in Australien. Aber in gewisser Weise ist das rein nostalgisch, weil es jetzt zwei Jahre her ist, dass wir zusammen waren. Zwei Jahre. Und ich habe nur Erinnerungen und die erstaunlich vielen Geschenke, die sie mir gemacht hat. Egal wo oder in welchem Haus ich bin, da ist immer ein Geschenk von ihr, das mich stumm daran erinnert, dass ich genauso in ihren Gedanken war wie sie in meinen.

Nicht so schmerzhaft jetzt wie vor einem Jahr. Mein Herz scheint geheilt. Mir ist auch bewusst, dass ich in einem langen Übergang in die zweite Lebensphase bin. Bald werde ich 53. Es erscheint mir immer noch jung. Aber meine Knochen ächzen, & ich sehe verschwommen! Es ist also eine Veränderung im Gang.

November & Dezember muss ich dem Roman widmen. Den Januar auch. Tatsächlich sogar meine gesamte Zeit & Energie, bis er fertig ist.

Also –

Kopf hoch, meine Liebe. Du und deine Mutter seid wieder verbunden! Es gibt Hoffnung für dich und Rebecca. Tracy hat Narben & Blumen in deinem Herzen hinterlassen. Die Welt besteht aus Liebe. Da wird immer Liebe für dich sein.

24. Okt.

Ich habe ernsthafte Schlafstörungen, wache um vier Uhr auf & liege einfach nur da! Zum Teil ist das hormonell. Zum Teil kommt es aber auch daher, dass Deborah & Rhyan & ich ein Gespräch hatten, bei dem herauskam, dass R. in ihrer Schule unglücklich ist & außerdem das Gefühl hatte, dass ich »sie nicht mag«. Es war ein langes Gespräch, das auf & an meinem Bett stattfand. Spätnachts. Am nächsten Morgen erklärte ich Deborah, ich fände eine gute Schulbildung für R. wichtiger als die Anteilszahlungen für das Haus, die sie jeden Monat nur mit Mühe aufbringt.

Sie war schließlich einverstanden, & ich habe ihr das Geld wiedergegeben, das sie eingebracht hat – nur 5–6 tausend Dollar über die eineinhalb Jahre, die wir das Haus jetzt haben.

Mit dem Verkauf ihres Hauses hat es nicht geklappt; sie hat es vermietet.

Also habe ich meinen Anwalt angerufen und gebeten, die Dokumente so neu aufzusetzen, dass ich die Alleineigentümerin des Hauses bin.

D. habe ich gesagt, sie & R. könnten als meine Gäste weiter hier wohnen bleiben.

Aber ich bin mir nicht sicher, wie lange das funktionieren wird. Ich merke, dass mir das Alleinsein im Haus fehlt – & dass ich außerdem viele Freunde in Berkeley habe und sie mich offenbar gern besuchen. Ich glaube, D. & R. & Ds Maklerbüro zu beherbergen, könnte mir doch zu viel sein. Und es macht mir Angst, dass ihre Firma nicht so gut zu laufen scheint.

Natürlich schelte ich mich für meinen Egoismus. Es ist ein riesiges Haus. Trotzdem, ich merke, ich stehe einfach nicht auf

Ds Kunst und auch nicht auf ihr Parfüm. Es stört mich, dass sie und R junkfood- und fernsehsüchtig sind. Dass Rs Cottage immer ein Saustall ist & der Fernseher auch dann läuft, wenn sie in der Schule ist.

Darum denke ich, ich werde mit ihnen besprechen, ob sie wieder in ihr Haus ziehen, wenn der Vertrag der Mieter im nächsten Juni oder Juli ausläuft. Was meinst du?

3. Nov. 1996

Ich bin in einer Stimmung, die ich als meine Ich-brauche-das-Landleben-Stimmung erkenne. Meine Ich-brauche-Raum-Stimmung. Aber egal wie oft ich meinen Kalender studiere, ich kann – außer für einmal Übernachten – hier nicht vor dem 12. weg.

Diese leise Traurigkeit oder Verärgerung in mir: weil der Lack ab ist von Deborah, Rhyan, der Katze und dem Maklerbüro. … Es ist seltsam: diese Sehnsucht nach Alleinsein, die ich habe, nach Ungestörtheit. Ich kann es einfach nicht leiden, morgens irgendjemanden zu sehen, bevor ich so weit bin. Es ist wirklich befremdlich, mit anderer Leute Gerüchen und Gewohnheiten leben zu sollen. D & R essen anders. Sie waschen ständig ihre Sachen.

Aber bin ich tatsächlich sauer, weil ich eine halbe Million Schulden habe? Es sind ja nicht wirklich Schulden, es ist eine Hypothek. Die Zinsen lassen sich steuerlich absetzen. Es ist zu bewältigen. Was mich allerdings etwas ärgert, ist Ds Unfähigkeit, dabei zu helfen – nachdem ich darauf bestanden habe, dass sie ihren Anteil entnimmt & Rhyan auf eine bessere Schule schickt.

Ich glaube, diese deprimierte Stimmung kommt nur daher,

dass ich nicht nach Mendocino kann – alles andere ist handhabbar; alles andere ist sogar interessant.

Es macht mich schon traurig, dass ich mit niemandem zusammenleben kann. Offenbar. Aber immerhin beobachte ich mich selbst: Ich bin so rigide. Ich stoße mich an Sachen, von denen ich wollte, ich würde sie gar nicht bemerken. Ich bin krittelig. Ich bin unmöglich, wirklich. Göttin, wie bin ich so kleinlich geworden? Und ich sehe mich doch so gern als großzügig. Von wegen.

Was allerdings schmerzt, ist, dass ich Deborah gegenüber tatsächlich großzügig bin & das Gefühl habe, es ist einseitig geworden. Ich weiß, sie hat weniger Geld als ich. Aber sie könnte doch etwas anderes einbringen, einen Spaziergang an einem interessanten Ort, den sie kennt, oder einen Film im Fernsehen. Irgend so was. Oder ein Essen.

Aber das ist nur Gemurre. Es ist nicht wichtig.

Ich werde versuchen, meine Stimmung wieder besser werden zu lassen. Mich an das Wissen zu halten, dass es das Landleben ist, das ich brauche. Erstaunlich, wie gut mir die Schönheit & das Alleinsein dort tun.

Großer Geist, segne, wenn es dir gefällt – & ich hoffe, es gefällt dir –, weiterhin diesen merkwürdigen kleinen Teil von dir. Ich fühle mich manchmal so verwirrt. Mir selbst so fremd. So unsicher. Aber allmählich entspanne ich mich, weiß, dass die Tage vergehen und die Dinge sich ändern werden.

Da ist immer noch ein Glücksgefühl, unter alldem.

1. Dez.
Ein spektakulär schönes Thanksgiving. Zu achtzehnt oder so. Deborah, Belvie, Joan & ich begannen den Tag damit, an einer Sonnenaufgangszeremonie auf Alcatraz teilzunehmen.[184] (Ich sprach zu den 2.700 Versammelten.) Nach der Rückkehr von der Insel Frühstück im Chester's am Walnut Square, dann nach Hause, Mittagsschlaf. Dann Gäste! … Alle brachten tolle Sachen zu essen mit. Und nahmen tolle Sachen zu essen mit nach Hause.

4. Dezember
Ich tratsche so viel über meine Wohnsituation! Gestern Abend mit Rebecca – da hat es einen bitteren Geschmack hinterlassen. Ich muss mich wirklich mit Deborah hinsetzen & direkt mit ihr reden.

Ich glaube, ich hole mir einen Teil von mir aus dem Schatten meiner Mutter zurück. Weil sie immer alles teilte, Raum, Zeit, Mittel, habe ich das Gefühl, es auch tun zu müssen. Aber wie Jean mir aufgezeigt hat: Alleinsein kann man nicht teilen. Schon gar nicht Alleinsein zum Arbeiten. Das geht einfach nicht. Meine Mutter hat die Art von Arbeit gemacht, die Störungen vertrug – & acht Kinder haben sie mit Sicherheit darauf konditioniert, gestört zu werden. Sie war eine Geschichtenerzählerin, keine Romanautorin. Ich will immer ihre wunderbare Großzügigkeit nachahmen. Und ich will mich um andere kümmern, wie sie es getan hat. Aber sobald ich das Gefühl habe, ich muss es tun, werde ich ärgerlich auf diese Menschen. Sie nerven mich. Gehen mir gegen den Strich. Ich krittle an ihnen herum. Und dann ärgere ich mich über mich selbst, weil ich nicht besser bin.

Aber ich bin nun mal nicht besser, als ich bin.

Jedenfalls ist mir heute beim Aufstehen etwas aufgegangen. Dass aufs Land zu kommen, tatsächlich so ist, wie es in meiner Kindheit war, in den Wald zu verschwinden oder in Tagträume. Eine Möglichkeit, der Ärmlichkeit & Gewalt & Eintönigkeit meines Zuhauses & meiner Familie zu entkommen. Gleichzeitig muss ich tiefe Einsamkeits- und Verlassenheitsgefühle erlebt haben. Niemand kam mich je holen aus Sorge, wie es mir ging, oder folgte mir, um mich zu fragen, was los sei. Irgendwo in diesem Muster des Flüchtens ins friedliche Alleinsein, das ich lieben lernte, & meiner Traurigkeit darüber, dass mich offenbar niemand vermisste, liegt zumindest ein Teil des Knotens, den ich zu entwirren versuche.

9. Dez.

Kurz: Ich bin jetzt seit einer Woche auf dem Land & habe sechs Tage niemanden gesehen außer meinem Hund. Ich war die ganze Zeit vollkommen glücklich. Damit, zu lesen, zu schreiben, Feuerholz hereinzuschleppen, Feuer zu machen & Essen zu kochen. Zwischendurch zu schlafen. Im Regen spazieren zu gehen. … Diese Woche kommt die junge Frau, die sich bereit erklärt hat, mich bei der Geburt ihres Kindes dabei sein zu lassen, mit ihrer Mutter & 2 Hebammen, um eine Schwitzzeremonie zu machen. Sie sind Lakota. Ich bin ganz aufgeregt bei der Aussicht, einer Geburt beizuwohnen. Ich wünsche mir schon lange, dieses Wunder mitzuerleben.

14. Dez. 1996

Hatte das gefürchtete Gespräch mit Deborah. Sie war völlig außer sich. Wütend & verletzt. Sie weinte heftig. Ich war nervös, als ich ihr den Brief gab und sie bat, ihn zu lesen. Aber es war auch eine Erleichterung, nicht länger zu schweigen. Sie sagte, für sie sei es ein Schock. Sie habe gar nicht bemerkt, dass etwas nicht stimmte, nur dass ich mich von ihr zurückgezogen hätte. Und sie habe sich auch nicht unwohl gefühlt. Das verblüffte mich – aber es zeigt nur, dass jede von uns in ihrer eigenen Realität lebt. Wie kam ich auf die Idee, es würde sie beschäftigen, warum ich mich plötzlich so zurückzog, ihr gegenüber so kühl war? Wie kam ich auf die Idee, sie würde darauf kommen, dass es mir schwerfiel, mich auf sie & ihr Kind, ihre Katze und ihre Firma einzustellen? War es dumm von mir zu erwarten, sie würde sich Gedanken über mich machen, mich fragen, was los sei?

Sie sagte, sie habe nicht gefragt, weil sie finde, wenn ich ihr etwas zu sagen hätte, sollte ich es einfach sagen.

Die Diskussion war zeitweise hitzig. Ich gab zu, dass ich ärgerlich war, und sprach davon, dass ich mich irregeführt und falsch dargestellt fühlte. Dass ich das Vertrauen verloren habe. Ihr nicht mehr glaube.

Eigentlich will sie nicht zurück in das Haus in der Carlton Street. Ich habe ihr 6 Monate gegeben, weil ich davon ausgehe, dass dann der Vertrag ihrer Mieter abgelaufen ist.

Ich fühle mich erschreckend distanziert. Ich glaube wirklich nicht mehr, dass D. vor langer Zeit mal etwas an mir lag – ich hatte das Gefühl, das Haus, die Wohngegend hier, waren ihr wichtiger als ich. Und durch dieses Gefühl schwand meine eigene Zuneigung dahin.

Die Lakota, Teste, Odillia, Yeshi und Emma, kamen gestern, & wir hielten eine Schwitzzeremonie ab, bevor das Kind kommt. Sie übernachteten hier. Ich machte uns ein tolles Essen, das allen sehr gut schmeckte. Es hat Spaß gemacht.

Das Baby, ein Junge, wurde am 17. Dezember geboren. Schütze! Ich war dabei, hielt Yeshi[185] die Lampe, damit sie besser sehen konnte. Es war wunderbar. Ich werde dieses Baby immer lieben. Ich werde alles tun, damit ihm die Welt nichts anhaben kann. Wenn Frauen die Macht haben, wird eins unserer ersten Gesetze Väter verpflichten, bei der Geburt ihrer Kinder dabei zu sein und die Lampe zu halten. Der Vater von Testes Kind war nicht anwesend, aber viele Mitglieder der erweiterten Familie erschienen.

Jetzt muss ich meditieren. Ich bin sehr müde.

24. Dez.

Deborah hat offenbar zu Sue gesagt, sie »habe sich übernommen und müsse jetzt ausziehen«. Das finde ich eine richtige Beschreibung. Sie wirkte laut Sue am Boden zerstört. Ich hoffe, mit Sue zu reden, hat ihr geholfen.

Unterdessen habe ich Grippe. Ich vermisse Mercedes[186] – ausgerechnet. Wir verbrachten die Nacht zusammen – die, in der das Kind geboren wurde. Die vom 16. Leidenschaftlich. Gemütlich. Verworfen. Lustig. Dann, um 4 Uhr, ging ich los, um bei der Geburt dabei zu sein.

Zwei Tage später rief Yeshi an, & wir beide gingen zu einer schrecklichen Weihnachtsveranstaltung in Davis. Machten uns in der Pause davon. Gingen Bücher kaufen. Später sagte sie mir, sie sei in mich verknallt. Wir schmusten. Schliefen ein. Sehr schön. Sie kommt mich nach Weihnachten besuchen.

Irgendwie haben diese beiden Geschehnisse & das Wissen, dass ich mein Haus bald wieder für mich habe, dazu geführt, dass ich mich ganz ausgeglichen fühle. Sehr gelassen. Ich weiß, die Art von Gesellschaft, nach der ich mich sehne, ist sehr gut möglich, vielleicht sogar wahrscheinlich. Ich liebe mein Leben!

Casa Paradise
Careyes
10. Jan. 1997, Freds Geburtstag[187]

Und mir ist klar geworden, dass ich hysterisch war, was meine Augen angeht. Sie sind schön! Es ist nur so, dass jedes Mal, wenn mein Leben zusammenbricht, sie der Schwachpunkt sind, an dem sich der Stress bemerkbar macht. Oder besser, der Schwachpunkt, dem ich den Stress zuschiebe. Jetzt sehe ich mich langsam realistisch. Einen straffen 52-jährigen braunen Körper in einem wunderbaren Farbton – wie ein Blatt, eine Pekannuss, Erde – mit ergrauendem Haar & einem ergrauenden Auge.

11. Jan., Samstag

Gestern waren Gaynell, Mu & ich am Strand von La Fortuna, meinem Lieblingsstrand. Wir spazierten zwei Meilen & gingen dann zurück ins Chee Chee, wo wir Pescado frito aßen & Bier tranken. Sehr nett. Sie lernt ernsthaft Spanisch mit den Pimsleur-Kassetten (von Tracy), die ich mitgebracht habe. Sie ist mit Feuereifer dabei. Am Strand hat sie mir erzählt, dass ihre Gedanken in der Nacht zuvor sich nicht um Bill gedreht hatten, sondern um ihre Spanischlektionen! Das ist für sie ein wichtiger Wendepunkt.

Unsere gemeinsame Zeit ist schön & vergeht wie im Flug. Nach heute ist sie nur noch zwei Tage hier. Unglaublich.

18. Jan. 1997

Der Monat vergeht wie nichts. In zwei Tagen schon ist es Zeit für die Heimreise!

Ich denke an Yeshi. Mit ihr sind die Gespräche tiefgehend und respektvoll. Ich kann meinen Ansichten und Gedanken freien Lauf lassen. Wir verstehen uns auf eine ganz natürliche Weise, die aus den Erfahrungen der Sechzigerjahre erwächst. Ich respektiere, was sie tut. Allerdings verspüre ich keine körperliche Anziehung, obwohl ich sie schön finde.

Sie ist vier Jahre älter als ich. Wir könnten wunderbar zusammen reisen. Mit ihr zu kuscheln, ist auch schön.

Mit Mercedes zusammen zu sein, ist eine Qual.[188] Gerade habe ich vorgeschlagen, die Küste runterzufahren, um shoppen zu gehen. Sie war entzückt. Sie muss sich ja auch langweilen – wir sind auf dermaßen verschiedenen Wellenlängen. Sie ist immer auf »Körper«, und ich bin auf »Geist«.

Also, ein weiteres Mal, Alicia, wach auf! Es wird nie gut gehen mit dir & Mercedes. Es ist, als wärt ihr von verschiedenen Planeten.

25. Jan. 1997!

Careyes war im Großen und Ganzen sehr gut. Ich habe mein Spanisch erweitert & geübt. Ich war Gaynell gegenüber präsent & verträglich, wenn ich auch mit Mercedes ein-, zweimal in Übellaunigkeit verfallen bin. Ich war achtsam, was mein Verhalten betraf, & versuchte Gehässigkeit schon im Entstehen zu unterbinden! Ich bin so froh, dass ich gelernt habe, das »Windpferd wachzurufen«.[189] Eine Shambala-Übung. Wenn ich jetzt das Gefühl habe, etwas nicht tun zu können, was notwendig erscheint, rufe ich das Windpferd wach und gehe die Sache an.

Als ich wieder zu Hause war, redete ich mit Deborah, & als wir am Donnerstag um 00:56 offiziell ins Wassermannzeitalter eintraten, umarmten wir uns. Ich habe angeboten, ihr zu helfen, etwas Eigenes zum Wohnen zu finden. Ich konnte sie einfach nicht leiden sehen. Ich fühle mich immer noch – ich suche ein Wort, das zutreffend & nicht dramatisch ist: wach.

Danke, Großer Geist. Por todo.

26. Jan. 1997
Happy Birthday
Angela!

Wer kann begreifen, wie alt wir werden!

Dennoch: Komm zum Geburtstagsessen am 9. Feb., 17:30/18:00. Statt Geschenken bring Essen mit (eine Lieblingsspeise). Eine Geschichte. Ein Lied. Einen neuen Tanz.

Casa Azul
Berkeley

7. Feb. – Gestern war Bob Marleys Geburtstag. Happy Birthday, mein Lieber. Dein riesengroßes Foto hängt über meinem Bett. Du bist Mus Vater & mein Seelengefährte.

—

Am Sonntag mache ich ein Geburtstagsessen.[190] Hoffentlich regnet es nicht! Gut zwanzig Leute kommen, & es dürfte lustig werden. Ich kann nicht glauben, dass ich 53 werde! Aber ich muss sagen, es fühlt sich immer noch ziemlich jung an. Ob ich mich wohl mit 70 alt fühle? Mit 80? Mit 80 bestimmt. Langsam verstehe ich, was Mama meinte, wenn sie sagte, egal in welchem Alter, innerlich habe sie sich immer wie sechzehn gefühlt. Ich fühle mich nicht wie sechzehn, aber wie 35 oder so.

25. März 1997
Happy Birthday, Gloria
Geschrieben auf dem Rückflug vom 3 Rivers Festival und nachdem ich bei Mumia war!

Bin im Morgengrauen aufgestanden, um Mumia[191] im Todestrakt zu besuchen. War ein toller Besuch. Danach schnell zu einer Veranstaltung für Highschoolschüler irgendwo in Pittsburgh. Vorsignierte Bücher. Mittagsschlaf, dann mein Vortrag vor einem (wunderbaren) Publikum von 2.000 Leuten. Weitere Bücher signiert, über eine Stunde lang. Dann zu einem Empfang und dann so um Mitternacht ins Bett gefallen.

Jetzt im Flieger nach Hause.

Immer in Bewegung!

1. Mai,
Und ich bin unterwegs nach Austin, der letzten Stadt des Ostküstenteils der Tour.[192] Der Abend gestern in der Harold Washington Library war großartig. Überfüllt. Der Abend davor in Boston auch wunderbar. Meine Familie war da! Ich habe mich ja so gefreut! Jimmy & ich gingen Arm in Arm. Er saß neben mir, während ich signierte. Monica & Gregg bestellten das chinesische Essen. Wir saßen in meiner Hotelsuite & redeten und aßen. Wie eine richtige Familie! Ich kann gar nicht sagen, wie schön ich das finde!

Als ich im Flugzeug saß und in The American Way[193] blätterte, sah ich zu meiner Verblüffung mein eigenes Gesicht!

Mein Buch. Dümmliche Rezension, aber das Wichtige sind die vielen Leute, die sie sehen.

Kann es nicht erwarten, wieder zu Hause zu sein! Zumal D & R nicht mehr da sind.

12. Mai

Die Benefizveranstaltung für KPFA[194] war so toll! Ich habe gesungen! (Meine Hymne)[195]

Der Andrang war enorm – ausverkauft. Der Empfang herzlich & aufrichtig. Es hat mich so gefreut zu sehen, dass ich meine Leute & meine Stadt gefunden habe.

Ich habe gelesen & gesprochen & gelächelt & gelacht – & die Community hat zurückgelächelt und -gelacht!

Dann bin ich früh aufgestanden, um Sunday Morning auf CBS zu schauen.[196] Sehr gut, der Beitrag. Kurz. Aber vollgepackt mit Information.

—

Ich sehe jetzt das Ende der Lesereise vor mir. Immer ein erfreulicher Anblick! Mittwoch fliege ich nach Seattle → Atlanta → nach Hause → L. A. → wieder nach Hause, bis Pratibha & ich die Flussfahrt machen. Die Peacemaking Conference ist vom 9.–11., was heißt, ich bin von 25.–31. Mai zu Hause. Dann vom 1.–8. Juni, vor der Flussfahrt! Rund 2 Wochen ganz für mich allein.

Ich danke dir, Großer Geist, für all deine Unterstützung. Für jeden Baum, jeden Vogelsang, jede Fledermaus, ob sichtbar oder unsichtbar. Vor meinem Fenster stehen Olivenbäume & eine Korkeiche. Ich höre Vögel. Meine Freundin im Zimmer nebenan schläft. Mein Hund auch. Ich bin wach, schreibe, fühle mich reich gesegnet und liebe dich unverbrüchlich!

Dienstag, der 5.!
Mein Roman[197] pulsiert weiterhin von Energie. Ich habe mich gestern hingesetzt & ihn durchgelesen. Er will vorankommen, wie ich es ihm versprochen habe, sobald die Tour zu Ende wäre. Und deshalb werde ich mich ihm jetzt, auch wenn ich nur zwei Zeilen schaffe, zuwenden – mit aller dankbaren Hingabe.

14. Juni,
Und das habe ich getan! Und in den wenigen Tagen, die ich in TJ[198] hatte, habe ich ihn zu Ende geschrieben! Ich kann es selbst kaum fassen. Ich habe mich so bemüht, noch etwas für später – nach der Flussfahrt – übrig zu lassen. Keine Chance. Schließlich habe ich meine Gegenwehr aufgegeben und mich hingesetzt und geschrieben. Es ist ein wundervoller Roman: Ich habe das Gefühl, ich habe (mit Daddys fantastischer Hilfe aus dem Jenseits) die Wunden zum Heilen gebracht, die – alles in unserem Leben verursacht hat. (Keine Zuweisung von Schuld mehr, weder ihm noch mir.)

Also kam ich zufrieden in die Stadt zurück – wenn auch ganz schön nervös wegen der Peacemaking Conference. Meine beiden »Workshops« hatten über 600 Teilnehmer. Aber ich war gut vorbereitet & versuchte etwas Neues in das Programm einzubringen.

Habe den Dalai Lama getroffen. Mochte ihn. Dachte, wie interessant es wäre, auch Fidel dabeizuhaben. Hielt meine Rede. Hörte mir all die anderen an.

Ging jeden Tag hin. Fand es toll.

14. Juli 1997

Gestern, am 14. Juli, habe ich den Roman wirklich beendet, nachdem ich noch mal drangegangen war & das Gefühl hatte, er sei noch nicht ganz fertig. Ich habe ihm seinen ursprünglichen Titel wiedergegeben & überlege jetzt, eine Warnung an Eltern (die, die mich aus dem Lehrplan verbannen) hinzuzufügen, dass das Buch anstößig ist. Offenbar gehört das zu meiner Natur. Ich sehe das Anstößige als Wahrheit.

Wie auch immer, ich habe viel darüber nachgedacht, wer ihn als Erstes lesen sollte, und gestern ist mir klar geworden, dass es Jean B sein sollte, wenn sie dazu bereit ist. Ich habe jetzt sechs Romane geschrieben. Ich staune. Sie gefallen mir alle.

21. Juli 1997

Bäume, die ich hier vor sieben bis zehn Jahren gepflanzt habe, ragen hoch über mich empor. Kartoffeln & Bohnen, die ich vor ein paar Monaten gepflanzt habe, füllen Eimer & Körbe. Diese Fülle, die natürlicher Ausdruck der Natur zu sein scheint, entzückt & verblüfft mich immer. Warum ist die Erde so gütig? Und wie genau kommt das zustande, diese Fülle? Dass aus einer Bohne ein ganzer Topf Suppe wird?

Ich habe den Roman – By The Light of My Father's Smile – Joan geschickt, damit sie ihn Korrektur liest & dann an Jean weiterschickt & vielleicht auch an Wendy & Kate.

22. Juli

Letzte Nacht hatte ich den ersten relaxten, großzügigen Traum von Tracy & mir. Wir waren an einem öffentlichen Ort, einem Lesbenort offensichtlich – jede Menge Frauen, freundlich & stolz & mit kurzem Haar –, und wir redeten. Über alles Mögliche. Ungezwungen. Wir merkten, dass die Leute – diese

Frauen – zuhörten, aber es störte uns eine Zeit lang nicht. Dann fragten wir, ob wir irgendwo für uns sein könnten. (Der Ort, an dem wir waren, wirkte wie eine Kunstgalerie oder ein Teashop oder ein Kulturtreff, Theater vielleicht.) Jedenfalls saß im ersten Raum, in den wir kamen, eine weiße Frau mit zerschundenem, aber verheiltem Gesicht in einem Stuhl und ließ sich die Haare machen – eine pinke Frisur mit einer hellblauen Strähne. Sie sagte, sie & ich würden später zusammen auftreten. Also schien da irgendein Event bevorzustehen.

Wir glaubten nicht, dass wir etwas finden konnten, wo wir unter uns wären. Ich schlug vor, zu mir zu gehen – eher halbherzig. In dem Moment sagten die Frauen, sie hätten einen leeren Raum gefunden. Wir gingen dorthin. Ich erinnere mich nicht an alles, worüber wir redeten. Aber ich weiß noch, wir sprachen über mein Haar.

Tracy hatte mich immer ermutigt, es grau werden zu lassen. In ihrer Abwesenheit hatte ich es lange grau werden lassen. Letzte Woche habe ich es gefärbt. In dem Traum befühlte sie mein Haar & sagte, oh, du färbst dir immer noch die Haare! Ich sagte: Mit der Zeit habe ich mich durch die grauen Haare müde gefühlt, & ich war sowieso schon müde. Wenn ich sie färbe, fühle ich mich weniger müde. Sie kritisierte mich nicht, wie ich befürchtet hatte. Und dann bemerkte ich ihre Edges (sie hat ein paar graue Strähnchen oben auf dem Kopf) & dass sie ihre grau gefärbt hatte.

Unser Gespräch über Haare schien uns Spaß zu machen.

Diesen Traum hatte ich nach einem sehr schönen Tag und Abend mit einer neuen Freundin aus Hawaii.[199] Einer Sängerin, die traditionelle Lieder singt & sich auf der Ukulele begleitet.

24. Juli

Die neue Freundin aus Hawaii, die sehr schön, talentiert und unter anderem Heilerin ist (& in einem alten Haus am Strand in Hawaii lebt), fragte mich, ob wir uns öfter treffen könnten – & ich sagte Ja.

Sie hatte vor vielen Monaten mit einer Freundin bei mir gewohnt, im Gästehaus. Ich lud sie beide zum Tee in mein Haus ein, & als ich erfahren hatte, dass Zelie Sängerin war, bot sie an, für mich zu singen. Sie nahm ihre kleine Ukulele heraus und sang. Auf Hawaiianisch. Ich war bezaubert. Mochte sie. Erfuhr von jemandem oder ihr, dass sie in einer Beziehung war, und schlug mir alles, was über Freundschaft hinausging, aus dem Kopf. Vor zwei Monaten arrangierte sie es über Joan, mich, wenn ich wieder Zeit hätte, zu besuchen. Ich war überrascht, aber zu sehr mit der Lesereise & der Peacemaking Conference beschäftigt, um groß darüber nachzudenken. Doch dann, als Pratibha & ich auf dem Weg nach Falstaff zur Grand-Canyon-Flussfahrt durch den Flughafen von Phoenix gingen, rief jemand meinen Namen. Es war Zelie, die für 2 Wochen in die Wüste wollte, um bei einem Schamanen zu lernen. Sie war allein, wirkte heiter & selbstbewusst. Offen. Wir freuten uns, einander zu sehen.

Also kam sie dann in Berkeley zum Essen zu mir. Es war nett, aber da sie raucht, dachte ich, selbst eine Freundschaft zwischen uns würde nicht von langer Dauer sein. Aber ich mochte sie immer noch & stellte erstaunt fest, dass ich sogar den Geruch ihres Tabaks mochte – wie sich herausstellte, eine traditionelle Native-American-Powwow-Mischung, die sogar Salbei enthält! Lustigerweise hatte ich in Arizona zwei NA-Pfeifen gekauft.

Doch wie wir wissen, war ich erschöpft und auf anderes

fixiert. Also verabschiedete ich sie mit einer Umarmung & ging ins Bett.

Nachdem sie gefragt hatte, ob wir uns öfters sehen könnten, erklärte sie mir, sie habe sich seit unserer ersten Begegnung von mir angezogen gefühlt. Das überraschte mich. Und sie habe mich wiedersehen wollen & Angst gehabt, ich wäre vielleicht zu müde, was ich ja auch beinahe war.

Aber mit ihr zusammen zu sein, fühlt sich so leicht an. Sie weiß nicht besonders viel über mich, hatte meine Bücher nicht gelesen. Im Gästehaus begann sie The Temple of My Familiar zu lesen, & sie findet es toll. Ihre Begeisterung ist wunderbar.

Bevor sie zurück in die Stadt fuhr – wo sie am Flughafen die Frau abholen wird, von der sie sich gerade trennt und die sie seit 3 Monaten nicht gesehen hat –, gingen wir hinaus zu einer Bank, die ich an dem Platz auf meinem Anwesen aufgestellt habe, das meine Mutter am liebsten mochte. Von da blickt man aufs Tal. Wir umarmten & küssten uns. Es fühlte sich ganz organisch & leicht & selbstverständlich an.

Wir werden uns vielleicht am Montag noch mal sehen, bevor sie nach Hawaii geht & ich Besuch von meinem Neffen und meiner Nichte bekomme. Sie kommt im September wieder, & wir haben schon ausgemacht, uns dann zu treffen.

29. Juli 1997

Zelie hat mein Bett in den frühen Morgenstunden verlassen. Ihr Flug nach Hawaii ging um 8:50. Wir hatten zwei wunderbare Tage.

Zelie & ich waren am Strand. Muir Beach. Dann sind wir zu Yeshis Haus hinaufgelaufen, haben uns auf die Terrasse gesetzt und gewartet, dass sie nach Hause kam. Sie kam. Beköstigte uns. Zeigte uns dann das Zen-Zentrum Green Gulch Farm.

Ein magischer Ort. Gärten, Pflanzen, Felder! Wirklich wunderschön. Mu war im Himmel.

Dann wanderten Zelie & ich, inzwischen sehr müde, weiter zu mir nach Hause. Wo Sue ein tolles Essen – Hühnchen & Reis & Salat – gemacht hatte. Joan hatte auf uns gewartet! Wir setzten uns alle vier an den Tisch & aßen sehr gut & hatten einen tollen Abend! Zelie fügte sich bestens ein, und Joan & Sue freuten sich sichtlich für uns.

Ich machte Feuer, & irgendwie ergab sich, dass wir beide gern beisammen liegen und kuscheln wollten. Zelie wollte nackt sein. Also zog ich mich auch aus, & wir kuschelten im Bett & redeten & küssten uns praktisch die ganze Nacht. Es war sehr schön.

Sie sagte, sie sei so gut wie die ganze Zeit wach gewesen, auch wenn ich eingedöst war.

Jedenfalls, so kam es, dass wir im selben Bett landeten, & aus diesem Bett begaben wir uns nach Muir Beach, am Montag, wobei wir zuerst noch bei Vicky vorbeimussten – Zelie brauchte etwas zum Anziehen –, & ich Vicky kennenlernte. Victoria ist Italienerin, aber sehr blond, mit kühlen grauen Augen. Noch ziemlich jung, 33. Zelie sagt, sie selbst sei 38, aber sie wirkt älter. Ihr (Zelies) Körper sieht aus wie 38, ihr Gesicht aber wie 45. Wie auch immer, Victoria wirkte allerdings sehr weiß. Aber herzlich & sogar liebevoll. Ich hatte das Gefühl, sie hat Zelie geholfen, Zugang zu meiner Arbeit zu finden. Sie waren beide bei der Vorführung von Warrior Marks im Castro. Sie hatten mir ein Paar Ohrringe geschickt mit der Inschrift »Protect This Woman«. Als ich zu Zelie sagte, Victoria wirke ja sehr cool, sagte sie: Nein, sie ist nur in der Transition. Sie ist gerade aus Italien zurückgekommen, wo sie einen deutschen

Mann kennengelernt & sich in ihn verliebt hat, und weiß nicht, was sie jetzt tun soll. Sie ist im Kulturschock.

Ihre Trennung scheint loyal & ohne Bitterkeit vor sich zu gehen. Ihre Freundschaft wirkt stabil. Zelie spricht oft davon, wie heilend die 4 Jahre ihrer Beziehung für sie beide waren.

Es fühlt sich sehr gut an, diese neue Beziehung mit Zelie.

Es ist ein kühler, nebliger Morgen in der Cazul in Berkeley. Ich habe mein Glas Synergy getrunken & bin wieder ins Bett. Mu schläft in meiner Nähe.

Mein Leben hat sich so sehr verändert. Und in die Richtung, die ich mir erhofft habe. Es gibt Probleme & wird noch mehr geben, aber ich habe das Gefühl, ich kann mich ihnen stellen und mit ihnen arbeiten. Zelie ist offen & liebevoll. Aufmerksam & großzügig.

Sie hat vor, in 3 Wochen wieder hier zu sein!

Großer Geist, danke für deine Unerschöpflichkeit. Danke für die große Freude & Schönheit, die du still und leise in mein Leben bringst. Danke für das Neue und das Alte. Für den Gesang. Für die Sonne & das Untergehen der Sonne. Für das Aufgehen der Sonne im Leben. Für Essen und Familie. Für die Liebe in den Gesichtern meiner Freundinnen. Und die Hilfsbereitschaft. Für die Wonne von nackten Körpern in einem Bett. Von Haar & Augen und Wärme & Berührung. Für die Traurigkeit & den Schmerz, die uns lehren loszulassen. Das Überwinden unseres Festhaltens zu überleben. Ich lebe in Staunen auf allen Ebenen, dich spiegelnd, wie ein winziges Funkeln oder eine Träne in deinem unendlichen Auge.

In Liebe. Danke.

5. August
Kate Medina[200] hat gerade angerufen. Sie sagt, sie finde den Roman toll. Ich bin ja so froh. Dass sie & Wendy[201] den »Veröffentlichungskram« regeln – Geld. Timing. Et cetera. Jedenfalls fühle ich mich bestärkt durch ihre Begeisterung, die ja auf Expertise, Erfahrung & Kompetenz beruht.

Das Universum hat mir eine Liebespartnerin geschickt. Eine, die mich gut lieben will, weil ich es verdiene. Eine, die selbst gut geliebt worden ist. Zelie.

Danke, Große Güte des Lebens. Denn wir sprechen gerade von Treffen & Besuchen und vom Essen und Liebemachen.

22. August 1997
Auf Molokai, wo wir es sehr schön haben!

26. August 1997, 19:20
Auf dem Rückflug von Hawaii.

Es war eine fantastische Woche. Zelie ist wunderbar. Warm, liebevoll, spontan, amüsant. Und eine himmlische Liebhaberin! Mit ihr habe ich so intensiven Sex erlebt und so viel Spaß dabei gehabt wie noch nie. Ich wusste gar nicht, dass man so viel lachen oder beim Orgasmus solche Freude empfinden kann. Und wir können auch gut miteinander reden & spazieren gehen & reisen & essen. Und schwimmen & kochen.

Wir sind so gern zusammen. Lieben es, zusammen zu schlafen. Sie ist so natürlich. Der natürlichste Mensch – nach meinem Daddy! –, dem ich je begegnet bin. Und auch sie hat Schmerzen & Beschwerden, die ich zu lindern versuche. Das gefällt mir – ich kann mich um sie kümmern.

31. August

Mit Zelie & mir läuft es gut, obwohl sie ziemliche Schmerzen hat, von einer chronischen Instabilität im Rücken-Nacken-Schulter-Bereich. Sie ist vor Jahren einmal ganz um ihre Heimatinsel Molokai herumgepaddelt und hat dabei wahrscheinlich eine ernsthafte Schädigung davongetragen. Ich war mit ihr bei Dr. Lui, die ihr Kräuter und Akupunktur zur Darm- und Leberentgiftung verordnet hat. Und bei Sherry Ongh zum Justieren. Und Joelle war hier, um sie zu massieren. Wenn wir es nicht übertreiben, müsste es ihr ganz bald schon besser gehen.

Sie hat Wort gehalten und ihren Tabak im Mülleimer auf dem Flughafen von Honolulu gelassen. Und Bier hat sie auch nicht getrunken.

Zu meinen Vorhaben in Hawaii gehörte es, Zelies Großmutter zu besuchen, die nach einem Schlaganfall seit vier Jahren im Pflegeheim ist. An unserem letzten Abend flogen wir von Molokai nach Honolulu, um zu ihr zu gehen. Da lag sie, den langen grauen Zopf unterm Nacken. Zelie holte ihn sofort hervor und platzierte ihn auf dem Kopfkissen, wo er dalag wie ein Federbusch, als könnte sie vielleicht fliegen. Ich hatte 3 kleine Blümchen von ihrem Grundstück mitgebracht – Z wohnt in ihrem Haus – und legte sie neben ihren Körper. Um diese Blumen gibt es einen eigenen Mythos. Sie haben von Natur aus eine Halbblüte und wachsen in der Hecke, die das Haus vor den Blicken der Leute schützt, die am Strand entlanggehen. Die Legende besagt, dass ihre »andere Hälfte« aus irgendeinem Grund wegging & nie zurückkam, jetzt aber in den Bergen zu finden ist. Ich war verzaubert von dieser Geschichte. Die offenbar stimmt. Womit ich meine, dass sich der obere Teil der Blüte auf der gleichen Pflanze in den Bergen findet.

Wir sprachen etwa eine halbe Stunde zu Grandma. Ich sagte ihr, wie sehr es mich freue, sie zu sehen. Wir massierten ihr den Kopf und die Hände & Füße. Sie schien nicht mitzubekommen, dass wir da waren. Ich war sehr froh, dabei zu sein, als Zelie sich von ihr verabschiedete. Interessanterweise hat Zs Tante Paranani am Vortag angerufen & gesagt, Grandmas Pflegerin habe gefragt, ob sie auf jemanden warte.

Am nächsten Morgen, bevor wir von Honolulu abflogen, gingen wir Zs Tante besuchen. Sie & Z sprachen kurz über Grandmas Zustand. Wir gingen bald wieder. Am Tag, nachdem wir in Berkeley angekommen waren, starb Grandma.

Samstag, 6. Sept.

Heute haben wir Grandma beerdigt. In der katholischen Kirche Our Lady of Sorrows [sic!][202], die ursprünglich von Pater Damien, dem Seelsorger der Leprakolonie, erbaut wurde. Es ist eine hübsche kleine Kirche mit einem roten Dach und kleinen Spitzbogenfenstern. Draußen ist ein weitläufiger Rasen mit einem großen Kreuz, & man hat einen fantastischen Blick aufs Meer.

Zelie sang vier Lieder für ihre Großmutter. Darunter Grandmas Song von ihrer neuen Kassette. Es war sehr bewegend. …

Die Tage sind <u>so lang</u>! Das ist mir letztes Mal schon aufgefallen, als wir hier waren. Diesmal sind die Tage, da das Haus seit Freitag voller Menschen ist, zwei, drei Wochen lang. Jeden Tag will ich nur raus. Spazieren gehen, am Meer sitzen. Gestern hat Zelie mit mir einen tollen Spaziergang gemacht, & ich konnte fünf Minuten am Meer sitzen & mich vom Wind durchpusten lassen.

Dann haben wir eine Ananas, die wir gekauft hatten, mitgenommen und sind noch mal Grandma besuchen gegangen. Wir saßen neben ihrem Grab im Gras & aßen die Ananas. Wir gaben ihr auch eine Scheibe. Zelie drückte sie in das kleine Grab, unter die Blumen. Ich erzählte ihr, wie die Leute in Mexiko den Tag der Toten feiern, dass sie auf den Friedhof gehen und auf & an den Gräbern ihrer Vorfahren sitzen und picknicken. Dass sie kleine Totenschädel & Skelette aus Zucker essen. Das scheint mir eine wunderbar heidnische Verhaltensweise, die etwas sehr Natürliches hat. Wir wurden »gefressen«, von Ameisen gebissen, während wir dort saßen.

Ich vergoss viele Tränen. Besonders bewegend war für mich das Ende der Zeremonie. Nachdem Grandmas Asche in das kleine Loch hinabgesenkt worden war, schaufelte Zelie die Erde darauf. Ihre zierliche Gestalt so fokussiert, so liebevoll. Es fühlte sich so echt & richtig an. Und war so rührend und schön. Ich liebte sie so sehr, als ich sie ihre Großmutter auf diese Weise ehren sah.

—

Es passiert schon fast zu viel Leben, um davon zu berichten. Mein Roman ist in Wendys kompetenten Händen.

Zelie ist ein Wechselwesen. Unendlich faszinierend, einfach von ihrer Natur her. Geplagt von Schmerzen, leider, aber heute Morgen ist ihr klar geworden, dass sie sich den Rücken beim Heben einer sehr schweren Tasche verrenkt hat. Sie hatte gestern Abend eine tolle Massage & wachte mitten in der Nacht auf, total scharf. Unser Sexleben ist fantastisch. Tiefe Lust. Staunen. Gestern überkam mich das Bedürfnis nach Alleinsein. Ich sagte verletzende Sachen zu ihr. Sie weinte. Ich merkte, wie grausam ich gewesen war. Entschuldigte mich. Nahm sie in die Arme. Sie verzieh mir bereitwillig. Uff!

Wir redeten & redeten & redeten. Das reinigte die Luft. Heute Morgen sind wir früh auf. Die Sonne scheint. Zelie singt. Ich habe meditiert. Wir versuchen unsere Kubareise zu organisieren.

Tja. Rebecca verweigert den Kontakt zu mir. Ich weiß nicht, warum. Aber ich versuche es mit Anstand zu ertragen. Sie ist in MacDowell[203], arbeitet an einem ihrer Bücher.

Ich kann kaum fassen, wie schnell sich mein Leben verändert hat. Eine einfühlsame & schöne Geliebte/Wohngenossin, die spontan singt & andere Geräusche macht. Die aufregendste Person, mit der ich je eine Beziehung hatte. Eine gute Köchin. Zur Seelenkommunikation fähig. Ein reifer Mensch! Mit so viel Haar!

Universum! Du bist fantastisch. Ich liebe dich und bin dir so dankbar.

Zelie erkennt mich. Sie liebt mein Auge. Sie schaut hinein und sieht ein Universum. Sie sagt, alles bewegt sich, genau wie die Sterne!

29. Sept. 1997, Cincinnati, Ohio

Es ist hier spätnachts, später als in Kalifornien, wo ich Göttin sei Dank lebe. Ich habe morgen ein Seminar und eine Lesung an der Miami Univ. in Oxford, was irgendwo hier in der Nähe ist.

So weit alles gut an der Heimatfront! Zelie & Mu haben mich zum Flughafen gebracht. Letzte Nacht habe ich das Liebemachen initiiert. Das jetzt ist der beste Sex, den ich je hatte, in meinem ganzen Leben – & ich dachte, ich hätte meine besten Jahre hinter mir! Schon komisch, das Leben.

Eine kleine Wolke am Himmel ist die Art, wie Zs Expartnerin Victoria sich immer wieder in ihr Leben einschleicht. Aber langsam scheint Z es zu durchschauen.

Das Haus ist wundervoll. Allmählich spiegelt es wider, dass Z auch da wohnt. Ihr Zimmer ist immer noch im Chaos, weil sie so viel Zeit in meinem verbringt. Ich liebe es, sie singen oder telefonieren zu hören. Lachen, was sie reichlich tut. Ich liebe sie und will sie immer, ein neues Gefühl – eine Art ständiges Angetörntsein.

Nicht sonderlich viel zu berichten. Ich genieße all die simplen Sachen, die wir zusammen machen. Spazieren gehen. Essen. Herumfahren. Ins Kino gehen. Alles Mögliche. Sie ist lustig. Spontan. Präsent. Sagt, was sie denkt. …

… Ich bin genauso unverblümt wie sie. Ich habe Angst, dass ich sie manchmal verletze. Göttin, hoffentlich nicht.

Ich habe sie ermutigt, mehr zu schreiben. Mehr Zeit allein zu verbringen. Die Früchte des Alleinseins zu genießen: Nähe zu den eigenen Gedanken, Zentriertheit. Etc.

Rebecca, die endlich einmal zurückgerufen hat, glaubt, mein Roman sei über sie![204] Verblüffend. Und zu bizarr, um auch nur etwas dazu zu sagen. Obwohl ich mich erinnere, dass sie mich mit Granatäpfeln bekannt gemacht hat.

Jedenfalls, sie ist saurer denn je, dass ich ihre Mutter bin. Ich weiß nicht, was mit uns passiert ist, aber <u>etwas</u> ist passiert.

Zelie ist reifer als Tracy & kann mir mit Rebecca helfen. Das weiß ich.

30. Sept., 23:52

Die Veranstaltung/en an der Miami University sind sehr gut gelaufen. 750 Studierende drinnen, viele weitere draußen, wo sie das Ganze auf Bildschirmen verfolgten. Ich fühlte mich sehr in mir. Las Gedichte. Passagen von Essays. Sprach. Las den Essay über FMH[205] & riet den Zuhörenden, sich den Film anzusehen. Henris Neffe verteilte Flyer. Es fühlte sich alles toll an, & die Leute waren so nett.

Ich bin froh, dass ich doch hergekommen bin. Ich weiß nicht, ob ich aufhören sollte, diese Veranstaltungen zu machen. Der eigentliche Reiz daran ist nicht das Geld. Es ist das Gefühl, Gemeinschaft zu fördern.

Auf dem Weg nach Hause hatte ich Fantasien vom Liebemachen mit Z. Es war eine Wonne, nur an sie zu denken, an uns, im Bett & ganz ineinander versunken.

Großer Geist, ich danke dir für diese Liebe. Die zu »machen« uns immer ein solches Vergnügen ist.

19. Okt.

Die »emotionale Aufgeladenheit« von T & ihrer Musik & meinen Erinnerungen ist inzwischen gering, aber auf eine seltsame Weise immer noch da. Auf Molokai erzählte mir Zelie, sie höre »New Beginning«, um zu fühlen, was es mit ihr mache. Nach einer Weile wurde es ihr langweilig – obwohl sie die CD toll findet –, & sie stellte die Musik ab. Ich beschloss, T zu schreiben und die CD wieder zu hören. Die besten Songs, »The Promise«, »Mother of Us All«, »River« etc., hat sie geschrieben, während wir zusammen waren. Mein Lieblingssong »Give Me One Reason« kam auf das Album, weil ich sie dazu ermutigte. Sie hatte nicht so ein enges Verhältnis zu dem tiefen Blues-Feeling dieses Songs und vertraute nicht darauf, erkannte nicht die ansteckende Vitalität und den Wert, die es ihm gab. Sie liebte den Song aber und sang ihn immer mit Elan. Und es ist auch so ein sexy Song.

Versuche gerade, meine Reise nächste Woche zu planen. Zelie & ich sind das Sesamstraße-Skript durchgegangen – es geht um das Zählen von Regentropfen mit Graf Zahl & Elmo & um Wissen über den Regen.[206]

2. Nov.

Ich kann nicht glauben, dass ich dies im Bett eines Hotelzimmers in Denver schreibe! Zum Glück habe ich eine Suite mit vielen Fenstern. Und sehe die Rocky Mountains in der Ferne. Ich bin gestern am frühen Morgen hergeflogen. Bin um 4 Uhr aufgestanden, der Wagen kam um 5, der Flieger ging um 6:15, & angekommen bin ich um 9:48. Habe Clarissa[207] in dem Kongresszentrum getroffen, wo das Buchfestival stattfand, & wir haben unsere Veranstaltung gemacht. Unser Gespräch lief langsam an, wurde aber bald schon auf eine wunderbar ruhige & gedankenvolle Art lebendig. Wir genossen das Zusammensein, & unsere gegenseitige Zuneigung war offensichtlich. Irgendwann, nachdem ich etwas gesagt hatte, ergriff sie meine Hand und sagte: I love you. Ich hielt ihre Hand fest, drückte sie & sagte: I love you too. Und ich liebe Clarissa wirklich. Sie hat der Welt so viel zurückgegeben, was unterdrückt worden war. Alle Frauen stehen in ihrer Schuld.

Später signierten wir zusammen Bücher, ganz locker und selbstverständlich, Schulter an Schulter, & gingen dann ins Hotel zum Mittagessen.

Zelie & ich hatten es schön in New York. Sesamstraße hat uns beiden Spaß gemacht. Sie & Gloria mochten sich. Gloria & Hyun Kyung[208] waren mit uns in einem Restaurant namens Bamboo essen.

Unterwegs machten wir in Georgia Station, um Mamas & Daddys Grab zu besuchen & damit ich Zelie unsere Kirche &

all die Schilder[209] an der Ward Chapel Road zeigen konnte. Es regnete, & alles wirkte ziemlich trist. Die Kirche verfällt. Ich glaube, ich werde 5.000 für die Instandsetzung anbieten. Neue Fenster & Türen etc.

Im Harriet Tubman Museum war es großartig. Habe tolle Leute kennengelernt, u. a. meinen Großcousin Edward, den ich wirklich mag! So viele Familienmitglieder waren gekommen, um mitzuerleben, wie ich den Shelia Award erhielt – & ich habe mich so gefreut, sie zu sehen. Polly! Ruth. Brandon. Kyle. Jimmy. Immer noch mehr. Und Zelie im Kreis meiner Leute zu sehen. Schön.

Dann Liebe machen in dem weißen Ante Bellum Bed & Breakfast von 1812. Gemeinsames Zimmer &, heikler noch, gemeinsames Bad & beides total okay. Nach dem Preisverleihungsessen Beisammensein mit Cory [sic!] & Rudolph Byrd & Henry & Valerie & Veta & Anita (Ponder) und Angie.[210] Sehr nett. Ich fühlte mich so zu Hause, ganz in meinem Körper & meinem Denken & Fühlen und glücklich, wenn ich durch den Raum Zelie ansah, die vor positiver Energie strahlte.

Dann zurück nach Hause! Wir fielen beide in ein Loch! Ihres hatte mit ihrem Zyklus zu tun, der gerade begann. Meins mit dem Bedürfnis nach Alleinsein. Wir litten. Wärmten alles immer noch mal auf. Fühlten uns enttäuscht & missverstanden. Kamen dann langsam wieder zur Besinnung.

Ich bin ganz zufrieden damit, hier zu sein – wo ich ja nun mal bin –, auf die Rockys zu schauen, aufs Frühstück zu warten und mich darauf einzustellen, dass ich noch zwei Veranstaltungen in Dallas habe, bevor ich nach Hause zurückkehre.

Ich werde etwa 2 Wochen zu Hause haben, bevor wir alle

nach Kuba fliegen. Ein Zehn-Tage-Trip. Dann Thanksgiving. Geburtstage. Dann Dezember frei. Careyes im Januar.

Zelie hat mir zwei Dinge erzählt, die mich erschreckt haben: von einem Gesundheitsproblem, das sie hat, & dass sie demnächst ihr Haus verliert! Kainehe, wo sie aufgewachsen ist & ihr Leben lang gewohnt hat. Das ist für sie ein großer Verlust & hat sie zutiefst getroffen.

Für mich sind Häuser immer noch so ein »Ding«. Ich habe mich bemüht, mich da herauszuhalten. Aber letzte Nacht (und nach einem Gespräch mit Clarissa, die mir sagte, sie habe ihr Geld in Immobilien investiert) dachte ich: Warum nicht die 350.000, die auf der B of A[211] liegen, in Land in Hawaii investieren, mit Zelie? Dann könnte sie ihre Heimat behalten, wenn schon nicht ihr Zuhause, und wir hätten einen vertrauten, warmen Ort, um ungestört abzuhängen. Wir könnten die hawaiianische Kultur studieren, die mir, glaube ich, gut gefallen würde. (Alicia, die ewige Optimistin!)

Es stimmt, Molokai scheint langweilig, aber das liegt auch daran, dass ich dort so eine Außenseiterin bin. Jedenfalls wäre es doch vielleicht eine tolle Lösung für das Problem, dass sie das Gefühl hat, kein Zuhause zu haben. (Ich komme offenbar in Beziehungen von diesem Thema nicht los!) Ich werde es bald mal mit ihr besprechen. Vielleicht in Careyes. Es wäre sowieso sinnvoller, die – anglophonere – hawaiianische Kultur zu studieren als die mexikanische. Und es wäre so gut für Zelie, ihre Wurzeln behalten zu können. Wurzeln <u>und</u> Flügel zu haben.

Erst mal muss jetzt das Nomadenleben aufhören. Es ist zu anstrengend. Und mir fehlt all das <u>Leben</u>, das sich zu Hause abspielt.

Und so bringe ich jetzt dieses Tagebuch zum Abschluss – das arme verfleckte & verschmuddelte Ding! Bald muss ich aufstehen & mich anziehen, den Flieger nach Dallas kriegen. Heute Abend schon spreche ich dort!

Gestern Abend habe ich mit Zelie telefoniert. Sie sagt, sie vermisst mich & liebt mich. Ich habe sie vor meiner Abreise gefragt, was ihr am meisten fehlen wird. Sie sagte, es werde ihr fehlen, an meiner Seite zu sein. Genauso ging es mir auch. Vielleicht kann sie ja in Zukunft, wenn es um Orte geht, wo sie wirklich gern hinmöchte, mit mir kommen.

Ich liebe dieses Gefühl, dass mein Leben wirklich meins ist. Dass ich verliebt bin in eine große Mo'oo – die Eidechsengöttin/Hüterin von Molokai. Das Ringen darum, meine persönlichen Dämonen – hormoneller & sonstiger Art – aus meinen intimen Beziehungen herauszuhalten, geht weiter. Ich bin hart mit Menschen umgesprungen, die mich liebten. Konnte ihre Liebe vielleicht deshalb nicht annehmen, weil ich mich selbst nicht wirklich liebe & wertschätze & akzeptiere. Ich bete, dass sich das ändert. Dass ich mich nie wieder gegen eine Person kehre, die mich liebt, und mit verletzenden Worten um mich schmeiße, wie ich es in der Vergangenheit getan habe.

Zelie & ich haben darüber geredet, was zu tun ist, wenn wir nervös & gereizt & eine Gefahr füreinander werden – wir sollten, müssen uns gegenseitig Raum geben. Zum Glück kann ich aufs Land gehen. Der Göttin & meiner Voraussicht sei Dank.

Auf dem Land (**6. Nov.**). Z in der Küche, macht Haferbrei. Sie sollte bald losfahren, den Jeep in die Stadt bringen. Damit wir zwei Autos haben & Rebecca & Me'Shell eins davon nehmen können, wenn/falls sie zu Thanksgiving kommen.

Zelie möchte Victoria zu Thanksgiving einladen. Ich habe

da gemischte Gefühle. Ich habe zwar gesagt, es sei okay, aber ich finde, es ist zu früh, wir sollten vorher die Teeeinladung machen, zu der ich mich seit einiger Zeit durchzuringen versuche. Es erstaunt mich auch, dass Zelie in dieser Sache so unsensibel für meine Bedürfnisse & mein Timing ist. Aber wie sie heute Morgen sagte: Sie ist sehr selbstbezogen. Das ist mir eigentlich schon aufgefallen, seit wir zusammen sind. Sie hat mir, seit wir zusammenwohnen, ein einziges Mal – auf mein Bitten hin – eine Lomi Lomi[212] gegeben. Neulich Abend beim Spazierengehen sagte ich etwas von Knieschmerzen, & sie sagte: Ich will nichts davon hören. Dabei macht sie mir (& Joan) ständig irgendwelche Umstände. … [Und] sie tut sehr wenig. Ihr Zimmer in meinem Haus ist immer noch chaotisch von ihrem Einzug vor 2 Monaten.

Nachdem ich heute Morgen das Thema V. & Thanksgiving angesprochen hatte, wollte sie in mein Auge schauen – einfach so. Ich lehnte dankend ab. Sie war daraufhin »verletzt« & »ging weg«. Ich erklärte ihr, es sei schlechtes Timing. Sie sagte, sie habe in mein Auge schauen wollen, weil das Licht vom Dachfenster überm Bett so gut sei etc. etc.

Ich glaube wirklich nicht, dass diese Beziehung langfristig funktioniert. Jetzt ist sie die meiste Zeit schön. Der Sex ist toll. Die Gespräche sind es auch, meistens. Aber ich fühle mich nicht aufgehoben. Ich habe vielmehr das Gefühl, dass alles Fürsorgliche von mir kommt. Außerdem war ich nicht auf ihre nahezu ständigen Leiden/Schmerzen/etc. vorbereitet. So viel davon! Ich mache mir langsam Gedanken über ihre grundlegende Verfassung, emotional, psychisch. Oh, Himmel! Was braut sich da zusammen?

Was tun? Sie wirkt so oft empathisch, aber vielleicht ist das ja immer gespielt.

Wie auch immer. Ich will nicht, dass Victoria zu Thanksgiving kommt. Ich werde es sagen. Und ich werde weiter den Tee für Dezember planen.

Habe gerade genau das getan. Es Zelie gesagt. Dass ich mich nicht aufgehoben fühle. Sie war sprachlos. Verletzt, wie ich auch. Wir saßen beide da & aßen Haferbrei, & dann bin ich aufgestanden, um das Feuer zu versorgen & weiterzuschreiben.

Wer weiß, was jetzt passiert? Ich nicht. Aber ich habe geradeheraus gesagt, dass ich eine Partnerschaft will, in der ich mich aufgehoben fühle. Dass ich es brauche, gezeigt zu bekommen, was ich der anderen Person bedeute. Wohin solche Offenheit führt, werde ich ja zweifellos sehen.

Ich vermute, sie wird dazu führen, dass mir das Nahen meiner Periode sehr viel weniger ausmacht. Üblicherweise scheint es so zu laufen, dass ich solche Gefühle in mich hineinfresse & es mir dann etwa eine Woche, bevor ich meine Tage bekomme, schlecht geht. Das macht das wirklich Schlimme am PMS aus. Ungeäußerte Gefühle treffen auf verrücktspielende Hormone!

Wie auch immer. Sie ist weg. Ich bin allein, mit Mu. Fühle mich klar, überlegt. Okay. Froh, diese Zuflucht zu haben, dieses lodernde Feuer.

Und ein Leben ohne sie? Wie wäre das? Was würde mir fehlen? Sie würde mir fehlen. Das Liebemachen. Sachen zusammen zu machen. Aber ich würde klarkommen. Freunde. Das Leben selbst. Außerdem habe ich letzte Nacht wieder von der Göttin geträumt: einer kräftigen dunkelhäutigen Frau, die mich massierte und lachte, während sie mit meinen Armen spielte.

28. Nov. 1997
Gestern haben wir Thanksgiving gefeiert. Zu sechzehnt etwa. Alle an dem großen Esszimmertisch, der zu klein ist! Belvie schlug vor, ein Brett anzubauen; Dianas Vorschlag war, einen kleineren Tisch so dazuzustellen, dass ein »L« entsteht. Ich werde mich für nächstes Jahr damit befassen.

Ich war vor Müdigkeit der Ohnmacht nahe, aber es war wunderschön.

Z. hat einen tollen Altar gemacht, mit Kerzen, dekoriert mit Kubafotos.

Nachdem wir Mengen gegessen hatten, spielten wir »show & tell«. Die meisten von uns sprachen über etwas. Z sang. Sehr schön. Arisika tanzte.

Heute muss ich mich erholen. Sonne auf meinem Bett. Z ist losgegangen, Echinacea, Gelbwurzel und Vitamin C besorgen.

Kuba war toll. So unglaublich, dass ich es gar nicht beschreiben kann, nur so viel, dass ich überall mit offenen Armen empfangen wurde. Und Z auch. Wir kamen beide im kubanischen Fernsehen. Wir verteilten Geschenke, wo immer wir hingingen.

Dienstag, 9. Dez. 1997
Endlich auf dem Land. In einem frisch bezogenen Bett mit rosa Bettwäsche. Fühle mich Z ziemlich fern. So ein seltsames Gefühl von: Was, wenn ich einen großen Fehler gemacht habe? Weiß nicht, warum das jetzt so zuschlägt.

Wir waren am Abend vor unserer Abfahrt in Victorias Ausstellung (ihres selbst gemachten Schmucks). Manches davon hat mir gefallen. Habe eine Halskette gekauft. Z hat mir noch eine gekauft.

Nach ein paar schwierigen Momenten war es nett.

Haben dann irgendwann alle umarmt & sind gegangen. Ins Bucci, ein italienisches Restaurant, wo man köstlich isst. Kamen nach Hause. Machten Liebe. Schliefen. Fuhren am nächsten Morgen hierher.

Es langweilt mich selbst, davon zu berichten, aber Z fand, ich hätte sie fragen sollen, bevor ich Rebecca den Jeep geliehen habe (für die 3 Monate, die sie in L. A. ist). Ich war es so müde, mit ihr zu reden.

Was habe ich getan?

Ich bin plötzlich so nörgelig. Was ich abstellen muss!

Mi., der 10. – Höre im Bett Bobby McFerrin. Irgendwas ist da mit uns. Jedenfalls singt er: »I can feel my body fully, yes!« So wunderschön.

Z hat heute Nachmittag angerufen, & ich habe mich gefreut, ihre Stimme zu hören! Hatte es zwei Tage nicht gewollt. Hatte sie nicht angerufen. Hatte überhaupt nichts empfunden, nicht für sie, nicht für uns. Dachte, ich hätte mich entliebt. Aber nein, offenbar doch nicht. Jetzt will ich sie sehen, küssen. Es ist das Leben-Tod-Ding, von dem Clarissa spricht.

Es geht mir viel besser. Ich habe im Grunde 2 Tage geschlafen. Danke, Leben!

Also, da bin ich wieder. Rapple mich gesundheitlich wieder auf. Bin verliebt. Will Nähe und Zärtlichkeit. Tanzen. Leben. Ich muss versuchen, mich <u>nicht</u> so total zu verausgaben, wie ich es zuletzt <u>getan</u> habe.

Heiligabend & grüne Tinte! 24. Dez.

Bin im Bett in der Cazul[213], Mu liegt draußen vor meiner Schlafzimmertür auf ihrer Hundematratze, schwarz & engelsbrav. So ein treuer kleiner Schatten. Sie liebt mich immer –

auch wenn ich schlecht drauf bin, wie ich es zuletzt war. Nur milde allerdings, weil Zel mir, bevor sie für eine Woche [nach Hawaii] verreiste, durch Gespräche half, nicht tiefer in das Loch zu fallen, das sich unter mir auftat. Meine Libido war kaum vorhanden, und aus der erhofften Lust wurde nichts. Sie schimpfte mit mir aus ihrer eigenen Enttäuschung heraus, & natürlich war ich tief verletzt. Ich bin nun mal so ein Sensibelchen. Wie meine Mutter und meine Brüder Bill & Bobby. Wir haben alle nah am Wasser gebaut, obwohl Bobby gelernt hat, seine Tränen zu verbergen. Ich konnte das nie.

Der scheußliche Atemwegsinfekt, den ich mir in Kuba geholt habe – von den Reizstoffen in der Luft auf dem Weg nach Santa Clara, aber auch vom Ankämpfen gegen die Tränen in Ches Gruft –, scheint durch die Antibiotika, die ich seit 5 Tagen nehme, besiegt. Morgen fahren Mu & ich für zwei, drei Tage aufs Land, Rückkehr vermutlich Sonntag. Dann kommt Zel wieder.

Ich bin glücklich. Zufrieden. Finde meine Beziehung mit Zel gut. Erfreue mich an der Cazul. Ich bin jetzt wirklich hier angekommen und liebe die Geräumigkeit des Hauses. Seine Schönheit. Die Sonne, die nachmittags mein Schlafzimmer flutet.

Außerdem habe ich einiges neu geordnet. Mein Arbeitszimmer ist jetzt oben neben meinem Schlafzimmer, eine große Verbesserung. Unten ist jetzt ein prächtiges Gästezimmer. Zel & ich waren bei Bed, Bath & Beyond am Jack London Square, Bettwäsche kaufen. Ich finde sie nicht so toll, aber das Zimmer selbst ist fantastisch. Groß, offen, einladend. Die Gäste werden von dem Kamin begeistert sein.

Rebecca & Me'Shell sind in Careyes. Sind offenbar nicht in der Lage, mal eine dringend nötige Pause voneinander zu machen. Sie tun mir leid. Es scheint so schwierig zu sein. Rebecca versucht zu schreiben. Me'Shell versucht zu singen.

Und was versuche ich?

Zel zu lieben & Mu und mehr zu Hause zu bleiben!

Wir fliegen am 6. nach Careyes: zwei Wochen dort, dann los nach Yucatán und zum Ethnobotanikkongress. Dann nach Hause. Ich empfange Howie & Studs am Valentinstagabend & spreche dann Ende des Monats in Chicago. Dann geht es für zwei Wochen nach Hawaii zur Dreamtime Conference. Im April fliegen wir nach (Paris?) England zur Buchtour.

Der Vertrag mit Random House ist unterschrieben. Kate hat mir das Manuskript zurückgeschickt, uppig mit Büroklammern bestückt. Anscheinend sind jede Menge Rückfragen beigefügt. Ich habe es mir noch nicht angesehen & werde es auch nicht tun, bevor ich in Temple Jook bin. Ich nehme es mit nach Mexiko. Rebecca sagt, es gebe dort Stechmücken. Hmmm.

Meine Finanzen sind hervorragend. Mein Gesundheitszustand ist gut. Meine Hormone verursachen Migräne & Antriebslosigkeit, aber keine Selbstmordgedanken. Klopfe auf Holz. Allerdings erhebliche Zerstreutheit.

Ich lese gerade eine tolle Che-Guevara-Biografie.[214] In vielerlei Hinsicht war sein Leben vom Asthma geprägt. Besonders bewegend fand ich zu erfahren, dass Celia, seine älteste Tochter, ebenfalls Asthma hat, & zu wissen, dass sie als Kinderärztin Kinder mit dieser Krankheit behandelt.[215]

Ich wollte, ich hätte Aleida[216] nach der Lektüre dieses Buchs getroffen. Ich fürchte, ich war ihr gegenüber sehr ignorant und stoffelig. Weil ich so auf die Kinder konzentriert war. Ich hoffe, sie verzeiht mir.

Und Tracy? Ich frage mich immer noch, was sie macht und wie es ihr geht. Aber der Sehnsuchtsschmerz ist völlig weg. Es fällt mir schon fast schwer, sie mir in Erinnerung zu rufen. Aber ich würde sie gern sehen. Ihr langes, dezidiertes Schweigen ist offensichtlich Kalkül, um mich zu verletzen. Es sagt mir, dass sie leidet, auch wenn es ihr nicht bewusst ist, und ich mache mir Sorgen um sie.

Danke, Großer Geist, dass du mir da hindurchgeholfen hast: durch den erheblichen Schmerz der Trennung von ihr – der wahren Liebe meines Lebens.

Ich sage das und bin erstaunt. Aber ich fühle, dass es stimmt. Habe ich nicht dasselbe über Robert gesagt? Ich bin mir sicher. Vielleicht gibt es ja viele wahre Lieben. Vielleicht ist ja Zel, die morgen wiederkommt, auch eine.

—

Ich hatte vier wunderbare Tage in Temple Jook. Bin am Weihnachtstag, Donnerstag, hingefahren. Habe Freitagvormittag an SMILE[217] gearbeitet.

Unterdessen ist Rebecca in Careyes, schreibt & genießt es dort. Am 30. fliegt sie nach LA, um mit Me'Shell[218] ins neue Jahr zu feiern. Sie kommen vielleicht nach Berkeley & aufs Land, während wir im Januar in Careyes sind.

Kate Medinas Reaktionen auf den Roman sind überhaupt nicht hilfreich. Sie macht so viele Vorschläge, dass ich keinem davon trauen kann. Ich habe Kapitelüberschriften hinzugefügt, was ich vielleicht sowieso getan hätte. Aber das ist auch alles. Vielleicht bekommt sie ja die Umwälzungen bei Random House zu spüren und will der neuen Verlagsleitung demonstrieren, wie eifrig sie arbeitet. Wer weiß.

Ich freue mich so, wenn ich mich umschaue und mein wunderschönes Haus sehe. … Was habe ich für ein Glück! Dass ich Liebe habe & Arbeit und schöne Orte, wo meine Seele Ruhe finden kann. Mein einziges Gebet dieser Tage lautet: Danke!

9. Jan.

Manchmal ist da einfach dieses Gefühl zu sterben. Ich fühle das jetzt gerade hier[219] und wundere mich darüber, dass ich es immer hier fühle. Es fühlt sich an wie der Wiederabsturz ins totale Scheitern. Ich saß auf der oberen Terrasse & blickte hinaus in den hübschen Garten, & es ließ mich alles kalt. Ich fing an zu weinen und dachte an all die Beziehungen, die hier geendet haben. Oder sehr spannungsgeladen wurden. Robert & Tracy. Rebecca! Ist es der ziemlich starke Kaffee, den ich jeden Tag trinke? Das Marihuana? Der Zucker? Das Bier gestern?

Ich habe mich all diesen Drogen hingegeben, seit ich hier bin. Kaffee überstimuliert mich. Zucker ist die Droge, die mich am depressivsten macht. (Ich habe auch ein Eis gegessen, bevor ich Berkeley verlassen habe, und dann noch eins am ersten Tag hier im Playa Rosa!) Milch vertrage ich überhaupt nicht. Von Bier fühle ich mich aufgebläht und benebelt, und es ist immer zu viel für meine kleine Blase.

Dieser ganze übermäßige Genuss von Dingen, die Gift für mich sind, hat mich in tiefste Verzweiflung gestürzt. Zel und ich haben geredet, und das hat zuerst geholfen, aber dann hatte ich das Gefühl, dass Reden nicht hilft, sondern die Leere und Hoffnungslosigkeit nur verstärkt. Ich sehnte mich nach Stille. Alleinsein. Ich schwamm allein im kalten Pool. Legte mich bäuchlings in die Sonne. Schleppte mich nach oben & legte mich nackt in die Hängematte. In der Hoffnung, dass die Sonne hinter den Wolken hervorkommen & mich wärmen würde. Was sie nicht tat. Ich konnte mich nicht rühren, obwohl mir sehr kalt war. Nachdem ich geweint hatte, ging es mir besser. Danke, Großer Geist, dass es Tränen gibt. Und dass du mich ein weiteres Mal gelehrt hast, dass mein Weg nicht der Konsum von starkem Kaffee, Zucker, Eiscreme oder Milch ist – diesen mächtigen Drogen, die den Leichtgläubigen als »harmlos« oder »weich« verkauft werden.

Heute Morgen ist mir etwas Wichtiges über die Casa Paradis aufgegangen, deren Verkauf ich wieder erwogen habe. Zel bemerkte, die Wäscheleine hinten sei ja ein Strick & keine Wäscheleine. Ich sagte, es sei eine Wäscheleine & in jedem Fall das, was wir in meiner Kindheit benutzt hätten, um Wäsche aufzuhängen. Aber als ich das Handtuch, das ich aufhängte, mit einer Wäscheklammer befestigen wollte, stellte ich fest, dass es ein Strick war & die Wäscheklammer nicht darum passte! Daraufhin dachte ich über die Wäscheleinen meiner Kindheit nach.

Tatsächlich hatten wir kaum je – wenn überhaupt – gekaufte Wäscheleinen. In meiner Erinnerung benutzten wir Heuballendraht, oder wir hängten die Wäsche am Gartenzaun auf. Meistens beides, weil wir so viele Kinder waren und meine Mutter so viel Wäsche wusch.

Zel machte eine Bemerkung darüber, dass ich so defensiv sei. Ich war defensiv. Ich hatte das Gefühl, dass sie wieder etwas gefunden hatte, was ihr an meinem Haus nicht gefiel. Und das brachte mich zu der Erkenntnis, dass es hier für mich immer schwierig ist, weil es mich an meine Kindheit erinnert. Selbst die Hitze! Ich bin dann wieder in einem Haus, in dem vieles »verkehrt« ist oder nicht richtig funktioniert. Die Cousins und Cousinen aus der Stadt sind zu Besuch und machen sich über unsere Armut lustig, und wir versuchen verzweifelt, ihnen das Beste zu bieten, was wir haben. Das beste Zimmer, das beste Feuer, vor allem das beste Essen. Wir hoffen, wenn sie bei uns gut essen und schlafen, werden sie die Löcher in unseren Wänden nicht bemerken und auch nicht das undichte Dach und dass wir keine richtige Wäscheleine haben.

Mein Drang, Häuser zu besitzen, der in gewisser Weise gegen meine Natur ist – ich mag es eigentlich nicht, Dinge zu besitzen –, entspringt dem Wunsch, dass der Ort, wo ich wohne, schön und komfortabel sein soll; ein Ort, an dem alles funktioniert.

In Mexiko, wo mein bisschen Spanisch nicht viel bringt und ich nur einmal im Jahr bin und so vieles auf der kulturellen & politischen Ebene nicht verstehe, ist es – oder scheint es jedenfalls – unmöglich, dass alles so reibungslos funktioniert, wie ich es gerne hätte. (Das ganze Land funktioniert nicht!) (Nicht, als würde unseres funktionieren.)

Und doch fokussiere ich mich, wenn ich allein hier bin, auf das Gute, das Schöne. Aber wenn andere hier sind, scheine ich nur die Mängel zu sehen. Ich neige dazu, mein kleines Haus mit ihren Augen zu sehen und streng zu beurteilen. Tatsächlich wende ich mich von ihm ab, und dadurch fühle ich mich gespalten, untreu und traurig.

Mag sein, dass dies kein Durchbruch von etwas völlig Neuem ist. Aber es fühlt sich neu an. Es fühlt sich wahr an.

Es würde erklären, warum ich weinend auf der Terrasse saß – mit dem Gefühl totalen Versagens! Nach allem, was ich im Leben erreicht habe, braucht ein Gast nur ein Wort darüber fallen zu lassen, dass etwas nicht ganz so ist, wie es sein sollte, und schon bin ich innerlich wieder neun Jahre alt und lebe in der schlimmsten all unserer Elendshütten. Ich finde das wirklich erstaunlich. Dass in der Beziehung zu diesem relativ kleinen, aber hübschen Haus so viele Tränen meiner Kindheit gespeichert sind.

Habe ich es auch deshalb gekauft? Um mich als Erwachsene der Erfahrung einer Wohnsituation auszusetzen, an der »nicht alles richtig ist«.

Noch etwas verstehe ich jetzt allmählich. Dass diese »Drogen« – Kaffee, Zucker, (vor allem) Milch – mich in die dunklen, schweren, beklemmenden Winkel meiner Psyche stürzen. So wie Marihuana mich an den Ort einer entspannten Verbindung mit der Natur versetzt und Ayahuasca[220] mich in mir unbekannte Regionen führt. Und mir Zugang zu tiefen Lehren eröffnet, die nicht weniger tief sind, nur weil ich mich nicht daran erinnere.

Der Aufenthalt hier hat sich zum Guten gewendet!

Ich hatte Angst vor der Ankunft meiner Freundinnen Joan & Sue![221] Würde ihnen gefallen, was sie hier vorfinden? Würden wir vier es zusammen schön haben? Sie kamen bester Dinge und lachend an. Voller Bewunderung. Besonders Sue weiß alles so sehr zu schätzen. Die Blumen, die Bäume, die Vögel, die Luft! Sie richtete mich auf. Joan auch. Bald schon sah ich – die Neunjährige – meine kleine »Bretterhütte« mit den Augen der Liebe. Ja!, sagte ich. Ist das nicht toll! Und das da auch. Und kommt, ich zeige euch noch etwas! Ich war unglaublich happy, dass sie happy waren.

Und so ist es jetzt. Jeden Tag stehen wir spät auf, sitzen am Tisch und essen Obst (Sue geht im Hotel Kaffee trinken). Nachmittags gehen wir an den Strand. Ich schwimme. Zel macht wunderschöne Sandskulpturen. Vorgestern sind Joan & ich am Strand eingeschlafen.

Ich habe letzte Nacht gut & dann unruhig geschlafen – das Mota![222] –, und bin heute Morgen lange im Bett liegen geblieben. Bin dann schließlich aufgestanden, habe das Stück vom Duschvorhang, das immer nach innen weht, abgeschnitten, das Zimmer aufgeräumt – Zel war unten, Tagebuch schreiben – und gemerkt, dass es mich befriedigte. Besser, als mich einfach nur durchzuwursteln. Ich finde es toll, Sue & Joan hier zu haben. Sie sind Erwachsene und machen die Dinge einfacher, leichter.

Und so kann ich heute – es muss wohl der 14. Januar sein – sagen, dass ich mein kleines Haus wieder liebe. Zel hasst die Bougainvillea, weil sie »Dreck macht«, den sie als Kind immer wegmachen musste. Ich liebe diese Pflanze wegen ihrer Farbe und ihrer magischen Blütenschübe durch Trockenheit! Im Grund wende ich mich nicht von meinem Haus ab – ich lerne auch, unseren Strand, die Playa Rosa, zu benutzen und zu genießen. Und La Fortuna erschien mir noch nie so bezaubernd.

So sind Stimmungsschwankungen! Wie dunkle Wolken am Himmel der Seele! Danke, Pema. Danke all meinen geistigen Führern und Lehrern & vor allem meinen lieben Freundinnen.

—

Mein Innenleben ist immer noch aus dem Lot durch die radikalen Veränderungen in meinem äußeren Leben. Namentlich die Beziehung mit Zelie. Zelie ist ein Wunder & wird immer interessanter, je länger ich sie kenne. …

Wie dem auch sei. Das Leben ist fantastisch. Ist es das nicht in Wirklichkeit immer? Ich bin hier in meinem kleinen weißen Haus an einem Hügelhang in Mexiko und weiß, dass meine Freundinnen sich bei mir wohlfühlen. Es ist einfach schön. Morgen reisen Joan & Sue ab. Ich werde sie vermissen.

27. Jan. 1998
Uxmal Mision Hotel, Uxmal, Mex.
Ich sitze auf unserem Balkon in Uxmal mit dem tollen Blick auf die Mayaruinen in einer Meile Entfernung. Ich habe meine Nägel in der Farbe »Virtuous Violet« lackiert, deshalb scheinen meine Hände & Füße jetzt jemand anderem zu gehören. Wir sind früh auf. Zel duscht gerade. Ich vermute, dass es für den Rest unseres Aufenthalts hier sehr heiß werden wird – es war regnerisch & bedeckt, oft kalt, seit wir hier sind.[223] Mein Körper hat darunter gelitten, dass ihm die Wärme entzogen wurde, an die er sich in Careyes gewöhnt hatte.

28. Jan. 1998
Diese Tagung gefällt mir sehr gut. Ich mag Terence[224] & Paul & Manuel & Peter. Und auch Jonathan Ott, der so klug ist. Sie kommen mir alle so vertraut vor. Zelies Völkchen. Simpatico. Ich bin erleichtert. Froh. Lerne erstaunliche neue Dinge!

Ich war die letzten Tage Z & mir selbst! fern. Seit Joans & Sues Abreise (ich vermisste sie!), aber es lag auch an meiner sich ewig ankündenden, aber nicht einsetzenden Periode. Die dann schließlich doch kam. Viele reizbare, nervöse Tage lang schien ich Z überhaupt nicht zu lieben. Das alte Eisigkeitsmuster, bei dem ich denke, die Liebe ist tot und warum bin ich mit dieser Person zusammen!? Lebt es sich nicht allein besser!? Die Antwort ist nein. Also mühten wir uns zusammen dahin – Zel sehr liebevoll, aber sich selbst behauptend. Und prompt änderte sich, sobald ich zu bluten begann, meine Gemütsverfassung, & ich bin ihr jetzt sehr zärtlich zugetan. Heute Abend, bei Peter Fursts Vortrag, haben wir Händchen gehalten.

Wie sich herausstellte, ist Furst Mitvater der modernen, Geschichten erzählenden Huichol-Garnbilder – ein guter Freund von Jose Benitez Sanchez [sic!].[225] Beim Mittagessen erzählte er Zel & mir wunderbare Geschichten aus der Mythologie der Huichol.

Morgen ist unser letzter ganzer Tag. Freitag fliegen wir.

Es war toll. Nach Hause zu fliegen, fühlt sich auch toll an. Mexiko war diesmal ganz anders. Spaßiger. Mehr inneres Wachstum bringend. Mehr Heilung. Erweiterung.

Ich habe einen weiteren Teil meiner Leute gefunden.

3. Feb.

Bald bin ich vierundfünfzig! Ist das zu fassen? Ich kann es jedenfalls kaum glauben. Ich fühle mich weiterhin wie sechsunddreißig oder so, manchmal wie neun oder zehn. Gelegentlich auch wie 500.000. Jedenfalls: wieder zurück aus Careyes und Yucatan. Das Seminar über Entheogene war informativ & so neu für mich: Lernen in einer Gruppe wie dort.

Ich bin sechzehn Jahre älter als Zelie. Wenn man das und vieles andere bedenkt, ist es ein Wunder, dass es zwischen uns so gut läuft. Sexuell & überhaupt.

Ich habe das Gefühl, dass irgendetwas sie beunruhigt. Das macht mir Sorgen.

Hatte beschlossen, ihr den BMW dazulassen & mit Sue rauszufahren.[226] Das entpuppte sich als regelrechte Reise & dauerte 6 Stunden! Viel Verkehr, Überschwemmung plus Halt, um zu tanken & etwas zu essen zu kaufen. Ich erwarb ein köstliches Häagen-Dazs-Chocolate-Bar-Eis, & wir kutschierten gemächlich weiter. Sue etwas still, aber wahrscheinlich nur müde vom Fahren.

Die klösterliche Stille von Wild Trees ist herrlich. Gerade ist eine Regenpause, & ich höre nur einen Frosch & bergab strömendes Wasser.

Ich blicke hinaus auf die triefnasse Landschaft & den Eukalyptusbaum und fühle mich sehr glücklich. (Erstaunlich, wenn ich bedenke, wie todunglücklich ich mich zu anderen Zeiten gefühlt habe! Werde ich je wirklich kapieren, dass Leben Veränderung ist & Gefühle wie das Wetter sind?) Die Buddhisten wissen das, und es ist ja so eine wertvolle Lehre!

Tracy & Deborah scheinen beide aus meinem Leben verschwunden zu sein. Die Schnüre zwischen uns gerissen.

Ich habe bei meiner Rückkehr einen Umschlag von meinem Poststapel geöffnet & festgestellt, dass D. einen ungedeckten Scheck eingelöst hat und jetzt einen Schecksünderkurs machen muss. Ich wollte ihr natürlich zu Hilfe eilen. Aber Joan, Joanne & Zel rieten mir einstimmig: Tu's nicht. Also werde ich es nicht tun.

März 1998

In letzter Zeit ist Mamie schwesterlicher. Sie hat mir eine Karte geschickt, auf der steht, dass sie mich lieb hat & dass sie sich alle gefreut haben, als ich zur Welt kam! Erstaunlich.

—

1998 – Kaua'i

7. März, Samstag, Moore House nahe Hanelei, Kaua'i. Brugh Joy Conference zum Thema Träume.

Meine Periode kam am Tag nach einer herrlichen Massage durch einen Hawaiianer namens Allen. 4 Stunden lang und absolut fantastisch. Er fand und löste Verspannungen, von denen ich gar nicht wusste, dass ich sie hatte.

Obwohl ich gestern Abend erschöpft und gereizt war & mich auch heute – ein Fasten- und Relaxtag – noch ziemlich kühl und fern fühle, läuft es zwischen Zelie & mir richtig gut. Sie wird hier auf eine Weise lebendig, die mich tief berührt. Ich wollte, sie könnte die ganze Energie, die ihr hier zufließt, immer haben. Berkeley hat auch eine tolle Energie, aber die Verbindung mit dem Land hier in Hawaii ist doch deutlich spürbar. So kostbar!

Ich habe Johanniskraut & Mönchspfeffer gegen meine Verstimmtheit genommen. Die schien diesen Monat viel weniger schlimm. Hurra!

Vielleicht mache ich heute Vormittag einen Strandspaziergang, nachdem ich eine Ladung Sachen in die Waschmaschine gesteckt habe.

Großer Geist, ich brauche Hilfe! Brauche ich die nicht immer? Hilf mir, mich dem Leben immer weiter zu öffnen. Hilf mir, Menschen, Geschehnisse und überhaupt alles zu sehen & mich daran zu freuen. Manchmal, jetzt zum Beispiel, habe ich das Gefühl, mich so schwerzutun damit, das Neue der Veränderung zu erfassen. Hilf mir. Was du ja die ganze Zeit tust, das weiß ich. Und deshalb,

Danke.

25. März, Glorias Geburtstag:

Habe gerade aufgeschaut & gemerkt, dass es aufklart & der Nebel sich verzieht. Ein Segen! Letzte Nacht habe ich geträumt, ich erbräche eine Art Käse (weiß) auf einen Stapel neuer Kleidungsstücke von Hillary Clinton – noch in einer Tragetasche, säuberlich gebügelt. Etwas Rosafarbenes. Als sie hereinkam, sagte ich: Denk dran, ich habe dich nicht betrogen!

Ich habe wirklich Mitleid mit ihr & Chelsea und ihm.[227] Die Medien sind gnadenlos, & es spielt überhaupt keine Rolle, dass es uns egal ist.

Ich bin am Sonntag hierhergekommen, nach einem geruhsamen Tag mit Zelie im Bett. Sie ist so eine wunderbare Liebhaberin! Ich habe ja solches Glück! Sie ist so sehr das junge Maskuline zu meiner Großen Mutter. Das habe ich nämlich über mich erkannt: Ich habe immer schon das junge Maskuline geliebt. Und ich habe Männer, die es hatten, die es verkörperten, geliebt, bis sie es zu verlieren begannen. In ihren Dreißigern – & in Roberts Fall in den Vierzigern – scheinen Männer (manche jedenfalls) in das alte Weibliche hinüberzugleiten, was nicht dieselbe Energie ist wie die Große Mutter, vielleicht weil sie Männer sind. Die Attribute der Großen Mutter sind, wie auch die der Herrscherin, Fülle, Fruchtbarkeit, Überfluss. Üppiges Leben. Fürsorge, aber gewöhnlich auf Gegenseitigkeit.

Ein schöner Besuch von Gloria, die mit nunmehr 64 hinreißend aussieht. Sie & ich sind schon so lange befreundet! Wir machen einfach da weiter, wo wir zuletzt aufgehört haben. Wir planen einen Shoppingtrip, wenn ich im Mai an der Ostküste bin. Dann wird es bestimmt warm & sonnig sein!

Ich möchte wieder Gedichte schreiben. Und ich finde, ich habe mir den Raum dafür verdient, nach 6 Romanen und Dutzenden von Kurzgeschichten und Essays. Ich lese bei Veranstaltungen so gern Gedichte, es ist toll, die Reaktion des Publikums zu spüren. Die Leute lieben Gedichte und brauchen sie. So, wie sie Musik brauchen. Und sie brauchen und verdienen von beidem das Beste.

Bin jetzt im Bett, nachdem ich meditiert habe. … Abends liege ich vor dem Kaminfeuer und lese Angelas Buch über Frauen und Blues,[228] das großartig ist.

Und somit, Großer Geist, danke ich dir für all deine Gaben. Wie reich, vielfältig & geheimnisvoll du doch bist! Wie du mit uns Verstecken spielst & manchmal auch Hardball! Danke, dass du meine Häuser bewahrt hast. Meine Gesundheit. Meine Zähne. Meine Augen. Meine Fähigkeit, mit Lust zu essen und zu defäkieren statt mit Schmerzen. Die Liste ist endlos. Also danke & noch mal danke.

Du bist der Hammer! (Wie die Generation meiner Tochter seltsamerweise sagt.) Me Teamo [sic!].[229]

6. März 1998

Zurück aus England. Sehr anstrengender 10-Tage-Trip.

Überall brechend voll – die meisten Leute im Barbicon [sic!][230] – 1.900. Zel & ich beide prämenstruell, gejetlagt, gereizt. Irgendwann sagte ich zu ihr: »Hau ab & lass mich in Ruhe!«

Man stelle sich vor!

Ich fühlte mich ja so erwachsen!

Später lachten wir, & es war toll trotz meiner Erschöpfung.

Zurück in einer Cazul, die eine einzige wilde Blütenpracht ist! Glyzinien, Jasmin, Kartoffelstrauch, Rosen.

Ich war die letzte Zeit abwechselnd unter Strom und völlig platt. Heute bin ich einfach nur glücklich – und ich habe alles stehen und liegen lassen, um das zu vermerken.

Danke, Mama.

9. Mai 1998
Ich scheine mich immer mehr von dem Leben zu entfernen, das ich bisher gelebt habe. Es ist mir egal, ob ich berühmt bin und sogar ob ich in Erinnerung bleibe. Schriftsteller müssen wohl schon deshalb nach Unvergessenheit streben, weil sie so viele Bäume verbraucht haben. Nach dieser nächsten Tour könnte ich mich durchaus zur Ruhe setzen! Ich würde sogar meine Erzählungen/mein Memoir von Random House zurückkaufen.

Wahrscheinlicher ist, dass ich ein paar Jahre warte, bis ich wieder irgendetwas veröffentliche. Mindestens 3. Ideal wären 6.

Zelie & ich brauchen eine Pause voneinander, aber auf eine gute Art! Wir waren jetzt Wochen, Monate, ständig zusammen, und es war so echt. Jetzt ist es einfach Zeit fürs Alleinsein.

Ich fahre Dienstag aufs Land. Komme Sonntag zurück zu dem Picknick & um sie auftreten zu sehen, fahre dann Montag wieder raus & BLEIBE, bis ich an die Ostküste muss. An der Ostküste treffe ich Gloria, & das wird sicher schön. Wir werden shoppen & essen & reden. Dann fliege ich nach Chicago, um vor Buchhändlern zu sprechen.

Zelie hilft mir zu erkennen, dass ich von sehr wenig leben & trotzdem glücklich sein kann. Und dadurch verliere ich offenbar etwas von meiner Bretterbudenangst.

Samst.
16. Mai 1998
Ich bin schon den ganzen Tag sauer und möchte den Ursachen nachgehen.

Erstens ist es sehr kalt. Und es regnet immer wieder, seit ich Dienstag angekommen bin.

Ich habe mich für den Trip nach England zusammengerissen. Bin um zwölf Uhr mittags aus dem Haus, weil ich dachte, der Flug gehe um 14:30. Fehler von Joan. Der planmäßige Abflug war 16:30 & der tatsächliche gegen 17:00. Ich war wirklich genervt. …

England war eine Herausforderung. 5 Veranstaltungen & mehrere Interviews & jeden Tag eine Signierstunde – aber mit Zelies Hilfe habe ich mich dem gewachsen gezeigt. Die Presse war schlecht. Deprimierend. Hinterließ einen bitteren Geschmack. Vor allem der Guardian, wo der Interviewer meine japanischen Gärtnerhosen als »Kampfhosen« bezeichnete.

Also ganz früh am Morgen Schottland verlassen, Flug nach London – ausgezeichnetes Frühstück! Ich habe die Bratwürstchen & alles gegessen. Stunden später Abflug aus London. Ankunft in SF wiederum Stunden später! Ich hatte Joan gebeten, uns einen Fahrer zu organisieren, aber nein, da war sie in ihrem kleinen Auto. Ein Taxi wäre schneller gewesen.

Wie auch immer – sie entschuldigte sich kurz, dass sie uns vor dem langen Flug Stunden zu früh zum Flughafen geschickt hatte. Als ich später den Posteingang durchsah, hinterließ ich Joan ein paar Zeilen, in denen ich fragte, ob das Repetitive & Eintönige der Arbeit ihr nicht langsam zusetze. Worauf sie antwortete, sie brauche mehr Geld!

Wir chatteten. Ich sagte, wir fänden bestimmt eine Lösung, obwohl ich in Wirklichkeit schockiert war. Später setzte ich einen Brief an sie auf, in dem ich meine Vorbehalte gegen die Gehaltserhöhung – »gestiegene Lebenshaltungskosten«, sagte sie, sie habe »zwei Mieterhöhungen gehabt« – äußerte, da ich plante, die Arbeit drastisch zu reduzieren. Ich sprach davon, wie oft ich schon versucht hätte, sie dazu zu bringen, Fax & Telefon zu ignorieren. Dass ich müde sei. Etc.

Ich fuhr mit Zelie zu einem Ayahuasca-Wochenende. Bei meiner Rückkehr lag Joans Kündigung auf meinem Schreibtisch. Bevor ich weggefahren war, hatte ich ihr noch eine zweite Nachricht hinterlassen und einen Scheck (Bonus & Feierzulage) über 25.000, damit sie merkte, dass ich nicht darauf aus war, ihr kein Geld zu geben – sondern nur nicht wusste, ob eine Gehaltserhöhung Sinn machte, wenn ihre Arbeit sich halbieren sollte.

Sie hinterließ alles auf meinem Schreibtisch, Aktenordner etc., und erklärte, ihre Kündigung trete sofort in Kraft.

Ich war sauer & total blockiert. Zelie kam herunter, & wir redeten, was half. Sie wollte, dass ich ihr den Brief noch mal vorlas – sie hatte ihn auf dem Computer gelesen, bevor ich ihn abgeschickt hatte. Ich las ihn vor. Nichts daran erschien mir so schlimm. Zelie hinterließ Joan sofort eine unterstützende Botschaft. Am nächsten Morgen rief ich bei ihr an & hinterließ eine Nachricht. Ich sagte, es tue mir leid, dass sie das Gefühl gehabt habe, kündigen zu müssen, und dass ich meinen Brief noch mal gelesen hätte & er mir harmlos & nicht bedrohlich erscheine. Dass ich auf die 25.000 noch 11.000 drauflegen würde, um ihr ein volles Jahresgehalt als Abfindung zu zahlen. (Das hatte Gloria vorgeschlagen, die ich angerufen hatte, sobald ich in der Lage war, mit jemand anderem darüber zu sprechen.)

Später erzählte mir Sue, Joan habe gesagt, sie habe es so empfunden, dass sie gefeuert sei. Dass ich wollte, dass sie kündigte. Sie hatte Sue Teile meines Briefs vorgelesen. Die Teile, in denen, wenn man sie vom Rest trennt, nur von der Vergangenheit die Rede zu sein scheint, nicht von der Zukunft.

Ich schickte weiße Casablanca-Lilien & schrieb dazu: Auf das Licht in uns.[231]

Ich habe mit mehreren Freundinnen darüber geredet. Und eine Jobbeschreibung verfasst. Fühle mich viel besser & ausgeglichener.

Dennoch rührt ein Teil meines Ärgers daher, dass mich dieser Knall aus heiterem Himmel total aus dem Lot gebracht hat. Plötzlich wurde mir bewusst, dass ich noch nicht mal weiß, wie man ein ganz normales Fax verschickt. Ich habe die ganze Nacht nicht geschlafen. Gefroren. Bin am Morgen aufgestanden und rausgegangen & habe gesehen, dass der faulige, aber schöne Avocadobaum plangemäß entfernt wurde. Ich plauderte mit dem Baumfäller und bezahlte ihn. Bemerkte (während er dabeistand und »beaufsichtigte«) sein Weißsein & die braune Haut seiner mexikanischen Arbeiter. Er war aber ganz nett. Und die Transaktion ging reibungslos über die Bühne. Ich fühlte mich – Scheckbuch fest im Griff – ganz okay.

Ging nach oben, um Zelie zu bitten, mir zu zeigen, wie man etwas faxt. Sie lag noch im Bett, mein Kopfkissen im Arm, hoffte auf eine Runde Liebemachen. Jetzt?, fragte sie. Ich sagte Ja. Kurz angebunden. Sie grummelte ein bisschen, stand aber auf & kam herunter. Mein erstes Fax war sehr unprofessionell. Handgeschrieben. Der untere Rand abgerissen. Sie war ungeduldig mit mir. Das verletzte mich tief. Später verschärfte sie die Situation noch, indem sie sagte, sie habe keine Lust, mir jedes Mal, wenn ich etwas zu faxen hätte, zu zeigen, wie es geht. Niemand hat je in einem Ton mit mir gesprochen, als wäre ich dumm. Ich war sehr sauer & sagte es ihr auch.

Unser Abschied war sehr angespannt und von meiner Seite eisig.

Die ganzen schönen Worte, dass sie mir helfen will, aber als ich sie am meisten brauchte, ließ sie mich hängen.

Also sagte ich zu ihr: Ich habe nicht vor, dich um irgendwas zu bitten! Und ich meinte es ernst.

Ich bin seit Dienstag hier – an diesem Punkt hat Zelie angerufen. Sie ist unsicher, ob ich wie geplant heute Abend komme.[232] … Ich habe ihr Teile des Obigen vorgelesen. Sie hat sich entschuldigt. Wir sind übereingekommen, dass es am besten ist, wenn ich hierbleibe.

Aber dann bin ich doch hin. Losgefahren, so lange es noch hell war, & gegen 21:30 angekommen. Ich habe auf sie gewartet & gewartet. Schließlich, etwa um 1:30, kam sie – nach Tabak & Bier riechend. Sie war im Pub hängen geblieben. Unsere Wiedervereinigung war so lala.

Und jetzt sind wir beide hier in Wild Trees. Sie ist im Studio, baut ihr Musikequipment auf. Ich habe gerade Grünkohl, Tabak & japanisches Senfkraut gepflanzt. Ich leide an Liebesmangel & generellem Danebensein. Seit Zelies Verhalten in Sachen Fax sehe ich sie tatsächlich anders. Als selbstsüchtig, faul und egozentrisch, bei all ihren guten Seiten. Ah! Die Skelettfrau! Ich bin sehr skeptisch, ob Zelie fähig ist, mich zu lieben. Sie nimmt alles, was sie bekommt, für dermaßen selbstverständlich.

Neulich Abend haben wir über ihre Faulheit geredet. Ich glaube, ich habe noch nie einen fauleren Menschen gekannt. Sie sagt, sie habe keine Energie. Keine Motivation. Sie sagt, ihre Großeltern & ihr Stiefvater hätten immer gesagt, sie sei faul & »nichtsnutzig«. So seien die Hawaiianer eben.[233] Sie fragte, ob ich dächte, sie sei depressiv. Ich sagte, mag sein. Aber ich habe eigentlich keine Ahnung.

Es fühlt sich erleichternd an, keine Assistentin zu haben. … Nicht durch sie an eine gierige Welt gebunden zu sein, ist ein Gefühl von Freiheit. Trotzdem leide ich auch unter dem Verlust. Aber irgendwie ist jetzt auch etwas Stählernes in mir.

Gestern sind Z & ich nach Mendocino gefahren – an den Strand. Haben im Chocolate Mousse zu Abend gegessen. Ich fühlte mich ihr so fern, als würde ich sie kaum kennen. Das macht mich traurig. Sie raucht wieder – also schmecken die Küsse nicht so gut. Sie scheint echt auf MJ[234] zu sein. Immerhin steht sie jetzt vor Mittag auf. Und sie bemüht sich gewissenhafter, mir zu helfen. Ich war verärgert, weil sie es mir allein überließ, den Truck zu kaufen, & mich auch allein zur Augenuntersuchung gehen ließ. Beides war dann ganz okay – und der Augenarzt erwies sich als großartig.

Ich bin prämenstruell. In ein paar Tagen muss ich nach Philadelphia, NYC, Chicago – Göttin hilf! Und ich muss eine 12-minütige Rede schreiben. Ich weigere mich, darüber zu grübeln! Die einzige Lösung ist, mein Leben so zu ändern, dass so etwas nicht passiert!

Gloria sagt, Wilma[235] ist wieder im Krankenhaus! Das ist ein Jammer. Und eine Lehre/Warnung.

Großer Geist, ich bin so niedergeschlagen – ich habe das alles schon durchgemacht. Hilf mir. Einfach nur den Anstand zu haben, niemanden in meiner Umgebung zu verletzen.

Ich danke dir.

9. Juni 1998

Großer Geist, da bin ich wieder! Sitze in der Sonne, für die ich dir zutiefst dankbar bin. Hoffe auf eine Besserung meiner mürrischen Gemütslage. Die von der Sonne, vom Schlaf & von dem frischen Obst, das Zelie mir noch vor ihrer Abfahrt gekauft hat, bereits besser ist. Danke. Ich habe mich als ein solches Biest gefühlt.

Dass Joan auf diese Art und Weise gegangen ist, war wie ein Skorpionstich. Giftig und lange nachwirkend. Immer wieder packt mich der Zorn. Und es erschöpft mich.

Doch jetzt, wo die Sonne so hell scheint und der Wind so sanft weht, muss ich mich wirklich von der Dankbarkeit leiten lassen.

Nach einem Tag voller kleiner Streitereien & Traurigkeit und Unglücklichsein & Wiederversöhnung ist Zelie nach Berkeley gefahren, & von dort will sie dann nach Hawai'i. Es tat mir leid, sie allein gehen zu lassen, aber wir brauchen beide eine Pause. Und ich gehe hier nicht weg, bevor ich muss.

Die Sonne ist fantastisch! Ich muss bald wieder runtergehen, einfach nur, um sie auf meinen Gliedern zu fühlen.

Für mich sieht es so aus: dass es mir gut ging, dass es zwischen Zelie & mir gut lief, bis wir von unserem Ayahuasca-Wochenende zurückkamen & Joans Kündigung fanden. Dass ich in eine Art Schockzustand und Panik verfiel – weil ich einfach so sitzengelassen wurde, noch dazu, nachdem ich J. 25.000 als Anerkennung ihrer Arbeit hatte zukommen lassen wollen. Dann hatte ich nur eine Woche, um mich zu reorganisieren, & schon musste ich los nach Chicago, New York & Philadelphia. Verpasste den Flug nach Philadelphia wegen Unwetters & dichten Verkehrs. Kam gerade noch rechtzeitig an, um schleunigst vor eine Versammlung von reichen weißen Leuten bugsiert zu werden, die die Free Library sponsern, in der ich sprach. Rede/Lesung lief gut. Ich war in »Ist mir alles egal«-Stimmung. Machte eine Bemerkung über den Bizeps einer Servicekraft. Er lachte. Wachte am nächsten Tag um 8:08 auf & musste um 8:45 den Zug nach NYC kriegen. Erreichte ihn durch ein Wunder & schnelle Beinarbeit tatsächlich.

Lange Autofahrt rein nach Manhattan zu Gloria. Sie & ich shoppten den ganzen Tag & amüsierten uns prächtig. Gingen dann in The Lion King. Das Bühnenbild war fantastisch. (Aber der junge König der Löwen wurde plötzlich von einem Schwarzen Jungen zu einem weißen Mann, ohne jede Logik oder Vorwarnung.) Am nächsten Tag verließ ich ihr Haus um 12:30, um einen Flug um 14:00 zu nehmen. Erfuhr, als ich dort war, dass der Flug gecancelt worden war! Bekam einen von United, nachdem ich den Limousinenservice angerufen hatte. Wartete am Chicagoer Flughafen. Fahrer kam mit Verspätung. Wanderte mit mir zu seinem Wagen und erklärte mir dann erst, der sei kaputt & nicht von der Stelle zu bewegen. Warteten ½ Stunde auf dem Parkplatz auf einen Ersatzwagen. Der kam schließlich. Also weiter, in mein spartanisches Zimmer & zur Party der Black Booksellers Association. Dann mit Wendy & Carol in ein furchtbar lautes Restaurant, wo ich kein Wort verstehen konnte. Wir waren so früh dran, dass noch kein Tisch bereit war. Wir gingen wieder. Aßen in meinem Hotel. Wendy & ich sind ein eingespieltes Gespann, wenn es darum geht, meine Bücher an Verlage zu verkaufen, aber wenn wir allein zusammen sind, vergeht die Zeit langsam. War erleichtert, nach oben und ins Bett zu können. Am nächsten Morgen um 5:30 raus – musste um 6:30 im Greenroom sein. Dort warten & warten. Lernte die anderen Redner kennen, Dava Sobel & George Stephanopoulos. Sie waren herzlich & interessant. Davas Verlegerin war auch dabei & ganz reizend. Carol wartete mit mir. Ich sprach etwa 10 Minuten. Die anderen ebenso. Verbrachte 1½ Stunden damit, Bücher zu signieren. Sehr lange Schlange. War froh, endlich frei zu sein. Zurück ins Hotel. Packen. Ab zum Flughafen. Ein Platz in der ersten Klasse, aber genau in der Mitte! Schrecklich. Also las ich während des

Heimflugs die meiste Zeit. Kam hier an. Kein Fahrer. Ich rief an, & während des Anrufs erschien er.

Weiter in die Cazul, zu Zelie & Mu! Was sich wunderbar anfühlte. Es schien ein ganzes Leben her, dass wir uns getrennt hatten. Ich war so froh, die Cazul wiederzusehen, dass mir fast die Tränen kamen.

Hier lief meiner Meinung nach alles bestens, bis Sue anrief & mir erzählte, sie sei am Vorabend mit Joan essen gewesen, & Joan sei auf Jobsuche. Ich sagte, aber das muss sie doch noch gar nicht. Wie dumm von mir anzunehmen, sie würde die 36.000 dazu benutzen, sich wenigstens eine Minipause zu gönnen.

Ich hatte mich auch geärgert, weil Jean Bolen in meiner Therapiesitzung versucht hatte, Joans fristlose Kündigung zu rechtfertigen.

Ich war enttäuscht & sauer, dass Jean etwas zu rechtfertigen versuchte, was aus meiner Sicht, gelinde gesagt, unprofessionell war. Zu meiner Vereinbarung mit Joan hatte gehört, dass sie mithelfen würde, jemanden zu finden & einzuarbeiten, bevor sie je ginge. Das <u>Mindeste</u> wäre doch wohl gewesen, mit einer angemessenen Frist zu kündigen. Außerdem hatte sie sich geweigert, meine Erschöpfung zu berücksichtigen, was wehtat.

Zelie & ich haben mehrere Tage lang Gespräche mit geeigneten Bewerberinnen geführt. Wir haben befunden, dass Kaiya die Richtige ist. Sie erschien uns beiden bodenständig und dabei gescheit. Mütterlich.

Ich habe heute bei ihr angerufen & ihr die Nachricht hinterlassen, dass sie den Job hat. Sie hat hocherfreut zurückgerufen.

11. Juni 1998

Gestern hatte ich mehr Energie als in den letzten Monaten. Meine eigene Energie, im Unterschied zu der, die ich aus dem Universum gezogen (und in England & Philadelphia & Chicago aufgebraucht) habe. Mit meiner eigenen Energie also habe ich mich angezogen, nachdem ich Schecks ausgestellt (was ich gern tue!) & mein Scheckbuch auf Vordermann gebracht hatte, und bin zu Angela[236] rübergegangen. Wir haben Blattgemüse gepflückt. Auf ihrer Veranda gesessen. Die Sonne genossen. Bin zurückgelaufen, mit knackenden Knien, und habe im Haus herumgewirtschaftet. Bin schließlich runter ins Gästehaus & habe bemerkt, dass, obwohl die Dusche kein warmes Wasser hat, das Hot Tub perfekt warm war. Bin reingehüpft & habe ein tolles Bad genommen, das die arthritischen Schmerzen in meinen Hüften & meinem Kreuz gelindert hat.

Zelie hat angerufen. Sie sei froh, zu Hause zu sein & nur wenig anzuhaben. Wir sind immer noch leicht zu irritieren durch das, was die andere sagt. Oder ich bin es jedenfalls. Ich erzählte ihr, ich hätte ein langes Telefongespräch mit Rebecca gehabt, die am Samstag kommt. Zusammen mit Trajal & seinem Freund Kamron. Ich hatte ihr eine Nachricht hinterlassen und erklärt, ich sei erschöpft und am Ende meiner Kräfte. Sie sagte, das verstehe sie, & sie sei selbst sehr müde. Ich sagte, von mir aus könnten sie von Samstag bis Dienstag kommen. Sie sagte, das sei ihr recht. Sie & ich müssen zur Zulassungsstelle in Ft. Bragg, um den Jeep auf ihren Namen umzumelden.

Wie auch immer. Letzte Nacht war Vollmond. Ich fühlte es in meinen Eierstöcken. Es weckte mich auf, & ich ging raus auf die Terrasse, um den Mond zu sehen – na ja, ich lugte zur Terrassentür hinaus. Es ist immer noch kühl.

Meine Stimmung hat sich sehr gebessert.

Diese Zeit allein ist kostbar.

Wenn Zelie bei mir ist, rede ich zu viel. Sie hat zahlreiche gesundheitliche und seelische Probleme & spricht ständig darüber. Es ist, als ob meine Welt permanent vom statischen Rauschen einer anderen Person erfüllt wäre.

Allerdings hat sie auch Sachen zu mir gesagt, die stimmen. Zum Beispiel, dass ich niemandem die Schuld an meiner Erschöpfung geben kann außer mir selbst. Dass es mein Problem/Fehler ist, dass ich nicht Nein sagen kann & es nicht tue. Das ist leider nur allzu wahr. Ich bin davon ausgegangen, dass da Arbeit ist, die getan werden muss, & dass meine Vorfahren mich dafür gerüstet & mich ausgeschickt haben, sie zu tun – aber sie haben mich nicht ausgeschickt, all diese Reden zu halten. Die sehr auslaugend sind, wenn ich zu viele auf meinem Terminplan habe. Und wenn sie zu all den anderen Dingen hinzukommen, die mich interessieren.

Zelie ist letztlich gut für mich – so pingelig ich ihre Fehler auch aufliste. Sie sagt mir, ich könne nicht verzeihen, sei nachtragend. Würde mich nicht an die guten Sachen erinnern. (Genau darüber hat sich Robert beschwert!) Etc. Was alles stimmt. Und wer sonst würde sich trauen, mir das zu sagen?

Was brauche ich, um in unserer Beziehung glücklicher zu sein?

Mehr Zeit allein	– mindestens 3 Tage im Monat. Maximal 7.

	Das gäbe mir die Möglichkeit zu meditieren, meine innere Stimme deutlicher zu hören. Meinem inneren Richtungssinn zu folgen.
Öfter allein aufwachen – in meinem eigenen Bett	Mindestens 1/3 der Zeit. Ich muss meinen Träumen nachspüren oder mich daran erinnern, meditieren, mich im Einklang mit meinen eigenen Rhythmen fühlen.

Mehr schweigen, wenn wir zusammen sind. Ich bin von Natur aus nicht sehr gesprächig. Ich bin von meinem Wesen her kontemplativ. Ich <u>liebe</u> Schweigen. Es erfrischt mich. Zu viel Reden zehrt an meiner kreativen Energie & bewirkt, dass ich reizbar werde & mich leer fühle.

Drogen	Ich mag Marihuana, aber es schadet meinen Augen (trocknet sie aus & führt zu Entzündung), & von allen Sorten außer der hawaiianischen fühle ich mich eher schwer & dumpf statt leicht. Außerdem bin ich danach auch verkatert. Also rauche ich es lieber nur zu zeremoniellen Anlässen, wenn überhaupt.
	Die letzten Erfahrungen mit MDMA waren wunderbar. Aber das zweite Batch war von schlechter Qualität. Ich hatte wenig Zugang zu »Wahr-

heit« (worum es mir am meisten geht) & jede Menge Nachwirkungen: Kopfschmerzen & generelles Abgeschlagensein/Danebensein. Das werde ich also wahrscheinlich nicht wieder nehmen.

Das Ayahuasca – bei der letzten Session – schien mir deutlich zu sagen, dass ich es nicht brauche. Oder mit anderen Worten, was es mir sagte, war: »Geh nach Hause & genieße das normale Leben!« Ich liebe das normale Leben, & deshalb war das für mich völlig einleuchtend. Was heißt, ich werde wohl nach den nächsten 2 Sessions keinen »Tee« mehr zu mir nehmen.

Mehr Zeit in der Wildnis/im Freien/in Kontakt mit der Natur. Ich möchte wandern, campen gehen. Wildwasserfahren. Radfahren. Etc.

13. Juni 1998

Rebecca, Trajal[237] und Kamron sind gestern so um 19 Uhr gekommen. Ich liebe sie alle. Kamron ist ein großer, gescheiter, stiller junger Mann mit warmen Händen und gedankenvollen Augen. Sie wohnten mit Rebecca in der Cazul & schliefen im Gästezimmer, was ihnen gut gefiel. Muss den Schrank reinstellen! Rebecca schlief in meinem Bett »wahnsinnig gut«, wie sie sagte. Wir aßen Wassermelone, Gurke, Tomatensalat & Mais zum Abendessen. Perfekt. Trajal & ich sprachen über seine Ensemblepläne, Kamron sprach über seine Arbeit mit Aidspatienten & die jüngsten Ansätze, den Krebs daran zu hindern, uns aufzufressen. Weg mit dem Kapitalismus, dachte ich. Weg mit dem Vermögen einiger, andere zu verschlingen bzw. sich die rechtmäßige Nahrung anderer selbst einzuverleiben.

Rebecca sprach von ihrem Nestbautrieb. Dem Wunsch nach einem geregelten Leben. Nach Heim & Familie. Ihre nomadische Kindheit geht ihr immer noch nach.

Ich war glücklich.

Und darum, Großer Geist, ein weiteres Mal danke für mein unglaublich gesegnetes Leben. Ich lebe jetzt schon ein halbes Jahrhundert! Ich habe tolle Dinge gesehen! Ich habe geliebt, viele & sehr! Ich habe alles gekostet! Sogar Schnecken! Ich bin seit meiner Kindheit von Schönheit umgeben!

Von Bäumen!

Sterben bedeutet, in anderer Form du zu werden. Wie schön!

29.6.1998

Im Bett in Temple Jook. Ein kalter, nebliger Morgen. Gestern hatte sich der Nebel bis 9 Uhr verzogen, und ich habe den halbmondförmigen Vorgarten bepflanzt: Ackerbohnen, Kürbis, Kohl, Senfkraut, verschiedene Salate. Ein paar von den Tabakpflanzen sind gekommen & zwei von den urspr. Blattkohl- und jap. Senfkrautpflanzen.

Zelie und ich haben das Paradies verlassen und sind in die Stadt runtergefahren, um zu Me'Shells Auftritt zu gehen. Ich kann nicht sagen, dass ich es überwältigend gefunden oder dass mich ihre Musik auch nur emotional angesprochen hätte, aber ich hatte ihr gegenüber starke Beschützergefühle & war aufrichtig gerührt von ihrem Mut, so zu performen, da ich (über R.) weiß, wie fragil sie ist. Zelie blieb noch, um die Indigo Girls zu hören & Natalie Merchant & Sarah McLachlan (die Organisatorin von Lilith Fair). Wir gingen, um High Art[238] im Lumiere zu sehen. Er gefiel mir sehr, aber das Ende ist schwach. Die interessanteste Figur stirbt einfach ohne Vorwarnung. …

Der Besuch von Rebecca & Me'Shell war schön. Me'Shell war erkältet und so erschöpft, dass ich mit ihr litt.

Zelie & ich gingen zu einer Lomi-Lomi-Massage, die fantastisch war. Sie wurde von zwei Frauen verabreicht, die die ganze Zeit gluckten wie Frösche. Durch die Massage kamen eine Menge Sachen hoch. Hinterher gingen wir zum Essen ins Thanh Long. Hervorragend! Dann, auf dem Heimweg, fragte ich Zelie, ob sie die Klinke am Seitentor reparieren könne. Sie antwortete, das habe für sie keine Priorität, in einem Ton, dass ich zusammenzuckte. Ich war sprachlos.

Sie wohnt völlig gratis in meinen verschiedenen Häusern, zahlt nur ihre eigene Telefonrechnung. Und kauft manchmal etwas zu essen.

Das wühlt mich so auf, dass ich kaum darüber schreiben kann. Beides, ihre Zugeknöpftheit, sobald ich sie um etwas bitte, & mein Gefühl, zurückgewiesen zu werden/alles falsch zu machen. Am Ende erscheint es mir emotional gefährlich, sie um irgendetwas zu bitten. Das ist ein schwerwiegendes Ungleichgewicht, das bewusst angegangen werden muss.

8. Juli 1998
Ich bin so gereizt, ich höre die Anspannung in meiner Stimme. Sauer auf Zelie, während sie hier war – distanziert, unzugänglich. Sauer, während sie weg ist – auf Vs Geburtstagsparty & mit ihr & mit anderen Freundinnen abhängen. Ich will ja, dass sie Freundinnen hat. Sie braucht sie, hat viele. Na ja, nur ein paar wirklich enge: Arisika, Victoria, Ehu & Nancy. Betty aus Maui ist derzeit in Berkeley. Ich leide immer noch unter dem Verlust von Joan. Wir armen Dinger! Alle beide! Sie klingt am Telefon noch immer weinerlich. Ich habe ihr einen langen Brief geschrieben und darin meinem Ärger etc. Luft gemacht, habe ihn aber nicht abgeschickt. Heute habe ich den Schrank im kleinen Zimmer sauber gemacht. Gestern den Kühlschrank. Es ist schön, einfach nur hier zu sein, Tag um Tag. Mit oder ohne Zelie. Meistens mit.

Die jüngere Generation ist anders. Zelie erinnert mich manchmal an Rebecca. Ich habe auch das Gefühl, die Tatsache, dass sie nie richtig arbeiten musste, schlägt sich in einer gewissen Charakterschwäche nieder.

Inmitten all der Angst, die mich plagt, habe ich mir die Haare schneiden lassen. Es sieht wahrscheinlich albern aus. Ich weiß nicht, ob es mich kümmert.

—

Geknechtet von Gegenständen! Zeug! Sachen! Häusern!

24. August 1998
Auf dem Land. Zelie ist im Studio. … Wie überstehen Frauen die Menopause? Ich habe das Gefühl, ich kippe alle fünf Minuten ins Verrücktsein.

Wir waren auf dem Michigan Women's Music Festival. Ich

habe das 1. Kapitel von Light gelesen, & Zelie hat gesungen. Rebecca & Me'Shell waren auch da – es war schön, sie zu sehen. Obwohl Rebecca später sagte, öffentlich meine Tochter zu sein, sei eine Strapaze gewesen. Armes Ding.

Ich brauchte es so dringend, allein zu sein. Heute Morgen schließlich – nachdem wir letzte Nacht in getrennten Betten geschlafen hatten & das ganz hervorragend – sagte ich zu Z., ich hätte PMS und müsse allein sein. Sie war verständnisvoll. Ihr das zu sagen, schien irgendwie den Bann meiner Verzweiflung zu brechen. Ich machte ihr keine Vorwürfe wegen irgendeiner an den Haaren herbeigezogenen oder realen Verfehlung. Machte mir keine Vorwürfe. Ich stand einfach nur zu meiner Verfassung & zu dem, was ich brauchte, damit sie sich besserte. Später half ich ihr, einen Kainehe-Vertrag in den Computer einzutippen. Sehr lustig. Sie ist Computerneuling. Zeitweilig war das Dokument weg. Etc.

Wir kaufen Kainehe[239] zusammen. Sie tauscht anderes Grundeigentum ein, ich investiere 300.000. Das war/ist für mich so beängstigend. Ich werde gerade erst Deborah als Mitschuldnerin für Cazul los. Ich löse die Hypothek ab. Kam mir zuerst sehr naiv & unbedarft vor. Aber ich will mich von ihr entkoppeln.

Von Joan kein Wort außer Höflichkeiten. Nichts auf meine Briefe. Sehr seltsam. Sie fehlt mir, die Joan, die ich gernhatte.

Kaiya[240] scheint im Grunde ganz okay, aber sehr unfokussiert. Ich hoffe, sie »strafft« ihre Telefonpersona, wie ich sie gebeten habe. Sie neigt dazu zu faseln, als wäre sie nicht ganz bei Verstand. Es macht mich wahnsinnig.

4. September 1998

Meine Handschrift verändert sich. Wird schlampiger denn je. Aber manchmal, und das ist immer eine freudige Überraschung, ist sie auch richtig elegant.

Ich habe im Grunde schon ein Jahr nichts mehr geschrieben, seit ich den Roman beendet habe. Es treibt mich nicht, irgendetwas zu schreiben. Ich bin damit zufrieden, mein alltägliches Leben zu leben.

Dankbar für Dinge wie – z. B.: Heute ist es nicht so heiß wie gestern. Der Wassertank läuft nicht leer, sondern ist übervoll.

Es gibt nach wie vor so viel Gutes in meinem Leben. Ich sollte es mir vor Augen führen:

Rebecca hat gestern Abend angerufen & gesagt, sie habe ihre Wohnung geräumt & vermiete sie. Sie sei jetzt an der Westküste – rief aus L. A. an, direkt am Meer. Sie und Me'Shell haben typische Paarprobleme. R braucht Freiraum. Genau wie ich. Wir haben einander unser Leid geklagt & über unser Dilemma gelacht.

Rebecca klang gut. Ich weiß, sie hat gesunde Knochen & Zähne & ein gewinnendes Lächeln. Intelligenz. Ein gewisses Mitgefühl. Sie sagt, sie will Tante Ruth anrufen.

Ich? Ich mache gerade eine schwierige Phase durch. Gesundheitlich und psychisch. Seit Joan weg ist, fühle ich mich weniger stabil. Meine Hormone sorgen für seltsame Erscheinungen. Ich war bei einer Homöopathin und nehme jetzt Lachesis und Apis. Apis gegen Augenschmerzen, Ohrenklingen, allergische Reaktionen auf Insektenstiche. Lachesis gegen Stimmungsschwankungen & menopausale Angst.

Ich hoffe, die Kur erweist sich nicht als schlimmer als die Krankheit.

Stille. Alleinsein. Lernen von meinen Lehrern – Pema, Jack Kornfield etc. – wird helfen. Und auch einfach nur sein. Yoga, wenn ich es schaffe, wieder richtig zur Besinnung zu kommen. Meditation.

Ist es die Arbeit, die mir fehlt? Nach jedem Buch habe ich das Gefühl, ich bin fertig mit meiner Arbeit. Aber – vielleicht ja auch nicht.

Das Buch ist schön.[241] Ich habe neun Städte auf der Tour. Machbar. Drei Wochen. Ich muss jetzt sofort aufstehen & meine Wheaties essen!

27.10.98

Welche Freude, vermelden zu können, dass ich wieder zu Hause bin, auf dem Land, nachdem ich einen Monat weg war, auf Tour. Zelie hat mir dieses Notizbuch geschenkt; ich dachte, ich würde auf der Tour hineinschreiben. Alberner Gedanke.

Ich schickte es nach Hause, in einem Karton mit Zeug, das ich mir unterwegs zugelegt hatte, & Kleidung, die für das Wetter nicht geeignet war. Überall, wo wir hinkamen, außer in Toronto, war es warm. Wir brachten durchgängig die Sonne mit und verjagten den Regen.

Zelie war eine wunderbare Gefährtin. Hilfsbereit, rücksichtsvoll, lustig, sexy. Wir strahlten so viel positive Energie aus. In Toronto & New York waren wir zusammen auf der Bühne. Schön.

In Atlanta & Boston trafen wir Familie & Freunde. In NYC nahm uns Gloria mit in »Ragtime«, das Musical. Mir gefiel es. Zelie war hin und weg.

In L. A. aßen Rebecca & ich gemütlich allein in meinem »plüschigen« Zimmer im 4 Seasons, & später kamen Bashir & Paul & Askia, um mich lesen zu hören. Dann ging ich mit Rebecca, mir ihr Studio ansehen & das Loft, in dem sie mit Me'Shell & Askia wohnt.[242] Ihr Arbeitsraum ist winzig. Schlicht. Puristisch. Sie ist sehr stolz darauf.

En famille setzten wir uns dann im Aufenthaltsraum des 4 Seasons zu einem Late Tea mit Scott Sanders zusammen & redeten über das TCP-Musical. Ich habe Bühnentexte von Pearl Cleage, Marsha Norman & Thulani Davis gelesen. Thulani bekommt meine Stimme, wenn es darum geht, wer das »Buch« zum Musical schreibt.

—

Meine Schwester Ruth hatte Darmkrebs & eine Operation, bei der er entfernt wurde, zusammen mit einem langen Stück Darm. Sie … hat nur ein vom Fernseher beeinflusstes, vages Verhältnis zu allem, was mit der realen Welt zu tun hat. Aber ich glaube, der Krebs hat ihre Aufmerksamkeit geweckt. Sie hat zu mir & Zelie gesagt: Ladet mich nach Hawaii ein, ich möchte einen Vulkan sehen.

Heute ist ein fantastisch schöner Tag. Ich bin dankbar, dass ich lebe. Ich glaube, ich werde mir ein Plätzchen suchen, um mich in die Sonne zu legen.

Ich war in der Oprah Show. Oprah ist in voller Blüte. Sehr schön und bewundernswert. Ihre Augen haben etwas Kühles, das ich nicht in Erinnerung hatte, aber das Interview lief gut. Es wurde in 8 Segmente geschnitten & wird jetzt gesendet. Ich habe ein Segment gesehen & gedacht, dass ich geschminkt albern aussehe. Ich verstehe das mit dem Make-up immer noch nicht. Es ist doch eine Maske.

Die Tour war erfolgreich. Wenn auch nicht so gut geplant wie frühere Lesereisen. Außerdem hatte ich klargestellt, dass ich nicht so viel machen wollte. Die Veranstaltung in Atlanta war schlecht besucht. Nicht meine Fangemeinde. Das Gleiche galt für D.C., wo die Veranstaltung in der Pampa von Maryland stattfand, an der Bowie State.

Minneapolis war toll. Philadelphia. Toronto. Das 92nd St. Y.

Das Buch[243] ist seit ein paar Wochen auf der NYT-Bestsellerliste. Es startete schon auf der SF- und der NYT-Liste, bevor ich meine Tour begann. Auf Platz 15, glaube ich. Dann ging es weiter auf Nr. 9.

Ich will erst mal lange nichts veröffentlichen.

Was ich will: Wachsen in meiner Beziehung mit Zelie – die gerade 11 Tage im Retreat in der Wüste in Arizona ist. (Sie hat heute Morgen angerufen; sie ist happy. Ich bin happy. Unsere Liebe fühlt sich sehr friedlich an.) Jetzt meinen Eigenanteil zahlen! Zeit in Careyes und in Hawaii verbringen – wo Zelie & ich nunmehr Eigentümerinnen ihres Kindheitshauses sind.

Das Leben ist gütig.

Danke, Großer Geist OXO

Cazul, 11.11.98

Ich habe Kaiya[244] entlassen, und die neue Assistentin, Barbara, scheint kompetent & fröhlich zu sein, mit einem eigenen Leben, wie großartig! Ich empfinde es als enormen Glücksfall, sie zu haben.

Ich bin derzeit Zelie gegenüber sehr kritisch. Sie hat sich die Haare abschneiden lassen, und sie fehlen mir so sehr. Sie wirkt jetzt männlich, während sie vorher eine starke maskuline Seite zu haben schien. Es ist, als ob das Maskuline in ihr das Feminine bezwungen hätte. Ich liebe das Feminine, und ich mag das Maskuline sehr. Mir ist nicht wohl, wenn das eine das andere dominiert.

Mein eigenes Haar ist zur Hälfte in winzigen Schwänzchen. Ich trenne mich nach und nach von meinen Dreadlocks. Wie Angela sagte: Es ist Zeit. Das ist die einzig richtige Antwort. Es fühlt sich gut an, mein Haar wieder kennenzulernen. So geschmeidig und so fein! Wie Babyhaare. Woher kommt das? Dieses weiche, geschmeidige Haar?

4. Dez. 1998

Thanksgiving bedeutete einen wunderbaren Besuch von Rebecca & Bashir[245] & Askia. Sie möchten Land hier in unserer Nähe kaufen. Pratibha und Shaheen ebenso.

Unsere Community wächst.

Zelie hat mehr häusliche Qualitäten entwickelt. Jetzt, wo ihr Haar so kurz ist! Sie macht Suppe und Muffins und Pasta. Alles köstlich.

Wir hatten kurz eine schwierige Phase, weil an Thanksgiving Carmen, die Freundin, die sie eingeladen hatte, Fotos machte. Und sie & Z verdrückten sich wie Schulmädchen, um einen Joint zu rauchen – wodurch sie aus dem Familienkreis herausfielen. Ich vermisste Zelie.

Sie entschuldigte sich. Weinte. Bat mich um Verzeihung. Was der Punkt war, an dem mir aufging, dass sie gar nichts Schlimmes getan hatte.

Dass ihr Vergehen, worin es auch immer bestand, läppisch war & ihre Tränen nicht wert. Wir versöhnten uns, und später machten wir Liebe, wundervoll.

Wir sind jetzt mit unseren kurzen Haaren – meine sind in etwa 200 winzigen Braids – anders als, wie wir es ausdrücken, »jene zwei« von vor unserer Schur. Wir machen eine Veränderung durch. Haben den Schritt ins Unbekannte getan. Haben uns verletzlicher, weniger attraktiv, unscheinbarer gemacht. Ich finde es gut, dass wir uns auf diese Reise begeben haben, wenn ich mich auch manchmal ziemlich haltlos fühle.

Ich bin spazieren gegangen. Habe gegessen. Ein Feuer gemacht. Angefangen, The Light Inside the Dark[246] zu lesen.

Ich nehme bewusst wahr, dass jetzt nichts zwischen mir & dem Leben ist. Ich gehe durch das Leben, als ginge ich in einem dichten Strom oder Fluss, & es ist, als wäre ich ganz und gar eingetaucht. Ich habe die Zeit eingeholt.

27. Dez. 1998
Kainehe, Moloka'i, Hawai'i
Ich bin glücklich!

Zelie & ich sind gerade ins Haus zurückgekommen, nachdem wir etwa eine Stunde im Meer schwimmen waren & spazieren gegangen sind und ein Nachbarpaar getroffen haben, Carole & Josh.

Es ist unglaublich schön. Das Meer gleich vor der Tür, Maui links voraus, Lanai weiter rechts. Friedlich, selbst wenn die Leute im Garten Äste zersägen.

Es ist so ein Paradies. Zelies Haus. Es macht mich glücklich, sie in ihrer placita zu sehen. Sie ist so lebendig und begeistert.

Zusammen haben wir jetzt 4 größere Häuser! Ah, Leben! Du willst meine Präsenz in 4 Communities auf der Welt, & wie könntest du mich wirksamer locken als mit wunderbaren Häusern/Örtlichkeiten. Zelies Haus hat so eine gute Energie/so ein gutes Mana. Von Grandma & Grandpa. Und diese wunderschöne Lage am Ozean.

Und darum – danke, Großer Geist, für die Schönheit, die du ständig meinen Augen & meinem Herzen & meiner Seele darbietest …

5. Jan. 1999

Ein gutes neues Jahr, Alicita!

Ich war eine ganze Weile an meinem »Mood Spot« – guter Ausdruck für mein Stimmungstief. Außerdem war ich sauer, dass Zelie alte Fotos von V. nicht von ihrer Wand abgenommen hat. Es spitzte sich alles zu, als wir wieder zu Hause waren. Wir sprachen von Trennung. Dank Zs größerer Reife blieb ich nicht in meinem habituellen Entfremdungsanfall stecken. Vielmehr redeten wir, & an Silvester machten wir ein Ho'o pono pono[247] mit einer Beistandsperson und gelangten in wunderbare Tiefen der Liebe! Versöhnten uns wieder.

Sa., 15. Jan oder so, 1999
Zelie & ich waren in Cihuatlan[248], weil wir neue Matratzen kaufen wollten … Matratzen fanden wir nicht, aber wir kauften eine Boombox, einen Radiorekorder, für sie & ein kleines Radio für Marcos.

Es war ein toller Ausflug. Cihuatlan ist etwa eineinviertel Stunden entfernt, in der Nähe von Manzanillo. Wir schafften es, unsere Wünsche deutlich zu machen, & ich fand es toll, mein Spanisch anzuwenden.

Dann passierte etwas Magisches. Yolanda[249] kam ins Haus, um uns zu massieren. Während sie da war, beschlossen wir einen Tauschhandel: den Nissan, den ich sowieso in Zahlung geben wollte, gegen Massagen & Spanischstunden. Als sie gerade Zelie massierte, kam der neue Kühlschrank. Ich fragte Yolanda, ob sie einen Kühlschrank bräuchte. Sie sagte Sí. Zelie & ich mögen sie sehr. Also haben wir jetzt den Kühlschrank und die Boombox eingestöpselt. Zelie hat in ihrem Zimmer Ukulele gespielt & gesungen. Ich habe im Esszimmer am Computer gesessen.

Jetzt im Bett bei offenen Türen & Fenstern. Glücklich.

Heute ist der **23. Januar**. Zelie ist am 20. abgereist. … Sie klingt glücklich, dass sie in Kainehe ist & Zeit mit ihrer Familie verbringt.

Ich habe es <u>wunderbar</u> hier, nach den üblichen Schlaglöchern & Bodenwellen des Lebens. La Vida. Ai yi yi!

Bin heute Morgen um 9:30 zum Yoga gegangen. Blanca la maestra erschien erst um 10:15. Ich hatte Zeit, mir das Gym mit seinem tollen Blick auf den Ozean anzusehen. Dann wirbelte Blanca fröhlich herein, & schließlich kam noch ein Trupp von vier weiteren Frauen & Yolanda. Blanca ließ uns etwa eine Stunde Energieübungen machen. Dann duschten wir & gingen hinauf auf die Terrasse eines leer stehenden Apartments & machten eine weitere Stunde Yoga.

Es war herrlich! Ich genoss es von Anfang bis Ende. Ich lachte. Ich kann immer noch alles machen außer dem Diamantschlaf. Hinterher gingen die anderen ins La Loma in Zapata, wo wir gestern Abend waren – tolles Essen! –, und ich ging nach Hause und aß Joghurt & trank Saft. Juan Padilla (Yolandas Bruder) kam & holte den Kühlschrank ab. Endlich!

Zelie & ich waren zu viel zusammen gewesen & brauchten eine Pause.

Sobald sie weg war, richtete sich meine Aufmerksamkeit auf eine Kurzgeschichte, die ich vor über einem Jahr begonnen hatte.

Gestern habe ich mit großer Freude daran gearbeitet. Auf meinem kleinen Laptop, gleich am Küchentisch.

Die einzige Lösung für mich, das Einzige, was funktioniert, wenn ich anderen kein Leid zufügen möchte, ist, das Alleinsein zu suchen. Mich einfach der Gegenwart aller zu entziehen, denen ich wehtun könnte, das gilt sogar für Marley.

Also. Ich habe beschlossen, das Haus blau zu streichen. Die Mauer ocker.

Es kommt mir hier oft so vor, wie ein Haus in den Südstaaten zu haben. Unter Leuten zu leben, deren Sprache ich zu lernen versuche, & sie auf irgendeiner tiefen familiären Ebene zu lieben, während sie mir rätselhaft bleiben.

Manchmal schocke ich mich selbst, indem ich denke: In

zwanzig Jahren bin ich fünfundsiebzig! Aber es kann natürlich auch gut sein, dass ich vorher sterbe.

Für den Moment bin ich sehr glücklich.

Danke, Großer Geist, für all deine guten Gaben. Für Luft & Wasser & Licht & großzügige Frauen. Für die reizenden mexikanischen Männer, die mich so an die Nachbarn & Freunde meiner Kindheit erinnern. So viel Güte, Freundlichkeit, Lebendigkeit. Ich weiß das immer mehr zu schätzen, je älter ich werde.

Alle sind hier liebenswürdig zu mir. Und heute habe ich mich wieder richtig mit Careyes verbunden & fühle wieder, warum ich beschlossen habe, immer einen Teil des Jahres hier zu verbringen.

Mein Haar ist immer noch kurz. Jeden Abend löse ich weitere dieser lächerlichen, mikroskopisch kleinen Braids & mache mir neue ungleichmäßige, aber in meinen Augen besser aussehende. Die Braids eines kleinen Mädchens. Oder einer alten Frau.

Ich scheine aller äußeren Attribute & Ambitionen entleert. Ein Mönch. »Entleert.« Hmmm. Entledigt? Als ich heute in den Spiegel schaute, sah ich, dass ich weniger attraktiv aussehe. Aber ich lachte so herzlich! Was wohl heißt, dass mein Geist an Stärke gewinnt.

13. Feb. 1999

Göttin, el tiempo!

Schon der zweite Monat des Jahres halb vorbei. Genieße den einzig stillen Tag der Woche – Sonntag.

Im Ganzen hatten wir eine wunderbare Zeit. Zelie mag Menschen so sehr & interessiert sich aufrichtig für sie. Gewöhnlich reagieren sie auch entsprechend auf sie. Es war toll, Yolanda kennenzulernen & Blanca & Yolandas Söhne. So liebe Jungen. Ich hoffe, sie können zu lieben Männern heranwachsen.

Ich habe den Morgen meines Geburtstags[250] damit verbracht, meine Haare zu entflechten & neu zu flechten. Später haben wir im La Viuda zu Mittag gegessen & waren dann in Las Salinas schwimmen – mit Yeshi[251] als wunderbarem Gast. Später dann (& nach Liebe & Mittagsschlaf) Abendessen im La Loma, was ein echter Trip war! Yolanda brachte eine riesige Torte mit, und alle, inklusive Bedienungen & Restaurantbesitzer, sangen Happy Birthday auf Spanisch.

Es war einer der glücklichsten Tage meines Lebens.

18. Feb.

Ich bin fünfundfünfzig. Es macht mir nichts aus, so alt auszusehen, wie ich bin – ich finde, es sieht gut aus. Mein Haar wächst. Ich sehe im Grunde aus wie mein Kleinmädchenselbst, nur dass ich manchmal aussehe wie meine Mutter. Und auch wie Tante Sally. Irgendwie mystisch, schelmisch, wild – Zelie sagt, man sieht in meinen Augen den kompletten Ring um die Iris.

Ich gebe einen Haufen Geld aus, aber dafür werden auch Dinge realisiert, baulich und gestalterisch. Der Teich beispielsweise, der Archivraum, die Sofas hier & dieses Jahr die Bäder & die Küche! Die ist eine Katastrophe, was mir nie richtig aufgefallen ist. Obwohl ich mich erinnere, Geld für einen Herd bereitgestellt zu haben.

Großer Geist, ich danke dir für all das Gute, das mir zuteilgeworden ist. Für Marcos, der nur die sechste Klasse hat &

jetzt 26 ist und mein Gärtner, nett & geduldig & respektvoll mir gegenüber. Ein Tänzer.

Für Yolanda, deren Mutter 28-mal schwanger war & die eins von 14 lebenden Geschwistern ist. So eine tapfere Sister. Eine Künstlerin.

Und Blanca, so eine intensive Persönlichkeit.

Danke für Zelie.

Danke für die Frauen aus unserem Kreis. Für Joan, die so gut zu mir war. Für Belvie, die mich so oft zum Lachen gebracht hat. Für Diana, die so geduldig & loyal ist. Für Evelyn, die so offen & beschützend ist. Für Yeshi, die mich liebt. Für Sue, die mich auch liebt. Für Arisika, die eine engere Freundschaft möchte.

Für diese Zeit in Careyes, die erfüllt ist mit Lernen & Lachen & Essen & damit, Dinge getan zu kriegen. Pflanzen gepflanzt. Marcos & ich haben unseren ersten gemeinsamen Trip unternommen, zur Vivero. Für mein Spanisch, das immer besser wird.

Für die Stille dieser Nacht – die ein Segen ist nach dem Lärm des Tages. Und für das Geräusch der anbrandenden Wellen.

In dieser Phase meines Lebens werde ich viel Grau & Sandbeige & Khaki & Olivgrün tragen!

27. April 1999

Im Flugzeug nach Pittsburgh.

Ich habe über dieses seltsame emotionale Terrain nachgedacht, das ich mit Zelie betreten habe.

Wir haben 2 wundervolle Monate in Careyes verbracht. Getrübt nur dadurch, dass mein Nachbar so unglaublich laut war. Das einzige Mal, soweit ich mich erinnere, dass ich mich von

Zelie wirklich verletzt und im Stich gelassen fühlte, war, als ich Duccios Lärm unerträglich fand & sie weckte, damit sie mich tröstete oder einfach nur da war, als Zeugin. Sie sagte, sie störe der Lärm nicht so, & sie wolle weiterschlafen.

Ich fühlte mich sehr allein & niedergeschlagen. Ich erwartete ja nicht, dass sie sich erbot, es mit ihm auszutragen, ich erwartete, dass sie eine Zeit lang bei mir war, weil es für mich schrecklich war.

Ich war sehr wütend, dass ich mitten in der Nacht geweckt und wachgehalten wurde.

Wieder zu Hause, schien zwischen uns alles okay – obwohl sie bei unserer Rückkehr aus Careyes etwas sagte, was mich umtrieb: dass, weil ich so »wichtig« sei, ihre eigene »Wichtigkeit« gar nicht wahrgenommen werde. Ich verstand gefühlsmäßig genau, was sie meinte: Ich werfe einen großen Schatten, aber was soll ich tun? Außer dem, was ich die ganze Zeit getan habe. Viel Zeit mit ihr zusammen an Orten zu verbringen, wo es keine Rolle spielt, was für eine »Persönlichkeit« ich bin.

Am 15. April ist Z nach Moloka'i geflogen. Ich war nicht traurig, als sie ging. Das ist jetzt 2 Wochen her, & ich vermisse sie nicht. Ich fühle mich innerlich taub und als ob ich wieder einmal nicht weiß, was passiert ist.

Mir ist danach, die Beziehung wegzupacken und eine völlig neue einzugehen. Mit einer Person, die mir vom Alter & von den Werten her näher ist.

Ich soll am 5. Mai nach Hawaii fliegen.

29.4.99
Ich liebe jetzt auch mein neues kurzes Haar. Ich sehe richtig butchig aus. Sehr interessant. Ich bin versucht, Raynetta zu bitten, es für den Sommer kurz zu scheren. Als ich von zu Hause wegging, dachte ich: Es ist Zeit, mir wieder Dreads zu machen.

Ich habe nur ein paar Minuten in Pittsburgh, aber vielleicht kann ich mir ein Paar Socken besorgen.

Habe mit Zelie gesprochen. Sie klang emotionslos und leer am Telefon. Ich fühle nichts, wenn sie sagt, dass sie mich liebt. Ich fühle nichts, wenn ich es zu ihr sage.

Es scheint nichts mehr übrig zu sein.

Was mich daran erinnert, was JoAnne[252] gesagt hat: dass es Zeit ist, von Grund auf neu anzufangen. Ob mit oder ohne Zelie, tut in gewisser Weise nichts zur Sache.

Earthlyns »The Changer«[253] sagt, ich verliere Freunde, weil ich mich so schnell verändere.

8. Mai 1999
Ich habe zwei Lesungen im Norden des Bundesstaats NY angenommen – Buffalo & Rochester. Ich werde arrangieren, dass Zelie mich begleitet oder sonst jemand, mit dem es <u>Spaß</u> macht. Wir werden die Niagarafälle besuchen und auch die Ältesten der Onondaga.

Ich werde noch 2 weitere Veranstaltungstermine annehmen, möglicherweise. Aber warum? Es gibt keinen Grund, noch irgendetwas anzunehmen, es sei denn, diese Events bringen mich mit einem wirklich wichtigen Stück Welt in Kontakt. Ich hätte nichts dagegen, noch mal in den Südwesten zu gehen. Arizona oder New Mexiko. Südtexas. Ansonsten nein. Oder vielleicht irgendetwas in bequemer Autoentfernung. SF oder Palo Alto.

4 Veranstaltungsorte scheinen mehr als genug. Finanziell ist es hervorragend.

Ich bekomme von RH noch zwei Jahre Geld. Das TCP-Musical, Tantiemen etc.

Wie auch immer!

Ich will meine ganze Zeit. Etwas in mir versucht sich bereit zu machen. Ich muss so lange stillhalten, wie es dafür braucht. Nur mit der Inspiration mitgehen. (Wenn ich das sage, wird mir deutlich, dass Wild Trees, der Geist des Ortes, die Vorfahren, mich in die Lage versetzt haben, meine Arbeit zum Wohl aller zu tun.)

Ich habe Yeshi gebeten, darüber nachzudenken, bei wem ich eine Therapie machen könnte. In Berkeley.

Ich fühle Gedichte kommen. Ich setze ihnen nicht wirklich Widerstand entgegen. Nehme mir nur nicht die Zeit. Die Zeilen, die kommen, einen Moment sichtbar bleiben, dann sinken zu lassen. Die Gedichte kommen aber dennoch. Es ist diese Richtung, in die die Seele will.

Meine Angst ist, dass ich Dinge so klar sehe – & will ich eine so scharf gezeichnete Vision mitteilen? Ich will vor allem die Jungen nicht entmutigen, die armen Dinger!

10.5.99

Also. Ein strahlender, windiger Morgen in Kainehe. Ich bin gerade von einem halbstündigen Strandspaziergang zurück. Ich bin bis zum Fischteich gegangen & zu dem Haus mit dem blauen Dach, das so schön ist.

Der Strand ist toll.

Zelie hat das äußere Schlafzimmer als mein persönliches Reich hergerichtet, & ich fühle mich da sehr wohl.

Als ich sie am Flughafen warten sah, mit Leis[254], die ihre Mutter gemacht hat, war ich so froh. Zuerst erschien sie mir fast wie eine Fremde. Und ich genoss diesen Eindruck. Ihr Haar ist so lockig, & sie ist so braun! Ich fand, sie sah sehr attraktiv aus. Und ihr Blick ist feurig.

Sie war sofort sehr warm und aufmerksam. … Sie ist <u>so</u> schön. So ein guter, starker Geist. Wir fuhren zum Markt & dann zum Fish House und dann nach Kainehe.

Wir waren scheu und vorsichtig miteinander. Aber da war auch eine starke Anziehung. Endlich gingen wir in mein Zimmer und machten sehr liebevoll Liebe.

Gestern, am Muttertag, waren wir ihre Mutter besuchen.

Z & ich haben darüber geredet, ein Liebesverhältnis zu haben & keine Partnerschaft. Auch andere Liebesverhältnisse zu haben. Auch mit Männern. Wir waren offen und ehrlich.

Was wird geschehen? Was wird das Leben von uns wollen?

Wir haben während unserer jüngsten Getrenntheitsphase gelernt, dass wir jede in ihrer eigenen Welt zufrieden sein können.

23. Mai 1999

Es gibt nichts
zu sagen
ich bin zufrieden.
Zelie
auf ihrem blauen Rad
ist losgefahren
die Hunde
füttern.

7.6.99
Zurück aus Moloka'i. Eine faszinierende Zeit. Später mehr. Letzte Nacht kein Schlaf.

30. Juni 1999
Zelie und ich haben letzte Woche eine Paartherapie begonnen. Bei einer wundervollen Frau namens Jane Ariel, die jüdisch ist und lesbisch und mal in Israel gelebt hat. Weißes Haar. Warme Augen. Ich mag sie sehr. Ich hatte das Gefühl, wir mochten uns alle.

Es fühlte sich gut an, mit einer Person in unsere Probleme einzutauchen, die so gescheit ist und so lebensklug und so bedacht und so gepflegt gekleidet. Schwarze Hose im chinesischen Stil & grünes Oberteil & grüne Jadeohrringe.

Zelie & ich hatten unglaubliche Liebesstunden & zwei, drei heftige Auseinandersetzungen. Der letzte Streit jedoch eskalierte, sie ließ ihre explosive & vulgäre Wut heraus, & ich lag auf dem Sofa und dachte darüber nach, warum wir uns stritten. Kam darauf, dass es etwas mit meiner Enttäuschung darüber zu tun hatte, dass Rebecca & Bashir keine sehr rücksichtsvollen Hausgäste sind. Ich fühlte mich ausgenutzt. Barbara[255] ist derzeit krank. Etc. Etc. Wir sind nicht weggelaufen – unser üblicher Verhaltensmodus –, sondern haben uns aufs Sofa gesetzt und geredet & uns dann umarmt & geküsst. Yeah! Ein Durchbruch!

16. Juli, 5:05
Letzte Woche sind Zelie & ich an Deborahs Haus in der Carlton[256] vorbeigefahren. Sie hat drumherum einen Zaun, der aussieht wie aus Sperrholz. Der Anblick hat mich sehr traurig gemacht. So desolat & als ob sie sich vor der Welt versteckt.

Joan, Tracy, Deborah, Mercedes, Belvie. Das alte Leben.
Zelia, Diana, Yeshi, Evelyn, Arisika. Das neue Leben.

Wie weiter?

Das Motherpeace[257] sagt, dass die Sonne bald wieder scheinen wird. Dass es eine Chance gibt, uns auf eine Art zu lieben, die alte Wunden heilt. Dass ich mit Komplexität umgehen kann. (Außer wenn ich müde bin.)

Ich will ein einfacheres Leben. Weniger Sachen. Mehr Quality-Time mit Menschen, die ich liebe.

Rebecca hat mich wissen lassen, dass ich ihrer Meinung nach nicht enthusiastisch genug auf das reagiere, was sie schreibt. Ich habe ihr erklärt, dass ich nicht viel davon mitbekomme. Ich lese die Zeitschriften nicht, in denen etwas von ihr veröffentlicht wird. Und ich erfahre es nie, wenn etwas erscheint. Bin davon ausgegangen, dass alles, was sie über mich schreibt, letztlich ein Angriff ist. Etc. Aber eigentlich macht mir das nicht mehr viel aus, & darüber bin ich froh. Sie hat ein Recht auf ihre eigenen Gefühle & ihre eigene Meinung. Ich finde, dass ich sehr lobend auf das reagiert habe, was ich gesehen & gehört habe. Aber sie sieht es anders.

Ansonsten war unsere gemeinsame Zeit schön. Ich habe es genossen, sie & Bashir um mich zu haben. Aber ich muss versuchen, es nicht zu übertreiben.

Die völlige Erschöpfung, die ich verspüre, ist nicht gut. Ich fühle mich so leer, dass meine Knie ganz schwach sind.

Segen sei allen fühlenden Wesen, mich eingeschlossen!

14. August 1999

Ich fühle mich seit einiger Zeit sehr traurig. Mindestens wohl seit dem Tod von John F. Kennedy jr.[258] Dann ist da auch noch die zunehmende Gewalt im Alltagsleben der US und die wachsende Zahl von Hassverbrechen – vor allem an Schwarzen & jüdischen Menschen. Auf einer persönlicheren Ebene habe ich das Gefühl, dass der längere Teil meines Lebens vorbei ist. Definitiv. Als ob eine lange Reihe von Türen direkt hinter mir mit einer unglaublichen Endgültigkeit zuknallt. Ich habe mein womöglich letztes Buch abgeschickt: The Way Forward is With A Broken Heart. Ich schreibe vielleicht nie wieder ein Buch, & das fühlt sich okay an. Was sich scheußlich anfühlt, ist das Dazwischen, in dem ich mich befinde. Das alte Leben ist vorbei. Das neue hat noch nicht angefangen. Ich weiß noch nicht mal, ob es überhaupt ein neues gibt.

17. August 1999
1:02

Das Leben, das Neue Leben, hat begonnen. Danke, Jesus. Danke, Buddha. Danke, Isis. Danke, Leben selbst!

Z ist aus Hawaii zurückgekommen, ganz »Feuer & Flamme« mit einer neuen erweiterten Vision ihres Lebens. Zu der gehört, dass sie eine »offene Beziehung« & ausziehen will. Zuerst war ich bestürzt. Wütend. Verletzt. Wir haben geredet & geredet. Waren bei Jane Ariel, unserer genialen Therapeutin. Hatten eine tolle & lustige Sitzung. Ich fühle mich (nachdem ich todunglücklich war & literweise Tränen geweint habe) großartig. Es ist so verblüffend. Ich hatte monatelang keine rechte Energie. Jetzt habe ich jede Menge. Ich wache früh auf, meditiere.

Ich habe das Gefühl, wir geben einander Freiheit, & die Grundlage dessen ist bedingungslose Liebe. Sie war gestern Abend mit alten Freundinnen aus. Ich mit Susan Griffin. Wir haben uns beide gut amüsiert. Früher am Tag waren Evelyn & ich spazieren & dann im Walk Shop, Schuhe für mich kaufen.

Wer weiß, was passieren wird? Z sagt, sie möchte ihre 6 Monate »offene Beziehung« – d. h. Verfügbarkeit für potenzielle andere Liebespartnerinnen oder Liebespartner – schon ab 1. Sept., wenn ihr Haus frei wird. Es gibt da eine hawaiianische Frau, von der sie sich angezogen fühlt / sie hat 3 Kinder & einen Ehemann.

Z ist einfach einmalig. Mit ihr zusammen zu sein, ist wirklich ein Trip.

Am Horizont steht mehr Meditation, ja! Spazierengehen. Yoga. Und ein bisschen was Neues zum Anziehen. Meine Sachen sind zu abgetragen. Ich habe vieles weggeworfen.

30.8.99

Rebecca & Bashir und Askia[259] sind hier. Gestern hatte Bashir Geburtstag. Wir feierten, indem wir Fanny at Chez Panisse sahen, ein Musical nach dem Buch von Alice Waters – und dann im Chez Panisse aßen. Ein sehr schöner Abend. Zelie & ich hielten während der Vorstellung fast die ganze Zeit Händchen.

Zelie hat sich auf die Suche nach einem Ort zum Wohnen gemacht. Sie hat vielleicht etwas gefunden: ein Zimmer mit Bad bei einer Schwarzen Frau. Ich werde sie vermissen – aber inzwischen ist mir klar, das Leben geht einfach weiter … egal wer kommt & geht. Ich fühle eine Distanz zwischen uns. Heute habe ich um das getrauert, was nicht sein wird. Habe die Tränen hinter meinen Lidern gefühlt.

Aber ich habe mich auch zutiefst okay gefühlt. Als ich selbst. Es duftet wundervoll nach Jasmin, von dem bewachsenen Zaun draußen.

Ich schaffe das schon – nach Porter, nach David, nach Mel, nach Robert, nach Tracy. … Ich mache das nicht zum ersten Mal.

»Love Don't Stay Gone Long …«
Helft mir, Göttinnen. Vorfahren.

—

Z zieht morgen aus. Ich fliege nach Georgia, zu einem Ehemaligentreffen meiner Highschool. Ich freue mich drauf, alte Freunde und Klassenkameraden zu sehen.

7.9.99
Evelyn[260] & ich waren in Eatonton bei meinem Ehemaligentreffen – toll, alle zu sehen. Leute, die ich sonst nie wiedergetroffen hätte. Ich habe mit Porter[261] getanzt. … Er ist dick und hat eine Glatze. Wirkt klein. Oy vey!

Lehrer, die ich kannte, habe ich nicht getroffen. Aber eine Menge Mitschüler. Murl & LeRoy & Doris & Mozelle & Edith & Eunice. Es war großartig. Die Männer umarmten mich nicht nur fast alle herzlich, sondern hoben mich auch noch hoch und hielten mich in der Luft!

Dann waren wir meinen Bruder Bobby besuchen, der mir die größten Melonen zeigte, die ich je gesehen habe. Eine wiegt fast einen Zentner. Er schenkte uns eine kleine, die hinten in unserem Auto herumhüpfte und platzte & die wir dann bei Ruth zerteilten & aßen. Köstlich!

—

Als ich aus Eatonton zurückkam, fand ich eine Nachricht von Zelie, dass sie den Abend gern mit mir verbringen würde.

Sie kam, & wir gingen bei Breads of India essen. Der Besitzer schenkte mir eine Kopfbedeckung, die er aus Indien mitgebracht hatte! So nett!

Zu Hause fragte Zelie, ob sie in meinem Bett schlafen dürfe. Wir lagen eng aneinandergeschmiegt, bis wir einschliefen. Dann war sie um 7:00 auf & weg.

Ach, das Leben!

17. Sept. 1999

Gestern eine emotionale Sitzung bei JB.[262] Jean, sagte ich, mir geht die Puste aus! Dieses Eingeständnis trieb mich zu Tränen. Ich sprach über meine Schlaflosigkeit, meine nicht vorhandene Motivation zu schreiben. Erzählte ihr von meiner Serie bedeutsamer Träume. Sie – wie auch ICH – ermutigte mich zu malen. Heute werde ich mir Papier dafür besorgen. Obwohl ich schon auch denke, dass ich dafür wahrscheinlich gar nichts Besonderes brauche.

Jedenfalls eine verwirrende, auslaugende Therapiesitzung. Ich war müde & desorientiert, als ich SF verließ. Verpasste die richtige Freeway-Abfahrt. Fuhr Richtung San Jose.

Schaffte es heil nach Hause zu meiner Familie. Rebecca hatte Seife gekauft & einen Duschvorhang fürs Studio & Sushi. Sie und ich hatten früher am Tag einen tollen Spaziergang um den Lake Anza gemacht.

Ich machte ein Schläfchen!

Dann rief Yeshi mich zurück. Sie erinnerte mich, mein PROGEST anzuwenden! Ich hatte damit aufgehört. Ich fasse es nicht. Also nahm ich ein heißes Bad und trug es dann auf. Letzte Nacht habe ich sehr gut geschlafen.

Danke, Göttin Yeshi!

Heute schaue ich raus auf, ja, den Nebel.

Aber ich werde trotzdem aufstehen & noch mehr Progest kaufen. Mit Mu zur Marina gehen.

Seit ich frühmorgens mit Evelyn spazieren war, finde ich diese Morgenstunden schön.

Danke, Großer Geist, für all deine Segnungen. Für Jean Bolen, die weise ist. Für Yeshi, die großmütig ist. Für Zelie, die all meine Schattenseiten erweckt! Für Rebecca, die fürsorglich ist. Für Bashir, die so sanft und liebevoll ist. Für Askia, der eine Freude ist. Für Mu, die treu ist. Für Frida, die eine Königin ist.

Für dieses blaue Haus, das uns allen Unterkunft bietet, sich nach Belieben ausdehnt & zusammenzieht.

Für Barbara, die lustig & geerdet ist. Für Evelyn, die die Wahrheit liebt. Für Belvie, die auf dem Weg nach ganz oben ist! Für Mercedes, die mich gelehrt hat, dass ich eine Freundschaft nicht auf Schuldgefühle gründen kann, weil ich mich sonst der Manipulation aussetze. Yeah! Für Pema Chodron [sic!], die mein Leben mit Weisheit bereichert hat.

Für Bobby, der 1-Zentner-Wassermelonen & Erdnüsse zieht, speziell für mich! Weil er mich liebt.

Ich bin so dankbar & so mit Glück gesegnet. Lass mich jetzt nach draußen gehen & deinem Wunder in all seinen Formen begegnen.

—

Großer Geist, das Leben ist nicht aufzuhalten!

19. Sept.

Im buddhistischen Retreat für People of Color in Spirit Rock.

Ich muss unbedingt berichten, dass ich Russell Brown aus Santa Fe kennengelernt habe. Ein Schwarzer, Psychiater. Spielt Didgeridoo. Ein attraktiver, schöner Mann. Sehr sensibel. Gescheit. Kompetent & weise. Ich liebte ihn auf der Stelle – na ja, nachdem ich ihn ein-, zweimal im Council hatte sprechen hören.

Ich schrieb ihm eine Nachricht: »Ich liebe dich einfach. Lass uns Freunde sein.«

Er schrieb zurück: »Deine Nachricht hat mich zum Weinen gebracht. Danke! Wir sind bereits Freunde.«

Das hier ist eine fantastische Erfahrung. Ich war nie glücklicher. Ich liebe alle. Ich liebe Spirit Rock.[263]

Jack Kornfield hat gesagt, er will mein Mentor im Dharma sein. Nachdem er versucht hat, mich zu Gandhi & King hinzulenken.

Ich bin <u>sehr</u> froh über die Möglichkeit, das Dharma gut genug zu lernen, um es zu lehren.

Und so kehre ich morgen in meine Welt zurück. In die Cazul. Wie das sein wird, darüber kann ich nur spekulieren. Es wird auf jeden Fall schön sein, Rebecca & Bashir & Askia zu sehen & irgendwann Zelie. Ich hoffe, sie sind alle wohlauf & glücklich.

Oh, Leben!

2. Okt. 1999, Temple Jook

Als ich in die Cazul zurückkehrte, brachte Rebecca gerade eine Fotografin ans Tor. Die Frau, die diese Bücher über Frauen mit 40, 50, 60, 70 macht. Es war für R. ein schwieriges Treffen gewesen, aber sie war sehr präsent & voller Interesse an meiner Retreat-Erfahrung. Von der ich so ausführlich berichtete, wie es mein Afterglow zuließ.

Die nächsten paar Tage erledigte ich meine Post, ging in die Stadt zu Jean B. (die sagt, ich sei okay & brauche nicht wiederzukommen!) & zu Bob Burkes Büro, um Treuhandpapiere zu unterschreiben. Dann schließlich zu Hilltop, BHs kaufen!

Gestern, nach jeder Menge Putzen, Waschen etc., bin ich hierhergekommen. Die Fahrt war ein bisschen lang wegen des Verkehrs, aber dennoch: Ich fuhr um Viertel vor zwei los, & um 17:30 bereitete ich bereits Blattkohl zu. Von der Pflanze, von der ich seit meinem letzten Aufenthalt hier geträumt hatte. Sie strotzt dermaßen vor Gesundheit, dass ich sie förmlich zu mir sprechen höre. So tolles Gemüse!

Leider habe ich mich überfressen. Mich die ganze Nacht herumgewälzt. Träumte von Bratkartoffeln!

Heute begann der Tag kalt & neblig. Jetzt wird es warm & sonnig.

13. Oktober

Gestern war ich mit Zelie in der Therapie, was gut war. Dann ihr Zimmer in Oakland besichtigen. Was auch gut war. Ihr Zimmer ist ordentlich & friedlich, ästhetisch wohltuend. Ich lag auf ihrem Bett, während sie ein paar Sachen zum Mitnehmen zusammensuchte. Sie wohnt derzeit hier bei mir.

Unsere Beziehung besteht im Grunde immer noch. Wir haben uns geeinigt, dass mir 2/3 von Kainehe gehören sollen, statt dass ich das »Darlehen« von 345.000 aufrechterhalte. Wir haben uns überlegt, dort eine Art Zentrum zu errichten, für uns & andere Frauen. Wir könnten dann jedes Jahr längere Zeit dort sein.

Wir freuen uns sehr darauf, am 22. nach Oaxaca zu gehen & später dann nach Careyes.

Das Leben ist mehr als gut.

Rebecca ist wunderbar. Bashir ist wunderbar. Askia ist göttlich. Ich liebe es, sie alle in meiner Nähe zu haben. Solch kostbare, mutige Seelen! Ich habe so ein Glück!

Und so finde ich mich mit meinen 55 Jahren mit Glück gesegnet. Die Vorfahren sind präsent & hilfreich. Die Erd- und Pflanzengeister winken einladend. (Ich vergaß zu erwähnen, dass 8 Schamanen aus Kolumbien am Sa. zum Tee hier waren!)

Oh, Leben!

Segen sei allen Wesen, überall!

31 Octubre O El primero dia de Noviembre
Oaxaca, O. Mexiko

Am 14. Oktober waren Zelie, Maria Elena & yo Großmutter Ayahuasca & ihren Helfer Jose besuchen. Es war für mich die erste Zeremonie in einer gemischten Gruppe, Männer und Frauen, & bis auf Ricci war ich die einzige Schwarze Person. Ich fühlte mich sehr anders & hatte zum ersten Mal Schwierigkeiten, mich in die Erfahrung zu entspannen. Ich war auch vorher besorgt gewesen, weil Großmutter mir ja schon gesagt hatte, ich solle nach Hause gehen & das gewöhnliche magische Leben leben. Ich dachte, das hieße, ich solle kein Ayahuasca mehr nehmen. Ich fragte die 8 Schamanen, die zum Tee kamen, danach. Sie schienen der Meinung, ich solle die Botschaft nicht als definitiv & für alle Zeit gültig betrachten.

Also dachte ich: Vielleicht soll ich ja Ayahuascas Freundin werden & mehr über sie/es erfahren.

Das sagte ich am ersten Abend zu Jose. Dass ich mich berufen fühlte, eine Freundin von Ayahuasca zu sein & auch eine Freundin derjenigen, die traditionell ihre Medizin benutzen, d. h. der Schamanen.

Am selben Tag war die Nachricht gekommen, dass Thomas Ridge, Gouverneur von Pennsylvania, das Todesurteil für Mumia unterschrieben hat – der 2. Dez. ist als Hinrichtungsdatum festgesetzt. Ich fühlte Wut & Trauer & Schmerz & Hilflosigkeit, was ich alles den ganzen Tag wegschob. Als ich dann aber die Medizin nahm, traf mich das, was Ridge getan hatte, mit voller Wucht. Ich saß da & weinte & schaukelte mit dem Oberkörper, meinen Schal überm Kopf.

Am nächsten Abend, nachdem sie mir zuvor diese tiefe Trauer gezeigt hatte, antwortete mir Großmutter:

Ich befand mich in einem Wald mit mächtigen Bäumen & lichten Stellen. Ich rief: »Großmutter! Großmutter!« Suchte überall. Nach einer Weile wurde mir klar, dass sie nicht da war! Ich fühlte mich zutiefst einsam und verlassen. Dann, nachdem ich zu mir selbst gesagt hatte, »Sie ist nicht da!«, begriff ich, dass ich da war & dass ich Großmutter bin! Ganz geduldig sagte sie: Richtig. Wir sind dieselbe.

Es war eine Wahnsinnserkenntnis. Dass ich jetzt Großmutter bin. Dass es keine höhere Autorität gibt. Ich hatte ein tiefes Gefühl von der Macht der Großmutter. Ihrer Vertrauenswürdigkeit. Weisheit. Ihrer praktischen Fürsorge für alle. Ich fühlte mich getauft für die nächste Phase meines Lebens.

Während des Ganzen singt Jose Schamanengesänge. Zelie, Maria & ich bauen eine immer stärkere Beziehung zu ihm auf. Unsere Herzen sind inzwischen völlig aufeinander eingestimmt. Wir erkennen unsere Verwandtschaft. Es ist erstaunlich.

Am nächsten Abend gibt uns Jose ein anderes Ayahuasca, das das Blut reinigt. Er singt vom Öffnen des Herzens:

»Jetzt ist die Zeit
Ya es el tiempo
Jetzt ist die Stunde
Ya es la hora
Das Herz zu öffnen
Para abrar el carazon« [sic!]

Er sagt uns viele weise Dinge:

Ein guter Lehrer lernt immer.
Im Moment, in dem er denkt, er weiß,
irrt er.

Mein »Trip« diesmal ist es, in der Gegenwart zu bleiben. Bei Jose, bei Zelie, bei Maria Elena.

Ich sitze 4–5 Stunden in Kontemplation, entleere mich (wie jeden Abend) einmal. Ich erlebe Gefühle von Lockerheit, Verwandtschaft, Glück & Ekstase.

Ich fühlte mich Jack & Ricci sehr nah. Und ein, zwei weißen Personen näher als vorher. Aber einige von ihnen waren der Medizin gegenüber sehr respektlos. Einer erbrach sich auf den Boden & brauchte ewig, um es aufzuputzen. Andere versuchten die Medizin ins Erotische zu wenden. Und der Widerlichste von allen machte die ganze Zeit rüde, abfällige Bemerkungen & mokierte sich über Jose. Ich war empört. Es fühlte sich an, als ob eine Horde böser Geister in einer Ecke des Raums hauste.

Die Verbindung mit Maria Elena war intensiv. Ich habe so etwas noch nie erlebt.

Jetzt, nach der unglaublichen Erfahrung, in die Autorität der Großmutter initiiert zu werden, gleich mit der Natur(!), sind wir wieder zu Hause, um für unsere Reise nach Oaxaca zu packen.

8. November 1999

Ich habe kein Verlangen, irgendetwas zu schreiben. Und es kümmert mich nicht im Geringsten. Ich bin mir bewusst, dass ich mich meines alten Lebens entleert habe. Ich kann kaum noch darüber sprechen, so fern und von mir losgelöst erscheint es mir. Dieses Selbst fühlt sich neu an, frisch geschlüpft, aber es wird stärker. Füllt sich mit neuen Träumen, Erkenntnissen, Wünschen.

23. Dez.

Fast zu viel Leben, um davon zu berichten!

Wir sind alle hier in Kainehe: ich, Zelie, Rebecca, Bashir, Askia! Morgen kommen Pratibha & Shaheen. Wie ist das passiert?

Letzte Nacht lehrte Zelie die beiden Jungen, Askia & Todo, am Strand ein Feuer aufzuschichten. Es war toll. Wir sammelten Holz (sie »sammelten« & verbrannten sogar meinen Wanderstock!) für das Lagerfeuer zur Feier eines spektakulären Vollmonds, der nicht erschien – wegen Wolken!

Zelies Stiefvater Ah Yong und ihr Bruder Clinton kamen zu uns herunter. Und Ian und Kumau. Es fühlte sich schön an. Ich trank ein Bier, was Ah Yong amüsierte. Ich sagte, ich wolle ein starkes, kein »Lite«!

Rebecca machte Fotos mit ihrer altmodischen Kamera. In der Nacht zuvor hatten wir herrlichen Mondschein gehabt.

Es ist früh am Morgen, bedeckt & kalt. Meine Locks sind endlich wieder da – es hat ein Jahr gedauert. Und meine Kopfhaut braucht eine Wäsche. Zumal mir Funken & Asche vom Feuer auf den Kopf gerieselt sind.

Es ist so anders, mit Familienmitgliedern zusammen zu sein. Das verblüfft mich. Letzte Woche war ich mit Askia & den Hunden spazieren. Wir waren am Lake Anza. Irgendwann wollte er stehen bleiben, über den Bach springen & den Hügel gegenüber hinaufklettern. Zum Spielen. Ich setzte mich auf einen Stein & sah zu. Dankbar & zufrieden. Eine Großmutter! Wie glücklich ich war! Und wie simpel der Grund!

Zelie zieht wieder hierher, nach Molokai. Um mehr mit ihrer Familie zusammen zu sein. Mehr an ihrer Musik zu arbeiten. Wie auch immer. Wir sind übereingekommen, dass uns Kainehe zu gleichen Teilen gehört, was sich für mich bestens anfühlt, obwohl ich versucht bin, ihr meinen Teil zu schenken. Etwas hält mich allerdings davon ab. Ich liebe Kainehe schon auch. Aber ich werde es ihr vielleicht trotzdem schenken, weil es ihr Zuhause ist.

27. Dez. 1999

Liebste Zelie,

hiermit möchte ich dich wissen lassen, dass ich beschlossen habe, dir meinen Anteil an Kainehe zu schenken. Ich habe diese Entscheidung schon vor ein paar Wochen getroffen, als wir noch in Berkeley waren, in der Nacht, in der ich so viel geweint habe!

Wie auch immer.

Es ist dein Zuhause & mir eine Freude, dir dieses Geschenk zu machen.

Ich werde dir auch die vereinbarte Unterstützung zukommen lassen. Der Schlüssel ist, anzufangen, dranzubleiben. Zu arbeiten.

Die Motivation, Liebste, werden die Liebe zu deinem Volk und die Liebe zur Erde sein und die Dankbarkeit dafür, dass dir eine Rolle dabei und ein Instrument dafür zuteilwurden, beide zu heilen.

Sing!

In Liebe,
Alice

Dies ist die Niederschrift meines Willens für den Fall, dass mir etwas Unerwartetes & Endgültiges widerfährt!

Ich vertraue darauf, dass Rebecca für die Umsetzung sorgt.

4. Jan. [2000]

Am ersten Tag des Jahres habe ich Bob Burke (meinen Anwalt) angerufen & ihm die Nachricht hinterlassen, er möge bitte Dokumente für die Überschreibung von Kainehe von mir auf Zelie vorbereiten. Es ist also getan! Gestern Morgen dann habe ich es ihr gesagt.

Sie hat geweint.

Ich habe ihr auch gesagt, ich würde sie 1 Jahr lang finanziell unterstützen.

Ich weiß nicht, ob das richtig ist; es fühlt sich richtig an.

Ich könnte nicht an etwas festhalten, das ihr & ihrer Familie so kostbar ist, & in aller Ruhe zusehen, wie sie versucht, sich aus den Schulden herauszusingen.

Wer weiß, was mit uns wird. Was auch passiert, wir hatten wunderbare 2½ Jahre.

Und am 30. Dez. hat Tracy angerufen! Ich habe ihre Nachricht etwa einen Tag später erhalten. Wie wunderbar. Ich freue mich so für sie. Sie klang so lieb. Ich habe angerufen & ihr die Nachricht hinterlassen, dass ich am 9. zurück bin, was ich auch sein werde – so Göttin will.

8. Jan. 2000
Morgen geht es zurück nach Berkeley & zu Mu.

Und gestern sind meine Guides zurückgekehrt! Ich saß im Bett und blickte auf den Vorhang, der im starken Wind wehte. Ich wollte hinausschauen. Ich stand auf, zog den Vorhang zurück, sah hinaus aufs Meer. Plötzlich bemerkte ich da im Baum ein kleines Gesicht (aus Blättern), das durch den Wind animiert & sehr ausdrucksvoll war. Und dann merkte ich, dass es zu mir sprach! Es war wie eine Ayahuasca-Erfahrung. Ich erinnere nicht mehr Wort für Wort, was es sagte, aber im Kern war es: Oh, hör auf herumzubrummeln. Du bist schon voll und ganz so weit. Fang einfach an. Irgendwo! Eine ausgewachsene Gardinenpredigt, die mein Zaudern in der Luft zerriss, alle Hemmungen in Grund und Boden stampfte. Verblüffend. Dringlich.

Und prompt: Ich pickte mir eine Zeile aus diesem Tagebuch heraus, & bald schon erweiterte sie sich – zum Anfang von etwas! Ich war erstaunt. Wie üblich.

Ich war so dankbar, dass ich vor dem Baum, der vor meinem Schlafzimmer lebt, auf die Knie fiel & ihm unter Tränen für die Botschaft dankte, dass ich jetzt den Tanz wieder beginnen kann.

Die Welt ist so voller Magie, dass es manchen Menschen Angst macht. Daher Unterdrückung jeder Art. Ich bin so dankbar, dass sich diese Magie für mich wunderbar anfühlt. Wenn das Verrücktsein ist, welch unendliche Freude!

POSTSKRIPTUM

von Alice Walker

Vor ein paar Tagen habe ich meinen 77. Geburtstag gefeiert. Ich tat es mit Freunden und Freundinnen und einer Nichte in einem winzigen Fischerdorf an der mexikanischen Zentralküste. In den letzten Jahren habe ich ein fast schon weltabgeschiedenes Leben geführt, überwiegend auf dem Land in Mendocino County, in einem Zen-mäßigen Haus an einem Hügel, mit Blick auf ein Tal, das morgens meist ganz voll Nebel ist, sodass es, wenn ich hinausschaue, aussieht, als ob mein Haus und ich und mein geliebter Hund Ede in einem perlgrauen Meer treiben. Das gefällt mir sehr. Es ist, als ob jedes Märchen, das ich als Kind erzählt bekommen oder selbst gelesen habe, irgendwie wahr geworden wäre.

Mit meinem schreibenden Selbst, das ein wesentlicher Teil von mir zu sein scheint, bleibe ich in Kontakt, indem ich gelegentlich meine Gedanken – Gedichte, Essays, Beobachtungen, Ermutigendes an die jungen Leute – auf meinen Blog stelle: AliceWalkersGarden.com. Für andere Teile meines Wesens sind da: Spaziergänge im Wald in der Nähe meines Hauses, Gärtnern, wenn auch nicht mehr so viel wie in früheren Zeiten meines Lebens, Schwimmen in einem vom Regen gefüllten See und ab und zu der Besuch einer Freundin oder eines Freundes, der oder die meinen Hügel heraufgewandert kommt. Mein Leben ist jetzt hauptsächlich Alleinsein, was ich immer zutiefst genossen habe und wovon mich, wie diese Tagebücher belegen, oft die Ersuchen einer Welt abgelenkt haben, der ich helfen zu können glaubte. Ob ich es tatsächlich konnte, darüber denke ich oft nach. Jedenfalls schienen die meisten meiner einschlägigen Aktivitäten zur jeweiligen Zeit eine gute Idee. Ich bereue nichts.

Dass Valerie Boyd auftauchte, um mir meine Tagebücher aufbereiten, in eine Form bringen und veröffentlichen zu helfen, ist ein wahr gewordener Traum. *Wrapped in Rainbows*, ihre großartige Biografie über Zora Neale Hurston, die wir beide lieben und bewundern, war mir Beweis genug, dass ich es ihr anvertrauen konnte, meine ausufernden Tagebücher um Hunderte von Seiten auszudünnen und der Leserschaft in einer Gestalt anzubieten, die leichter transportabel und verständlich ist. Wenn ich auch einige der Träume, Visionen und Rätsel vermisse, die ich auf den jetzt nur noch im Archiv der Emory University Library zu findenden Seiten exploriert habe, macht es mich doch froh, dass ein anteilnehmender Blick und ein fühlendes Herz, in Kombination mit einem findigen Verstand und einer scharfen Kürzungsschere, einen Weg gefunden haben, der verlegerischen Vorgabe zu entsprechen, etwa fünfhundert statt tausend Seiten vorzulegen. Und natürlich wird es einen zweiten Band geben.

Was wurde denn da so weggelassen?, fragen sich jetzt vielleicht Leserinnen und Leser, die genauso neugierig sind wie ich. Ich habe darüber nachgedacht und beschlossen, wenn ich ein Nachwort schriebe, wozu ich zunächst keine Notwendigkeit sah, würde es Beispiele liefern.

Hier also einige Stellen, die in *Blüten* nicht enthalten sind, und meine Kommentare dazu:

Ich befinde mich in einem nicht sonderlich angenehmen Dilemma: im Zentrum einer Dreierkonstellation, bestehend aus Robert & Mercedes & mir. Mein Hauptgefühl ist Müdigkeit. Robert & ich kommen sehr gut miteinander aus, im Allgemeinen, obgleich es etwas holprig wurde, als er anrief & ich sagte, ich sei gerade mit Mercedes im Bett. Was stimmte. Wenn sie auch tief und fest schlief.

Bin ich die Beziehung mit Mercedes nur eingegangen, weil ich so frustriert von Roberts Schwerfälligkeit war? Von seiner männlichen Unfähigkeit, das weibliche Los von ganzem Herzen zu verstehen?

Das Verblüffende an manchen »romantischen« Verwicklungen ist, dass sie so viel Energie aufzehren! Aber Tagebuchschreiben in solchen Phasen kann auch helfen, die eigenen Motive zu verstehen, die im emotionalen Tumult des Davonlaufens aus einer schwierigen Situation und des Probierens von etwas Neuem leicht untergehen.

—

Rebecca hat angerufen. Wir haben uns wieder vertragen. Sie hatte mich verletzt, indem sie sagte, sie fühle sich bei uns nicht zu Hause, und Ws Familie sei »normal« etc. Ich sagte, sie sollte aufhören zu vergleichen. Jedenfalls hält sie W jetzt für schwul. … Sie sagt: »Sind denn alle schwul?« Ich sage Nein, aber ich würde vermuten, dass alle bisexuell seien. Sie sagt, sie ist sicher, dass sie es nicht ist. Ich sage, im Leben ist nichts sicher, & wenn du tot bist, kommst du vielleicht als bisexuelles Bäumchen wieder.

Versuch das große Ganze zu sehen, forderte ich sie auf. Und da erzählte sie mir, dass weiße Männer planen, den Mars zu kolonisieren. Wir sinnieren: Wer sonst käme auf eine solche Idee? Sie sind keine Planetarier, sage ich. Jedenfalls nicht vom Planeten Erde. Und ich denke: Ich will die Erde nie verlassen. Ich käme gar nicht auf den Gedanken. Aber jetzt habe ich einen anderen Gedanken, sehe »den weißen Mann« als Kind: Fühlt er sich so heimatlos & unerwünscht, dass er immer weiter & weiter wegstrebt?

Meine Tochter und ich sind uns, allen jemals erdachten Göttinnen und Göttern sei Dank, heute näher denn je, und wir waren uns schon oft sehr nah. Das Leben hat uns, warum auch immer, eine Reihe schwer zu ertragender schmerzhafter Jahre durchmachen lassen. Dieses Gespräch, so typisch für uns, erinnert mich an unsere intensivsten »Voll auf alles einsteigen«-Zeiten.

Traum, Dez. 1990

Eines Nachmittags, als ich, in Roberts Armen liegend, schlief, träumte ich:

Eine spießige Gemeinde in einer Kirche, nicht viel los. Dann steht ein junger Schwarzer auf & organisiert auf magische Weise einen Kreis von Tanzenden. Da ist eine behinderte Frau, die mit ihrem Gehstock die erstaunlichsten Tanzmoves vollführt, sich unter anderem flach auf den Boden legt & wieder hochspringt. Und eine andere Frau, oder dieselbe, von einem wunderschönen Braun, tanzt anmutig in einem kurzen geschlitzten Kleid/Rock. Das alles hat etwas sehr Freudiges, & es sind alles People of Color. Und dann strömt in die Kirche/den Kreis das Bluegrass-Kontingent, weiße Amerikaner und Amerikanerinnen, eine Welle von Liebe & Musik & schallenden Banjoklängen. Im Aufwachen sagte ich, wie ich es schon im Traum getan hatte, es ist so wunderbar zu wissen, wer wir sind & wie wir aussehen & sind! Glücklich.

Ich könnte es nicht ertragen, diesen Traum nicht in dem Buch zu wissen! Wie wird Amerika denn aussehen, wenn es – falls überhaupt je – vereint und glücklich ist!? Ich werde das nicht erleben, aber der Traum davon muss – daher dieser Traum – in die Herzen unserer *multicolored* Gemeinschaft gepflanzt werden. Ich hatte, nachdem ich durch das Leben in den Südstaaten und vor allem die Jahre des Kampfes in Mississippi tief traumatisiert war, das Glück, schließlich in einer Gemeinschaft von Hippies in einer Back-to-the-land-Community in Nordkalifornien zu landen, wo ich meine Shékere zu den Fideln, Banjos und Trompeten der Bluegrass-Leute schütteln konnte. Ich sah uns damals als Saat der Vernunft und des Vergnügens; ah, dachte ich oft, es ist doch nicht unmöglich! Amerika *kann* frei sein!

16. Aug. 1985

Neulich morgens hatte ich einen wunderbaren Traum: Ich war im Haus meiner Mutter, das wie immer voller Besucher war. Sie lag in einem großen Zimmer an einem Fenster, & ich sah immer wieder kurz nach ihr und redete mit ihr. Aber die Leute gingen mir auf die Nerven, & ich wollte, dass sie gingen. Ich sagte es ihr, neben ihr auf dem Bett sitzend. Aber sie erklärte, die Leute um sich zu haben, alte Freunde & neuere, gebe ihr das Gefühl, dass man sich an sie erinnere. Und prompt wurde, als sie das sagte, ihr Gesicht immer jünger, bis sie jünger war als bei meiner Geburt – & mir wurde klar: Ja, viele ihrer alten Freunde hatten diese Erinnerung an sie. Und für sie war immer noch das in ihr, was ich nie kennen würde. Das war eine wichtige Lektion für mich und veränderte hoffentlich für immer meine Einstellung zu ihren Besuchern. Im Traum setzte ich mich in eine Ecke & begann an mir zu arbeiten.

Hüte dich vor allem, was deine Träume zerstört oder entstellt! Dies war einer der klarsten Träume, die ich je hatte. Ich, die ich in diesem Leben viel geträumt habe, glaube, dass die meisten, wenn nicht gar alle Träume so sein könnten. Träumen ist meiner Meinung nach der Quell des Urwissens.

—

Jetzt muss ich aufhören & einfach nur zuschauen, wie der Wind, unsichtbar, alles bewegt, besonders die Äste der Bäume, die ich durch alle 7 Fenster sehe!

Mein Haus war zu der Zeit ein hölzernes Tipi mit sieben Fenstern! Erbaut von einem Back-to-the-land-Hippie, der glaubte, dass Menschen mit weniger auskommen könnten, ist es heute ein Zeugnis unserer Fähigkeit, aus Holz- und Glasabfällen, alten Türen und Fensterrahmen und lavendelfarbenen Türknäufen Schönheit zu erschaffen!

22. Okt. 1980

Wunderbare Erfahrungen mit Robert. Tolles Liebemachen & noch tollere Fähigkeit, durch Berührung zu lieben. Ich sagte eines Nachts in seiner Wohnung zu ihm, warum sind deine Berührungen jetzt nur lustvoll und gar nicht mehr schmerzhaft (manchmal hatten mir von seinem Druck die Brüste wehgetan), und er sagte: »Weil ich dich jetzt mehr liebe.« Heute Abend dann, als ich ihm gesagt hatte, ich fühlte mich so daneben, rief er zurück, um mich daran zu erinnern, dass Vollmond ist. Er sagte:

Ich liebe dich. Und ich sagte: »Na ja, vielleicht, ich glaube ... vielleicht.«

Aber ich empfand auch Liebe für ihn. Und außerdem: Ob ich es sage oder nicht, meine Berührung sagt es.

Er sagte im Auto, als wir in den Park fuhren, um spazieren zu gehen & in den Hügeln zu Mittag zu essen: Weißt du was? Ich liebe deine Berührung, und deine Berührung liebt mich.

Er ist jetzt viel hübscher als noch vor einem Jahr. Groß & schlank & kupferfarben, mit netten, tiefen Grübchen.

Diese Beziehung war mit vielen Problemen behaftet! Und doch enthielt sie so viel Zärtlichkeit und Schönheit und vor allem inneres Wachstum. Ich konnte das nicht aufgeben: uns, wie wir in so vielen Momenten unseres Zusammenseins waren. Beschäftigt mit Wachsen. Genießen. Umherstreifen. Lieben. Meistens auf dem Weg irgendwohin!

—

Wir waren zusammen in Cambridge, & ich machte ein Benefiz für Oxfam. Wir brachten 10.000 Dollar zusammen. Quincy schickte wunderschöne Tulpen – er ist so aufmerksam und präsent, wo immer ich bin. Dann kam ein Telegramm von ihm & Harry Belafonte. Von USA Africa [sic!].[264] *Ich habe das Gefühl, dass Quincy mir ernsthaft ein Bruder/Vater/Freund wird, und das gefällt mir sehr. Die Geschichte »Cuddling« – sie zu schreiben – scheint meinen Liebesschmerz kuriert zu haben.*

Ich war verknallt in diesen wunderbaren Seelenfreund. Aber ich kam darüber hinweg, als mir klar wurde, dass es sein – sich in Musik ausdrückender – Geist war, der mich am meisten anzog.

—

Wir kämpfen nicht mehr in unserer Beziehung. Oder jedenfalls nicht so wie früher. Ich bin mir bewusst, dass ich ihm in seinem Ringen darum zu helfen versuche, sich zu befreien, seine Psyche, und das ist auch eine Freude, da der Mensch, der da hervorkommt, schön und gewinnend ist. Es ist fast wie dabei zuzuschauen, wie jemand geboren wird, und dass dieser Jemand eins achtundachtzig groß ist, ist irrelevant. Manchmal sehe ich in seinen Augen die Verwirrung und den Schmerz & das Vertrauen eines Kindes, und dann muss ich ihn einfach in die Arme nehmen, wie ich es mit einem kleinen Kind tun würde, und ihn halten & wiegen. Ich liebe *den Menschen, der er gerade wird. Ich würde ihn auch lieben, wenn ich ihn nicht kennen würde.*

Beziehungen sind ideal für diese Art Arbeit. Einander zu helfen, neu geboren zu werden.

April 1983 / nach dem Pulitzer-Preis für *The Color Purple*
Meine Liebe, das ist für fast alle das Ende der Fahnenstange. Aber fasse Mut. Hab keine Angst. Es wird alles gut. Wenn nicht für die Menschen, dann für unseren Planeten, der viel besser auf das Läuternde der Ewigkeit eingestellt ist als wir.

Welch mühsame Arbeit das ist. Ich bin verblüfft. Ist das »Ruhm?« Die ermüdende Anstrengung, das, was lang ist, kurz und bündig zu machen?

—

Die Anweisung der Kameraperson lautete, ich solle »etwas schreiben«, während ich gefilmt wurde.

—

Das Telefon hat geklingelt: Miss Sue aus der Straße möchte »Heilwasser« von einer Quelle holen, von der sie gehört hat. Diese Quelle war früher nur für Weiße. Jetzt ist sie integriert. Sie ist ein fingerdickes Rinnsal.

Sie kommt an die Tür, & Mama lässt sie rein. Sie sammelt 1-Gallonen-Plastikflaschen zusammen, 4 Stück. Ich gehe rein, umarme sie. Sie sagt, ich sähe gut aus, dünn & glücklich. Sie sagt: »Was machst du? Wieder heiraten?«

Ich sage: »Ich glaube nicht ans Heiraten.« Sie stutzt. Lacht dann.

Ich mag sie.

Sie sagt, von diesem Mineralwasser fühlt man sich wieder wie 16. Aber sie will sich nicht wie 16 fühlen. Das würde sie nur in Schwierigkeiten bringen. Sie & meine Mutter sind seit 50 Jahren enge Freundinnen.

Ich finde es toll zu wissen, dass ich die Tochter einer Mutter bin, die zeit ihres langen Lebens treue Freundinnen hatte. Dass sie Abenteuer teilten und Sorgen und Späße. Dass sie die – soziale und sonstige – Geschichte von etwas so Absurdem wie diesem segregierten und jetzt integrierten »Heilwasser« kannten und verstanden.

—

Ruth und ich kämpften uns durch die schwierigen Momente unserer Beziehung, wie wir es seit Jahren tun. Sie bemühte sich wirklich, nicht dauernd von sich zu reden. Ich habe vor, mir ein Buchstabenarmband mit dem Wort Schweigen machen zu lassen, weil zu viel Reden wirklich gefährlich ist. Ich glaube, Reden raubt uns Kraft, wie es einem Parfüm Duft raubt, wenn die Flasche offen steht. Ich fühle mich immer schlecht, am Rand der

Übelkeit, wenn ich zu viel geredet habe. Daher kommt wohl der Ausdruck »Sprechdurchfall«.

Meine Schwester und ich waren sehr verschieden, wie es Schwestern oft sind. Heute sehe ich, dass das viele Reden für sie, wie das Schreiben für mich, eine Möglichkeit der Selbstvalidierung in einer Familie war, die kaum je zuhörte. Ich liebe Stille so sehr, pflegte ich oft zu scherzen, dass es für mich zweifellos ein Vergnügen sein wird, tot zu sein.

—

Morgen geben Robert, Carole Ellis (neue Freundin), Rebecca, Casey & ich eine kleine Party. Ich habe den ganzen Tag eingekauft & gekocht (Auberginenlasagne & Curryhuhn; Robert hat Kuchen gebacken), und ich fühle mich glücklich verliebt? In Robert. Es ist jetzt anders. Mehr wie junge Hunde. Zwei junge Hunde, die selig auf einem warmen, hellen Fleckchen herumkugeln. Das sind wir.

Beim Liebemachen letzte Nacht habe ich in sein Gesicht geblickt, als ich kam – gewöhnlich schließe ich die Augen & <u>stelle</u> mir sein Gesicht & ihn <u>vor</u>. Diesmal habe ich hingeschaut. Ich finde es schöner hinzuschauen. Sein Gesicht war so darauf bedacht, mir zu dienen. Sein ganzer Wille war darauf gerichtet, mir Lust zu bereiten, mich zum Höhepunkt zu bringen – und ich hatte das Gefühl, wir waren jeder auf einer Seite eines Flusses, mit ausgestreckten Armen, strebten aufeinander zu.

Und dann – verschwand der Fluss, die Entfernung.

Deshalb ist Vertrauen so ein Geschenk. Und deshalb sollte es nie gebrochen werden.

—

Ein paar spontane Gedanken: Mein Leben mit Mel hatte immer etwas Unwirkliches, als ob etwas in mir während der ganzen Beziehung geschlafen hätte. Ich fühlte einen großen Frieden, aber einen Frieden, der ständig von Sehnsucht sabotiert wurde.

Mit Robert – wenn ich mit Robert zusammen bin – fühle ich mich in Ruhe, als ob mein Geist, nicht nur mein Verstand oder mein Körper, Ruhe gefunden hätte. Aber interessanterweise »ruhe« ich, indem ich mit ihm in Bewegung bin. Auf unserem Wüstentrip sagte ich zu ihm – da wir uns keine Fesselsymbole wie Armbänder, Ringe etc. schenken wollen, fände ich, das perfekte Geschenk an uns selbst seien gleiche Mokassins. Und wenn wir je eine Zeremonie veranstalten sollten, dann wäre es das, was ich tauschen wollen würde. Gleich aussehende Mokassins.

Wir haben nie eine Zeremonie veranstaltet, außer, wenn ich mich recht erinnere, dem Waschen eines Kristalls im Meer bei Vollmond. Wobei Roberts Sohn Casey den Kristall und die Taschenlampe trug.

—

Schreiben ist schwer. Ich fühle allmählich, dass mich der Akt des Schreibens vom Sein trennt. Von der Glückseligkeit, mich den Geräuschen des Winds hinzugeben und dem Aussehen der dahinwehenden Blätter. Kein Zweifel, indem ich meinem Herzen & dem Geist des Universums gefolgt bin, habe ich meinen Platz gefunden. Mein kleines rundes Haus mit seinem neuen gelben Fußboden, seinem Schlafloft & seinen Oberlichten.

Wenn wir unseren Platz gefunden haben, wissen wir es. Alles andere kann dann als Ablenkung erscheinen. Wir lassen uns nieder, um die Schönheit des Lebens selbst zu genießen.

—

Und so weiter!

Ich schließe mit einem kurzen Gedicht eines geliebten Lehrers, des buddhistischen Mönchs Thich Nhat Hanh.

Der gegenwärtige Moment
enthält Vergangenheit und Zukunft.
Das Geheimnis der Transformation
liegt in unserem Umgang
mit diesem Moment.

Ich habe mein Leben lang Tagebuch geführt, seit meinen Jugendjahren. Ich habe es auch deshalb getan, weil mein Gedächtnis unter meinen Freunden und Freundinnen dafür berüchtigt ist, nicht viel von dem zu behalten, was wir zusammen erlebt haben. Das Tagebuch gibt mir etwas von dem zurück, was mir verloren gegangen ist. Die Gespräche, seelischen Entdeckungen und Reisen aller Art.

Dabei habe ich auch ständig in einer anderen Gegenwart gelebt. Der Gegenwart des kreativen Schaffens. Während ich Tagebuch schrieb, schrieb ich in einem anderen Bereich anderes: Welten, die ich in meiner Vorstellung entdeckte. Romane, Gedichte, Kurzgeschichten etc. Das bedeutet, dass dieser Tagebuchband in vielerlei Hinsicht mein Versuch ist, Momente, die ich mit Freundinnen und Freunden und anderen genossen habe, als ebenfalls unvergesslich und teuer zu würdigen. Und deshalb ist er diesen Menschen von Herzen gewidmet.

12. Februar 2021

DANK

Ein Buchprojekt dieses Umfangs – das sich über mehr als acht Jahre erstreckt – ist nicht realisierbar ohne eine Gemeinschaft von tätigen Mitwirkenden und wohlwollenden Unterstützern. Ich habe so vielen Menschen zu danken, für ihre generelle Gewogenheit wie auch für konkrete Akte der Freundlichkeit und Güte. Auf die Gefahr hin, jemanden auszulassen, werde ich versuchen, Namen zu nennen. Doch wer sich hier nicht erwähnt findet, möge versichert sein, dass ich dankbar für all die kleinen Momente bin, die zu diesem großen geführt haben. Ich danke jeder Bibliothekarin, die eine Archivbox für mich aufgespürt hat, jedem Barista, der meinen Chai Latte sorgfältig mit einem Hafermilchornament verziert hat, jeder Freundin und jedem Freund, die oder der trotz scheinbarer Rückschläge den Glauben nicht verloren hat.

Beginnen muss ich mit meinen beiden wissenschaftlichen Hilfskräften, Stephanie Blount und Nicole Morris Johnson, die mir über die Jahre geholfen haben, jedes Wort von Alice Walkers handschriftlichen Tagebüchern abzutippen. Jener Sommer mit dir in den Archiven, Steph, wird immer eine meiner teuersten Erinnerungen sein. Und dir, Nicole, bin ich für immer dankbar für deinen unerschütterlichen jahrelangen Einsatz für das Projekt.

Ich danke auch den Archivaren und Verwaltern – insbesondere dem verstorbenen Rudolph P. Byrd, Yolanda Cooper, Courtney Chartier, Gabrielle Dudley, Jennifer Gunter King, Rosemary Magee, Randall Burkett, Kevin Young, Clint Fluker und dem verstorbenen Pellom McDaniels III – in der Stuart A. Rose Manuscript, Archives & Rare Book Library an der Emory University, die liebevoll die große und umfangreiche Alice-Walker-Sammlung beherbergt.

Vielen Dank auch unserer ursprünglichen Verlagslektorin Dawn Davis, die auch durch das Dickicht von eintausend Seiten und über einen Karrieresprung hinweg an der Vision festhielt. Und unserer jetzigen Verlagslektorin LaSharah Bunting, die es übernahm, das Ganze zu Ende zu führen – mit kräftiger Unterstützung durch ihre Assistentin Maria Mendez und unseren exzellenten, anspruchsvollen Senior Production Editor Mark LaFlaur. Ermöglicht wurde das alles durch die großzügige Unterstützung von Dana Canedy, Senior Vice President und Verlegerin des Imprints von Simon & Schuster, und ihrem beeindruckenden Team von Büchermachern.

Mein aufrichtiger Dank gilt Joy Harris, Alice Walkers und meiner engagierten Literaturagentin, und ihrem Team Adam Reed und Alice Fugate.

Ich habe das große Glück, meinen Lebensrettern danken zu dürfen: Dr. David Kooby, Dr. Walid Shaib, P. A. Sujata Kane und den vielen Pflege- und sonstigen Gesundheitskräften, die mich durch schwierige Zeiten gebracht haben. Drei tiefe Verbeugungen vor Ihnen allen.

So viel Dank schulde ich meiner Familie mit ihrer kämpferischen Energie: meinen Eltern – jetzt beide bei den Vorfahren – Roger und Laura Boyd, die meine literarischen Ambitionen immer unterstützt haben, obwohl sie selbst, wie mein Vater es einmal ausdrückte, keine »Bücherleser« waren; meiner Nichte Kaylisha Lewis Boyd, meinen Brüdern Mike und Tim und meiner Schwägerin Regina.

Und schließlich ist es mir eine große Freude, den vielen alten und neuen Freundinnen und Freunden, Kolleginnen und Kollegen zu danken, die mir gleichzeitig Halt und Auftrieb gegeben haben oder – wie Zora Neale Hurston es vielleicht ausgedrückt hätte – »mich überall gestützt haben, wo ich am Kippen war«. Dank meinen lieben Gefährtinnen und Gefährten auf dieser Reise: Veta Goler, Gina Breedlove, Mignon Goode, Linda Blount, Monica Pearson, Kelley Alexander, Miriam Phields, Shay Youngblood, Ellen Sumter, Boston Fielder, Annette Lawrence, Aunjanue Ellis, Nina Revoyr, Valerie Woods, Craig Seymour, Nivea Castro, Beverléy Guy-Sheftall, Ti Walker, Monimala Basu, Eileen Drennen, John T. Edge, Janice Hume, Jeff Springston, Elena Grant Napper, Swasti Oyama, Marcia und Daniel Minter, Lois Hurston Gaston, Charlayne Hunter-Gault, Jamilah Shakir und vielen weiteren.

Natürlich wäre keine dieser Danksagungen möglich ohne dies: *Ich danke Alice Walker dafür, dass sie sie ist, der freieste Mensch, den ich kenne, und dass sie mich ausgewählt hat.*

VB

Ich danke all jenen – viele jetzt in der geistigen Welt –, für die ich am Leben geblieben bin.

Und jenen – in dieser und der geistigen Welt –, für die ich gestorben wäre.

AW

BILDNACHWEISE

S. 17 AWs Reisepass, erster Stempel 1962. Alice Walker Collection, Stuart A. Rose Manuscript, Archives & Rare Book Library, Emory University.

S. 23 AW am Sarah Lawrence College, 1964. Alice Walker Collection, a. a. O.

S. 67 AW mit ihrem Mann Mel und der kleinen gemeinsamen Tochter Rebecca, 1970. Alice Walker Collection, a. a. O.

S. 71 AW mit ihrer Mutter Minnie Lou (oder Lue) Walker und Baby Rebecca, März 1970. Alice Walker Collection, a. a. O.

S. 101 Alice mit sechs Jahren. Alice Walker Collection, a. a. O.

S. 132 AW und Rebecca unterwegs. Alice Walker Collection, a. a. O.

S. 159 Selbstporträt, Zeichnung von AW, aus einem Tagebucheintrag vom April 1978. Alice Walker Collection, a. a. O.

S. 177 AW in New York. Foto von Nancy Crampton. Alice Walker Collection, a. a. O.

S. 233 Sei niemands Liebling. Foto von Nan E. Park. Alice Walker Collection, a. a. O.

S. 244 Die handschriftliche erste Seite von *The Color Purple*, aus einem Tagebuch von 1980. Alice Walker Collection, a. a. O.

S. 275 AWs Skizze ihres neu erworbenen Anwesens – von ihr Wild Trees getauft – in Mendocino County, Kalifornien. Aus einem Tagebuch von 1982. Alice Walker Collection, a. a. O.

S. 304 AW 1984 mit ihrer, wie sie schrieb, »wiederhergestellten Familie in Bestform«: ihrem Partner Robert Allen, ihrer Tochter Rebecca und Roberts Sohn Casey. Alice Walker Collection, a. a. O.

S. 323 AW in Wild Trees bei der Arbeit, 1984. Alice Walker Collection, a. a. O.

S. 403 AW, Foto von Dwight Carter für die Zeitschrift *Essence*, September 1989. Alice Walker Collection, a. a. O.

S. 404 AW und Rebecca, Foto von Jean Weisinger, Juli 1991. Alice Walker Collection, a. a. O.

S. 515 AW, Foto von Sydney R. Goldstein, City Arts & Lectures, San Francisco. Alice Walker Collection, a. a. O.

S. 645 AW in ihren Fünfzigern. Alice Walker Collection, a. a. O.

S. 676 AW tanzt. Foto von Jean Weisinger, 1992. Alice Walker Collection, a. a. O.

ANMERKUNGEN

1 »Solange Liebe außer Mode ist«, in: *Ihr blauer Körper – Gedichte I.* In der Übersetzung von Gerhard Döhler.

2 Gemeint ist die Marke Jawa.

ERSTER TEIL Ehe, Bürgerrechtsbewegung und Mississippi – Die 1960er

1 Im Juni 1965, als dieser Eintrag entstand, war Alice Walker einundzwanzig und Studentin am Sarah Lawrence, einem renommierten Liberal-Arts-College in Bronxville, New York. Ihr Schreiben beschränkte sich zu dieser Zeit hauptsächlich auf Studienarbeiten, die sehr gut aufgenommen wurden, Gedichte, Kurzgeschichten und Tagebucheinträge. Sie betrachtete sich zunehmend als Schriftstellerin. Ihr erstes Buch, ein Gedichtband mit dem Titel *Once*, würde allerdings erst 1968 erscheinen.

2 Charles Merrill, Sohn von Charles E. Merrill, einem der Gründer der Börsenmakler- und Investmentbankingfirma Merrill Lynch & Co. Er war Pädagoge und Philanthrop, förderte historische Schwarze Colleges und gründete 1958 die Commonwealth School in Boston. Er und Walker freundeten sich während Walkers Studium am Spelman College an, nachdem sie ein Merrill-Stipendium für ein Studium in Europa abgelehnt hatte.

3 Marian Wright (später Edelman) war in Mississippi als Juristin für die Schwarze Bürgerrechtsorganisation NAACP tätig und die erste Afroamerikanerin, die in Mississippi als Anwältin vor Gericht zugelassen wurde. 1973 würde sie den Children's Defense Fund gründen, der sich für die Rechte armer, ethnischen Minderheiten angehörender und behinderter Kinder einsetzte.

4 In diesem Eintrag berichtet AW, jetzt Studentin am Sarah Lawrence College in New York, von ihrer Rückkehr in den Süden und speziell nach Atlanta, wo sie das Spelman College besucht hatte, bevor sie ans Sarah Lawrence gewechselt war.

5 Dieser undatierte Eintrag ist eigentlich der Entwurf eines Briefs an einen Freund, den sie mit »Lieber Michael« anredet.

6 Über die Jahre benutzte AW ihre Tagebücher, um Entwürfe für Gedichte, Short Storys und Teile von Romanen zu notieren, so auch für ihr berühmtestes Buch *The Color Purple* (*Die Farbe Lila*, Ecco 2021). Einige derartige Einträge sind (in der Chronologie ihres Auftauchens in den Tagebüchern) in diesem Band ent-

halten, einerseits um die freudige Überraschung zu vermitteln, die solche Einträge darstellen, und andererseits, um zu illustrieren, wie eng verwoben Walkers Schreiben und Leben sind.

7 AW verfasste diesen undatierten Eintrag während eines Afrika-Aufenthalts, bei dem sie mit dem Bus von Nairobi, Kenia, nach Kampala, Uganda, fuhr und längere Zeit bei einer ugandischen Familie lebte.

8 AW fügte diesen letzten Satz später mit roter Tinte hinzu, als eine Art kritischen Kommentar zum vorhergehenden Absatz.

9 AW hatte nach ihrer Rückkehr nach New York eine Abtreibung; sie berichtete später, dass ihr dabei eine Narkose vorenthalten wurde.

10 Dieser Eintrag stammt aus dem Herbst 1965, als AW, nachdem sie mehrere Monate lang andere Länder bereist hatte, ans Sarah Lawrence College zurückgekehrt war, um ihr Studium fortzusetzen.

11 AW schrieb diesen Satz später mit blauer Tinte als kritischen Kommentar zum vorhergehenden.

12 David war zu dieser Zeit AWs Liebhaber; sie hatte ambivalente Gefühle, eine Zukunft mit ihm betreffend, weil ihre Ansichten in Sachen Hautfarben- und Klassenunterschiede so weit auseinandergingen.

13 Die 1956 erschienene Autobiografie der Sängerin Billie Holiday, *Lady Sings the Blues* (*Lady Sings the Blues*, Edition Nautilus 1999), entstand in Zusammenarbeit mit dem Co-Autor William Dufty.

14 AW war noch in New York, nachdem sie im vorangegangenen Winter ihr Studium am Sarah Lawrence College beendet hatte. Hier antizipiert sie eine Rückkehr nach Mississippi, um sich dort wieder der Bürgerrechtsbewegung anzuschließen.

15 Zitiert nach der Reclam-Ausgabe 1920, übersetzt von Hans Moser, 1. Bd., 2. Teil, Kap 7.

16 AW wurde von *Fact* interviewt, einer amerikanischen Zeitschrift, die von 1964 bis 1967 vierteljährlich erschien.

17 Allesamt Freunde, die AW während ihrer ansonsten unbefriedigenden Studienzeit am Spelman kennenlernte, ehe sie ans Sarah Lawrence wechselte. »Howie« ist Howard Zinn, damals Geschichtsprofessor am Spelman.

18 Marian Wright und Henry Aronson waren Anwälte des Rechtshilfefonds der NAACP. »Sie vertraten Schwarze, die gegen die gewaltsam durchgesetzte Rassentrennung und Entmenschlichung von People of Color in Mississippi eintraten«, würde sich Walker erinnern. »Marian war der einzige Mensch, den ich in dem Bundesstaat ›kannte‹, weil sie auch auf dem Spelman College gewesen war. Wir waren uns nie begegnet.«

19 Allesamt Mitstreiter in der Bürgerrechtsbewegung in Mississippi. Melvyn Leventhal war ein neuer Freund, ein jüdischer Jurastudent, der für den Rechtshilfefonds der NAACP arbeitete.

20 Eine Hauptfigur aus *Uncle Tom's Cabin* (*Onkel Toms Hütte*, Anaconda 2013) von Harriet Beecher Stowe. Eliza entflieht der Grausamkeit der Sklaverei, indem sie mitten im Winter den Ohio River überquert. Alice Walker erinnert sich: »Ich hatte, während ich in Mississippi lebte, viele Alb- und Angstträume, alle weitgehend realitätsbasiert, Lynchen, ›Verschwinden‹, Vergewaltigung, verstümmelte

Leichen im Fluss, Mord, das alles war Teil des Lebens in diesem ärmsten Bundesstaat. Heute ist mir klar, dass das ›winzige dunkelhaarige Baby in meinen Armen‹ mein Glaube an die Freiheit und mich selbst war, aus dem heraus ich mich allein auf diese Reise machte.«

21 Eric war ein weißer Mitstreiter in Mississippi, der aus dem Norden kam. »Er wirkte umgänglich«, erinnert sich Walker. »Und unschuldig. Ein Movement-Typ, keine Frage: neugierig, erstaunt, er konnte nicht glauben, dass er immer noch in Amerika war.«

22 AW war frisch verheiratet, als sie diesen Eintrag verfasste. Nur zwei Monate zuvor, am 17. März 1967, hatte sie Mel Leventhal geheiratet, den jungen Juristen beim NAACP-Rechtshilfefonds, der in ihren Tagebucheinträgen erstmals im Juni 1966 in einer beiläufigen Erwähnung auftaucht. Über ihre Beziehung bis zur Heirat herrscht in ihren Tagebüchern erstaunliches Schweigen. Rückblickend vermutet AW, dass sie dort nicht mehr darüber schrieb, weil sie ganz auf das Schreiben ihres ersten Romans, *The Third Life of Grange Copeland* (*Das dritte Leben des Grange Copeland*, Goldmann 1970) konzentriert war.

23 In diesem undatierten Eintrag, der irgendwann im Juni 1967 entstand, richtet sich AW an Langston Hughes, den berühmten amerikanischen Dichter, Romancier, Stückeschreiber, Kolumnisten und Aktivisten, der am 22. Mai 1967 starb. Er war ihr ein Freund und Mentor geworden und hatte eine ihrer ersten Short Storys, »To Hell with Dying«, (»Sterben kommt nicht in Frage«, in: *Roselily*, Kunstmann 2006) in seiner Anthologie *The Best Short Stories by Negro Writers* veröffentlicht.

24 Grange und seine Enkelin Ruth sind Hauptfiguren in dem Roman, den Walker 1967 zu schreiben begann. Er würde schließlich den Titel tragen: *The Third Life of Grange Copeland* (*Das dritte Leben des Grange Copeland*, Goldmann 1970).

25 Myshkin war der Hund des Ehepaars, liebevoll benannt nach dem Fürsten Myschkin in Dostojewskis *Der Idiot*. Der Schriftsteller beschrieb diese Figur einmal als »durch und durch gut … mit einem absolut schönen Wesen«. Manche halten ihn für einen »Idioten«, aber er besitzt eine emotionale Intelligenz, die weit über die aller anderen Charaktere in Dostojewskis Roman hinausgeht.

26 Richard Wright, der bedeutende Autor von *Native Son* (*Sohn dieses Landes*, Kein & Aber 2019) und *Black Boy (Black Boy,* dtv 1981).

27 In ihrem 1968 erschienenen ersten Buch *Once* erwies sich Alice Walker als eine junge Schriftstellerin von ungewöhnlicher Reife und Kraft. Alle Gedichte in diesem Band entstanden entweder während ihres Ostafrikaaufenthalts im Sommer 1965 oder in ihrem letzten Studienjahr am Sarah Lawrence College (Gedichte aus *Once* enthalten in: *Ihr blauer Körper – Gedichte I*, Rowohlt 1993. Übersetzt von Gerhard Döhler).

28 Der neue Welpe des Ehepaars.

29 Barbara Greene arbeitete in Mel Leventhals Anwaltsbüro und wurde eine gute Freundin der beiden.

30 Ein junger jüdischer Mann, der in die Südstaaten gekommen war, um für die Bürgerrechtsbewegung zu arbeiten.

31 Der Anführer der Bürgerrechtsbewegung, Martin Luther King jr., wurde am 4. April 1968 erschossen. Der Präsidentschaftskandidat Robert F. Kennedy wurde am 5. Juni 1968 angeschossen und erlag am nächsten Tag seinen Verletzungen.

32 Dies bezieht sich auf *Invisible Man* (*Der unsichtbare Mann*, Aufbau 2019), den einzigen Roman von Ralph Ellison, der zu seinen Lebzeiten veröffentlicht wurde.

33 Muriel Rukeyser war eine Schriftstellerin und Aktivistin für soziale Gerechtigkeit; sie lehrte am Sarah Lawrence College, als AW dort studierte.

34 Mel arbeitete als Bürgerrechtsanwalt für den Rechtshilfefonds der NAACP.

35 Die Schriftstellerin Anne Moody schrieb in ihrer gefeierten Autobiografie *Coming of Age in Mississippi* (*Erwachen in Mississippi*, Fischer 1972) über ihre Erfahrungen als arme Schwarze Heranwachsende im ländlichen Mississippi und ihr Engagement in der Bürgerrechtsbewegung.

36 Hiram Haydn war Walkers Lektor bei Harcourt, Brace & World, und »das Buch« war der Roman, an dem Walker zuletzt gearbeitet hatte, *The Third Life of Grange Copeland* (*Das dritte Leben des Grange Copeland*, Goldmann 1970).

ZWEITER TEIL Die Bestimmung dieser Blume ist zu blühen – Die 1970er

1 Alice und Mel entschlossen sich auch deshalb für ein Kind, erinnert sich Alice, damit Mel nicht eingezogen und nach Vietnam geschickt würde. Es ging ihnen aber auch darum, ihre »Arbeit in der Bürgerrechtsbewegung weiterzuführen«, sagt sie und fügt an, wie wichtig Mels juristische Fähigkeiten für die Schwarzen waren.

2 Rufino Tamayo war ein mexikanischer Maler und Künstler des 20. Jahrhunderts, dessen farbenfrohe Bilder moderne mexikanische Sujets darstellen.

3 AW hatte ihren ersten Roman, *The Third Life of Grange Copeland* (*Das dritte Leben des Grange Copeland*, Goldmann 1970), fertiggestellt, und Hiram Haydn war ihr Lektor bei Harcourt, Brace & World.

4 AW entschied sich für eine Eileiterunterbindung, um nicht mehr schwanger zu werden.

5 Die Schriftstellerin Susan Sontag, eine weiße Zeitgenossin von AW, galt bereits als einflussreiche Kulturkritikerin, Filmemacherin, Philosophin, Dozentin und politische Aktivistin.

6 AW hatte ein einjähriges Schreibstipendium am Radcliffe Institute der Harvard University in Cambridge, Massachusetts.

7 AW hatte beim Tagebuchschreiben die Angewohnheit, ein halb volles Notizbuch wegzulegen, ein neues anzufangen, sich dann wieder ein altes vorzunehmen und ihre Gedanken von da weiterzuführen, wo sie aufgehört hatte. Für dieses Buch wurde jedoch versucht, die Tagebucheinträge aus verschiedenen Notizbüchern chronologisch zu ordnen, damit sie beim Lesen zusammenhängender sind.

8 Robert Coles, Psychiater, Autor und Harvard-Professor.

9 AW gab die kleine Rebecca in eine Betreuungseinrichtung im Haus ihrer Nachbarin Barbara Cornelius, einer erfahrenen Lehrerin und Bürgerrechtlerin, die Kindern das Abc und Freedom-Songs beibrachte.

10 Das Tougaloo College ist ein kleines privates, historisch Schwarzes College in der Nähe von Jackson, Mississippi.

11 Anfang September 1971 begann AW einen Stipendienaufenthalt für die Dauer des akademischen Jahrs am Radcliffe Institute in Cambridge. Das Radcliffe Institute sollte es Frauen mit familiären Verpflichtungen ermöglichen, kreative oder

wissenschaftliche Projekte zu verfolgen. AWs Stipendium beinhaltete eine Fördersumme von 5.000 Dollar, Arbeitsplatznutzung, Bibliotheksprivilegien am Radcliffe und in Harvard sowie die Möglichkeit, als Gasthörerin Lehrveranstaltungen an beiden Hochschulen zu besuchen.

12 Während ihres Radcliffe-Stipendiums in Cambridge unterrichtete AW auch einen Literaturkurs am Wellesley College, einem privaten Frauencollege im nahen Wellesley, Massachusetts.

13 AW hielt die Abschlussfeierrede an ihrer Alma Mater, dem Sarah Lawrence College in Bronxville, New York.

14 Das war ein Literaturpreis (in Höhe von 50 Dollar), den AW stiftete, um junge Schreibende am Tougaloo College, einem historisch Schwarzen College, gleich nördlich von Jackson, Mississippi, zu ermutigen.

15 AW war die Mitgliedschaft im Kuratorium des Sarah Lawrence College angetragen worden.

16 AW begann gerade, eine für Kinder bestimmte Biografie des legendären Dichters Langston Hughes zu schreiben, mit dem sie sich kurz vor seinem Tod 1967 angefreundet hatte.

17 Milton Meltzer, ein Freund und Mitarbeiter von Hughes, veröffentlichte 1968 eine Biografie des Dichters – für junge Leser ab zehn – mit dem Titel *Langston Hughes.*

18 Nicht zuletzt dank ihres Stipendienaufenthalts im Radcliffe Institute hatte AW einen zweiten Gedichtband, *Revolutionary Petunias & Other Poems*, (*Revolutionäre Petunien & andere Gedichte.* In: *Ihr blauer Körper – Gedichte I*, Rowohlt 1993. Übersetzt von Gerhard Döhler) sowie ihren Kurzgeschichtenband *In Love & Trouble* (*Roselily. 13 Liebesgeschichten*, Kunstmann 2006) fertigstellen können.

19 AW hatte Anfang 1972 den Radcliffe-Entscheidern geschrieben und um eine einjährige Verlängerung ihres Aufenthalts gebeten. »Ein weiteres Stipendium«, schrieb sie, »gäbe mir ein dringend benötigtes Gefühl von Freiheit und Möglichkeiten.«

20 *Gemini: An Extended Autobiographical Statement on My First Twenty-Five Years of Being a Black Poet* von Nikki Giovanni erschien 1971.

21 AW hatte eine Möglichkeit, nach Kuba zu reisen, ausgeschlagen, weil Mel nicht wollte, dass sie fuhr.

22 Bob ist Robert Allen, ein Absolvent des Morehouse College und Freund von Alice aus ihrer Zeit am Spelman. Er und Alice hatten in den späten 60er-Jahren, ehe sie Mel kennenlernte, eine, wie sie es nennt, »Liaison«. »Wir hatten wirklich starke Gefühle füreinander«, würde sich Allen erinnern. »Aber ich war schon anderweitig verlobt.«

23 Sylvia Plaths 1963 erschienenes Buch *The Bell Jar* (*Die Glasglocke*, Suhrkamp 1968) ist ein bewegender, semiautobiografischer Roman über eine Frau, die in eine tiefe Depression fällt.

24 Bezieht sich auf ihre Mitgliedschaft im Kuratorium des Sarah Lawrence College, ihrer Alma Mater.

25 Sie denkt an ihre starken Gefühle für Robert »Bob« Allen.

26 Obgleich AW hier diese Bezeichnung spaßhaft für alle Lesben benutzt, waren die

Daughters of Bilitis, auch DOB oder die Daughters genannt, eine der ersten Lesbenorganisationen in den USA. Gegründet wurden die DOB 1955 in San Francisco, zunächst als soziale Alternative zu Lesbenbars, wo die Frauen oft von der Polizei schikaniert wurden. Die DOB entwickelten sich zu einer politischen Organisation, die sich für Lesbenrechte einsetzte, Lesbengeschichte vermittelte und Frauen beim Coming-out unterstützte.

27 Der guineische Autor Laye Camara schrieb *L'Enfant Noir* (*Einer aus Kurussa*, Speer 1954), angelehnt an seine eigene Kindheit, sowie *Le Regard du Roi* (*Der Blick des Königs*, Speer 1963), das der Philosoph Kwame Anthony Appiah »einen der bedeutendsten afrikanischen Romane der Kolonialzeit« nannte.

28 Nikki Giovanni, Don L. Lee (später Haki Madhubuti) und andere Schwarze Dichterinnen und Dichter hatten Diana Ross als Sängerin wegen ihrer Crossoverstrategie scharf kritisiert. Ross rehabilitierte sich jedoch zu einem gewissen Grad durch ihre Darstellung der Billie Holiday in dem 1972 erschienenen Film *Lady Sings the Blues*, der für fünf Oscars nominiert wurde, darunter in der Kategorie »Beste Hauptdarstellerin«.

29 Khalil Gibran.

30 Freunde von AW in Cambridge.

31 Die höchst produktive Schriftstellerin Joyce Carol Oates – sechs Jahre älter als AW – hatte für ihren 1969 erschienenen Roman *Them* (*Jene*, DVA 1975) den National Book Award erhalten. Sie war verheiratet, hatte aber keine Kinder.

32 William F. Buckley jr., konservativer Autor und Kommentator, gründete 1955 die Zeitschrift *National Review*. Er moderierte außerdem eine TV-Talkshow namens *Firing Line*.

33 Der bekannte Schwarze Literaturkritiker, Dichter und Essayist Jerry Ward begann 1970 am Tougaloo College in Mississippi zu lehren.

34 Die von AWs Schriftstellerkollegin und Freundin June Jordan verfasste Biografie für Kinder, *Fannie Lou Hamer*, war im Oktober 1972 erschienen.

35 In einer Rezension in *Black World* schrieb die Literaturkritikerin Mary Helen Washington nach der Lektüre von *Revolutionary Petunias* (*Revolutionäre Petunien* in: *Ihr blauer Körper – Gedichte I*, Rowohlt 1993. Übersetzt von Gerhard Döhler) würden die Leser und Leserinnen »nicht nur die Erfahrungen von Schwarzen in den Südstaaten etwas besser verstehen, sondern die Erfahrung von Schwarzen generell«.

36 AWs langjährige Freundin, die bekannte karibisch-amerikanische Dichterin, Essayistin und Aktivistin June Jordan.

37 Barbara Ann Teer, afroamerikanische Schriftstellerin und Produzentin, gründete 1968 das Harlem National Black Theatre.

38 Paraphrase einer Passage aus June Jordans Gedicht »Getting Down to Get Over«.

39 Bezieht sich auf den radikalen Schwarzen Lyriker, Dramatiker und Prosaautor Amiri Baraka, ehemals LeRoi Jones, und auf die Republic of New Africa (RNA), eine radikale separatistische Schwarzenorganisation, gegründet 1968 in Detroit mit dem Ziel der Errichtung eines unabhängigen Staats innerhalb der USA, bestehend aus den fünf Bundesstaaten des tiefen Südens.

40 Später schrieb AW folgenden Zusatz zu diesem Eintrag: (Siehe Essay: »Looking for Zora«, S. 34 ff. Aber das Problem an diesem Text ist, dass er untertreibt.)

41 AW war nach Eatonville und Fort Pierce, Florida, gereist, um das Grab von Zora Neale Hurston (1891–1960) zu suchen, einer Schriftstellerin, die sie sehr bewunderte und die trotz ihrer herausragenden Bedeutung als fruchtbarste Schwarze Autorin ihrer Generation in einem unmarkierten Grab beigesetzt wurde. Indem sich AW als Hurstons Nichte ausgab, fand sie das Grab auf einem verunkrauteten segregierten Friedhof und kaufte von ihrem eigenen Geld einen kleinen grauen Grabstein. Da Hurston immer gelogen hatte, was ihr Alter anging, ließ AW ein falsches Geburtsjahr – 1901 statt 1891 – auf den Stein setzen. Wissenschaftler fanden später heraus, dass Hurston sich in einem radikalen Akt der Selbstneuerfindung um zehn Jahre jünger gemacht hatte, um die Highschool abschließen zu können, nachdem sie, im Anschluss an den Tod ihrer Mutter, ein Jahrzehnt »auf Wanderschaft« verbracht hatte.

42 AW spricht hier vom Buch ihrer Freundin June Jordan, *Fannie Lou Hamer*, eine Kinder-Biografie der Bürgerrechtsaktivistin.

43 Bezieht sich auf ein Interview durch John O'Brien, das in dessen 1973 erschienenem Buch *Interviews with Black Writers* veröffentlicht wurde. AW sprach von dem Vorfall in ihrer Kindheit, als einer ihrer Brüder ihr mit einer Luftpistole ins rechte Auge schoss, und sagte: »Ich dachte lange, ich sei sehr hässlich und entstellt. Das machte mich scheu und schüchtern, und ich empfand oft Äußerungen als beleidigend und herabsetzend, die gar nicht so gemeint waren.«

44 AWs Mutter hieß Minnie Tallulah Grant Walker; die Abkürzung für Tallulah war »Lou« oder »Lue«.

45 Rechtshilfe- und Bildungsfonds der NAACP oder LDF.

46 Gloria Steinem, eine neue Freundin, war Mitgründerin und zu dieser Zeit Chefredakteurin der Zeitschrift *Ms.*, für die AW inzwischen als freie Redakteurin tätig war und mehrere Artikel im Jahr schrieb.

47 Die Familie zog nach New York, wo Mel vom dortigen Büro des Rechtshilfe- und Bildungsfonds der NAACP aus arbeiten sollte.

48 Rufino Tamayo schuf vor allem Gemälde, Drucke und Skulpturen.

49 Zu diesem Zeitpunkt arbeitet AW an einem weiteren Roman, einer Meditation über die Bürgerrechtsbewegung.

50 James Alan McPherson war ein amerikanischer Essayist und Verfasser von Kurzgeschichten. Er erhielt als erster Schwarzer Autor für seine 1977 erschienene Kurzgeschichtensammlung *Elbow Room* den Pulitzer-Preis für Fiktion.

51 *Their Eyes Were Watching God* (*Vor ihren Augen sahen sie Gott*, edition fünf 2011), Zora Neale Hurstons bekanntester Roman, erschien 1937.

52 Darwin T. Turner, ein Schwarzer Literaturkritiker; seine Hurston-Kritik war besonders harsch und mit Sexismus durchsetzt.

53 Hart Leroy Bibbs war ein afroamerikanischer Dichter, Fotograf, Musiker, Schauspieler und bildender Künstler.

54 Bezieht sich auf den Plot von Richard Wrights Roman *Native Son* (*Sohn dieses Landes*, Kein & Aber 2019).

55 Bezieht sich auf die Protagonistin von Nella Larsens Roman *Quicksand*.

56 AWs Kinderbuch über Hughes, erschienen 1974.

57 Der im Mai 1976 erschienene Roman *Meridian* (*Meridian*, Aufbau 1989) wird oft als AWs Meditation über die Bürgerrechtsbewegung bezeichnet. Er folgt Meri-

dian Hill, einer jungen Schwarzen Frau, die Ende der 60er-Jahre auf dem College zur Bürgerrechtsbewegung findet.

58 AW, inzwischen von Mel geschieden, lebt in Brooklyn, New York.

59 Robert Allen, Aktivist und Schriftsteller; AW lernte ihn kennen, als er am Morehouse College studierte und sie am Spelman. In den Tagebüchern nennt AW ihn anfangs Bob, später Robert und manchmal Roberto.

60 Pamela Parker, eine weiße Bürger- und Frauenrechtsaktivistin, heiratete Robert Allen 1965.

61 Bobs Frau Pam.

62 AW und Mel Leventhal sind zu diesem Zeitpunkt getrennt, aber noch nicht geschieden.

63 Ende 1976 zog AW aus dem Haus, das sie mit Mel in Brooklyn teilte, in ihre eigene Wohnung in der Nähe. Wie in vielen modernen Familien pendelte Rebecca zwischen beiden Elternteilen hin und her.

64 Alice und Mel trennten sich 1976 und wurden im Dezember 1977 offiziell geschieden.

65 Huey P. Newton, revolutionärer Aktivist und einer der Gründer der Black Panther Party, war 1974 mit seiner Partnerin (und späteren Frau) Gwen Fontaine nach Havanna geflohen, um einem Gerichtsprozess wegen Mordes an einer jungen Prostituierten in Oakland zu entgehen.

66 Sie wurde von einem Luftpistolengeschoss getroffen, als ihre Brüder spielten.

67 AWs Großvater väterlicherseits, Henry Clay Walker, starb am 1. Juli 1977.

68 Robert, in den Tagebüchern auch Bob und gelegentlich Roberto genannt.

69 Robert begann gerade mit der Arbeit an einem Projekt über den größten Meutereiprozess in der Geschichte der US-Marine. Am 26. Juli 1944 kamen bei einer Explosion in Port Chicago, Kalifornien, 320 Marinesoldaten ums Leben, von denen 202 Schwarz waren. Laut historischen Dokumenten weigerten sich daraufhin über 200 Mann, weiter Munition zu verladen, was vor dem Kriegsgericht endete.

70 Bertina und Stasia sind ein lesbisches Paar, mit dem AW befreundet ist.

71 AW nennt hier ihre Großmutter Mama und ihren Großvater Papa; man beachte die Erwähnung von »Miss Shug«, der Geliebten ihres Großvaters. Es handelt sich um eine überlieferte Familienanekdote. Die Gänsefüßchen stehen deshalb da, weil es sich um Reizwäsche gehandelt hat.

72 Dies ist eine frühe Skizze für den – von der Lebensgeschichte ihrer Großeltern inspirierten – Roman, der schließlich als *The Color Purple* (*Die Farbe Lila*, Ecco 2021) erschien.

73 AW stellte damals gerade eine Sammlung von Zora Neale Hurstons Schriften zusammen; sie würde 1979 unter dem Titel *I Love Myself When I Am Laughing and Then Again When I Am Looking Mean and Impressive* (*Ich mag mich, wenn ich lache*, Ammann 2000) bei The Feminist Press at CUNY erscheinen. Der Titel ist ein Zitat aus einem Brief von Hurston an ihren Freund Carl Van Vechten als Reaktion auf Fotos, die er von ihr gemacht hatte.

74 Die hier gemeinten Jobs sind eine Lehrveranstaltung in Yale und die Arbeit als feste freie Redakteurin für die Zeitschrift *Ms.*

75 Der Nachruf »Anaïs Nin – 1903–1977« erschien in *Ms.*, April 1977, S. 46.

76 Wendy Weil, AWs Literaturagentin.

77 Zu diesem Zeitpunkt lebte Mel mit seiner neuen Partnerin Judy in dem Haus in der Midwood Street in Brooklyn, das er und Alice einst bewohnt hatten. AW wohnte in einem Apartment in Brooklyn, und sie teilten sich die Sorge für die siebenjährige Rebecca.

78 Amiri Baraka, zuvor unter den Namen LeRoi Jones und Imamu Amear Baraka bekannt, war ein bekannter, umstrittener afroamerikanischer Dichter, Dramatiker, Prosaautor, Essayist und Musikkritiker.

79 Robert/Bob lebt in der San Francisco Bay Area.

80 Bob lebt immer noch mit seiner Frau Pam in Kalifornien.

81 Eine Künstlerkolonie in New Hampshire.

82 Zake ist der Spitzname der Dramatikerin und Autorin Ntozake Shange.

83 Bobs Mutter.

84 Ein geschätzter weißer Autor, Musikjournalist und Kulturkritiker, lange bei *Rolling Stone*.

85 Roberts und Pams kleiner Sohn.

86 Assata Shakur, politische Aktivistin und Mitglied der Black Panther Party, wurde 1977 wegen Mordes an einem Autobahnpolizisten verurteilt, der 1973 bei einer Schießerei am New Jersey Turnpike getötet worden war. Ihre Anhänger wandten ein, der Prozess sei unfair gewesen, weil nach dem Recht von New Jersey die Staatsanwaltschaft nicht hatte beweisen müssen, dass Shakur die tödlichen Schüsse abgegeben hatte. Zu diesem Zeitpunkt saß sie als Lebenslängliche im Frauengefängnis von Clinton/New Jersey.

87 Die MacDowell-Künstlerkolonie in New Hampshire, eine der ältesten der USA, wurde 1907 gegründet, um »kreativen Menschen von höchster Begabung eine inspirierende Umgebung zu bieten, in der sie bleibende Werke der Imagination hervorbringen können«.

88 Die 1977 gegründete Zeitschrift *Heresies* bezeichnete sich selbst als »feministische Publikation über Kunst und Politik«. Sie würde noch bis 1993 erscheinen.

89 *The Women's Room* (*Frauen*, Rowohlt 1978) ist der 1977 erschienene Debütroman der feministischen amerikanischen Autorin Marilyn French.

90 Die Familienkatze.

91 Die Scheidung von AW und Mel wurde im Dezember 1977 vollzogen.

92 Die Dichterin June Jordan, eine langjährige Freundin.

93 Bertina ist eine Freundin von AW, die ihr zu verstehen gegeben hat, dass sie sich von ihr angezogen fühlt. Bertina lebt jedoch in einer Beziehung mit einer anderen Frau.

94 Robert E. Hemenways *Zora Neale Hurston: A Literary Biography* erschien 1977 mit einem Vorwort von AW.

95 Der Historiker Vincent Harding.

96 Dieser Text – über Mutterschaft und Arbeit und darüber, wie vorteilhaft es ist, nur *ein* Kind zu haben – war ursprünglich eine Rede von AW, gehalten 1979 bei einer Veranstaltung am Sarah Lawrence College zu Ehren der Dichterin Muriel Rukeyser, die dort AWs Dozentin gewesen war. AW veröffentlichte den Text schließlich 1983 unter dem Titel *One Child of One's Own* in ihrer Essaysammlung *In Search of Our Mothers' Gardens: Womanist Prose* (in dem deutschen Band *Auf*

der Suche nach den Gärten unserer Mütter, Frauenbuchverlag 1987, ist er nicht enthalten).

97 Unveröffentlichtes Manuskript autobiografischer Gedichte und Prosatexte, an denen Assata Shakur im Gefängnis arbeitete.

98 Mamie und Ruth sind Alice' ältere Schwestern.

99 Rebecca, jetzt acht, hat abwechselnd bei AW und Mel gewohnt, da beide Eltern in Brooklyn lebten. Doch wegen Mels bevorstehendem Umzug nach Washington, D. C., ist geplant, dass Rebecca das nächste Schuljahr dort bei ihrem Vater verbringt.

100 Ihr Vermieter.

101 Sie hatte ihren Freund Vincent gekränkt, indem sie etwas gegen sein Rasierwasser sagte, fühlte sich aber besser, nachdem sie ihn angerufen und sich entschuldigt hatte.

102 AW spricht hier von ihrer Arbeit an der bahnbrechenden Sammlung von Texten Zora Neale Hurstons.

103 Hurstons Kurzgeschichte »The Gilded Six-Bits« von 1933.

104 AWs autobiografische Kurzgeschichte über eine junge Schwarze Frau, Annie, die während ihrer Arbeit für die Bürgerrechtsbewegung im Süden eine leidenschaftliche Affäre mit einem jungen Mann, Laurel, eingeht, der ihr totales Gegenteil ist und den sie als »Parodie eines Hinterwäldlers« beschreibt (»Laurel«, in: *Freu dich nicht zu früh*, Frauenbuchverlag 1987).

105 Brenda, eine Cousine von AW, die kürzlich aus Georgia nach Brooklyn gezogen ist, kümmert sich mit um Rebecca, vor allem, wenn Alice auf Reisen ist.

106 Casey ist Roberts und Pams kleiner Sohn.

107 Tillie Olsen, die feministische Schriftstellerin, war eine Freundin von AW und lebte in San Francisco.

108 AW spricht hier von einem Foto ihrer Ururgroßmutter Mae Poole und einem Foto von sich selbst mit etwa sechs Jahren.

109 Geplant ist, dass Rebecca während des nächsten Schuljahrs bei ihrem Vater in Washington, D. C., lebt.

110 Früher Arbeitstitel von AWs angedachtem neuem Roman, basierend auf der Ehe ihrer Großeltern; daraus wird *The Color Purple* (*Die Farbe Lila*, Ecco 2021) werden.

111 Mels Mutter.

112 AWs dritter Gedichtband, erschienen 1979. Diese Gedichte »über Zusammenbruch und spirituelle Verwirrung« zu schreiben, sagt Walker, habe bei ihr »schließlich zu einem umfassenderen Verständnis der Psyche und der Welt geführt«. (Großenteils enthalten in: *Ihre braune Umarmung – Gedichte II*, Rowohlt 1995.)

113 Anaïs Nin begann 1914 im Alter von elf Jahren, Tagebuch zu führen. 1966 veröffentlichte sie den ersten Band, der die Jahre 1931–1934 abdeckt. Sechs weitere Bände folgten. Ihre veröffentlichten Tagebücher wurden bei jungen Frauen sehr populär und machen Nin zu einer feministischen Ikone.

114 Ein auf die griechische Sage von Ariadne zurückgehender Begriff. Er steht für einen »Faden«, der hilft, sich im Labyrinth der Welt zurechtzufinden, und meint die erschöpfende Anwendung von Logik auf alle verfügbaren Wege. Schlüsselele-

ment der Übertragung des Ariadnefadens auf die Problemlösung ist das Festhalten – in welcher Form auch immer – der verfügbaren und ausprobierten Optionen. Dies bildet den »Faden«, ganz gleich, welchen Mediums es sich bedient. Wir sehen also an diesem Eintrag AWs sich herausbildende Sicht ihrer Tagebücher als einer Dokumentation – so wie Anaïs Nins Tagebücher – des Angehens von Fragen oder Problemen in ihrem Leben.

115 AW führte oft mehrere Tagebücher nebeneinander und nahm manchmal einen Gedankengang in einem Notizbuch wieder auf, das sie seit Jahren nicht benutzt hatte. Der Klarheit und leichteren Lesbarkeit wegen sind die Tagebucheinträge für dieses Buch chronologisch kompiliert worden, egal aus welchem Notizbuch sie stammen.

116 Roberts Mutter, Sadie Allen, war lange Zeit Studiendekanin am Spelman College in Atlanta, wo AW und Robert, damals Student am Morehouse College, sich in einer Lehrveranstaltung von Howard Zinn kennengelernt hatten.

117 Miriam ist Mels Mutter und AWs Ex-Schwiegermutter.

118 Obwohl Kind eines Schwarzen Vaters und einer weißen Mutter, hatte der kleine Casey blaue Augen, und von der Hautfarbe her konnte man ihn für weiß halten.

119 AW hatte gerade das Bad in ihrem Haus in Brooklyn renovieren lassen.

120 Stasia war Bertinas Partnerin.

121 Das 1978 erschienene Buch *Silences* der weißen feministischen Schriftstellerin Tillie Olsen stellte den gültigen Literaturkanon infrage und explorierte, wie kreative Stimmen in den USA aufgrund von *race*, *class* und *gender* zum Verstummen gebracht werden.

122 Rebecca wird das Schuljahr über bei ihrem Vater Mel in Washington, D. C., leben, während AW das Jahr mit Robert in San Francisco verbringt.

123 Freunde, denen AW während ihres Jahrs in San Francisco ihr Haus in Brooklyn vermieten wollte.

124 AWs Cousine Brenda sollte mit Louisa und Bryant in AWs Haus in Brooklyn wohnen.

125 Bezieht sich auf AWs dritten Gedichtband, *Good Night, Willie Lee, I'll See You in the Morning*, und ihre neue Lektorin Joyce Johnson bei Dial Press (die Gedichte aus *Gute Nacht, Willie Lee, ich seh dich morgen früh* sind größtenteils enthalten in: *Ihre braune Umarmung – Gedichte II*, Rowohlt 1995).

126 Robert arbeitete als Redakteur bei *The Black Scholar*, einer Zeitschrift für Black Studies mit Sitz in der San Francisco Bay Area.

127 Die Dichterin Muriel Ruckeyser war eine von AWs Professorinnen am Sarah Lawrence College, und Jane Cooper war ebenfalls Sarah-Lawrence-Professorin und Dichterin.

128 Felix Unger ist eine der beiden Hauptfiguren in dem 1968 in die Kinos gekommenen Film und der beliebten Siebzigerjahre-Fernsehserie *The Odd Couple* (Film: *Ein seltsames Paar;* Fernsehserie: *Männerwirtschaft*) über zwei gegensätzliche Wohngenossen – der eine hypochondrisch und pedantisch, der andere unbekümmert und chaotisch.

129 St. Clair Bourne war ein geachteter Schwarzer Independent-Filmemacher.

130 Robert arbeitete an einem Sachbuch über die Explosion in der Navy-Munitionsbasis Port Chicago nördlich von San Francisco im Jahr 1944, bei der 320 Soldaten

beim Verladen von Munition umgekommen waren, davon 202 Schwarze. In der Folge weigerten sich die 258 Überlebenden, weiter Munition zu verladen, und 50 von ihnen kamen wegen Meuterei vors Kriegsgericht. Roberts Buch sollte schließlich 1989 erscheinen, mit dem Titel *The Port Chicago Mutiny: The Story of the Largest Mass Mutiny Trial in U.S. Naval History*.

131 AWs Sternzeichen.

132 Die Aktivistin und Schriftstellerin Tillie Olsen ist am bekanntesten für ihre preisgekrönten Bücher *Tell Me a Riddle* (*Erzähl mir ein Rätsel*, Luchterhand 1980) und *Yonnondio: From the Thirties* (*Yonnondio*, Luchterhand 1979). Ihre Beschäftigung mit lange vernachlässigten Schriftstellerinnen trug entscheidend zur Entwicklung von Women's Studies bei. Über ihren Einfluss auf AW sagte diese: »So viel ich auch aus *Tell Me a Riddle* gelernt habe – noch mehr gelernt habe ich aus Tillies wegweisendem Essay ›Silences: When Writers Don't Write‹, den ich las, als ich Anfang der Siebzigerjahre in Cambridge lebte, allein für eine kleine Tochter zuständig war und selbst darum kämpfte, zum Schreiben zu kommen.«

133 1975 geboren, war Casey noch ein Kleinkind, als Robert und Pam sich trennten.

134 AW meint Charlton Heston in der Rolle des Moses.

135 Eine alte Freundin.

136 Der Film heißt »Black's Britannia«.

137 Eine neue Freundin.

138 Washington, New York und Georgia.

139 Henri Norris war eine Freundin in Washington, eine Schwarze Anwältin, die Alice in Jackson, Mississippi, kennengelernt hatte.

140 Richard und Anne Sobol.

141 Der renommierte afroamerikanische Historiker Vincent Harding. Rosemarie war Vincents Frau, Rachel und Jonathan hießen die Kinder der beiden.

142 Ella Baker war Bürger- und Menschenrechtsaktivistin und eine wichtige Schwarze Führungspersönlichkeit, deren Karriere – vor allem als Organisatorin hinter den Kulissen – über fünf Jahrzehnte umfasste. 1903 geboren, wuchs sie im ländlichen Littleton, North Carolina, auf und besuchte die Shaw University in Raleigh. Jahrzehnte später kehrte sie nach Raleigh zurück, um an der Gründung des Student Nonviolent Coordinating Committee (SNCC) mitzuwirken.

143 Sie nahm an der Veranstaltung am Sarah Lawrence College in Bronxville, New York, teil.

144 Michele Wallace' 1979 erschienenes Buch *Black Macho and the Myth of the Superwoman* ging hart mit der patriarchalen Kultur der Bürgerrechts- und Black-Panther-Bewegung der 1960er- Jahre ins Gericht und stellte Reflexionen über den fortdauernden Sexismus in der Schwarzen Community an.

145 Der afroamerikanische Romancier und Dichter Ishmael Reed, der einen Blurb für das Cover von Wallace' Buch schrieb, war ein lautstarker Kritiker Schwarzer Schriftstellerinnen, die es mit dem Feminismus hielten oder den Sexismus Schwarzer Männer aufzeigten.

146 Die Mutter der Schriftstellerin ist die gefeierte Künstlerin Faith Ringgold, besonders bekannt für ihre erzählenden Quilts.

147 Bernice Johnson Reagon, Sozialaktivistin, Singer/Songwriterin und Musikhistorikerin, war Gründungsmitglied der SNCC (Student Nonviolent Coordinating

Committee) Freedom Singers. 1973 gründete sie das gefeierte A-cappella-Ensemble Sweet Honey in the Rock.

148 Rebecca, jetzt neun, lebt zurzeit bei ihrem Vater Mel und dessen jetziger Frau Judy in Washington. Nach der Geburt von Rebeccas Halbbruder überlegt Mel, ob er weiter in Washington bleiben will, und erörtert mit AW, ob Rebecca im neuen Schuljahr bei ihr in San Francisco leben soll.

149 Der legendäre Dichter Langston Hughes hatte Alice und Mel zu Beginn ihrer Ehe, nicht lange vor seinem Tod 1967, in seinen Freundeskreis aufgenommen. Er wurde AWs »literarischer Vater«, wie sie es später nennen sollte, und ihr erster Herausgeber, da er ihre Kurzgeschichte »To Hell With Dying« (»Sterben kommt nicht in Frage«, in: *Roselily*, Goldmann 1970) in *The Best Short Stories by Negro Writers* (1967) aufnahm, neben so arrivierten Autoren und Autorinnen wie Gwendolyn Brooks und Jean Toomer.

150 Der Schwarze Soziologe Robert Staples übte in seinem Artikel »The Myth of Black Macho: A Response to Angry Black Feminists«, der in *The Black Scholar* von März/April 1979 erschien, harsche Kritik an den Schriftstellerinnen Ntozake Shange und Michele Wallace. AW verfasste daraufhin einen Brief an *The Black Scholar*. Sie erklärte später: »Die Redaktion befand das Schreiben für zu ›persönlich‹ und zu ›hysterisch‹, um es zu veröffentlichen. Sie schlugen Änderungen vor, und ich zog es zurück.« Sie veröffentlichte den Brief – in dem sie ihre eigene wohlerwogene prägnante Kritik an Michele Wallace' *Black Macho and the Myth of the Superwomen* übt – in ihrem 1983 erschienenen Buch *In Search of Our Mothers' Gardens* (teilweise enthalten in *Auf der Suche nach den Gärten unserer Mütter*, Frauenbuchverlag 1987).

151 AW resümierte oft ihre derzeitige Situation, wenn sie ans Ende eines Notiz- oder Tagebuchs kam. Dieses, ein Geschenk von Robert, war in patiniertes braunes Leder gebunden.

152 »The Song of Toni Morrison« von Colette Dowling, *New York Times Magazine*, 20. Mai 1979. AW bekam den Artikel von ihrer langjährigen Freundin, der Literaturwissenschaftlerin Mary Helen Washington.

153 Obwohl Caseys Vater Robert Schwarz ist.

154 »*One* Child of One's Own«, *Ms.*, August 1979. Dieser Essay, wiederabgedruckt in dem Essayband *In Search of Our Mothers' Gardens* von 1983, behandelt AWs Überzeugung, dass Künstlerinnen nur ein Kind haben sollten, da mehr Kinder ein Hemmnis für Unabhängigkeit und Kreativität wären. AW erörtert darin auch die Einstellung vieler Schwarzer Frauen zum weißen Feminismus.

155 Die Filmproduzentin/-autorin Carol Munday Lawrence hatte AW gebeten, das Skript für eine Filmadaptation ihrer Kindergeschichte »Finding the Green Stone« zu schreiben. Ihre Produktionsfirma hieß Nguzo Saba Films.

156 Am 26. Juli 1953 griffen Fidel Castro und rund 140 Rebellen die Militärkaserne in Moncada an. Der Sturm auf die Moncada-Kaserne war die erste bewaffnete Aktion der kubanischen Revolution, die 1959 siegte.

157 Barbara Christian war eine feministische Autorin und Professorin für African American Studies an der Universität Berkeley, Kalifornien.

158 Nachdem sie ein Jahr bei ihrem Vater in Washington, D. C., gelebt hat, zieht die jetzt neunjährige Rebecca zu ihrer Mutter nach San Francisco.

159 Ishmael Reed, amerikanischer Schriftsteller und Kulturkritiker, wohl am bekanntesten für seine satirischen Werke, in denen er die politische Kultur Amerikas aufs Korn nahm, und für seine harsche Kritik – in den 1970er- und 80er-Jahren – an Schwarzen feministischen Schriftstellerinnen.

160 Eine Buchpremierenparty bei Womanbooks in NYC für den Zora-Neale-Hurston-Reader *I Love Myself When I Am Laughing* (*Ich mag mich, wenn ich lache*, Ammann 2000), den AW herausgegeben hatte.

161 Mary Helen Washington, Literaturkritikerin, Professorin und Freundin von AW, schrieb das Vorwort zum Hurston-Reader.

162 Mary Helen Washington war in San Francisco, um am Jahreskongress der Modern Language Association teilzunehmen, eines Berufsverbands von Sprach- und Literaturwissenschaftlern.

DRITTER TEIL SEI NIEMANDS LIEBLING – Die 1980er

1 Einer der Brüder AWs.

2 Kalamu ya Salaam, Dichter und Redakteur der Zeitschrift *Black Collegian* von 1970 bis 1983.

3 Der Brief war AWs Reaktion auf Mickey Friedmans Artikel im *San Francisco Examiner*, »The voices of black Southern women«, 28. Januar 1980.

4 Dieser undatierte Eintrag beginnt auf der Innenseite des vorderen Deckels eines dunkelblauen Spiralnotizbuchs und endet auf der Innenseite des hinteren Deckels. Das 70-Seiten-Notizbuch, das einen Preisaufkleber von 99 Cent hat, enthält mehrere Seiten mit einem Abriss über »Shug Perry«, geschrieben in der dritten Person und in Standardenglisch. Celies Geschichte ist in diesem Notizbuch ebenfalls umrissen, auf die gleiche schlichte, exposéhafte Art. Dann, kurz nach der Mitte des Notizbuchs, findet sich die erste Seite von *The Color Purple* (*Die Farbe Lila*, Ecco 2021), wie wir es kennen.

5 Dies ist ein Großteil der ersten Seite von *The Color Purple* (*Die Farbe Lila*, Ecco 2021), mit grüner Tinte geschrieben und zu finden etwa in der Mitte des bereits erwähnten blauen Spiralnotizbuchs, ca. 1980. Der erste Entwurf des restlichen Romans, in verschiedenen Farben handgeschrieben, füllt den Rest dieses Notizbuchs und mehrere weitere Notizbücher.

6 Dieser Brief bezieht sich auf einen Drehbuchentwurf der Schwarzen Schriftstellerin Toni Cade Bambara für einen biografischen Film über Zora Neale Hurston.

7 An ihrem neuen Roman arbeitete AW in einem gemieteten Haus auf dem Land in Boonville, Mendocino County, Kalifornien.

8 In AWs Kurzgeschichte »Nineteen-Fifty-five« (dt. »Neunzehnfünfundfünfzig«) ist die Icherzählerin Gracie Mae Still eine Bluessängerin. Sie weist Ähnlichkeiten mit Big Mama Thornton auf, die als Erste »Hound Dog« auf Schallplatte sang (den Song, der Elvis Presley berühmt machte). In der Geschichte kauft Traynor, ein junger Weißer, einen Song von Gracie Mae, nimmt ihn auf und wird ein großer Star – findet aber nicht das erhoffte Glück. Die Geschichte erschien zuerst in *Ms.* vom März 1981 unter dem Titel »1955, or, You Can't Keep a Good Woman Down«. Danach eröffnete sie AWs Kurzgeschichtenband von 1981, *You Can't Keep a Good Woman Down* (*Freu dich nicht zu früh. Vierzehn radikale Geschichten*, Frauenbuchverlag 1987).

9 Willis ist Rebeccas und Alice' Katze.

10 Am Montag, den 8. Dezember 1980, wurde John Lennon beim Verlassen des Dakota Building, seines exklusiven New Yorker Wohngebäudes mit Blick auf den Central Park, von Mark David Chapman erschossen. Von vier Kugeln getroffen, wurde er bei der Ankunft im Roosevelt Hospital für tot erklärt. Der Mörder blieb am Tatort und las in J. D. Salingers *Catcher in the Rye* (*Der Fänger im Roggen*, Kiepenheuer & Witsch 2003), bis die Polizei kam und ihn festnahm.

11 Katherine Mansfield war eine zu den Wegbereitern der Moderne zählende neuseeländische Schriftstellerin. 1911 erzielte ihre erste veröffentlichte Kurzgeschichtensammlung *In a German Pension* (*In einer deutschen Pension*, Haffmans bei Zweitausendundeins 2011) viel Aufmerksamkeit.

12 Casey, der kleine Sohn von Robert und Pam, von der Robert sich endlich hat scheiden lassen.

13 Der Kurzgeschichtenband *You Can't Keep a Good Women Down* (*Freu dich nicht zu früh*, Frauenbuchverlag 1987) erschien offiziell am 29. April 1981.

14 Tillie Olsen, geboren 1913, eine weiße feministische Schriftstellerin, deren Thema die mühsamen Kämpfe von Frauen und nichtprivilegierten Menschen waren. Olsens Sachbuch *Silences*, erschienen 1978, exploriert das Verstummen von Schreibenden, etwa aufgrund von Schreibblockaden, Nichtveröffentlichung und der Schwierigkeit, die es für Schreibende aus der Arbeiterschicht, insbesondere Frauen, oft darstellte, Zeit für ihre Kunst zu finden. Selbst in San Francisco wohnhaft, hatte Olsen AW bei deren Übersiedlung in die Bay Area herzlich empfangen.

15 Der Band mit Essays, geschrieben zwischen 1966 und 1982, würde 1983 unter dem Titel *In Search of Our Mothers' Gardens: Womanist Prose* erscheinen (einige der Essays sind enthalten in: *Auf der Suche nach den Gärten unserer Mütter*, Frauenbuchverlag 1987).

16 Obgleich moralisch gegen die Sklaverei, war die weiße britische Schauspielerin und Autorin Fanny Kemble eine Zeit lang mit einem Sklavenhalter in Georgia verheiratet. Die Auseinandersetzungen mit ihrem Mann wegen der brutalen Behandlung versklavter Menschen führten schließlich 1849 zur Scheidung. Im Bürgerkrieg veröffentlichte sie das Buch *Journal of a Residence on a Georgian Plantation in 1838–1839*, eine Verurteilung dessen, was sie auf der Plantage ihres Mannes miterlebt hatte, basierend auf ihren ausführlichen Tagebüchern aus dieser Zeit.

17 AWs Freundin Wendy Cadden, eine weiße lesbische Fotografin und Grafikerin.

18 AWs Freundin Faith Mitchell, eine Medizinanthropologin, die zu sozial- und gesundheitspolitischen Problemen in der Karibik forschte.

19 Gloria Steinem, feministische Ikone, Freundin von AW und eine der Gründerinnen der Zeitschrift *Ms.*

20 Andrea Dworkin – Radikalfeministin und Schriftstellerin, am bekanntesten wohl für ihr 1979 erschienenes Buch *Pornography: Men Possessing Women.* (*Pornographie – Männer beherrschen Frauen*, Fischer 1990). Der Untertitel zu ihrem Buch *Our Blood*, erschienen 1976, lautet *Prophecies and Discourses on Sexual Politics.*

21 Holly Near, eine weiße feministische Singer/Songwriterin und Aktivistin für soziale Gerechtigkeit, und Jessica Mitford, eine aus England stammende Schriftstellerin und Journalistin.

22 Eine Schwarze Radio- und TV-Journalistin in Nordkalifornien. Die Komikerin war Jane Dornacker.

23 Gloria Steinem war gekommen, um AW für eine Titelstory in *Ms.* zu interviewen aus Anlass des bevorstehenden Erscheinens von *The Color Purple* (*Die Farbe Lila*, Ecco 2021). Alice überlegt hier, wen sie um eine lobende Äußerung – einen sogenannten Blurb – für den Umschlag ihres neuen Romans bitten soll.

24 *Rays of the Dawn: Laws of the Body, Mind, Soul* wurde 1976 von Thurman Fleets Concept-Therapy Institute im Selbstverlag veröffentlicht.

25 Es gibt hier eine Lücke in den Tagebüchern, sodass AWs augenscheinliche Versöhnung mit Robert unerklärt bleibt. Nach ihrer einmonatigen »Probezeit« gibt sie ihm, wie sie am 19. Dezember 1981 vermerkt, ihre Wohnungsschlüssel wieder, und offenbar ist er dann auch bei der Zusammenkunft in ihrer Wohnung aus Anlass des Besuchs der chinesischen Schriftstellerin Ding Ling im Januar 1982 anwesend. Obwohl eine ganze Menge Tagebucheinträge fehlen – Januar bis August 1982 –, scheint es, als hätten sie und Robert sich weiter bemüht, ihre Probleme zu überwinden.

26 Ding Ling war der Künstlername der 1904 geborenen Jiang Bingzhi, einer der bedeutendsten Vertreterinnen der chinesischen Literatur im 20. Jahrhundert. Am bekanntesten war sie für Erzählungen, die sich um die Probleme unabhängiger chinesischer Frauen drehten, sowie für ihre offene Kritik an der Kommunistischen Partei Chinas, insbesondere in Sachen Frauenrechte.

27 Belvie Rooks, Schwarze Schriftstellerin und Aktivistin für soziale Gerechtigkeit, eine neue Freundin, die AW Ende der 70er-Jahre kennengelernt hatte.

28 Diese Skizze machte AW für einen Wohnsitz auf dem Stück Land, das sie bald in Mendocino County, Kalifornien, kaufen würde. Geplant sind drei Gebäude – das Harkle House im Zentrum und unterhalb davon das Pond House und das Guest House. Sie nannte das Anwesen, wie die Skizze zeigt, Wild Trees.

29 Es geht um die Buchpremierenparty für *The Color Purple* (*Die Farbe Lila*, Ecco 2021), das am 28. Juni 1982 bei Harcourt Brace Jovanovich erschien. Der Roman bekam sofort sehr gute Kritiken. Die *Kirkus Review* nannte ihn »ein wunderschönes, schmerzhaftes Buch«, und die *New York Times* pries ihn als »bemerkenswert und großartig geschrieben«.

30 Der Schriftsteller und Kritiker Ishmael Reed übte harsche Kritik an der Gestaltung des Mr.___ und anderer männlicher Charaktere in dem Roman. Er beschuldigte AW, Schwarze Männer als gewalttätige, sexistische Klischeefiguren darzustellen.

31 AW hatte einen einsemestrigen Lehrauftrag an der Brandeis University in der Nähe von Boston angenommen. Wenn sie zu Hause in Nordkalifornien war, wohnte sie in Wild Trees, ihrem Anwesen in Mendocino County.

32 Rebecca, inzwischen zwölf, lebte zu der Zeit in New York bei ihrem Vater Mel, ihrer Stiefmutter Judy und deren jüngeren Kindern.

33 Tillie Olsen, eine weiße Schriftstellerin, deren Werke das harte Leben von Frauen und einfachen Leuten und deren Kampf um Gerechtigkeit behandelten, war schon lange mit AW befreundet und ihr eine Art Mentorin gewesen, aber das Verhältnis der beiden war zuweilen schwierig.

34 *The Color Purple* (*Die Farbe Lila*, Ecco 2021) wurde für den National Book Critics

Circle Award 1982 im Bereich Fiktion nominiert. Der Preis ging an Stanley Elkins Roman *George Mills.*

35 Eine Frauenorganisation gegen Rassismus und Sexismus.

36 AW schrieb diesen Essay zur Feier des Geburtstags von Martin Luther King jr. und trug ihn am 15. Januar 1983 als Rede an der University of California in Davis vor. Dieser Text, gegen den Tillie Olsen, wie aus dem vorigen Tagebucheintrag ersichtlich, heftige Einwände hatte, exploriert AWs leidenschaftliches Verhältnis zur Erde und personifiziert Bäume, Schlangen sowie die Erde selbst.

37 1980 wurden die erstmals 1936 verliehenen »National Book Awards« eingestellt und durch die »American Book Awards« ersetzt, die vom amerikanischen Verlegerverband gesponsort wurden. Die Preise wurden für 1984 umgestaltet und 1987 wieder in »National« umbenannt. Die National Book Foundation wurde 1989 für die National Book Awards zuständig und erkennt eine durchgängige NBA-Vergabe ab 1949/50 offiziell an. Daher gilt der Preis, den AW 1983 erhielt, jetzt als National Book Award – einer der renommiertesten Literaturpreise des Landes. Die Preise wurden am 28. April 1983 im Rahmen einer nichtöffentlichen Feier in der New York Public Library vergeben.

38 Die Delta Sigma Theta Sorority ist eine vorwiegend Schwarze Frauenorganisation.

39 William Jovanovich war der Leiter von Harcourt Brace Jovanovich, AWs Verlag. June und Paule sind die Schriftstellerinnen June Jordan und Paule Marshall, zwei langjährige Freundinnen von AW.

40 Dieser undatierte Eintrag entstand, nachdem AW erfahren hatte, dass ihr für *The Color Purple* (*Die Farbe Lila*, Ecco 2021) der Pulitzer-Preis zuerkannt worden war. Sie wurde mit Interviewanfragen überschwemmt, daher diese AB-Begrüßungsansage.

41 Dies ist ein Entwurf für AWs Dankesrede, nachdem *The Color Purple* (*Die Farbe Lila*, Ecco 2021) den American Book Award erhalten hatte, der 1987 wieder in National Book Award umbenannt wurde.

42 Die Gründerinnen der Zeitschrift *Ms.*

43 Ein Schwarzer Autor und Literaturkritiker.

44 AW, Loyle Hairston und die Schriftstellerin Rosa Guy schrieben in den späten 70er- und frühen 80er-Jahren Beiträge für *Freedomways: A Quarterly Review of the Freedom Movement*, das 1961 gegründet worden war und sich selbst als »wissenschaftliche Zeitschrift in einem populären Stil« bezeichnete.

45 AW hatte Tillie Olsen Mitte der 1970er-Jahre kennengelernt. Da beide sich gegenseitig als Schriftstellerinnen schätzten, hatten sie mehrere Jahre korrespondiert, und als AW in die Bay Area zog, war sie von Olsen herzlich empfangen worden. Olsen hatte auch einen Brief geschrieben, in dem sie AWs Bewerbung um ein Guggenheim-Stipendium unterstützte, und sie generell in ihrer Arbeit ermutigt. Inzwischen schien sich Olsen – die 1912 geboren war, im selben Jahr wie AWs Mutter – jedoch vom literarischen Erfolg der Jüngeren bedroht zu fühlen.

46 Die Dichterin Muriel Rukeyser, AWs einstige Dozentin im Sarah Lawrence College. AW glaubte, dass Olsen und Rukeyser Mutterfiguren für sie sein wollten und ärgerlich wurden, wenn sie ihnen diese Rolle verweigerte. In einem Inter-

view mit ihrer Biografin Evelyn C. White sagte AW: »Die älteren weißen Frauen, die mir halfen, schienen schließlich verärgert darüber, sich in Konkurrenz mit meiner ›schlichten‹ Mutter zu finden, und wütend, weil ich nie vergaß, meine Mutter an die erste Stelle zu setzen. Ich glaube, sie hörten auch sehr ungern, dass meine Mutter ein so großartiger Mensch war, wo ihr doch die verschiedenen Privilegien verwehrt geblieben waren, die sie genossen hatten. Wie zum Beispiel weiß zu sein.«

47 AW besuchte China im Juni 1983, zusammen mit einigen anderen amerikanischen Schriftstellerinnen, darunter auch Tillie Olsen, mit der sie kürzlich einen offenen Konflikt gehabt hatte, und die bekannte Schwarze Autorin Paule Marshall. Die chinesische Übersetzung von *The Color Purple* wurde sehr gut aufgenommen.

48 Agnes Smedley (1892–1950), amerikanische Journalistin und Schriftstellerin, am bekanntesten wohl für ihren semiautobiografischen Roman *Daughter of Earth* (*Tochter der Erde,* Frauenoffensive 1976) und für ihre Berichte über den chinesischen Bürgerkrieg, in dem sie phasenweise die Truppen der Roten Armee begleitete. »Da mein Herz und mein Geist in keinem anderen Land der Erde als China Ruhe gefunden haben«, schrieb sie, »wünsche ich, dass meine Asche bei den Toten der chinesischen Revolution ruht.« Sie wurde in Peking begraben.

49 In ihrem Buch *Outrageous Acts and Everyday Rebellions* aus dem Jahr 1983 (*Unerhört. Reportagen aus ›Ms.‹*, Rowohlt 1984) veröffentlichte Gloria Steinem einen Essay über ihre Mutter mit dem Titel »Ruth's Song (Because She Could Not Sing It)«, »Ruths Lied (weil sie es nicht singen konnte)«. Ruth, Journalistin wie ihre Tochter, war psychisch krank, und Gloria kümmerte sich schon in jungen Jahren um sie. Sie schreibt: »Sie war einfach eine Tatsache des Lebens, als ich aufwuchs; eine, um die man sich sorgte und kümmerte, eine Invalidin, die mit geschlossenen Augen im Bett lag und die Lippen bewegte, wenn sie hin und wieder auf Stimmen antwortete, die nur sie hören konnte; eine Frau, der ich unablässig Toast und Kaffee, Bologna-Sandwichs und Keksriegel brachte, meinem kindlichen Verständnis dessen entsprechend, was Mahlzeiten sein sollten.«

50 Rebecca hatte zuletzt bei ihrem Vater in New York gelebt.

51 Brenda Walker, eine Cousine in Georgia.

52 Im Roman weigert sich die stolze, unabhängige Sofia, sich Männern (einschließlich ihres Ehemanns Harpo) oder Weißen zu unterwerfen. Nachdem sie sich dem weißen Bürgermeister des Ortes widersetzt hat, wird sie zu zwölf Jahren Gefängnis verurteilt, aber die Strafe wird später in zwölf Jahre Zwangsarbeit als Dienstmädchen im Haus des Bürgermeisters umgewandelt.

53 Diese renommierten Filmproduzenten hatten ein Angebot für die Filmrechte an *The Color Purple* gemacht.

54 Das Nachbaranwesen ihres Besitzes »Wild Trees« in Mendocino County.

55 Die Cousine, die sich in Georgia um AWs Mutter kümmert.

56 Die Titelstory des Schriftstellers und Journalisten David Bradley erschien im *New York Times Magazine* vom 8. Januar 1984 unter der Überschrift »Die Schriftstellerin Alice Walker erzählt die Geschichte der Schwarzen Frau«.

57 In der *New York Times*-Story schreibt Bradley über seine erste Begegnung mit AW, Jahre vor dem Interview für den Artikel: »Alice Walker in Person hatte ge-

nauso viele Facetten wie Alice Walker auf Papier. Sie war eine Akademikerin mit einem erstaunlich breiten Wissen, von afrikanischer Literatur bis hin zu Oscar Lewis, dem bekannten Anthropologen. Sie war ein bodenständiges Südstaaten-›Gal‹ – im Gegensatz zu Lady. Ihre Redeweise war gewürzt mit handfesten Ausdrücken, aber auch mit gehobenen literarischen Anspielungen. Sie war eine kompromisslose Feministin, fähig zu knallharter, klarsichtiger Analyse, aber sie neigte auch zu absichtslosem Berühren und unschuldigem Flirten. Sie hatte ein schleichendes Lachen, das als leises Schmunzeln begann und schließlich wie eine Bombe explodierte. Ihre Augen funkelten – ich wusste damals nicht und habe schon gar nicht gemerkt, dass sie auf einem durch einen Unfall in ihrer Kindheit erblindet war.«

58 Dies ist eine sinngemäß wiedergegebene Stelle aus Jean Toomers Gedicht »Song of the Son«.

59 AW malte ein lila Herz um die Zahl 1984.

60 AWs langjährige Freundin, die Literaturwissenschaftlerin Mary Helen Washington.

61 Tatsächlich schreibt Bradley den Artikel in der Ichform und braucht mehrere Seiten, ehe AWs Stimme zu hören ist, d. h. bevor er überhaupt etwas von dem Interview wiedergibt, das er mit ihr für die Story gemacht hat.

62 Dies ist ein Entwurf für AWs Antwort auf David Bradleys Titelstory über sie im *New York Times Magazine*. Eine längere Antwort erschien in der Ausgabe des Magazins vom 12. Februar 1984.

63 Der berühmte Musiker und Produzent Quincy Jones gehörte zu dem Team, das an einer Filmadaptation von *The Color Purple* arbeitete. Mit Wendy ist hier AWs Literaturagentin Wendy Weil gemeint.

64 AW beginnt sich *The Color Purple* als Film vorzustellen; hier resümiert sie die Handlung und umreißt die Hauptfiguren.

65 Pearl Bailey war eine üppige dunkelhäutige afroamerikanische Sängerin und Schauspielerin, die zu Beginn ihrer Karriere in den 1930er-Jahren in Schwarzen Nachtclubs sang und tanzte. Sie hatte ihr Broadway-Debüt 1946 in *St. Louis Woman* und spielte und sang bis zu ihrem Tod 1990 mit 72 Jahren.

66 Fredi Washington, eine Schwarze Schauspielerin und Bürgerrechtsaktivistin, wurde wohl am bekanntesten durch ihre Rolle in dem Film *Imitation of Life* von 1934. Sie spielte Peola, eine hellhäutige junge Schwarze, die als weiß durchzugehen versucht.

67 Es gibt da einen herrlichen Song* von Bessie, den ich finden werde: darüber, wie man einen nichtsnutzigen Mann behandelt:
You make him
Stay at home
Wash & iron
Let the neighbors think
He's lost his mind
(aus Bessies Mund reimen sich iron & mind)
[Anm. von AW für sich selbst.]

* Diese Liedzeilen sind eine Paraphrase von Bessie Smiths Song »Safety Mama«.

68 *Mean Mothers/Independent Women's Blues*, Vol. 1, Sampler mit klassischem Blues von Schwarzen Frauen aus den 1920er- bis 1950er-Jahren, zusammengestellt von Rosetta Reitz und erschienen bei ihrem Label Rosetta Records.

69 Whoopi Goldberg – geboren 1955 als Caryn Elaine Johnson – war eine junge Komikerin und Schauspielerin, die 1983 mit einer Ein-Frau-Show, bestehend aus verschiedenen Figurenmonologen, die Aufmerksamkeit von Bühnenproduzenten erregte. Unter dem Titel *Whoopi Goldberg* lief die Show von Oktober 1984 bis März 1985 am Broadway.

70 Einer von AWs Brüdern.

71 Der Townsend-Preis wurde 1981 begründet und wird alle zwei Jahre an einen Autor/eine Autorin aus Georgia vergeben, der/die in den vorangegangenen zwei Jahren ein herausragendes Werk im Bereich Fiktion veröffentlicht hat.

72 Der Lyndhurst-Preis, verliehen von der Lyndhurst Foundation in Chattanooga, ist ein Geldpreis für Personen, die Bedeutendes im Bereich Kunst und insbesondere Literatur geleistet haben.

73 Wild Trees, AWs Anwesen auf dem Land in Mendocino County.

74 AWs alte Freundin, die bekannte Dichterin.

75 Natürlich ist AW bewusst, dass »nichtsdestotrotz« (im Original »irregardless«) als nichtstandardsprachlich gilt – als falsche Bildung für »nichtsdestoweniger«. Doch sie benutzt das Wort spielerisch und als Hommage an die Kreativität der Umgangssprache (bei ihr speziell des African American Vernacular). Zora Neale Hurston pries diese Kreativität – sie sprach vom »Willen zu schmücken« – in ihrem grundlegenden Essay »Characteristics of Negro Expression.«

76 Das erste Buch, das bei Wild Trees Press erschien, war ein Band mit Kurzgeschichten von J. California Cooper mit dem Titel *A Piece of Mine*.

77 Eine neue Freundin und Haushaltshilfe.

78 HBJ steht für Harcourt Brace Jovanovich, Alice Walkers langjährigen Verlag. Besagtes Poster ist ein von Robert Allen gemachtes Farbfoto von AW in ihrem Garten. Sie kniet, hält pinkfarbene Blumen in der Hand und blickt lächelnd in die Kamera. Sie hat das Haar in Braids und trägt Blue Jeans und ein lila Hemd; hinter dem linken Ohr hat sie eine orangefarbene Blume. Über die rechte obere Ecke ist der Text gelegt: »I am the woman / offering two flowers / whose roots / are twin / Justice and Hope / Let us begin. / – from *Horses Make a Landscape / Look More Beautiful* / by Alice Walker« (»Ich bin die Frau, die zwei Blumen darbietet / deren Wurzeln / Zwillinge sind / Gerechtigkeit und Hoffnung / Lasst uns beginnen.« – *Pferde machen eine Landschaft schöner*, in: *Ihre braune Umarmung – Gedichte II*, Rowohlt 1995).

79 Die große afroamerikanische Schauspielerin Cicely Tyson sollte in Los Angeles auftreten, vermutlich in einer Tourneeaufführung von *The Corn Is Green (Das grüne Korn)*, in dem sie im vorangegangenen Herbst am Broadway die weibliche Hauptrolle gespielt hatte.

80 Das erste von Wild Trees Press verlegte Buch, J. California Coopers *A Piece of Mine*, erschien offiziell im Dezember 1984.

81 Diese Nachricht ist in der Handschrift der vierzehnjährigen Rebecca verfasst.

82 AWs gute Freundin Belvie Rooks war bei Wild Trees Press für Werbung und Marketing zuständig, und Robert war der Geschäftsführer. Um diese neue Auf-

gabe zu übernehmen, hatte Belvie ihre Stelle als Director of National Affairs bei der Zeitschrift *Mother Jones* aufgegeben.

83 J. California Cooper, Autorin des ersten bei Wild Trees erschienenen Buchs *A Piece of Mine.* Will Sand Young war ein Sänger aus der Bay Area.

84 Der Film *The Color Purple* wurde zum Teil am Set in Burbank, Kalifornien, und zum Teil *on location* in Monroe, North Carolina (in der Nähe von Charlotte), gedreht. AW fungierte als Consultant bei dem Film, in dem die Hauptrollen mit Whoopi Goldberg (Celie), Margaret Avery (Shug), Oprah Winfrey (Sofia) und Danny Glover (Mister) besetzt waren. Für Goldberg und Winfrey war der Film ihr Schauspieldebüt in einer Mainstreamproduktion.

85 Der preisgekrönte Komponist und Musiker Rod Temperton schrieb zusammen mit Quincy Jones den Soundtrack zu *The Color Purple.*

86 Menno Meyjes war der Drehbuchautor für die Filmadaptation von *The Color Purple.* Regisseur Steven Spielberg hatte beschlossen, AWs Drehbuch nicht zu nehmen.

87 Die Schauspielerin Margaret Avery, die im Film Shug spielte.

88 Rebecca, fünfzehn, arbeitet am Set als Produktionsassistentin für den Film.

89 Akosua Busia, eine Schauspielerin ghanaischer Abstammung, die Nettie spielte.

90 Firestone Natural Rubber, LLC, betreibt seit 1926 eine Gummiplantage in Liberia. Als eine der größten zusammenhängenden Gummiplantagen der Welt geriet sie in jüngerer Zeit wegen ihrer Praktiken in die Kritik. So unter anderem in der investigativen *Frontline*/ProPublica-Dokumentation *Firestone and the Warlord.* Firestone bestreitet alle Vorwürfe und erklärt, es sei ein sehr positiver Wirtschaftsfaktor in Liberia und halte sich an alle dortigen Arbeitsgesetze.

91 Die Afrikaszenen wurden in Burbank, Kalifornien, gedreht.

92 Der Film *The Color Purple* kam offiziell am 18. Dezember 1985 heraus. AW schrieb diesen und den folgenden Eintrag, nachdem sie den Film einmal bei einer Voraufführung gesehen hatte.

93 Mamie ist AWs älteste Schwester, Curtis einer ihrer Brüder.

94 1980 hatte Mamie in Atlanta das Lee-Stelzer Heritage Museum gegründet, das manchmal als Lebensmittelausgabestelle diente.

95 Die Premiere war ein Benefiz für diese Organisation.

96 Undatierter Entwurf für einen Brief an Danny Glover, der die Rolle des Mister spielte. Die Nominierungen für die 58. Academy Awards wurden am 5. Februar 1986 bekannt gegeben. Obwohl Danny Glover nicht unter den Nominierten war, war *The Color Purple* für elf Oscars nominiert, u. a. in den Kategorien Bester Film, Beste Hauptdarstellerin (Whoopi Goldberg als Celie), Beste Nebendarstellerin (Margaret Avery als Shug und Oprah Winfrey als Sofia) und Bestes adaptiertes Drehbuch. Als bei der Verleihung am 24. März 1986 die Gewinner verkündet wurden, landete *The Color Purple* unter den meistnominierten, aber ohne Auszeichnung gebliebenen Filmen in der Geschichte der Oscars.

97 »Q & P« steht hier für Quincy und seine Frau, die Schauspielerin Peggy Lipton. Obwohl AW immer noch mit Robert zusammen ist, hat sich zwischen ihr und Quincy Jones eine starke emotionale Verbindung entwickelt, und sie suchen einen Weg, eine Liebesbeziehung einzugehen, ohne ihre Partner zu betrügen – daher der Gedanke, sie vielleicht einzubeziehen.

98 Eine TV-Sendung.

99 Dieser Essay, »My Daughter Smokes«, erschien schließlich 1988 in *Living by the Word: Selected Writings 1973–1987*.

100 Jetzt, da Rebecca aus New York zurückgekehrt ist, um bei Alice zu leben, erwägt AW, ihre Stadtwohnung aufzugeben und sich ein Haus in der San Francisco Bay Area zu kaufen, damit sie außer in Wild Trees in Mendocino County auch mehr Zeit in der Stadt verbringen könnten.

101 Joanne Edgar war eine der Gründerinnen der Zeitschrift *Ms.*

102 AW hat beschlossen, doch den Kauf das Hauses in San Francisco anzugehen.

103 WBs steht für Warner Brothers, die Filmgesellschaft, die den Film *The Color Purple* produziert hatte.

104 Dieser Essay, »Journey to Nine Miles«, würde 1988 in *Living by the Word: Selected Writings 1973–1987* erscheinen.

105 Die Rede ist von einer Benefizveranstaltung mit der gefeierten A-cappella-Gruppe Sweet Honey in the Rock, mitgegründet von Bernice Johnson Reagon. Es ging um die Unterstützung von Winnie Mandelas Arbeit gegen die Apartheid in Südafrika.

106 Eine Anspielung auf das kalifornische Gesetz gegen Investitionen in Südafrika.

107 Die spätere langjährige kalifornische Kongressabgeordnete Maxine Waters saß zu dieser Zeit in der California State Assembly.

108 Die Dichterin Nikky Finney.

109 Rosemary Bray war in den 1980er-Jahren Redakteurin bei *Ms.* Joanne Edgar war eine der Gründerinnen und schrieb die Titelstory »Wonder Woman for President« der ersten Ausgabe vom Juli 1972; sie war siebzehn Jahre in der Redaktion der Zeitschrift.

110 Daniel Patrick Moynihan, amerikanischer Soziologe und Staatssekretär im Arbeitsministerium unter Präsident Lyndon B. Johnson, schrieb 1965 »The Negro Family: The Case for National Action«, weithin bekannt als der Moynihan-Report. Als Produkt seiner Zeit glaubte Moynihan, dass in amerikanischen Familien der Vater der Brotverdiener sein müsse, und er kritisierte die Zahl der unehelichen Kinder in Schwarzen Familien. Unter anderem weil er »die Schuld den Opfern gebe«, wurde der Moynihan-Report eins der umstrittensten Dokumente des 20. Jahrhunderts. Moynihan jedoch verzeichnete große Erfolge, er wurde Senator für den Staat New York und machte seine Ansichten in weiteren Büchern öffentlich. Im Januar 1986 brachte CBS eine Dokumentation des TV-Journalisten Billy Moyers zum Zusammenbruch der Schwarzen Familie, wie ihn Moynihan in seinem jüngsten Buch *Family and Nation* dargestellt hatte. Darin beklagte Moyers, dass laut Statistiken, auf die er sich berief, die Mehrzahl der Schwarzen Familien keinen Mann als Oberhaupt habe.

111 Das spanische Wort bedeutet »Erinnere dich«.

112 Ding Ling war eine der bedeutendsten chinesischen Schriftstellerinnen des 20. Jahrhunderts. Am bekanntesten war sie für ihre Erzählungen und Romane über unabhängige chinesische Frauen. Sie und AW freundeten sich Anfang der 1980er-Jahre an.

113 Bessie Head galt, obgleich in Südafrika geboren, als wichtigste Schriftstellerin Botswanas. 1977 veröffentlichte sie (als erste publizierte Schwarze Südafrikane-

rin) den Kurzgeschichtenband *The Collector of Treasures* (*Die Schatzsammlerin*, Orlanda 1988). Botswana gewährte ihr 1979 die Staatsbürgerschaft, wodurch sie nach Übersee reisen konnte. Sie war eine erklärte Kritikerin der Apartheid. Sie schrieb Romane, Kurzgeschichten und autobiografische Werke. 1986 starb sie mit 49 Jahren an Hepatitis.

114 Südafrika.

115 *The MacNeil/Lehrer NewsHour*, gestartet 1975 als *MacNeil/Lehrer Report*, war eine von PBS-Sendern bundesweit ausgestrahlte Nachrichtensendung. Charlayne Hunter-Gault, eine Bürgerrechtsaktivistin und preisgekrönte Schwarze Journalistin, die ebenfalls in Georgia aufgewachsen war, arbeitete als nationale Korrespondentin für die *NewsHour*. Sie und Hamilton Holmes hatten Anfang der 1960er-Jahre als erste Schwarze an der University of Georgia studiert.

116 Etwas zu essen.

117 Paul Leducs Film *Frida – Naturaleza Viva* (*Frida Kahlo – es lebe das Leben*) von 1983.

118 Gemeint ist die Malerin Ester Hernandez.

119 *To Hell With Dying* (»Sterben kommt nicht in Frage«, in: *Roselily*, Goldmann 1988) würde im August 1988 erscheinen, mit Illustrationen von Catherine Deeter.

120 *Living by the Word* würde im Juni 1988 herauskommen.

121 *The Temple of My Familiar* (*Im Tempel meines Herzens*, Rowohlt 1989), zu dieser Zeit noch im Entstehen.

122 Der Historiker, Autor und ehemalige Professor AWs, Howard Zinn, und seine Frau Roslyn.

123 Die politische Aktivistin Angela Davis und ihre Freundin Byllye Avery, die 1984 das National Black Women's Health Project gegründet hatte.

124 Der 3.700-Wörter-Artikel, betitelt »Literary Conjure Women« (Literarische Hoodoo-Zauberinnen), erschien am 19. Oktober 1987 in der *New Republic*. Darin bezeichnete der Schwarze Kritiker Stanley Crouch Toni Morrisons jüngsten Roman *Beloved* (*Menschenkind*, Rowohlt 1998) als »platt« und »kitschig«.

125 In den frühen Morgenstunden des 1. Dezember 1987 starb der bedeutende Schriftsteller im französischen Saint-Paul de Vence.

126 *The Temple of My Familiar* (*Im Tempel meines Herzens*, Rowohlt 1998).

127 Henry Crowder, autodidaktischer Schwarzer Jazzmusiker, und seine Muse Nancy Cunard, eine weiße Avantgarde-Lyrikerin, Reedereierbin und Herausgeberin der 1934 erschienenen Anthologie *Negro*, die von Crowder inspiriert und ihm gewidmet war.

128 Quincy Jones.

129 John Ferrone, ihr Lektor bei Harcourt Brace Jovanovich.

130 *Living by the Word.*

131 Anaïs Nin, die berühmte Schriftstellerin.

132 Hier ist ihre Arbeit mit dem Harcourt-Lektor John Ferrone an *The Temple of My Familiar* gemeint.

133 Mit AWs finanzieller Unterstützung hat Ruth Walker The Color Purple Foundation gegründet, eine Stiftung, die Studierenden aus Putnam County und der Heimatstadt der Schwestern, Eatonton, Georgia, Stipendien bietet.

134 Robert Allens Buch *The Port Chicago Mutiny: The Story of the Largest Mass Mu-*

tiny Trial in U.S. Naval History erschien Anfang 1989 und erhielt sehr positive Besprechungen in *Publishers Weekly* und *Kirkus Review.*

135 *The Women of Brewster Place* (dt. *Brewster Place*) war eine von Oprah Winfrey produzierte Mini-TV-Serie nach dem preisgekrönten gleichnamigen Roman von Gloria Naylor (*Die Frauen von Brewster Place*, Knaur 1996). Die TV-Adaption mit Winfrey, Jackee Harry, Lonette McKee, Paula Kelly, Olivia Cole, Lynn Whitfield u. a. lief am 19. und 20. März 1989 auf ABC.

136 AWs Roman *The Temple of My Familiar* (*Im Tempel meines Herzens*, Rowohlt 1998), erschienen am 1. April 1989, fand ein gemischtes Echo. »Obwohl es seine eigenen Stärken hat«, befand *Publishers Weekly*, »erreicht das Buch nie die erzählerische Kraft von *The Color Purple.*« Das *Library Journal* hingegen schrieb über die große Zahl an Charakteren: »Aus ihren Geschichten entsteht ein herrliches, schillerndes Gewebe, das all ihre Leben und früheren Leben verbindet und das gesamte Sein einzubinden scheint. Walkers Charaktere sind magnetisch, auch mit ihren allzu menschlichen Schwächen und Schwierigkeiten; sie scheinen die Welt zu enthalten und ihr gerecht zu werden. Sehr empfehlenswert.«

137 Am 17. Oktober 1989 um 17:04 wurde die Bucht von San Francisco von einem schweren Erdbeben getroffen, das fünfzehn Sekunden anhielt. Das Loma-Prieta-Beben, benannt nach einem Berg nahe dem Epizentrum (bei Santa Cruz) hatte den Wert von 7,1 auf der Richterskala, und seine unmittelbaren Folgen bekamen Millionen von Baseballfans mit, die das dritte Spiel der World Series im Candlestick Park in San Francisco verfolgten. Das Beben ereignete sich unmittelbar vor Spielbeginn, und Sportreporter berichteten über das daraus resultierende Chaos im Stadion. Bei dem Erdbeben gab es dreiundsechzig Tote und mehr als dreitausend Verletzte.

138 Auf Quincy Jones' Album *Back on the Block* von 1989 treten legendäre Musikgrößen dreier Generationen auf, darunter Ella Fitzgerald, Sarah Vaughan, Miles Davis, Dizzy Gillespie, Ray Charles, Chaka Khan, Luther Vandross, Bobby McFerrin und der damals zwölfjährige Tevin Campbell. Das Album gewann 7 Grammys, darunter den für das Album des Jahres.

VIERTER TEIL FREU DICH NICHT ZU FRÜH – Die 1990er

1 *Georgia O'Keeffe: A Life* von Roxana Robinson erschien im Oktober 1989.

2 Catherine Deeter hatte AWs erstes Kinderbuch, *To Hell With Dying*, illustriert und arbeitete jetzt an Bildern für ein zweites Kinderbuch, *Finding the Green Stone*, das 1991 erscheinen würde. Mit »alle kommen darin vor« meint AW sich und Robert, Gloria und andere Familienmitglieder und Freunde, von denen die Charaktere in der Geschichte inspiriert waren.

3 Henri Norris war eine Schwarze Anwältin und ehemalige Assistentin von AW, die sie eingestellt hatte, um mit den Anforderungen, die sich aus dem Pulitzer-Preis ergaben, fertigzuwerden. Sie trennten sich 1984 nicht sehr freundschaftlich.

4 AW bereitete einen Vortrag vor, den sie später im Januar 1990 beim ersten Zora Neale Hurston Festival of the Arts and Humanities in Hurstons Heimatstadt Eatonville, Florida, halten sollte.

5 Mamie und Ruth sind AWs ältere Schwestern. Alice ist das jüngste von acht Kindern.

6 AWs Mutter hatte zehn Jahre zuvor den ersten von mehreren Schlaganfällen erlitten. Seither hatte Alice mit ihren Geschwistern Bobby, Curtis und Ruth die Betreuung der Mutter sicherzustellen versucht, wobei Alice einen Großteil der finanziellen Belastung schulterte. Obwohl alle Geschwister angeboten hatten, ihr zu ermöglichen, ihre kleine Wohnung in einer Sozialsiedlung zu verlassen, hatte Minnie Lue darauf bestanden, in ihrer Community zu bleiben, unter ihren Freunden und etlichen Kindern, die sie mit großgezogen hatte.

7 Der führende südafrikanische Antiapartheid-Aktivist Nelson Mandela wurde am 11. Februar 1990 aus dem Gefängnis entlassen. June Jordans Essay, »Mandela and the Kingdom Come«, erschien im April 1990 in *The Progressive*.

8 Willa Perlman sollte ihre neue Lektorin bei Harcourt werden.

9 Dieser exklusive Ferienort liegt im mexikanischen Bundesstaat Jalisco.

10 AWs Anwalt.

11 Die Französin Euzhan Palcy hatte 1989 mit *A Dry White Season* (*Weiße Zeit der Dürre)* als erste Schwarze Regisseurin einen Film für einen Hollywood-Major (MGM) gedreht.

12 Der ANC oder African National Congress war die wichtigste Organisation im Kampf gegen die Apartheid in Südafrika. Nach dem Ende der Apartheid übernahm er die Regierung, beginnend mit der Wahl Nelson Mandelas zum Präsidenten im Jahr 1994.

13 Ein Arzt für chinesische Medizin, den AW konsultierte.

14 Alice' Schwester Ruth, deren Enkel Kyle und Mary Alice, die Betreuerin von AWs Mutter, sollten AWs Mutter bei dem geplanten Besuch in Kalifornien begleiten.

15 Filmemacherin Pratibha Parmar, eine neue Freundin, geboren in Nairobi, Kenia, nachdem ihre Familie in der Zeit des Britischen Empires aus Indien dorthin gezogen war. Die Familie migrierte dann nach London, wo Parmar aufwuchs. Ihr Werk reflektiert ihre starke Identifikation mit ihrer Herkunft aus der Arbeiterschicht, und sie benutzt das Medium Film, um die Intersektion von *class*, *race* und *gender* zu explorieren.

16 Alice' Schwester Ruth, deren Enkel Kyle und Mary Alice, die Betreuerin von AWs Mutter, hatten beschlossen, AW in der Bay Area zu besuchen, obwohl die Mutter sich gegen die Reise entschieden hatte.

17 AWs Therapeutin.

18 Zu diesem Zeitpunkt besitzt AW das Stadthaus in der Steiner Street in San Francisco, das Anwesen Wild Trees in Mendocino County, Kalifornien, und das neu erworbene Haus in Careyes, Mexiko.

19 Als sie Kinder waren, schoss einer ihrer Brüder AW mit einer Luftpistole ins Auge. Sie erzählte ihren Eltern nicht die Wahrheit über den Vorfall, um den Bruder zu schützen.

20 Joan Miura, AWs Assistentin.

21 Arisika Razak, eine neue Freundin: Heilerin, Ritualistin, spirituelle Tänzerin und Lehrerin.

22 *Lear's* war eine von 1988 bis 1994 erscheinende Zeitschrift mit der Zielgruppe Frauen über fünfundvierzig. Ihr Slogan war: »Für die Frau, die nicht von gestern ist.« Die Redaktion hatte AW eingeladen, über den Prozess gegen die südafrikanische Antiapartheid-Ikone Winnie Mandela zu berichten – was AW ablehnte.

1991 wurde Winnie Mandela wegen Verwicklung in Entführungen und Gewalttaten zu sechs Jahren Gefängnis verurteilt, doch in der Berufung wurde das Urteil auf eine Geldstrafe und zwei Jahre Haft auf Bewährung reduziert.

23 Zu dieser Zeit entwickelte sich eine Freundschaft zwischen AW und Ayi Kwei Armah, dem ghanaischen Schriftsteller, am bekanntesten für seine Romane *The Beautyful Ones Are Not Yet Born* (*Die Schönen sind noch nicht geboren*, Walter 1979) und *Two Thousand Seasons.*

24 Eine Frauenzeitschrift.

25 Eine neue Freundin von AW, eine Schwarze Künstlerin, deren Name hier geändert wurde, um ihre Privatsphäre zu schützen.

26 *Her Blue Body Everything We Know: Earthling Poems, 1965–1990 Complete* (dt. *Ihr blauer Körper*, Rowohlt 1993), eine umfassende Gedichtsammlung, war Anfang 1991 erschienen, und AW hatte gerade eine Promotour dafür gemacht. Southern Exposure ist eine Kunstorganisation in SF.

27 »Temple Jook« war AWs Name für das Haus in Wild Trees, ihrem Land in Mendocino County, Kalifornien.

28 AWs langjährige Freundin, die Dichterin June Jordan.

29 AW schreibt zu diesem Zeitpunkt an dem Roman, der schließlich als *Possessing the Secret of Joy* (*Sie hüten das Geheimnis des Glücks,* Rowohlt 1993) erscheinen wird.

30 Von Wild Trees, ihrem Anwesen auf dem Land in Mendocino, in das Haus in der Steiner Street in San Francisco.

31 Adrienne Rich war eine bedeutende amerikanische Dichterin, Essayistin und Feministin.

32 Ein Film über sein Leben.

33 Beverly Buchanan – eine Schwarze Künstlerin aus den Südstaaten, deren Werke AW sammelte, insbesondere ihre hölzernen Bretterhüttenskulpturen.

34 AW hatte Quincy Jones im November aus Careyes, Mexiko, einen Brief geschrieben.

35 AWs Katze, benannt nach der mexikanischen Malerin Frida Kahlo.

36 Gloria Steinem war auf Promotour für ihr neues Buch *Revolution from Within: A Book of Self-Esteem.* (*Was heißt schon emanzipiert?* Hoffmann und Campe 1993)

37 Mercedes war mit AW in Australien und Neuseeland.

38 AWs alte Freundin Belvie machte früher Werbung und Marketing für Wild Trees Press; zwischen ihr und AW kam es zu einem schmerzlichen Bruch.

39 Deborah ist eine Freundin, die AW um die Zeit der Filmpremiere von *The Color Purple* kennengelernt hat.

40 Julie Dashs *Daughters of the Dust* ist ein Independent-Film von 1991 und der erste Spielfilm einer afroamerikanischen Regisseurin, der in den USA landesweit in die Kinos kam. Er spielt 1902 und erzählt von Frauen dreier Generationen auf einer Insel vor South Carolina. Sie gehören zu der auf westafrikanische Sklaven zurückgehenden Gullah-Community, und ihre Familie, die Peazants, steht vor der Entscheidung, in den Norden zu migrieren oder an ihrer traditionellen Lebensweise festzuhalten.

41 Der sehr bekannte Vokalkünstler und mehrfache Grammy-Gewinner Bobby

McFerrin gab den Erzähler in der Ballettaufführung von *Peter and the Wolf* durch das American Ballet Theatre.

42 Paule Marshall ist eine bekannte Schwarze Schriftstellerin, Unita Blackwell eine Bürgerrechtsaktivistin, die als erste afroamerikanische Frau zur Bürgermeisterin einer Stadt in Mississippi (Mayersville) gewählt wurde. 1992 erhielten beide eine MacArthur »Genius« Fellowship, ein hochdotiertes Fünfjahresstipendium für Personen, die herausragende kreative Leistungen zeigen und auch für die Zukunft versprechen.

43 »Große Schönheit« und »Großer Geist« sind liebevolle Namen AWs für Gott.

44 *HealthQuest* war die erste landesweit verbreitete Zeitschrift mit dem Schwerpunkt auf Gesundheitsthemen für Afroamerikaner. Sie wurde 1991 von Sara Lomax-Reese und Valerie Boyd, der Herausgeberin dieses Buchs, gegründet.

45 *Possessing the Secret of Joy* (*Sie hüten das Geheimnis des Glücks*, Rowohlt 1993), erschienen im Juni 1992, erzählt die Geschichte von Tashi, einer Nebenfigur aus *The Color Purple* (*Die Farbe Lila*, Ecco 2021) und *The Temple of My Familiar* (*Im Tempel meines Herzens*, Rowohlt 1989). Der Roman exploriert Tashis Ringen darum, die emotionalen und körperlichen Folgen ihrer Beschneidung – oder Genitalverstümmelung – zu verarbeiten, indem sie zu verstehen versucht, warum Frauen ihres Volkes (der fiktiven Olinka) sich dieser Tortur unterziehen müssen. Offenbar interessierte sich Whoopi Goldberg, die in *The Color Purple* Celie gespielt hatte, für eine mögliche Verfilmung von *Possessing the Secret of Joy*.

46 Dr. Nahid Toubia, eine sudanesische Ärztin, ist Expertin für weibliche Genitalverstümmelung.

47 AW und die Filmemacherin Pratibha Parmar verfolgten weiter ihre Idee, einen Film über weibliche Genitalverstümmelung zu machen.

48 Rebecca war eine der Gründerinnen von The Third Wave Direct Action Corporation im Jahr 1992. 1997 wurde daraus die Third Wave Foundation, deren Ziel es war, »Gruppen und Individuen zu unterstützen, die sich für Gender-, Race-, ökonomische und soziale Gerechtigkeit einsetzen«.

49 Nastassja Kinski und Quincy Jones hatten eine Tochter, Kenya, die am 9. Februar (AWs Geburtstag) 1993 geboren wurde.

50 Mbele ist AWs neuer Hund.

51 Efua Dorkenoo, eine in London lebende Frau ghanaischer Abstammung, half AW bei der Suche nach Kontakten für den Film, den sie mit Pratibha Parmar über weibliche Genitalverstümmelung drehen wollte. Dorkenoo wurde zur Anführerin der weltweiten Bewegung zur Beendigung dieser Praxis.

52 AWs Freundin Deborah Matthews begleitete sie auf dieser internationalen Promotour für *Possessing the Secret of Joy* (*Sie hüten das Geheimnis des Glücks*, Rowohlt 1993), das im Juni 1992 erschienen war.

53 Das war der Arbeitstitel des Films über weibliche Genitalverstümmelung, er würde schließlich *Warrior Marks* heißen.

54 Die Sängerin und Songwriterin hatte 1988 ihr erstes Album, schlicht *Tracy Chapman* betitelt, veröffentlicht. Mit den Single-Auskoppelungen »Fast Car«, »Talkin' Bout a Revolution« und »Baby Can I Hold You« erhielt das Album drei Grammys, darunter einen als Best New Artist. AW war ein Fan von Tracy Chapman und umgekehrt, aber dies war ihre erste persönliche Begegnung.

55 Die Filmemacherin Pratibha Parmar und ihre Partnerin Shaheen Haq lebten in London.

56 Aminata Diop flüchtete 1989 aus Mali nach Frankreich, um der Genitalverstümmelung zu entgehen. Sie beantragte im Oktober 1990 Asyl und gilt als erste Frau, die sich auf FGM – weibliche Genitalverstümmelung – als Fluchtgrund berief.

57 Die Frauen drehen in London Szenen für den Dokumentarfilm über weibliche Genitalverstümmelung.

58 AWs Mutter litt an den Folgeerscheinungen mehrerer Schlaganfälle.

59 Später wurde der Arbeitstitel des Dokumentarfilms in *Warrior Marks* geändert.

60 Rhyan ist Deborahs halbwüchsige Tochter.

61 Tennislegende Arthur Ashe war als erster Afroamerikaner Herren-Einzel-Sieger in Wimbledon, bei den US Open und den Australian Open geworden. Nach seinem Rücktritt 1980 im Anschluss an eine Herz-OP nutzte Ashe seine Bekanntheit, um sich für Menschenrechte, Bildung und Gesundheit einzusetzen.

62 Audre Lorde, die sich selbst als »Schwarze, Lesbe, Mutter, Kriegerin und Poetin« bezeichnete, widmete ihr Leben und ihr kreatives Schaffen – als Lyrikerin und Prosaistin – dem Kampf gegen Rassismus, Sexismus, soziale Ungleichheit und Homophobie. Sie starb am 17. November 1992 an den Folgen einer Brustkrebserkrankung.

63 In *Malcolm X*, Spike Lees Film von 1992, spielte Denzel Washington den radikalen Schwarzen Aktivisten.

64 In Angel war die dreiundzwanzigjährige Rebecca zu diesem Zeitpunkt verliebt.

65 Zur Klärung: Rebecca vermisste offenbar die Distanz, die es einem Fan erlaubt, einen Künstler/eine Künstlerin für seine Werke zu verehren, während er/sie »da draußen« ist, unerreichbar, »stark & geheimnisvoll«. Aber ihn/sie näher kennenzulernen – wie AW jetzt Tracy Chapman – droht ihm/ihr etwas von dem Geheimnisvollen zu nehmen und damit die Verehrung zu stören. Wie Zora Neale Hurston in ihrem Memoir *Dust Tracks on a Road* schrieb: »Derjenige, der die Götzenbilder erschafft, betet sie nie an, so zärtlich er den Ton auch geformt haben mag. Wissen und Anbeten zugleich sind nicht möglich. Das Mysterium ist die Essenz des Göttlichen. Götter müssen Distanz zu den Menschen halten.«

66 Auch hier beruhte Rebeccas Reaktion nicht auf dem Wunsch, faktisch mit AW um Tracys Zuwendung zu »konkurrieren«. Sie bezog sich vielmehr auf all die cooler-als-coolen Möglichkeiten, schöne und erfüllende Dinge zu tun, die AW förmlich anzuziehen schien – gemeint war: *Lass mir auch noch was von den coolen Sachen auf der Welt!*

67 Robert wollte Careyes noch nicht verlassen, sondern mit seiner Freundin Janet an einem anderen Ort bleiben.

68 Wilma Mankiller – soziale Aktivistin und die erste Frau, die zum Oberhaupt der Cherokee gewählt wurde. Sie heiratete 1986 ihren langjährigen Freund Charlie Soap, einen reinblütigen Cherokee, der die Sprache seines Volkes fließend sprach.

69 AW sollte die Regisseurin Pratibha Parmar und deren Crew in Afrika treffen, um weiter an ihrem gemeinsamen Dokumentarfilm über weibliche Genitalverstümmelung zu arbeiten.

70 Die Filmemacherin Pratibha Parmar und ihre Partnerin Shaheen Haq lebten in London, wo sie AW bei einem kurzen Zwischenaufenthalt beherbergten, bevor

sie nach Afrika flog, um an ihrem gemeinsamen Film über weibliche Genitalverstümmelung zu arbeiten.

71 Deborah sollte mit AW nach London und Afrika reisen, als deren Assistentin bei dem Film *Warrior Marks*. In diesem Eintrag erzählt AW, was vor ihrer Abreise nach London war.

72 AW hatte Tracy unter anderem »verfolgt«, indem sie ihr Tigerlilien ins Backstage schickte, als sie in San Francisco auftrat.

73 Es sei angemerkt, dass die letzte Tagebucherwähnung von Tracy vom 12. Januar war. Da ging es um ein schönes Essen-und-Kino-Date. In diesem Eintrag vom 4. Februar hält AW fest, was in den dazwischenliegenden Wochen geschehen ist und zu diesem neuen Stadium einer zutiefst befriedigenden Liebesbeziehung geführt hat.

74 Banjul ist die Hauptstadt von Gambia, einem kleinen westafrikanischen Land, das an Senegal grenzt. AW und Pratibha Parmar waren dort, um mit dem Drehen ihres Dokumentarfilms über weibliche Genitalverstümmelung zu beginnen.

75 Serekunda.

76 Julius Coles war AWs Freund in der Zeit, als sie am Spelman College war und er am Morehouse College, wo er 1964 seinen BA machte. Er war dann über vierzig Jahre in der internationalen Entwicklungszusammenarbeit in verschiedenen afrikanischen Ländern tätig.

77 Der ghanaische Schriftsteller Ayi Kwei Armah war ein langjähriger Freund und Bewunderer von AW.

78 AWs langjähriger Freund Ayi Kwei Armah lebte in Popenguine, Senegal, einer Küstenstadt etwa 250 km von Banjul, Gambia, entfernt.

79 Jean Shinoda Bolen, M. D. – Psychiaterin, jungianische Analytikerin und Autorin. Zu Bolens Büchern über Archetypen und Spiritualität gehören u. a. *Goddesses in Everywoman* (*Göttinnen in jeder Frau*, Sphinx 1986) und *Gods in Everyman* (*Götter in jedem Mann*, Sphinx 1991).

80 AW reiste trotz der Blockade Kubas durch die USA mit einer Delegation von Künstlern und Aktivisten dorthin. Sie verbrachte zwei Wochen in Kuba, besichtigte Schulen, Krankenhäuser und Kindertagesstätten, hatte Treffen mit kubanischen Offiziellen und sprach mit gewöhnlichen Einwohnern.

81 Narada Michael Walden, Produzent und Musiker, mit mehreren Grammys ausgezeichnet.

82 Fidel Castro, der kommunistische Revolutionsführer und Politiker, der von 1976 bis 2008 Präsident von Kuba war, traf sich mit AW und der vielfältig zusammengesetzten Delegation von Aktivisten, mit der sie reiste. Im Rückblick bemerkt AW: »Wenn man über Fidel spricht, ist es wichtig zu berücksichtigen, dass er erst Kommunist wurde, nachdem die USA eine Invasion Kubas gestartet hatten, in der Schweinebucht zurückgeschlagen wurden und daraufhin jede Einfuhr von wichtigen Dingen, die die Kubaner brauchten, wie Nahrungsmittel und Öl (und selbst Hühnerfutter!) unterbanden. Er war ein revolutionärer, antiimperialistischer Anführer des kubanischen Volkes, der einen brutalen Diktator, Batista, stürzte und später zwangsläufig Kommunist wurde.«

83 Bekannte kubanische Dichterin, Kritikerin und Essayistin.

84 Die Black-Liberation-Army-Aktivistin Assata Shakur, die nach Kuba ins Exil ging, nachdem sie aus einem Gefängnis in New Jersey entflohen war, wo sie nach der Verurteilung wegen Mordes an einem Polizeibeamten einsaß.

85 Wendy Weil, AWs langjährige Literaturagentin, und ihre Lektorin Leigh Haber bei Harcourt Brace.

86 AW und Pratibha Parmar hatten ein Buch zu ihrem Film entwickelt. Unter dem Titel *Warrior Marks: Female Genital Mutilation and the Sexual Blinding of Women* würde es im Oktober 1993 erscheinen (*Narben oder die Beschneidung der weiblichen Sexualität*, Rowohlt 1996).

87 AW ist in New York bei ihrer langjährigen Freundin Gloria Steinem, nach Buchevents in Boston, wo sie ihren geliebten ehemaligen Spelman-Professor Howard Zinn und dessen Frau Roz besucht hat.

88 Nachdem sie ihre Langstreckenreisen erst einmal hinter sich hat, ist AW wieder in ihrem Haus auf dem Land in Mendocino County und pendelt zwischen dort und San Francisco hin und her.

89 Eine Version dieses Interviews erschien schließlich in Akasha Gloria Hulls gedankenreichem und wichtigem Buch *Soul Talk: The New Spirituality of African American Women* von 2001.

90 Tracy Chapman hatte ein enges Verhältnis zu ihrer älteren Schwester Aneta.

91 AWs und Pratibha Parmars Begleitbuch zu ihrem Film *Warrior Marks*.

92 AWs Lektorin.

93 Tracys Maklerin.

94 Angel Williams, eine Schwarze Frau, war Rebeccas Liebespartnerin.

95 Trajal – ein langjähriger Freund von Rebecca und inzwischen zur erweiterten Familie gehörig.

96 AW und die Aktivistin Angela Davis wollten beide feiern, dass sie Anfang 1994 fünfzig wurden, Angela am 26. Januar, Alice am 9. Februar.

97 Der Literaturnobelpreis 1993 wurde Toni Morrison für ihr schriftstellerisches Werk zuerkannt, insbesondere für ihre Romane, die, wie es in der Presseerklärung der Nobelstiftung vom 7. Oktober hieß, »durch visionäre Kraft und poetische Wirkungsmacht« gekennzeichnet seien. »Meine Arbeit verlangt von mir, darüber nachzudenken, wie frei ich als afroamerikanische weibliche Schriftstellerin sein kann in dieser gegenderten, sexualisierten und vollständig rassifizierten Welt«, schrieb Morrison in ihrem 1992 erschienenen Buch *Playing in the Dark: Whiteness and the Literary Imagination* (*Im Dunkeln spielen: Weiße Kultur und literarische Imagination*, Rowohlt 1995). »Mein Projekt entspringt dem Entzücken«, setzte sie hinzu, »nicht der Enttäuschung.«

98 Alice und Tracy waren im Yosemite Nationalpark campen gewesen.

99 Der ghanaische Schriftsteller Ayi Kwei, ein langjähriger Freund von AW.

100 Deborah Matthews war eine Freundin von AW und ihre langjährige Reiseassistentin. Das Khan Toke Thai House ist ein Restaurant in San Francisco.

101 Temple Jook nennt AW ihr Haus auf ihrem Anwesen Wild Trees in Mendocino County.

102 Henri Norris, AWs alte Freundin & einstige Assistentin.

103 Die Promotour für den Film *Warrior Marks* führte Alice und Pratibha nach London, Paris und – zum Zeitpunkt dieses Eintrags – New York.

104 New Yorks erster Schwarzer Bürgermeister, David Dinkins, unterlag, als er am 2. November 1993 zur Wiederwahl stand, um knappe 2 Prozent Rudolph Giuliani, der somit der erste republikanische New Yorker Bürgermeister seit einer Generation wurde.
105 Einer von Tracys Hunden.
106 AWs Anwalt und ein alter Freund.
107 Die Schauspielerin Nastassja Kinski, mit der Quincy jetzt zusammen war.
108 Um die Beziehungen zu rekapitulieren: Angel ist Rebeccas Partnerin; Jackie ist Tracys beste Freundin und Aneta Tracys Schwester; Ginger und Tasha sind Tracys Hunde; Frida ist Alice' Katze.
109 Nahid Toubia – sudanesische Ärztin und Aktivistin für Frauengesundheitsrechte, spezialisiert auf das Thema weibliche Genitalverstümmelung.
110 Bill Clinton war ein Jahr zuvor, im Januar 1993, ins Präsidentenamt eingesetzt worden.
111 AW wurde am 9. Februar 50 und plante eine private Party aus diesem Anlass. Die gemeinsame Fundraising-Party, die sie Angela Davis vorgeschlagen hatte, kam wegen Terminschwierigkeiten nicht zustande.
112 Wahrscheinlich E. Lynn Harris' erster Roman, *Invisible Life*, erschienen im Februar 1994.
113 Joan ist AWs Assistentin, Aneta ist Tracys Schwester.
114 Nach Wild Trees/Temple Jook in Mendocino.
115 Amerikanische Bürgerrechtsunion.
116 Name einer orthodoxen Klostergemeinschaft in Cambridge, New York, die für ihre Programme der artgerechten Hundeerziehung bekannt ist.
117 Zu diesem Zeitpunkt war Tracy dreißig und Alice fünfzig.
118 *Living the Good Life: How to Live Sanely and Simply in a Troubled World* (*Ein gutes Leben leben*, Pala-Verlag, 1996) von Helen und Scott Nearing erschien erstmals 1954 und wurde dann 1973 als Taschenbuch wiederaufgelegt. Es ist die Geschichte eines Ehepaars, das 1932 das Stadtleben hinter sich ließ und zuerst nach Vermont und dann auf eine Farm in Maine zog. Die Lebens- und Ernährungsphilosophie der Nearings wurde zum Vorbild für viele Menschen, die auf der Suche nach einem einfacheren Leben waren.
119 Im Badlands Nationalpark in South Dakota gibt es einen gut ausgebauten Wanderweg, der durch eine Öffnung in der Badlands Wall auf eine Aussichtsplattform mit Blick über die Badlands führt. AW, Tracy und Rebecca hatten mit Gloria Steinem, Wilma Mankiller und anderen an einem Pow Wow in South Dakota Mitte August teilgenommen.
120 AWs derzeitiger Arbeitstitel für das Buch war *The Same River Twice: A Meditation on Making a Movie of The Color Purple 10 Years Later*.
121 Die politische Aktivistin Angela Davis und AWs alte Freundin Belvie Rooks, die AW einmal als »die Schwester, die ich mir immer gewünscht habe« bezeichnete.
122 Gemeint sind die Senatswahlen 1994.
123 Lakota-Wort für Weiße – insbesondere habgierige Weiße.
124 Wendy Weil, AWs Literaturagentin.
125 Leigh Haber, Alice' letzte Lektorin bei Harcourt, wechselte gerade zu Scribner.
126 In AWs Ferienhaus in Mexiko.

127 *Black Is … Black Ain't* ist ein preisgekrönter Dokumentarfilm von Marlon Riggs, der die Vielzahl von Ausdrucksformen afroamerikanischer Identität untersucht. Riggs, Filmemacher, Dichter und Aktivist der Schwulenbewegung, war im April 1994 gestorben.

128 Gemeint ist Michele Faith Wallace.

129 Estella war Haushaltshilfe und Köchin in AWs Haus in Careyes. Als alleinerziehende Mutter brachte sie ihre Töchter, neun und elf, in dieser Zeit jeden Tag zur Arbeit mit, und es lief darauf hinaus, dass Alice den Mädchen Schwimmen beibrachte und andere Kinderbetreuungsaufgaben übernahm, während sie eigentlich einen Urlaub im engsten Kreis der Wahlfamilie geplant hatte.

130 Marcos war der Gärtner von Alice' Haus in Careyes.

131 Bills Sohn, AWs Neffe.

132 AW besucht ihren leukämiekranken Bruder Bill und dessen Frau Gay in Boston und reaktiviert dabei auch weitere Familienkontakte, u. a. zu Bills Kindern Greg, Karla und Kim.

133 Bobby und Jimmy sind zwei weitere Brüder AWs, die Bill ebenfalls besuchen, während sie in Boston ist. Ihre Geschwister sind: Fred, Mamie, Bill, Curtis, Bobby, Jimmy und Ruth.

134 Gay ist Bills Frau.

135 Howard und Roslyn Zinn.

136 AWs Therapeutin.

137 Jackie war Tracys langjährige beste Freundin.

138 AWs junge schwarze Labradorhündin.

139 Das im Entstehen begriffene Buch *The Same River Twice*.

140 Evelyn C. White, in San Francisco ansässige Journalistin, Autorin und Herausgeberin von *The Black Women's Health Book* begann gerade an einer Alice-Walker-Biografie zu arbeiten.

141 Die Aktivistin Wilma Mankiller, das erste weibliche Stammesoberhaupt der Cherokee, und ihr Ehemann Charlie Soap.

142 Judy ist Rebeccas Stiefmutter, die Frau, die Mel Leventhal nach der Scheidung von AW geheiratet hat.

143 Anna Deavere Smith, bekannte Dramatikerin und Schauspielerin, sammelt Geschichten in Form aufgezeichneter Interviews mit Hunderten von Menschen und porträtiert diese Personen dann auf der Bühne. Das National Endowment for the Humanities nannte dies zutreffend »kuratierte Darstellungen des amerikanischen Charakters, die sich um brennende Fragen unserer Zeit drehen«.

144 Der afroamerikanische Literaturwissenschaftler und Intellektuelle Henry Louis Gates.

145 AWs Bruder Bill kämpfte immer noch gegen die Leukämie, unterstützt von seiner Frau Gay. Brenda ist eine Cousine von AW.

146 Deborah Matthews war eine langjährige Freundin von Alice, die mehrere internationale Reisen mit ihr unternommen hatte und sich als besonders wertvolle Vertraute während der turbulenten Zeiten mit Tracy erwies.

147 Rhyan war Deborahs Teenagertochter.

148 Beginnend mit Atlanta, wo sie die Abschlussfeierrede am Spelman College hielt,

war AW an der Ostküste umhergereist; sie hatte Rebecca in Brooklyn besucht und ihre sieben Geschwister in Atlanta, Eatonton und Boston getroffen.

149 Johnnetta Cole war die hochgeachtete »Sister President« des Spelman College.

150 Pema Chödrön – eine amerikanische tibetisch-buddhistische Nonne und Autorin. In ihren Unterweisungen verbindet sie die traditionellen Lehren mit Alltagserfahrungen.

151 AWs junge schwarze Labradorhündin.

152 Tracy Chapmans viertes Album, *New Beginning*, würde im November 1995 herauskommen und ein Erfolg werden – über drei Millionen verkaufte Platten in den USA.

153 Dies ist ein Entwurf für eine Rede, die AW bei einer bevorstehenden Tagung von Schwarzen Schwulen & Lesben halten sollte.

154 »Euch« bezieht sich hier auf die Teilnehmenden, zu denen sie auf der Tagung sprechen würde.

155 *Theatre of the Imagination* ist eine zwölfteilige Audio-Performance-Serie, in der die jungianische Analytikerin und Autorin Clarissa Pinkola Estes Mythen, Märchen und Gedichte von Verlust, Liebe, Opfer und Überleben darbietet.

156 *The Same River Twice.*

157 Leigh Haber, AWs Lektorin.

158 Eine kurze Rezension von *The Same River Twice* erschien am 14. Januar 1996 in der *New York Times*. »Das Buch zu lesen ist, wie eine Schublade durchzusehen, aber da sind einige Überraschungen«, hieß es da. Und in einer Rezension in *Publishers Weekly* stand: »Das Buch illustriert auf wunderbare Weise Walkers Spiritualität als ›wiedergeborene Heidin‹ und ihre grenzenlose emotionale Verbundenheit mit den Charakteren, die sie erschafft, und der Leserschaft, für die sie es tut.«

159 Die Journalistin Evelyn C. White, die mit den Recherchen für eine AW-Biografie begonnen hatte, schrieb einen Text mit dem Titel »Alice's Wonderland«, der in der Februarnummer 1996 von *Essence* erschien, einer populären Zeitschrift für Schwarze Leserinnen.

160 Der unter Schutzvorkehrungen lebende Schriftsteller Salman Rushdie war gerade auf Promo-Reise für sein neues Buch *The Moor's Last Sigh* (*Des Mauren letzter Seufzer*, Kindler 1996). Er war 1989 abgetaucht, nachdem der iranische Staatschef, Ayatollah Ruhollah Khomeini, Rushdies Roman *The Satanic Verses* (*Die satanischen Verse*, Artikel 19 Verlag 1989) für Gotteslästerung erklärt und ein Todesurteil über den Autor verhängt hatte.

161 Das Kokobar war das Internetcafé mit Aufführungsraum, das Rebecca und Angel in Brooklyn gegründet hatten und betrieben.

162 Sara Lawrence-Lightfoot, die 1984 einen MacArthur Genius Award bekam, ist Soziologin, langjährige Harvard-Professorin und Autorin etlicher Sachbücher, darunter *I've Known Rivers: Lives of Loss and Liberation* (1995).

163 *Say Brother*, jetzt *Basic Black*, ist eine seit Jahrzehnten laufende wöchentliche Fernsehsendung von, für und über Afroamerikanerinnen und Afroamerikaner auf WGBH, einem zu PBS gehörenden Bostoner Sender.

164 Dr. Florence Ladd leitete von 1989 bis 1997 das Bunting Institute des Radcliffe College. »Skip« Gates ist Henry Louis Gates jr., Literaturkritiker, Historiker und Leiter des Hutchins Center for African and African American Research in Harvard.

165 AWs ehemaliger Professor am Spelman College und alter Freund Howard Zinn und seine Frau Roslyn.

166 Estella kümmert sich um AWs Haus in Careyes und besorgt den Haushalt.

167 Das Personal in Careyes.

168 *Alice Walker Banned*, erschienen 1996, untersucht, was verschiedene Gruppen an Alice Walkers schriftstellerischem Werk als bedrohlich empfanden und der Zensur zu unterwerfen suchten. Patricia Holt, Redakteurin der *San Francisco Chronicle Book Review*, schrieb die Einleitung zu diesem Band, der neben einigen der umstrittenen Texte auch Gutachten, Briefe und Essays in Zusammenhang mit Zensurversuchen der kalifornischen Schulbehörde enthält.

169 AW und ihre Freundin Deborah Matthews waren gerade zusammen in ein Haus in Berkeley gezogen, mit Deborahs Tochter Rhyan. Deborah hatte die Renovierung des Hauses beaufsichtigt, während Alice auf Reisen war. AW plante, das Haus in der Steiner Street in San Francisco zu verkaufen.

170 AWs Assistentin Joan Miura, ihre langjährige Freundin Belvie Rooks und Sue Hoya Sellars, Künstlerin und Nachbarin und Freundin von AW in Mendocino, hatten bei dem Umzug geholfen.

171 AWs Hund Marley alias Marley Moo oder einfach nur Moo bzw. Mu.

172 Tracy hatte gedroht, ein Vollstreckungsverfahren gegen das Kokobar anzustrengen, das Cybercafé in Fort Greene, Brooklyn, das Rebecca und Angel im Januar 1996 mit finanzieller Unterstützung durch einige prominente Förderer eröffnet hatten, darunter der Filmemacher Spike Lee, Alice und Tracy, die den beiden ein Darlehen von 60.000 Dollar gegeben hatte.

173 AW schrieb ihrer Schwägerin Gaynell, jetzt Bills Witwe, diesen Brief, nachdem sie von der Beerdigung in Boston zurück war.

174 Casa Azul nennt AW das neue Haus in Berkeley, in dem sie mit Deborah zusammenwohnt.

175 AWs Freundin, die Aktivistin Angela Davis, und deren Schwester Fania.

176 AWs Neffe Gregg (Bills Sohn, manchmal auch Greg genannt) und seine Frau Monica waren aus Boston zu Besuch gekommen.

177 Das New Yorker Lowell Hotel in der Upper East Side.

178 AW verließ gerade ihren bisherigen Verlag Scribner und ging zu Random House, wo Kate Medina ihre neue Lektorin werden sollte.

179 Der Verkauf des Hauses in der Steiner Street in San Francisco.

180 Ihre langjährige Freundin, die Aktivistin Angela Davis, war seit Neuestem auch eine Nachbarin von ihr, da sie sich ein Haus nicht weit von AWs Wild Trees/ Temple Jook in Mendocino gekauft hatte.

181 Der Anishinabe Leonard Peltier, führendes Mitglied des American Indian Movement (AIM), wird u. a. von Amnesty International als politischer Gefangener eingestuft. Trotz widersprüchlicher Beweislage wurde er wegen Mordes an zwei FBI-Agenten bei einer Schießerei im Pine-Ridge-Reservat in South Dakota 1975 zu zweimal Lebenslänglich verurteilt.

182 Der Anishinabe Dennis Banks, Gründungsmitglied des AIM.

183 Rebecca hatte sich mit der bekannten Singer/Songwriterin Me'Shell Ndegeocello angefreundet, mit der sie bald eine Liebesbeziehung eingehen würde.

184 Die Sonnenaufgangszeremonie war eine Alternative zu Thanksgiving, ein Ri-

tual zu Ehren indigener Völker und zum Gedenken an deren Geschichte und Kultur.

185 Eine der Hebammen und eine neue Freundin von AW.

186 AWs alte Freundin und Ex-Geliebte.

187 Fred war einer von AWs Brüdern.

188 Mercedes ist für ein paar Tage bei AW in Careyes zu Besuch.

189 »Windpferd wachrufen« ist eine buddhistische Praktik, um sich von selbst geschaffenen Hindernissen frei zu machen und innere Sicherheit aufzubauen; beschrieben hat sie der tibetische Meditationslehrer Chögyam Trungpa in seinem 1984 erschienenen Buch *Shambala: The Sacred Path of the Warrior* (*Shambala und der Pfad des inneren Kriegers*, Knaur 2012). Das Bild des fliegenden Pferds – Verkörperung von Stärke, Vitalität und Energie, die Hindernissen begegnen und sie transformieren kann – steht symbolisch für die Kraft, die wir uns zunutze machen können, um es mit den Herausforderungen des Lebens – persönlicher, gemeinschaftlicher wie gesellschaftlicher Art – aufzunehmen.

190 AWs Geburtstag war am übernächsten Tag, dem 9. Februar.

191 Mumia Abu-Jamal ist ein politischer Aktivist und Journalist, der 1982 wegen Mordes an einem Polizeibeamten in Philadelphia zum Tode verurteilt wurde. Nach mehreren Berufungsverfahren wurde das Urteil 2011 in lebenslange Haft ohne Bewährung umgewandelt. In der Haft veröffentlichte Abu-Jamal etliche Bücher und Artikel über soziale und politische Themen, darunter 1995 *Live from Death Row* (*… aus der Todeszelle*, Agipa-Press 1995).

192 AW war auf Promotour für ihren neuen Essayband *Anything We Love Can Be Saved.*

193 Das Bordmagazin von American Airlines.

194 KPFA ist ein in Berkeley ansässiger hörerfinanzierter Radiosender für die Bay Area.

195 Gemeint ist »Lift Every Voice and Sing«, die sog. »afroamerikanische Nationalhymne«, die AW öfter mal gesungen hat.

196 In der Sendung kam ein Interview mit AW.

197 Der im Entstehen begriffene Roman würde 1998 unter dem Titel *By the Light of My Father's Smile* (*Das Lächeln der Vergebung*, BLT 1998) erscheinen.

198 Temple Jook, AWs Name für ihr Haus in Mendocino auf dem Anwesen Wild Trees.

199 Die Freundin war Zelie Duvauchelle.

200 AWs Lektorin bei Random House.

201 Wendy Weil, AWs langjährige Agentin.

202 Our Lady of Seven Sorrows

203 Mac Dowell ist eine Künstlerkolonie in Peterborough, New Hampshire.

204 *By the Light of My Father's Smile* (*Das Lächeln der Vergebung*, BLT 1998)

205 *Follow Me Home*, der Independent-Film von 1996 mit Alfre Woodard, Regie Peter Bratt.

206 AW trat in Episode 3717 der beliebten Kindersendung *Sesame Street* (*Sesamstraße*) auf; sie erklärte der Handpuppe Elmo, warum Regen wichtig ist, und zählte mit der Figur Graf Zahl Regentropfen.

207 Clarissa Pinkola Estes, jungianische Psychoanalytikerin und Cantadora (Bewahrerin der alten Geschichten) in der hispanischen Tradition, Autorin des Bestsellers *Women Who Run With the Wolves: Myths and Stories of the Wild Woman Archetype* (*Die Wolfsfrau – die Kraft der weiblichen Urinstinkte*, Heyne 1997).

208 Chung Hyun Kyung ist eine Theologin der presbyterianischen Kirche von Korea. Sie wurde 1991 weltweit bekannt, als sie auf der Vollversammlung des Ökumenischen Rats der Kirchen in Canberra eine Interpretation des Heiligen Geistes aus feministischer/asiatischer/Dritte-Welt-Sicht vortrug. Gloria ist AWs alte Freundin Gloria Steinem.

209 Gemeint sind Schilder, die besagen, wo AW geboren wurde, aufwuchs etc.

210 Carey Pickard, zu der Zeit Direktor des Harriet Tubman Museum in Macon, Georgia; Rudolph Byrd, Professor an der Emory University, Mitbegründer der Alice Walker Literary Society (AWLS); Henry Leonard, Künstler; Valerie Boyd, Mitbegründerin der AWLS, Autorin/Journalistin (und Herausgeberin dieses Buchs); die Tanzhistorikerin und Spelman-Professorin Veta Goler; Anita Ponder, zu der Zeit pädagogische Leiterin des Tubman; Angie Brooks, Betriebsleiterin. AW erhielt den Shelia Award, eine jährlich vom Tubman Museum vergebene Auszeichnung für eine herausragende Afroamerikanerin, am 24. Oktober 1997.

211 Bank of America.

212 Lomi Lomi ist eine traditionelle hawaiianische Massageform.

213 Casa Azul, AWs blaues Haus in Berkeley. Sie besitzt außerdem immer noch ihr Anwesen Temple Jook/Wild Trees in Mendocino County und das Haus in Careyes, Mexiko.

214 Jon Lee Anderson, *Che Guevara: A Revolutionary Life* (1997); *Che – die Biographie*, List (1997).

215 AW verwechselt Che Guevaras Töchter: Celia ist weder die älteste Tochter noch Kinderärztin, sondern Aleida. Celia ist Meeresbiologin bzw. Tierärztin.

216 Hier ist vermutlich die Tochter Aleida gemeint, auch wenn Guevaras zweite Frau Aleida March hieß – sie kämpfte vor allem bei Ches Guerillas.

217 Der neue Roman, *By the Light of My Father's Smile* (*Das Lächeln der Vergebung*, BLT 1998)

218 Rebecca hatte eine Beziehung mit der Singer/Songwriterin und Musikerin Me'Shell Ndegeocello.

219 In dem Haus in Careyes, Mexiko, das AW auch Casa Paradise oder Casa Paradis nennt.

220 Ein Pflanzensud, den einige indigene Völker Südamerikas für seherische Rituale und Heilzwecke benutzen.

221 Joan Miura war AWs langjährige Assistentin und Freundin. Sue Sellars, so erinnert sich AW, »war nicht nur meine Nachbarin und Freundin, sondern auch eine tolle Künstlerin (Malerin) und eine lesbische Separatistin, bis Roberto dies ins Wanken brachte!« Gemeint ist Robert Allen, mit dem sie eine langjährige Freundschaft verband.

222 Mota ist das spanische Slangwort für Marihuana.

223 AW begleitet Zelie – die außer Musikerin auch traditionelle hawaiianische Energieheilerin ist – zu einer Ethnobotaniktagung in Uxmal.

224 Unter den hier Genannten: Terence McKenna – ein amerikanischer Ethnobotaniker und Mystiker, der sich für den verantwortungsvollen Gebrauch in der Natur vorkommender psychedelischer Pflanzen einsetzte; AW nennt ihn rückblickend einen »hervorragenden Lehrer für die, die für diese Lehren zugänglich waren«. Außerdem Jonathan Ott – ein Ethnobotaniker, Autor, Chemiker und Botanikforscher; er prägte den Begriff »Entheogen« für eine chemische Substanz gewöhnlich pflanzlichen Ursprungs, die zur Erzeugung eines veränderten Bewusstseinszustands zu religiösen oder spirituellen Zwecken eingesetzt wird.

225 Peter Furst ist Autor mehrerer Bücher und Essays über die Huichol, eine indigene Ethnie Mexikos; zu seinen Werken zählt u. a. *Visions of a Huichol Shaman*, das sich mit den visionären Garnbildern des Schamanenkünstlers José Benítez Sánchez befasst.

226 AW fuhr mit ihrer Nachbarin und Freundin Sue Sellars zu ihrem Anwesen Wild Trees in Mendocino.

227 Einen großen Teil des Jahres 1998 waren Präsident Bill Clinton und in der Folge auch seine Frau Hillary und die achtzehnjährige Tochter Chelsea in einen politischen Sexskandal verwickelt. Der neunundvierzigjährige Präsident stritt anfangs ab, eine Affäre mit der zweiundwanzigjährigen Praktikantin im Weißen Haus, Monica Lewinsky, gehabt zu haben. Der Skandal führte schließlich dazu, dass Clinton ein Amtsenthebungsverfahren durchstehen musste, was vor ihm erst einem US-Präsidenten widerfahren war.

228 Angela Davis' Buch *Blues Legacies and Black Feminism*, das sich mit dem Leben und der Kunst von Gertrude »Ma« Rainey, Bessie Smith und Billie Holiday befasst, erschien im Januar 1998.

229 Me te amo.

230 Das Barbican ist ein Kulturzentrum in London.

231 AW schreibt: »Joan Miura, seit über dreißig Jahren eine Freundin von mir, war auch die beste administrative Assistentin, die ich je hatte. Diese schmerzhafte berufliche Trennung führte zu einem Beziehungsabbruch für mehrere Jahre – bis wir uns zufällig auf einer Ausstellung von Elizabeth Sundays tollen Fotos in einer Galerie in der Bay Area trafen. Ich sah sie zuerst und sagte: ›Buh‹. Seither bestehen unsere Freundschaft und unsere Zusammenarbeit wieder, wofür ich sehr dankbar bin.«

232 Zurück in die Casa Azul in Berkeley.

233 Zelies Großeltern väterlicherseits waren Nachfahren französischer Siedler. Ihre Mutter war indigene Hawaiianerin. Nach dem frühen Tod ihres Vaters wurde Zelie von den Großeltern »hanait«, d. h. informell adoptiert. Deren Meinung über Hawaiianer war typisch für weiße Kolonisatoren der damaligen Zeit.

234 Mary Jane = Marihuana.

235 Wilma Mankiller, eine langjährige Freundin von AW, Aktivistin, Organisatorin gemeinschaftsbildender Projekte und die erste Frau, die zum Oberhaupt der Cherokee gewählt wurde.

236 Angela Davis hat jetzt auch ein Haus in Mendocino, nicht weit von AW.

237 Trajal war ein langjähriger Freund von Rebecca und Alice.

238 *High Art* ist ein kanadisch-amerikanischer Independent-Film von 1998 über eine komplizierte lesbische Beziehung; die Regie hatte Lisa Cholodenko, und die Hauptrollen spielten Ally Sheedy und Radha Mitchell.

239 Das Haus in Hawaii, in dem Zelie ihre Kindheit verbracht hatte.

240 AWs neue Assistentin.

241 *By the Light of My Father's Smile* (*Das Lächeln der Vergebung*, BLT 1998) hatte als offizielles Erscheinungsdatum den 1. September 1998.

242 Askia ist Me'Shells Sohn. Me'Shell wird manchmal auch Bashir genannt.

243 *By the Light of My Father's Smile* (*Das Lächeln der Vergebung*, BLT 1998) war AWs erster Roman seit dem Erscheinen von *Possessing the Secret of Joy* (*Sie hüten das Geheimnis des Glücks*, Rowohlt 1996) im Jahr 1992.

244 Joan Miuras erster Ersatz als AWs Assistentin.

245 Rebeccas Partnerin Me'Shell hieß jetzt unter Freunden Bashir, und Askia war ihr kleiner Sohn.

246 *The Light Inside the Dark: Zen, Soul, and the Spiritual Life* (*Licht im Herzen der Dunkelheit*, Goldmann 2000) von John Tarrant ist ein 1998 erschienenes Buch, das sich damit befasst, wie unsere dunkelsten Seelenzustände die Pforte zu Weisheit und Freude sein können.

247 Ho'oponopono ist ein traditionelles hawaiianisches Versöhnungs- und Vergebungsritual.

248 Cihuatlán ist eine Küstenstadt im mexikanischen Bundesstaat Jalisco, eine gute Autostunde von Careyes entfernt.

249 Yolanda ist eine Freundin und Massagetherapeutin in Careyes.

250 AW ist am 9. Februar 55 geworden.

251 Yeshi ist die mit AW befreundete Hebamme, die aus der Bay Area zu Besuch ist.

252 JoAnne Brasil, Autorin und Astrologin.

253 Ein Wahrsagekartenset, entwickelt von Earthlyn Manuel.

254 Blumenketten.

255 Barbara ist AWs ausgezeichnete und noch relativ neue Assistentin.

256 Deborah, AWs frühere Mitbewohnerin, war wieder in ihr altes Haus gezogen, das zu verkaufen ihr nicht gelang.

257 Das Motherpeace Tarot (Motherpeace Tarot – Tarot für Frauen) ist ein von der Göttin-Bewegung und der zweiten Welle der Frauenbewegung inspirierter Satz Tarotkarten. In den 1970er-Jahren von Karen Vogel und Vickie Noble entwickelt, erfreute es sich über Jahrzehnte großer Beliebtheit.

258 Am 16. Juli 1999 starb John F. Kennedy jr., als das von ihm gesteuerte Flugzeug vor der Küste von Martha's Vineyard, Massachusetts, in den Atlantik stürzte.

259 Rebecca ist mit ihrer Partnerin Bashir (der Singer/Songwriterin Me'Shell Ndegeocello) und deren Sohn Askia zu Besuch.

260 AWs Biografin Evelyn C. White.

261 AWs Highschool-Boyfriend.

262 Die jungianische Therapeutin Jean Bolen, bei der AW schon lange in Therapie war.

263 Spirit Rock ist ein Meditationszentrum in Woodacre, Kalifornien; es konzentriert sich auf die Lehren des Buddha, wie sie in der Tradition der Einsichtsmedi-

tation dargestellt werden. Es wurde 1987 von einer Gruppe von Meditationslehrern gegründet, darunter Jack Kornfield, amerikanischer Bestsellerautor und Lehrer der Vipassana- oder Einsichtsmeditation.

264 Gemeint ist USA for Africa.